近古史談全注釈

若林力

大修館書店

目次

巻三　徳篇第三上

付録

解　題

（一）作者大槻磐渓の生い立ち

大槻磐渓（一八〇一～一八七八）は、仙台藩の蘭医、蘭学者の大槻玄沢の二男として、享和元年五月十五日、江戸木挽《こびき》町五丁目旗本浦上氏邸内にあった大槻玄沢の外宅で生まれた。名は清崇《きよたか》、字は士広。幼名を六次郎という。六番目の子で二男であるのに基づく。元服して平次郎と称し、のち藩主の世子藤次郎君の称を避けて平次と改めた。父の磐水、兄の磐里の号と同じように、父の生地を流れる磐井《いわい》川にちなんで磐渓と号した。幼少にして穎敏。父の玄沢は

「蘭学を盛んにするには、横文字を翻訳し、彼の国の巧妙なる学芸を世の人に知らしめねばならぬ。夫《そ》れには文章家が入用である。子供だから今から云うと、鬼が笑ふかも知れないが、六次郎はその任に当たりそうな者と思はれる」
（『磐渓先生事略』。特別に注記のない場合は、以下、引用は同じ）

と期待をよせていた。八歳の時、備前池田侯の儒者井上四明（名は潜、字は仲竜）の門に入門した。当時四明は八十余歳の老人であったので、孫の毅斎《きさい》（名は天覚、字は先民、通称直記）による素読などの代稽古であった。十四、五歳まで毎日通い、『大学』、『中庸』から『論語』、『孟子』の素読を授けられた。

文化十三年、十六歳の時、林大学頭述斎《じゅっさい》の門に入る。翌年、昌平坂学問所の諸生寮に入寮、以後二十六歳まで十年間在籍した。この間、特に葛西因是《いんぜ》（健蔵）、松崎慊堂《こうどう》の二先生から文章上達の秘訣を得て指導を受け、因是より「前程期すべし」の評語をもらった。文政十年、東海、畿内を巡遊し、長崎に行って蘭学を修める計画で江戸を旅立った。途次、小石元瑞《げんずい》の紹介で京都の頼山陽を訪問した。磐渓の持参した文稿の中の「催詩楼記」を読んだ山陽は、磐渓を山紫水明の書斎に招じて酒を出してもてなし、この文稿の末に「大抵才思駿発、筆力縦横、後来有望也」の評語を記した。さらに九州へ行ったら耶馬渓へは是非廻りなさいと言って、簡略な地図を描いて渡した。その後、奈良、吉野から大阪へ出て、紀州の和歌山へ着いたとき、父玄沢が危篤との知らせを受けて急遽江戸に帰ったが、玄沢は既に他界していた。

何とか長崎へ行ってオランダ語を修めようと考えた磐渓は、松崎慊堂に相談した。その結果、林述斎へ内願して、林家からの口ききによって、当時の長崎奉行本多佐渡守（信友）の近習という身分にしてもらった。翌年七月、一行と共

に江戸を出発し、九月に長崎に到着した。長崎ではオランダ人に近づきとなって、多くの材料を得ようと意欲満々であった。しかし、到着して一月もたたないうちに、シーボルト事件が起こり、オランダ人に近寄ることは憚《はばか》られる事態となってしまった。中国人と筆談した程度で、所期の目的を達することは出来なかった。しかし、ここで長崎の町年寄の一人である高島四郎大夫（秋帆《しゅうはん》）と磐渓との交際が始まった。長崎奉行は一年交替であったので、翌年十一月、本多氏に従って江戸に帰った。

天保三年（一八三二）、三十二歳の時、学問出精により仙台藩の大番組に召し出され、さらに江戸住居の学問稽古人を申し付けられ、一家を起こした。蘭学者となって翻訳書の作成を目指していた磐渓は、儒者の本業である四書五経の研究を義務づけられ、蘭学を一時中断せざるを得なくなった。天保十一年三月、藩の御儒役代を命ぜられ、藩邸の学校順造館に勤番することになる。翌年、旧友高島秋帆が板橋在の徳丸原で、洋式銃隊の訓練を老中若年寄に披露するのを見学して、感服羨望し、「文学を本業とし西洋の武技を副業として、文武両刀つかいと成ろうということに決心」した。

弘化元年（一八四四）、洋兵を松山大五に学び、のち大塚同庵（蜂郎）に入門して、西洋砲術を学び、嘉永元年（一八四八）十月、西洋砲術皆伝とされ、以後門人を受けて洋兵を教授した。この後、数年にわたって仙台藩士中島虎之介、真田喜平太等数人に伝授する。諸士は仙台に帰って、その術を広めたので、仙台藩の洋兵は大いに興った。嘉永四年、新たに藩主より西洋砲術稽古人を命ぜられ、念願の右文左武の人となることが出来た。十一月、中津の奥平侯が西洋式のカノン砲二門を鋳造し、佐久間象山《しょうざん》が下総の鶴牧で演撃をすることになり、磐渓はその手伝いをした。象山とは外国のことを論じて深い交際があった。

（二）ペリー来航の頃の大槻磐渓

大槻磐渓は、幼少の時から父大槻玄沢、その他の洋学者の話が頭の中に在ったので、西洋人を夷狄《いてき》とは思わず、彼らが才智にたけていることを知っていた。従って、開国して西洋諸国と交通することは、国家の利益につながるものであると考えるようになっていた。

嘉永二年（一八四九）の十月には、『献芹《けんきん》微衷《びちゅう》』の書を作って幕府に上った。これは、漢文で書かれたもので、海保・陸戦・水戦・隣好上・隣好下の五編から成り、隣好編上が開国論の主眼である。その結論は、ロシアと隣交を結び、その力を借りてイギリスを防ぐというのが主意である。イギリスを嫌ったのは、文化五年（一八〇八）長崎で起きたフェートン事件や中国での阿片戦争などから判断して、イギリスは武威をたのんで恐嚇《きょうかく》手段に出るに相違ない、という考えに基づいていた。イギリスを甚だしく憎み、恐れた結果ではあるが、国事に公然と開国の意見を発表した、最初のものと言っても過言ではない。

嘉永六年六月三日、アメリカの東インド艦隊指令長官ペリーが、軍艦四隻を引き連れて、浦賀に来航した。ペリーの浦賀沖停泊は、わずかに十日間であったが、江戸表への廻米《かいまい》が途絶するなど、江戸市中は騒然となった。これまで、林大学頭を中心とする朱子学者たちは、磐渓について、オランダ医者の子で蘭学をかじっている、夷狄の道を講じているなどと言って、表向きはともかくも、内々では何かと敬遠していた。ところがペリーが来航すると、林家の方針が一変して、磐渓は必要な弟子とされ、しばしば呼び寄せられて、西洋の形勢やら事情やらの説明を求められた。以前とは異なって大変にもてはやされた。

嘉永六年は、仙台侯伊達慶邦《よしくに》が在府の時で、浦賀へ外国船が来たという知らせがあると、磐渓に「浦賀表へ異国船見届けの為に出張せよ」との君命が下った。それはちょうど祭酒《さいしゅ》林公（復斎）へ『米利幹《アメリカ》議』という仮名書きの書を提出した六月八日のことである。磐渓は即夜出発し、十一日に一旦帰京して、その模様を逐一君公に言上し、翌日また出張を命ぜられ、再び十五日に復命した。多忙を極めたが、

「両度共御人払と云って、左右近侍の人々を悉《ことごと》く遠ざけられて、君公自身に聞かれ、問われ、其の功を賞せられて、手づから若干の賞金」

があった。

ペリーの持参した国書への対応や海防の強化を検討している最中の六月二十二日、十二代将軍家慶《いえよし》が死去し、家定が十三代将軍となった。磐渓は、七月には仙台藩侯の外国処置の建策を作成し、その後、年末にかけて『米利幹議』『露西亜《ロシア》議』をそれぞれ幕閣に上書し、開国論を展開した。

翌年の安政元年正月十五日、ペリーが七隻の軍艦を率いて再び姿を現し、神奈川沖に投錨《とうびょう》すると、磐渓はまたその見届けを申し付けられ、現地へ急行した。その時、磐渓がペリー艦隊をスケッチした絵が『江戸文人のスクラップブック』（工藤宜著、新潮社、一九八九年刊）に紹介されている。

それは、夏島から観音崎までの三浦半島、その向こうに鋸《のこぎり》山から鹿野山までの房総半島が描かれ、その間の湾に七艘の軍艦が浮かんでいる絵である。右端の軍艦に

「十四日八ツ時入津、此ニ懸ル　爾後不動」

他の六艘には、

「此六艘　十六日八ツ時此ニカカル　爾後不動」

とあり、先頭から三番目の艦には、

「使節ペルリ此舩ニ居ル」

と記されている。この絵には、

「嘉永七年甲寅正月十七日、余、命を奉じて浦賀に赴く。途中、小柴村に頓《とどま》り、丘に登って亜墨利加《アメリカ》舩の碇泊するを観、七艘陳列の状を写生し、以て復命の資となせり。」

という書き込みがある。磐渓は「七、八歳の時に絵を師（鏑木雲潭）について学んだ」だけあって、すぐれた描写力で、ペリー艦隊の様子が見事に表現されている。磐渓は、十日間ほど滞在して観察を続けた後、二十七日に帰京した。

　翌二十八日、藩主の慶邦が仙台から江戸に着いたので、謁見すると、その席で「直ぐに浦賀へ参れ」の直命を受けた。即日出発して、神奈川に旅宿を取った。滝之橋の辻村という鰻《うなぎ》屋であった。磐渓は、日米和親条約が締結されるまで、二カ月ほど同所に滞在し、必要に応じて江戸へ帰り、直ぐに藩侯の屋敷へ参上して、情報を逐一言上した。神奈川（今の横浜市神奈川区）に宿を定めたのは、ペリー艦隊が本牧沖に碇泊し、幕府がその応接所を横浜に定めることになったからである。宿は定まったが、磐渓は仙台藩の藩士で、幕府の直参ではないから、幕府の応接所へ出入りすることはできない。しかし、中に入らなければ生きた情報を得ることはできない。

　そこで磐渓は、幕府のオランダ通詞の森山栄之助（以前から森山は磐渓の蘭学の師であり、磐渓は森山の漢学の師である）に頼んで、その草履取りにしてもらい、やっと応接所に入ることができた。木刀を一本腰に差し、尻っぱしょりで草履取りに変装し、応接所の場内にはいり込み、主人の帰りを待つ格好で、一隅に控えて様子を観察した。この時目撃した軍艦、大砲、電信機をはじめとして、応接所の図面、使節、その他の人物肖像など、凡そ五十図ばかりを、作州藩（美《みま》作《さか》）の鍬形《くわがた》赤子と作成して、藩主へ提出した。

　磐渓は、この応接所に出入りしている間に、応接所の警備を命じられていた松代藩の藩士で、軍議役を務めていた佐久間象山や、象山と深く付き合っていた吉田松陰とも出会っている。松陰の「回顧録」の嘉永七年三月七日の条に、

「大槻平治此の時神奈川に留まる故、是を訪ふ。平治漁舟に乗じ、夷舶《いはく》に至り、詩を賦し、羅森に贈りたる事を聞きし故、奇策はなきかと思ひ訪ひたるなり。かくて酒楼に登り酒を置き、舟子を招き恣《ほしいまま》に酔飲せしめ、微言を以て之を動かす。渠れ夷舶に近づくことを許す。我が輩軽鋭、深思せず、謂《おも》へらく策已《すで》に成ると。」

という記事がある（大槻平治は、平次の誤りであろう。磐渓は平次郎の通称を天保八年三十七歳の時に、藩の世子藤次郎君の称を避けて平次と改めている）。

これによると、磐渓はすでに漁船を仕立てて、米艦隊のどの船かに乗り込んでいた。さらに、清国人通訳の羅森と漢詩の交換さえしていたということになる。通商を求めて来航した外国船に乗せてもらって、密かに出国し、海外で学問に励んだ後、漂流民として帰国しようと計画していた松陰は、外国通で開国論者である磐渓に、何らかの知恵を授けてもらうことを期待して、訪問したに違いない。親子ほどの年齢差のある（磐渓五十四歳、松陰二十五歳）二人の間に、どのようなやり取りが存在したかは、両者とも記録を残していない。両者にとって、他言をはばかるような会話が交わさていた可能性もあるが、詳しい事情は不明である。

（三）『近古史談』著作の経過

日米和親条約を締結したペリー艦隊は、三月十四日に神奈川沖を退去した。幕府も諸藩も海警の厳戒体制を解除した。臨時に出府していた藩主の慶邦も仙台へ帰国し、忙しく奔走した磐渓は、ようやく外国の問題から解放されて、本来の文筆活動に専念できる状況になった。磐渓が『近古史談』の著作に着手したのは、米国使節のペリーが帰帆した後、間もない頃である。

世間は、一応の落ち着きを取り戻したが、磐渓には、以前の太平には、はるかに及ばないように思われた。磐渓は、今回の外国騒動を通じて、日本人に欠けているものがあることを痛感した。それは日本人が自信を喪失しているということであった。磐渓は、失われた自信を回復させる一つの方法として、自国の歴史を学ぶことが必要であると考えた。記録に残されたすぐれた先人の言動を通して、その生き方を学び、困難を解決する知恵を身につけ、それを大いに活用しなければならない。そして、今後の世界の変化に、自信をもって対応できる精神と実行力を培うことこそが急務である。それには何をおいても、先ず生きることに困難を伴った時代に、懸命に生きた人々の姿を知らなければならないという念を強くした。

そしてその年の五月から十月までの半年間、日夜ひたすら天正・慶長年間の稗史《はいし》・野乗を中心に書物を翻閲した。英主、名将、猛士、悍卒《かんそつ》、驍勇《ぎょうゆう》、節婦の事が収められている史話に出会ったときは、「感激扼腕《やくわん》の情に堪えず」怒ったり残念がったりしながら読み続けた。採録は更に廉直、狷介《けんかい》の士にも及び、読んでは書き、書いては読む作業を続け、七十余条を得た。各条を平明な漢文に翻訳し、最後に論断をくだし、自分の意見を加えた。頼山陽の『日本外史』の形式よりも、司馬遷の『史記』の列伝の形式を踏襲するものである。

それを世代を逐って編次し、『近古史談』と題をつけ、一応のまとめとしたのは、安政元年十二月二十一日の事である。

磐渓が『近古史談』を編した意図は、外国船の来航によって、幕府の指導者を初めとして国内の多くの人々が右往左往した原因を分析した結果、今こそ、「太平の遊惰を鞭策して、士気を鼓舞する一助」（「近古史談叙」）が必要であるとしたことにある。

この安政元年にまとめた『近古史談』と、十年後の元治元年十一月に江戸で出版された『近古史談』との間には、分量において大きな違いがある。最初の『近古史談』を完成させた後、磐渓は長い年月を要して、『常山紀談』（湯浅常山著）、『明良洪範』（真田増誉編）、『武野燭《ぶやしょく》談』（編者未詳）、『武辺咄聞書《ばなしききがき》』（国枝清軒著）、『武将感状記』（熊沢淡庵編）、『駿台雑話』（室鳩巣）、その他の史料を用いて補充を続けた。そして最後に、織田信長、豊臣秀吉、徳川家康が、それぞれ実権を握っていた時期で区分して、織篇第一（二十八条）、豊篇第二（三十九条）、徳篇第三上（四十一条）、徳篇第三下（二十二条）の四部の構成とした（各篇の条数には、「付記」をも含む）。これは『史記』百三十巻を念頭において、全百三十条にまとめ上げたものと思われる。織・豊篇には、それぞれ天下争覇時代の武門の逸話を主とし、徳篇には、家康時代の三河武士の面目をよく伝える逸話が多く収められている。

『近古史談』の文は、逸話を素材として、厳密な考証を加えたものではない。したがって、学問的な見地からすると史実に誤謬を含んでいるものもある。さらに、典拠の原文を一字一句そのまま漢訳したというものでもない。原文の精神を取り、簡潔明快で華麗な描写力をもつ、漢文の表現形式の特長を生かし、しかも平明な漢文に意訳したものである。また、論評は、儒者の倫理観と開国論者としての合理性が不思議に調和されていて、偉ぶらず、権威も恐れない、磐渓の真情が素直に表現されていて、面目躍如たるものがある。

（四）その後の大槻磐渓

ペリー退帆後の磐渓の生涯は、おおよそ次のようである。

安政元年四月、藩の上邸で洋砲を演撃して藩主の覧に供した。二年十一月、藩の足軽隊を鉄砲隊に改め、二小隊を引き連れて江川太郎左衛門に入門して、西洋流砲術の調練につとめた。翌々年四月には江川氏の学頭となり、六月には皆伝となった。六年十月、幕府が蝦夷地を割いて仙台藩に賜わったので、磐渓はその開拓の策を建言した。

文久二年（一八六二）九月、藩命によって仙台に移り、養賢堂の学頭添役となり、近習を兼ね、禄二百石を給せられた（この年、林家より幕府に徴すべき内命があったが、磐渓はそれを辞退して帰国した）。翌年、『近古史談』の稿本を仙台藩主に献上して、銀を下賜された。元治元年（一八六四）十一月、江戸で『近古史談』が出版された。慶応三年（一八六七）、再び江戸林祭酒より幕府に徴すべき内命があったが、これも辞退した。

明治元年（一八六八）、奥州の諸藩は連合して官軍に抵抗し、仙台藩はその盟主であった。磐渓は藩政の謀議に参加建議し、軍国の文書のことを掌《つかさど》った。そのために、事敗れて捕らえられ、明治二年投獄された。翌年、高齢と病篤きによって出獄を許され、蟄居《ちっきょ》を命ぜられた。更に翌年三月、蟄居が謹慎に改められ、四月には釈放されるに至った。五月に家族と共に東京の娘婿（三女雪の夫）の住む本所に移った。その後陸軍軍医監から内命を含んで出仕を勧められたが、「亡国の遺臣何の面目あって朝班に就くべき」と固く辞退した。成島柳北を『朝野新聞』に推挙したのは、この時期である。

明治九年八月、本郷の新宅に移住した。その後は、詩文の添削や撰文揮毫による文雅風流の生活を送った。

「俺は文化・文政の泰平を見て、天保の驕奢にも飢饉にも、改革騒動にも逢ひ、嘉永から安政へかけて外国騒ぎ、夫れから地震・大風・コロリと、世のさまざまを経て、攘夷鎖国の狂態にも出逢ひ、遂に明治の太平を仰ぎ、七十年間一興一廃の変化に遭遇して、実に仕合者である」

と言うのが、当時の口癖であった。

また、明治の世が西洋文物流行となったのを見て

「夫れ見ろ。俺が攘夷論の火のような中で、開国せにゃならぬと云って居た。本当に世界の形勢を知らぬ大たわけだ」其の通りであろう。あの時、鎖国攘夷を唱えた者は、本当に世界の形勢を知らぬ大たわけだ」と、酒に酔うと大気焔をしばしば吐いたと言う。

明治十年二月に西南戦争が起こると、海内が騒然として、戦況はともかく、一般の人気は西郷のほうへ傾いた。磐渓は、征韓論者である西郷隆盛が薩摩の健児を引き連れて上京し、政権を握ると、必ず朝鮮征伐が始まる。朝鮮はロシアが以前から浸出を企てていた国であるから、事によるとロシアと争端を開きかねない。せっかく開国になってロシアとも隣交が結ばれ、自分の年来の持論が成就したのに、また国交を断絶するようなことになっては大変である。そういう思いにとらわれて、この問題を深刻に受け止め、日夜心を悩ませた。一は世の文明のため、一は自分の主義主張のための思いであったが、それが高じて、ヒポコンデリー（磐渓は六十二歳の時にもこの病を患っている）に陥り、三月末からは床に就くほどになった。そして西南戦争が平定された後も、一旦衰弱した精神は、身体の老化の進行と相俟って、その後は回復しなかった。朝夕の食事にもただ鶏卵酒を飲み、まれに極めて少量の御飯を口にするという生活が続いた。

そして、明治十一年六月十三日、何の苦痛もなく、まるで眠るかのように、その七十八歳の生涯を終えた。翌々十五日、父磐水、兄磐里の眠る芝高輪の東禅寺に葬られた。

凡　例

一　本文は『近古史談』（大槻清崇著、元治元年刊）を底本とし、必要に応じて『近古史談』（大槻清崇著、大槻修二訂、明治十二年刊）、『刪修近古史談』（大槻文彦刪修、明治十五年刊）を参考とした。

二　各話ごとに、まず返り点つきの原文を示し、その後に書き下し文・語釈・現代語訳を示した。なお、重要な登場人物については、人物解説の項を設け、その中で解説した。

三　漢字はおおむね、新字体を用い、異体字の類は現代通行の字体に改めた。

四　明らかな誤字は訂正したが、一々注記はしなかった。

五　底本の本文中の割り注は、（　）によって示した。

六　句読点は、底本に示されている句点「。」を、適宜、句点と読点「、」に分けて使用した。また書き下し文との調和を考慮して、臨機の処置を取った。

七　書き下し文には、すべての漢字に読み仮名をつけた。その際、原則として、字音は現代仮名遣い、字訓は歴史的仮名遣いによった。

八　原文の典拠（原文出典）については、『近古史談原文集』（大槻文彦編、明治四十三年、嵩山書房刊）によった。

巻一　織篇第一

了伯聴二平語一（了伯平語を聴く《りょうはくへいごをきく》）

佐野城主天徳寺了伯、属二北条氏一、驍名夙顕。嘗招下瞽師善二琵琶一者某上、演二平語一。瞽師為唱二二曲一。一係二佐々木高綱事一、一係二那須宗高事一。了伯毎レ聴二一曲一、嗚咽歔欷而不レ已。

他日従容問二左右一曰、「昨聴二平語一、若何。」皆曰、「甚可レ楽也。但所レ演皆係二赫赫功名之事一、而君独泣不レ已、何也。」了伯聞レ之、仰レ天太息曰、「吾今而知二汝等不レ足レ為二我用一也。顧高綱之辞二鎌倉公一、乞二其所レ愛名馬一、而約二先登於不レ可レ必之前一。其心固無二生還之理一矣。宗高立二馬於両軍属目之中一、而射二扇眼乎海波数百歩之外一。不幸一発不レ中、唯有三自刎以投二於海一耳。吾推二究二子心事一至レ此、則感慨悲壮、不四自覚三涕涙之交二乎睫一也。今日弓箭之士、果能以二二子之心一為レ心、則何戦不レ勝、何功不レ成。汝等乃曰、『見二其可一レ楽、不レ見二其可一レ悲。』吾是以知三其無二能為一也。」

寧静子曰、「古人云、『以二活眼一読二活書一。』天徳寺氏之聴二平語一、可三移以為二読史之法一焉。」

附記

天徳寺了伯、佐野城主小太郎宗綱之伯父也。宗綱之死、諸臣相謀、請二北条氏忠一為レ嗣。了伯独欲レ養二佐竹氏子一、議不レ合。遂去入レ京、隠二棲黒谷一云。及二豊公之東征一、乃起以為二嚮導一。

佐野《さの》の城主天徳寺了伯《じょうしゅてんとくじりょうはく》は、北条氏《ほうじょうし》に属《ぞく》して、驍名夙《ぎょうめいつと》に顕《あらは》る。嘗《かつ》て瞽師《こし》の琵琶《びは》を善《よ》くする者《もの》某《なにがし》を招《まね》きて、平語《へいご》を演《えん》ぜしむ。瞽師《こし》為《ため》に二曲《にきょく》を唱《とな》ふ。一《いっ》は佐々木高綱《ささきたかつな》の事《こと》に係《かか》り、一《いっ》は那須宗高《なすむねたか》の事《こと》に係《かか》る。了伯《りょうはく》一曲《いっきょく》を聴《き》く毎《ごと》に、嗚咽歔欷《おえつきょき》して已《や》まず。

他日従容《たじつしょうよう》として左右《さゆう》に問《と》ひて曰《い》はく、「昨《きのふ》平語《へいご》を聴《き》く、若何《いかん》。」と。皆曰《みない》はく、「甚《はなは》だ楽《たの》しむべきなり。但《た》だ演《えん》ずる所《ところ》は皆赫赫《みなかくかく》たる功名《こうめい》の事《こと》に係《かか》るに、君独《きみひと》り泣《な》きて已《や》まざるは、何《なん》ぞや。」と。了伯之《りょうはくこれ》を聞《き》き、天《てん》を仰《あふ》ぎ太息《たいそく》して曰《い》はく、「吾今《われいま》にして汝等《なんぢら》の我《わ》が用《よう》を為《な》すに足《た》らざるを知《し》るなり。顧《おも》ふに高綱《たかつな》の鎌倉公《かまくらこう》を辞《じ》するとき、其《そ》の愛《あい》する所《ところ》の名馬《めいば》を乞《こ》ひて、先登《せんとう》を必《ひっ》すべからざるの前《まへ》に約《やく》す。其《そ》の心固《こころもと》より生還《せいかん》の理《り》無《な》し。宗高馬《むねたかうま》を両軍《りょうぐん》属目《しょくもく》の中《うち》に立《た》て、而《しか》して扇眼《せんがん》を海波数百歩《かいはすうひゃっぽ》の外《そと》に射《い》る。不幸《ふこう》にして一発中《いっぱつあ》たらざれば、唯《た》だ自刎《じふん》して以《もっ》て海《うみ》に投《とう》ずる有《あ》らんのみ。吾《わ》れ二子《にし》の心事《しんじ》を推究《すいきゅう》して此《ここ》に至《いた》れば、則《すなは》ち感慨悲壮《かんがいひそう》、自《みづか》ら涕涙《ているい》の睫《しょう》に交《まじ》はるを覚《おぼ》へざるなり。今日弓箭《こんにちきゅうせん》の士《し》、果《は》たして能《よ》く二子《にし》の心《こころ》を以《もっ》て心《こころ》と為《な》さば、則《すなは》ち何《いづ》れの戦《たたか》ひにか勝《か》たざらん、何《いづ》れの功《こう》か成《な》らざらん。汝等乃《なんぢらすなは》ち曰《い》はく、『其《そ》の楽《たの》しむべきを見《み》て、其《そ》の悲《かな》しむべきを見《み》ず。』と。吾《わ》れ是《ここ》を以《もっ》て其《そ》の能《よ》く為《な》すこと無《な》きを知《し》るなり。」と。

寧静子《ねいせいし》曰《い》はく、「古人云《こじんい》ふ、『活眼《かつがん》を以《もっ》て活書《かつしょ》を読《よ》む。』と。天徳寺氏《てんとくじし》の平語《へいご》を聴《き》く、移《うつ》して以《もっ》て読史《どくし》の法《ほう》と為《な》すべし。」と。

附記《ふき》

天徳寺了伯《てんとくじりょうはく》は、佐野《さの》の城主《じょうしゅ》小太郎宗綱《こたろうむねつな》の伯父《はくふ》なり。宗綱《むねつな》の死《し》せしとき、諸臣相《しょしんあ》ひ謀《はか》り、北条氏《ほうじょうし》の弟氏忠《おとうとうじただ》を請《こ》ひて嗣《し》と為《な》す。了伯独《りょうはくひと》り佐竹氏《さたけし》の子《こ》を養《やしな》はんと欲《ほっ》し、議合《ぎあ》はず。遂《つひ》に去《さ》りて京《きょう》に入《い》り、黒谷《くろたに》に隠棲《いんせい》すと云《い》ふ。豊公《ほうこう》の東征《とうせい》するに及《およ》びて、乃《すなは》ち起《た》ちて以《もっ》て嚮導《きょうどう》を為《な》す。

〔語釈〕

佐野城＝下野国の唐沢山（現在の栃木県南西部）にあった山城。属＝つき従う。北条氏＝戦国時代の武将、北条長氏（早雲）を祖とする小田原の北条氏。驍名＝武勇の評判。武勇の聞え。瞽師＝盲人で音曲を奏する者。嗚咽歔欷＝涙にむせびすすり泣く。従容＝ゆったりとして、心静かなさま。左右＝おそば仕えの家来。近習。赫赫＝あらわれて盛んなさま。功名＝てがら。いさお。鎌倉公＝源頼朝のこと。先登＝一番先に敵陣に攻め入ること。一番乗り。扇眼＝扇のかなめ。交乎睫＝まつげにかかる。弓箭之士＝弓矢をとる者。武士のこと。寧静子＝大槻盤渓の別号。以活眼読活書＝活きた眼をもって活きた書物を読む。文字に拘泥せず、言外の意味を見通して、全体の意味を十分に読みとること。読史之法＝歴史書を読むについての心得。嗣＝後つぎ。後継者。豊公東征＝天正十八年（一五九〇）秀吉が小田原城を攻めたときのこと。嚮導＝道案内者。

〔人物解説〕

天徳寺了伯＝（?～一六〇一）安土桃山時代の武将。本名は佐野房綱。剃髪して天徳寺了伯（宝衍《ほうえん》）と号した。永禄五年（一五六二）から天正十年（一五八二）の間、下野佐野唐沢山城にあって、佐野昌綱・宗綱父子を補佐し、上杉謙信に対抗していた。謙信没後、北条氏滅亡後は秀吉と接触を持ち、文禄・慶長の役には名護屋に赴いて秀吉に仕えた。撃剣の達人であったとされる。

佐々木高綱＝（？〜一二一四）、鎌倉時代前期の武将。治承四年（一一八〇）源頼朝の挙兵に馳せ参じ、常に頼朝の近くにあって軍功を重ねた。元暦元年（一一八四）木曾義仲追討には源義経に従い、頼朝より与えられた名馬生唼《いけずき》（池月とも書く）に乗り、梶原景季と宇治川に先陣を競って名を挙げた。

那須宗高＝通称与一。生没年不詳。鎌倉時代前期の武士。文治元年（一一八五）源義経に従って屋島で平家と戦った際、平家方の小舟に立てられた扇の的を一矢で射とめて名をあげた。

佐竹氏＝佐竹義宣（一五七〇〜一六三三）、天正十四年（一五八六）家督を相続して常陸の太田城に居し、下野の宇都宮、陸奥の蘆名《あしな》、岩城の諸氏を扶けて北条氏直《うじなお》及び伊達政宗と雄を争った。天正十八年太田から水戸へ進出した。文禄四年（一五九〇）には豊臣秀吉から五十四万五千石の朱印状を与えられた。関が原の戦いの際、密かに西軍に味方したため、慶長七年（一六〇二）家康から出羽に国替えを命じられた。その後大坂冬の陣では徳川方で出陣し功を立てた。

〔通釈〕

下野の国の佐野の城主天徳寺了伯は、小田原の北条氏の旗下について、幼年より勇猛な武士として評判を得ていた。その了伯が、ある時、盲目の法師で琵琶を上手に弾く者某を招いて、平家物語の弾き語りをさせた。盲目の法師は、了伯の望みにまかせて二段を語った。一つは佐々木四郎高綱が宇治川の先陣の事、もう一つは那須与一宗高が屋島の壇の浦に於て平家の軍より差し出された扇の的を射た事を扱ったものであった。了伯は一段を聴くたびに、胸がいっぱいになり、すすり泣きを止められない有様であった。

其の翌日、了伯はゆったりと落ち着いた態度で側近に仕える者に向って「昨日、平家物語を聴いて、どんな心持ちになったか。」と尋ねた。側近の者たちが、口を揃えて「大変楽しゅうございました。ただ語られたところは二段とも輝く功名手柄の話でありましたのに、主公には独り涙を流し続けられましたのは、なぜなのでしょうか。」と答えた。了伯はこの答えを聞くと、天を仰いでため息をつきこう言った、「吾は今の一言によって、汝等は我が用をなすに足らない者であることを知った。思うに、高綱は頼朝公に暇乞いをした時、頼朝公が秘蔵する名馬生唼（池月）を乞いてもらい受け、（保証はないのに）必ず先陣をきると約束したのである。万一人に後れを取ったならば、討ち死にする覚悟で、固より生きて還る心算はなかったのである。また宗高は、源平敵味方の両軍が目を離さず見物しているただ中に自分の乗った馬を立ち止まらせ、海上数百歩の先にある扇の的を射たのである。不幸にして一矢射損じたならば、ただ自分の首をかき切って身を海へ投げるのほかはないのである。吾はこの高綱と宗高との心の中を推察してみると、嘆かわしく悲しくて、自分でも無意識のうちに涙を流していたのである。今日弓矢を取る武士が、果たしてよくこの両人の心をもって自分の心としたならば、どんな戦いにおいても勝利しないことがあろうか、どんな手柄もたてられないことがあろうか。汝等は『楽しむべき事だけを見て、悲しむべき所は見えない。』と言う。吾はこのことによって、汝等が我がためには役に立たないことを知った。」と。

寧静子は言う、「古の人は『活きた眼をもって活きた書を読め。』と言った。天徳寺氏が平家物語を聴いた心をもって、歴史を読む読み方とすべきである。」と。

附記

天徳寺了伯は、佐野の城主天徳寺小太郎宗綱の伯父である。宗綱が死去した時、諸臣が相談をして、北条氏の当主の弟である氏忠をもらい受けて世継ぎとしようとした。了伯はただひとりそれに不服で、佐竹氏の子を養子としようとしたために、相談がまとまらなかった。そのため佐野を去って京都へ行き、東山の黒谷に隠れ住んだという。豊臣秀吉が小田原の北条氏を征した時には、再び世に起ち出て、その道案内役をした（以前北条氏に属していたので、その地理に詳しく、勝手を知っていたためであろう）。

〔原文出典〕

『常山紀談』（一）輝虎平家を語らせて聞かれし事。

「附記」は、同（九）関白宇都宮にて佐野天徳寺と物語の事。

織田公納レ諫 （織《お》田《だ》公《こう》諫《かん》を納《い》る）

右府信長幼放縦、動止不レ常。其傅平手政秀驟諫不レ聴。政秀憂憤之極、留二諫書一封一、而自殺。於レ是信長大感悟、改レ過励レ行、益講二武事一。遂東征西伐、誅レ叛撫レ服、及二天正中一、定二天下大半一、威名藉二藉乎京畿一。

近臣或献レ媚曰、「曩中務不レ察下君之成二大業一如上レ此、而早自決レ死。何性之急也。」信長作レ色曰、「言何妄。当初微二中務一死之諫一、孤何以得下執二弓箭一以至中乎此上。孤之所三以能至二乎此一者、皆中務之力也。抑諫臣之死者多矣。至下自死以諫二其君一如二中務一者上、今古未四曾有三見二聞之一也。汝乃目以二躁急一。不三唯無二礼於中務一、使二孤追悔感感不一レ能レ已。汝言之妄、不二亦甚一乎。」

寧静子曰、「織田公天賦英資。縦無二政秀之死諫一、豈終身昏迷不二自悟一者乎。侍臣之貢レ諛、亦非レ無レ謂也。特公不三受以為二己功一、而専帰二之政秀一激之力一。君徳之美、洵可二嘉尚一矣。

抑公中道不レ令レ終。雖レ如レ可レ恨、然臣秀吉継二乃公遺業一、尽成二其所一レ志。則大乱削平之功、不レ得レ不レ帰二之織田公一矣。嗚呼、亦偉哉。」

右府《ゆうふ》信長《のぶなが》は幼《よう》にして放縦《ほうしょう》、動止《どうし》常《つね》ならず。其《そ》の傅《ふ》平《ひら》手《て》政秀《まさひで》驟《しばし》ば諫《いさ》むれども聴《き》かず。政秀《まさひで》憂憤《ゆうふん》の極《きは》まり、諫《かん》書一封《しょいっぷう》を留《とど》めて、自殺《じさつ》す。是《ここ》に於《おい》て信長《のぶなが》大《おほ》いに感悟《かんご》し、過《あやまち》を改《あらた》め行《こう》を励《はげ》まし、益《ますま》す武事《ぶじ》を講《こう》ず。遂《つひ》に東征西伐《とうせいせいばつ》し、叛《はん》を誅《ちゅう》し服《ふく》を撫《ぶ》し、天正中《てんしょうちゅう》に及《およ》び、天下《てんか》の大半《たいはん》を定《さだ》めて、威名京畿《いめいけいき》に藉藉《せきせき》たり。

近臣或《きんしんある》いは媚《こび》を献《けん》じて曰《い》はく、「曩《さき》に中務君《なかつかさきみ》の大業《たいぎょう》を成《な》すこと此《かく》の如《ごと》きを察《さっ》せずして、早《はや》く自《みづか》ら死《し》を決《けっ》す。何《なん》ぞ性《せい》の急《きゅう》なるや。」と。信長色《のぶながいろ》を作《な》して曰《い》はく、「言何《げんなん》ぞ妄《もう》なる。当初中務一死《とうしょなかつかさいっし》の諫微《かんなか》りせば、孤何《こなに》を以《もっ》て弓《きゅう》箭《せん》を執《と》りて以《もっ》て此《ここ》に至《いた》ることを得《え》んや。孤《こ》の能《よ》く此《ここ》に至《いた》る所以《ゆゑん》の者《もの》は、皆中務《みななかつかさ》の力《ちから》なり。抑《そもそ》も諫臣《かんしん》の死《し》する者《もの》多《おほ》し。自《みづか》ら死《し》し以《もっ》て其《そ》の君《くん》を諫《いさ》むること中務《なかつかさ》の如《ごと》き者《もの》に至《いた》りては、今古《きんこ》未《いま》だ曾《かつ》て之《これ》を見聞《けんぶん》すること有《あ》らざるなり。汝《なんぢ》乃《すなは》ち目《もく》するに躁急《そうきゅう》を以《もっ》てす。唯《ただ》に中務《なかつかさ》に無礼《ぶれい》なるのみならず、孤《こ》をして追悔慼慼《ついかいせきせき》として已《や》むこと能《あた》はざらしむ。汝《なんぢ》が言《げん》の妄《もう》なることも、亦《ま》た甚《はなは》だしからずや。」と。

寧静子《ねいせいし》曰《い》はく、「織田公《おだこう》は天賦英資《てんぷえいし》なり。縦《たと》ひ政秀《まさひで》の死諫《しかん》無《な》かれども、豈《あ》に終身昏迷《しゅうしんこんめい》して自《みづか》ら悟《さと》らざる者《もの》ならんや。侍臣《じしん》の諛《ゆ》を貢《こう》するも、亦《ま》た謂《い》はれ無《な》きに非《あら》ざるなり。特《とく》に公受《こうう》けて以《も》て己《おのれ》の功《こう》と為《な》さずして、専《もっぱ》ら之《これ》を政秀《まさひで》の一激《いちげき》の力《ちから》に帰《き》す。君徳《くんとく》の美《び》なること、洵《まこと》に嘉尚《かしょう》すべし。

抑《そもそ》も公中道《こうちゅうどう》にして終《を》はりを令《よ》くせず。恨《うら》むべきが如《ごと》しと雖《いへど》も、然《しか》れども臣秀吉乃公《しんひでよしだいこう》の遺業《いぎょう》を継《つ》ぎて、尽《ことごと》く其《そ》の志《こころざ》す所《ところ》を成《な》す。則《すなは》ち大乱削平《たいらんさくへい》の功《こう》は、之《これ》を織田公《おだこう》に帰《き》せざるを得《え》ず。嗚呼《ああ》、亦《ま》た偉《い》なるかな。」と。

〔語釈〕

右府＝右大臣の唐名。信長は天正五年（一五七七）に右大臣となっているのでいう。**放縦**＝わがまま。気ままなこと。**傅**＝おもり役。**憂憤之極**＝心配といきどおりのあまり。うれえといきどおりが極限に達したこと。**諫書**＝君主をいさめる言葉を書き記した手紙。**感悟**＝感じて今までの非をさとる。**東征西伐**＝四方の敵を征伐する。東国に征し、西州を伐ったこと。**誅叛撫服**＝そむいた者を殺し、服従した者をいたわる。**藉藉**＝名声の盛んなさま。**中務**＝平手政秀の通称。当時の政秀は、信長の機密事項などを司っていたので、中務大輔と呼ばれていた。**作色**＝怒りの顔つきをすること。**孤**＝人君の自らの謙称。**躁急**＝気ぜわしいあわて者。**追悔**＝むかしを思い出して後悔する。**慼慼**＝かなしみいたむさま。**天賦英資**＝生れつき人に秀れていること。**昏迷**＝正常な心を失ってわけがわからなくなること。**嘉尚**＝ほめたたえる。**不令**＝立派ではない。すぐれていない。**乃公**＝なんじ（秀吉）の君の意。ここでは信長のことをいう。**大乱削平**＝天下の乱れたのを戦いに勝って平定する。

〔人物解説〕

織田信長＝（一五三四～一五八二）織田信秀の第三子。十八歳の時信秀の死去によって家督を継ぐ。永禄三年（一五六〇）には、ほぼ尾張一国を平定し、桶狭間《おけはざま》の戦いで今川義元を倒して勇名を天下にとどろかせた。その後稲葉山城の斎藤竜興《たつおき》を破ってここに移り、岐阜と改名した。翌年足利義昭《よしあき》を奉じて上洛し、京都を鎮定し、幕府を再興して義昭を将軍の位につけた。その後義昭が他の勢力と手を結んで反抗したため義昭を放逐し、室町幕府は滅亡した。天正三年（一五七五）家康を援けて三河長篠《ながしの》で武田勝頼を破り、翌年安土城を築き、官位も右大臣、正二位に叙せられて中原制覇の基礎を固めた。天正十年（一五八二）備中に転戦していた秀吉を救援するため自ら手兵を率いて安土を出陣、京都本能寺に宿したが、六月二日明智光秀に襲われ火中に自刃した。

平手政秀＝（一四九二〜一五五三）、初め信長の父信秀の家老であった。信秀は政秀を信長の傅として輔育させた。信長の実名も、信長が斎藤道三の女を娶ったのも政秀の案に出たものといわれる。信秀が没してから信長の操行が修まらず、政秀は一死をもって諫止しようと決心して切腹をした。

〔通釈〕

右大臣の信長は幼少の時、わがまま気ままな少年で、その振る舞いは普通ではなかった。其のお守り役の平手政秀がしばしば忠告したけれども一切聴き入れなかった。政秀は心配のあまり、忠告を記した封書一通を書き残して、切腹をしてしまった。こういう事態になって信長は大いに吾が非を悟り、過失を改め正し行状をよくすることに励みつとめ、ますますいくさの事を研究した。（その結果）ついに東国を征し、西州を伐し、自分に背く者は誅し自分に従う者は安堵させ、天正年中になって、日本の大半を治め、その威勢ある名が都や近畿地方に聞こえわたった。

側近に仕える者に媚びへつらう者があって、「以前に平手中務政秀は、主君がこのように大業を成し遂げることを察せず、早まって自殺をしたのは、何とも短気者の仕業ではございませんか。」と申し上げた。すると信長はむっとして言った、「何とたわけたことを言うのか。この大業を成す初めに当って、政秀が死を決して諫めてくれなかったならば、自分はどうして弓矢を執ってこれほどに成ることができたであろうか。自分がこれほどに大業を成すに至ったのは、みな中務政秀の力である。そもそも諫臣で諫めのために殉死した者は多い。しかし、切腹をして其の主君を諫めた中務政秀のような者は、今も昔も例のないことである。汝は政秀を呼んで短気者という。それはただ中務政秀に対して無礼なだけではなく、この吾が身に先非を思い出させて後悔させ、憂え嘆かせるのである。汝の言はたわごとにしても、何とひどいことではないか。」と。

寧静子は言う、「信長公は生まれつきの優れた資質があった。たとえ政秀が切腹して諫めた事件が無くても、生涯自ら悟ることのないような凡人ではない。側近の家来たちがへつらいを言うのも、また理由のないことではない。特に信長公が側近者の追従の言葉を受けて、大業を成したのは自分の手柄であるとせず、ひたすらこれを政秀の一奮激の力であるとする。人君たる者の徳の美わしく見事なことは、まことに褒め貴ぶべきことである。

そもそも信長公は、大業の中途で明智光秀の反逆にあって終わりを全うすることができなかった。遺恨が多かったようではあるが、臣下の秀吉が信長公の残された業を継ぎ、ことごとく志された所を成就した。そこで応仁以来の大乱の世を平らげて世を治めた功績は、信長公の功としなければならない。ああ、何と偉大な業ではないか。」と。

〔原文出典〕
『治平金訓』。『常山紀談』（七）信長公平手政秀を惜しみ給ひし事。

右府営㆓皇居㆒（右府《ゆうふ》皇居《こうきょ》を営《いとな》む）

足利氏之季、宮闕之頽廃極矣。有㆑伝㆓当時古老之言㆒云、「茨墻竹柵、無㆓復門関㆒、群童日来㆓階下㆒、摶㆓土塊㆒以為㆑戯。時掲㆑簾窺㆑戸、闃如㆑無㆑人。而公卿之窮阨殊甚。近衛公国歌会、盛㆓鎡団於三宝盤㆒、以供㆑客。盤板煤蝕、深墨如㆑漆。有㆑人謁㆓常磐井公㆒。時方盛夏、而公無㆓褌衣㆒。直纏㆓蚊幮於体㆒、以見㆓其人㆒。」其瑣尾如㆑此。

及㆓織田氏之興㆒、則営㆓宮禁㆒、弁㆓供御㆒、挙㆓廃典㆒、続㆓常職㆒。然後煥然始有㆑可㆑観云。

寧静子曰、「応仁以還、大乱極矣。天下侯伯、争㆑地以戦、惟利之視。名分紊、而私欲横。誰復問㆓乎宮闕之廃興㆒。当㆓此時㆒、不㆑有㆔織田公大節高義、以尊㆓天子㆒、則蒼生何由観㆓皇室之再造㆒乎。而今日恭順之美、蓋有㆓由来㆒矣。嗚呼、如㆑公者、所謂知㆓時務㆒之俊傑者非耶。」

足利氏《あしかがし》の季《すゑ》、宮闕《きゅうけつ》の頽廃極《たいはいきは》まれり。当時《とうじ》の古老《ころう》の言《げん》を伝《つた》ふるもの有《あ》りて云《い》ふ、「茨墻竹柵《ししょうちくさく》、復《ま》た門関《もんかん》無《な》く、群童《ぐんどう》日《ひ》に階下《かいか》に来《き》たり、土塊《どかい》を摶《たん》して以《もっ》て戯《たはむ》れを為《な》す。時《とき》に簾《れん》を掲《かか》げて戸《こ》を窺《うかが》ふに、闃《げき》として人無《ひとな》きが如《ごと》し。而《しか》して公卿《こうけい》の窮阨《きゅうやく》殊《こと》に甚《はなは》だし。近衛公《このえこう》の国歌《こっか》の会《かい》に、鎡《じ》団《だん》を三宝盤《さんぽうばん》に盛《も》りて、以《もっ》て客《きゃく》に供《きょう》す。盤板煤蝕《ばんはんばいしょく》して、深墨《しんぼく》漆《うるし》の如《ごと》し。人有《ひとあ》り常磐井公《ときはゐこう》に謁《えつ》す。時方《ときまさ》に盛夏《せいか》、而《しか》るに公襌衣《こうたんい》無《な》し。直《ただ》ちに蚊蟵《ぶんちゅう》を体《たい》に纏《まと》ひ、以《もっ》て其《そ》の人《ひと》を見《み》る。」と。其《そ》の瑣尾《さび》なること此《かく》の如《ごと》し。

織田氏《おだし》の興《おこ》るに及《およ》びて、則《すなは》ち宮禁《きゅうきん》を営《いとな》み、供御《ぐご》を弁《べん》じ、廃典《はいてん》を挙《あ》げ、常職《じょうしょく》を続《つ》ぐ。然《しか》る後煥然《のちかんぜん》として始《はじ》めて観《み》るべき有《あ》りと云《い》ふ。

寧静子《ねいせいし》曰《い》はく、「応仁以還《おうにんいかん》、大乱極《たいらんきは》まれり。天下《てんか》の侯《こう》伯《はく》、地《ち》を争《あらそ》ひて以《もっ》て戦《たたか》ひ、惟《た》だ利《り》を之《こ》れ視《み》る。名分紊《めいぶんみだ》れて、私欲横《しよくおう》なり。誰《たれ》か復《ま》た宮闕《きゅうけつ》の廃興《はいこう》を問《と》はんや。此《こ》の時《とき》に当《あ》たり、織田公《おだこう》の大節高義《たいせつこうぎ》、以《もっ》て天子尊《てんしたふと》ぶこと有《あ》らずんば、則《すなは》ち蒼生何《そうせいなに》に由《よ》りてか皇室《こうしつ》の再造《さいぞう》を観《み》んや。而《しか》して今日恭順《こんにちきょうじゅん》の美《び》なるは、蓋《けだ》し由《よ》りて来《きた》ること有《あ》り。嗚呼《ああ》、公《こう》の如《ごと》き者《もの》は、所謂時務《いはゆるじむ》を知《し》るの俊傑《しゅんけつ》なる者《もの》に非《あら》ずや。」と。

〔語釈〕

宮闕＝天子の御所。宮城、皇居。闕は、王宮の正門の両側にある物見台をいう。**茨墻竹柵**＝いばらの垣根と竹の垣。**門関**＝門の戸じまり。**摶**＝手でまるめること。**闃**＝静かで音のしないさま。**公卿**＝高位高官をいう。公は摂政・関白・大臣のこと、卿は大納言・中納言・参議及び三位以上の朝官をいう。**窮阨**＝経済的に生活が苦しい。不遇で困窮する。**国歌会**＝和歌の会。**鎡団**＝だんご。**三宝**＝神仏や貴人に物を供え、また儀式に物をのせるのに使う台。方形の折敷《おしき》を檜の白木で造り、前・左・右の三方に刳形《くりかた》のある台を取りつけたもの。**禅衣**＝ひとえの着物。**蚊蟵**＝かや。蚊を防ぐためにつって寝床をおおうとばり。**瑣尾**＝落ちぶれるさま。**宮禁**＝宮殿、皇居。御所皇宮は、その出入を禁ずるので、禁裏と言う。**供御**＝宮中の御衣食。**廃典**＝すたれていた儀式。**煥然**＝明らかなさま。立派なさま。**応仁以還**＝応仁元年（一四六七）細川勝元と山名宗全が京都で戦端を開いてから以後。**侯伯**＝戦国時代の諸大名をいう。**蒼生**＝人民のこと。『書経』益稷で民は蒼蒼然として生ずるのでこう表現するというのに基づく。**時務**＝その時世に応じたつとめ。政治。**俊傑**＝すぐれた人物。

〔人物解説〕

近衛公＝五摂家の一つ。平安時代末期の関白藤原忠通《ただみち》の嫡男基実《もとざね》を始祖とする藤原の嫡流。鎌倉時代に入ってから、藤原氏の嫡流は二流に分かれたが、その住居によって区別し、近衛殿を住居とした藤原基通の嫡流を近衛家と呼ぶ。

常盤井公＝亀山天皇の皇子恒明《つねあき》親王に始まる、大覚寺統（南朝）の宮家の一つ。宮号は亀山天皇の御所で恒明親王が伝領した常盤井殿に由来する。その住居によって常盤井家と呼ぶ。

〔通釈〕

足利氏の末世の頃、皇居は荒れて御普請修繕もなく、この上なく荒廃した。当時の古老の言を伝えたものがあり、その言葉に、「皇居の周囲は茨の垣をしたり、竹の柵を結いまわしたりしてあって、門や見張りもなく、子供たちの遊び場となり、子供たちが毎日宮殿の近くにやって来て、庭の土くれをまるめて遊び戯れている。時には御簾をまきあげて戸の内をのぞくと、ひっそりとして住む人もないような様子である。そうして公家方の困窮は特にはなはだしい。近衛公が和歌の会の時に、茶うけとして団子を三宝に盛って、客に出された。その三宝の板がひどく煤けて虫が食い、真黒になっていて、まるで漆塗りのようであった。またある人が常磐井公に拝謁した。時候はまさに盛夏であるのに、常盤井公には禅衣《ひとえもの》さえなく、じかに蚊帳を身にまとって、その人にご面会なされた。」とある。その衰えおちぶれたさまはこのようであった。

織田信長が力を得てからは、皇居の御所を造営し、天子の御衣食料を献じ、廃れた儀式を元通りに再興し、公家方の仕える定まりの役目を継続させた。こうなってから（皇居も）すっかり一新されやっと立派な御所が見られるようになったということである。

寧静子は言う、「応仁の乱以後、日本全国が大いに乱れた。全国の大名小名たちが互いに土地を奪い合い、ただ自分の利益だけを考える世の中となった。その結果、君臣上下の名分が乱れて、自分勝手の私欲ばかりが横行するようになった。そのような風潮の中でだれも朝廷の興廃に気を配る者はなかった。この時に当たって、織田信長公が、臣下の大節高義を立てて、天子を尊ぶことをしなかったならば、全国の人々は、皇居が再び元の通りに盛んになるのを見ることはできなかったのである。今日幕府が皇室に恭順である美風は、考えてみると由来があることなのである。ああ、信長公は、いわゆる時の務めをよく知っている、万人に優れた人だったではないか。」と。

〔原文出典〕
『老人雑話』（下）。『武野燭談』（二十八）。

神子田長門（神子田長門《みこだながと》）

美濃之戦、敵軍大敗。我士池田勝三郎、追㆓敵之唐首㆒甚急（唐首、即以㆓旄牛尾㆒飾㆓兜首㆒、毿毿然者。）、竟不㆑及而返。

信長謂㆓勝三㆒曰、「今之唐首而走者、必神子田長門也。凡方㆓追兵之甚急㆒、怯懦之士、必反撃死。不㆑死而遠遁、非㆓大剛者㆒不㆑能矣。」既而問㆑之、果神子田也。

寧静子曰、「太閤嘗問㆓前田・毛利諸公㆒曰、『仮使㆘故右府率㆓兵五千㆒、与㆓蒲生氏一万人㆒戦㆖、則卿等将㆓何属㆒。』諸公未㆓以有㆑対也。太閤曰、『如㆑孤属㆓右府㆒耳。何則使㆔南軍得㆓北軍首五六級㆒、其一必氏郷首也。北軍得㆓南軍首㆒雖㆑至㆓四千余級㆒、決不㆑能㆑見㆓右府面㆒。是其将㆑将之才、所㆔以不㆑可㆑及也。』余謂太閤此言、与㆓右府所㆑論、互相発明。然則三十六計、走為㆓上策㆒者、豈為㆓将㆑将者㆒言㆑之歟。」


美濃《みの》の戦《たたか》ひに、敵軍《てきぐん》大《おほ》いに敗《やぶ》る。我《わ》が士《し》池田勝三郎《いけだかつさぶろう》、敵《てき》の唐首《とうしゅ》を追《お》ふこと甚《はなは》だ急《きゅう》なりしが（唐首《とうしゅ》とは、即《すなは》ち旄《もう》牛《ぎゅう》の尾《お》を以《もっ》て兜首《とうしゅ》を飾《かざ》り、毿々然《さんさんぜん》たる者《もの》なり。）、竟《つひ》に及《およ》ばずして返《かへ》る。

信長勝三《のぶながかつさぶ》に謂《い》ひて曰《い》はく、「今《いま》の唐首《とうしゅ》にて走《はし》る者《もの》は、必《かなら》ず神子田長門《みこだながと》なり。凡《およ》そ追兵《ついへい》の甚《はなは》だ急《きゅう》なるに方《あた》りて、怯懦《きょうだ》の士《し》は、必《かなら》ず反撃《はんげき》して死《し》す。死《し》せずして遠《とほ》く遁《にぐ》るは、大剛者《たいごうしゃ》に非《あら》ずんば能《あた》はず。」と。既《すで》にして之《これ》を問《と》へば、果《は》たして神子田《みこだ》なり。

寧静子《ねいせいし》曰《い》はく、「太閤嘗《たいこうかつ》て前田《まへだ》・毛利《もうり》の諸公《しょこう》に問《と》ひて曰《い》はく、『仮《も》し故右府《こゆうふ》をして兵五千《へいごせん》を率《ひき》ゐて、蒲生氏《がまふし》の一万人《いちまんにん》と戦《たたか》はしめば、則《すなは》ち卿等将《けいらまさ》に何《いづ》れに属《ぞく》せんとするや。』と。諸公《しょこう》未《いま》だ以《もっ》て対《こた》ふること有《あ》らず。太閤《たいこう》曰《い》はく、『孤《こ》の如《ごと》きは右府《ゆうふ》に属《ぞく》せんのみ。何《なん》となれば則《すなは》ち南軍《なんぐん》をして北軍《ほくぐん》の首《くび》五六級《ごろくきゅう》を得《え》しめば、其《そ》の一《いっ》は必《かなら》ず氏郷《うぢさと》の首《くび》ならん。北軍南軍《ほくぐんなんぐん》の首《くび》を得《う》ること四千余級《よんせんよきゅう》に至《いた》ると雖《いへど》も、決《けっ》して右府《ゆうふ》の面《めん》を見《み》ること能《あた》はじ。是《こ》れ其《そ》の将《しょう》に将《しょう》たるの才《さい》、及《およ》ぶべからざる所以《ゆゑん》なり。』と。余《よ》謂《おも》へらく太閤《たいこう》の此《こ》の言《げん》、右府《ゆうふ》の論《ろん》ずる所《ところ》と、互《たが》ひに相《あ》ひ発明《はつめい》す。然《しか》らば則《すなは》ち三十六計《さんじゅうろくけい》、走《はし》るを上策《じょうさく》と為《な》すは、豈《あ》に将《しょう》に将《しょう》たる者《もの》の為《ため》に之《これ》を言《い》ふか。」と。

〔語釈〕

美濃之戦＝永禄七年（一五六四）に信長が美濃の国主斎藤竜《たつ》興《おき》を攻めた時の戦い。唐首＝からうしの尾でかぶとを飾った者。怯懦＝おくびょう。意気地がない。反撃＝ここでは、引き返して戦うこと。大剛者＝本当に強い者。前田＝ここでは安土桃山時代の武将、加賀藩の祖前田利家《としいえ》のこと。毛利＝ここでは安土桃山時代の武将、毛利元就《もとなり》の孫の毛利輝元《てるもと》のこと。蒲生＝ここでは安土桃山時代の武将、蒲生氏郷《うじさと》のこと。級＝戦場で敵の首を得るごとに功一級を加えたことから、首を数えるのに一級二級というようになった。発明＝言葉の意味を明らかにすること。ここでは言おうとしていることを明らかにすること。三十六計、走為上策＝戦いには多くの謀事があるが、逃げるべき時には逃げて身の安全をはかるのが、最上の策である。転じて困った時には、逃げるのが最もよいという意。「三十六計」は、多くの兵法のことをいう。『南斉書』王敬則伝の故事に基づく。

〔人物解説〕

池田勝三郎＝（一五三六〜一五八四）本名池田恒興《つねおき》、通称、勝入、勝三郎という。信長の乳母養徳院と池田恒利《つねとし》との子。信秀・信長父子に仕え、摂津に所領を与えられていた。本能寺の変後、秀吉と共に光秀を討ち、勝家・秀吉・（丹羽）長秀と並んで織田家宿老に列したが、天正十二年（一五八四）小牧・長久手の戦いで戦死した。

神子田長門＝信長の臣。詳細は未詳。

前田利家＝一三二頁参照。

毛利輝元＝八六頁参照。

蒲生氏郷＝一一九頁参照。

〔通釈〕

美濃の合戦の時に、斎藤氏の軍勢は大いに敗北した。織田勢の武士の池田勝三郎は、敵の唐首（唐首というのは、から牛の尾をかぶとに飾って、ふさふさとしているものである）の兜を着た武者を追いかけすぐ近くまで迫ったが、とうとう追いつけずに引き返した。

　信長が勝三郎に言うには、「今唐首を着て逃げた者は、きっと神子田長門であろう。すべて追手が甚だ急なときに、臆病で弱い武士は、必ず取って返して戦い、討死をするものである。そのようにしないでその場を遠く逃げのびるのは、本当の剛の者でなければできないことである。」と。事が終わってから逃げた者を問うと、果たして神子田であったという。

　寧静子は言う、「太閤秀吉が或る時、前田利家、毛利元就等の諸公に向かって、『今もし、信長公が五千の兵士を引率し、蒲生氏郷の一万人の兵士と合戦をさせたならば、卿等はどちらに付くか。』とたずねた。諸公はまだ何とも答えなかった。太閤は言った、『わしは信長公に付く。何故かというと南方信長公の軍に北方蒲生氏の軍の首五六を取らせたならば、其の一つは必ず氏郷の首であろう。蒲生氏の軍勢が信長公の軍勢の首を得ることが四千余に至ったとしても、決して信長公の首を見ることはできない。これは他でもない信長公には将の将となる才があることであって、これが氏郷の信長公に及ばないところである。』と。私が思うに、太閤のこの言葉は、信長公が神子田長門を論じた所と互いに通じている（氏郷が首を取られるのは、気の弱い者が反撃して討死する類であり、信長は遠く逃げのびて首を敵に取られるようなことはしない）。そうであれば、兵法三十六計のうちにも、逃げるのを上策とするのは、士卒のために言うのではなく、将に将たる者のために言うのであろうか。」と。

〔原文出典〕

『武辺雑談』。『良将達徳鈔』（二）。論賛は、『武功実録』。『良将達徳鈔』（一）。

無双道化（無双《むそう》の道化《どうけ》）

道化清十郎亦美濃人也。来仕ニ信長一、従レ軍屢有レ功。信長愛ニ其驍勇一、自書ニ無双字於背旗一、以賜レ之。人因呼曰ニ無双道化一云。

信長嘗招二美濃士平野某一、道化与レ之款接。因従容問曰、「聞、『子進則先登、退則殿後。』不レ知何以能如レ此。」平野応曰、「亦在レ決レ死耳。雖レ然斎藤氏諸将、前後皆死二於国一、而余独保二余喘一在レ此、究竟由二勇気之不一レ足也。今承二子之問一、不レ覚慚汗浹レ背。」道化退而嘆曰、「平野氏之不レ伐レ勇、吾断不レ能レ及。」

寧静子曰、「進則先登、勇者所レ能、退則殿後、非二大勇者一不レ能。而平野実兼レ之。然則無双二字、移以付二之平野一可也。」

道化《どうけ》清十郎《せいじゅうろう》も亦《ま》た美濃《みの》の人《ひと》なり。来《き》たりて信長《のぶなが》に仕《つか》へ、軍《ぐん》に従《したが》ひて屢《しばし》ば功有《こうあ》り。信長《のぶなが》其《そ》の驍勇《ぎょうゆう》を愛《あい》し、自《みずか》ら無双《むそう》の字《じ》を背旗《はいき》に書《しょ》し、以《もっ》て之《これ》を賜《たま》ふ。人因《ひとよ》りて呼《よ》んで無双道化《むそうどうけ》と曰《い》ふと云《い》ふ。

信長《のぶなが》嘗《かつ》て美濃《みの》の士平野某《しひらのなにがし》を招《まね》きしとき、道化之《どうけこれ》と款《かん》接《せつ》す。因《よ》りて従容《しょうよう》として問《と》ひて曰《い》はく、「聞《き》く、『子進《しすす》むときは則《すなは》ち先登《せんとう》し、退《しりぞ》くときは則《すなは》ち殿後《でんご》す。』と。知《し》らず何《なに》を以《もっ》て能《よ》く此《かく》の如《ごと》くするや。」と。平野応《ひらのこた》へて曰《い》はく、「亦《ま》た死《し》を決《けっ》するに在《あ》るのみ。然《しか》りと雖《いえど》も斎藤氏《さいとうし》の諸将《しょしょう》、前後皆国《ぜんごみなくに》に死《し》せるに、余独《よひと》り余喘《よぜん》を保《たも》ちて此《ここ》に在《あ》るは、究竟勇気《きゅうきょうゆうき》の足《た》らざるに由《よ》るなり。今子《いまし》の問《と》ひを承《う》け、覚《おぼ》へず慚汗《ざんかん》背《せ》に浹《あまね》し。」と。道化退《どうけしりぞ》きて嘆《たん》じて曰《い》はく、「平野氏《ひらのし》の勇《ゆう》に伐《ほこ》らざること、吾断《われだん》じて及《およ》ぶ能《あた》はず。」と。

寧静子《ねいせいし》曰《い》はく、「進《すす》むときに則《すなは》ち先登《せんとう》するは、勇者《ゆうしゃ》の能《よ》くする所《ところ》、退《しりぞ》くときに則《すなは》ち殿後《でんご》するは、大勇者《だいゆうしゃ》に非《あら》ざれば能《あた》はず。而《しか》して平野実《ひらのじつ》に之《これ》を兼《か》ねたり。然《しか》らば則《すなは》ち無双《むそう》の二字《にじ》は、移《うつ》して以《もっ》て之《これ》を平野《ひらの》に付《ふ》して可《か》なり。」と。

〔語釈〕

驍勇＝強く勇ましいこと。無双＝並ぶものがない。対比するものがないほどすぐれているという意。背旗＝鎧の背に立てるさし小旗。款接＝うちとけて交際する。ていねいにもてなす。従容＝ゆったりと落ち着いたさま。挙動がくつろいでいるさま。殿後＝退軍のときに最後にあって追兵にあたること。しんがりをつとめること。余喘＝余命、死にぎわ。究竟＝つまるところ。結局。慚汗＝恥じて出るあせ。ひやあせ。浹＝広くゆきわたる。ここでは汗のあふれ続くさまをいう。

〔人物解説〕

道化清十郎＝（?～一五七〇）正しくは道家清十郎という。道家氏は祖先が光明峯寺道家に仕え、その名字を与えられ、清十郎の父の代から織田家に属した。清十郎は信長に仕え、数度の戦いに従軍して常に戦功があった。信長はその勇を賞して自ら無双道家の四文字を書して旗印とさせた。長久手の戦いで戦死した。

平野某＝平野与兵衛。美濃の斎藤氏に仕えた武士とされるが、詳細は未詳。

〔通釈〕

道化清十郎もまた美濃の人である。美濃よりやってきて信長に仕え、従軍して度々功があった。信長はその強くして勇気あるのを愛して、自ら筆を染めて無双の二字を背にさす小旗に書いて与えた。人々はそれで清十郎のことを無双道化と呼ぶようになったという。

信長がかつて、美濃の士の平野某を招待した時、道化は平野を打ち解けて接待した。そして何気ない風にして、「聞くところによると、貴殿は進むときには一番乗りをなされ、退くときには殿後《しんがり》をつとめるとの事ですが、どうしてそのようにできるのですか。」とたずねた。平野は答えて言った、「やっぱり討死の決心をするまでのことです。しかしながら、斎藤氏の諸将は、前になり後になり皆国主斎藤氏のために死にましたのに、自分一人が存命してここにあるのは、結局は勇気が足りないからなのです。今貴殿のおたずねを受けて、恥ずかしくて思わず汗が背中をぬらしております。」と。道化はその場を退いて感心して言った、「平野氏が勇気を誇らないことに感心した、自分などはとても及ぶことができない。」と。

寧静子は言う、「進撃するときに一番乗りをするのは、勇気ある者のよくするところであるが、退くときに殿後《しんがり》をつとめることは、大勇のある者でなくてはできないことである。そして平野はこの二つを兼ね備えている。そうであるから無双の二字は、道化から移して平野に付けてもよいことである。」と。

〔原文出典〕

『常山紀談』（十一）道化清十郎平野与兵衛に対面の事。

謙信陥二私市一（謙信《けんしん》私市《きさい》を陥《おとしい》る）

武州私市、拠二爽塏一為レ城、有二大沢一繞二其後一、地勢頗壮。越侯謙信囲レ之、而未レ能レ下也。偶騎レ馬候二城中一、其牙城接二支城一処、架以二簀橋一。橋上時見二白衣人往来一。影落在二水面一。蓋此時婦人夏服、多用二白衣黒章一。謙信因謂、「是必質子童女在二牙城一者、出而逍遥也。」於レ是使三其臣柿崎和泉帥レ師門二於前門一。城兵謂、「敵来萃焉」。戮レ力捍二禦於此一。謙信乃遣二人城後一、壊二旁民舎一、編二其材一為レ筏、浮二之沢中一、大噪而進。城中童男女、果大驚、号哭避二之支城一。城兵在二前門一者相驚曰、「牙城有二反応者一。不レ可レ逃也。」或自殺、或出降。謙信兵不レ損二一士一、而城遂陥焉。

寧静子曰、「杉霜台以二雷轟電撃之勢一、逞二此小技倆一。所謂捕レ兎亦用二全力一者。」

武州《ぶしゅう》の私市《きさい》は、爽塏《そうがい》に拠《よ》りて城《しろ》と為《な》し、大沢《だいたく》有《あ》りて其《そ》の後《うしろ》を繞《めぐ》り、地勢《ちせい》頗《すこぶ》る壮《そう》なり。越侯謙信《えっこうけんしん》之《これ》を囲《かこ》みて、而《しか》も未《いま》だ下《くだ》すこと能《あた》はず。偶《たまた》ま馬《うま》に騎《の》りて城中《じょうちゅう》を候《うかが》ふに、其《そ》の牙城《がじょう》の支城《しじょう》に接《せっ》する処《ところ》、架《か》するに簀橋《さくきょう》を以《もっ》てす。橋上時《きょうじょうとき》に白衣《はくい》の人《ひと》の往来《おうらい》するを見《み》る。影落《かげお》ちて水面《すいめん》に在《あ》り。蓋《けだ》し此《こ》の時婦人《ときふじん》の夏服《かふく》、多《おほ》く白衣黒章《はくいこくしょう》を用《もち》ゐたり。謙信因《けんしんよ》りて謂《おも》へらく、「是《こ》れ必《かなら》ず質子童女《ちしどうじょ》の牙城《がじょう》に在《あ》る者《もの》、出《い》でて逍遥《しょうよう》するなり。」と。

是《ここ》に於《おい》て其《そ》の臣柿崎和泉《しんかきざきいづみ》をして師《し》を帥《ひき》ゐて前門《ぜんもん》に門《もん》せしむ。城兵謂《じょうへいおも》へらく、「敵来《てききた》り萃《あつ》まる。」と。力《ちから》を戮《あは》せて此《ここ》に捍禦《かんぎょ》す。謙信乃《けんしんすなは》ち人《ひと》を城後《じょうご》に遣《つか》はし、旁《かたは》らの民《みん》舎《しゃ》を壊《こぼ》ち、其《そ》の材《ざい》を編《あ》みて筏《いかだ》と為《な》し、之《これ》を沢中《たくちゅう》に浮《う》かべ、大《おほ》いに噪《さは》ぎて進《すす》ましむ。城中《じょうちゅう》の童男女《どうなんにょ》、果《は》たして大《おほ》いに驚《おどろ》き、号哭《ごうこく》して之《これ》を支城《しじょう》に避《さ》く。城兵《じょうへい》の前門《ぜんもん》に在《あ》る者相《ものあ》ひ驚《おどろ》きて曰《い》はく、「牙城《がじょう》に反応《はんおう》する者有《ものあ》り。逃《の》がるべからず。」と、或《ある》は自殺《じさつ》し、或《ある》は出《い》でて降《くだ》る。謙《けん》信兵一士《しんへいいっし》をも損《そん》せずして、城遂《しろつひ》に陥《おとしい》る。

寧静子《ねいせいし》曰《い》はく、「杉霜台《さんそうだい》は、雷轟電撃《らいごうでんげき》の勢《いきほ》ひを以《もっ》て、此《こ》の小技倆《しょうぎりょう》を逞《たくま》しふす。所謂《いはゆる》兎《うさぎ》を捕《と》らふるにも亦《ま》た全《ぜん》力《りょく》を用《もち》ゐる者《もの》なり。」と。

〔語釈〕

武州＝武蔵国の別称。私市＝私市城のこと。平安時代末期から鎌倉時代へかけて活躍した武蔵七党の一つ私市党の居城と伝えられる。埼玉県北西部の騎西町にその土塁が残っている。当時は北条氏の属城であった。爽塏＝高台の土地。越後謙信＝越後の国主上杉謙信。牙城＝本丸。支城＝二の丸、三の丸をいう。簀橋＝竹を編んで掛け橋としたもの。すのこの橋。黒章＝黒い模様。捍禦＝ふせぐ、防禦すること。反応者＝裏切りをした者。杉霜台＝上杉謙信のこと。杉は上杉の略、霜台は官名弾正台のこと。雷轟電撃之勢＝雷がとどろくように、いなづまの光のようにきわめて勢の激しいこと。小技倆＝小さな仕わざ。小さな仕打ち。逞＝重う存分にする。力を入れて行う。捕兎＝日本古来の慣用句に「獅子は兎を搏《う》つに全力を用う」がある。また「獅子は小虫を食はんとてもまず勢をなす」（謡曲・石橋）がある。

〔人物解説〕

上杉謙信＝（一五三〇〜一五七八）戦国時代の武将。越後守護代長尾為景《ためかげ》の子、長尾輝虎《てるとら》。兄の長尾晴景《はるかげ》から家督を継いだ後、甲斐の武田信玄と信濃川中島附近で十年間にわたって合戦を展開した。一五六一年上杉憲政《のりまさ》から家を譲られ、これより上杉を称す。その後北条氏と和し、入道して謙信と号した。一五七三年越中を平定し、将軍義昭《よしあき》を奉じ、中国の毛利氏と連合して信長にあたり、上洛して覇をとなえようとしたが、果たさないうちに死んだ。

柿崎和泉＝（？〜一五七四）柿崎景家。上杉謙信の宿将として活躍した。永禄四年（一五六一）春の小田原攻め、秋の川中島の合戦にも参戦した。その後謙信の側近にあって外交の任にあたった。

〔通釈〕

武蔵の国の私市の城は、高い地に築いてあって、大きな沢が其の後方を取り囲み、土地の形勢がかなり堅固である。越後侯上杉謙信はこの城を攻めて包囲したが、なかなか陥落させることができなかった。

謙信がたまたま馬に乗って城中の様子をうかがったところ、其の本丸と二の丸との間に架けてある掛け橋の上に、時おり白い着物を着た人が往来するのを見た。その影が水面に映っていた。思うにこの頃の婦人の夏服は、多くは白い着物に黒い模様のあるものを着ていた。謙信はそこでこう思った、「これはきっと人質に取られている少女で本丸に込められている者が、時おり外に出て遊ぶのであろう。」と。

　こういう情況のもとで、その臣の柿崎和泉に軍兵を引きつれて大手門を攻めさせた。城を守る軍兵は、「敵兵が来て集まり攻めてくる。」と思った。そして力を合わせてここを先途と防禦した。そこで謙信は人数を搦手にまわし、傍らの民家を壊し、その古材木を編んで筏を作り、これを沢の中に浮かべて、大声をあげて進ませた。城中の子供の男女は、思った通り大いに驚き、声をあげて泣きながら二の丸に逃げた。城を守る軍兵の大手門に居る者は、この様子に驚いて、「本丸には敵に味方する裏切り者がある。これではとても逃れることはできない。」といって、或る者は自殺し、或る者は降参した。謙信は軍兵を一人も損せずに、城はついに陥落した。

　寧静子は言う、「上杉謙信は、雷が轟くか稲光りがひどく光るかというような甚だしい勢いで、小さな仕打ちにも力を入れた。これは古から言う、猛獣は弱い兎を捕らえるときでも全身の力を用いる、と言うものと同じである。」と。

〔原文出典〕

『常山紀談』（一）輝虎私市城を攻められし事。

倒勲状（倒勲状《さかさくんじょう》）

　甲侯信玄、将下与二謙信一和上、使二長遠寺僧某往説一焉。謙信延レ僧而問曰、「甲斐之臣有二向井与左衛門者一乎。」曰、「有。」「其人有二刀瘢一乎。」曰、「有。在二於面一。」謙信歎曰、「昔川中島之戦、渠自呼二姓名一、槍鏦二我背後一。吾反顧、一撃斬二其面一。意、爾時既傷死也。今尚無レ恙耶。」乃出下緑綿戦袍有二槍痕一者上、附以二一簡一、使三僧贈二之於与左衛門一。世謂二之倒勲状一。

　寧静子曰、「我聞、『謙信氏、身不二甚長一。行歩曳レ踵。其臨レ戦也、着二黒綿袍一、戴二小鉄笠一、提二三尺青竹杖一、以指三揮士卒二耳。』由レ此観レ之、其人灑灑落落、可レ想矣。若下夫賜二勲状於敵レ我者一、以賞上之、亦其襟懐豁如之所レ致。豈出下于結ニ親逆禿一之下策上耶。」

甲侯信玄《こうこうしんげん》、将《まさ》に謙信《けんしん》と和《わ》せんとし、長遠寺《ちょうえんじ》の僧《そう》某《なにがし》をして往《ゆ》きて説《と》かしむ。謙信僧《けんしんそう》を延《ひ》きて問《と》ひて曰《い》はく、「甲斐《かひ》の臣《しん》に向井与左衛門《むかいよざゑもん》といふ者有《ものあ》りや。」と。曰《い》はく、「有《あ》り。」と。「其《そ》の人《ひと》に刀瘢有《とうはんあ》りや。」と。曰《い》はく、「有《あ》り。面《めん》に有《あ》り。」と。謙信歎《けんしんたん》じて曰《い》はく、「昔川中島《むかしかはなかじま》の戦《たたか》ひに、渠自《かれみづか》ら姓名《せいめい》を呼《よ》び、槍《やり》もて我《わ》が背後《はいご》を鏦《つ》く。吾反顧《われはんこ》して、一撃其《いちげきそ》の面《めん》を斬《き》る。意《おも》へらく、爾時既《じじすで》に傷《しょう》死《し》すと。今尚《いまな》ほ恙《つつ》が無《な》きか。」と。乃《すなは》ち緑綿戦袍《りょくめんせんぽう》の槍痕《そうこん》有《あ》る者《もの》を出《い》だし、附《ふ》するに一簡《いっかん》を以《もっ》てし、僧《そう》をして之《これ》を与左衛門《よざゑもん》に贈《おく》らしむ。世之《よこれ》を倒勲状《さかさくんじょう》と謂《い》ふ。

寧静子《ねいせいし》曰《い》はく、「我聞《われき》く、『謙信氏《けんしんし》、身甚《みはなは》だ長《なが》からず。行歩踵《こうほきびす》を曳《ひ》く。其《そ》の戦《たたか》ひに臨《のぞ》むや、黒綿袍《こくめんほう》を着《き》、小鉄《しょうてつ》笠《りゅう》を戴《いただ》き、三尺《さんじゃく》の青竹杖《せいちくじょう》を提《ひっさ》げ、以《もっ》て士卒《しそつ》を指揮《しき》するのみ。』と。此《これ》に由《よ》りて之《これ》を観《み》れば、其《そ》の人灑灑落落《ひとしょうしょうらくらく》たること、想《おも》ふべし。夫《そ》れ勲状《くんじょう》を我《われ》に敵《てき》する者《もの》に賜《たま》ひ、以《もっ》て之《これ》を賞《しょう》するが若《ごと》きも、亦《ま》た其《そ》の襟懐豁如《きんかいかつじょ》の致《いた》す所《ところ》なり。豈《あ》に親《しん》を逆禿《ぎゃくとく》に結《むす》ぶの下策《げさく》に出《い》でんや。」と。

〔語釈〕

甲侯信玄＝甲斐の国主武田信玄のこと。長遠寺＝甲斐の中巨摩郡にある日蓮宗の寺。甲斐源氏の祈願寺として創建され、信玄の家臣の援助を得ていた。延＝自分の居る前へ召し寄せる。刀瘢＝刀傷の跡。鏦＝突き刺す。反顧＝ふり返る。無恙＝平安無事であること。恙は人身を害する小虫である。昔、人間は穴居生活をしていたので、この毒虫に逢わなければ互いに無事であることができた。それから無事であることを「恙なし」と言う。緑綿戦袍＝緑色の木綿で作った陣羽織。一簡＝一本の手紙。倒勲状＝軍功を賞する感状を勲状というが、ここでは敵を賞したので、さかさくんじょう、また、かえりかんじょうという。小鉄笠＝小さな鉄製の陣笠。灑灑落落＝心が大きくさっぱりとしていて物事にとらわれるところのないさま。襟懐＝心のうち。心。豁如＝度量が広くさっぱりしていること。逆禿＝父を追放した武田信玄をいう。逆は悪、禿は剃髪の意味。

〔人物解説〕

武田信玄＝（一五二一〜一五七三）戦国時代の武将。名は晴信、信玄と号した。天文十年（一五四一）父信虎《のぶとら》を追放して当主となり、信濃侵攻策を実行して、上杉謙信と川中島で五度にわたり対戦したのは有名である。のちに遠江《とおとうみ》・

三河に出兵し、家康・信長と対決し、三方《みかた》が原《はら》で家康・信長連合軍を破り、野田城を包囲中の天正元年（一五七三）陣地で病を発し、甲府へ帰陣の途中で没した。

向井与左衛門＝武田家の臣。詳細は未詳。

〔通釈〕

甲斐侯武田信玄は、上杉謙信と和睦しようとして、長遠寺の僧侶の某に越後へ行ってその話をさせた。謙信は使いの僧を奥に案内させ近くに寄らせて、「信玄の家臣に向井与左衛門という者がおるか。」とたずねた。僧は「おります。」と答えた。謙信は「其の人には刀傷があるか。」と質問した。僧は、「刀傷が顔にあります。」と答えた。すると謙信は歎息して、「昔川中島の合戦の時に、彼は自分の姓名を名乗って、槍でわしの背中を突いた。わしは振り返ってみて、一撃ちにその顔を斬った。その時傷死してしまったものと思っていたのに。今なお生きていたのか。」と言った。それからもえぎ色の木綿の鎧の上に着る羽織で槍の傷あとのあるものを取り出し、これに手紙を添えて、僧にことずけて与左衛門に贈らせた。世間ではこれのことをさかさ勲状と言う。

寧静子は言う、「私が聞きおくに、『謙信は、身長があまり高くなく、歩くときには踵《かかと》を引きずって歩いた。合戦に出陣するときには、黒木綿の陣羽織を着て、小さな鉄の笠をかぶり、長さ三尺の青竹の杖をひっさげ、士卒を指揮した。』とのことである。このことから人柄を観察すると、謙信の性格はさっぱりとしていて嫌味がなく、心の広い人物であることが想像される。あの勲状を自分に敵対する者に与えて、相手を褒めるようなことなどは、またその度量が広くさっぱりしているからできたことなのである。どうして親を追い出すような悪逆な坊主である信玄と親睦するようなへたな策をとるものか（そんなことはしない）。」と。

〔原文出典〕

『常山紀談』（二）向井与左衛門かへり感状の事。論賛は、同、謙信軍中に青竹を持たれし事。

米田某（米田《よねだ》某《なにがし》）

信玄之攻二村上義清於佐久郡一也、両陣既交レ戦、矢丸如レ雨。皆以二竹牌一自蔽、環列為レ墻。俄而信玄欲下分二其陣一為中両隊上、使三三井甲・米田乙遥伝二令於別将飫富・板垣二氏一。二使受レ命而出。

米田曰、「牌外路危。請従二牌内一行。」三井曰、「苟畏二矢丸一、何用二勇者一。我則従二牌外一行。」出則銃丸乱下、屢為レ所レ中、僅免二百死一、以得レ達。則面色如レ灰、口噤不レ能レ言。米田既伝二令於二将一、笑謂二三井一曰、「請取二帰路於牌外一。」三井曰、「一旦悔レ之。豈可レ再乎。」米田曰、「前所三以不二与レ子倶一者、特恐二主命之不一レ達耳。今使事既畢。吾何畏而不レ従二牌外一乎。」既反復命、意気従容、辞令如レ故。三井乃大慚服。

寧静子曰、「使命重事也。雖二尋常細故一、不レ可レ不レ慎。況軍令乎。米田之前畏レ死者、有二義以勝一レ之。而後之不レ畏レ死者、有二勇以鼓一レ之也。有レ勇有レ義、以全二使事一。可レ謂二信玄亦能使一レ人矣。」

信玄《しんげん》の村上義清《むらかみよしきよ》を佐久郡《さくぐん》に攻《せ》むるや、両陣既《りょうじんすで》に戦《たたか》ひを交《まじ》へ、矢丸雨《しがんあめ》の如《ごと》し。皆竹牌《みなちくはい》を以《もっ》て自《みずか》ら蔽《おお》ひ、環列《かんれつ》して墻《しょう》を為《な》す。俄《にわ》かにして信玄其《しんげんそ》の陣《じん》を分《わ》かちて両隊《りょうたい》と為《な》さんと欲《ほっ》し、三井甲《みつゐこう》・米田乙《よねだおつ》をして遥《はる》かに令《れい》を別将《べっしょう》の飫富《おぶ》・板垣《いたがき》二氏《にし》に伝《つた》へしむ。二使命《にしめい》を受《う》けて出《い》づ。

米田《よねだ》曰《い》はく、「牌外《はいがい》は路危《みちあや》ふし。請《こ》ふ牌内《はいない》より行《ゆ》かん。」と。三井《みつゐ》曰《い》はく、「苟《いやし》くも矢丸《しがん》を畏《おそ》るれば、何《なん》ぞ勇者《ゆうしゃ》を用《もち》ゐん。我《われ》は則《すなは》ち牌外《はいがい》より行《ゆ》かん。」と。出《い》づれば則《すなは》ち銃丸乱《じゅうがんみだ》れ下《くだ》り、屢《しばし》ば中《あ》たる所《ところ》と為《な》るも、僅《わづ》かに百死《ひゃくし》を免《まぬが》れ、以《もっ》て達《たっ》するを得《え》たり。則《すなは》ち面色灰《めんしょくはい》の如《ごと》く、口噤《くちきん》して言《い》ふこと能《あた》はず。米田既《よねだすで》に令《れい》を二将《にしょう》に伝《つた》へ、笑《わら》ひて三井《みつゐ》に謂《い》ひて曰《い》はく、「請《こ》ふ帰路《きろ》を牌外《はいがい》に取《と》らん。」と。三井《みつゐ》曰《い》はく、「一旦之《いったんこれ》を悔《く》ゆ。豈《あ》に再《ふたた》びすべけんや。」と。米田《よねだ》曰《い》はく、「前《さき》に子《し》と倶《とも》にせざる所以《ゆゑん》の者《もの》は、特《ただ》に主命《しゅめい》の達《たっ》せざるを恐《おそ》るるのみ。今使事既《いましじすで》に畢《を》はる。吾何《われなに》を畏《おそ》れて牌外《はいがい》よりせざらんや。」と。既《すで》に反《かへ》りて復命《ふくめい》するに、意気従容《いきしょうよう》として、辞令故《じれいもと》の如《ごと》し。三《みつ》井《ゐ》乃《すなは》ち大《おほ》いに慚服《ざんふく》す。

寧静子《ねいせいし》曰《い》はく、「使命《しめい》は重事《ちょうじ》なり。尋常《じんじょう》の細故《さいこ》と雖《いへど》も、慎《つつし》まざるべからず。況《いは》んや軍令《ぐんれい》をや。米田《よねだ》の前《さき》に死《し》を畏《おそ》れしは、義以《ぎもっ》て之《これ》に勝《か》つ有《あ》り。而《しか》して後《のち》の死《し》を畏《おそ》れざるは、勇以《ゆうもっ》て之《これ》を鼓《こ》する有《あ》るなり。勇有《ゆうあ》り義有《ぎあ》り、以《もっ》て使事《しじ》を全《まった》うす。信玄《しんげん》も亦《ま》た能《よ》く人《ひと》を使《つか》ふと謂《い》ふべし。」と。

〔語釈〕

竹牌＝竹をたばねて作ったたて。**環列**＝輪状にとりまいて並ぶ。**百死**＝きわめて危険な状態。**口噤**＝口が開かないこと。**復命**＝命令を受けてした事の結果を命令者に報告すること。**辞令**＝ことば遣い。対応のことば。**慚服**＝恐れ入る。恥じて従う。**細故**＝細かな事柄。小さな用向き。**鼓**＝はげます。鼓舞すること。

〔人物解説〕

村上義清＝（一五〇一〜一五七三）戦国時代の武将。信濃葛尾城の城主。天文十七年（一五四八）に武田信玄の軍を上田原で破り、勢力を拡大した。天文十九年に戸石城で再度武田軍を破るが、翌年に同城を真田軍に攻め落されてからは劣勢となり、天文二十二年（一五五三）武田軍に攻められ葛尾城を脱出して、上杉謙信のもとへ走った。これも川中島合戦の原因の一つとされる。その後も旧領の回復を目指して戦うが目的を果たせず、越後で病没した。

三井某＝武田信玄の臣。詳細は未詳。

米田某＝武田信玄の臣。詳細は未詳。

飫富＝飫富虎昌（?〜一五六五）。甲州河内領飫富の旧族で、武田信虎・信玄の二代に仕えた譜代家老衆のひとり。永禄八年（一五六五）に、武田義信の失脚事件に連座して自殺した。

板垣＝板垣信方（?〜一五四八）。信虎・信玄の二代に仕え、信州諏訪城代として桑原城を守る。天文十七年（一五四八）の上田原の合戦で戦死した。

〔通釈〕

武田信玄が村上義清を佐久郡に攻めた時、敵味方の両軍が合戦を始め、弓の矢、鉄砲の弾丸が雨のように行き交った。皆竹をたばねて立てて自分の身をおおい、輪のように並んで垣を作って防いだ。俄かに信玄は其の陣を分けて二隊にしようとして、三井甲と米田乙とに遥かに遠い所に陣取っている別隊の大将の飫富氏と板垣氏とに軍令を伝えさせた。三井・米田の二人は命令を受けて出発することになった。

米田は、「竹たばの外側の路は危険である。竹たばの内側の路を通って行きたい。」と言った。三井は、「かりにも（使者に選ばれたわれわれが）矢や弾丸をおそれたならば、勇者を用いるには及ばないことになる。自分は竹たばの外側の路を通って行きましょう。」と強がって言った。竹たばの外側へ出てみると、弾丸が雨あられのように降り下り、しばしば当てられたが、百死に一生を得て、やっとのことで使命を達することができた。しかしながら顔色は灰色になり、口は物言うこともできなかった。その時、米田はすでに命令を二人の大将に伝えていたので、笑って三井に向かって言った、「さあ、帰りは竹たばの外側の路を通って帰ろう。」と。三井は答えて言った、「来るときの一度でさえ外側の路を通ったことを後悔しているのに、どうして二度も危険な路を通ったりするものか。」と。すると米田は、「来るとき貴殿と一緒に外側の路を通ってこなかった理由は、ただ（もし怪我などをした場合には、）主君の命令を達することができなくなることを心配したからである。今は使者の役目は済んだ。自分は何をおそれて外側の路を通って帰らないことがあろうか。」と言って外側の路を帰った。帰り着いて報告を申し上げるに、気持ち様子はゆったりと落ち着き、口上はいつもの通りであった。三井はそこで大いに恥じ入った。

寧静子は言う、「主君の使者というのは重い御用である。ありふれた普通の小さな事であっても、慎重にしなければならないことである。まして軍令のことならばなおさらのことである。米田が行く時に死ぬことをおそれたのは、忠義が勇気よりも重いと判断したのである。帰りに死ぬことをおそれなかったのは、勇気が心を引きたてたのである。勇気があり忠義があって、そこで使者の役目を完全に仕遂げたのである。信玄もまた人を使う巧者であると言うことができる。」と。

〔原文出典〕

『武将感状記』（五）。

不レ似一棺湖底安。』『春日山頭鎖ニ晩霞一、驊騮嘶罷有ニ啼鴉一、憐君独賦ニ能州月一、不レ詠ニ平安城外花一。』是或可三以為ニ二公断安一歟。」

附記

謙信臨レ戦、俄欲レ分ニ部隊一、則単騎馳入ニ其中一。馬行所レ過、左右自分為ニ両隊一。当ニ是時一拏槍夫在レ彼、主不レ能レ呼。主人在レ此、槍夫不レ得レ就。各自揮レ刀、殊死戦、毎以奏ニ奇功一。

信玄将レ戦、必演習数回、申ニ明約束一。其戦罷、輒与ニ諸将一論ニ勝敗之理一、可者賞レ之、不可者戒レ之。故毎レ戦軍機漸熟、遂以至ニ精勁無一レ匹。是亦可三以了ニ二家用レ兵約略一矣。

岩間大蔵（岩間《いわま》大蔵《おほくら》）

岩間大蔵、為レ人魁梧、儼然一丈夫也。信玄抜ニ之伶人中一、以列ニ士伍一。而性怯懦、畏レ死殊甚。信玄試ニ之戦陣一、七進七退。信玄曰、「是不レ可下以ニ常法一馭上焉。我聞、『西域崑崙山鉄化為レ金。』則人性怯懦、亦在ニ鼓鋳如何一耳。」

一日臨レ戦、俄捕ニ大蔵一、縛ニ之竹牌外一、使ニ向レ敵坐、寸歩不一レ能レ動。則矢丸雨下、礮声如レ雷。大蔵胆落神死、無ニ復人色一。幸而不レ中。竟レ戦惴惴、以得レ無レ恙。大蔵於レ是幡然改悟曰、「人苟有レ命、矢丸且不レ能レ中。死豈足レ畏哉。」自レ此毎レ戦、鼓レ勇先登、遂以成ニ驍名一。

寧静子曰、「駢三録以上数条一、一寛一猛。甲越各家気象、可三以見ニ其概一矣。余嘗詠ニ二公末路一云、『驚倒暗中跳ニ銃丸一、野田城上笛声寒、誰知七十二疑塚、

岩間《いはま》大蔵《おほくら》、人《ひと》と為《な》り魁梧《かいご》にして、儼然《けんぜん》たる一丈夫《いちじょうふ》なり。信玄《しんげん》之《これ》を伶人中《れいじんちゅう》より抜《ぬ》き、以《もっ》て士伍《しご》に列《れっ》す。而《しか》れども性《せい》怯懦《きょうだ》にして、死《し》を畏《おそ》るること殊《こと》に甚《はなは》だし。信玄《しんげん》之《これ》を戦陣《せんじん》に試《こころ》みるに、七進《しちしん》して七退《しちたい》す。信玄《しんげん》曰《い》はく、「是《こ》れ常法《じょうほう》を以《もっ》て馭《ぎょ》すべからず。我《われ》聞《き》く、『西域《せいいき》の崑崙《こんろん》山《ざん》の鉄《てつ》は化《か》して金《きん》と為《な》る』と。則《すなは》ち人性《じんせい》の怯懦《きょうだ》なるもの、亦《ま》た鼓鋳《こちゅう》の如何《いかん》に在《あ》るのみ。」と。

一日《いちじつ》戦《たたか》ひに臨《のぞ》み、俄《には》かに大蔵《おほくら》を捕《と》らへて、之《これ》を竹牌《ちくはい》の外《そと》に縛《ばく》し、敵《てき》に向《む》かひて坐《ざ》し、寸歩《すんぽ》も動《うご》く能《あた》はざらしむ。則《すなは》ち矢丸《しがん》雨《あめ》のごとく下《くだ》り、礮声《ほうせい》雷《かみなり》の如《ごと》し。大蔵《おほくら》胆《きも》落《お》ち神死《しんし》して、復《ま》た人色《じんしょく》無《な》し。幸《さいは》ひにして中《あ》たらず。戦《たたか》ひを竟《を》はるまで惴惴《ずいずい》として、以《もっ》て恙無《つつがな》きを得《え》たり。大蔵《おほくら》是《ここ》に於《おい》て幡然改悟《はんぜんかいご》して曰《い》はく、「人《ひと》苟《いや》しくも命《めい》有《あ》らば、矢丸《しがん》すら且《か》つ中《あ》つる能《あた》はず。死《し》豈《あ》に畏《おそ》るるに足《た》らんや。」と。此《こ》れより戦《たたか》ふ毎《ごと》に、勇《ゆう》を鼓《こ》して先登《せんとう》し、遂《つひ》に以《もっ》て驍《ぎょう》名《めい》を成《な》す。

寧静子《ねいせいし》曰《い》はく、「以上《いじょう》の数条《すうじょう》を駢録《へいろく》するに、一《いっ》は寛一《かんいっ》は猛《もう》なり。甲越各家《こうえつかくか》の気象《きしょう》、以《もっ》て其《そ》の概《がい》を見《み》るべし。余《よ》嘗《かつ》て二公《にこう》の末路《まつろ》を詠《えい》じて云《い》ふ、『驚倒《きょうとう》す暗中《あんちゅう》銃丸《じゅうがん》跳《おど》る、野田《のだ》の城《じょう》上《じょう》笛声《てきせい》寒《さむ》し、誰《たれ》か知《し》らん七十二《しちじゅうに》の疑塚《ぎちょう》、似《し》かず一棺湖底《いっかんこてい》の安《やす》きに。』『春日山頭晩霞《かすがさんとうばんか》鎖《と》ざす、驊騮《かりゅう》嘶《いなな》き罷《や》んで啼鴉《ていあ》有《あ》り、憐《あは》れむ君《きみ》が独《ひと》り能州《のうしゅう》の月《つき》を賦《ふ》して、平安城外《へいあんじょうがい》の花《はな》を詠《えい》ぜざるを。』と。是《こ》れ或《ある》いは以《もっ》て二公《にこう》の断案《だんあん》と為《な》すべきか。」と。

附記《ふき》

謙信《けんしん》戦《たたか》ひに臨《のぞ》みて、俄《には》かに部隊《ぶたい》を分《わ》かたんと欲《ほっ》すれば、則《すなは》ち単騎《たんき》馳《は》せて其《そ》の中《うち》に入《い》る。馬《うま》の行《ゆ》きて過《す》ぐる所《ところ》は、左右《さゆう》自《おのづ》から分《わ》かれて両隊《りょうたい》と為《な》る。是《こ》の時《とき》に当《あ》たりて拏槍夫《だそうふ》彼《かしこ》に在《あ》るも、主《しゅ》呼《よ》ぶ能《あた》はず、主人《しゅじん》此《ここ》に在《あ》るも、槍夫《そうふ》就《つ》くを得《え》ず。各《おのお》の自《みづか》ら刀《かたな》を揮《ふる》ひ、殊死《しゅし》して戦《たたか》ひ、毎《つね》に以《もっ》て奇功《きこう》を奏《そう》す。

信玄《しんげん》将《まさ》に戦《たたか》はんとするや、必《かなら》ず演習《えんしゅう》すること数回《すうかい》して、約束《やくそく》を申明《しんめい》す。其《そ》の戦《たたか》ひ罷《や》むや、輒《すなは》ち諸将《しょしょう》と勝敗《しょうはい》の理《り》を論《ろん》じ、可《か》なる者《もの》は之《これ》を賞《しょう》し、不可《ふか》なる者《もの》は之《これ》を戒《いまし》む。故《ゆゑ》に戦《たたか》ふ毎《ごと》に軍機《ぐんき》漸《やうや》く熟《じゅく》し、遂《つひ》に以《もっ》て精勁《せいけい》匹《たぐ》ひ無《な》きに至《いた》る。是《こ》れ亦《ま》た以《もっ》て二家《にか》の兵《へい》を用《もち》ゐるの約略《やくりゃく》を了《りょう》すべし。

〔語釈〕

魁梧＝身体が大きく立派であること。『史記』留侯世家の論賛の故事に基づく。儼然＝威厳のあるさま。いかめしくおごそかなさま。伶人＝音楽の演奏を司る役人。楽人。士伍＝武士の仲間。怯懦＝いくじがない。臆病であること。崑崙＝古代、中国の西方にあると考えられた霊山。西方の楽土で、西王母の住む所とされ、美玉を産し、黄河の河源と伝えられる。鼓鋳＝金鉄をとかして貨幣を鋳る。転じて、心身をきたえること。礮声＝大砲の音。神死＝精神を失う。正気を失う。失神すること。人色＝生きた人間の顔色。惴惴＝恐れてびくびくするさま。幡然＝心をさらりと切りかえるさま。改悟＝今までのまちがっていたことをさとって改める。気象＝こころだて。気性。余嘗詠＝寧静子は、武田信玄・上杉謙信それぞれの末路を七言絶句の作品にしている。前者は「武田信玄」という題で、信玄は遺言して、自分の墓があばかれないようにと己の屍の棺を諏訪湖の底に沈めさせたという異常と思える執念を詠じている。後者は「春日山懐古」の題で広く知られているが、謙信が京都に上って天下に覇たることのできなかったことを惜しんだ作である。なお、現在『寧静閣集』で確認できるのは、両者とも武将の名で詠まれた作品ということになる。笛声寒＝武田信玄は、徳川氏の拠所であった野田城を攻めたとき、城中より流れてくる笛声に聞き入っているところを狙撃され、それが原因となって一生を終えた。七十二疑塚＝魏の曹操が死去すると、墓のあばかれるのを恐れて、にせの塚を七十二も築いて真の塚を知られないようにした。一棺湖底＝信玄は墓をあばかれないように、石棺を諏訪湖に沈めた。春日山＝新潟県上越市の西北にある山。上杉謙信の居城があった。驊騮＝良馬の名。謙信の乗っていた名馬。賦能州月＝謙信には「九月十三夜陣中の作」という七言絶句がある。断案＝きまった評。断定した論。犛槍夫＝やり持ちの男。就＝そばへ行く。殊死＝死にもの狂いで。死をかけて。奇功＝なみなみでない功績。すぐれた手柄。申明＝重ねて明らかにする。精勁＝軍の仕方にくわしく強いこと。約略＝あらまし。大概。

〔人物解説〕

岩間大蔵＝岩間大蔵左衛門、また為昌《ためまさ》という。元猿楽の役者であったが、信玄によって、侍に取り立てられたという。武田信玄の臣。詳細は未詳。

〔通釈〕

岩間大蔵は骨格が大きく立派で、きりっとした男子である。武田信玄は能役者であった彼を取り立てて、士の身分に加えた。しかしながら性質が臆病者で、死を恐れることが殊に甚だしかった。信玄が試みに合戦に出陣させたところ、七度出陣して七度とも逃げ帰った。信玄はこれを見て、「大蔵は通常の仕方をもって使うことはできない。わしは『西域の崑崙山の鉄は変化して金となる。』と聞いている。そうであれば、人の性質が臆病であるのも、心身の鍛錬しだいでどのようにでもなるのだ。」と言った。

信玄はある日合戦に臨み、にわかに大蔵を捕らえて、竹たばの外に縛りつけ、敵の方に向かって坐らせて、少しも動くことのできないようにさせた。そのようにすると矢や弾丸が雨のように降り下り、大砲の音が雷のとどろくように聞こえた。大蔵は胆はつぶれ失神して、人の顔色はなくなった。幸いなことに矢丸は当たらず、合戦が終了するまで恐れてびくびくしていたが、生命に別条はなかった。大蔵はここにおいて心をすっかり改め悟って言った、「人間は命運さえ尽きなければ、矢や弾丸さえ命中するものではない。死ぬことがどうして恐るるに足るものか。」と。これ以後は合戦ごとに勇気を鼓舞して一番乗りを果たし、遂には強い武士であるという評判を得ることになった。

寧静子は言う、「以上の数ヶ条を並べ記して見ると、一方（謙信）は寛大であり、もう一方（信玄）は猛厲である。甲斐の信玄と越後の謙信とのそれぞれの人の気性の概略を見ることができる。自分は以前に信玄・謙信の末路を詠んだ詩に云う、『暗がりから弾丸が飛んできたので驚いて後へ反りかえった、野田の城の上には、ただ笛の音が寒々と聞こえるばかりである。誰も知らないだろうが、曹操が七十二のにせ塚を造らせたことよりも、一つの石棺に入れて湖水の底に沈めて置くほうが安心である。』、『春日山のほとりは夕がすみにとざされて、ただでさえ物寂しいのに、騂騮もはやいな鳴くこともなく、ねぐらを索めて啼く鴉があるばかりである。謙信は威勢が盛んであったが能登の国に攻め入って明月の詩を賦しただけで、都の花を詩に詠ずることを得ないで終わったのは何とも惜しいことである。』と。この詩はもしかすると二人の評の結論とすることができるのではないか。」と。

附記

上杉謙信は合戦の場に臨んで、にわかに部隊を二手に分けようと思うときには、単騎で走って其の陣中に入る。馬の進んで行く所は、右と左へ自然に分かれて二隊となる。その時には槍持が彼方にあっても、主人は呼び寄せることができず、主人がこちらに居ても、槍持がつきそうことができない。各々が刀をふるって、命がけで戦い、いつも不思議に勝ちを得る。

信玄は合戦をしようとする時には、必ず演習をしばしばして、軍中の約束心得を明瞭に繰り返し言い聞かせる。その合戦が終了すると、直ぐに諸将と共に勝敗の道理を論じて、論にかなう者は褒賞し、合わないものは戒めた。だから合戦をする毎に軍の駆け引きが次第に熟練して、遂に合戦に精しく強いことが並びないものになった。これもまた武田・上杉二家の兵の用い方のあらましを知ることができる。

〔原文出典〕

『明良洪範』（二）。論賛は、『常山紀談』（四）越中にて謙信月を賞せられし事。附記は、『武将感状記』（五）。

芸侯戒二諸子一（芸侯諸子《げいこうしょし》を戒《いまし》む）

元亀二年六月、芸侯元就病将レ死。致二諸子於前一、呼二取箭数条一、一如二其子之数一。乃手自糾為二一束一、極レ力折レ之。不レ能レ断也。単抽二其一条一、随折随断。因戒曰、「兄弟猶二此箭一也。和則相依済レ事、不レ和則各人各敗。汝等銘レ心勿レ忘。」次子隆景進曰、「夫兄弟之争、必起二於欲一。棄レ欲思レ義、何不和之有。」元就悦以為レ然、顧二余子一曰、「宜レ従二仲兄言一。」

寧静子曰、「詩云、『喪乱既平、既安且寧。雖レ有二兄弟一、不レ如二友生一。』蓋兄弟之情、不レ難二於急難相救一。而難二於安寧相保一。果能従二芸侯父子之言一、豈不レ足三以全二棣萼之情一乎。」

又曰、「崔鴻西秦録云、『吐谷渾阿柴、臨レ卒呼二子弟一、謂曰、『汝等各奉二我一隻箭一。』俄而命二母弟慕延一曰、『取二汝一隻箭一折レ之。』又曰、『汝取二十九隻箭一折レ之。』延不レ能レ折也。柴曰、『汝曹知二単者易レ折、衆則難レ摧、戮レ力一レ心。然後社稷可レ固。』言終而卒。』是与二芸侯事一太相類。蓋暗合也。記以資二博雅一。」

元亀《げんき》二年《にねん》六月《ろくがつ》、芸侯元就《げいこうもとなり》病《や》みて将《まさ》に死《し》せんとす。諸子《しょし》を前《まへ》に致《いた》し、箭数《やすう》条《じょう》を呼取《こしゅ》し、一《ひと》たび其《そ》の子《こ》の数《かず》の如《ごと》くす。乃《すなは》ち手《て》自《づ》から糾《きゅう》して一束《いっそく》と為《な》し、力《ちから》を極《きは》めて之《これ》を折《を》らしむ。断《た》つこと能《あた》はず。単《たん》に其《そ》の一条《いちじょう》を抽《ぬ》き、随《したが》って折《を》れば随《したが》って断《た》つ。因《よ》りて戒《いまし》めて曰《い》はく、「兄弟《けいてい》は猶《な》ほ此《こ》の箭《や》のごとし。和《わ》すれば則《すなは》ち相《あ》ひ依《よ》りて事《こと》を済《な》し、和《わ》せざれば則《すなは》ち各人《かくじん》各《おのおの》の敗《やぶ》る。汝等《なんぢら》心《こころ》に銘《めい》して忘《わす》るる勿《なか》れ。」と。次子《じし》隆景《たかかげ》進《すす》みて曰《い》はく、「夫《そ》れ兄弟《けいてい》の争《あらそ》ひは、必《かなら》ず欲《よく》より起《お》こる。欲《よく》を棄《す》てて義《ぎ》を思《おも》はば、何《なん》の不和《ふわ》か之《こ》れ有《あ》らん。」と。元就《もとなり》悦《よろこ》びて以《もっ》て然《しか》りと為《な》し、余子《よし》を顧《かへり》みて曰《い》はく、「宜《よろ》しく仲兄《ちゅうけい》の言《げん》に従《したが》ふべし。」と。

寧静子《ねいせいし》曰《い》はく、「詩《し》に云《い》ふ、『喪乱既《そうらんすで》に平《たい》らぎ、既《すで》に安《やす》く且《か》つ寧《やす》し。兄弟有《けいていあ》りと雖《いへど》も、友生《ゆうせい》に如《し》かず。』と。蓋《けだ》し兄弟《けいてい》の情《じょう》、急難相《きゅうなんあ》ひ救《すく》ふに難《がた》からず。而《しか》して安寧相《あんねいあ》ひ保《たも》つに難《がた》し。果《は》たして能《よ》く芸侯父子《げいこうふし》の言《げん》に従《したが》はば、豈《あ》に以《もっ》て棣蕚《ていがく》の情《じょう》を全《まった》ふするに足《た》らざらんや。」と。

又《ま》た曰《い》はく、「崔鴻《さいこう》の西秦録《せいしんろく》に云《い》ふ、『吐谷渾《とこくこん》阿柴《あさい》、卒《しゅっ》するに臨《のぞ》みて子弟《してい》を呼《よ》び、謂《い》ひて曰《い》はく、『汝等各《なんぢらおのおの》の我《われ》に一隻《いっせき》の箭《や》を奉《ほう》ぜよ。』と。俄《には》かにして母弟慕延《ぼていぼえん》に命《めい》じて曰《い》はく、『汝一隻《なんぢいっせき》の箭《や》を取《と》りて之《これ》を折《を》れ。』と。又《ま》た曰《い》はく、『汝十九隻《なんぢじゅうきゅうせき》の箭《や》を取《と》りて之《これ》を折《を》れ。』と。延《えん》折《を》ること能《あた》はず。柴曰《さいい》はく、『汝《なんぢ》が曹《ともがら》単《たん》なる者《もの》は折《を》れ易《やす》く、衆《しゅう》なれば則《すなは》ち摧《くだ》き難《がた》きを知《し》り、力《ちから》を戮《あは》せ心《こころ》を一《いっ》にせよ。然《しか》る後社稷《のちしゃしょく》は固《かた》かるべし。』と。言終《げんを》はりて卒《しゅっ》す。』と。是《こ》れ芸侯《げいこう》の事《こと》と太《はなは》だ相《あ》ひ類《るい》す。蓋《けだ》し暗合《あんごう》せるなり。記《き》して以《もっ》て博雅《はくが》に資《し》す。」と。

〔語釈〕

芸侯元就＝芸州（安芸《あき》）の国主毛利元就のこと。呼取＝取りよせる。持ち出す。糾＝たばねる。随折随断＝折るがままに折れる。思義＝義理を重んじる。詩＝詩経。この句は『詩経』小雅、常棣の一部。棣蕚之情＝兄弟の美しい愛情。棣は、にわ梅。にわ梅は互いに寄り合って花を形成するところから、兄弟が助け合うのにたとえる。崔鴻＝後魏の人。国史を修輯し、『十六国春秋』を撰した。西秦録は『十六国春秋』の一部。吐谷渾阿柴＝吐谷渾は、西晋末の動乱期に、遼東の鮮卑族が西に移動して建てた国名。阿柴は吐谷渾の長の名。母弟＝同母の弟。一隻＝一条、一本。汝曹＝おまえたち。社稷＝国家。社は土地を祭る神、稷は穀物を祭る神、国には必ずこの二神を要することからいう。

〔人物解説〕

毛利元就＝（一四九七～一五七一）戦国時代の武将。安芸《あき》の国人であったが、陶《すえ》氏・大内氏を滅ぼし、安芸《あき》・周防《すおう》・長門《ながと》の戦国大名に成長した。のち尼子《あまこ》氏を滅ぼし、中国全域を領有する大大名となった。豊後《ぶんご》大友氏を主たる敵として北九州経営を目指したが、果たさず没した。元就は戦術よりも謀略と外交戦に秀れていたが、幼少時の辛苦から学んだ忍従の人生訓の盛られた家訓は現代に於ても組織の維持に資するところがある。

小早川隆景＝（一五三三～一五九七）毛利元就の三男。元就

の長男隆元は、父より先に他界していたので、本文では、隆景が年齢順に、「次子・仲兄」として扱われている。小早川家の養子となる。吉川《きっかわ》家の養子となった次兄の元春《もとはる》とともに、元就を助け、父の没後は甥の輝元《てるもと》を助けて毛利家の版図の拡大に尽力した。のち秀吉の大老となり、猶子秀秋を嗣子とした。秀秋が関が原の役で東軍へ寝返った話は有名である。

〔通釈〕

元亀二年（一五七一）六月、芸州侯の毛利元就は病気が重くなっていよいよ死期が近づいた。元就は子息たちを前へ呼び寄せ、弓の矢を数本取り寄せさせ、子息の数だけを取り分けた。それからそれを自分で集めて一束にし、力を入れてそれを折らせたが、折ることはできなかった。束ねられた矢を一本ずつ引き抜いて折ると、折るままに折れて切れた。そこで子息たちを戒めて言った、「兄弟というものはちょうどこの矢のようなものである。仲がよければ、助け合って事を成就することができるが、仲がよくなければ、各人がそれぞれ事を成すことはできない。お前たちはこのことを心に銘じて決して忘れてはならない。」と。次子の小早川隆景が進み出て言った、「兄弟の争いというものは、必ず欲心から起こるものです。それぞれが自分の利欲を捨てて正しい道に従おうと思うならば、何も兄弟の仲が悪くなるようなことはありません。」と。これを聞いて元就は大いに喜び、その通りであるとして、他の子息たちをみわたして、「仲兄隆景の言う通りに従うのがよろしい。」と、言った。

寧静子は言う、「詩経に、『戦乱もすでに平定すれば、平和で心も安らかである。兄弟があっても、親切な友だちには及ばない。』とある。思うに兄弟の情というものは、急場の難儀を互いに救い合うには難しくはない。社会の秩序が保たれ平和なときに、互いに世話し合うことが難しいのだ。人々がどこまでも元就父子の言葉に従って、その理を了解するならば、兄弟が仲好くする情を全うすることで十分なのである。」と。

また言うには、「崔鴻の西秦録にこうある、『姓は杜谷渾、名は阿柴という者が、死に臨んで子や弟を呼び出し、『おまえたちはそれぞれ一本ずつの矢をわしの所へ持ってまいれ。』と言って、その通りにさせた。にわかに同腹の弟慕延に言いつけて、『おまえの持っている一本の矢を折れ。』と言った。（苦もなく矢は折れたのであろう。）また、『十九本の矢を束ねて折ってみよ。』と言った。慕延は矢を折ることができなかった。そこで阿柴は言った、『おまえたちは一本ならば折れ易く、多い矢数は一時には折れにくいことを知って、力をあわせ心を一つにせよ。そうした後で初めて国家は堅く保たれるのである。』と。この言葉を言い終わると息を引きとった。』と。これは元就の事とたいへんよく似た話である。思うに偶然に一致しているのである。それでここに記して物識りになるための助けとした。」

〔原文出典〕

『常山紀談』（十六）小早川隆景遺訓の事。

細川藤孝（細川藤孝《ほそかわふぢたか》）

細川兵部太輔藤孝、少小不レ喜二国歌一。自謂、「是縉紳婦女之技、非二武夫之事一也。」偶某地之戦、追二敵之棄レ馬走者一、不レ及而返。従者執二馬銜一以諫曰、「窮追勿レ失。臣験二馬背尚暖一、以知二其行不一レ遠。古歌不レ云乎。『君波麻太、遠具波行志、我袖乃、袂乃涙、比辺志果年盤。』（訳曰、君行知レ不レ遠、吾袖涙猶霑。）」藤孝領レ之、即馳遂執二其人一以還。従レ此潜二心歌道一、深沈奥妙、至レ窮二古今集秘訣一。所謂幽斎玄旨是也。

寧静子曰、「幽斎氏之事、亦太有レ似二太田道灌一焉。余嘗有下詠二道灌一二絶上。曰、『村女応レ門未レ発レ辞、猶帰逢レ雨乞レ蓑時、有レ華無レ実君看取、捧出棣棠黄一枝。』『才兼二文武一有二斯公一、一激終能学二国風一、斥候他年弁二潮落一、水禽声在二遠洋中一。』併録以見二国風之学有レ益二武事一矣。」

細川兵部太輔《ほそかはひょうぶのたいふ》藤孝《ふぢたか》、少小《しょうしょう》より国歌《こくか》を喜《この》まず。自《みづか》ら謂《おも》へらく、「是《こ》れ縉紳婦女《しんしんふじょ》の技《ぎ》にして、武夫《ぶふ》の事《こと》に非《あら》ざるなり。」と。偶《たまた》ま某地《ぼうち》の戦《たたか》ひに、敵《てき》の馬《うま》を棄《す》てて走《はし》る者《もの》を追《お》ひ、及《およ》ばずして返《かへ》る。従者《じゅうしゃ》馬銜《ばかん》を執《と》り以《もっ》て諫《いさ》めて曰《い》はく、「窮追《きゅうつい》して失《うしな》ふこと勿《かれ》れ。臣馬背《しんばはい》の尚《な》ほ暖《あたた》かなるを験《けん》し、以《もっ》て其《そ》の行《こう》の遠《とほ》からざるを知《し》る。古歌《こか》に云《い》はずや。『君波麻太《きみはまた》、遠具波行志《とほくはゆかじ》、我袖乃《わがそでの》、袂乃涙《たもとのなみだ》、比辺《ひへ》志《し》果《はて》年《ね》盤《ば》』と。（訳《やく》に曰《い》はく、君《きみ》が行遠《こうとほ》からざるを知《し》る、吾《わ》が袖涙《そでなみだ》猶《な》ほ霑《うるほ》ふ。）」藤孝之《ふじたかこれ》を頷《がん》し、即《すなは》ち馳《は》せて遂《つひ》に其《そ》の人《ひと》を執《とら》へ以《もっ》て還《かへ》る。此《これ》より心《こころ》を歌道《かどう》に潜《ひそ》めて、深沈《しんちん》奥妙《おうみょう》、古今集《こきんしゅう》の秘訣《ひけつ》を窮《きは》むるに至《いた》る。所謂幽斎玄旨《いはゆるゆうさいげんし》是《こ》れなり。

寧静子《ねいせいし》曰《い》はく、「幽斎氏《ゆうさいし》の事《こと》、亦《ま》た太《はなは》だ太田道灌《おほたどうかん》に似《に》たること有《あ》り。余《よ》嘗《かつ》て道灌《どうかん》を詠《えい》じたる二絶《にぜつ》有《あ》り。曰《い》はく、『村女門《そんじょもん》に応《おう》じて未《いま》だ辞《じ》を発《はっ》せず、猟帰雨《りょうきあめ》に逢《あ》ひ蓑《みの》を乞《こ》ふ時《とき》、華《はな》有《あ》り実《み》無《な》し君看取《きみかんしゅ》せよ、捧《ささ》げ出《い》だす棣棠《ていとう》の黄一枝《こういっし》。』『才《さい》は文武《ぶんぶ》を兼《か》ぬ斯《こ》の公《こう》有《あ》り、一激《いちげき》終《つひ》に能《よ》く国《こく》風《ふう》を学《まな》ぶ、斥候《せきこう》して他年潮落《たねんちょうらく》を弁《べん》ず、水禽《すいきん》の声《こゑ》は遠洋《えんよう》の中《うち》に在《あ》り。』と。併録《へいろく》して以《もっ》て国風《こくふう》の学《がく》の武事《ぶじ》に益《えき》有《あ》るを見《しめ》す。」と。

〔語釈〕

少小＝若いとき。**国歌**＝漢詩に対して日本の歌すなわち和歌。**縉紳**＝公家。高位高官の人。礼装のとき笏《しゃく》を紳（大帯）にさしはさむことから転じて、その服装のできる身分の人をいう。**武夫**＝もののふ。武士。**馬銜**＝馬のくつわ。**窮追**＝手を緩めずに、最後まで追い求める。**頷**＝うなづき承知する。**深沈奥妙**＝熱中して奥儀をさとる。深く究めて奥ぞこの妙味をさとる。**幽斎玄旨**＝細川藤孝の号。**余嘗有詠**＝寧静子は、太田道灌と題して二首の七言絶句を詠んだ。第一首は、若き日の道灌が狩猟の帰りに雨に逢い、簑を借りようとした時、山吹の一枝を差し出されたが、道灌にはその意味することが解せなかったというもの。第二首は、学問に励んで教養を身につけた道灌が、古歌の知識を生かして潮の干満を知り、みごとに斥候の役を果したことを詠じている。なお第一首は「七重八重花は咲けども山吹のみのひとつだになきぞ悲しき」（兼明親王作）、第二首は「遠くなり近くなるみの浜千鳥鳴く音に潮のみちひをぞ知る」（兼載作）の古歌の知識を、それぞれ踏まえたものである。**棣棠**＝山ぶき。**一激**＝一たび感動すること。**斥候**＝こっそりと敵の様子をさぐること。**潮落**＝潮がひいたこと。**水禽**＝みずとり。**国風之学**＝和歌。**併録**＝あわせて記す。

〔人物解説〕

細川藤孝＝（一五三四～一六一〇）室町時代の武将、歌人。室町幕府十二代将軍義晴《よしはる》の四男。七歳で細川元常《もとつね》の養子となり、以後養父とともに義晴に従う。義晴の没後、将軍義《よし》輝《てる》が三好・松永の徒に弑されると、義輝の弟義昭《よしあき》を奉じて近江へ奔り、更に信長に寄る。義昭が将軍に補せられるまでの画策運謀は、一に藤孝による。以後信長・秀吉・家康の世にいずれも重臣として遇せられた。慶長五年（一六〇〇）居城田辺城が石田三成に攻囲された際、和議を勧めるのに対して「和を請うて開城するのは武士の本意にあらず。よって存生のうちにこれを献ぜん」と古今相伝の箱に証明の状を附し、「古も今も変らぬ世の中に心の程を残す言の葉」の和歌を添え、『源氏物語抄』『二十一代集』その他を宮中及び親王・烏丸光広《からすまるみつひろ》・前田玄以等に献呈すべく使者に渡し、「今は思い残すことなし」と籠城の意志を固めたが、再三の勅令によって遂に開城した話は有名である。

太田道灌＝（一四三二～一四八六）名は持資《もちすけ》、後に資長《すけなが》と改める。室町中期の武将。扇谷《おうぎがやつ》上杉定正の重臣。歌人。築城・兵馬の法に長じ、江戸城を始め川越・岩槻の諸城を築いた。長禄元年（一四五七）に江戸城を築いてこれに拠り、翌年剃髪して道灌と号した。山内家の上杉顕定《あきさだ》は道灌に補佐された扇谷家の勢力が増大するのを憎み、定正の近臣を通じて道灌を讒《ざん》した。定正はこれを信じて、糟谷の邸に道灌を召し浴室で謀殺した。道灌は軍略に巧みで軍法師範と称された。また、五山の学僧、歌道の宗匠を江戸城中に召し、詩歌の会を催したこともある。

〔通釈〕

細川兵部太輔藤孝は、若年のときから和歌を好まなかった。自分で思うに、「和歌は公家衆か婦女子の身につけるわざであって、武士のすべきことではない。」と。たまたま何処かの合戦のときに、馬を捨て置いて逃げる敵を追いかけ、追いつけずに引き返してきた。供の者が馬のくつわを手に持って藤孝を諫めて言った、「どこまでも追いつめて取りにがしなさるな。私は馬の背中がまた暖かいのを確かめて、敵がまだ遠くまで行っていないことを知りました。古い歌に『君はまだ、遠くは行かじ、我が袖の袂の涙、冷えし果てねば。』とあるではありませんか。」と。藤孝はなるほどとうなずいて、即時に馬を走らせて行き、遂に逃げた者を生捕りにして返ってきた。この時から藤孝は和歌の道に打ち込み、深い真意のあることを知り、古今集の奥儀をきわめるに至った。世間でいう幽斎玄旨は藤孝のことである。

寧静子は言う、「幽斎のことは、太田道灌の話に大いに似た所がある。私は以前に太田道灌のことを詠じた七言絶句二首がある。その一は、『村女が門の口までは出てきたけれども、まだ何も言葉を発しない、これは道灌が猟に出た帰りに雨に逢って、ある家に立ち寄って簑を借りようとした時のことである。村女は、これは花はあっても実がない灌木です、殿よご覧下さいという意をこめて、山吹の黄色い花の咲いた一枝を道灌に捧げた。』その二は、『文武ともよくできる才能ある人はまれであるが、太田道灌は実に文武兼備の人であった、一たび感じてよく和歌を学んだ。後年、斥候をつとめた際に、和歌を学んだお蔭で、水鳥が遠い沖で鳴くことから判断して、引き潮であることを知ったのである。』太田道灌のことを併せ記して、和歌の学が兵事に益のあることを示す。」と。

〔原文出典〕
『掃聚雑談』。『良将達徳鈔』（一）。論賛は、『常山紀談』（一）太田持資歌道に志す事。

破缸柴田（破《は》缸《こう》柴《しば》田《た》）

永禄十二年、柴田勝家、為二織田氏一守二長光寺城一。佐々木承禎、囲而攻レ之、遂破二其外城一。勝家退保二牙城一、防戦甚力。偶有下人告二佐々木氏一者上。曰、「此城乏レ水。若絶二其汲路一、城可レ下也。」承禎悦従レ之。城中果困。而未レ変二其旗色一也。承禎怪レ之。乃託二和議一、納二平井某於城中一。勝家将二出接一レ之。平井請レ盥レ手。勝家命盛二水於巨盤一、使二二人左右捧而致一レ之。平井盥訖、則棄二余水於庭一、無二復愛惜意一。平井視レ之、色然而帰。

既而儲水殆竭。勝家度レ不レ可レ脱、会二諸将士一、置レ酒訣飲。時問二所レ余之水一、則僅二一斛矣。勝家呼二眉尖刀一、以二其鐓一鏦二破水缸一、以示二必死一。乗レ暁開レ門、吶喊潰レ囲以出。佐々木氏兵、以三其出二不意一、狼狽擾乱、不レ可二復止一。勝家乗レ機衝突、斬レ首八百余級。使三人献二之於岐阜一。信長大悦、賜二勲状一以賞レ之。世呼二勝家一為二破缸柴田一。

寧静子曰、「柴田氏破缸之挙、所謂死中求レ活者。非三胸有二成算一、何以至二乎此一。若下其失二二斛水一、而獲中八百級上、亦惟断成レ之耳。」

附記

信長以二勝家一為二先鋒将一。固辞不レ受。再三強レ之、乃敢承レ命而退。路遇二麾下士於安土城下一。誤触二勝家衣一。勝家咎二其無礼一、不レ屈。乃斬レ之。信長怒、召二勝家一譲レ之。傲然答曰、「是其所三以固二辞主命一也。夫先鋒之将、威権不レ立、号令不レ行。安有二無礼之士、而仮借不レ殺之理一乎。」

永禄十二年《えいろくじゅうにねん》、柴田勝家《しばたかついへ》、織田氏《おだし》の為《ため》に長光寺《ちょうこうじ》の城《しろ》を守《まも》る。佐々木承禎《ささきしょうてい》、囲《かこ》んで之《これ》を攻《せ》め、遂《つひ》に其《そ》の外城《がいじょう》を破《やぶ》る。勝家《かついへ》退《しりぞ》き牙城《がじょう》を保《たも》ち、防戦甚《ぼうせんはなは》だ力《つと》む。偶《たま》ま人《ひと》の佐々木氏《ささきし》に告《つ》ぐる者有《ものあ》り。曰《い》はく、「此《こ》の城《しろ》は水《みづ》に乏《とぼ》し。承禎《しょうてい》若《も》し其《そ》の汲路《きゅうろ》を絶《た》たば、城下《しろくだ》すべきなり。」と。承禎悦《よろこ》びて之《これ》に従《したが》ふ。城中果《じょうちゅうは》たして困《くる》しむ。而《しか》れども未《いま》だ其《そ》の旗色《はたいろ》を変《へん》ぜず。承禎之《しょうていこれ》を怪《あや》しむ。乃《すなは》ち和議《わぎ》に託《たく》して、平井某《ひらゐなにがし》を城中《じょうちゅう》に納《い》る。勝家将《かついへまさ》に出《い》でて之《これ》に接《せっ》せんとす。平井手《ひらゐて》を盥《あら》はんと請《こ》ふ。勝家命《かついへめい》じて水《みづ》を巨盤《きょばん》に盛《も》り、二人《ににん》をして左右《さゆう》より捧《ささ》げて之《これ》を致《いた》さしむ。平井盥《ひらゐあら》ひ訖《を》はれば、則《すなは》ち余水《よすい》を庭《には》に棄《す》てて、復《ま》た愛惜《あいせき》するの意無《いな》し。平井之《ひらゐこれ》を視《み》て、色然《しょくぜん》として帰《かへ》る。

既《すで》にして儲水殆《ちょすいほとん》ど竭《つ》く。勝家脱《かついへだつ》すべからざるを度《はか》り、諸将士《しょしょうし》を会《かい》し、酒《さけ》を置《お》きて訣飲《けついん》す。時《とき》に余《あま》す所《ところ》の水《みづ》を問《と》へば、則《すなは》ち僅《わづ》かに二斛《にこく》なりと。勝家眉尖刀《かついへびせんとう》を呼《よ》び、其《そ》の鐓《たい》を以《もっ》て水缸《すいこう》を鍛《つ》き破《やぶ》り、以《もっ》て必死《ひっし》を示《しめ》す。暁《あかつき》に乗《じょう》じて門《もん》を開《ひら》き、吶喊囲《とっかんかこ》みを潰《つひや》し以《もっ》て出《い》づ。佐々木氏《ささきし》の兵《へい》、其《そ》の不意《ふい》に出《い》づるを以《もっ》て、狼狽擾乱《ろうばいじょうらん》して、復《ま》た止《とど》むべからず。勝家機《かついへき》に乗《じょう》じて衝突《しょうとつ》し、首《くび》を斬《き》ること八百余《はっぴゃくよ》級《きゅう》。人《ひと》をして之《これ》を岐阜《ぎふ》に献《けん》ぜしむ。信長大《のぶながおほ》いに悦《よろこ》び、勲《くん》状《じょう》を賜《たま》ひ以《もっ》て之《これ》を賞《しょう》す。世勝家《よかついへ》を呼《よ》んで破缸柴田《はこうしばた》と為《な》す。

寧静子曰《ねいせいしい》はく、「柴田氏破缸《しばたしはこう》の挙《きょ》は、所謂死中《いはゆるしちゅう》に活《かつ》を求《もと》むる者《もの》なり。胸《むね》に成算有《せいさんあ》るに非《あら》ずんば、何《なに》を以《もっ》て此《ここ》に至《いた》らん。其《そ》の二斛《にこく》の水《みづ》を失《うしな》ひて、八百《はっぴゃく》の級《きゅう》を獲《う》るが若《ごと》きは、亦《ま》た惟《た》だ断《だん》もて之《これ》を成《な》すのみ。」と。

附記《ふき》

信長勝家《のぶながかついへ》を以《もっ》て先鋒《せんぽう》の将《しょう》と為《な》す。固辞《こじ》して受《う》けず。再《さい》三之《さんこれ》を強《し》ふれば、乃《すなは》ち敢《あ》へて命《めい》を受《う》けて退《しりぞ》く。路《みち》に麾下《きか》の士《し》に安土城下《あづちじょうか》に遇《あ》ふ。誤《あやま》って勝家《かついへ》の衣《い》に触《ふ》る。勝家《かついへ》其《そ》の無礼《ぶれい》を咎《とが》むるに、屈《くっ》せず。乃《すなは》ち之《こ》れを斬《き》る。信長怒《のぶながいか》り、勝家《かついへ》を召《め》し之《これ》を譲《せ》む。傲然《ごうぜん》として答《こた》へて曰《い》はく、「是《こ》れ其《そ》の主命《しゅめい》を固辞《こじ》する所以《ゆゑん》なり。夫《そ》れ先鋒《せんぽう》の将《しょう》にして、威権《いけん》立《た》たざれば、号令行《ごうれいおこな》はれず。安《いづ》くんぞ無礼《ぶれい》の士《し》にして、仮借《かしゃ》し殺《ころ》さざるの理有《りあ》らんや。」と。

〔語釈〕

長光寺＝近江国に在る。**汲路**＝水をくむ道。**旗色**＝戦場で旗のひるがえる様子によって、勝敗のあらわれること。転じて、軍の気勢。**巨盤**＝大きなたらい。**色然**＝驚いて顔色を変える。**儲水**＝たくわえておく水。**訣飲**＝別れの酒宴。**斛**＝容積の単位。一斗の十倍。日本の一斛は、約十八リットル。**眉尖刀**＝なぎなた。**鐓**＝なぎなたのさや尻を包んだ金具。柄の端を包んだ金具。**水缸**＝水がめ。**吶喊**＝ときの声をあげる。**狼狽**＝あわてふためく。うろたえあわてる。**擾乱**＝入り乱れてさわぐ。さわぎ乱れる。**衝突**＝ここでは敵陣へ攻め入ること。**岐阜**＝ここでは信長を指す。**破缸之挙**＝水がめを破った行為。**死中求活**＝ほとんど死ぬばかりのところで、生きる道を見いだす。**窮地**にあって活路を探し求める。**成算**＝事をなしとげる見込み。成功するもくろみ。**断**＝決断。**先鋒将**＝先陣部隊の大将。軍陣や戦闘で最初に敵に攻めかかる部隊の責任者。**麾下之士**＝大将直属の部下。ここでは信長の直属の武士をいう。**安土城**＝織田信長が琵琶湖の東岸に築城し、本居とした城。**傲然**＝おごり高ぶるさま。**威権**＝威勢と権力。ここでは将としての権威。**仮借**＝ゆるす。見逃す。

〔人物解説〕

柴田勝家＝（?〜一五八三）安土桃山時代の武将。織田信長の弟信行《のぶゆき》に属して信長と敵対したが、のち赦されて信長の家臣となる。本能寺の変の際、居城の越前北の庄城の守りを固めたため光秀追討に遅れをとり、秀吉に指導権を奪われる結果となった。信長の後継として三子信孝の擁立に失敗し、政権から遠ざけられ、信長の葬儀にも出席できないように仕向けられて、秀吉との対立が深まった。天正十一年（一五八三）秀吉と全面対決することになったが賤《しず》が岳《たけ》の戦いで敗れ、居城の北の庄へのがれたが追撃され、夫人お市（小谷）の方（信長の妹）とともに自殺した。

佐々木承禎＝（一五二一〜一五九八）六角佐々木義賢《よしかた》。承禎は号。戦国時代の武将。近江観音寺城主。信長が足利義昭を迎えて上洛の策を画すと、京都の三好党と結んで信長に対抗して戦ったが、十八の支城を失い、観音寺城も失陥。後に近江南郡の一揆を煽動し長光寺城の柴田を攻めた。

平井某＝佐々木承禎の臣、平井甚介。詳細は未詳。

〔通釈〕

永禄十二年（一五六九）に、柴田勝家は織田信長のために近江の国の長光寺の城を守っていた。その時、佐々木承禎が城を囲んで攻め、遂にその城の外ぐるわを破り陥した。勝家は後退して城の本丸を保ち、防戦につとめた。たまたまある者が、承禎に告げてこう言った。「この城は水が乏しい。もし水を汲み入れる路を絶ったならば、城を陥落することができる。」と。承禎は悦んでそのすすめに従って水の手を絶った。城中は予期した通り困りはてた。しかしながら、勝家方は一向に弱味を見せなかった。承禎はこれを不審に思った。そこで和睦をするということにかこつけて、平井某という者を城中に遣わした。勝家が出てきて対面しようとした。平井は手を洗いたいので水を下さいと申し出た。勝家は臣下に命じて、水を大きなたらいに入れて、二人の者に左右からささげて出させた。平井が手を洗いおわると、余った水を惜気もなく庭へ捨てて、一向に水を惜しむ気色はない。平井はこの有様を見て、顔色を変えて驚いて帰陣した。

ほどなくして貯えておいた水はほとんど無くなった。勝家はのがれることはできないと思い、諸の大将分の者を集めて、酒宴を開いて別れの杯を交わした。この時に余っている水はどの位あるかと問うと、僅かに二石（約三六〇リットル）ほどしか無いという答えであった。勝家は薙刀《なぎなた》を取り寄せ、その柄の端の金具の部分で水瓶を突き破り、必死の覚悟を示した。それから夜明けにまぎれて城門を開け、ときの声をあげながら敵の囲みを破って出た。佐々木氏の軍勢は、相手が不意に攻撃してきたので、うろたえさわぎ乱れて、収拾がつかなかった。勝家の軍はこの機につけ込んで攻め、相手の首を斬ることが八百余に至った。戦いが終わると、勝家は人を岐阜に遣わし、首級を信長に献上させた。信長は大いに悦び、勝家に勲状を与えて賞した。これより世間の人々は、勝家のことを瓶《かめ》わり柴田と呼ぶようになった。

寧静子は言う、「柴田勝家が瓶を割ったことは、兵法に言うところの、死中に活を求めたものである。胸中に必ず勝てるという思いが無ければ、どうしてこのようになるものか。その二石の水を捨てて、八百の首を取るというようなことは、また偶然できたことではなく、決断の宜しきを得たから成就したのである。」と。

附記

信長は勝家を先鋒の大将とした。勝家は固く辞退してなかなか受けなかった。信長が再三にわたってこれを強要したので、思い切って仰せを承り、御前を引き下った。その帰路に信長直属の侍に安土城下で出合った。その侍が誤って勝家の衣に触れた。勝家がその無礼をとがめたが、侍は詫びることも恐れ入ることも無かった。そこで勝家はその侍を斬り殺した。信長はこれを聞いて怒り、勝家を呼び出して罪を責めた。勝家はびくともせず答えて言った、「こういうことであるから殿の仰せを固く辞退したのです。そもそも先鋒の大将でありながら、威勢と権力がなければ、号令指図を行うことはできません。どうして無礼の士を見のがして殺さない道理がありましょうか。」と。

〔原文出典〕

『常山紀談』(三)　柴田勝家水缸を破りて城を守りし事。
附記は、同、勝家先陣の将となる事。

梶川弥三郎（梶川《かぢかは》弥三郎《やさぶろう》）

信長之攻㆓槙島㆒也、暴雨連日、宇治川大溢、殆不㆑可㆑済。信長立㆓馬水涯㆒、呼曰、「誰先渡㆓此河㆒者。古梶原・佐佐木豈鬼神乎。」言未㆑畢、有㆓一騎㆒自㆓上游㆒、乱㆑流而渡。信長揚㆑策曰、「夫夫非㆓他人㆒、必梶川弥三郎也。勿㆑使㆔剛勇丈夫餒㆓於敵㆒。」衆競継㆑之、遂得㆓上㆑岸勝㆑敵。

初梶川好㆓博奕㆒、為㆓衆所㆑擯。信長独愛㆓其勇㆒、賜㆓名馬㆒曰、「緩急以㆑此樹㆑功。」梶川感泣自誓曰、「不㆘騎㆓此馬㆒先登㆖者、不㆓生還㆒。」至㆑此果有㆓此功㆒。

寧静子曰、「宇水先登、世唯知㆑有㆓梶原・佐佐木㆒、而知㆑有㆓梶川㆒者鮮矣。抑前梶原之聯騎争㆑先、孰㆔若後梶川之単騎直進之最壮㆒哉。」

信長《のぶなが》の槙島《まきのしま》を攻《せ》むるや、暴雨連日《ぼううれんじつ》、宇治川《うじがは》大《おほ》いに溢《あふ》れ、殆《ほとん》ど済《わた》るべからず。信長馬《のぶながうま》を水涯《すいがい》に立《た》てて、呼《よ》んで曰《い》はく、「誰《たれ》か先《ま》づ此《こ》の河《かは》を渡《わた》る者《もの》ぞ。古《いにしへ》の梶原《かぢはら》・佐佐木《ささき》は豈《あ》に鬼神《おにがみ》ならんや。」と。言未《げんいま》だ畢《を》はらざるに、一騎《いっき》有《あ》り。上游《じょうゆう》より、流《なが》れを乱《みだ》して渡《わた》る。信長策《のぶながむち》を揚《あ》げて曰《い》はく、「夫《か》の夫《ふ》は他人《たにん》に非《あら》ず、必《かなら》ず梶川弥三郎《かぢかはやさぶろう》ならん。剛勇丈夫《ごういうじょうふ》をして敵《てき》に餒《くら》はしむること勿《なか》れ。」と。衆競《しゅうきそ》って之《これ》に継《つ》ぎ、遂《つひ》に岸《きし》に上《あが》り敵《てき》に勝《か》つことを得《え》たり。

初《はじ》め梶川博奕《かぢかはばくえき》を好《この》み、衆《しゅう》の擯《ひん》する所《ところ》と為《な》る。信長独《のぶながひと》り其《そ》の勇《ゆう》を愛《あい》し、名馬《めいば》を賜《たま》ひて曰《い》はく、「緩急《かんきゅう》あらば此《これ》を以《もっ》て功《こう》を樹《た》てよ。」と。梶川感泣《かぢかはかんきゅう》して自《みづか》ら誓《ちか》って曰《い》はく、「此《こ》の馬《うま》に騎《の》りて先登《せんとう》せずんば、生《い》きては還《かへ》らず。」と。此《ここ》に至《いた》りて果《は》たして此《こ》の功《こう》有《あ》り。

寧静子《ねいせいし》曰《い》はく、「宇水《うすい》の先登《せんとう》は、世《よ》唯《だ》梶原《かぢはら》・佐佐木《ささき》有《あ》るを知《し》りて、梶川有《かぢかはあ》るを知《し》る者《もの》鮮《すくな》し。抑《そもそ》も前《さき》の梶原《かぢはら》の聯騎《れんき》して先《さき》を争《あらそ》ふは、後《のち》の梶川《かぢかは》の単騎直進《たんきちょくしん》の最《もっと》も壮《そう》なるに孰若《いづれ》ぞ。」と。

〔語釈〕

槙島＝山城の国宇治にある。往古の槙島は宇治川と巨椋《おぐら》池にはさまれた洲のような所で、槙島城があった。天正元年足利義昭は二条城を棄ててこの城に拠った。水涯＝水きわ。川岸。梶原・佐佐木＝源義経が木曽義仲を攻めたとき、宇治川を先陣した梶原景季《かげすえ》、佐佐木高綱《たかつな》の二人のこと。鬼神＝荒くたけだけしい神。また、神仏が形をかえたもの。化身の意。ここでは神わざを身につけた者。上游＝上流。また上流付近の地。博奕＝金銭をかける勝負ごと。ばくち。擯＝排斥する。のけ者にする。緩急＝さし迫った大事の場合。危急な場合。宇水＝宇治川のこと。鮮＝まれである。ほとんどない。聯騎＝騎馬をつらねる。二騎が並んで同時に進むこと。孰若＝両者を比べて、その優劣などを質問する。この語の下にあるものが主となる。どちらが～か。

〔人物解説〕

梶川弥三郎＝生没年未詳。織田信長の臣、梶川弥三郎高盛《たかもり》。槙島城攻撃のとき宇治川の先陣、本願寺光佐を大坂城に攻めた際には佐久間信盛に属して戦功を立てた。のち織田信雄に仕え、小牧の役には尾張蟹江《かにえ》城を攻めた。

〔通釈〕

織田信長が（将軍足利義昭が籠城していた）槙島を攻めたとき、大雨が何日も続き、宇治川の水かさが大いに増して、とても渡ることができない状態であった。信長は馬を川岸に立てて、部下に呼びかけて言った、「誰か先陣してこの河を渡りきる者はおらぬか。古の梶原景季、佐々木高綱とて、どうして鬼神であるものか」と。信長の言葉がまだ終らないうちに、一人の馬乗武者が現れた。この武者は、川上より流れを横切って渡った。信長は鞭を揚げて、「あの武者は別人ではない、必ず梶川弥三郎であろう。剛勇の男子を敵のえじきにしてはならない。」と言った。この声を聞くや否や、多くの武者たちが競って梶川に続き、遂に向こう岸に上って勝利を得た。

是より以前、梶川弥三郎は博奕《かけごと》を好むところから、多くの人々に賤しみ退けられていた。しかしながら信長は独り梶川の勇気を愛し、秘蔵の名馬を与えて、「一大事の起った際には、この馬に乗って手柄をたてよ。」と申しわたした。梶川は感激の涙を流して、自分の心に、「この馬に乗って一番乗りをしなかったならば、生きては還るまい。」と誓っていた。この槙島の合戦に至って、案に違わずこの手柄があった。

寧静子は言う、「宇治川の先陣は、世の人々はただ梶原景季・佐々木高綱の二人があることを知っているが、梶川弥三郎のあることを知る者はまれである。そもそも前の梶原・佐々木の両人が馬を並べて先陣を争ったのは、後の梶川がただ一騎で先がけしたのとではどちらが勇敢であったか（と言えば、勿論梶川の方であろう）。」と。

〔原文出典〕
『武野燭談』（二十七）。『常山紀談』（四）梶川弥三郎槙嶋先陣の事。

大緩山（大緩山《おほぬるやま》）

信長動罵レ人曰二大緩山一。猶レ言二懶惰輩一也。（或云、大緩山江州山名、信長蓋借以目二此輩一也。）天正元年八月、信長攻二越前一。朝倉義景擁二二万騎一、陣二於刀根山一。我前軍進陣二其麓一、相持未レ戦也。一日信長登二営楼一、候二敵動止一曰、「今夜敵必退矣。宜下乗二其撤一レ陣、尾撃殲上之。」屢戒二前軍一勿レ惰。諸

将士皆笑曰、「主将何所レ見。夫敵以レ主待レ客、且拠二要害一布レ陣、得二地之利一矣。安有二不レ戦而退之理一。」

日已暮。信長猶在二楼上一、張レ目不レ動。夜漏已丑刻、敵中火揚矣。信長急下レ令、吹二海螺一、進二旗鼓一、罵曰、「咄、大緩山。果不レ及レ事。我且以二麾下一撃レ之。」与二左右五十騎一馳、直前衝レ敵。敵軍擾乱、無二復闘志一、皆争レ先而遁。我軍追撃、遂得二大捷一。凡信長見レ機而動、神速不レ誤レ事者、率皆此類。

寧静子曰、「石川丈山嘗論二右府用一レ兵云、『信長所レ長、不レ拘二土地之嶮難一、不レ問二兵卒之多寡一、出二於不意一、撃二於無備一。而十戦十勝、能獲二其全一者也。至レ如二挫レ敵抜一レ国、則源平已還、靡下可二与準擬一者上。唯与二源廷尉一在二伯仲之間一耶。』是可レ謂三善論二右府一矣。」

信長《のぶなが》動《やや》もすれば人《ひと》を罵《ののし》りて大緩山《おほぬるやま》と曰《い》ふ。猶《な》ほ懶惰《らいだ》の輩《はい》と言《い》ふがごときなり。（或《ある》いは云《い》ふ、大緩山《おほぬるやま》は江州《こうしゅう》の山名《さんめい》、信長《のぶなが》蓋《けだ》し借《か》りて以《もっ》て此《こ》の輩《はい》を目《もく》するなりと。）天《てん》正元年八月《しょうがんねんはちがつ》、信長《のぶなが》越前《えちぜん》を攻《せ》む。朝倉義景《あさくらよしかげ》二万騎《にまんき》を擁《よう》し

て、刀根山《とねやま》に陣《じん》す。我《わ》が前軍進《ぜんぐんすす》みて其《そ》の麓《ふもと》に陣《じん》し、相《あ》ひ持《じ》して未《いま》だ戦《たたか》はず。一日信長営楼《いちじつのぶながえいろう》に登《のぼ》り、敵《てき》の動止《どうし》を候《うかが》ひて曰《い》はく、「今夜敵《こんやてき》は必《かなら》ず退《しりぞ》かん。宜《よろ》しく其《そ》の陣《じん》を撤《てっ》するに乗《じょう》じ、尾撃《びげき》して之《これ》を殲《つく》すべし。」と。屢《しばし》ば前軍《ぜんぐん》を戒《いまし》めて惰《おこた》ること勿《なか》らしむ。諸将士皆《しょしょうしみな》笑《わら》ひて曰《い》はく、「主《しゅ》将何《しょうなん》の見《み》る所《ところ》ぞ。夫《そ》れ敵《てき》は主《しゅ》を以《もっ》て客《かく》を待《ま》ち、且《か》つ要害《ようがい》に拠《よ》りて陣《じん》を布《し》けば、地《ち》の利《り》を得《え》たり。安《いづ》くんぞ戦《たたか》はずして退《しりぞ》くの理《り》有《あ》らんや。」と。

日《ひ》已《すで》に暮《く》る。信長猶《のぶながな》ほ楼上《ろうじょう》に在《あ》り、目《め》を張《は》りて動《うご》かず。夜漏已《やろうすで》に丑《うし》の刻《こく》、敵中《てきちゅう》に火揚《ひあ》がる。信長急《のぶながきゅう》に令《れい》を下《くだ》し、海螺《かいら》を吹《ふ》き、旗鼓《きこ》を進《すす》め、罵《ののし》りて曰《い》はく、「咄《とっ》、大緩山《おほぬるやま》。果《は》たして事《こと》に及《およ》ばず。我且《われか》つ麾下《きか》を以《もっ》て之《これ》を撃《う》たん。」と。左右五十騎《さゆうごじゅっき》と馳《は》せ、直《ただ》ちに前《すす》みて敵《てき》を衝《つ》く。敵軍擾乱《てきぐんじょうらん》し、復《ま》た闘志《とうし》無《な》く、皆先《みなさき》を争《あらそ》ひて遁《のが》る。我《わ》が軍追撃《ぐんついげき》して、遂《つひ》に大捷《たいしょう》を得《え》たり。凡《およ》そ信長《のぶなが》の機《き》を見《み》て動《うご》き、神速《しんそく》にして事《こと》を誤《あやま》らざることは、率《おほむ》ね皆此《みなこ》の類《たぐひ》なり。

寧静子《ねいせいし》曰《い》はく、「石川丈山《いしかはじょうざん》嘗《かつ》て右府《ゆうふ》の兵《へい》を用《もち》ゐるを論《ろん》じて云《い》ふ、『信長《のぶなが》の長《ちょう》ずる所《ところ》は、土地《とち》の嶮難《けんなん》に拘《かか》はらず、兵卒《へいそつ》の多寡《たか》を問《と》はず、不意《ふい》に出《い》でて、無備《むび》を撃《う》つ。而《しか》し

て十戦十勝《じっせんじっしょう》、能《よ》く其《そ》の全《まった》きを獲《う》る者《もの》なり。敵《てき》を挫《くじ》き国《くに》を抜《ぬ》くが如《ごと》きに至《いた》りては、則《すなは》ち源平已還《げんぺいいかん》、与《とも》に準擬《じゅんぎ》すべき者《もの》靡《な》し。唯《た》だ源廷尉《げんていい》と伯仲《はくちゅう》の間《あひだ》に在《あ》るか。』と。是《こ》れ善《よ》く右府《ゆうふ》を論《ろん》ずと謂《い》ふべし。」と。

〔語釈〕

懶惰輩＝なまけ者。**江州**＝近江の別称。**営楼**＝陣屋のやぐら。**動止**＝動行。ようす。**尾撃**＝後から追いかけて攻撃する。追撃。**殲**＝皆殺しにする。全滅させる。**要害**＝地勢がけわしく、敵を防ぎ味方を守るのに便利な地。**夜漏**＝夜の時間。水時計の水の漏った分量によって時刻をはかっていたのでこういう。**丑刻**＝現在の午前二時ごろ。**海螺**＝ほら貝。**進旗鼓**＝軍を進める。軍旗や陣太鼓を進めることからいう。**咄**＝人を叱るときに発する語。ちぇっ。舌うちするときの声。**不及事**＝間にあわない。遅くて役にたたない。**大捷**＝大いに勝つこと。大勝利。**見機**＝物事のきざしを見る。都合のよい機会を知ること。**神速**＝きわめてすばやいこと。人間わざとは思われない、非常なはやさのこと。**嶮難**＝けわしくて通りにくいこと。けわしく難儀であること。**多寡**＝多いと少ないと。**無備**＝ふせぐ用心のないところ。**準擬**＝なぞらえる。肩を並べる。**源廷尉**＝源義経のこと。廷尉は検非違使のことをいう。**伯仲**＝人物や技量の優劣がつけがたいこと。

〔人物解説〕

朝倉義景＝（一五三三～一五七三）安土桃山時代の武将。天文十九年（一五五〇）以来、毎年皇室に献上を行い、一《いち》乗谷《じょうだに》の居所には京風を移し、歌を二条浄光院に学ぶ風流な武将であった。天正元年（一五七三）、信長が浅井長政《ながまさ》を攻めると、朝倉義景は長政を助けようとして来援したが、かえって信長軍に越前まで攻め入られ、一乗谷を焼かれた。義景は一度はのがれたが自刃し、朝倉氏は滅んだ。

石川丈山＝（一五八三～一六七二）江戸初期の文人。家康に仕えて豪勇をもって知られた武士であったが、大坂夏の陣（一六一五）の軍令に逆らって浪人となる。藤原惺窩《せいか》に学ぶ。洛北一乗寺の里に隠棲し、詩仙堂を営んで詩や書に晩年を送った。京都所司代の板倉氏の庇護を受け、林羅山《らざん》とも親交があり、詩・築庭・隷書に見るべきものを残した。

源義経＝（一一五九～一一八九）平安時代後期の武将。源義朝と九条院雑仕の常盤との間に生まれた。幼名は牛若丸。平治の乱の後、鞍馬寺に入れられたが、藤原秀衡《ひでひら》を頼って奥州に下向、兄頼朝が挙兵すると駆けつけ、代官として木曾義仲・平家追討にあたった。一の谷、屋島、壇の浦で勝利を収め、平家を滅ぼしたが、かえって頼朝に疑われ、追討の対象となった。再び秀衡を頼って奥州に下ったが、秀衡の死後にその子泰衡《やすひら》に襲われて自殺した。

〔通釈〕

信長は剛気の人であったから、どうかすると人のことをののしって、大ぬるやまと言った。これは、この怠け者めというのと同じである。（一説に、大緩山というのは近江にある山の名で、信長はその近江出身の部下をこう呼んだのである。）天正元年（一五七三）八月、信長は越前の朝倉義景を攻めた。義景は二万騎の軍勢を率いて、刀根山に陣を取った。信長の前軍は兵を進めて刀根山の麓に陣し、互いににらみ合ってまだ合戦には及ばなかった。ある日信長は陣営の物見やぐらに登り、敵の様子をうかがって、「今夜敵の軍勢は必ず退くであろう。その陣を取り払う時につけ込んで、追い撃ちをして全滅させよ。」と命令した。何度も前軍に使者を遣わし、油断して怠ることのないようにさせた。諸の大将分の者は皆笑って、「殿は何を見てそのように仰せられるのであろうか。今、敵は主であって自国に居ながら客である我が軍をあしらい、その上敵は要害の地に陣を張っているから、大いに地の利を得ている。どうして合戦もせずに退くという道理があろうか。」と言った。

とかくするうちに日が暮れた。信長はなお物見やぐらの上に居て、目を見張って動かなかった。夜の時計が最早午前二時をまわったころ、敵の陣中に火が燃え上った。信長はこれを見るや否や急に命令を下し、ほら貝を吹き立て、旗陣太鼓を進ませ、（まだ何の備えもできていなかったので）信長は大いにののしって言った、「ええい、大ぬるやま共め。役に立たない者と思っていたが、果たして役に立たぬわい。お前たちの手を借りるよりは、自分の手勢を引きつれて撃ちとめよう。」と。側近の五十騎と駆けつけて、直ちに進んで敵を攻撃した。敵の軍勢は右往左往して大いに乱れ、再び戦う意志も無く、皆我先にと逃げ出した。味方の軍勢は追撃して、大勝利を得た。総じて信長は万事について、機を見て動き、不思議なほど速く、事をやりそこなうことがないのは、おおむね皆この類なのである。

寧静子は言う、「石川丈山が以前信長公の兵を使うことを論じて、『信長の上手なところは、土地の嶮岨難路に頓着せず、兵卒の多いか少ないかにかかわらず、敵の思いがけない所へ打ち出て、敵の備えの無い所を攻撃する。そして十たび戦って十たび勝利を得て、完全な勝利を得ることのできる人である。敵の勢いをくじき、敵の国を抜き取るに至っては、源氏平家が武を専らにして以後、信長公と比べるべき者は無い。ただ源義経と信長とは、どちらも負けず劣らずの人ではないか。』と言った。これは、信長公のことをよく論評したものと言うことができる。」と。

〔原文出典〕
『常山紀談』（三）信長公朝倉を撃ち給ひし事。

仁科信盛（仁科信盛《にしなのぶもり》）

仁科五郎信盛、勝頼之弟也。天正十年春、信盛守㆓高遠城㆒。織田世子信忠、使㆓僧某諭㆒曰、「武田氏亡在㆓旦夕㆒矣。宜㆓致㆑城而去㆒。」信盛怒、捉㆑僧批㆓其両耳㆒、併剝㆑鼻放㆓還之㆒。

於㆑是、世子信忠率㆓諸軍㆒進傅㆑城。攻撃甚急、殺傷無㆑算。信盛擁㆓残兵㆒、僅保㆓牙城㆒。小山田備中・春日河内・渡辺金・今福安・諏訪荘・原隼人等、十八人、逆戦㆓于大庁㆒。縦横交撃、剣光散㆑火。世子信忠、負㆓金襴保侶衣㆒、（俗作㆓母衣㆒。按㆓三代実録㆒小野春風奏請曰、「介冑雖㆑薄、助以㆓保侶㆒。請縫㆓造調布保侶衣千領㆒、以備㆓不虞㆒。」則作㆓保侶衣㆒為㆑是。）倚㆓屏外桐樹㆒、指㆓揮士卒㆒。有㆓一女将㆒。年三十余。着㆓紅縚甲㆒、提㆓眉尖刀㆒、呼曰、「身是諏訪荘之妻。可㆓来与戦㆒矣。」戦斃㆓七八人㆒、刺㆑喉以死。我将武蔵守森長可、登㆑屋発㆑板、放㆓銃其中㆒。弾丸雨下。信盛度㆑不㆑脱、抛㆑床屠腹、抽㆑腸投㆓之裱褙㆒而死。時年十九。城乃陥。

後信盛投㆑腸之処、血痕久㆑之不㆑滅。而世子信忠所㆑倚桐樹、縦横尚存㆓刀跡㆒云。

寧静子曰、「滅㆓武田氏㆒、世子信忠之功居㆑多焉。而五郎信盛之守㆑城不㆑屈、苦戦死㆑節、比㆘之阿兄為㆓敵所㆑逼、饑困以死㆖、豈不㆔赫赫然有㆓余烈㆒乎。」

仁科五郎信盛《にしなごろうのぶもり》は、勝頼《かつより》の弟《おとうと》なり。天正十年《てんしょうじゅうねん》の春《はる》、信《のぶ》盛《もり》高遠《たかとほ》の城《しろ》を守《まも》る。織田《おだ》の世子《せいし》信忠《のぶただ》、僧《そう》某《なにがし》をして諭《さと》さしめて曰《い》はく、「武田氏《たけだし》の亡《ほろ》びんこと旦夕《たんせき》に在《あ》り。宜《よろ》しく城《しろ》を致《いた》して去《さ》るべし。」と。信盛《のぶもり》怒《いか》り、僧《そう》を捉《とら》へて其《そ》の両耳《りょうみみ》を批《そ》ぎ、併《あは》せて鼻《はな》を剝《は》ぎて之《これ》を放還《ほうかん》す。

是《ここ》に於《おい》て、世子信忠諸軍《せいしのぶただしょぐん》を率《ひき》ゐて進《すす》み城《しろ》に傅《つ》く。攻撃《こうげき》甚《はなは》だ急《きゅう》にして、殺傷算無《さっしょうさんな》し。信盛残兵《のぶもりざんぺい》を擁《よう》して、僅《わづ》かに牙城《がじょう》を保《たも》つ。小山田備中《おやまだびちゅう》・春日河内《かすがかはち》・渡辺金《わたなべこがね》・今福安《いまふくやすし》・諏訪荘《すはさかる》・原隼人《はらはやと》等、十八人《じゅうはちにん》、逆《むか》へて大庁《だいちょう》に戦《たたか》ふ。世子信忠《せいしのぶただ》、金襴《きんらん》の保侶衣《ほろえ》を負《お》ひ、（俗《ぞく》に母衣《ほろ》に作《つく》る。三代実録《さんだいじつろく》を按《あん》ずるに小野春《おののはる》風《かぜ》の奏請《そうせい》して曰《い》はく、「介冑薄《かいちゅううす》しと雖《いへど》も、助《たす》くるに保侶《ほろ》を以《もっ》てせむ。請《こ》ふ調布《ちょうふ》の保侶衣千領《ほろえせんりょう》を縫《ぬ》ひ造《つく》りて、以《もっ》て不虞《ふぐ》に備《そな》へむ」と。則《すなは》ち保侶衣《ほろえ》に作《つく》るを是《ぜ》と為《な》す。）屛外《へいがい》の桐樹《とうじゅ》に倚《よ》り、士卒《しそつ》を指揮《しき》す。一女将有《いちじょしょうあ》り。年三十余《としさんじゅうよ》。紅縚《こうとう》の甲《こう》を着《き》、眉尖刀《びせんとう》を提《ひっさ》げて、呼《よ》ばはりて曰《い》はく、「身《み》は是《こ》れ諏訪荘《すはさかる》の妻《つま》なり。来《きた》りて与《とも》に戦《たたか》ふべし。」と。戦《たたか》ひて七八人《しちはちにん》を斃《たほ》し、喉《のど》を刺《さ》し以《もっ》て死《し》す。我《わ》が将武蔵守森長可《しょうむさしのかみもりながよし》、屋《おく》に登《のぼ》り板《いた》を発《ひら》き、銃《じゅう》を其《そ》の中《うち》に放《はな》つ。弾丸雨《だんがんあめ》のごとく下《くだ》る。信盛脱《のぶもりのが》れざるを度《はか》り、床《しょう》に拠《よ》りて屠腹《とふく》し、腸《ちょう》を抽《ぬ》き之《これ》を褾褠《ひょうかく》に投《とう》じて死《し》す。時《とき》に年十九《としじゅうく》なり。城乃《しろすなは》ち陥《おち》る。

後信盛《のちのぶもり》が腸《ちょう》を投《とう》ずるの処《ところ》は、血痕之《けっこんこれ》を久《ひさ》しくして滅《めっ》せず。而《しか》して世子信忠《せいしのぶただ》が倚《よ》る所《ところ》の桐樹《とうじゅ》は、縦横尚《じゅうおうな》ほ刀跡《とうせき》を存《そん》すと云《い》ふ。

寧静子曰《ねいせいしい》はく、「武田氏《たけだし》を滅《ほろ》ぼすは、世子信忠《せいしのぶただ》の功多《こうおほ》きに居《を》る。而《しか》して五郎信盛《ごろうのぶもり》の城《しろ》を守《まも》りて屈《くっ》せず、苦戦《くせん》して節《せっ》に死《し》するは、之《これ》を阿兄《あけい》が敵《てき》の逼《せま》る所《ところ》と為《な》り、饑困《きこん》して以《もっ》て死《し》するに比《ひ》すれば、豈《あ》に赫赫然《かくかくぜん》として余烈有《よれつあ》らざらんや。」と。

〔語釈〕

勝頼＝武田勝頼のこと。武田信玄の子。高遠城＝信濃国上伊那にあった。旦夕＝時や事のさし迫っていること。放還＝追いかえす。大庁＝大書院。金襴＝錦の類で繻子《しゅす》の地に平金糸を織り込み絹糸で模様を表した織物。保侶衣＝鎧の上に着て矢を防ぐもの。紅縚甲＝べに糸おどしの鎧。屠腹＝腹を切って自殺する。褾褠＝ついたて。ふすま。所倚＝身をよせる。後だてにする。阿兄＝兄の勝頼のことをいう。饑困＝うえて苦しむ。赫赫然＝明らかに盛んであるさま。余烈＝死後まで残った忠義の名。

〔人物解説〕

仁科信盛＝（?～一五八二）武田信玄の五男。信玄の死後、兄の勝頼をよく助け、織田信長の攻城が予想されるなか高遠城主となった。信長・家康の連合軍が武田軍を攻略した際、頑強に抵抗を示したのが高遠城であった。信盛は奮戦の末城兵とともに壮烈な討ち死にを遂げた。

織田信忠＝（一五五七〜一五八二）織田信長の長男。信長に従って諸方に転戦して軍功をたて、将来を嘱望された。信長が本能寺で明智光秀に襲撃された際には、京都の妙覚寺に陣しており、直ちに救護に赴こうとしたが果せず、二条御所に入り、親王及び皇孫を禁裏に移して御所を守ったが、ほどなく光秀の軍に包囲され、従士三百余名とともに奮戦、遂に火を放って自刃した。

小山田備中＝小山田昌行。（?〜一五八二）武田譜代家老衆七十騎持。天正十年三月高遠城の救援に赴き戦死した。

春日河内＝春日河内守。武田家の家臣。詳細は未詳。

渡辺金＝渡辺金大夫照。武田家の家臣。詳細は未詳。

今福安＝今福安左衛門。武田家の家臣。詳細は未詳。

諏訪荘＝諏訪荘右衛門。武田家の家臣。詳細は未詳。

原隼人＝武田家の家臣。詳細は未詳。

小野春風＝生没年不詳。平安時代前期の官人。代々武門の家柄で生涯の大半を武官として過ごした。貞観十三年（八七一）に対馬守《つしまのかみ》に任ぜられ西海の防備に当ったが、甲冑の機能を補強するための「保呂衣」や軍糧携帯用の「革袋」を作ることを申請したという。

森長可＝（一五五八〜一五八四）安土桃山時代の武将。武蔵守と称した。信長に仕え、長島一向一揆の鎮圧に従軍したのをはじめ、各地の歴戦で軍功をあげた。信長の死後は織田信孝に属したが、後秀吉に仕え、家康の本拠三河を攻めようとした長久手の戦いで戦死した。勇猛で鬼武蔵の異名をもつ。信長の近習森蘭丸の兄である。

〔通釈〕

仁科五郎信盛は、武田勝頼の弟である。天正十年（一五八二）の春に、信盛は信州の高遠の城を守っていた。織田信長の跡つぎの信忠は、僧の某を高遠に遣わして、「武田氏の滅亡は間近である。速やかに城を明け渡して立ち去るのがよい。」と説き諭させた。信盛は大いに腹を立て、僧を捕らえて両耳をそぎ取り、鼻をけずり取って追い返した。

こういう状況になって、信忠は諸軍勢を率いて城際まで押し寄せた。攻撃が非常にきびしかったので、死傷者は数えきれないほどであった。信盛は残りの軍兵を取りまとめて、僅かに本丸に籠城していた。この時、信盛の家来の小山田備中守、春日河内守、渡辺金大夫、今福安左衛門、諏訪荘左衛門、原隼人等の十八人が、織田勢の寄手を逆に迎えて大広間で戦い、四面八方に撃ちまわり、火花を散らして奮闘した。信忠は金襴の保侶衣（一般には母衣と書く。三代実録を見ると、小野春風が「よろいかぶとが薄くとも、保侶で補いたい。その為には手織りの保侶衣千領を縫い造って、予期しない災難に備えたい」と奏請している。保侶衣と書くのがよい。）を背負い、屛の外にある桐の木を後ろだてとして、兵士兵卒を指揮した。折しも一人の女大将が現れた。年は三十歳余り。緋おどしの鎧を着て、薙刀を引っさげ、声をはりあげて、「我はこれ諏訪荘の妻なり、いざ来りてともに戦え。」と言った。手当る敵と戦って七八人を斬り殺し、終に自ら喉を刺して死んだ。織田軍の大将分の武蔵の守の森長可は、士卒を引きつれて本丸の屋根に登って屋根板を剥ぎのけ、そのすき間より鉄砲を打ち込んだ。弾丸は雨のように降り下った。信盛はもはやのがれることはできないと思い、床机に腰をかけて切腹し、腹わたを引き出して障子や襖に投げつけて死んだ。時に年令は十九歳であった。そこで高遠の城は陥落した。

その後、信盛が腹わたを投げつけた処は、血の跡が長い間消え落ちなかった。そうして、信忠が後ろだてにしていた桐の木は、縦横に刀傷を残しているという。

寧静子は言う。「武田氏を滅ぼしたのは、信長の後継ぎの信忠の功が大である。そうして、武田五郎信盛が城を守って降伏をせずに、苦しみ戦って忠義のために死んだのは、兄の勝頼が敵（信忠の軍勢）に迫られ、餓え疲れて死んだのに比べると、何と滅んで死んだ後までも忠義の名が残っているではないか。」と。

〔原文出典〕

『常山紀談』（四）高天神落城仁科信盛戦死の事。

稲葉一徹（稲葉一徹《いなばいってつ》）

稲葉伊予守一徹、既服二従織田氏一。而信長意未二釈然一也。乃設二茗讌一、延二之茶室一、窃使下其臣三人託二伴接一、以図上レ之。一徹従容入レ室、朗二誦壁間所レ挂詩一曰、「雲横二秦嶺一家安在、雪擁二藍関一馬不レ前。」三人就問二其義一。一徹一一分解、併説二其典一甚詳。信長隔レ壁傾聴、忽然走出、謂二一徹一曰、「我初謂二汝一武勇男子一也。今乃知下其有二文学一如上レ此、猜疑之心、頓消矣。」一徹頓首而謝。於レ是命二三人一、各取二匕首於懐一以示レ之。一徹亦袖裏出二一刀一、笑謂二三人一曰、「今日之事、僕亦期レ不二徒死一耳。」

寧静子曰、「嗚呼、一徹氏在二刀俎魚肉之際一、而能従容以免二乎万死一者、以下其善解二文字一、演中説古人之詩上耳。信乎有二武備一者、必不レ可レ無二文事一也。」

稲葉伊予守一徹《いなばいよのかみいってつ》、既《すで》に織田氏《おだし》に服従《ふくじゅう》す。而《しか》れども信《のぶ》長《なが》の意《い》未《いま》だ釈然《しゃくぜん》たらざるなり。乃《すなは》ち茗讌《めいえん》を設《まう》け、之《これ》を茶室《ちゃしつ》に延《ひ》き、窃《ひそ》かに其《そ》の臣三人《しんさんにん》をして伴接《はんせつ》に託《たく》して、以《もっ》て之《これ》を図《はか》らしむ。一徹従容《いってつしょうよう》として室《しつ》に入《い》り、壁間《へきかん》に挂《か》くる所《ところ》の詩《し》を朗誦《ろうしょう》して曰《い》はく、「雲《くも》は秦嶺《しんれい》に横《よこ》たはり家《いへ》安《いづ》くにか在《あ》る、雪《ゆき》は藍関《らんかん》を擁《よう》して馬《うま》前《すす》まず。」と。三人《さんにん》就《つ》きて其《そ》の義《ぎ》を問《と》ふ。一徹一一分解《いってついちいちぶんかい》し、併《あは》せて其《そ》の典《てん》を説《と》くこと甚《はなは》だ詳《つまび》らかなり。

信長壁《のぶながかべ》を隔《へだ》てて傾聴《けいちょう》し、忽然《こつぜん》として走《はし》り出《い》で、一徹《いってつ》に謂《い》ひて曰《い》はく、「我初《われはじ》め汝《なんぢ》を一武勇《いちぶゆう》の男子《だんし》と謂《おも》へるなり。今乃《いますなは》ち其《そ》の文学有《ぶんがくあ》ること此《かく》の如《ごと》きを知《し》り、猜疑《さいぎ》の心《こころ》、頓《には》かに消《き》えたり。」と。一徹頓首《いってつとんしゅ》して謝《しゃ》す。是《ここ》に於《お》いて三人《さんにん》に命《めい》じ、各《おのおの》の匕首《ひしゅ》を懐《ふところ》より取《と》りて以《もっ》て之《これ》を示《しめ》さしむ。一徹《いってつ》も亦《ま》た袖裏《しゅうり》より一刀《いっとう》を出《い》だし、笑《わら》ひて三人《さんにん》に謂《い》ひて曰《い》はく、「今日《こんにち》の事《こと》、僕《ぼく》も亦《ま》た徒死《とし》せざるを期《き》せしのみ。」と。

寧静子曰《ねいせいしい》はく、「嗚呼《ああ》、一徹氏《いってつし》は刀俎魚肉《とうそぎょにく》の際《さい》に在《あ》り、而《しか》して能《よ》く従容《しょうよう》として以《もっ》て万死《ばんし》を免《まぬが》るるは、其《そ》の善《よ》く文字《もじ》を解《かい》し、古人《こじん》の詩《し》を演説《えんぜつ》するを以《もっ》てのみ。信《しん》なるかな武備《ぶび》有《あ》る者《もの》は、必《かなら》ず文事無《ぶんじな》かるべからざるなり。」と。

〔語釈〕

釈然＝疑いがとけて消えるさま。茗燕＝茶の湯をする席。伴接＝接待すること。図之＝一徹を殺そうと計画する。従容＝ゆったりと落ち着いているようす。雲横秦嶺＝この二句は、唐の韓愈《かんゆ》の「左遷せられて藍関《らんかん》に至り姪孫湘《てっそんしょう》に示す」詩の引用。韓愈は、仏舎利を官中に迎えようとした皇帝憲宗に対し、「仏骨を論ずる表」を奏上し、それを阻止しようとして帝の怒りに触れ、潮州刺史に左遷された。この二句には、都への思慕の情と困難な人生の旅路に対する失意の心情が象徴的に表現されている。分解＝細かに解き明かす。典＝出典。よりどころ。傾聴＝耳をかたむける。熱心に聞く。忽然＝にわかに。文学＝ここでは学問。猜疑＝そねみうたがう。相手を信用できない。頓＝急に。突然に。事態・状態が急に変化すること。頓首＝頭を地面につけるほどの深いお辞儀。匕首＝短剣。懐剣。袖裏＝袖の中。徒死＝むだに死ぬこと。刀俎魚肉＝庖丁やまな板の上に置かれた魚肉のように、今にも切られようとする危ない場合。万死＝万に一つも生きる見こみのないこと。演説＝道理や意義などを説明する。有武備者＝魯の定公が斉の景公との会合に、平時の乗車で出かけようとした際、孔子が「文事有る者は必ず武備有り。武事有る者は必ず文備あり。」と進言して、武官を随行させた『史記』孔子世家の故事に基づく。

〔人物解説〕

稲葉一徹＝（一五一五〜一五八九）安土桃山時代の武将。兄五人の戦死により還俗《げんぞく》して家督を継ぐ。清水城主。美濃の斎藤氏三代に仕え、氏家卜全・安藤守就と共に西美濃三人衆と呼ばれた。この三人が信長に内通して斎藤家の滅亡のきっかけを作った。のち、信長、秀吉に仕え多くの軍功があったが、小牧・長久手の戦いで戦死した。

〔通釈〕

稲葉伊予守一徹は、既に織田信長に帰服していた。それでも信長の気持ちの中にはまだすっきりしないものがあった。そこで茶の湯の席を設け、一徹を茶室に案内し、こっそりと三人の家臣に接待にかこつけて、殺害させようとした。招待された一徹はゆったりと落ち着いて茶室に入り、壁に掛けてある掛物の詩を声高らかに読みあげた、「雲は秦嶺山脈にたな引き、私の家はどの辺にあるのか分からない。雪は藍田関を覆い尽して、私の馬は進もうともしない。」と。三人は一徹の側へ近付いてその意味を質問した。一徹は一語一語について細かに解き明かし、そのいわれまでも非常にくわしく解説した。

信長は壁の向こう側で一徹の話にきき耳を立てていたが、突如茶室に現れて、一徹に向かってこう言った、「わしはこれまでそなたを武勇だけにすぐれた士と思っていた。今、そなたがこれほどに学問があることを知り、そなたを疑っていた気持ちは急に消え失せた。」と。一徹は深々とお辞儀をしてお礼の言葉を述べた。そこで信長は三人の臣下に命じて、短剣をふところから出して示させた。一徹もまた袖の中から一本の小刀を出し、笑いながら三人に向かって言った、「今日のことは拙者も予期しており、むだ死にはしないように心掛けておりました。」と。

寧静子は言う。「ああ、稲葉一徹はまな板の上に乗せられて庖丁で料理される魚肉のような危うい場にあった、それにもかかわらず、落ち着いて行動して死をまぬがれることができたのは、文学を解する教養があって、古人の詩を解説することができたからである。武の心掛けのある者は、必ず文学の心掛けもなければならないというのは、まことのことである。」と。

〔原文出典〕
『明良洪範』（十八）。

烈奴（烈奴《れつど》）

稲葉氏之奴、有二忤レ旨抵レ罪者一。臨レ刑輾転号泣而不レ已。吏問、「汝畏レ死乎。」奴忿恚曰、「咄、吾豈畏レ死者哉。吾唯恨レ不下伸二一臂於君前一、以雪上レ冤耳。」一徹聞レ之、遽令曰、「急急解レ縛。奴苟以為レ冤、我将三甘二受其報一焉。」吏乃縦二遣之一。

居数年、一徹病死、既葬。奴走詣二其墓一、復泣曰、「奴久欲レ遂二宿志一、而屢失二其機一、遷延至レ此。今則已矣。吾今日而不レ死、君必以レ奴為二畏レ死苟生者一。奴為二天下一恥レ之。」遂屠二腹其旁一、出レ腸以死。

寧静子曰、「烈哉、稲葉氏之奴也。仮令三其出二于士流一、則世必以為二田横之客・予譲之流一也。嗚乎、戦国狷介不屈之民、寧可下以二太平游惰之情一測上レ之哉。」

稲葉氏《いなばし》の奴《ど》に、旨《むね》に忤《さから》ひて罪《つみ》に抵《あた》る者有《ものあ》り。刑《けい》に臨《のぞ》み輾転号泣《てんてんごうきゅう》して已《や》まず。吏問《りと》ふ、「汝死《なんぢし》を畏《おそ》るるか。」と。奴忿恚《どふんい》して曰《い》はく、「咄《ああ》、吾豈《われあ》に死《し》を畏《おそ》るる者《もの》ならんや。吾唯《われた》だ一臂《いっぴ》を君前《くんぜん》に伸《の》べて、以《もっ》て冤《えん》を雪《すす》がざるを恨《うら》むのみ。」と。一徹之《いってつこれ》を聞《き》き、遽《にはか》に令《れい》して曰《い》はく、「急急《きゅうきゅう》に縛《ばく》を解《と》け。奴苟《どいやし》くも以《もっ》て冤《えん》と為《な》さば、我将《われまさ》に其《そ》の報《ほう》を甘受《かんじゅ》せんとす。」と。吏乃《りすなは》ち之《これ》を縦《はな》ち遣《や》る。

居《を》ること数年《すうねん》、一徹病《いってつや》んで死《し》し、既《すで》に葬《はうむ》る。奴走《どはし》りて其《そ》の墓《はか》に詣《いた》り、復《ま》た泣《な》きて曰《い》はく、「奴久《どひさ》しく宿志《しゅくし》を遂《と》げんと欲《ほっ》せしに、屢《しばし》ば其《そ》の機《き》を失《うしな》ひ、遷延《せんえん》して此《ここ》に至《いた》る。今《いま》は則《すなは》ち已《や》みぬ。吾今日《われこんにち》にして死《し》せざれば、君必《きみかなら》ず奴《ど》を以《もっ》て死《し》を畏《おそ》れて苟《いやし》くも生《い》きる者《もの》と為《な》さん。奴天下《どてんか》の為《ため》に之《これ》を恥《は》づ。」と。遂《つひ》に其《そ》の旁《かたは》らに屠腹《とふく》し、腸《はらわた》を出《い》だして以《もっ》て死《し》す。

寧静子《ねいせいし》曰《い》はく、「烈《れつ》なるかな、稲葉氏《いなばし》の奴《ど》や。仮《も》し其《そ》れをして士流《しりゅう》に出《い》でしめば、則《すなは》ち世《よ》必《かなら》ず以《もっ》て田横《でんおう》の客《かく》・予譲《よじょう》の流《りゅう》と為《な》すなり。嗚乎《ああ》、戦国《せんごく》の狷介不屈《けんかいふくつ》の民《たみ》は、寧《いづ》くんぞ太平游惰《たいへいゆうだ》の情《じょう》を以《もっ》て之《これ》を測《はか》るべけんや。」と。

〔語釈〕

奴＝雑役に従事した者。召し使い。旨＝主人の命令。輾転＝転げまわる。忿恚＝いかりいきどおる。伸一臂於君前＝君の前に功を立てること。一本の臂《ひじ》を君の前にのばす意から転じていう。雪冤＝無実の罪をはらす。宿志＝多年の志。かねての志。ここでは君のために功を立てること。遷延＝のびのびになること。屠腹＝腹を切って自殺する。士流＝武士の仲間。武士の世界。田横客＝漢代の初期に、斉の田横が韓信に破られて海島に走り、自殺したとき、田横の一族徒党五百人も皆自殺した。予譲之流＝晋の智伯に仕えた予譲は、智伯が滅ぼされると仇敵趙の襄子に復仇しようとその機会をうかがったが、思いを遂げられず、最後は自殺した。狷介＝固く守るところがあって、他と和合しないこと。不屈＝富貴や名誉や権勢のために心を曲げないこと。太平＝世の中が平穏なこと。平和が続いていること。游惰＝遊びなまける者。

〔通釈〕

稲葉氏の召し使いの中に、主人の命令に逆らって不興を蒙り、死刑に処される者があった。いよいよ処刑されるという時になっても転げまわって泣きさけんで止まなかった。役人が、「その方死ぬことが恐ろしいのか。」と問うと、その男は立腹して、「ああ、自分はどうして死ぬことを恐れる者でありましょうか。自分は主君の馬前に一手柄を立てて、無実の罪を雪ぐことができないのを残念に思って泣くのです。」と答えた。一徹はこの答えを聞き、すぐに令して「急いで縄を解け。その男が仮りにも無実であると主張するならば、私はこれから心よくその主張を受け入れよう。」と言った。役人はそこでその男を解き放してやった。

その後、五六年が過ぎて、一徹は病気で死去し、すでに葬式も済んだ。その男が急いでやって来て一徹の墓前に行き、またさめざめと泣いて、「自分は長い間志を遂げようと思っていたが、しばしばその機会を取りにがし、のびのびになって今日に至ってしまいました。今となってはもはや宿志を遂げることはできません。自分が今日死ななければ、主君は必ず自分のことを、死を恐れてしいて生きのびた者となさるでしょう。自分は世間一般のためにこれを恥じます。」と言った。その男はとうとう一徹の墓のかたわらで切腹し、腹わたを引き出して死んだ。

寧静子は言う。「忠義・正義の心が強い人であるなあ、稲葉氏の召し使いは。もしこの召し使いを侍の身分から出させたならば、世の人は必ず斉の田横の客か、晋の予譲のような人とするであろう。ああ、戦国の乱世に律儀でくじけない心を守る人のことは、どうして太平の時の怠け者の情によって推しはかることができようか。とてもできない。」と。

〔原文出典〕
『常山紀談』（八）稲葉一徹罪人を免さるる事。

山内一豊妻（山内一豊《やまのうちかずとよ》の妻《つま》）

山内猪右衛門一豊、始筮二仕織田氏一也、適有下東国人来販二名馬一者上。安土諸将士、皆驚二其神駿一。然為二価高一之故、不レ能レ購也。販者将二牽レ馬徒還一。一豊見レ之、不レ勝二流涎一。帰レ家、独自嘆曰、「痛哉、貧也。我当二事レ君之初一、獲二此名馬一、以見二主公一者、不三唯一豊一人之栄一、抑亦織田氏之栄矣。」

　其妻聞レ之、就問レ価、曰、「黄金十両矣。」妻曰、「夫君必欲レ獲レ之、妾能弁焉。」乃取二金於鏡匳一、致二之一豊前一。一豊且喜且恨曰、「比来窮困之極、或恐三及レ卿顛覆一。而卿絶不レ言レ有レ金。何卿之忍耶。」妻曰、「夫君言亦有レ理。顧昔者妾之来嫁也、妾父自納二之鏡底一、戒曰、『汝勿下以二夫家貧故一、費中此金上。必也有レ関二夫君一大事一、然後用レ之。』妾聞、近日京師有二簡馬之挙一。今夫君而獲二此馬一、是一世之栄。而所謂大事、無二乃此一耶。是以敢爾。」一豊泣而謝曰、「卿之恵也。岳翁之恩也。」遂購二其馬一。

　無レ幾、簡馬之期至矣。一豊乃騎而入レ京。風骨峻爽、奮レ鬣一嘶。信長望見、大驚曰、「猪右何所獲二此乗一乎。」一豊具告二其故一。信長歎曰、「我家多レ士、而不レ能レ購二一馬一、洵為二上国之恥一。汝落魄帰二於我一。乃能為二此非常之挙一、以一二洒我恥一。武夫用レ心、不レ当㆑如㆑此耶。」

一豊釈㆑褐五百石、於㆑是増為㆓千石㆒、遂以見㆓任用㆒。

寧静子曰、「後来石賊之反、夫人斎藤氏、襞㆑書為㆓笠糾㆒、馳㆑使告㆓一豊㆒。一豊得㆑之、不㆑解而献焉。異日獲㆓廿四万石之大封㆒、職此之由。山内氏何外家之福之多耶。」

山内猪右衛門一豊《やまのうちゐうゑもんかずとよ》、始《はじ》めて織田氏《おだし》に筮仕《ぜいし》するや、適《たまた》ま東国《とうごく》の人来《ひとき》たりて名馬《めいば》を販《ひさ》ぐ者有《ものあ》り。安土《あづち》の諸将士《しょしょうし》、皆其《みなそ》の神駿《しんしゅん》なるに驚《おどろ》く。然《しか》れども価高《あたひたか》きが為《ため》の故《ゆゑ》に、購《あがな》ふこと能《あた》はざるなり。販《ひさ》ぐ者将《ものまさ》に馬《うま》を牽《ひ》き徒《いだづ》らに還《かへ》らんとす。一豊之《かずとよこれ》を見《み》て、流涎《りゅうえん》に勝《た》へず。家《いへ》に帰《かへ》り、独《ひと》り自《みづか》ら嘆《たん》じて曰《い》はく、「痛《いた》ましきかな、貧《ひん》や。我君《われきみ》に事《つか》ふるの初《はじ》めに当《あ》たり、此《こ》の名馬《めいば》を獲《え》て、以《もっ》て主公《しゅこう》に見《まみ》ゆる者《もの》ならば、唯《た》だ一豊一人《かずとよいちにん》の栄《えい》のみならず、抑《そもそ》も亦《ま》た織田氏《おだし》の栄《えい》なり。」と。

其《そ》の妻之《つまこれ》を聞《き》き、就《つ》きて価《あたひ》を問《と》へば、曰《い》はく、「黄金《おうごん》十両《じゅうりょう》なり。」と。妻曰《つまい》はく、「夫君《ふくん》必《かなら》ず之《これ》を獲《え》んと欲《ほっ》せば、妾能《しょうよ》く弁《べん》ぜん。」と。乃《すなは》ち金《かね》を鏡匳《きょうれん》より取《と》りて、之《これ》を一豊《かずとよ》の前《まへ》に致《いた》す。一豊且《かずとよか》つ喜《よろこ》び且《か》つ恨《うら》みて曰《い》はく、「比来窮困《ひらいきゅうこん》の極《きょく》、或《ある》いは卿《けい》と顛覆《てんぷく》せんことを恐《おそ》る。而《しか》るに卿絶《けいた》へて金有《かねあ》ることを言《い》はず。何《なん》ぞ卿《けい》の忍《しの》べるや。」と。妻曰《つまい》はく、「夫君《ふくん》の言《げん》も亦《ま》た理有《りあ》り。顧《おも》ふに昔者妾《むかししょう》の来《き》たり嫁《か》するや、妾《しょう》の父自《ちちみづか》ら之《これ》を鏡底《きょうてい》に納《をさ》め、戒《いまし》めて曰《い》はく、『汝夫家《なんぢふか》の貧《ひん》なる故《ゆゑ》を以《もっ》て、此《こ》の金《かね》を費《つひや》す勿《なか》れ。必《かなら》ずや夫君《ふくん》の一大事《いちだいじ》に関《かん》すること有《あ》りて、然《しか》る後《のち》に之《これ》を用《もち》ゐよ。』と。妾聞《しょうき》く、近日京師《きんじつけいし》に簡馬《かんば》の挙有《きょあ》りと。今夫君《いまふくん》にして此《こ》の馬《うま》を獲《え》ば、是一世《これいっせい》の栄《えい》なり。而《しか》して所謂大事《いはゆるだいじ》とは、乃《すなは》ち此《これ》なる無《な》からんや。是《ここ》を以《もっ》て敢《あ》へて爾《しか》す。」と。一豊泣《かずとよな》きて謝《しゃ》して曰《い》はく、「卿《けい》の恵《めぐみ》なり。岳翁《がくおう》の恩《おん》なり。」と。遂《つひ》に其《そ》の馬《うま》を購《あがな》ふ。

幾《いくば》くも無《な》くして、簡馬《かんば》の期至《きいた》る。一豊乃《かずとよすなは》ち騎《き》して京《きょう》に入《い》る。風骨峻爽《ふうこつしゅんそう》にして、鬣《たてがみ》を奮《ふる》ひて一嘶《いっせい》す。信長望《のぶながのぞ》み見《み》て、大《おほ》いに驚《おどろ》きて曰《い》はく、「猪右《ゐう》何《いづ》れの所《ところ》にか此《こ》の乗《じょう》を獲《え》たるや。」と。一豊具《かずとよつぶ》さに其《そ》の故《ゆゑ》を告《つ》ぐ。信長歎《のぶながたん》じて曰《い》はく、「我《わ》が家士多《いへしおお》きに、一馬《いちば》を購《あがな》ふこと能《あた》はざるは、洵《まこと》に上国《じょうこく》の恥《はぢ》と為《な》す。汝落魄《なんぢらくはく》して我《われ》に帰《き》す。乃《すなは》ち能《よ》く此《こ》の非常《ひじょう》の挙《きょ》を為《な》し、以《もっ》て我《わ》が恥《はぢ》を一洒《いっさい》す。武夫《ぶふ》の心《こころ》を用《もち》ゐること、当《まさ》に此《かく》の如《ごと》くなるべからざらんや。」

と。

一豊《かずとよ》褐《かつ》を釈《と》きしとき五百石《ごひゃくこく》なりしに、是《ここ》に於《おい》て増《ま》して千石《せんごく》と為《な》り、遂《つひ》に以《もっ》て任用《にんよう》せらる。

寧静子《ねいせいし》曰《い》はく、「後来石賊《こうらいせきぞく》の反《はん》するや、夫人斎藤氏《ふじんさいとうし》、書《しょ》を襞《つんざ》きて笠糾《りゅうきゅう》と為《な》し、使《つかひ》を馳《は》せて一豊《かずとよ》に告《つ》ぐ。一豊《かずとよ》之《これ》を得《え》て、解《と》かずして献《けん》ず。異日《いじつ》廿四万石《にじゅうよんまんごく》の大封《たいほう》を獲《え》たるは、職《おも》に此《ここ》に之《これ》に由《よ》る。山内氏《やまのうちし》何《なん》ぞ外家《がいか》の福《ふく》の多《おほ》きや。」と。

〔語釈〕

織田氏＝織田信長のこと。筮任＝ぜい竹を取って吉凶を占ってから後に仕官する。転じて初めて仕官すること。神駿＝特に優れた馬。販＝売る。流涎＝よだれを流す。転じて物をうらやましがり、欲しがること。弁＝金をととのえる。用意する。鏡匳＝鏡を入れる箱。顚覆＝たおれる。滅びる。一家の生活がやって行けなくなる。京師＝京都。簡馬＝軍馬を点検すること。馬しらべのこと。岳翁＝妻の父。岳父。風骨＝馬の姿。骨ぐみ。峻爽＝すらりとしてすばらしいこと。望見＝遠くから眺める。乗＝乗馬の略。上国＝近畿地方、上がた。織田信長の支配する国。大国とする説もある。落魄＝落ちぶれる。非常之挙＝なみすぐれた振るまい。ただならぬ行為。一洒＝一度にすすぐ。一度に除き払う。釈褐＝身分の低い者の着物である褐《かつ》をぬぎすてるの意から、初めて仕官することをいう。後来＝そののち。後の世に。石賊之反＝石田三成の反したこと。関が原の役のこと。夫人斎藤氏＝一豊の妻が斎藤の姓を名乗った事実は確認できない。美濃出身ということでこう記したか。書＝手紙。笠糾＝笠のひも。外家＝妻の家。妻とその身うち。

〔人物解説〕

山内一豊＝（一五四六～一六〇五）安土桃山時代・江戸初期の大名。はじめ織田信長、ついで豊臣秀吉に仕え、小田原攻めのあと掛川城主となる。関が原の役には東軍に属し、家康の会津攻めに従った。戦後土佐一国二十四万石に栄転し、高知城主となり、土佐藩祖となった。

一豊妻＝（一五五七～一六一七）浅井家家臣、若宮吉助友興《ともおき》の娘。名は千代。父の死後、おばの夫美濃の豪族不破重純《しげすみ》の養女となる。一豊の母に仕えて嫁に見込まれたともいわれる。また彼女は、石田三成が挙兵したとき、家康に従って会津に出陣していた一豊のもとへ、三成の挙兵を知らせると同時に、人質になれば自決の覚悟なので心置きなく徳川氏に忠誠を尽くすよう助言したという。一豊の死後、千代は落飾して京都へ戻った。

〔通釈〕

山内猪右衛門一豊が、始めて織田氏を択んで仕えたとき、ちょうど東国の人で名馬を販売に来た者があった。安土の地に居る諸の大将分の者は、皆そのすぐれたる名馬に驚いた。しかしながらその価格が高いために、購入することができなかった。販売人は馬を引いて帰ろうとした。一豊は名馬を見て、欲しくてたまらなかった。我が家に帰って、独りため息をついて、「かなしいものだ、貧乏というものは。自分が主君に仕える初めに、この名馬を手に入れて、主君にお目にかかれるならば、ただ一豊ひとりの面目ばかりではない、そもそも亦た織田氏の面目であるのに。」と言った。

一豊の妻はそれを聞き、側近く進み寄ってその価格を問うと、一豊は、「黄金十両である。」と答えた。すると妻は言葉をあらためて、「夫君が是非ともこの馬を購入したいと思し召すならば、私がお金の工面を致しましょう。」と言った。そこで金十両を自分の鏡箱から取り出して、一豊の前に差し出した。一豊はこれを見て、一方では喜び一方では恨んで言った、「近頃は貧乏が極まって、もしやそなたと共に倒れ死にするかと心配するほどであった。それなのに、そなたはまったく黄金のあることなどは言わなかった。どうしてそなたは隠していたのか。」と。すると妻は答えて言った、「あなたの仰せもごもっともです。顧みまするに、私が嫁入りするとき、私の父（養父）が自らこの黄金を鏡箱の底へ入れて、私を戒めて、『お前は夫の家が経済的に苦しくなったからといって、この黄金を生活費に費してはならない。必ず夫君の一大事に関わることが起った時に、これを使いなさい。』と申しました。私は、近日京都において馬くらべの事があると承っております。今あなたがこの馬を購入なされば、これこそは一世の面目です。そうして父の申しました一大事とは、このことを指したのではないでしょうか。そのために思いきってこのようにするのです。」と。一豊は嬉し泣きして礼を言って、「お前の恵である。舅殿の恩である。」と言った。一豊は遂にその名馬を購入した。

ほどなくして、馬くらべの日がやってきた。そこで一豊はその馬に騎して京都へ行き、馬くらべに出場した。骨格のたくましいその馬が、立て髪をふるってひひんと一鳴きした。信長は遠くからこれを望み見て、大いに驚いて、「猪右衛門はどこからこの乗馬を手に入れたのか。」と言った。一豊はありのままに委しくそのわけを報告した。信長は嘆息して、「わが織田の家には立派な侍が多いのに、一頭の名馬を購入することができないのは、誠に上がたの恥である。そなたは落ちぶれて我が家に来た。そうしてこの並々でないふるまいをして、我が家の恥辱を一時にすすいだ。侍の心がけは、このようでなければならない。」と言われた。

　一豊は初めて奉公したとき、知行は五百石であったが、ここにおいて増して千石となり、遂には大いに用いられたのである。

　寧静子は言う。「後に石田三成が謀叛を起こしたとき、夫人の斎藤氏は、手紙をさいて笠の紐とし、使者を走らせて夫の一豊に告げた。一豊はこれを受け取って、その笠の紐を解かずに家康に献じた。後日二十四万石の大諸侯となったのは、主にこの夫人の力によることである。山内氏は何と妻とその里方からの福の多いことか。」と。

〔原文出典〕

『常山紀談』（四）山内一豊馬を買れし事。論賛は、『藩翰譜』（山内氏）。

厨人坪内（厨人坪内《ちゅうじんつぼうち》）

　三好氏之亡、厨人坪内某、囚二於織田氏一。菅谷九、市原五、為説二信長一曰、「渠不三唯善二調理一、七五三宴饗之式、皆能諳レ之。宥以為二厨宰一可矣。」信長曰、「且使三渠調二朝食一。吾将下試二其佳否一以決上レ之。」

　於レ是進レ膳、用二三好氏法一。信長一喫投レ箸曰、「此水臭物、何足三以供二吾口一。」坪内曰、「請復レ之。」彊而後可。

　翌日進レ膳。極二其醇醲一。信長毎品咤食曰、「佳味佳味。天下之良工也。」即日赦而禄レ之。坪内退語レ人曰、「昨所レ進、係二第一等調和一、君以為二淡泊無一レ味。今日所レ進、特第三等品味耳。而反以為レ適レ口也。顧三好氏五世歴二仕幕朝一、助二天下和羹一。故調理独要二第一等風味一。而公則不レ然。人莫レ不二飲食一也、鮮二能知一レ味。信哉。」

寧静子曰、「坪厨宰有下揚二旧君一抑二新主一之意上。以レ此仕二猜忌無レ比吉法師一。殆乎哉。」

三好氏《みよしし》の亡《ほろ》びしとき、厨人坪内某《ちゅうじんつぼうちなにがし》、織田氏《おだし》に囚《とら》はる。菅谷九《すがやく》、市原五《いちはらご》、為《ため》に信長《のぶなが》に説《と》きて曰《い》はく、「渠唯《かれただ》に調理《ちょうり》を善《よ》くするのみならず、七五三宴饗《しちごさんえんきょう》の式《しき》、皆能《みなよ》く之《これ》を諳《そら》んず。宥《ゆる》して以《もっ》て厨宰《ちゅうさい》と為《な》して可《か》なり。」と。信長《のなが》曰《い》はく、「且《しばら》く渠《かれ》をして朝食《ちょうしょく》を調《ちょう》ぜしめよ。吾将《われまさ》に其《そ》の佳否《かひ》を試《こころ》み以《もっ》て之《これ》を決《けっ》せんとす。」と。

是《ここ》に於《お》いて膳《ぜん》を進《すす》むるに、三好氏《みよしし》の法《ほう》を用《もち》ゐる。信長一《のぶながいっ》喫《きつ》して箸《はし》を投《とう》じて曰《い》はく、「此《こ》の水臭《すいしゅう》の物《もの》、何《なん》ぞ以《もっ》て吾《わ》が口《くち》に供《きょう》するに足《た》らん。」と。坪内《つぼうち》曰《い》はく、「請《こ》ふ之《これ》を復《ふた》たびせん。」と。彊《し》ひて而《しか》して後《のち》可《か》とす。

翌日《よくじつ》膳《ぜん》を進《すす》む。其《そ》の醇醲《じゅんじょう》を極《きは》む。信長毎品《のぶながまいひん》咜食《たしょく》して曰《い》はく、「佳味佳味《かみかみ》、天下《てんか》の良工《りょうこう》なり。」と。即日《そくじつ》赦《ゆる》して之《これ》に禄《ろく》す。坪内退《つぼうちしりぞ》きて人《ひと》に語《かた》りて曰《い》はく、「昨進《きのふすす》めし所《ところ》は、第一等《だいいっとう》の調和《ちょうわ》に係《かか》れるに、君以《きみもっ》て淡泊味無《たんぱくあじな》しと為《な》す。今日進《こんにちすす》むる所《ところ》は、特《ただ》に第三等《だいさんとう》の品味《ひんみ》のみ。而《しか》るに反《かへ》りて以《もっ》て口《くち》に適《かな》ふと為《な》すなり。顧《おも》ふに三好氏《みよしし》は五世幕《ごせいばく》朝《ちょう》に歴仕《れきし》して、天下《てんか》の和羹《わこう》を助《たす》く。故《ゆゑ》に調理独《ちょうりひと》り第一等《だいいっとう》の風味《ふうみ》を要《よう》す。而《しか》るに公《こう》は則《すなは》ち然《しか》らず。人飲食《ひといんしょく》せざるは莫《な》きも、能《よ》く味《あじは》ひを知《し》るものは鮮《すくな》し。信《しん》なるかな。」と。

寧静子《ねいせいし》曰《い》はく、「坪厨宰《へいちゅうさい》は旧君《きゅうくん》を揚《あ》げて新主《しんしゅ》を抑《おさ》ふるの意有《いあ》り。此《これ》を以《もっ》て猜忌比《さいきたぐ》ひ無《な》き吉法師《きちほうし》に仕《つか》ふ。殆《あや》ふきかな。」と。

〔語釈〕

三好氏＝三好長慶《ながよし》は、管領細川晴元《はるもと》の臣で、足利将軍に対しては陪臣であったが、主家を凌ぎ幕政を専らにするに至った。晩年はその臣松永氏に横領され、遂には信長によって亡ぼされた。**厨人**＝料理人。**宴饗之式**＝酒食をふるまい、もてなす儀式、作法のこと。**厨宰**＝料理人の長。**調理**の責任者。**一喫**＝一口食べる。ちょっと食べてみる。**醇醲**＝こってりとして味が濃いこと。**咜食**＝舌打ちして食べる。口中で音を立てながら食べること。**佳味**＝おいしい。美味であること。**調和**＝料理の味がよくととのうこと。**和羹**＝いろいろな味を調和してあつものを作ることから転じて、ここでは政治のこと。**人莫不飲食也**＝この二句は、『中庸』の引用である。本来の意味では、学問をする人は多いが、真理を体得する人は少ないということを、身近なたとえによって表現したもの。**鮮**＝少ない。ほとんどいないの意。**猜忌**＝人の才能や勢力をそねみきらうこと。吉法師＝織田信長の幼名。

〔人物解説〕

坪内某＝三好家に仕えた料理人。詳細は未詳。

菅谷九＝（?〜一五八二）菅谷九右衛門、菅屋長頼と同じ。織田信辰の子。信長の家臣。本能寺の変の際、信忠に従って二条城にいたが、明智勢に攻められて戦死した。

市原五＝市原五右衛門。市原氏は阿波国麻植《あきおえ》郡の豪族で三好氏に従った。五右衛門は三好氏の遺臣。

〔通釈〕

三好氏が滅亡したとき、そのお抱えの料理人の坪内某は、織田家に捕らえられた。この時に菅谷九右衛門と市原五右衛門とが坪内のために信長に説いて、「坪内はただ料理が上手であるというだけではなく、客をもてなす七五三の宴饗の儀式作法のことも、すべて承知している者です。罪を赦して料理人の長としたらよいでしょう。」と言った。信長はこの意見をきき入れて、「まず彼に朝食を調理させなさい。わしがそれを試食してから決めることにしよう。」と言った。

こういう状況のもとで膳を支度し、信長に勧める調理に、三好氏の家法を用いた。信長は調理された朝食を一口食してから箸を投げて、「このような水臭いものが、どうしてわしの口にあうものか。」と言った。すると坪内は、「それではもう一度調理させて下さい。」と言った。是非ともそうさせて欲しいと無理に頼んでようやく許された。

その翌日坪内が膳を支度して進上した。その調理の仕方を変えて極めてこくのある濃い味にした。信長は一品一品音をたてながら食べ、「うまいうまい。日本一の良い料理人である。」と言った。その日すぐに罪を赦して扶持を与えた。坪内は御前を引き下がって人に語って言った、「昨日差し上げた料理は、第一等の調理かげんであるのに、主君はさっぱりとして水臭く味が無いとしました。今日差し上げた料理は、第三等の調理かげんでした。それなのにかえってお口に合うとなされたのです。考えてみると、三好氏は五世にわたって足利幕府に仕えて、日本の政治を助けてきました。何事も都風であったから、調理もひたすら第一等の味つけを求めてきたのです。ところが信長公はそうではありません。人は誰でも飲食しますが、本当の味わいを知って食べ分ける者はめったにないといいます。これは本当のことです。」と。

寧静子は言う。「坪内料理長は、旧主人の三好氏を誉めあげて、新主人の信長公を抑えようとする心がある。この心をもって猜疑心が無類に強い信長に仕えることになったのである。本当に危ういことであった。」と。

〔原文出典〕

『常山紀談』（三二）坪内某料理の事。

善レ射者某（射《しゃ》を善《よ》くする者《もの》 某《なにがし》）

織田氏臣、有二善レ射者一。信長聞レ之、欲レ試二其技倆一、為設二演射場一、卜レ日往観レ之。余士皆多中。某終日而射、卒不レ能レ中也。信長不レ懌。帰而嘆曰、「所レ見不レ称レ所レ聞。人言果不レ足レ信耳。」

其後国内土寇蜂起、勢頗猖獗。信長自将討レ之。衆逡巡不レ進。当二此時一、某直進立二信長馬前一、引満当レ敵、縦横放射、率無二虚箭一、寇為レ之卻走。信長於レ是歎曰、「有レ是哉、渠之深二於技一也。嚮之不レ中者、非レ不レ能レ中也。欲下養二余力一、以収中異日之功上耳。諺云、『良鷹蔵レ爪』、猶信。」厚賜レ物以賞レ之。

寧静子曰、「同一弓箭之士也。戦国之人、与二泰平之士一、趣向之異、何其甚也。今日紈袴之子、射二大的於数十歩之外一、以冒二区区賞賜一者、使三其当二変動不測之敵一、果能不二惶惑失一レ度耶。然則如二織田公士一、洵百世士人之標準也。」

織田《おだ》氏《し》の臣《しん》に、射《しゃ》を善《よ》くする者有《ものあ》り。信長之《のぶながこれ》を聞《き》き、其《そ》の技倆《ぎりょう》を試《こころみ》んと欲《ほっ》して、為《ため》に演射場《えんしゃじょう》を設《もう》け、日《ひ》を卜《ぼく》して往《ゆ》きて之《これ》を観《み》る。余士皆多《よしみなおお》く中《あ》つ。某《なにがし》終日《しゅうじつ》にして射《い》るも、卒《つい》に中《あ》つること能《あた》はざるなり。信長懌《のぶながよろこ》ばず。帰《かえ》りて嘆《たん》じて曰《い》はく、「見《み》る所《ところ》は聞《き》く所《ところ》に称《かな》はず。人《ひと》の言果《げんは》たして信《しん》ずるに足《た》らざるのみ。」と。

其《そ》の後国内《ごこくない》に土寇蜂起《どこうほうき》して、勢《いきほ》ひ頗《すこぶ》る猖獗《しょうけつ》なり。信《のぶ》長自《ながみずか》ら将《しょう》となりて之《これ》を討《う》つ。衆逡巡《しゅうしゅんじゅん》して進《すす》まず。此《こ》の時《とき》に当《あ》たり、某《なにがし》直《ただ》ちに進《すす》んで信長《のぶなが》の馬前《ばぜん》に立《た》ち、引満《いんまん》して敵《てき》に当《あ》たり、縦横《じゅうおう》に放射《ほうしゃ》するに、率《おおむ》ね虚箭無《きょせんな》く、寇之《こうこれ》が為《ため》に卻《しりぞ》き走《はし》る。信長是《のぶながここ》に於《お》いて歎《たん》じて曰《い》はく、「是《こ》れ有《あ》るかな、渠《かれ》の技《わざ》に深《ふか》きや。嚮《さき》の中《あ》たらざるは、中《あ》つる能《あた》はざるに非《あら》ざるなり。余力《よりょく》を養《やしな》ひ、以《もっ》て異日《いじつ》の功《こう》を収《をさ》めんと欲《ほっ》せしのみ。諺《ことわざ》に云《い》ふ、『良鷹《りょうよう》は爪《つめ》を蔵《ぞう》す』と、猶《な》ほ信《しん》なり。」と。厚《あつ》く物《もの》を賜《たま》ひて以《もっ》て之《これ》を賞《しょう》す。

寧静子《ねいせいし》曰《い》はく、「同一《どういつ》の弓箭《きゅうせん》の士《し》なり。戦国《せんごく》の人《ひと》と、泰平《たいへい》の士《し》と、趣向《しゅこう》の異《こと》なること、何《なん》ぞ其《そ》れ甚《はなは》だしきや。今日《こんにち》紈袴《かんこ》の子《し》、大的《だいてき》を数十歩《すうじっぽ》の外《そと》に射《い》て、以《もっ》て区区《くく》の賞《しょう》賜《し》を冒《をか》す者《もの》に、其《そ》れをして変動不測《へんどうふそく》の敵《てき》に当《あ》たらしめば、果《は》たして能《よ》く惶惑《こうわく》して度《ど》を失《うしな》はざらんや。然《しか》らば則《すなは》ち織田公《おだこう》の士《し》の如《ごと》きは、洵《まこと》に百世士人《ひゃくせいしじん》の標準《ひょうじゅん》なり。」と。

〔語釈〕

射＝弓を射ること。**卜日**＝日の吉凶をうらなう。よい日を選ぶこと。**土寇**＝百姓一揆。**蜂起**＝蜂が群がり飛び立つように、あちこちに事件や反乱が起こること。**猖獗**＝たけり狂う。はげしくあばれる。**逡巡**＝しりごみする。ためらう。**引満**＝弓をいっぱいに引きしぼること。**良鷹蔵爪**＝能ある鷹は爪をかくす。転じて、実力のある者は、やたらにそれを現わすことをしないことのたとえ。**趣向**＝心の向かうところ。心の持ちかた。**紈袴之子**＝白い練り絹の袴を身にまとった若者、転じて貴族の子弟をいう。**大的**＝大きなまと。**区区**＝わずかな。つまらない。**惶惑**＝おそれまどう。**洵**＝幾度くりかえしてもそのとおりに。まことに。**百世**＝百世の後までも。いつの世までも。**標準**＝ここでは手本、目じるしの意。

〔通釈〕

織田信長の家来に、弓を上手に射る者があった。信長はそのことを耳にして、その腕前を試してみようと思い、弓ひきの稽古場を設け、吉日を定めて出かけて行って皆が稽古するのを見物した。上手という評判の某は日の暮れるまで射つめたけれども、とうとう一本の矢も的に命中することができなかった。他の侍は皆多く的に命中させた。信長は機嫌が悪かった。第《やしき》に帰り、嘆息して言った、「今日見たところではかねて聞いていた評判通りではない。人のうわさというものはやはり信ずるに足らないものだ。」と。

其の後、織田氏の領内で百姓一揆が起こり、その勢いが大変強かった。信長は自ら総大将となって一揆を討った。その軍勢が相手の勢いにためらって前へ進まなくなった。この時に、弓ひき上手と言われた某が、つかつかと進んで信長の馬前に立ち、弓を一ぱいに引きしぼって敵に向けて、縦横に射かけると、おおむね無駄の矢は無く敵に命中したので、一揆は恐れて後退して逃走した。信長はここにおいて感歎して言った、「彼が技に深く達していたからこそ、こういうことがあるのだなあ。前に稽古場で的に命中しなかったのは、当てることができなかったのではない。十分の力を出さずに余力を養っておいて、後日に手柄を収めようと思ったためである。世の諺に、能ある鷹は爪をかくすと言うが、まことにその通りである。」と。信長は手厚く品物を賜って某を賞した。

　寧静子は言う、「何れも同じく弓箭を取るはずの武士である。それなのに戦国時代の武士と、太平の世の武士とで、心の置きどころの異なることが、何とはなはだしいことなのか。今日お歴々の息子たちで、大きな的を数十歩の向うに射当てて、いささかの褒賞を貪り取る者に、もし変動不測の敵にあわせたならば、果たして恐れ惑って度を失い、うろつかないものがあろうか。そうしてみると信長公の家来の某などは、まことに百代にわたっても武士の手本である。」と。

〔原文出典〕『備前老人物語』。

右府察㆑微（右《ゆう》府《ふ》微《び》を察《さっ》す）

信長嘗自剪㆓十指甲㆒、使㆔侍臣収㆓其剪余㆒。侍臣捜㆓索左右㆒、久而不㆑去。信長問、「汝何故不㆑退。」答曰、「剪余既得㆑九、而未㆑見㆓其一㆒。」信長為起払㆓両袖㆒、則爪片墜者一。信長大賞㆑之曰、「人之用㆑心、当㆓如㆑此緻密㆒。」

又嘗召㆓侍臣㆒。至則曰、「事既弁矣。無㆓復用㆒也。」侍臣徒爾而退。少選復召㆓一人㆒、亦如㆑此。最後一人、応㆑召而往、伺候良久、亦復不㆑命㆑事。侍臣将㆑退、顧拾㆓席間所㆑遺塵埃㆒以出。信長俄呼、止㆑之曰、「坐吾語㆑汝。凡進退必有㆑機。見㆑機而動、是為㆓軍之善謀㆒。汝如㆓今之退㆒可㆑謂㆘能知㆓兵機㆒者㆖。」

　寧静子曰、「右府公以㆓忌克之質㆒、察㆓人於細微之末㆒者如㆑此。織田之門、無㆓懈惰不警之士㆒、蓋以㆑此也已。」

信長《のぶなが》嘗《かつ》て自《みづか》ら十指《じつし》の甲《こう》を剪《き》り、侍臣《じしん》をして其《そ》の剪余《せんよ》を収《をさ》めしむ。侍臣《じしん》左右《さゆう》を捜索《そうさく》し、久《ひさ》しうして去《さ》らず。信長《のぶなが》問《と》ふ、「汝何《なんぢなん》の故《ゆえ》に退《しりぞ》かざるや。」と。答《こた》へて曰《い》はく、「剪余既《せんよすで》に九《く》を得《え》たり、而《しか》るに未《いま》だ其《そ》の一《いち》を見《み》ず。」と。信長為《のぶながため》に起《た》ちて両 袖《りょうしゅう》を払《はら》へば、則《すなは》ち爪片墜《そうへんお》つる者一《ものいち》あり。信長大《のぶながおほ》いに之《これ》を賞《しょう》して曰《い》はく、「人《ひと》の心《こころ》を用《もち》ゐるは、当《まさ》に此《かく》の如《ごと》く緻密《ちみつ》なるべし。」と。

又《ま》た嘗《かつ》て侍臣《じしん》を召《め》す。至《いた》れば則《すなは》ち曰《い》はく、「事既《ことすで》に弁《べん》ぜり。復《ま》た用《もち》ゐること無《な》し。」と。侍臣徒爾《じしんとじ》にして退《しりぞ》く。少選《しばらく》にして復《ま》た一人《いちにん》を召《め》すも、亦《ま》た此《かく》の如《ごと》し。最後《さいご》の一人《いちにん》、召《しょう》に応《おう》じて往《ゆ》き、伺候《しこう》すること良久《ややひさ》しきも、亦《ま》た復《ま》た事《こと》を命《めい》ぜず。侍臣将《じしんまさ》に退《しりぞ》かんとし、顧《かへり》みて席間《せきかん》に遺《のこ》す所《ところ》の塵埃《じんあい》を拾《ひろ》ひ以《もっ》て出《い》づ。信長俄《のぶながにはか》に呼《よ》び、之《これ》を止《とど》めて曰《い》はく、「坐《すわ》れ吾汝《われなんぢ》に語《つ》げん。凡《およ》そ進退《しんたい》には必《かなら》ず機有《きあ》り。機《き》を見《み》て動《うご》くは、是《こ》れ軍《ぐん》の善謀《ぜんぼう》と為《な》す。汝今《なんぢいま》の退《たい》の如《ごと》きは、能《よ》く兵機《へいき》を知《し》る者《もの》と謂《い》ふべし。」と。

寧静子《ねいせいし》曰《い》はく、「右府公《ゆうふこう》は忌克《きこく》の質《しつ》を以《もっ》て、人《ひと》を細微《さいび》の末《すえ》に察《さつ》すること此《かく》の如《ごと》し。織田《おだ》の門《もん》に、懈惰不警《かいだふけい》の士《し》無《な》きは、蓋《けだ》し此《これ》を以《もっ》てのみ。」と。

〔語釈〕

十指甲＝十本の指の爪。侍臣＝そばにひかえて仕える臣下。剪余＝切り取ったはし。緻密＝きめ細かいこと。手落ちがないこと。弁＝用事がたせた。処理された。徒爾＝むだ。何事もなく無意味なこと。坐吾語汝＝坐りなさい、わしがお前に篤と話してやろう。『孝経』開宗明義章の「坐に復れ吾汝に語らん」に基づく。機＝物事をするのにちょうどよいとき。機会。善謀＝よいはかりごと。良い作戦。兵機＝用法の機微。戦いの臨機応変の計略。忌克之質＝他人の功を忌みきらい、人に勝とうとする性質。異常な負けず嫌いの性質。懈惰＝おこたりなまける。不警＝いましめのない。心をゆるめて用心しない。

〔通釈〕

信長はある時、自分で両手の指の爪を切り、侍臣に爪の切り端を取りかたずけさせた。侍臣は信長の身辺をあちらこちら捜し求めて、しばらくしても立ち去らなかった。信長が、「其の方どうして立ち去らないのだ。」とたずねた。すると侍臣は、「爪の切り端は既に九つまでは見つけましたが、残りの一つが見つからないのです。」と答えた。信長はその為に起ち上がって両袖を払ったところ、爪の切り端が一つ落ちた。信長はこれを見て大いに侍臣を賞して言った、「人の心がけというものは、このように細かに行き届かなければならないものである。」と。

また、ある時、侍臣を呼び出した。侍臣がやってくると、「その用事はもう済んだ。復た別に用事はない。」と言った。侍臣は手もち無沙汰で何もせずに立ち去った。それからしばらくして、また一人を呼び出し、また前のように言われた。最後の一人が、呼び出しに応じて出かけ、殿の所にとどまることが少し長かったが、また何も用事を申し付けなかった。侍臣が立ち去ろうとして、四方を見回して座敷に落ちていた塵を拾って退出した。すると信長は突然この侍臣を呼び止めて、「そこへ坐れ、わしがその方に申し聞かすことがある。すべて何事によらず、進退には必ず機というものがある。その機を見すまして動くことは、戦いのよい謀とするのである。その方の今の退きかたは、用兵の微妙な事情を知っている者のやり方と言うことができる。」と。

寧静子は言う、「信長公は人を忌み自分より優れている者を妬む性質でありながら、人をごく細かいことによって観察することは、この章に記した通りである。織田氏の家中に、怠けたり、油断をしたり、不注意な武士がいないのは、上に立つ信長公がこのような人柄であったからなのである。」と。

〔原文出典〕

本文、論賛ともに『備前老人物語』。

森蘭丸

（森蘭丸《もりらんまる》）

信長近臣、有㆓森蘭丸者㆒。謹信而聡慧。右府甚愛㆓寵之㆒。嘗欲㆑験㆓其才㆒、命闔㆓前堂紙障㆒。蘭丸諾而往、則障闔矣。乃緩開而緊㆓闔之㆒、然後反命。信長曰、「障果開矣乎。」曰、「闔矣。」「然則其戛然有㆑声者何也。」蘭丸跪対曰、「君命㆑臣闔㆓紙障㆒。若視㆓其既闔㆒、而徒然帰、則君之命廃矣。臣恐㆓諸臣之或不㆑敬㆑君也。故謹開而闔㆑之矣。」

又嘗奉㆓信長刀㆒在㆑側。刀鞘黒漆、有㆓款紋数十条一。蘭丸潜料記二其数一。信長覰二知之一、而不レ言也。居数日、集二左右近臣一、撫二其刀一謂レ之曰、「有下能暗二射鞘上款数一者上、乃与二此刀一。」衆争射レ之、不レ能レ中也。蘭丸独黙不レ言。信長問、「汝何故不レ射レ之。」蘭丸謹対曰、「臣嘗料二記其数一矣。今如為二不レ知者一而中レ之、是売二主公一以貪二其賜一也。臣心所二深恥一。是以不レ敢。」信長悦二其誠愨不一レ欺、賜以二其刀一。

後蘭丸察三明智光秀有二異志一、窃謂二信長一曰、「臣視二光秀一、方レ食失二匕箸一。是其志不レ在レ小。必将レ挙二大事一也。不二及レ今誅一レ之、後悔靡レ及。」信長以為レ讒而不レ能レ用。無レ幾、果有二本能寺之変一。

寧静子曰、「以二右府之猜忌一、而不レ嫉二蘭丸之聡慧一、亦以三其有二誠信足レ感レ人者一耳。抑不レ疑二他事一、而疑二其有レ讒二光秀一、則右府之禄尽也。嗚呼、養二豺狼一、而自遇二其噬一。右府之不レ令レ終、将誰咎乎。」

信長《のぶなが》の近臣《きんしん》に、森蘭丸《もりらんまる》といふ者《もの》有《あ》り。謹信《きんしん》にして聡《そう》慧《けい》。右府《ゆうふ》甚《はなは》だ之《これ》を愛寵《あいちょう》す。嘗《かつ》て其《そ》の才《さい》を験《けん》せんと欲《ほっ》し、命《めい》じて前堂《ぜんどう》の紙障《ししょう》を闔《とざ》さしむ。蘭丸諾《らんまるだく》して往《ゆ》けば、則《すなは》ち障闔《しょうと》ぢたり。乃《すなは》ち緩《ゆる》く開《ひら》きて之《これ》を緊《きび》しく闔《と》ぢ、然《しか》る後《のち》に反命《はんめい》す。信長《のぶなが》曰《い》はく、「障《しょう》は果《は》たして開《ひら》きたるや。」と。曰《い》はく、「闔《と》ぢたり。」と。「然《しか》らば則《すなは》ち其《そ》の戛然《かつぜん》として声有《こゑあ》るは何《なん》ぞや。」と。蘭丸跪《らんまるひざま》づき対《こた》へて曰《い》はく、「君臣《きみしん》に命《めい》じて紙障《ししょう》を闔《と》ざさしむ。若《も》し其《そ》の既《すで》に闔《と》づるを視《み》て、徒然《とぜん》として帰《かへ》らば、則《すなは》ち君《きみ》の命廃《めいはい》せん。臣諸臣《しんしょしん》の或《あ》いは君《きみ》を敬《けい》せざるを恐《おそ》る。故《ゆゑ》に謹《つつし》んで開《ひら》きて之《これ》を闔《と》ぢたり。」と。

又《ま》た嘗《かつ》て信長《のぶなが》の刀《かたな》を奉《ほう》じて側《かたは》らに在《あ》り。刀鞘黒漆《とうしょうこくしつ》にして、款紋数十条有《かんもんすうじゅうじょうあ》り。蘭丸潜《らんまるひそ》かに料《はか》りて其《そ》の数《かず》を記《き》す。信長之《のぶながこれ》を覰《うかが》ひ知《し》りて、言《い》はず。居《を》ること数日《すうじつ》、左右《さゆう》の近臣《きんしん》を集《あつ》め、其《そ》の刀《かたな》を撫《な》でて之《これ》に謂《い》ひて曰《い》はく、「能《よ》く鞘上《しょうじょう》の款数《かんすう》を暗射《あんしゃ》する者有《ものあ》らば、乃《すなは》ち此《こ》の刀《かたな》を与《あた》へん。」と。衆争《しゅうあらそ》ひて之《これ》を射《い》れども、中《あ》つる能《あた》はざるなり。蘭丸独《らんまるひと》り黙《もく》して言《い》はず。信長問《のぶながと》ふ、「汝何《なんぢなん》の故《ゆゑ》に之《これ》を射《い》ざる。」と。蘭丸謹《らんまるつつし》みて対《こた》へて曰《い》はく、「臣嘗《しんかつ》て其の数《かず》を料《はか》り記《き》す。今如《いまも》し知《し》らざる者《もの》と為《な》して之《これ》を中《あ》つれば、是《こ》れ主公《しゅこう》を売《う》り以《もっ》て其《そ》の賜《し》を貪《むさぼ》るなり。臣《しん》心《こころ》に深《ふか》く恥《は》づる所《ところ》なり。是《ここ》を以《もっ》て敢《あ》へてせず。」と。信長其《のぶながそ》の誠愨《せいかく》にして欺《あざむ》かざるを悦《よろこ》び、賜《たま》ふに其《そ》の刀《かたな》を以《もっ》てす。

後《のち》蘭丸《らんまる》明智《あけち》光秀《みつひで》の異志《いし》有《あ》るを察《さっ》し、竊《ひそ》かに信長《のぶなが》に謂《い》ひて曰《い》はく、「臣光秀《しんみつひで》を視《み》るに、食《しょく》に方《あた》りて匕箸《ひちょ》を失《うしな》ふ。是《こ》れ其《そ》の志《こころざし》小《しょう》に在《あ》らず。必《かなら》ず将《まさ》に大事《だいじ》を挙《と》げんとするなり。今《いま》に及《およ》んで之《これ》を誅《ちゅう》せずんば、後《のち》に悔《く》ゆるとも及《およ》ぶ靡《な》からん。」と。信長《のぶなが》以《もっ》て讒《ざん》と為《な》して用《もち》ゐる能《あた》はず。幾《いく》ばくも無《な》くして、果《は》たして本能寺《ほんのうじ》の変《へん》有《あ》り。

寧静子《ねいせいし》曰《い》はく、「右府《ゆうふ》の猜忌《さいき》を以《もっ》てして、蘭丸《らんまる》の聡慧《そうけい》を嫉《ねた》まざるは、亦《ま》た其《そ》の誠信人《せいしんひと》を感《かん》ずるに足《た》る者有《ものあ》るを以《もっ》てのみ。抑《そもそ》も他事《たじ》を疑《うたが》はずして、其《そ》の光秀《みつひで》を讒《ざん》すること有《あ》るかと疑《うたが》ふは、則《すなは》ち右府《ゆうふ》の禄《ろく》尽《つ》くるなり。嗚呼《ああ》、豺《さい》狼《ろう》を養《やしな》ひて、自《みづか》ら其《そ》の噬《ぜい》に遇《あ》ふ。右府《ゆうふ》の終《を》はりを令《よ》くせざるは、将《は》た誰《たれ》をか咎《とが》めんや。」と。

〔語釈〕

謹信＝つつしみ深く誠実なこと。聡慧＝さとくかしこいこと。才知にすぐれていること。紙障＝障子。反命＝使者が帰ってその使命の始末について報告すること。戛然＝固いもののふれあう音の形容。ここでは障子を閉じた時の音をいう。徒然＝むなしく。何もすることもなく。廃＝無用となる。刀鞘＝刀のさや。款紋＝ほりつけた模様。きざみめ。暗射＝事物を見ないで、そらで言いあてる。射＝言いあてようとする。料記＝数えて記憶している。誠愨＝誠実であること。正直でつつしみ深いこと。異志＝ふた心。謀叛の心。失匕箸＝はしを取り落す。食事中に急に驚いたり恐れたりする様子。『三国志』によると劉備は食事中に、魏の曹操から今天下の英雄はあなたとわしだけであると言われて、思わず箸を落したことがあった。誅＝罪ある者を殺す。処刑する。讒＝他人を落しめるために事実を曲げて悪く言うこと。禄＝さいわい。ここでは天命。豺狼＝山犬とおおかみ。ともに悪獣である。ここでは明智光秀をいう。噬＝かみつき。悪獣が人にかみつくのにたとえる。

〔人物解説〕

森蘭丸＝（一五六五?～一五八二）美濃金山城主森三左衛門尉可成の三男。織田信長の近習。本名は森成利《しげとし》。幼少より信長に近侍し寵愛された。信長が家臣などに褒賞を与える際の取り次ぎ役や加判《かはん》奉行を務め、美濃岩村五万石を与えられていた。本能寺の変に際しては、槍をとって防戦に当たり、弟坊丸・力丸と共に信長に殉じた。

〔通釈〕

信長の近習に、森蘭丸という者があった。謹み深く誠実で才知がすぐれていた。信長公は大変この近習を可愛がった。ある時、その才知を試してみようとして、表書院の障子を閉めることを申し付けた。蘭丸が承って行ってみると、障子は閉めてあった。そこでそっと開け、わざとぴしゃりと閉めて、その後で閉めて参りましたと報告をした。信長は、「障子は申した通り開けたままになっていたか。」とたずねた。蘭丸は、「閉めてありました。」と答えた。信長は、「それならばぴしゃりと音のしたのはどういうことか。」と言った。蘭丸は跪づいて答えて言った、「御主君が私に申し付けて障子を閉めさせるのです。もし、その障子が既に閉めてあるのを見て、何もしないで帰りましたならば、主君の申し付けは廃されたことになります。私はそうなると諸々の家来が御主君を尊敬しなくなるのではないかということを恐れます。だから謹んで開けて、またしっかりと閉めたのです。」と。

また以前に蘭丸は、信長の刀持ちを務めてお側にお仕えしていた。信長の刀の鞘は黒塗で、刻んだ模様が五六十筋もあった。蘭丸はそっと数えてその数を記憶していた。信長はこのことを見て知っていたが、口には出さなかった。それから数日すぎて、信長は近習の者たちを集めて、その刀を撫でながら、「鞘の上の刻まれた模様の数を言い当てる者があったならば、すぐにこの刀を与えよう。」と言った。そこで近習たちは皆われ先にと争ってその数を言い当てようとしたけれども、誰も当てることができなかった。蘭丸だけは自分の意見を言わなかった。すると信長は蘭丸に、「その方はどうして言い当てようとしないのか。」とたずねた。蘭丸は謹んで答えて言った、「私は以前この数を数えて知っております。今もし、知らないふりをしてその数を当てたならば、これは主君を欺いてその下され物を貪ることになります。それは私の心に深く恥じることになります。そのためにそうしないのです。」と。信長は蘭丸の心に誠があって慎み深く、自分を欺かないのを悦んで、その刀を蘭丸に与えた。

その後、蘭丸は明智光秀に謀叛の意志があることを察して、内々に信長に御目にかかって、「私が光秀の挙動を観察しましたところ、食事の時にも思慮しているようで箸を落すことがあります。これはその志が小事にはありません。必ず謀叛を起こそうとするきざしの現れです。今のうちにこれを殺さなければ、後悔しても及びません、早く処分あって然るべきです。」と申し上げた。その時、信長は蘭丸が光秀を讒言するものと思ってその言を採用することをしなかった。間もなくして、蘭丸の心配した通り本能寺の変が起こった。

寧静子は言う、「信長公は人を忌み自分より優れた者を妬む性質でありながら、蘭丸の才知を妬まなかったのは、蘭丸の誠実さが十分に人を感心させるところがあったからである。そもそも他の事を疑わずに、蘭丸が光秀を讒言したのではないかと疑ったことは、則ち信長公の運が尽きたことなのである。ああ、信長公は山犬か狼かという光秀を飼い養って、自分がそれに嚙みつかれてしまったのである。信長公が最期を立派にできず非命の死を遂げたのは、誰を咎めるところがあろうか、信長公自身が招いた禍なのである。」と。

〔原文出典〕
『常山紀談』（五）森蘭丸才敏の事。『鳩巣小説』（下）。
『老談一言記』（上）。

光秀反形 （光秀《みつひで》の反形《はんけい》）

明智光秀治二丹之亀山一也、新築二一城於山北一、号曰二周山一。蓋以自擬二周武一也。羽柴秀吉性豁而言傲。光秀則謹愿而多二遜辞一。秀吉謂二光秀一曰、「人云、『汝夜城二周山一、将二以謀一レ叛。』信乎。」光秀冷笑曰、「公幸勿レ費二無用之弁一。」

天正十年五月、光秀謁二愛宕山祠一、遂会二于西坊一、為二連歌一。歌人紹巴至、則卒爾問曰、「本能寺湟、深幾尺矣。」紹巴愕曰、「君不レ畏レ天耶。何為謀二此不順之挙一。」於レ是光秀反形始顕然云。

寧静子曰、「英雄之在二乱世一、其有二逆節殄行一、勢也。不三必一一苛二論一焉。特其不忠不幸之罪、人欲レ容レ之、而天未二嘗少仮一也。不レ見二逐レ父簒レ国信玄一乎。不レ免二於微卒之暗砲一。不レ見二弑レ君奪レ位光秀一乎。不レ免二於賤民之竹槍一。夫暗砲之戮、竹槍之誅、果然天網踈而不レ漏。而況光秀之罪、又兼負二殺レ母大不孝一者乎。」

附記

本能寺之変、右府穿二白衣一、執二十字槍一、与二賊安田作兵衛等一、闘二於庭中一、不レ利、遂走入。作兵衛追レ之。時天未レ明。燭光耿耿、見二右府影於紙障上一。以二長槍一鏦レ之、中二其右腹一。傷甚。右府乃入レ寝、縦レ火自殺。

後、作兵衛変二姓名一、曰二天野源右衛門一。有二怪瘍一、宿二其頸一。久之不レ瘥、遂生二胬肉一。源憤恚、以二琴絃一緊二‐紮肉端一、繋二之竹椽一、張レ脚抽レ之。無レ幾、又生。復亦如レ此。源愈憤、竟引レ刀自刎而死。

又有二川上某者一。光秀小臣也。本能寺之戦、執二角弓一射二右府於堂上一、中レ之。其第六日、喪心而死。時諺語曰、「鶴来刺レ額。痛甚、痛甚。」嗚乎、是皆天網之所レ不レ漏者歟。

明智《あけち》光秀《みつひで》の丹《たん》の亀山《かめやま》を治《をさ》むるや、新《あら》たに一城《いちじょう》を山北《さんほく》に築《きづ》き、号《ごう》して周山《しゅうざん》と曰《い》ふ。蓋《けだ》し以《もっ》て自《みづか》ら周武《しゅうぶ》に擬《ぎ》するなり。羽柴秀吉《はしばひでよし》は性豁《せいかつ》にして言傲《げんごう》れり。光秀《みつひで》は則《すなは》ち謹《きん》愿《げん》にして遜辞《そんじ》多《おほ》し。秀吉光秀《ひでよしみつひで》に謂《い》ひて曰《い》はく、「人《ひと》云《い》ふ、『汝夜周山《なんぢよるしゅうざん》を城《きづ》きしは、将《まさ》に以《もっ》て叛《はん》を謀《はか》らんとす。』と、信《しん》なるか。」と。光秀冷笑《みつひでれいしょう》して曰《い》はく、「公幸《こうさいは》ひに無用《むよう》の弁《べん》を費《つひや》すこと勿《なか》れ。」と。

天正十年五月《てんしょうじゅうねんごがつ》、光秀愛宕山《みつひであたごさん》の祠《し》に謁《えつ》し、遂《つひ》に西坊《せいぼう》に会《かい》し、連歌《れんか》を為《な》す。歌人紹巴《かじんしょうは》至《いた》れば、則《すなは》ち卒爾《そつじ》に問《と》ひて曰《い》はく、「本能寺《ほんのうじ》の湟《ほり》は、深《ふか》さ幾尺《いくしゃく》ぞ。」と。紹巴《しょうは》は愕《おどろ》きて曰《い》はく、「君天《きみてん》を畏《おそ》れざるか。何為《なんす》れぞ此《こ》の不順《ふじゅん》の挙《きょ》を謀《はか》る。」と。是《ここ》に於《おい》て光秀《みつひで》の反形始《はんけいはじ》めて顕然《けんぜん》たりと云《い》ふ。

寧静子《ねいせいし》曰《い》はく、「英雄《えいゆう》の乱世《らんせい》に在《あ》るや、其《そ》の逆節殄行《ぎゃくせつてんこう》有《あ》るは、勢《いきほ》ひなり。必《かなら》ずしも一一《いちいち》に苛論《かろん》せず。特《ただ》に其《そ》の不忠不幸《ふちゅうふこう》の罪《つみ》は、人之《ひとこれ》を容《い》れんと欲《ほっ》するも、天未《てんいま》だ嘗《かっ》て少《すこ》しも仮《か》さざるなり。父《ちち》を逐《お》ひ国《くに》を簒《うば》ふの信玄《しんげん》を見《み》ずや。微卒《びそつ》の暗砲《あんぽう》を免《まぬが》れず。君《きみ》を弑《しい》し位《くらゐ》を奪《うば》ふの光秀《みつひで》を見《み》ずや。賤民《せんみん》の竹槍《ちくそう》を免《まぬが》れず。夫《そ》れ暗砲《あんぽう》の戮《りく》、竹槍《ちくそう》の誅《ちゅう》、果然《かぜん》として天網踈《てんもうそ》にして漏《も》らさず。而《しか》るを況《いは》んや光秀《みつひで》の罪《つみ》、又《ま》た兼《か》ねて母《はは》を殺《ころ》す大不孝《だいふこう》を負《お》ふ者《もの》をや。」と。

附記《ふき》

本能寺《ほんのうじ》の変《へん》に、右府白衣《ゆうふはくい》を穿《うが》ち、十字槍《じゅうじそう》を執《と》り、賊安《ぞくやす》田《だ》作兵衛《さくべゑ》等《ら》と、庭中《ていちゅう》に闘《たたか》ひ、利《り》あらず、遂《つひ》に走《はし》り入《い》る。作兵衛《さくべゑ》之《これ》を追《お》ふ。時《とき》に天未《てんいま》だ明《あ》けず。燭光耿耿《しょくこうけいけい》、右府《ゆうふ》の影《かげ》を紙障《ししょう》の上《うへ》に見《み》る。長槍《ちょうそう》を以《もっ》て之《これ》を鏦《つ》き、其《そ》の右《みぎ》腹《はら》に中《あ》つ。傷甚《きずはなは》だし。右府乃《ゆうふすなは》ち寝《しん》に入《い》り、火《ひ》を縦《はな》って自殺《じさつ》す。

後《のち》、作兵衛《さくべゑ》姓名《せいめい》を変《へん》じて、天野源右衛門《あまのげんうゑもん》と曰《い》ふ。怪瘍《かいよう》有《あ》り、其《そ》の頸《くび》に宿《しゅく》す。久《ひさ》しくして瘥《い》えず、遂《つひ》に胬肉《どにく》を生《しょう》ず。源憤恚《げんふんい》し、琴絃《きんげん》を以《もっ》て肉端《にくたん》を緊紮《きんさつ》し、之《これ》を竹椽《ちくてん》に繋《つな》ぎ、脚《あし》を張《は》り之《これ》を抽《ぬ》く。幾《いく》ばくも無《な》くして、又《ま》た生《しょう》ず。復《ま》た亦《ま》た此《かく》の如《ごと》し。源愈《げんいよい》よ憤《いきどお》り、竟《つひ》に刀《かたな》を引《ひ》きて自《みづか》ら刎《くびは》ねて死《し》す。

又《ま》た川上《かはかみ》某《なにがし》といふ者有《ものあ》り。光秀《みつひで》の小臣《しょうしん》なり。本能寺《ほんのうじ》の戦《たたか》ひに、角弓《かくきゅう》を執《と》り右府《ゆうふ》を堂上《どうじょう》に射《い》て、之《これ》に中《あ》つ。其《そ》の第六日《だいろくにち》に、喪心《そうしん》して死《し》す。時《とき》に譫語《せんご》して曰《い》はく、「鶴来《つるきた》りて額《ひたひ》を刺《さ》す。痛《いた》み甚《はなは》だし、痛《いた》み甚《はなは》だし。」と。嗚《あ》乎、是皆天網《これみなてんもう》の漏《もら》さざる所《ところ》の者《もの》か。

〔語釈〕

丹＝丹波の国。周武＝周の武王。武王は、無道の君殷の紂王を伐って自ら王となった。光秀は自らを周の武王に、信長を殷の紂王になぞらえて周山と名づけたとする。豁＝心が広いこと。傲＝おごり高ぶる。横柄である。謹愿＝つつしみ深く誠実なこと。遜辞＝へり下った言葉。卒爾＝にわかに。あわただしく。湟＝城のまわりの堀り割り。城池。不順之挙＝道理に合わないふるまい。主君にそむく行為。反形＝反逆の形跡。ここでは、謀叛の心があること。顕然＝明らかなさま。逆節＝節義にそむくこと。殄行＝道徳に反すること。苛論＝厳しく論ずる。仮＝ゆるす。見のがす。微卒＝つまらぬ兵士。無名の武士。暗砲＝やみうち。戮・誅＝ここでは、ともに殺されたこと。生命を落としたこと。果然＝思った通り。天網踈而不漏＝天網は、天が悪人を捕らえるために張る網の目。天の法網は粗大で目があらいようだが、悪人は漏らさずこれを捕縛する。転じて、天は厳正であるから、悪事には早晩必ず悪報があることをいう。「老子」七十三章及び「魏書」任城王伝の故事に基づく。殺母大不孝＝光秀は以前丹波の波多野秀治を攻め、まず自分の母親を人質として送り、秀治を誘い降し、安土城へ送った。信長が秀治を殺したので、光秀の母も殺された。結果として光秀が母を殺す大不孝をしたことになる。耿耿＝かすかにあかるいさま。怪瘍＝不思議な腫物。胬肉＝肉のかたまり。こぶ。憤恚＝いきどおる。いかる。緊紮＝きびしくくくる。竹椽＝竹のたるき。家の棟から軒にかけ渡して、屋根を支える竹。自刎＝自分で自分の首をはねる。角弓＝半弓という弓。喪心＝気を失う。気ぬけする。一説に気が狂う。譫語＝うわごと。

〔人物解説〕

明智光秀＝（一五二八〜一五八二）安土桃山時代の武将。織田信長に仕えて要職をしめたが、母を人質として捕らえた敵将波多野秀治《はたのひではる》を信長が殺したために人質の母を殺され、信長を恨むようになった。天正十年（一五八二）六月二日本能寺に信長を急襲して殺害した。その後秀吉と山崎で戦って敗北し、近江坂本へ赴く途中で土民に殺された。

紹巴＝（一五二五〜一六〇二）本名里村紹巴《しょうは》。安土桃山時代の連歌師。当時の連歌界の第一人者。光秀や秀吉の信任を得ていた。文禄四年（一五九五）に秀次の事件に連座し、のち赦されたが失意のうちに没した。剛直にして細心、したたかに乱世を生き抜いた人物で、辻切りに遭ってその刀を奪い取り、信長にほめられた逸話も残している。

安田作兵衛＝生没年不詳。本名安田国継《くにつぐ》。明智光秀の臣。箕浦新左衛門、吉川九兵衛とともに明智の三羽烏と称された。明智氏の滅んだ後、流浪の身となったが旧同門の友人に救われてこれに仕え、のち姓名を天野源兵衛門と改め、文禄の朝鮮役に従軍したという。

川上某＝明智光秀の小臣。詳細は未詳。

〔通釈〕

明智光秀が丹波の亀山を領していたとき、新しく一つの城を亀山の北に築いて、周山城と名づけた。思うに自分を周の武王に擬らえたものであろう。羽柴秀吉は性格が明るく言葉づかいには横柄なところが有った。光秀は慎み深い性質で控え目の言葉が多かった。ある時、秀吉は光秀に向って、「人の噂に、『貴公が夜中に周山に城を築いたのは、これから謀叛を起そうとするのである。』と聞くが、本当のことであるか。」と言った。すると、光秀は苦笑して、「貴公よ、無用の言葉をお使いなさるな。」と言った。

天正十五年（一五八七）五月、光秀は愛宕山の神社に参詣し、その帰りに西の坊に参集して、連歌の会を催した。（この時、以前本能寺の住職で、今は歌人となっている）紹巴が参ったところ、光秀はにわかに、「本能寺の堀の深さは幾尺あるか。」とたずねた。紹巴は驚いて、「貴君は天の咎めを恐れないのですか。どうして謀叛などをしようとするのですか。」と咎めた。この時に光秀の謀叛の形は始めて現れたという。

寧静子は言う、「英雄と言われる人が乱世に在る時には、道に反する行為があるのは、その勢いのさせることで止むを得ないところがある。だから必ずしも一つ一つ是非を論ずるには及ばない。ただ、その不忠不孝の罪は、人々がこれを赦そうと思っても、天は未だ決して少しも赦さないのである。父の信虎《のぶとら》を逐い出し、父の国を奪った信玄を見るがよい。賤しい足軽の暗砲《やみうち》をのがれられなかったのである。主君を殺して位を奪った光秀を見るがよい。賤しい農民の竹槍に突かれて死ぬことになったのである。信玄の最期、光秀の最期を観ると、果たして天の網は目があらくても悪者を漏らすことはないのである。まして光秀の罪は、主君を殺したばかりではなく、実母を敵に殺させた大不孝の罪も負うものなのである。」と。

付記

本能寺の変に、信長公は白地の着物を着て、十文字の槍を手に持ち、謀叛人光秀の臣の安田作兵衛等と庭の中で戦って、勝利を得られず、とうとう建物の中へ逃げこんだ。作兵衛は信長を追って内へ入った。この時、夜はまだ明けていなかった。室内の燭光がかすかに明るく、信長公の影が障子に映った。作兵衛は長槍でこれを突き、信長公の右腹を刺した。信長公の傷は重傷であった。信長公はもうのがれることは不可能であると思い、すぐに寝室へ入り、火を放って自害した。

その後、作兵衛は姓名を変えて、天野源右衛門と名のった。源右衛門の首筋に悪性の腫物が吹き出るようになった。その腫物は長い間なおらず、遂には盛り上った堅い肉のかたまりとなった。源右衛門は腹を立てて、琴の絃で肉の端をしっかりくくり、絃のはしを竹のたる木につなぎ、脚をふん張って肉を引き抜いた。（ところが）間もなくして、また腫物が生じた。源右衛門は何度も同じことを繰り返した。そのために源右衛門は気をもみ腹を立てて、とうとう刀を引き抜いて自分の首をはねて死んだ。

また、川上某という者があった。この者は明智光秀の小家来である。本能寺の合戦のときに、角弓で堂上に居た信長公を射た。（ところが）それから六日目に、この男は気が狂って死んだ。その息を引き取るとき、「鶴が来て額を刺す。ひどく痛い、ひどく痛い。」と空言をいった。ああ、これは皆天が悪事をした者を見逃さないことの証明であろうか。

〔原文出典〕
『老人雑話』（上）、『武野燭談』（二十七）、『常山紀談』

(五) 光秀反状の事。附記は、『増補武辺談』(七)、『老談一言記』(上)。

百姓作右衛門（百姓作右衛門《ひゃくしょうさくうゑもん》）

光秀之敗二於山崎一也、与二左右数騎一、潰レ囲北出、夜過二小栗棲一。土兵競起逐レ之。有二作右衛門者一。自二籬中一、以二竹槍一鏦二其一騎一、洞レ肋而死。則光秀也。遠近相伝、作右獲二賊魁一矣。嘖嘖嗟賞。作右稍有二得色一。謂「郷曲之勇、莫下出二我右一者上。」毎三四隣有二暴客一、先往捕レ之、或格二殺之一。一郷頼以安焉。作右死。

其子喜兵衛、亦慕二父風一、久負二俠名一。時有二白狼出害レ人。毎二日暮一、闔村鎖レ戸。少年相聚謀レ除レ之。而議未レ決。喜兵時六十余、独奮曰、「殺二一狼一何議之有。」会寒雨夜黒。喜兵乃着二短簑一、腰二利鎌一、直往二村口無レ人処一、偃臥如二死人一以待焉。少頃白狼果至、彷二徨其旁一、三躍不レ動、則飛噬二其喉一。喜兵快手剪レ頭墜レ地、因起接二合身首一、十字様縛レ之、淋漓被レ血以帰。諸少年皆驚以為レ神。喜兵笑曰、「老夫太労矣。請買レ酒以酬レ我。」其自負如レ此。

寧静子曰、「弑逆之賊、人人得而誅レ之。光秀之死二一農夫手一、天也。而其子喜兵殺二白狼一、以除二民害一、亦安知レ非三天意誅二豺狼心於冥冥一耶。要レ之作右・喜兵、皆可レ謂二農夫中奇男子一矣。」

光秀《みつひで》の山崎《やまざき》に敗《やぶ》るるや、左右数騎《さゆうすうき》と、囲《かこ》みを潰《つひや》して北《きた》に出《い》で、夜小栗棲《よるをぐるす》を過《す》ぐ。土兵《どへい》競《きそ》ひ起《お》こりて之《これ》を逐《お》ふ。作右衛門《さくうゑもん》といふ者有《ものあ》り。籬中《りちゅう》より、竹槍《ちくそう》を以《もっ》て其《そ》の一騎《いっき》を鏦《つ》き、肋《ろく》を洞《どう》して死《し》す。則《すなは》ち光秀《みつひで》なり。遠近相《えんきんあ》ひ伝《つた》ふ、作右《さくう》賊魁《ぞくかい》を獲《え》たりと。嘖嘖嗟賞《さくさくさしょう》す。作右稍得色有《さくうややとくしょくあ》り。謂《おも》へらく「郷曲《きょうきょく》の勇《ゆう》は、我《わ》が右《みぎ》に出《い》づる者莫《ものな》し。」と。四隣暴客有《しりんぼうかくあ》る毎《ごと》に、先《ま》づ往《ゆ》きて之《これ》を捕《と》らへ、或《ある》いは之《これ》を格殺《かくさつ》す。一郷頼《いっきょうよ》りて以《もっ》て安《やす》し。作右《さくう》死《し》す。

其《そ》の子《こ》喜兵衛《きひょうゑ》、亦《ま》た父《ちち》の風《ふう》を慕《した》ひて、久《ひさ》しく俠名《きょうめい》を負《お》ふ。時《とき》に白狼《はくろう》出《い》でて人《ひと》を害《がい》する有《あ》り。日暮《ひく》るる毎《ごと》に、闔村戸《こうそんと》を鎖《とざ》す。少年《しょうねん》相《あ》ひ聚《あつま》りて之《これ》を除《のぞ》かんと謀《はか》る。而《しか》るに議《ぎ》未《いま》だ決《けっ》せず。喜兵《きひょう》時《とき》に六十余《ろくじゅうよ》、独《ひと》り奮《ふる》ひて曰《い》はく、「一狼《いちろう》を殺《ころ》すに何《なん》の議《ぎ》か之《こ》れ有《あ》らん。」と。会《たま》ま寒雨《かんう》にして夜黒《よるくろ》し。喜兵《きひょう》乃《すなは》ち短簑《たんさ》を着《き》、利鎌《りけん》を腰《こし》にし、直《ただ》ちに村口《そんこう》の人《ひと》無《な》き処《ところ》に往《ゆ》き、偃臥《えんが》すること死人《しにん》の如《ごと》くし以《もっ》て待《ま》つ。少頃《しばらく》ありて白狼《はくろう》果《は》たして至《いた》り、其《そ》の旁《かたは》らを彷《ほう》徨《こう》し、三躍《さんやく》すれども動《うご》かざれば、則《すなは》ち飛《と》びて其《そ》の喉《のど》を噬《か》まんとす。喜兵《きひょう》快手《かいしゅ》に頭《あたま》を剪《き》りて地《ち》に墜《おと》し、因《よ》りて起《た》ちて身首《しんしゅ》を接合《せつごう》し、十字様《じゅうじよう》に之《これ》を縛《ばく》し、淋漓《りんり》として血《ち》を被《こうむ》り以《もっ》て帰《かへ》る。諸少年《しょしょうねん》皆《みな》驚《おどろ》き以《もっ》て神《かみ》と為《な》す。喜兵《きひょう》笑《わら》ひて曰《い》はく、「老夫《ろうふ》太《はなは》だ労《ろう》せり。請《こ》ふ酒《さけ》を買《か》ひ以《もっ》て我《われ》に酬《むく》ひよ。」と。其《そ》の自負《じふ》すること此《かく》の如《ごと》し。

寧静子《ねいせいし》曰《い》はく、「弑逆《しいぎゃく》の賊《ぞく》は、人人《ひとびと》得《え》て之《これ》を誅《ちゅう》す。光《みつ》秀《ひで》の一農夫《いちのうふ》の手《て》に死《し》するは、天《てん》なり。而《しか》して其《そ》の子《こ》喜《き》兵《ひょう》白狼《はくろう》を殺《ころ》して、以《もっ》て民害《みんがい》を除《のぞ》くも、亦《ま》た安《いづ》くんぞ天《てん》意《い》豺狼《さいろう》の心《こころ》を冥冥《めいめい》に誅《ちゅう》するに非《あら》ざるを知《し》らんや。之《これ》を要《よう》するに作右《さくう》・喜兵《きひょう》皆《みな》農夫中《のうふちゅう》の奇男子《きだんし》と謂《い》ふべし。」と。

〔語釈〕

敗於山崎＝山城国の山崎での戦いで、光秀は秀吉に敗れた。**小栗棲**＝京都伏見区東部にある地名。小栗栖のこと。**土兵**＝農民の兵。**肋**＝肋骨のある所からわき腹のこと。**洞**＝つら抜く。突き抜ける。**賊魁**＝賊のかしら。ここでは明智光秀のこと。**嘖嘖**＝口々にやかましくうわさするさま。口々にほめる様子。**嗟賞**＝感心してほめる。ほめはやす。**得色**＝得意なようす。**郷曲**＝いなか。村里。**暴客**＝無法者。あばれ者。**格殺**＝手で打ち殺す。**侠名**＝勇気があるという評判。**白狼**＝老いた狼。**闔村**＝村じゅう。**偃臥**＝あお向けに寝ころぶ。**彷徨**＝さまよう。**三躍**＝三たびおどる。**快手**＝手ばやく。**淋漓**＝血がたらたらとしたたるさま。**弑逆**＝臣下や子が、主君や親を殺すこと。**天意**＝天の心。**冥冥**＝知らず知らずのうちに。人目につかないうちに。**奇男子**＝特別にすぐれた男。

〔人物解説〕

作右衛門＝生没年不詳。明智光秀を竹槍で殺した農民。
喜兵衛＝生没年不詳。作右衛門の子。

〔通釈〕

明智光秀は山崎の戦いに敗れたとき、側近の者五六騎と一緒に、囲みを破って北方へ出て、夜中に山城の小栗栖を通った。土地の農兵たちは我先にと起ち上がって光秀を追いかけた。その中に作右衛門という者があった。

作右衛門は竹垣の間から、竹槍で敗兵の一騎を突き、横腹をつき通して殺した。この殺されたのが光秀であった。

作右衛門が謀叛人の頭領を討ち取ったということが世間の評判となった。人々は口々に感心して作右衛門の行為を称賛した。作右衛門は少し得意げであった。そして、「近隣の村里の勇者としては、自分の右に出る者は無い。」と思った。四方の隣村に暴れ者がある毎に、先ず出かけて行って捕らえ、或いは素手で打ち殺した。その土地の人々は作右衛門に頼って安心して暮らすことができた。やがて作右衛門は死去した。

作右衛門の子の喜兵衛もまた父の風を見習い慕って、長い間男だての評判を得た。ある時、白い狼が出て人々を害することがあった。毎日日が暮れると、村中どの家でも戸を閉めて狼の襲来を恐れた。若い衆が集まって狼を殺すことを相談した。相談はなかなか決まらなかった。喜兵衛はその時、六十余歳であったが、独り奮発して、「一匹の狼を殺すのに何の相談が必要なものか。」とつぶやいた。それはちょうど寒気が激しく雨が降って真暗な夜であった。喜兵衛は今夜こそ狼を殺してやろうと、そこで短い簑を着て、鋭利な鎌を腰にさし、村はずれの人気の無い処に行って、仰向けに寝て死人のようになって狼の来るのを待った。しばらくして、白い狼は予想した通りやってきて、喜兵衛のかたわらを歩きまわり、三度ほど喜兵衛の上を躍り越えたけれども動かなかったので、飛びかかって喜兵衛の喉をかみ切ろうとした。喜兵衛は手早く狼の首を切って地面に落とし、それから起きあがって狼の体と首とをつき合わせ、十文字に縛りあげ、たらたらと血をたらしながら帰ってきた。多くの若い衆は皆驚いて喜兵衛の行為を神わざであるとした。喜兵衛は笑って、「このおやじは大変疲労した。酒を買ってわしに返礼せよ。」と言った。喜兵衛が自分の勇気を自慢することはこのようであった。

寧静子は言う、「主君を殺し道に逆らう謀叛人は、人々はこれを誅殺する。明智光秀が一人の農民の手で殺されたのは、天命である。子の喜兵衛が白狼を殺して、村人の被害を除いたのも、これまた天意が豺狼のような悪い心の者を暗い中で責め殺したというのではないか。これを考えてみると、作右衛門と喜兵衛の父子は、農民の中の特にすぐれた男の中の男であると言うことができる。」と。

〔原文出典〕

『明良洪範』（十八）。

巻二一　豊篇第二一

挐鞋奴（挐鞋奴《じょあいど》）

尾州愛智郡有二中郵里一。里分二上中下一為二三村一。日吉者、其中中郵之人也。天文五年正月朔、日出時生。故名二日吉一。年甫十六、齎二其父所レ遺永楽銭若干匹一、以出二郷里一、多買二麤線針於清洲一、而来二津島之市一、以二其針一易三糧食与二草鞋一、遂往二浜松一、遇二久能城守松下嘉兵於途一。嘉兵異二其状貌一、使三人問二其郷貫一。日吉具答以レ実。嘉兵乃携以帰、為換二其服一、併以レ袴与レ之。初雑二処之奴隷中一。

既而擢為二内竪一、付二之衣服器玩一、掌二其出納一。日吉機慧而敏捷。凡所二使令一、無レ不レ如レ意。嘉兵甚愛二用之一。而儕輩之旧者皆嫉レ之、窃匿二其主之器玩一、以誣二日吉一。如レ此者数矣。嘉兵知二其無レ罪也憫レ之、為与二永楽銭三十匹一、以遣帰。

日吉於レ是、資二其銭一以往二清洲一、賁下縁其郷人仕二織田氏一者某上、為二挐鞋奴一。無レ幾為二小人頭一、改二名藤吉一。時年十八。

寧静子曰、「小瀬甫庵太閤記云、『嘉兵付二金五両於藤吉一、往二尾張一、以買二桶皮鎧一。藤吉攘二其金於途一、資以仕二織田氏一。』今閲二松下環翠氏所レ記、与レ此大有二異同一。不レ知孰為二実録一。姑書以備二考拠一。雖レ然、区区小節、何足レ為二曠世英雄軽重一哉。」

尾州《びしゅう》愛智郡《あいちぐん》に中郵《なかむら》の里有《さとあ》り。里《さと》は上中下《かみなかしも》に分《わ》かれて三村《さんそん》と為《な》る。日吉《ひよし》は、其《そ》の中《なか》の中郵《なかむら》の人《ひと》なり。天文五年《てんぶんごねん》正月朔《しょうがつさく》、日出《ひい》づる時《とき》に生《う》まる。故《ゆゑ》に日吉《ひよし》と名《な》づく。年《とし》甫《はじ》めて十六《じゅうろく》、其《そ》の父《ちち》の遺《のこ》す所《ところ》の永楽銭若干匹《えいらくせんじゃっかんひき》を齎《もたら》し、以《もっ》て郷里《きょうり》を出《い》で、多《おほ》く麤線針《そせんしん》を清洲《きよす》に買《か》ひて、津島《つしま》の市《いち》に来《きた》り、其《そ》の針《はり》を以《もっ》て糧食《りょうしょく》と草鞋《わらじ》とに易《か》へ、遂《つひ》に浜松《はままつ》に往《ゆ》き、久能《くのう》の城守松下《じょうしゅまつした》嘉兵《かひょう》に途《みち》に遇《あ》ふ。嘉兵其《かひょうそ》の状《じょう》貌《ぼう》を異《い》とし、人《ひと》をして其《そ》の郷貫《きょうかん》を問《と》はしむ。日吉具《ひよしつぶ》さに答《こた》ふるに実《じつ》を以《もっ》てす。嘉兵《かひょう》乃《すなは》ち携《たづさ》へ以《もっ》て帰《かへ》り、為《ため》に其《そ》の服《ふく》を換《か》へ、併《あは》せて袴《はかま》を以《もっ》て之《これ》に与《あた》ふ。初《はじ》め之《これ》を奴隷《どれい》中《ちゅう》に雑処《ざっしょ》せしむ。

既《すで》にして擢《ぬき》んでて内竪《ないじゅ》と為《な》し、之《これ》に衣服器玩《いふくきがん》を付《ふ》し、其《そ》の出納《すいとう》を掌《つかさど》らしむ。日吉《ひよし》は機慧《きけい》にして敏捷《びんしょう》なり。凡《およ》そ使令《しれい》する所《ところ》、意《い》の如《ごと》くならざる無《な》し。嘉兵《かひょう》甚《はなは》だ之《これ》を愛用《あいよう》す。而《しか》れども儕輩《せいはい》の旧者皆之《きゅうしゃみなこれ》を嫉《ねた》み、窃《ひそ》かに其《そ》の主《しゅ》の器玩《きがん》を匿《かく》し、以《もっ》て日吉《ひよし》を誣《し》ふ。此《かく》の如《ごと》きこと数《しばし》ばなり。嘉兵其《かひょうそ》の罪無《つみな》きを知《し》れば之《これ》を憫《あは》れみ、為《ため》に永楽銭三《えいらくせんさん》十匹《じゅうぴき》を与《あた》へ、以《もっ》て遣《おく》り帰《かへ》す。

日吉是《ひよしここ》に於《おい》て、其《そ》の銭《ぜに》を資《し》とし以《もっ》て清洲《きよす》に往《ゆ》き、其《そ》の郷人《きょうじん》の織田氏《おだし》に仕《つか》へたる者《もの》某《なにがし》に夤縁《いんえん》して、挈鞋奴《じょあいど》と為《な》る。幾《いく》ばくも無《な》くして小人頭《こびとがしら》と為《な》り、名《な》を藤吉《とうきち》と改《あらた》む。時《とき》に年十八《としじゅうはち》なり。

寧静子《ねいせいし》曰《い》はく、「小瀬甫庵《をせほあん》の太閤記《たいこうき》に云《い》ふ、『嘉兵金《かひょうきん》五両《ごりょう》を藤吉《とうきち》に付《ふ》し、尾張《おはり》に往《ゆ》き、以《もっ》て桶皮鎧《おけがはよろひ》を買《か》はしむ。藤吉其《とうきちそ》の金《かね》を途《みち》に攘《ぬす》み、資《し》して以《もっ》て織田氏《おだし》に仕《つか》ふ。』と。今松下環翠氏《いままつしたかんすいし》の記《き》す所《ところ》を閲《み》るに、此《これ》と大《おほ》いに異同《いどう》有《あ》り。知《し》らず孰《いづ》れが実録為《じつろくた》るかを。姑《しばら》く書《しょ》して以《もっ》て考拠《こうきょ》に備《そな》ふ。然《しか》りと雖《いへど》も、区区《くく》の小節《しょうせつ》、何《なん》ぞ曠世《こうせい》の英雄《えいゆう》の軽《けい》重《ちょう》を為《な》すに足《た》らんや。」と。

〔語釈〕

尾州＝尾張の国。現在の愛知県の西部。**日吉**＝豊臣秀吉の幼名。吉には、ついたち、正月之吉の意がある。**天文五年**＝一五三六年。**甫**＝やっと〜になったばかり、の意。**永楽銭**＝永楽通宝のこと。明の永楽年間に造られた貨幣で、我国にも通用していた。**麤線針**＝あらい木綿の縫い針。**清洲・津島**＝ともに尾張にある地名。当時信長は、尾張国内の反対勢力を平定し、清洲城を本拠に、父信秀の遺志を継いで、戦国の統一にのり出そうとしていた。**状貌**＝顔かたち。なりふり。**郷貫**＝生まれ故郷の戸籍。**内竪**＝お側に仕えて雑役に従事する役。近習。**出納**＝金銭、物品の収入と支出。**機慧**＝すばやくかしこいこと。**敏捷**＝すばしこいこと。頭の回転が速いこと。**儕輩**＝仲間。**誣**＝罪がないのに罪があるという。**夤縁**＝金品や縁故によって官職を求める。**挈鞋奴**＝武家などで、主人の履物を持って供をした下役。草履持ち。**小人頭**＝足軽の長。**桶皮鎧**＝桶皮のような形をした、上から釣り下げて着るよろい。**考拠**＝考えの拠り所。参考。**区区小節**＝つまらない節度。取るに足らない節度。**曠世英雄**＝世に二人とないほどの英雄。**軽重**＝価値を上げ下げすること。

〔人物解説〕

日吉＝豊臣秀吉。八五頁参照。

松下嘉兵＝（一五三八〜一五九八）松下之綱《ゆきつな》。左助・加兵衛・嘉兵衛・石見守と称す。遠江《とおとうみ》頭陀寺《ずだじ》城主。天文二十

年（一五五一）から三年間、秀吉は之綱に仕えた。之綱はのち家康に属し、さらに秀吉に招かれ、久野城の久野宗能《むねよし》が関東へ移封のあと、久能（久野ともいう）城に入った。

小瀬甫庵＝（一五六四～一六四〇）安土桃山時代・江戸初期の儒医。尾張の人。易学・兵法にも通じ、豊臣秀次・堀尾吉晴《よしはる》に仕え、のち前田利常《としつね》に招かれて家臣となる。信長・秀吉の家臣であった太田牛一の書いた『信長公記』『大こうさまぐんきのうち』を増補改変して読み物化し、それに甫庵の論評を加えるなどして、『信長記』『太閤記』を著した。

松下環翠＝生卒年その他詳細は未詳。『太閤素生記』は、もとの書名も作者も判明せず、松下環（関）翠は作者の一人とされていた。寧静子は、それに従ったもの。

〔通釈〕

尾張の国の愛智郡に中村という里がある。その里は上村、中村、下村と上中下に分かれて三か村となっている。日吉はそのうちの中村の人である。天文五年（一五三六）正月一日、日の出の時刻に生まれた。そのために日吉と名付けた。十六歳になったばかりの時、父親が遺産として置いた永楽銭の幾らかを持って、故郷を出、大量の木綿針を清洲で買い求め、津島の市場でそれを食糧と草履とに換え、遂に遠江の浜松に行き、その途中で（後に）駿河の久能の城主となった松下嘉兵衛に出会った。嘉兵衛は日吉の容貌を見て異才があると判断し、人にその生まれ故郷をたずねさせた。日吉はすべてを有りのままに答えた。そこで嘉兵衛は日吉を自分の居城に連れて帰り、着物を着がえさせ、袴を与えてはかせた。初めは日吉を雑役に使われる者たちの中に置いた。（嘉兵衛は）程なくして日吉を抜擢して近習とし、日吉に自分の衣服や手元の諸道具を預け、その出し入れの世話をさせた。日吉はよく気がきいて物事の処理がすばやかった。何事においても嘉兵衛の申し付けたことは、思いの通りではないということはなかった。嘉兵衛は大変日吉を可愛がって用いた。日吉と同じ役の古参の者たちは皆日吉をねたみ、こっそり主人の道具を隠し、無実の罪を日吉にきせかけた。このようなことがたびたびあった。嘉兵衛は日吉には罪がないことを知っていたのでこれを気の毒に思い、永楽銭三十貫文を与えて暇を出した。

日吉はこうなったので、その銭を元手として尾張の清洲へ行き、その故郷の人で織田氏に仕えている某をたよって織田氏に奉公し、（信長公の）草履取りとなった。

その後、程なくして小人頭となり、名を藤吉郎と改めた。その時、年齢は十八歳であった。

　寧静子は言う、「小瀬甫庵著の『太閤記』に、『松下嘉兵衛は金五両を藤吉郎に持たせて、尾張へ行き、桶皮の鎧を買わせようとした。藤吉郎はその金を途中で盗み、これを仕官に必要な衣服大小などの購入資金として使って織田氏へ仕えた。』とある。今右の本文に記した松下環翠氏の（『太閤素生記』）説とは、大きな違いがある。どちらの説が実録であるのかはわからない。そのままここに記して考察の拠りどころとして備えて置くことにした。そうではあるけれども、これはささいな事柄で、世に二人といない英雄の価値を上げたり下げたりするほどのことがらではない。」と。

〔原文出典〕
『太閤素生記』。

設レ姓曰二木下一（姓《せい》を設《まう》けて木下《きのした》と曰《い》ふ）

日吉之幼、習二字於横笛山光明寺一。寺之対門、有二三島神祠一。祠前大榎樹、枝葉繁盛、偃蹇蔽二数十歩一。日吉素倜儻有二大志一。不レ屑レ学二文字一、毎賺二師僧一来、游二戯此樹之下一。及下後仕二織田氏一列中士班上、自設レ姓曰二木下一。実本二此樹一。示レ不レ忘也。光明寺到レ今伝二其説一。

　寧静子曰、「明史有レ云、『日本故有レ王。其下称二関白一者、最尊顕。時山城州渠信長、為二此職一。偶出猟、遇三一人臥二樹下一。驚起衝突。執而詰レ之、自言為二平秀吉一。驕捷有二口弁一。信長見而悦レ之、令レ牧レ馬、名曰二木下人一。』是傅会之最可レ笑者。但余久疑、秀吉自作レ姓曰二木下一、必有レ所レ由。及レ得二此説一、意始釈然。因附二記於此一。」

日吉《ひよし》の幼《よう》なるとき、字《じ》を横笛山光明寺《おうてきざんこうみょうじ》に習《なら》ふ。寺《てら》の対門《たいもん》に、三島神祠《みしまじんし》有《あ》り。祠前《しぜん》の大榎樹《だいかじゅ》、枝葉繁盛《しようはんせい》し、偃《えん》蹇数十歩《けんすうじゅうほ》を蔽《おほ》ふ。日吉素《ひよしもと》より倜儻大志《てきとうたいし》有《あ》り。文字《もじ》を学《まな》ぶを屑《いさぎよ》しとせず、毎《つね》に師僧《しそう》を賺《たぶら》かし来《き》たり、此《こ》の樹《き》の下《もと》に遊戯《ゆうぎ》す。後織田氏《のちおだし》に仕《つか》へて士班《しはん》に列《れつ》するに及《およ》び、自《みづか》ら姓《せい》を設《まう》けて木下《きのした》と曰《い》ふ。実《じつ》に此《こ》の樹《き》に本《もと》づく。忘《わす》れざるを示《しめ》すなり。光明寺《こうみょうじ》は今《いま》に到《いた》るも其《そ》の説《せつ》を伝《つた》ふ。

寧静子《ねいせいし》曰《い》はく、「明史《みんし》に云《い》ふ有《あ》り、『日本《にっぽん》は故王《もとおう》有《あ》り。其《そ》の下《しも》に関白《かんぱく》と称《しょう》する者《もの》、最《もっと》も尊顕《そんけん》なり。時《とき》に山城《やましろ》州《しゅう》の渠信長《きょのぶなが》、此《こ》の職為《しょくた》り。偶《たま》ま出猟《しゅつりょう》し、一人樹下《いちにんじゅか》に臥《ふ》するに遇《あ》ふ。驚《おどろ》き起《た》ちて衝突《しょうとつ》す。執《とら》へて之《これ》を詰《せ》めれば、自《みづか》ら言《い》ふ平秀吉為《たひらのひでよした》りと。蹻捷《きょうしょう》にて口弁有《こうべんあ》り。信長見《のぶながみ》て之《これ》を悦《よろこ》び、馬《うま》を牧《ぼく》せしめ、名《な》づけて木下《きのした》の人《ひと》と曰《い》ふ。』と。是《こ》れ傅会《ふかい》の最《もっと》も笑《わら》ふべき者《もの》なり。但《た》だ余久《よひさ》しく疑《うたが》ふ、秀吉自《ひでよしみづか》ら姓《せい》を作《つく》り木下《きのした》と曰《い》ふ、必《かなら》ず由《よ》る所有《ところあ》らんと。此《こ》の説《せつ》を得《う》るに及《およ》びて、意始《いはじ》めて釈然《しゃくぜん》たり。因《よ》りて此《ここ》に附記《ふき》す。」と。

〔語釈〕

横笛山光明寺＝尾張の中村にある寺。対門＝門の向い側。偃蹇＝枝がはびこり、高く広くそびえるさま。倜儻＝才気が衆人よりかけ離れてすぐれていること。賺＝あざむきたぶらかす。士班＝武士の身分。明史伝＝明史は中国の歴史書。明朝の正史。清の張廷玉等の奉勅撰。六〇年を費して成る。「日本は故……と曰ふ」は、明史巻三百二十二・外国三・日本の記事からの引用。尊顕＝地位が高く名声が世に知れわたる。渠＝かしら。首長。蹻捷＝身がるですばやい。有口弁＝弁舌が立つこと。物言いが上手であること。傅会＝こじつけ。釈然＝疑いが晴れてすっきりすること。

〔人物解説〕

日吉＝豊臣秀吉。八五頁参照。

〔通釈〕

日吉は幼少の時、故郷中村の横笛山光明寺で手習いをした。その寺の門の向う側に、三島神社の祠がある。その祠の前に大きな榎があり、その枝葉が繁茂して、横に広がって数十歩の広さの蔭を作っていた。日吉は幼少の時から才気が優れ大志があった。文字などを学ぶことには興味を示さず、常に師匠の僧をだまして寺を抜け出し、この榎の下で遊び戯れていた。後年織田氏に仕えて侍の身分になるに及んで、自分で苗字が必要になって木下と名のった。木下と定めたのは、この榎の下で遊戯したことに基づく。これは、幼少の時のことを忘れないということを示したのである。中村の光明寺では現在に至るまでその話を伝えている。

寧静子は言う、「明史にこうある、『日本国にはもと王があった。その下に関白という者があり、それは最も地位が高くその名が世に知られた者である。時に山城の国のかしらで信長という者が、この関白の職にあった。ある時、城を出て猟をしたとき、木の下に寝ている一人の者に出会った。寝ていた者は驚いて起きて走り出し、信長の列に衝き当たった。捕らえて責めただしたところ、自分から我は平秀吉であると名のった。この者はすばしこくて弁舌がたった。信長はこの男を見て気に入り、自分のところに抱えて馬の世話係とし、名付けて木の下の人と言ったという。』と。これはこじつけの説で最も笑ってしまうものである。ただ私は長い間疑問に思っていた、秀吉が自分で苗字を作って木下と名のったというが、それには必ず何か由りどころがあるのではないか、と。本文に記した事を知って、疑問がはじめて解けた。そこでここに附記した次第である。」。

〔原文出典〕

『明良洪範』（二十三）。

歌人幽古（歌人《かじん》幽古《ゆうこ》）

織田右府之遇㆑弑也、筑前守秀吉、既与㆓毛利氏㆒和、兼㆑程東上、討㆓逆賊光秀㆒。逗㆓姫路㆒者一日、尽収㆓金銀㆒以為㆓軍資㆒、署分既定。

是夕浴罷、呼㆓堀久太㆒、語㆑之曰、「此城無㆑用㆓守備㆒也。吾将㆔一擲賭㆓天下㆒。子以為㆓何如㆒。」久太曰、「然。以㆑僕観㆑之、潮候正好。勢不㆑可㆑不㆑揚㆑帆。」有㆘善㆓和歌㆒者幽古㆖。進曰、「譬㆓之芳山花盛開㆒。安得㆑不㆓一往而観㆒㆑之。」黒田孝高、自㆑旁賛㆑之曰、「縦欲㆑観㆑花、時不㆑至則不㆑能矣。今也風綻雨拆、自嬌招㆑人。時乎、時乎。宜㆘以㆓此役㆒為㆗観花之始㆖耳。」

寧静子曰、「復讎之挙、以㆑順伐㆑逆。天人所㆓共与一、誰能禦レ之。今観三三人之言二、当時光景、千載可レ想。其一戦鷹揚、勃然以興者、何足レ怪哉。」

織田右府《おだゆうふ》の弑《しい》に遇《あ》ふや、筑前《ちくぜん》の守秀吉《かみひでよし》は、既《すで》に毛利氏《もうりし》と和《わ》し、程《てい》を兼《か》ねて東上《とうじょう》し、逆賊光秀《ぎゃくぞくみつひで》を討《う》たんとす。姫路《ひめじ》に逗《とう》すること一日《いちじつ》にして、尽《ことごと》く金銀《きんぎん》を収《おさ》め以《もっ》て軍資《ぐんし》と為《な》し、署分既《しょぶんすで》に定《さだ》まる。

是《こ》の夕《ゆう》べ浴罷《よくや》みて、堀久太《ほりきゅうた》を呼《よ》び、之《これ》に語《つ》げて曰《い》はく、「此《こ》の城《しろ》は守備《しゅび》に用《もち》ゐる無《な》きなり。吾将《われまさ》に一擲《いってき》して天下《てんか》を賭《と》せんとす。子以《しもっ》て如何《いかん》と為《な》す。」と。久太《きゅうた》曰《い》はく、「然《しか》り。僕《ぼく》を以《もっ》て之《これ》を観《み》るに、潮候正《ちょうこうまさ》に好《よ》し。勢《いきほ》ひ帆《ほ》を揚《あ》げざるべからず。」と。和歌《わか》を善《よ》くする者《もの》の幽古《ゆうこ》有《あ》り。進《すす》みて曰《い》はく、「之《これ》を芳山《ほうざん》の花盛《はなさか》んに開《ひら》くに譬《たと》ふ。安《いづ》くんぞ一《ひと》たび往《ゆ》きて之《これ》を観《み》ざるを得《え》ん。」と。黒田孝高《くろだよしたか》、旁《かたは》らより之《これ》を賛《さん》して曰《い》はく、「縦《たと》ひ花《はな》を観《み》んと欲《ほっ》すれども、時至《ときいた》らざれば則《すなは》ち能《あた》はず。今《いま》や風《かぜ》に綻《ほころ》び雨《あめ》に拆《ひら》き、自《おのづ》から嬌《こ》びて人《ひと》を招《まね》く。時《とき》なるかな、時《とき》なるかな。宜《よろ》しく此《こ》の役《えき》を以《もっ》て観花《かんか》の始《はじ》めと為《な》すべきのみ。」と。

寧静子《ねいせいし》曰《い》はく、「復讎《ふくしゅう》の挙《きょ》は、順《じゅん》を以《もっ》て逆《ぎゃく》を伐《う》つ。天《てん》人《じん》の共《とも》に与《くみ》する所《ところ》、誰《たれ》か能《よ》く之《これ》を禦《ふせ》がん。今三人《いまさんにん》の言《げん》を観《み》るに、当時《とうじ》の光景《こうけい》、千載想《せんざいおも》ふべし。其《そ》の一戦鷹揚《いっせんようよう》、勃《ぼっ》然《ぜん》として以《もっ》て興《おこ》る者《もの》は、何《なん》ぞ怪《あや》しむに足らんや。」と。

〔語釈〕

兼程＝二日の行程を一日で行くこと。大急ぎで行くこと。**署分**＝やくわり。手くばり。**一擲**＝すべてを投げうって。いちかばちか自分の生命をすべてかけて。**潮候**＝しおどき、ここでは、ちょうどよい時期の意味。**芳山**＝現在の奈良県南部にある吉野山のこと。桜の名所として有名である。**順**＝正道に従う者。**逆**＝正道にさからう者。**天人**＝天と人。**鷹揚**＝たかが空に舞い上るように、ゆったりとして武威を示すこと。また、勢いの盛んなこと。『詩経』大雅・大明で鷹が小鳥を見て空に揚がる勢いを表現したのに基づく。**勃然**＝盛んに起こり立つさま。

〔人物解説〕

筑前守秀吉＝（一五三七～一五九八）安土桃山時代の武将。のち豊臣《とよとみ》秀吉と名のる。幼名日吉丸。初名藤吉郎。十五歳で松下之綱の下男となり、次いで信長に仕え、やがて羽柴秀吉を名乗り、本能寺の変後、明智光秀を滅ぼし、四国・北陸・九州・関東・奥羽を平定して天下を統一した。この間、天正十一年（一五八三）に大坂城を築城し、天正十三年に関白、翌年豊臣の姓を賜り太政大臣、天正十九年（一五九一）関白を養子秀次《ひでつぐ》に譲って太閤と称した。明を征服しようとして朝鮮の役を起こしたが、戦半ばで病没した。

毛利氏＝毛利輝元（一五五三〜一六二五）のこと。輝元は隆《たか》元《もと》の子、元就《もとなり》の孫。永禄六年（一五六三）父の急死によって家督を相続し、叔父（吉川元春・小早川隆景）や一族の補佐を受けて尼子《あまご》氏を下し、中国地方一円を支配下に置いた。天正四年（一五七六）信長に追放された足利義昭を迎えて、反信長の立場を明らかにした。しかし秀吉の攻勢を受け、後退を余儀なくされ、備中の高松城では秀吉と講和を結ばなければならなかった。本能寺の変の際に、秀吉軍を追撃しなかったことが、以後秀吉の信を得ることにつながった。慶長二年（一五九七）には五大老のひとりとなり、最大級の大名として豊臣政権で重きをなした。関が原の戦では西軍の総大将となって大坂城に入ったが敗戦し、周防《すほう》・長門《ながと》両国だけの維持が許された。

堀久太＝（一五五三〜一五九〇）堀久太郎秀政。はじめ美濃の斎藤氏に仕え、のち信長に属す。秀吉が中国攻めの援軍を要請したとき、信長から派遣され、そのまま秀吉に属した。山崎の戦い、賤が岳の戦いなどで戦功を立てたが、天正十八年（一五九〇）の小田原出陣中に病没した。

黒田孝高＝（一五四六〜一六〇四）安土桃山時代の武将。官兵衛と称し、後に勘解由《かげゆ》といい、如水《じょすい》と号した。天正五年（一五七七）秀吉を姫路城に迎え、以後秀吉の西国経略の参謀として働いた。高松城の水攻めを献策し、本能寺の変後は、毛利軍の追撃に備えてしんがりをつとめ、山崎の戦いでは軍功を立てた。天正十七年家督を嫡子長政に譲ったが、翌年の小田原征伐、ついで朝鮮の役にも渡鮮した。秀吉の没後は、家康に属した。

幽古＝秀吉に近侍し、諸国咄や雑談の相手を務めた咄衆《はなししゅう》のひとりで、仏教以外の典籍や歌道に造詣が深かったという。詳細は未詳。

〔通釈〕

織田信長が明智光秀に殺されたとき、筑前の守羽柴秀吉は、すでに毛利輝元との和睦は整ったので、道のりをつめて東へ上り、謀叛人の光秀を討伐しようとした。道すじの姫路に一日間逗留し、集められるだけの金銀はすべて集め尽して軍用資金とし、今後の手配を定めた。

この夜秀吉は湯あみをすませた後、堀久太郎秀政を呼び、「この姫路の城は守り備えるのに用いる気はない。わしはこの城を投げうって天下を取ろうと思う。そちはどう思うか。」と相談を持ちかけた。久太郎は答えた、「その通りでございます。私の見るところでは、潮時はまことに好都合です。今の勢いとしては帆をあげて船を出さなければなりません。」と。この座に歌よみをよくする幽古という者があった。その者が進み出て、「これを吉野山の花盛りの時にたとえましょう。そのこころは、どうしても一度は出かけて行って花を見ないではいられないということでしょう。」と。黒田勘兵衛孝高もその旁らから賛成して言った、「たとえ花を見ようと思っても、時期が至らなければ見ることはできません。今は風は止み雨も降らず、花は自然と美しく咲いて人を招いています。今こそ絶好の時期ではありませんか、絶好の時期ではありませんか。この戦いを花見の始めとするのがよいでしょう。」と。

寧静子は言う、「あだ討ちのことは、道に順である者が道に逆らう者を伐つことである。それは、天も人も心を一つにしてすることで、だれもこれを防ぐことはできない。今、堀・幽古・黒田の三人の言葉を注意して見ると、その当時の有様が、千年後の今でも思い見ることができる。その光秀との一戦に、鷹が小鳥を見て空に上るように突然天下統一へ起ち上った者を、どうして怪しむ必要があろうか。勢いというものはそのようなものである。」と。

〔原文出典〕

『川角太閤記』（一）。

賤岳之役（賤《しづ》が岳《たけ》の役《えき》）

賤岳之戦、中川清秀敗死、諸砦皆懼、結束欲レ退。神子田半左、大声呼曰、「明旦羽柴氏大軍至矣。諸君努力。」諸砦聞レ之、復皆固二守備一。

当二是時一、黒田孝高亦守二一砦一、知二其不レ可レ支、自決レ死、召二栗本四郎一、諭レ之曰、「汝護二阿吉一而逃。勿レ使二黒田氏無一レ後。其功百三倍于共死二。」四郎勉強従レ之。阿吉長政小字也。途問曰、「率レ我将二何之一。」四郎泣告レ実。驚曰、「大人毎戒レ児云、『武夫之子、有レ進無レ退。』今而逃、是負二平生戒一也。」策レ馬北馳。是夜秀吉果至、砦遂得レ不レ陥。是係二長政十歳時之事一。

寧静子曰、「如水氏之智、而一時不レ如二神子田先見㆒、天也。抑阿吉之以㆓十歳㆒決㆓進退㆒、亦可㆔以卜㆓前程㆒矣。」

　賤《しづ》が岳《だけ》の戦《たたか》ひに、中川清秀《なかがはきよひで》敗死《はいし》し、諸砦《しょさい》皆《みな》懼《おそ》れ、結束《けっそく》して退《しりぞ》かんと欲《ほっ》す。神子田半左《みこだはんざ》、大声《たいせい》に呼《よ》ばはりて曰《い》はく、「明旦《みょうたん》羽柴氏《はしばし》の大軍《たいぐん》至《いた》らん。諸君《しょくん》努力《どりょく》せよ。」と。諸砦之《しょさいこれ》を聞《き》き、復《ま》た皆《みな》守備《しゅび》を固《かた》くす。

　是《こ》の時《とき》に当《あた》り、黒田孝高《くろだよしたか》も亦《ま》た一砦《いっさい》を守《まも》りしが、其《そ》の支《ささ》ふべからざる知《し》り、自《みづか》ら死《し》を決《けっ》し、栗本四郎《くりもとしろう》を召《め》し、之《これ》に諭《さと》して曰《い》はく、「汝阿吉《なんぢあきち》を護《ご》して逃《のが》れよ。黒田氏《くろだし》をして後無《あとな》からしむること勿《なか》れ。其《そ》の功《こう》は共《とも》に死《し》するに百《ひゃく》倍《ばい》せん。」と。四郎勉強《しろうべんきょう》して之《これ》に従《したが》ふ。阿吉《あきち》は長政《ながまさ》の小《しょう》字《じ》なり。途《みち》にて問《と》ひて曰《い》はく、「我《われ》を率《ひき》ゐて将《まさ》に何《いづ》くに之《ゆ》かんとする。」と。四郎《しろう》泣《な》きて実《じつ》を告《つ》ぐ。驚《おど》きて曰《い》はく、「大人《たいじん》は毎《つね》に児《じ》を戒《いまし》めて云《い》ふ、『武夫《ぶふ》の子《こ》は、進《すす》む有《あ》りて退《しりぞ》くは無《な》し。』と。今《いま》にして逃《のが》るるは、是《こ》れ平生《へいぜい》の戒《いまし》めに負《そむ》くなり。」と。馬《うま》に策《むち》うち北《きた》に馳《は》す。是《こ》の夜《よ》秀《ひで》吉《よし》果《は》たして至《いた》り、砦《さい》遂《つひ》に陥《おちい》らざるを得《え》たり。是《こ》れ長政十《ながまさじっ》歳《さい》の時《とき》の事《こと》に係《かか》る。

　寧静子《ねいせいし》曰《い》はく、「如水氏《じょすいし》の智《ち》にして、而《しか》も一時《いちじ》神子田《みこだ》の先見《せんけん》に如《し》かざるは、天《てん》なり。抑《そもそ》も阿吉《あきち》の十歳《じっさい》を以《もっ》て進《しん》退《たい》を決《けっ》するは、亦《ま》た以《もっ》て前程《ぜんてい》を卜《ぼく》すべし。」と。

〔語釈〕

賤岳之戦＝天正十一年（一五八三）に秀吉が柴田勝家・佐久間盛政を賤が岳で破った戦い。賤が岳は、滋賀県北部、琵琶湖北端部東岸にある山。砦＝とりで。本城外の要所に設けた小規模の要塞。出城。結束＝移動や出陣の身仕度をする。ここでは、退却の身仕度をすること。勉強＝精を出すこと。自分を励ますこと。小字＝子供のときの呼び名。大人＝ここでは父、黒田孝高のことをいう。如水＝黒田孝高の老後の号。先見＝先のことを見抜く力。将来のことを見通すすぐれた判断力。卜前程＝成長後のことを前もって知ること。

〔人物解説〕

中川清秀＝（一五四二〜一五八三）安土桃山時代の武将。信長の家臣として武田勝頼攻めに従軍し功を立てる。本能寺の変で信長が殺された後は、秀吉に属し、山崎の合戦には、先鋒隊となり、明智軍を破るのに功があった。天正十一年の賤が岳の戦いで大岩山の城塞を守備したが、佐久間盛政に急襲されて戦死した。

神子田半左＝（？〜一五八七）神子田正治。半左衛門尉と称

す。羽柴秀吉の臣、備中庭瀬《にわせ》城主。これより後、天正十二年（一五八四）小牧の戦いで尾張二重堀の守備にあたっていたが、織田信雄の軍に攻められて潰走、そのため所領を没収され放浪の身となる。天正十五年豊後で自害したといわれる。

栗本四郎＝黒田孝高の臣。詳細は未詳。

黒田孝高＝八六頁参照。

黒田長政＝一三六頁参照。

〔通釈〕

賤が岳の戦いで、中川清秀は破れて討死し、諸の砦の者は皆おそれ、支度を整えて撤退しようとした。この時、神子田半左衛門は、大声を発して、「明日の朝羽柴氏の大軍がやって来るぞ。諸君それまで努力されよ。」と叫んだ。諸の砦の者たちはこれを聞いて、また皆守りを固くした。

この時に、黒田孝高もまた一つの砦を守っていたが、支え防ぐことができないことを知って、自ら死を決心し、家来の栗本四郎を呼び、これに諭して、「おぬしは阿吉を護って逃れてくれよ。黒田氏の血筋が絶えるようなことはしてくれるな。その功績は共に討死することに百倍するぞ。」と言った。四郎は抵抗を感じながらも自分を励まして承知し、それに従った。阿吉というのは、長政の幼名である。その途中で阿吉は、「わたしを連れて何処へ行こうとするのか。」と四郎にたずねた。四郎は涙を流しながら有りのままの事実を告げた。すると阿吉は驚いて、「父上は常にわたしを戒めて、『武士の子という者は、進むことが有って退くことは無い。』とおっしゃいました。それなのに今退いて逃げるのは、これこそ平生の戒めに負くことになります。」と答えた。そして馬に鞭をあて北の方の賤が岳に向かって馬を走らせた。この夜、秀吉の軍は予期した通り到着し、砦は遂に陥落せずにすんだ。これは長政が十歳の時の出来事である。

寧静子は言う、「黒田孝高の知恵であっても、一時、神子田氏の先見の明に及ばなかったのは、天命である。そもそも長政が僅かに十歳で進むか退くかを決心したことからまた将来の出世を予知することができる。」と。

〔原文出典〕

『武将感状記』（二）。

羽柴氏神速（羽柴氏神速《はしばししんそく》）

越将作間盛政、既得二中川清秀首一、傲然以為レ無二敵レ己者一。当二此之時一、筑前守秀吉在二大垣一。聞二柳瀬敗聞一、抵レ掌曰、「我得二大捷一矣。」単騎北馳、歩騎数千、及二於中途一、日暮達二賤岳址一、距二盛政砦一、二里而陣。盛政馳レ人致レ書曰、「何来之速。請待二天明一、一快戦耳。」秀吉答書曰、「言当二自レ我発一、乃為二公所一レ先耶。明旦快戦之事、謹領レ命矣。」使者既去。

秀吉冷笑曰、「異域張子房、吾不二之知一。方今在二我日東一、誰復有二以レ智先レ我者一乎。」命設二炬火於山野一。数里照映、煌煌如二白昼一。越人夜襲之計、遂沮。明旦与二盛政一、大戦二於岳南一、乃有二七槍之捷一。

寧静子曰、「盛政剛愎自用。適足二以喪レ師誤一レ国矣。而羽柴氏之決二勝千里一、炳若レ観レ火。然則不レ知二張子房一云者、乃其所三以自知一也歟。」

越《えつ》の将《しょう》作間《さくま》盛政《もりまさ》は、既《すで》に中川清秀《なかがはきよひで》の首《くび》を得《え》て、傲然《ごうぜん》として以《もっ》て己《おのれ》に敵《てき》する者無《ものな》しと為《な》す。此《こ》の時《とき》に当《あ》たり、筑前《ちくぜん》の守秀吉《かみひでよし》は大垣《おほがき》に在《あ》り。柳瀬《やながせ》の敗聞《はいぶん》を聞《き》き、掌《て》を抵《う》ちて曰《い》はく、「我大捷《われたいしょう》を得《え》たり。」と。単騎《たんき》にて北《きた》に馳《は》すれば、歩騎数千《ほきすうせん》、中途《ちゅうと》に及《およ》び、日暮賤《にちぼしづ》が岳《だけ》の址《もと》に達《たっ》し、盛政《もりまさ》の砦《とりで》を距《さ》ること、二里《にり》にして陣《じん》す。盛政人《もりまさひと》を馳《は》せ書《しょ》を致《いた》して曰《い》はく「何《なん》ぞ来《き》たることの速《すみ》やかなる。請《こ》ふ天明《てんめい》を待《ま》ちて、一快戦《いっかいせん》せんのみ。」と。秀吉答《ひでよしこた》ふる書《しょ》に曰《い》はく、「言当《げんまさ》に我《われ》より発《はっ》すべきに、乃《すなは》ち公《こう》の先《さき》んずる所《ところ》と為《な》るか。明旦快戦《みょうたんかいせん》の事《こと》は、謹《つつし》みて命《めい》を領《りょう》せり。」と。使者既《ししゃすで》に去《さ》る。

秀吉冷笑《ひでよしれいしょう》して曰《い》はく、「異域《いいき》の張子房《ちょうしぼう》は、吾之《われこれ》を知《し》らず。方今我《ほうこんわ》が日東《にっとう》に在《あ》りて、誰《たれ》か復《ま》た智《ち》を以《もっ》て我《われ》に先《さき》だつ者有《ものあ》らんや。」と。命《めい》じて炬火《きょか》を山野《さんや》に設《まう》く。数里照《すうりしょう》映《えい》して、煌煌《こうこう》たること白昼《はくちゅう》の如《ごと》し。越人《えつひと》の夜襲《やしゅう》の計《けい》、遂《つひ》に沮《はば》む。明旦盛政《みょうたんもりまさ》と、大《おほ》いに岳南《がくなん》に戦《たたか》ひ、乃《すなは》ち七槍《しちそう》の捷有《しょうあ》り。

寧静子《ねいせいし》曰《い》はく、「盛政《もりまさ》は剛愎自《ごうふくみづか》ら用ゐる。適《たまた》ま以《もっ》て師《し》を喪《うしな》ひ国《くに》を誤《あやま》るに足《た》れり。而《しか》して羽柴氏《はしばし》の勝《か》ちを千里《せんり》に決《けっ》するは、炳《へい》として火《ひ》を観《み》るが若《ごと》し。然《しか》らば則《すなは》ち張子《ちょうし》房《ぼう》を知《し》らずと云《い》ふは、乃《すなは》ち其《そ》の自《みづか》ら知《し》る所以《ゆえん》なるか。」と。

〔語釈〕

越将＝越前の大将。**傲然**＝おごり高ぶるさま。**柳瀬**＝賤が岳の戦いで、柴田勝家が陣を置いた所。**敗聞**＝戦いに負けたという報告。**大捷**＝大勝利。勝つこと。**址**＝ふもと。**天明**＝夜あけ。**快戦**＝思う存分に戦うこと。**異域**＝外国、ここでは中国のこと。**張子房**＝前漢の功臣張良（?～前一六八）のこと。兵法に優れ、「計画を本陣のとばりの中でめぐらし、勝利を千里のかなたで決することは、私も子房には及ばない」と漢の高祖から評されたほどの智者であった。**方今**＝現在。今日。**日東**＝日本国。**炬火**＝たいまつ。**照映**＝照りはえる。**煌煌**＝きらきらと輝いて明らかなさま。**七槍之捷**＝賤が岳の切通しの戦いで一番槍を賞された福島正則等、秀吉近習の大勝利をいう。**剛愎**＝剛情で人の意見をとり入れない。頑固で人に従わない。**炳**＝はっきりと現われているさま。あきらかなさま。**決勝千里**＝策略によって、千里も離れた敵に対して勝利を収めること。漢の高祖が張良を評した『史記』高祖本紀の故事に基づく。**若観火**＝物事の結果が極めて明白で、疑う余地のないこと。

〔人物解説〕

作間盛政＝（一五五四～一五八三）織田信長の家臣。佐久間盛政。信長没後の勝家と秀吉との跡目争いでは越前の勝家側に属し、秀吉の家臣中川清秀を近江の大岩山で討ちとった。急ぎ救援にかけつけた秀吉と賤が岳で戦い敗北して、捕らえられた。勝家が越前北庄《きたのしょう》で自害した後、秀吉の降誘を拒絶し、車で京中を引きまわされたうえ、斬殺された。

中川清秀＝八八頁参照。

〔通釈〕

越前の将の作間盛政は、すでに中川清秀の首を取って、おごって自分に敵する者はいないという態度を表した。この時に、筑前守秀吉は美濃の大垣に居た。柳瀬で中川清秀が敗れたという報を聞き、手をたたいて、「われは大勝利を得た。」と言った。そしてたった一騎で北の方柳瀬に向って馬を走らせたので、徒武者馬乗武者は数千人あとを追って途中で追いつき、その日の夕方に賤が岳の麓に達し、盛政の陣より二里を隔てて、陣を取った。盛政は人を走らせて手紙を寄せ、「何とご到着の早いこと。できますなら夜明けを待って、快く合戦したいものです。」と言ってきた。秀吉はこれに返事をしたため、「こちらから申し出すべき言葉であるのに、貴公に先手を取られてしまいました。明朝快く合戦するということは、謹んで承知をいたしました。」と返事した。その使者が帰った。

　すると秀吉はあざ笑って、「外国の張良のことは、わしは良く知らないが、現在のわが日本国においては、だれが知恵において自分の上を越すものがあるものか、そんな者は誰もいない。」と言った。そして命令してかがり火を山野に設けさせた。かがり火は数里に照り続き、きらきらと輝いてあたりは昼のようであった。これによって越前の軍が夜討ちをかけようという計略は、遂にはばまれてしまった。夜明けに盛政と、賤が岳の南で大いに合戦し、そこで七本槍の勝利があった。

　寧静子は言う、「盛政は強情で他人の言うことを聞き入れない人物であった。たまたま軍勢を失い国を亡ぼす結果に至ったのは当然のことである。そうであるから秀吉が勝利を得ることを千里の外で決するのは、明らかで間違いがない。だから秀吉が、張良はどうであるかは知らないが、と言うのは、自分の器量を知っているからであろうか。」と。

〔原文出典〕

『常山紀談』（六）志津が岳合戦秀吉智謀の事。

石田三成（石田三成《いしだみつなり》）

豊公秀吉嘗放㆓鷹於野㆒。渇甚。投㆓一僧寺㆒、乞㆑茶太急。有㆓行童㆒、進㆓一大椀茶㆒。微温盛到㆓七八分㆒。公一喫称㆑快、更進㆓一椀㆒。少熱不㆑満㆓半椀㆒。公徐喫了、又要㆓一椀㆒。於㆑是代以㆓小椀㆒、太熱不㆑可㆓遽口㆒。公愛㆓其才敏㆒、請㆓之住持僧㆒、携帰以為㆓小臣㆒、漸愛㆓寵之㆒、後竟列為㆓五奉行㆒。治部少輔石田三成、是也。

　寧静子曰、「石豎子一生所㆑為、不㆑出㆓于此技倆㆒。所謂小人可㆓小知㆒、而不㆑可㆓大受㆒者、豊公乃擢㆓用之㆒、竟誤㆓国家大計㆒也。噫、知㆑人之難、猿公之智、且有レ不レ免歟。」

附記

一歳暴風雨、淀水大溢、堤防善崩。奉行三成、急発二京橋口米庫一、出二数十百嚢一、命二土民一尽運、以塞二其壊処一。既而雨止水退。三成下レ令曰、「速造二土豚一、以代二米嚢一。其嚢則聴二汝等所レ取。」民争趨レ之、不レ日隄成。而堅実倍二乎前一。三成之敏慧投レ機、率此類。

豊公秀吉《ほうこうひでよし》嘗《かつ》て鷹《たか》を野《や》に放《はな》つ。渇《かつ》甚《はなは》だし。一僧寺《いちそうじ》に投《とう》じて、茶《ちゃ》を乞《こ》ふこと太《はなは》だ急《きゅう》なり。行童《こうどう》有《あ》り、一大椀《いちだいわん》の茶《ちゃ》を進《すす》む。微温《びおん》盛《も》りて七八分《しちはちぶ》に到《いた》る。公《こう》一喫《いっきつ》して快《かい》と称《しょう》し、更《さら》に一椀《いちわん》を進《すす》めしむ。少熱《しょうねつ》にして半椀《はんわん》に満《み》たず。公《こう》徐《おもむ》ろに喫《きっ》し了《をは》り、又《ま》た一椀《いちわん》を要《よう》す。是《ここ》に於《おい》て代《か》ふるに小椀《しょうわん》を以《もっ》てし、太熱《たいねつ》にして遽《には》かに口《くち》にすべからず。公《こう》其《そ》の才敏《さいびん》なるを愛《あい》し、之《これ》を住持《じゅうじ》の僧《そう》に請《こ》ひ、携《たづさ》へ帰《かへ》り以《もっ》て小臣《しょうしん》と為《な》し、漸《やうや》く之《これ》を愛寵《あいちょう》し、後《のち》竟《つひ》に列《れつ》して五奉《ごぶ》行《ぎょう》と為《な》す。治部《じぶ》の少輔《しょうゆう》石田三成《いしだみつなり》、是《こ》れなり。

寧静子《ねいせいし》曰《い》はく、「石豎子《せきじゅし》の一生《いっしょう》に為《な》す所《ところ》は、此《こ》の技倆《ぎりょう》に出《い》でず。所謂《いはゆる》小人《しょうじん》は小知《しょうち》すべくして、大受《たいじゅ》すべからざる者《もの》なるに、豊公《ほうこう》乃《すなは》ち之《これ》を擢用《てきよう》し、竟《つひ》に国家《こっか》の大計《たいけい》を誤《あやま》るなり。噫《ああ》、人《ひと》を知《し》るの難《がた》きは、猿公《えんこう》の智《ち》すら、且《か》つ免《まぬが》れざること有《あ》るか。」と。

附記《ふき》

一歳暴風雨《いっさいぼうふうう》にて、淀水《でんすい》大《おほ》いに溢《あふ》れ、堤防《ていぼう》善《よ》く崩《くず》る。奉《ぶ》行《ぎょう》の三成《みつなり》、急《きゅう》に京橋口《きょうばしぐち》の米庫《べいこ》を発《はっ》し、数十百《すうじゅうひゃく》の嚢《のう》を出《いだ》し、土民《どみん》に命《めい》じて尽《ことごと》く運《はこ》びて、以《もっ》て其《そ》の壊処《かいしょ》を塞《ふさ》がしむ。既《すで》にして雨止《あめや》み水退《みずしりぞ》く。三成令《みつなりれい》を下《くだ》して曰《い》はく、「速《すみ》やかに土豚《どとん》を造《つく》り、以《もっ》て米嚢《べいのう》に代《か》へよ。其《そ》の嚢《のう》は則《すなは》ち汝等《なんぢら》の取《と》る所《ところ》に聴《ゆる》す。」と。民争《たみあらそ》ひて之《これ》に趨《おもむ》き、日《ひ》ならずして隄成《つつみな》る。而《しか》して堅実《けんじつ》なること前《まへ》に倍《ばい》す。三成《みつなり》の敏慧機《びんけいき》に投《とう》ずること、率《おほむ》ね此《こ》の類《るい》なり。

〔語釈〕

渇＝のどがかわくこと。行童＝寺で使われている子供。小姓。微温＝なまぬるい。なまあたたかい。少熱＝少しあつい。太熱＝ひどくあつい。住持＝一寺の主長である僧。住職。小臣＝身分の低い臣下。五奉行＝豊臣政権の政務を分掌した五人の奉行。浅野長政・石田三成・増田長盛・長束正家・前田玄以が任ぜられた。石豎子＝石田三成のこと。豎子は、人を卑しめていう言葉。小人＝つまらない人間。小知＝

小さなことを知る。少しばかりの知恵。大受＝大切な任務につくこと。「小人は大受すべからずして、小知せしむべきなり」という『論語』衛霊公編の言葉に基づく。猿公＝秀吉のことをいう。土豚＝俵などに土をつめ、城壁を築いたり水をせき止めたりするのに用いるもの。堅実＝丈夫さ。強固さ。敏慧＝かしこさ。利口であること。投機＝機会をうまくとらえること。ここでは、三成がこの機会を利用して自分の人気取りを図ったこと。

〔人物解説〕

石田三成＝（一五六〇～一六〇〇）安土桃山時代の武将。治《じ》部少輔《ぶしょうゆう》と称す。幼い時から秀吉に仕え、常に左右に侍してその俊敏を愛され、山崎の合戦・賤が岳の戦いなど数々の軍功によって次第に重用されるようになった。三成の面目は政務の処理にあり、五奉行の一員として秀吉の天下統治の内政面の補佐に与って力があった。秀吉の没後、家康が勢威を盛んにするに及ぶと毛利輝元・宇喜多秀家らと謀って家康と対立し、関が原の役に敗れ、ついに捕らえられて、京都で斬首された。

〔通釈〕

豊臣秀吉公がある時、野に出て鷹狩りをした。甚だしく喉がかわいた。とある寺院に立寄って、すぐに茶が飲みたいと要求した。するとこの寺の小姓が、大きな茶碗にお茶を入れて差し出した。そのお茶はぬる加減で茶碗に七八分目程度に注いであった。秀吉公は一のみに飲んでうまいと言って、更にまた一碗を差し出させた。今度は前よりは少し熱くて注ぎ方は半分にも満たなかった。秀吉公は静かにゆっくりと飲みおわり、更にお代わりを要求した。そこで小姓は茶碗を小さな碗に代え、茶をかなり熱くしてすぐには飲めないようにして差し出した。秀吉公はその小姓の才知のすぐれているのを気に入って、住職の僧にたのんで譲ってもらい、そのまま連れて帰って小臣とし、次第に重んじるようになり、後にはとうとう五奉行の列に加わるに至った。石田治部少輔三成が、この人である。

寧静子は言う、「石田の子せがれが一生の間にしたことは、この小ざかしい業以上のことではなかった。言うところの小人というものは常に小さなことだけに心を尽くして、大きなことは受けることができない者であるのに、豊臣秀吉公は石田三成を抜擢して、ついに天下国家の大事を誤ったのである。ああ、人を知ることの難しさは、秀吉公ほどの智恵があっても、誤ちを免れることができないことがあるのか。」と。

附記

ある年大暴風雨で、淀川の水が大いに溢れ、堤防が崩れ落ちることがあった。奉行の石田三成は、急いで（大坂城の北東門にある）京橋口の米庫を開いて、幾十俵幾百俵の米俵を出し、その土地の人々に命令してそれを運ばせ、堤防の決壊した場所を塞がせた。その後雨は止み水は退いた。三成は命令して言った、「ただちに土俵をつくり、米の俵に代えよ。土俵に代えた米俵はお前たちの取り次第にまかせる。」と。そこで人々は先を争ってそこへ行き、土俵を作って米俵に代えた。その結果一日も費やさずに堤防は完成した。出来上がった堤防の堅さは以前に倍した。石田三成の才知のきくこと機会を外さないことは、大むねこのようなやり方であった。

〔原文出典〕

『武将感状記』（八）。附記は、『明良洪範』（八）。

島左近（島左近《しまさこん》）

石田三成封㆓於水口㆒也、豊公問曰、「汝得㆑人焉乎。」曰、「得㆓一人㆒焉。曰㆓島左近㆒。」公曰、「孤亦聞㆓其驍名㆒矣。是豈以㆓薄禄㆒、仕㆓汝小家㆒者乎。」三成曰、「臣封四万石矣。今割㆓其半㆒以与㆑之。是以能留耳。」公歎曰、「君臣同㆑禄、古所㆑未㆑聞、汝而能為㆓此偉挙㆒。渠亦感激報㆑之也必矣。」乃召㆓左近㆒、賜㆓外套一領㆒以勉㆑之。

寧静子曰、「近世侯国之臣、有㆘分㆓二百石之半㆒、養㆓流落帰化之士㆒者㆖。世伝以為㆓美談㆒。況以㆓一城之主㆒、待㆓其臣㆒之厚如㆑此、則天下之士、孰不㆑願㆑仕㆓其家㆒哉。後人不㆘以㆓其人㆒廃㆗其事㆖可也。雖㆑然、三成此挙、所謂不㆑可㆑無㆑一、不㆑可㆑有㆑二者。」

石田三成《いしだみつなり》水口《みなくち》に封《ほう》ぜらるるや、豊公《ほうこう》問《と》ひて曰《い》はく、

「汝人《なんぢひと》を得《え》たるか。」と。曰《い》はく、「一人《いちにん》を得《え》たり。島左《しまさ》近《こん》と曰《い》ふ。」と。公曰《こうい》はく、「孤《こ》も亦《ま》た其《そ》の驍名《ぎょうめい》を聞《き》けり。是《こ》れ豈《あ》に薄禄《はくろく》を以《もっ》て、汝《なんぢ》が小家《しょうか》に仕《つか》ふる者《もの》ならんや。」と。三成《みつなり》曰《い》はく、「臣《しん》の封《ほう》四万石《しまんごく》なり。今《いま》其《そ》の半《なか》ばを割《さ》きて以《もっ》て之《これ》に与《あた》ふ。是《ここ》を以《もっ》て能《よ》く留《とど》まるのみ。」と。公歎《こうたん》じて曰《い》はく、「君臣禄《くんしんろく》を同《おな》じくするは、古《いにしへ》より未《いま》だ聞《き》かざる所《ところ》、汝《なんぢ》にして能《よ》く此《こ》の偉挙《いきょ》を為《な》す。渠《かれ》も亦《ま》た感《かん》激《げき》して之《これ》に報《ほう》ぜんこと必《ひっ》せり。」と。乃《すなは》ち左近《さこん》を召《め》し、外套一領《がいとういちりょう》を賜《たま》ひ以《もっ》て之《これ》を勉《つと》めしむ。

寧静子《ねいせいし》曰《い》はく、「近世《きんせい》の侯国《こうこく》の臣《しん》に、二百石《にひゃっこく》の半《はん》を分《わか》ちて、流落帰化《りゅうらくきか》の士《し》を養《やしな》ふ者有《ものあ》り。世伝《よつた》へて以《もっ》て美談《びだん》と為《な》す。況《いは》んや一城《いちじょう》の主《しゅ》を以《もっ》て、其《そ》の臣《しん》を待《たい》するの厚《あつ》きこと此《かく》の如《ごと》くなれば、則《すなは》ち天下《てんか》の士《し》、孰《たれ》か其《そ》の家《いへ》に仕《つか》ふるを願《ねが》はざらんや。後人《こうじん》其《そ》の人《ひと》を以《もっ》て、其《そ》の事《こと》を廃《はい》せずして可《か》なり。然《しか》りと雖《いへど》も、三成《みつなり》の此《こ》の挙《きょ》は、所謂一無《いはゆるいちな》かるべからず、二有《にあ》るべからざる者《もの》なり。」と。

〔語釈〕

水口＝近江の国にある。現在の滋賀県甲賀郡にある地名。驍名＝武勇の評判。武勇の聞こえ。薄禄＝わずかな扶持。俸禄が少ないこと。偉挙＝りっぱな振る舞い。すぐれた行為。外套＝上衣の上に着る長い着物。一領＝一そろい。近世侯国之臣＝柳川侯の臣である安東省約を指す。流落帰化之士＝落ちぶれて日本へ帰化した朱舜水を指す。不以其人〜可也＝（悪事をした）その人の行為であるからといって、その善行まで否定すべきではない。『論語』衛霊公編の「君子は言を以て人を挙げず。人を以て言を廃せず」に基づく。其事＝その人物のなした行為。

〔人物解説〕

島左近＝（?〜一六〇〇）左近は号。本名は清興《きよおき》。元は筒井家の家臣であったが、浪人して一時法隆寺に身を寄せ、のち近江国へ下った。高名の勇将であったので、石田三成の招くところとなった。文禄の役には三成に従って渡朝して活躍した。関が原の役で奮戦したが乱戦のうちに斃れたとされる。

〔通釈〕

石田三成が近江の水口《みなくち》に領地を与えられた時、豊臣秀吉公は三成に向かって、「そちはよい家来を得たか。」とたずねた。三成は、「一人を得ました。名を島左近と申します。」と答えた。秀吉公はこれを聞いて、「わしもまたその武勇の男の名は聞いている。その男がどうしてわずかな知行で、そなたのような小大名に仕えることになったのか。」と言った。そこで三成は、「わたしの知行は四万石です。そこでわたしはその半分を分けて与えております。そこでわたしのところに留まっているのです。」と答えた。秀吉公は嘆息して、「主と家来とが禄を同じにするということは、昔から今に至るまで聞いたことのないこと、そなただからこそすぐれた計を実行できたのである。島左近もまたその有難さに感激してこの恩に報いようとするに違いない。」と言った。そこですぐに秀吉公は島左近を召し出し、羽織一枚を与えて忠節をつとめよと申された。

寧静子は言う、「近世の大名の臣で、その知行二百石の半分を分けて、落ちぶれて明国より渡ってきて日本に帰化した者を養った者があった。世間ではこれを美談として伝えている。まして一城の主が、その家来を待遇することがこのように手厚いことであれば、天下の士たる者は、だれがその家に仕えることを願わない者があろうか。後世の人々よ、三成が悪人だからと言って、左近を手厚く待遇したよい行為までも打ち捨てなくてよいのである。しかしながら、三成のこの行為は、世に言うところの一度は有ってもよいが、二度と有ってはならないことなのである。」と。

〔原文出典〕
『常山紀談』（十一）石田三成が事。

小田原之役（小《を》田《だ》原《はら》の役《えき》）

天正十八年三月朔、関白豊公、自将㆓歩騎十七万㆒、東征㆓北条氏㆒。前隊諸将先発在㆓駿河㆒。内府信雄軍㆓於三枚橋㆒、東照公軍㆓於長窪㆒。二十六日、関白率㆓諸軍㆒、至㆓駿河㆒。内府・照公、与㆓諸将士㆒、迎㆓之浮島原㆒。関白被㆓緋甲㆒、戴㆓唐冠㆒、帯㆓金粧太刀二口㆒、執㆓彤弓㆒、騎㆓金甲馬㆒而来。扈従士皆異様戎装、鮮麗奪㆑目。而茶筅背旗、皤叟装束、尤奇異可㆑駭云。

既而関白過㆓二公前㆒、瞥然下㆑馬、撫㆑刀揖㆓二公㆒曰、「聞㆓卿等異志㆒。有㆓一角闘㆒耳。疾起決㆓雌雄㆒。」

信雄赧然無レ言、慚汗浹レ背。照公則徐進、颺二言於衆一曰、「当三出レ師之初一、先擬二一刀於此一。実是行之大慶。敬賀敬賀。」諸将士同声拝賀。関白乃超乗而上、揚揚挙レ鞭以馳。衆莫レ弗三感二歎照公勇智一。

寧静子曰、「豊公在二千兵万馬之中一、能籠二罩群雄一如レ此。而内府之怯懦、照公之沈勇、隠相黙度、早已算二定於胸中一矣。他日八国之封、遠地之謫。蓋皆決二於此一焉。想見当時公目中既無二関左一。而視二北条氏一、不レ啻二孤豚一也。」

又曰、「豊公之滅二北条氏一、張二宴於石垣山一、以労二諸将士一、要二信雄一舞二古謡一曲一。信雄恚二其侮一レ己、故作二不祥舞一以応レ之。豊公大怒、遂奪二其封一、放二之那須野一。是可三以見二其庸材一矣。雖レ然後之奉二暴主一者、亦不レ可レ不下以二信雄一為中鑒戒上也。」

附記

有二両騎将一。負二巨背旗一、佩二大保衣一、過二陣営之前一。豊公望見異レ之、使三行人問二其名一。使者馳呼曰、「主将之命也。各通二姓名一。」二騎不レ答。使者反命。公曰、「汝不レ下レ馬而問、失二軍礼一。其不レ答宜矣。」更遣二他行人一。二騎乃下、対曰、「小早川臣、河田八助、楢崎十兵。」後征韓之役、従二隆景一、屢与二明兵一戦、河田背旗、楢崎保衣、並以二雄偉非常一、耀二名於異域一。

天正十八年三月朔《てんしょうじゅうはちねんさんがつさく》、関白豊公《かんぱくほうこう》、自《みづか》ら歩騎十七万《ほきじゅうしちまん》に将《しょう》とし、東北条氏《ひがしほうじょうし》を征《せい》す。前隊《ぜんたい》の諸将《しょしょうま》先づ発《はっ》して駿河《するが》に在《あ》り。内府信雄《ないふのぶを》は三枚橋《さんまいばし》に軍《ぐん》し、東照公《とうしょうこう》は長窪《ながくぼ》に軍《ぐん》す。二十六日《にじゅうろくにち》、関白諸軍《かんぱくしょぐん》を率《ひき》ゐ、駿河《するが》に至《いた》る。内府《ないふ》・照公《しょうこう》は、諸将士《しょしょうし》と、之《これ》を浮島《うきしま》が原《はら》に迎《むか》ふ。関白《かんぱく》は緋甲《ひこう》を被《かうむ》り、唐冠《とうかん》を戴《いただ》き、金粧《きんしょう》の太刀二口《たちにこう》を帯《お》び、彤弓《とうきゅう》を執《と》り、金甲馬《きんこうば》に騎《の》りて来《き》たる。扈従《こしょう》の士皆異様《しみないよう》の戎装《じゅうそう》にして、鮮麗《せんれい》なること目《め》を奪《うば》ふ。而《しか》して茶筅《ちゃせん》の背旗《はいき》、皤叟《はそう》の装束《しょうぞく》、尤《もっと》も奇異《きい》にして駭《おどろ》くべしと云《い》ふ。

既《すで》にして関白二公《かんぱくにこう》の前《まへ》を過《す》ぎ、瞥然《べつぜん》として馬《うま》を下《お》り、刀《かたな》を撫《ぶ》して二公《にこう》に揖《ゆう》して曰《い》はく、「卿等《けいら》の異志《いし》ありと聞《き》く。一角闘《いっかくとう》有《あ》らんのみ。疾《と》く起《た》ちて雌雄《しゅう》を決《けっ》せよ。」と。信雄《のぶを》は赧然《たんぜん》として言無《げんな》く、慚汗《ざんかん》背《せ》に浹《あまね》し。照公《しょうこう》は則《すなは》ち徐《おもむ》ろに進《すす》み、衆《しゅう》に颺言《ようげん》して曰《い》はく、「師《し》を出《いだ》すの初《はじ》めに当《あ》たり、先《ま》づ一刀《いっとう》を此《ここ》に擬《ぎ》す。実《じつ》に是《こ》の行《こう》の大慶《たいけい》なり。敬賀敬賀《けいがけいが》。」と。諸将士《しょしょうし》同声《どうせい》に拝賀《はいが》す。関白《かんぱく》乃《すなは》ち超乗《ちょうじょう》して上《のぼ》り、揚揚《ようよう》として鞭《むち》を挙《あ》げて以《もっ》て馳《は》す。衆照公《しゅうしょうこう》の勇智《ゆうち》を感歎《かんたん》せざるは莫《な》し。

寧静子《ねいせいし》曰《い》はく、「豊公《ほうこう》は千兵万馬《せんぺいばんば》の中《うち》に在《あ》りて、能《よ》く群雄《ぐんゆう》を籠罩《ろうとう》すること此の如《ごと》し。而《しか》して内府《ないふ》の怯懦《きょうだ》と、照《しょう》公《こう》の沈勇《ちんゆう》と、隠《いん》に相《あ》ひ黙度《もくたく》し、早《はや》く已《すで》に胸中《きょうちゅう》に算定《さんてい》す。想《そう》他日八国《たじつはっこく》の封《ほう》と、遠地《えんち》の謫《たく》となす。蓋《けだ》し皆此《みなここ》に決《けっ》す。想《そう》見《けん》するに当時公《とうじこう》の目中《もくちゅう》には既《すで》に関左《かんさ》無《な》し。而《しか》して北条《ほうじょう》氏《し》を視《み》ること、啻《ただ》に孤豚《ことん》のみならざるなり。」と。

又《ま》た曰《い》はく、「豊公《ほうこう》の北条氏《ほうじょうし》を滅《ほろ》ぼすや、宴《うたげ》を石垣山《いしがきやま》に張《は》り、以《もっ》て諸将士《しょしょうし》を労《ろう》し、信雄《のぶを》を要《よう》して古謡一曲《こよういっきょく》を舞《ま》はしむ。信雄《のぶを》其《そ》の己《おのれ》を侮《あなど》るを恚《いか》り、故《ことさ》らに不祥《ふしょう》の舞《まひ》を作《な》し以《もっ》て之《これ》に応《おう》ず。豊公大《ほうこうおほ》いに怒《いか》り、遂《つひ》に其《そ》の封《ほう》を奪《うば》ひて、之《これ》を那須野《なすの》に放《はな》つ。是《こ》れ以《もっ》て其《そ》の庸材《ようざい》を見《み》るべし。然《しか》りと雖《いへど》も後《のち》の暴主《ぼうしゅ》を奉《ほう》ずる者《もの》も、亦《ま》た信雄《のふを》を以《もっ》て鑒戒《かんかい》と為《な》ざるべからざるなり。」と。

附記《ふき》

両騎将《りょうきしょう》有《あ》り。巨背旗《きょはいき》を負《お》ひ、大保衣《おほほろ》を佩《お》びて、陣営《じんえい》の前《まへ》を過《す》ぐ。豊公望見《ほうこうぼうけん》して之《これ》を異《い》とし、行人《こうじん》をして其《そ》の名《な》を問《と》はしむ。使者《ししゃ》馳《は》せ呼《よ》びて曰《い》はく、「主将《しゅしょう》の命《めい》なり。各《おのお》の姓名《せいめい》を通《つう》ぜよ。」と。二騎《にき》答《こた》へず。使者反命《ししゃはんめい》す。公《こう》曰《い》はく、「汝馬《なんぢうま》を下《くだ》らずして問《と》ふこと、軍礼《ぐんれい》を失《しっ》す。其《そ》の答《こた》へざるは宜《むべ》なり。」と。更《さら》に他《た》の行人《こうじん》を遣《つか》はす。二《に》騎乃《きすなは》ち下《くだ》りて、対《こた》へて曰《い》はく、「小早川《こばやかは》の臣《しん》、河田八助《かはだはちすけ》と、楢崎十兵《ならざきじゅうひょう》なり。」と。後征韓《のちせいかん》の役《えき》に、隆景《たかかげ》に従《したが》ひ、屢《しばし》ば明兵《みんぺい》と戦《たたか》ひ、河田《かはだ》の背旗《はいき》、楢崎《ならざき》の保衣《ほろ》、並《なら》びに雄偉《ゆうい》非常《ひじょう》を以《もっ》て、名《な》を異域《いいき》に耀《かがや》かせり。

〔語釈〕

三月朔＝三月一日。**北条氏**＝小田原城主の北条氏政・氏直父子をいう。**駿河**＝旧国名。現在の静岡県の中央部。**内府信雄**＝内府は右大臣の別称。ここでは織田信雄のこと。**三枚橋**＝地名。現在の沼津市内を流れる貉《むじな》川に架かる東海道の橋が三枚の石でつくられていた。東海道の宿駅として栄えた。**東照公**＝徳川家康のこと。**長窪**＝地名。現在の静岡県駿東郡長泉町。当時の駿河支配の拠点として戦術上の要地の一つとされていた。**浮島原**＝地名。現在の沼津市と富士市との間にある帯状の海岸湿地帯。源平時代に富士川の戦いの舞台として有名になった。**緋甲**＝緋おどしのよろい。**唐冠**＝唐人の冠。**金粧**＝こがね造り。**彤弓**＝朱ぬりの弓。**金甲馬**＝黄金の鎧を着た馬。**扈従**＝お供をする。随行する。**戎装**＝武装。軍の装束。**鮮麗**＝あざやかな美しさ。目がさめるように美しいこと。**皤叟**＝能の狂言方に出る翁。**瞥然**＝ひらりと。**揖**＝会釈。軽く頭を下げて礼をすること。異志＝謀叛の心。二心。ここでは北条氏に内通すること。角闘＝たたかい。赧然＝恥じて顔を赤くする。颺言＝声をはりあげて言う。公言すること。超乗＝とび乗る。ひらりと乗ること。揚揚＝得意なようす。籠罩＝人をとりこむ。自分のかごの中に入れる。黙度＝口に出しては言わずに心の中ではかること。算定＝いろいろ考えて決定する。計算してから定める。孤豚＝親を離れた子ぶた。弱くていやしいもののたとえ。ここでは北条氏をさげすんで言う。石垣山＝小田原の近くにあり、秀吉が本営を張った所。古謡＝ここでは能楽の舞。不祥之舞＝縁起の悪い舞。不吉な舞。那須野＝地名。那須野が原に同じ。現在の栃木県北部那須岳の南方に広がる地。庸材＝平凡な才能。鑒戒＝いましめ。大保衣＝大きな母衣。鎧の上に被って矢を防ぐ具。行人＝軍中の使者。反命＝命令を受けてしたことの結果を報告すること。復命。軍礼＝武士の礼儀。軍の礼式。雄偉＝男らしく堂々としていること。異域＝外国。ここでは朝鮮と中国。

〔人物解説〕

織田信雄＝（一五五八〜一六三〇）織田信長の次子。伊勢長島の一向一揆の平定その他多くの合戦に参加した。本能寺の変後、継嗣秀信の後見として清洲城と尾張国を与えられた。小牧・長久手では家康と連合して秀吉と戦ったが、後秀吉と講和し、小田原征伐には兵を率いて参加した。秀吉の転封命令を拒否して所領を奪われて下野《しもつけ》国烏山《からすやま》に配流された。

河田八助・楢崎十兵＝ともに小早川隆景の臣。両者ともに大力をもって名を知られていた。詳細は未詳。

徳川家康＝一九四頁参照。

小早川隆景＝三一頁参照。

〔通釈〕

天正十八年（一五九〇）三月一日、関白豊臣秀吉公は、みずから徒武者と騎馬武者と合せて十七万の総大将として、東の方小田原の北条氏を征伐するために出発した。先陣部隊の諸大将は先発して駿河に滞在していた。内大臣の織田信雄は駿河の三枚橋に軍し、徳川家康公は駿河の長窪に陣立てをしていた。二十六日に関白秀吉公は諸の軍勢を引きつれて、駿河に到着した。信雄と家康は、諸大将とともに、秀吉公を駿河の浮島が原で迎えた。秀吉公は緋威しの鎧を着て、唐冠を頭に戴き、帯金作りの太刀二ふりを腰に差し、朱塗りの弓を手に持ち、黄金作りの鎧を着せた馬にまたがってやってきた。御供の武士たちは皆常とは変わった武装の姿で、まことに鮮やかで麗しく目ばゆいほどであった。そうして秀吉公は茶筅の指物を背中にさし、白髪の老人の装束で、もっとも珍らしく変わっていて驚くべきことであったという。

間もなく秀吉公は信雄、家康二公の前を通り過ぎ、突然ひらりと馬から下り、太刀のつかに手をかけて二公に会釈をして、「そなたたちは北条氏に内通したと聞いている。一戦いすることがあるだけだ。早く起って勝負をいたせ。」と言った。信雄は顔を赤らめて一言も言葉は無く、恥じて出る汗で背中がびしょ濡れになった。家康公は静かに進み出て、衆人の中で一きわ大声をあげて、「軍の門出に当たり、先ず一刀をここで試みられる。実にこのたびの門出の大慶である。おめでとうござる、おめでとうござる。」と言った。諸の大将分たちは皆同じようにめでたいことだといって祝した。秀吉はそこで気をよくして勢いよく馬にまたがり、得たり顔で馬に鞭を挙げて走って行った。衆人は家康公の勇気と智恵に皆感嘆した。

寧静子は言う、「豊臣秀吉公は多くの軍勢の中に在って、群がる英雄を自分の思いのままにあやつった事はここに述べた通りである。そして織田信雄の臆病と、徳川家康の落ち着いた勇気とを、ひそかに心中で推し測って、この時早くもすでに胸の中で二人の処遇を算定したのである。後日家康には（北条の旧領地）関八州の地を与え、信雄は遠い（下野の那須野の）地へ流謫とした。考えてみると、この処置は皆この浮島が原の時に決定したのである。今日から考えてみると、その当時秀吉の眼中にはもはや関東八州の地を他人の領地とする意識は無かった。そして北条氏を見ることは、親を離れた子豚ほどにも見ていなかったのである。」と。

また言う、「秀吉公が北条氏を滅亡させたとき、（小田原の西の）石垣山で酒宴を張り、諸の大将分の者たちを慰労し、信雄に強要して能の舞の一曲を舞わせた。信雄は秀吉が自分を侮ることを怒り、わざと不吉の舞を舞って返報をした。秀吉は大いに腹を立て、信雄の領地（尾張と伊勢の両国）の封を取りあげて、信雄を下野の那須野へ流謫とした。これによって信雄が愚かな人物であることを知ることができる。そうではあるが、後の乱暴な秀吉のような主君に仕える者は、この信雄を戒めとして用心して仕えなければならない。」と。

附記

二人の騎馬の大将分の者があった。大きな指物を背に負い、大きな母衣《ほろ》を着て、陣屋の前を通り過ぎた。秀吉公はそれをはるかかなたから眺め見て怪しみ、使い役の者にその氏名を問わせた。使者は走って行って、「秀吉公の仰せである。各々その姓名を名乗られよ。」と呼びかけた。二人の武者は答えなかった。使者は帰ってきてそのままに報告した。すると秀吉公は、「そなたは馬を下りずに相手に問いかけたが、それは武士の礼儀を失した行為である。相手が答えないのは当然のことである。」と言った。さらに他の使者をつかわし、武士の礼儀の通りにさせた。すると相手の二騎将は馬から下りて、「小早川の臣、河田八助と楢崎十兵衛でござる。」と答えた。後の朝鮮の役の時、この二人は主人の小早川隆景に従って、しばしば明の兵と戦い、河田の指物、楢崎の母衣《ほろ》といわれ、二人ともに強くすぐれた武士として、その名を明と朝鮮の両国に知れわたらせた。

〔原文出典〕
『武辺咄聞書』（二）、『常山紀談』（九）信雄卿那須に謫せらるる事。附記は、『武将感状記』（二）。

花房職之（花房職之《はなぶさもとゆき》）

関白囲二小田原一五閲月、未レ能レ降也。偶有下客過二軍営一者上。時燕楽方作、鼓笛嘔啞之声、喧二于耳一。客大声罵曰、「何物愚将作二此大怪事一。今也勁敵在レ前、不レ知下所三以攻レ之之策上。而惟燕楽是耽。非二愚将一而何。」衛士呵曰、「汝何為者。酔而顚耶。抑喪心耶。」客怫然作レ色曰、「身是浮田氏客、花房助兵衛職之也。不二敢顚一矣。又不二喪心一矣。抑大将在レ軍、以二游惰娯楽一為二大戒一。而今沈溺如レ此。酔顚喪心、大将自道耳。」直唾二其門一而去。

衛士忿恚、訴二之奉行長束大蔵一。時楽局已畢、諸部伶人以レ次退散。大小諸侯与レ観者、亦皆将二辞帰一。大蔵投レ間入白。豊公聞レ之也怒甚。遽呼曰、「秀家安在。」秀家倉皇入謁、則盛気励レ声曰、「汝客花房某、敢嫚二罵我一。夫匹夫議二天子関白一者、其罪当二大不敬一。汝速帰、処二之磔刑一。否則汝罪亦不レ赦。」秀家恐惶拝レ命而出。

　行既数百歩、公使二人呼返一曰、「花房言雖レ可レ憎、既非二面刺一。唯刎二其首一可也。」秀家将レ退、則復止レ之曰、「渠是汝客、非二汝臣一。宜下待以二士道一、賜中之自尽上。」

　既而沈吟数回、終謂二秀家一曰、「卿且少進。孤熟二思花房言一、亦大有レ理。顧孤之為レ此、未三必為二娯楽一。其実欲下使三敵倦二於防禦一、而速中其納降上耳。雖レ然、従征諸将、皆畏二孤威一、不三敢出二一語一。渠乃匹夫而言レ之。胆略可レ想矣。昔青砥藤綱微時、牽レ牛過二鎌倉之府一。時最明寺時頼、盛行二千僧供養会一。藤綱笑曰、『鎌倉氏薦事、水中牛糞耳。』府吏聞而詰レ之、乃曰、『方今飢餓之民、未レ蒙二恩恤之典一、而徒施二諸乞丐之徒一。夫牛糞二於圃一、尚可三以滋二菜蔬一矣。今糞二於水一、涓滴無レ益二於物一。所三以比一也。』時頼感二其言一、即日擢為二奉行一。于レ今伝為二美談一。今花房言雖レ失二過激一、而孤之明、独不レ若二最明寺一可乎。卿其疾帰、奉二花房一為二軍師一、永留二之幕下一可也。」秀家帰如二其言一。後果有二小田原之捷一。

　寧静子曰、「豊公為レ人、噪急粗率、而天性霊慧。故其処レ事、先迷而後覚者、往往如レ此。譬二之雷霆之轟一、暴厲迅疾、天地唯恐レ崩。而雨霽雲開、碧落一洗、未三嘗不二灑然一也。嗚呼、是其所下以能駕二馭群雄一、而速得中天下上也歟。」

　関白《かんぱく》小田原《おだはら》を囲《かこ》むこと五閲月《ごえつげつ》にして、未《いま》だ降《くだ》すこと能《あた》はざるなり。偶《たま》ま客《かく》の軍営《ぐんえい》を過《す》ぐる者有《ものあ》り。時《とき》に燕楽方《えんがくまさ》に作《おこ》り、鼓笛嘔啞《こてきおうあ》の声《こゑ》、耳《みみ》に喧《かまび》すし。客大声《かくたいせい》にて罵《ののし》りて曰《い》はく、「何物《なにもの》の愚将《ぐしょう》ぞ此《こ》の大怪事《だいかいじ》を作《な》す。今《いま》や勁敵前《けいてきまへ》に在《あ》り、之《これ》を攻《せ》むる所以《ゆゑん》の策《さく》を知《し》らず。而《しか》して惟《た》だ燕楽《えんがく》に是《こ》れ耽《ふけ》る。愚将《ぐしょう》に非《あら》ずして何《なん》ぞや。」と。衛士《えいし》呵《か》して曰《い》はく、「汝何為《なんぢなんす》る者《もの》ぞ。酔《ゑ》ひて顚《てん》するか。抑《そもそ》も喪心《そうしん》するか。」と。客佛然《かくふつぜん》として色《いろ》を作《な》して曰《い》はく、「身《み》は是《こ》れ浮田氏《うきたし》の客《かく》、花房助兵衛職之《はなぶさすけひゃうゑもとゆき》なり。敢《あ》へて顚《てん》せず。又《ま》た喪心《そうしん》せず。抑《そもそ》も大将軍《たいしょうぐん》に在《あ》りては、游惰娯楽《ゆうだごらく》を以《もっ》て大戒《だいかい》と為《な》す。而《しか》るに今沈溺《いまちんでき》すること此《か》の如《ごと》し。酔顚喪心《すいてんそうしん》は、大将自《たいしょうみづか》ら道《い》ふのみ。」と。直《ただ》ちに其《そ》の門《もん》に唾《つば》して去《さ》る。

　衛士忿恚《えいしふんい》し、之《これ》を奉行《ぶぎょう》の長束大蔵《ながつかおほくら》に訴《うった》ふ。時《とき》に楽局《がっきょく》已《すで》に畢《を》はり、諸部《しょぶ》の伶人次《れいじんじ》を以《もっ》て退散《たいさん》す。大小諸侯《だいしょうしょこう》の観《かん》に与《あづか》る者《もの》、亦《ま》た皆将《みなまさ》に辞《じ》し帰《かへ》らんとす。大蔵間《おほくらかん》に投《とう》じ入《い》りて白《まふ》す。豊公之《ほうこうこれ》を聞《き》くや怒《いか》ること甚《はなは》だし。遽《にはか》に呼《よ》びて曰《い》はく、「秀家安《ひでいへいづ》くにか在《あ》る。」と。秀家倉皇《ひでいへそうこう》して入《い》りて謁《えつ》すれば、則《すなは》ち盛気声《せいきこゑ》を励《はげ》まして曰《い》はく、「汝《なんぢ》の客《かく》花房某《はなぶさなにがし》、敢《あ》へて我《われ》を嫚罵《まんば》す。夫《そ》れ匹夫《ひっぷ》にして天子《てんし》の関白《かんぱく》を議《ぎ》する者《もの》、其《そ》の罪《つみ》は大不敬《だいふけい》に当《あ》たる。汝速《なんぢすみ》やかに帰《かへ》りて、之《これ》を磔刑《たくけい》に処《しょ》せよ。否《しからざ》れば則《すなは》ち汝《なんぢ》の罪《つみ》も亦《ま》た赦《ゆる》さじ。」と。秀家恐惶命《ひでいへきょうこうめい》を拝《はい》して出《い》づ。

行《ゆ》くこと既《すで》に数百歩《すうひゃっぽ》、公人《こうひと》をして呼《よ》び返《かへ》らしめて曰《い》はく、「花房《はなぶさ》の言憎《げんにく》むべしと雖《いへど》も、既《すで》に面刺《めんし》せるに非《あら》ず。唯《た》だ其《そ》の首《くび》を刎《は》ねて可《か》なり。」と。秀家将《ひでいへまさ》に退《しりぞ》かんとすれば、則《すなは》ち復《ま》た之《これ》を止《とど》めて曰《い》はく、「渠《かれ》は是《こ》れ汝《なんぢ》の客《かく》にして、汝《なんぢ》の臣《しん》に非《あら》ず。宜《よろ》しく待《たい》するに士道《しどう》を以《もっ》てして、之《これ》に自尽《じじん》を賜《たま》ふべし。」と。

既《すで》にして沈吟《ちんぎん》すること数回《すうかい》、終《つひ》に秀家《ひでいへ》に謂《い》ひて曰《い》はく、「卿且《けいか》つ少《すこ》しく進《すす》めよ。孤花房《こはなぶさ》の言《げん》を熟思《じゅくし》するに、亦《ま》た大《おほ》いに理有《りあ》り。顧《かへり》みるに孤《こ》の此《これ》を為《な》すは、未《いま》だ必《かなら》ずしも娯楽《ごらく》の為《ため》ならず。其《そ》の実《じつ》は敵《てき》をして防禦《ぼうぎょ》に倦《う》ましめて、其《そ》の納降《のうこう》を速《すみ》やかにせんと欲《ほっ》するのみ。然《しか》りと雖《いへど》も、従征《じゅうせい》の諸将《しょしょう》は、皆孤《みなこ》の威《ゐ》を畏《おそ》れて、敢《あ》へて一語《いちご》を出《い》ださず。渠《かれ》は乃《すなは》ち匹夫《ひっぷ》にして之《これ》を言《い》ふ。胆略《たんりゃく》想《おも》ふべし。昔青砥藤綱《むかしあをとふぢつな》が微《び》なる時《とき》、牛《うし》を牽《ひ》き鎌倉《かまくら》の府《ふ》を過《す》ぐ。時《とき》に最明寺時頼《さいみょうじときより》、盛《さか》んに千僧供養会《せんそうくようえ》を行《おこな》ふ。藤綱笑《ふぢつなわら》ひて曰《い》はく、『鎌倉氏《かまくらし》の薦事《せんじ》は、水中《すいちゅう》の牛糞《ぎゅうふん》のみ。』と。府吏《ふり》聞《き》きて之《これ》を詰《せ》めれば、乃《すなは》ち曰《い》はく、『方今飢餓《ほうこんきが》の民《たみ》、未《いま》だ恩恤《おんじゅつ》の典《てん》を蒙《こうむ》らずして、徒《いたづ》らに諸《これ》を乞丐《きつがい》の徒《と》に施《ほどこ》す。夫《そ》れ牛《うし》の圃《ほ》に糞《ふん》すれば、尚《な》ほ以《もっ》て菜蔬《さいそ》を滋《うるほ》すべし。今水《いまみづ》に糞《ふん》すれば、涓滴《けんてき》も物《もの》に益《えき》する無《な》し。比《ひ》する所以《ゆゑん》なり。』と。時頼其《ときよりそ》の言《げん》に感《かん》じ、即日擢《そくじつぬき》んでて奉行《ぶぎょう》と為《な》す。今《いま》に伝《つた》へて美談《びだん》と為《な》す。今花房《いまはなぶさ》の言過激《げんかげき》に失《しっ》すと雖《いへど》も、孤《こ》の明《めい》、独《ひと》り最明寺《さいみょうじ》に若《し》かずして可《か》ならんや。卿其《けいそ》れ疾《と》く帰《かへ》り、花房《はなぶさ》を奉《ほう》じて軍師《ぐんし》と為《な》し、永《なが》く之《これ》を幕下《ばっか》に留《とど》めて可《か》なり。」と。秀家帰《ひでいへかへ》りて其《そ》の言《げん》の如《ごと》くす。後果《のちは》たして小田原《おだはら》の捷有《しょうあ》り。

寧静子《ねいせいし》曰《い》はく、「豊公人《ほうこうひと》と為《な》り、躁急粗率《そうきゅうそそつ》にして、天性霊慧《てんせいれいけい》なり。故《ゆゑ》に其《そ》の事《こと》に処《しょ》するに、先《さき》に迷《まど》ひて後《のち》に覚《さと》ること、往往此《おうおうかく》の如《ごと》し。之《これ》を雷霆《らいてい》の轟《とどろ》くに譬《たと》ふるに、暴厲迅疾《ぼうれいじんしつ》、天地《てんち》も唯《た》だ崩《くず》れんことを恐《おそ》る。而《しか》して雨霽《あめは》れ雲《くも》開《ひら》けば、碧落一洗《へきらくいっせん》して、未《いま》だ嘗《かつ》て灑然《さいぜん》たらずんばあらざるなり。嗚呼《ああ》、是《こ》れ其《そ》の能《よ》く群雄《ぐんゆう》を駕馭《かぎょ》して、速《すみ》やかに天下《てんか》を得《え》たる所以《ゆえん》なるか。」と。

〔語釈〕

閲月＝月を過ごす。一月を経る。燕楽＝酒宴に奏する音楽。酒盛りの音楽。ここでは能狂言。嘔啞＝鳴り物の調子はずれのさま。勁敵＝強い敵。手ごわい敵。呵＝せめる。とがめる。顚＝平常心を失う。喪心＝気が狂う。正気を失う。怫然＝むっとして怒るさま。沈溺＝酒色にふけりおぼれること。忿恚＝かっとなって怒る。いきどおる。諸部伶人＝各組の楽人。倉皇＝あわてるさま。嫚罵＝あなどりののしる。匹夫＝賤しい身分の者。大不敬＝大いに敬意を失することをすること。磔刑＝はりつけの刑。恐惶＝恐れつつしむ。非常に恐れ入る。面刺＝面と向かってそしる。面責する。自尽＝切腹。納降＝降参の申し出。胆略＝大胆で知略のあること。度胸があってはかりごとがうまいこと。千僧供養会＝多数の僧侶を集めて読経させてそれを饗応する仏事。薦事＝死者の追善供養のために行う仏事。恩恤之典＝施しの恩典。情け深い取扱い。乞丐之徒＝物ごいの者。僧侶を卑しんでいったもの。涓滴＝少しも。きわめて少ないもののたとえ。過激＝はげしすぎること。非常にはげしいこと。軍師＝主将に属して、軍機をつかさどり、謀り事をめぐらす人。兵法に詳しく戦略にすぐれた者がなる。軍士。幕下＝主将の配下に属する者。噪急＝口やかましく気が短い。気ぜわしい。粗率＝言行があらくて飾り気がない。霊慧＝すぐれて賢い。雷霆＝かみなり。暴厲＝荒々しくはげしいこと。碧落＝青空。灑然＝さっぱりして清らかなさま。駕馭＝人を思いのままに使うこと。

〔人物解説〕

花房助兵衛職之＝生没年不詳。花房はこの後で浮田（宇喜多）家に仕えることになった。その後、宇喜多家の内紛によって前田玄以《げんい》に身柄を託されたのち、家康に属した。関が原の役後に、花房は高松を知行《ちぎょう》所として高松城に入り陣屋を設けている。花房は、旧主秀家が八丈島に配流されると旧恩を忘れず、土井利勝に委託して、秀家が世を終えるまで米二十俵を年々贈り続けたという。

浮田秀家＝（一五七二〜一六五五）安土桃山時代の武将。宇喜多秀家。父の死のとき幼少であったため、羽柴秀吉に養われ、秀吉の養女の前田利家の女と結婚し、秀吉の一字を賜って名を家氏《いえうじ》から秀家に改めた。秀吉の麾下にあって軍功を重ね、慶長の再征には監軍として渡鮮した。秀吉の信任が厚く五大老の一員となる。関が原の役で敗北し、遁れて薩摩に渡り、島津・前田両家の助命懇願によって死を赦され、駿河久能に幽囚された後、八丈島へ配流されて一生を終えた。

長束大蔵＝（?～一六〇〇）名は正家。安土桃山時代の武将。初め丹羽長秀に仕え、行政・財務の才能を認められて漸次重用された。長秀の死後秀吉に召し抱えられ、九州征討や小田原攻めには兵糧や人馬の輸送のことを主監し、近江・越前その他太閤検地の奉行を務め、豊臣家の蔵入や知行方の管理を任務とし五奉行の一員に列した。関が原の戦いでは西軍に属し、戦いに敗れて水口《みなくち》城で自害した。その首は京都三条河原にさらされた。

青砥藤綱＝生没年不詳。鎌倉後期の武士。執権北条時頼のもとで評定衆《ひょうじょうしゅう》に列した。公平な評定に定評があった。

最明寺時頼＝（一二二七～一二六三）鎌倉幕府第五代の執権。北条時頼。平生から勤倹身を守り、文武を奨励し、仁義を施して百姓を愛撫した。公平な政治を行ったので第三代の執権泰時《やすとき》とその治を並べて称された。

〔通釈〕

関白秀吉は小田原城を取り囲むことが五か月に及んだが、まだ相手を降服させることができなかった。たまたま御供の大臣の食客で陣屋の前を通り過ぎた者があった。その時陣屋の内では酒宴を催しており、鼓や笛や謡や囃す声などが外に聞こえ、耳にやかましかった。食客は大声で、「どこの愚かな大将であるか、この大いに怪しい振る舞いをするのは。今は（北条という）強敵が目の前に在るのに、これを攻める謀り事も知らない。それなのにただ一心に能狂言などにうつつをぬかしている。愚かな大将でなくて何であるか。」と悪口を言った。陣屋の番兵がとがめて、「そなたは何者であるか。酒に酔って平常心を失ったのか、それとも気でも狂っているのか。」と言った。すると食客はむっとして顔色を変えて腹を立て、「われは浮田氏の客分の者で、花房助兵衛職之と申す者である。決して酒に酔っているわけではない。また気が狂ったわけでもない。もともと大将である者は、軍中に居るときには、遊びなまけ楽しみ事にふけることは大きな禁止事項である。それなのに今遊びに耽っていることはご覧の通りである。酔っぱらいとか、気が狂ったとか言うのは、大将ご自分のことを言うことである。」と言った。そして直ぐにその陣営の門につばを吐きかけて去った。

番兵は大いに腹を立て、この事を奉行役の長束大蔵へ訴え出た。その時には能狂言はすでに終わり、組々の能役者は次々に引き退いていた。大名小名の参観者も、御いとまを申して退出しようとしていた。長束大蔵はひまを見て奥に入って花房の事を秀吉に申し上げた。秀吉公はこれを聞くと大いに腹を立てた。突然大声を出して、「浮田秀家はどこに居るか。」とさけんだ。秀家はあわてて奥に入って秀吉にお目にかかると、秀吉公は意気ごみ声を励まして、「そなたの客分の者である花房某は、わしを侮りののしった。花房は匹夫の卑しい身分でありながら天子に任命された関白を批判した者で、その罪は大不敬に該当する。そなたはすぐに立ち帰り、花房をはりつけの刑に処せよ。そうしなければそなたの罪も赦さないぞ。」と厳命した。秀家は恐れかしこまって仰せを受けて退出した。

数百歩ほど行ったとき、秀吉公は人をやって秀家を呼び返させて、「花房の言葉は憎いけれども、面と向かって謗ったわけではない。（はりつけの刑には及ばない）ただ首をはねればよい。」と申しつけた。秀家が再び退出しようとすると、復た呼び止めて、「あの花房はそなたの客分の者であって、そなたの家来ではない。扱いとしては侍の扱いを用いて、切腹を申し付けるのが宜しい。」と言った。

秀吉はしばらくの間黙って何度も考え、終に秀家に向かって言った、「秀家よもっと近くへ寄れ。わしは花房の言葉をじっくり考えてみると、大いに道理がある。顧みて思うにわしが宴楽を催したのは、必ずしも専ら娯楽のためにしたのではない。そのねらいは敵に防ぐことを倦ませて、その降服を早くさせようと思ったのである。そうは言っても、この征伐に従っている諸大将たちは、皆わしの威勢をおそれて、一言をも異議を申し出ない。それなのにあの花房は匹夫の卑しい身分でありながらわしの行動を批判した。その大胆で知略のあることは想い知ることができる。昔、青砥藤綱が卑しい身分の時、牛を引いて鎌倉の府を通り過ぎた。折ふし最明寺入道時頼が、盛大に千僧供養会を挙行していた。それを見た藤綱は笑って、『鎌倉殿の法事は、水の中の牛の糞だ。』と言った。府の役人がこれを聞いて藤綱を責めると、藤綱は、『現在食物に飢えている人民は、まだお恵みの執り行いを受けておりませんのに、無駄にお恵みを物ごいのような強欲な僧侶たちに施しております。（これは牛糞を水の中に落とすのと同様でございます。）そもそも牛が畑に糞をすれば、作物の野菜を育てることができます。今水の中へ糞をすれば、一しずくも物に益することはございません。これが例えて言った理由でございます。』と弁明した。時頼は藤綱の言葉を聞いて感動し、直ぐに藤綱を抜擢して奉行とした。これは現在まで美談として伝わっている。今花房の言葉は過激にすぎた点はあるが、わしの人を見抜く力が、時頼に及ばなくてよいものであろうか。そなたは急いで帰って、花房を抜擢して軍師とし、永く花房をそなたの幕下に留めておいてよろしい。」と。秀家は帰って秀吉の申し付けの通りにした。その後、予想した通り秀吉は小田原で大勝利を得た。

　寧静子は言う、「豊臣秀吉の性格は、気短かで手あらく飾り気がないが、生まれつきのすぐれた賢さがあった。だから物事を処するときには、最初に迷って後で悟る、しばしばそういう傾向にあった。これを雷の鳴り渡るのに例えると、荒く激しく極めて早いので、天地も一時に崩れ落ちるのではないかと恐れる。ところが雨が止み雲が開けると、青空は一洗したようになり、今まで一度もさっぱりとしなかったことはないのである（いつも必ずさっぱりしていたのである）。ああ、これが群がる英雄たちを思いのままに使い、速やかに天下を取った理由であるか。」と。

〔原文出典〕
『古老雑話』、『良将達徳鈔』（八）。

豊公天（豊公《ほうこう》の天《てん》）

　関白征二北条氏一。別使下九鬼嘉隆率二舟師一、以護中南海上。此際危礁乱峙、水路険怪。毎レ逢二東風之烈一、波濤驚激、勢巻二雪山一、無二復可レ列二船艦一也。当三公之囲二小田原城一、天気清明、海波恬平、絶無二陽侯之患一者、五旬有余日矣。爾後海浜之人、遇二連日晴一、謂二之豊公天一。

　寧静子曰、「中葉以還、乾綱解レ紐、皇威下移、六師之討、絶レ響久矣。独豊公此行、入朝陛辞、天子詔賜二節刀一。是所謂奉二王命一討二不庭一者、洵足下為二天朝一吐上レ気矣。其五十余日、天晴海穏者、殆亦天心之所三以助二皇威一也歟。」

　関白北条氏《かんぱくほうじょうし》を征《せい》す。別《べっ》に九鬼嘉隆《くきよしたか》をして舟師《しゅうし》を率《ひき》ゐ、以《もっ》て南海《なんかい》を護《まも》らしむ。此《こ》の際《さい》危礁乱峙《きしょうらんじ》して、水路《すいろ》険怪《けんかい》なり。東風《とうふう》の烈《れつ》に逢《あ》ふ毎《ごと》に、波濤《はとう》驚激《きょうげき》して、勢《いきほ》ひ雪山《せつざん》を巻《ま》き、復《ま》た船艦《せんかん》を列《れつ》すべき無《な》きなり。公《こう》の小田原《おだはら》城《じょう》を囲《かこ》むに当《あ》たり、天気清明《てんきせいめい》に、海波《かいは》恬平《てんぺい》にして、絶《た》えて陽侯《ようこう》の患《うれ》ひ無《な》きこと、五旬有余日《ごじゅんゆうよじつ》なり。爾後《じご》海浜《かいひん》の人《ひと》、連日《れんじつ》晴《は》るるに遇《あ》はば、之《これ》を豊公《ほうこう》の天《てん》と謂《い》ふ。

寧静子《ねいせいし》曰《い》はく、「中葉《ちゅうよう》以還《いかん》、乾綱《けんこう》紐《ちゅう》を解《と》き、皇威《こうい》下《しも》に移《うつ》り、六師《りくし》の討《とう》、響《ひび》きを絶《た》つこと久《ひさ》し。独《ひと》り豊公《ほうこう》の此《こ》の行《こう》は、入朝《にゅうちょう》陛辞《へいじ》し、天子《てんし》詔《しょう》して節刀《せっとう》を賜《たま》ふ。是《こ》れ所《いは》謂《ゆる》王命《おうめい》を奉《ほう》じて不庭《ふてい》を討《とう》することにして、洵《まこと》に天朝《てんちょう》の為《ため》に気《き》を吐《は》くに足《た》れり。其《そ》の五十余日《ごじゅうよじつ》、天《てん》晴《は》れ海《うみ》穏《おだ》やかなるは、殆《ほと》んど亦《ま》た天心《てんしん》の皇威《こうい》を助《たす》くる所以《ゆえん》なるか。」と。

〔語釈〕

危礁＝水面下にかくれている危険な岩。乱峙＝あちらこちらにそば立っている状態。舟師＝水上で戦闘する軍。水軍。険怪＝危険であること。驚激＝異常にはげしいこと。恬平＝おだやかであること。陽侯＝水神の名、転じて波のことをいう。乾綱＝天子の大権。ここでは朝廷の大法。解紐＝しばったひもがとけてゆるむ。転じて権威が衰えて政治が乱れることをいう。六師＝天子の軍隊。六軍。一軍は一万二千五百人。陛辞＝天子においとまを申し上げること。節刀＝征夷大将に賜うしるしの刀。奉王命討不庭＝天子の命を奉じて従わないものを伐つ。『左伝』隠公十年の「王命を以て不庭を討ち、其の土を貪らずして、以て王爵を労ふは、正の礼なり。」に基づく。不庭は朝廷に従わない。服従しないこと。皇威＝天子の威光。

〔人物解説〕

九鬼嘉隆＝（一五四二〜一六〇〇）信長に従い、水軍を率いて一向一揆の平定に貢献した。信長の没後は、秀吉に属し、四国・九州攻略に水軍を率いて功を立てた。朝鮮の役には水軍の先鋒となり、数々の功を立てた。のち家康に仕えたが、人と争うことがあり、徳川の判決を不満として家督を子の守隆に譲って隠居した。しかし関が原の戦いには、守隆は家康方に、自らは三成《みつなり》方に応じて戦い、敗れて自刃した。

〔通釈〕

秀吉が北条氏を伐った。そのとき九鬼嘉隆に舟軍を率いて、南手である海を護らせた。この間の海路は危険な隠れ岩が処々に乱れそば立っていて、水路は危険であった。東からの風が激しく吹く毎に、波がはげしく逆巻いて、その勢いは雪の山を巻き立てるようで、軍船を列ねて進むことができなかった。ところが、秀吉が小田原城を包囲するに至ると、天気が晴れてよくなり、波が静かになって海面が平らかになって、全く海が荒れる心配のない日が、五十日余りも続いた。そのことがあって以来この海浜の人々は、毎日晴天の日が続くと、その日和のことを豊公様日和と言うようになった。

寧静子は言う、「我国の中世以後、政治の法則が解けて、天子の威光が臣下である武家に移り、天子の軍隊による討伐は、長い間音沙汰もなくなった。ただ秀吉公が小田原城の北条氏を征伐した時には、朝廷へ参内して御いとまを申し上げ、天子より詔が下り征夷大将軍の印である刀を賜った。これは天子の仰せを承って朝廷へ参勤しない者を討伐することで、まことに天子朝廷の威光を増すのに足るものであった。五十日余りも、空が晴れて海が穏やかであったのは、おおかた天の心が時の天子の御威光を助けたということになるのであろうか。」と。

〔原文出典〕

『常山紀談』（九）上様日和といふ事。

勇婢（勇婢《ゆうひ》）

処士孫助家、有㆓一老婢㆒。蓋小田原之亡、掠来供㆓使役㆒者。然未㆑詳㆔其為㆓誰氏女㆒。宅外有㆓竹林㆒、林中一厠、毎㆓暮夜㆒有㆑怪駭㆑人。人莫㆓敢往㆒焉。独婢往、未㆓嘗見㆒㆑怪也。一夕更深而往。暗中忽現㆓一雛僧㆒。視㆑婢佇立冷笑。婢一喝、捕㆑之而入㆑宅、点㆑火視㆑之、則一大老狸矣。婢罵曰、「汝毛族、敢魅㆓万物之霊㆒。」手搏殺㆑之。一家驚歎。

孫助曰、「我嘗意㆓渠将種㆒也。今得㆓其実㆒矣。」迫詰㆓其姓氏㆒、則北条氏将、鈴木大学之妹云。

寧静子曰、「観㆓一婢所㆒㆑為、亦知㆓北条氏養㆑士有㆒㆑素矣。夫豊公以㆓天下之兵㆒合囲半歳、僅能滅㆑之者、良有㆑以也。」

処士《しょし》孫助《まごすけ》の家《いへ》に、一老婢《いちろうひ》有《あ》り。蓋《けだ》し小田原《おだはら》の亡《ほろ》びしとき、掠《かす》め来《き》たりて使役《しえき》に供《きょう》する者《もの》なり。然《しか》れども未《いま》だ其《そ》の誰氏《たれし》の女《むすめ》たるを詳《つまび》らかにせず。宅外《たくがい》に竹林《ちくりん》有《あ》り、林《りん》中《ちゅう》の一厠《いっし》、暮夜毎《ぼやごと》に怪《かい》有《あ》り人《ひと》を駭《おどろ》かす。人《ひと》敢《あ》へて往《ゆ》くもの莫《な》し。

独《ひと》り婢《ひ》往《ゆ》くに、未《いま》だ嘗《かつ》て怪《かい》を見《み》ざるなり。一夕更深《いっせきこうふ》けて往《ゆ》く。暗中《あんちゅう》忽《たちま》ち一雛僧《いっすうそう》を現《げん》ず。婢《ひ》を視《み》て佇立冷笑《ちょりつれいしょう》す。婢《ひ》一喝《いっかつ》し、之《これ》を捕《と》らへて宅《たく》に入《い》り、火《ひ》を点《てん》じて之《これ》を視《み》れば、則《すなは》ち一大老狸《いちだいろうり》なり。婢罵《ひののし》りて曰《い》はく、「汝《なんぢ》毛《もう》族《ぞく》、敢《あ》へて万物《ばんぶつ》の霊《れい》を魅《み》す。」と。手搏《しゅばく》して之《これ》を殺《ころ》す。一家驚歎《いっかきょうたん》す。

孫助《まごすけ》曰《い》はく、「我嘗《われかつ》て渠将種《かれしょうしゅ》なるを意《おも》ふ。今其《いまそ》の実《じつ》を得《え》たり。」と。迫《せま》りて其《そ》の姓氏《せいし》を詰《せ》むれば、則《すなは》ち北条氏《ほうじょうし》の将《しょう》、鈴木大学《すずきだいがく》の妹《いもうと》と云《い》ふ。

寧静子《ねいせいし》曰《い》はく、「一婢《いっぴ》の為《な》す所《ところ》を観《み》るも、亦《ま》た北条氏《ほうじょうし》の士《し》を養《やしな》ふ素《そ》有《あ》るを知《し》る。夫《そ》れ豊公天下《ほうこうてんか》の兵《へい》を以《もっ》て合囲《ごうい》すること半歳《はんさい》、僅《わづ》かに能《よ》く之《これ》を滅《ほろ》ぼすは、良《まこと》に以有《ゆゑあ》るなり。」と。

〔語釈〕

処士＝仕官しないでいる武士。浪人。雛僧＝子供の僧。小僧。佇立＝たたずむ。立ちどまる。毛族＝けだもの。全身に毛のある四足の動物。万物之霊＝万物のなかで最もすぐれて霊妙なものの意から、人間のことをいう。魅＝だます。まどわす。手搏＝手うちにする。空手で討ち取る。将種＝大将の血すじ。大将の一族。素＝下地。合囲＝四方からとりかこむこと。

〔人物解説〕

孫助＝本名を柴山孫助と言ったようであるが、詳細は不明である。

鈴木大学＝鈴木大学助。北条氏の家臣。御馬廻衆の一人。相模中郡厚木などで百二十貫を領した。

〔通釈〕

何処へも仕えない侍の孫助という者の家に、一人の年とった下女があった。思うに小田原の北条氏が滅亡した時、連れ帰って召使いにした者であろう。しかしながらその老婦は（自分のことについて、）誰の娘であるというようなことは明らかにしなかった。孫助の邸の外に竹林があり、林の中にあるかわやには、夜ごとに化け物が現われて人々をおどろかせた。そのため人々はそのかわやには行かないようになった。

ただこの老いた下女だけはこのかわやを使用していたが、一度も化け物を見たことはなかった。ある夜に夜が深けてからかわやに行った。すると暗がりの中に突然一人の小僧が現われた。小僧は下女を見てたたずみ、へへへと笑った。下女は一声張り上げて叱りつけ、その小僧を捕らえて家に入り、灯をつけてこれを見ると、それは一匹の大きな古狸であった。下女は怒りののしって、「お前は獣物、万物の霊である人間をだますとは何事か。」と言った。そして素手で狸を打ち殺した。一家の人々は驚き感心した。

孫助は、「わしは以前からこの下女は、大将分の者の娘であろうと思っていた。今果たしてそれが本当であることを知った。」と言った。そしてその下女にその素性を明かすことを迫ったところ、下女は北条氏の大将分の者、鈴木大学の妹であると言った。

寧静子は言う、「一人の下女の行為を見ても、北条氏が侍を養うのにはその下地があることを知ることができる。そもそも秀吉公が天下の大軍を率いて小田原城を包囲することが半年も続き、ようやく亡ぼすことができたのは、それなりの理由があることなのである。」と。

〔原文出典〕
『良将達徳鈔』(十)、『聞見随筆』。

豊公賜二首鎧忠勝一（豊公《ほうこう》首鎧《しゅがい》を忠勝《ただかつ》に賜《たま》ふ）

関白既滅二小田原一、引レ兵而東、将レ征二奥州一、次二宇都宮一。時本多忠勝伐二土寇一、在二総之庁南一。公差レ人致二之行営一。

一日大会二列侯諸将一、出二首鎧一領一、示二於衆一曰、「是為二佐藤四郎忠信之鎧一。誰居今日可レ比二忠信忠勇一者。苟其有レ之、孤将二挙以与一レ之。」衆莫二敢応者一。公因颺言曰、「服二此鎧一而無二愧色一者、唯徳川氏臣本多中書為レ然。」記昔長湫之役、失二我褊将三人一、孤憤怨之極、聞レ敗即発。歩騎三万、颷撃而馳。時中書在二敵営一聞レ之、率二手兵五百一赴援。与二我軍一相距数百歩、並レ隊而馳。毎二両軍相摩一、輒発レ銃挑レ戦。我軍不二敢動一。行里余、有二一騎一。蒙二鹿角冑一、下レ鞍飲二馬於河一。問『渠為レ誰。』稲葉伊予曰、『本多平八也。』孤不レ覚涙簌簌下。曰、『壮哉平八。以二我三万一、撃二渠五百一、猶二石圧一レ卵。粉齏不レ回レ踵。渠則従容飲レ馬、以示二余暇一。何其壮也。但我殺レ之、亦無レ補二於勝敗之数一。不レ若且縦レ之、以成二渠勇一矣。』故不レ顧而馳。今日求二之古人一、非二藤忠信一、莫レ可二以比一。」遂以賜二忠勝一。

是夜公窃召二忠勝一、自点レ茶而侑レ之曰、「子勇誠無双矣。雖レ然夸二揚之衆一、以成二海内之名一者、孤力亦為レ多矣。」因徐問曰、「未レ知与二徳川氏一、其恩之軽重大小何如。」忠勝伏而不レ答。強レ之則曰、「殿下之恩、江海無量。但臣為二徳川累世臣属一。君恩之大、非レ可下以二軽重一較上也。」公聞レ之、不レ懌而罷。

寧静子曰、「豊公之不レ撃二忠勝一、猶二曹瞞之不一レ追二関羽一。英雄襟度之豁、可レ想耳。抑二一公売二恩外臣一、以結二其歓心一者、皆欲三収以為二己用一也。而忠勝之不レ従二豊公一、亦猶二関羽之不一レ従二曹瞞一也。忠勇義烈之士、寧有レ可下以二区区賞賜一羅致上乎。」

関白既《かんぱくすで》に小田原《おだはら》を滅《ほろ》ぼし、兵《へい》を引《ひ》きて東《ひがし》し、将《まさ》に奥《おう》州《しゅう》を征《せい》せんとし、宇都宮《うつのみや》に次《やど》る。時《とき》に本多忠勝《ほんだただかつ》土寇《どこう》を伐《う》ちて、総《そう》の庁南《ちょうなん》に在《あ》り。公人《こうひと》を差《つか》はして之《これ》を行営《こうえい》に致《いた》す。

一日大《いちじつおほ》いに列侯諸将《れっこうしょしょう》を会《かい》し、首鎧一領《しゅがいいちりょう》を出《いだ》して、衆《しゅう》に示《しめ》して曰《い》はく、「是《これ》を佐藤四郎忠信《さとうしろうただのぶ》の鎧《よろひ》と為《な》す。誰《た》ぞや居《お》る今日忠信《こんにちただのぶ》の忠勇《ちゅうゆう》に比《ひ》すべき者《もの》。苟《いや》しくも其《そ》れ之《こ》れ有《あ》らば、孤将《こまさ》に挙《あ》げて以《もっ》て之《これ》を与《あた》へんとす。」と。衆《しゅう》敢《あ》へて応《おう》ずる者莫《ものな》し。公因《こうよ》りて颺言《ようげん》して曰《い》はく、「此《こ》の鎧《よろひ》を服《ふく》して愧色無《きしょくな》き者《もの》は、唯《た》だ徳川氏《とくがはし》の臣本多中書《しんほんだちゅうしょ》を然《しか》りと為《な》す。記《き》す昔長湫《むかしながくて》の役《えき》に、我《わ》が編将三人《へんしょうさんにん》を失《うしな》ひ、孤憤怨《こふんえん》の極《きょく》、敗《はい》を聞《き》き即《すなは》ち発《はっ》す。歩騎三万《ほきさんまん》、飂撃《ひょうげき》して馳《は》す。時《とき》に中書敵営《ちゅうしょてきえい》に在《あ》りて之《これ》を聞《き》き、手兵五百《しゅへいごひゃく》を率《ひき》ゐて赴《おもむ》き援《すく》ふ。我《わ》が軍《ぐん》と相《あ》ひ距《へだ》たること数百歩《すうひゃっぽ》にして、隊《たい》を並《なら》べて馳《は》す。両軍相《りょうぐんあ》ひ摩《ま》する毎《ごと》に、輒《すなは》ち銃《じゅう》を発《はっ》し戦《たたか》ひを挑《いど》む。我《わ》が軍敢《ぐんあ》へて動《うご》かず。行《ゆ》くこと里《り》余《よ》、一騎有《いっきあ》り。鹿角《ろくかく》の冑《ちゅう》を蒙《こうむ》り、鞍《くら》を下《お》り馬《うま》を河《かは》に飲《みづか》ふ。問《と》ふ『渠《かれ》を誰《たれ》とか為《な》す。』と。稲葉伊予《いなばいよ》曰《い》はく、『本《ほん》多平八《だへいはち》なり。』と。孤覚《こおぼ》えず涙簌簌《なみだそくそく》として下《くだ》る。曰《い》はく、『壮《そう》なるかな平八《へいはち》。我《わ》が三万《さんまん》を以《もっ》て、渠《かれ》の五百《ごひゃく》を撃《う》つは、猶《な》ほ石《いし》もて卵《たまご》を圧《あっ》するがごとし。粉齏踵《ふんせいきびす》を回《めぐ》らさず。渠《かれ》は則《すなは》ち従容《しょうよう》として馬《うま》に飲《みづか》ひ、以《もっ》て余暇《よか》を示《しめ》す。何《なん》ぞ其《そ》の壮《そう》なるや。但《た》だ我之《われこれ》を殺《ころ》すも、亦《ま》た勝敗《しょうはい》の数《すう》に補《おぎな》ひ無《な》し。若《し》かず且《しば》らく之《これ》を縦《ゆる》し、以《もっ》て渠《かれ》の勇《ゆう》を成《な》さんには。』と。故《ゆゑ》に顧《かえり》みずして馳《は》す。今日之《こんにちこれ》を古人《こじん》に求《もと》むるに、藤忠信《とうただのぶ》に非《あら》ずんば、以《もっ》て比《ひ》すべき莫《な》し。」と。遂《つひ》に以《もっ》て忠勝《ただかつ》に賜《たま》ふ。

是《こ》の夜公窃《よるこうひそ》かに忠勝《ただかつ》を召《め》し、自《みづか》ら茶《ちゃ》を点《てん》じて之《これ》に侑《すす》めて曰《い》はく、「子《し》の勇誠《ゆうまこと》に無双《むそう》なり。然《しか》りと雖《いへど》も之《これ》を衆《しゅう》に夸揚《こよう》し、以《もっ》て海内《かいだい》の名《な》を成《な》すは、孤《こ》の力《ちから》も亦《ま》た多《おほ》しと為《な》す。」と。因《よ》りて徐《おもむ》ろに問《と》ひて曰《い》はく、「未《いま》だ知《し》らず徳川《とくがは》氏《し》と、其《そ》の恩《おん》の軽重大小《けいちょうだいしょう》は何如《いかん》。」と。忠勝伏《ただかつふ》して答《こた》へず。之《これ》を強《し》ふれば則《すなは》ち曰《い》はく、「殿下《でんか》の恩《おん》は、江海《こうかい》のごとく無量《むりょう》なり。但《た》だ臣《しん》は徳川累世《とくがはるいせい》の臣属為《しんぞくた》り。君恩《くんおん》の大《だい》なるは、軽重《けいちょう》を以《もっ》て較《くら》ぶべきに非《あら》ざるなり。」と。公《こう》之《これ》を聞《き》き、懌《よろこ》ばずして罷《や》む。

寧静子《ねいせいし》曰《い》はく、「豊公《ほうこう》の忠勝《ただかつ》を撃《う》たざるは、猶《な》ほ曹瞞《そうまん》の関羽《かんう》を追《お》はざるがごとし。英雄襟度《えいゆうきんど》の豁《ひろ》きこと、想《おも》ふべきのみ。抑《そもそ》も二公恩《にこうおん》を外臣《がいしん》に売《う》り、以《もっ》て其《そ》の歓心《かんしん》を結《むす》ぶは、皆収《みなをさ》めて以《もっ》て己《おのれ》の用《よう》と為《な》さんと欲《ほっ》すればなり。而《しか》して忠勝《ただかつ》の豊公《ほうこう》に従《したが》はざるも、亦《ま》た猶《な》ほ関羽《かんう》の曹瞞《そうまん》に従《したが》はざるがごときなり。忠勇義烈《ちゅうゆうぎれつ》の士《し》は、寧《いづ》くんぞ区区《くく》の賞賜《しょうし》を以《もっ》て羅致《らち》すべき有《あ》らんや。」と。

〔語釈〕

宇都宮＝地名。現在の宇都宮市。栃木県の中央に位置し、奥州街道の要衝であった。**庁南**＝地名。現在の千葉県長南町。小田原北条氏に属した長南城があった。**行営**＝軍将が出征して泊っている所。陣屋。**首鎧**＝首のよろい、すなわちかぶと。**颺言**＝声を張り上げていう。**愧色**＝恥じるようす。**恥じる。長湫之役**＝天正十二年（一五八四）秀吉の軍は徳川家康の軍と戦って敗れた。**褊将**＝副将。**憤怨**＝いきどおりうらむ。**飆撃**＝激しい風のような勢いで攻撃する。**相摩**＝互いに近づく。**簌簌**＝はらはらと落ちるさま。**粉虀**＝粉みじんに砕くこと。**不回踵**＝足の向きを変える間もないほどのわずかな時間。わずかであること。容易であることをいう。**夸揚**＝ほめあげる。ほめたたえる。**曹瞞**＝魏の曹操のこと。曹操は小字を阿瞞といった。**関羽**＝三国蜀漢の武将。劉備を助けて功があった。曹操の捕虜となった関羽は、曹操に優遇されたが、劉備から受けた恩誼を忘れることはできないと言って、曹操に恩返しの働きをした後、賜った金品に封印し、訣別の手紙を残して劉備のもとへ帰った。曹操は関羽は主君の為に尽くしているのだといって後を追わなかった。**襟度**＝胸のうち。度量のことをいう。豁＝広いこと。区区＝わずかなこと、小さなことの形容。羅致＝網で鳥を捕らえるように人材を取り入れること。韓愈の「温処士の河陽軍に赴くを送る序」の「礼を以て羅と為し、羅して之を幕下に致す」に基づく。

〔人物解説〕

本多忠勝＝（一五四八～一六一〇）平八郎と称す。徳川家康に仕えた武将。若い時から家康に仕え、元亀三年（一五七三）の三方が原の戦いに家康軍は敗れたが、忠勝が奮戦して軍を浜松へ退かせた。また本能寺の変の際に、家康は和泉堺にあって去就に惑ったが、忠勝の議によって伊賀越をして三河へ帰った。小牧・長久手の戦いでは、大砲を撃って秀吉軍を脅かし、秀吉にその驍勇を嘆かせた。関が原の戦いでは岐阜城を攻め、さらに三成《みつなり》軍を破るなど多くの戦功をたてた。一生の間に大小五十余戦を経験したが、微創だに負わず、信長、秀吉もその勇を称してやまなかったという。

佐藤四郎忠信＝（?～一一八六）平安末期の武士。藤原秀衡《ひでひら》の郎従であったが、治承四年（一一八〇）源義経が秀衡のもとを離れて頼朝の陣営に参加したとき、秀衡の命により兄継信とともに義経に随従し、以後義経が頼朝に背いた後も行動を共にしたが、文治三年（一一八六）九月義経と別れて京都にいたとき、追手に襲われて自殺した。武勇をもって知られている。

稲葉伊予＝稲葉一徹。五一頁参照。

〔通釈〕

秀吉は既に小田原の北条氏を滅ぼすと、その軍勢を引きつれて東へ進み、まさに奥州（の伊達氏南部氏）を征伐しようとして、下野の宇都宮に留まった。この時本多忠勝は土地の一揆を伐って、上総の庁南に居た。秀吉公は使者をつかわして忠勝を宇都宮の陣屋へ招き寄せた。

ある日お供の諸大名や大将分の者を集めて、兜一領を出して、多くの人々に見せて、「これは義経の忠臣佐藤四郎忠信の兜である。今日忠信の忠勇に比べることのできる者は誰か居るか。もし忠信に肩を並べる者があれば、わしはこの兜を与えよう。」と言った。人々は誰も答える者は無かった。そこで秀吉公は大声を張り上げて、「この兜を着ても愧じる気配の無い者は、ただ徳川氏の臣である本多中書忠勝をその人とする。思い出すが昔尾張の長湫の合戦の時に、我が軍は副大将三人を討ち取られ、わしは怒りうらみの余りに、軍が敗れたと聞いて直ぐに出発した。徒武者と騎馬武者と合わせて三万人の軍は、風が激しく吹くようにすごい勢で走って行った。時に忠勝は徳川軍の陣屋に居てこのことを聞き、部下の兵五百を引きつれてきて徳川軍を援軍した。我が軍と間を隔てることが数百歩で、隊を並べて走り寄ってきた。両軍が近寄るごとに、たちまち鉄砲を撃って戦いを仕掛けた。我が軍は少しも応じなかった。一里ほど進んだとき、一人の騎馬武者があった。武者は鹿の角の兜を着て、鞍より下りて馬に河の水を飲ませていた。『彼は誰であるか。』とたずねたところ、稲葉伊予守一徹は『本多平八郎です。』と答えた。その時わしは思わず涙をはらはらと落した。そして言った、「勇壮であるなあ本多平八郎。我は三万の軍で、彼の五百の兵を撃つのは、ちょうど石で卵を圧しつぶすようなものである。五百の兵を完全にうち負かすことは、容易なことである。本多は落ち着いて馬に水を飲ませて、余裕を見せる。どうしてあのように勇壮なのか。ただわしが本多を殺しても、この戦いの勝敗にはかかわりはない。それよりも本多を殺すことを止めて、彼の勇気を成就させたほうがよい。』と。だからふり返って見向くこともせずに走り去った。今日これを昔の人に求めると、佐藤忠信でなければ、比べる者は無い。」と言った。そしてとうとう兜を本多忠勝に賜った。

この夜秀吉公は内々に忠勝をお召しになり、自分で茶をたてて忠勝に飲ませて、「そなたの勇気はまことに比べるもののないほどすぐれている。しかしながら、これを衆人の中で誉めはやし、日本国中にその名を知られるようにすることは、このわしの力もまた与えることが多い。」と言った。それから静かにたずねた、「わしはまだどちらが重いか軽いかは知らないが、徳川氏の恩とわしの恩との軽重大小はいかがであるか。」と。忠勝はただうつむいて何も答えなかった。秀吉公がなおも強く答えを要求したので忠勝は、「殿下の御恩は、江や海の水のように測り知ることができないほどです。ただ私は徳川氏代々の家来です。主君の恩が大であるということは、軽いとか重いとか言って比較することはできません。」と答えた。秀吉公はこれを聞いて、不機嫌となってこの話題を打ち切った。

寧静子は言う、「秀吉公が、忠勝が馬に水を飲ませていた時に撃たなかったのは、ちょうど魏の曹操が蜀の関羽を追わなかったのと同じことである。英雄の度量の広さを思い見るべきことである。そもそも曹操秀吉の二公が自分の恩を他の臣下にきせて、その心を悦ばすことは、すべて自分の臣下に引き入れて、自分の用に使おうと思ったからである。そうして忠勝が秀吉公に従わなかったのも、またちょうど関羽が曹操に従わなかったのと同じである。忠義で勇気があり、正義感の堅い侍は、どうして少しぐらいの金品や官位を与えられて招致されるようなことがあろうか。」と。

〔原文出典〕
『良将達徳鈔』(八)、『武隠叢話』。

利休訪二蒲生氏一（利休《りきゅう》蒲生氏《がまふし》を訪《とぶら》ふ）

蒲生氏郷伏レ病。茶博利休往問レ之。氏郷示三其所二自詠一曰、「限有盤、吹爾登花波、散物遠、心短幾、春乃山風。」訳曰、「山花自落豈無レ期、何事春風不レ待レ時。」蓋言レ見レ毒也。利休泫然流レ涕曰、「嗚乎、惜哉。失二無双国士一矣。」遂賡歌答レ之曰、「降登見盤、積奴先爾、掃辺加志、雪爾者折奴、青柳乃糸。」訳曰、「及二其未一レ積須二相掃一、青柳元無二折レ雪枝一。」蓋惜二剛勇而不一レ能レ防レ害也。

氏郷卒之後、書史福田某啓二硯函一視レ之、有二遺書一云、「願移二封於朝鮮一。」蓋知レ為二太閤所一レ疑也。因嘆曰、「使二主公在レ世三年一、必得二其所一レ願、豈不レ惜乎。」

寧静子曰、「豊公之疑二蒲生氏一、讒人媒レ之也。公封二蒲生氏一、食二百万石一、氏郷来謁。卒然謂曰、『聞卿善二手跡一。幸為レ孤写二謡曲一本一。』其籠二絡英雄一、既已如レ此、則鴆毒下策、未二必太閤之意一也。嗚乎、讒人之乱、誠可レ嫉而可レ憎。」

附記

氏郷既受二会津之封一、退而倚レ柱以泣。山崎某就問曰、「得レ無レ感二大封之辱一乎。」氏郷低語曰、「否否。使三我受二封中原一、雖二小国一足二以図一レ覇矣。今乃棄二於辺陲一。無二復能為一已。是以泣。」信二斯言一也、豊公之疑、亦非レ無レ謂。

蒲生氏郷《がまふうじさと》病《やまひ》に伏《ふ》す。茶博利休《ちゃはくりきゅう》往《ゆ》きて之《これ》を問《と》ふ。氏郷《うじさと》其《そ》の自《みづか》ら詠《えい》ずる所《ところ》を示《しめ》して曰《い》はく、「限《かぎ》り有《あ》れば、吹《ふ》かねど花《はな》は、散《ち》るものを、心 短《こころみじか》き、春《はる》の山風《やまかぜ》。」と。訳《やく》して曰《い》はく、「山花《さんか》自《みづか》ら落《お》つ豈《あ》に期《き》無《な》からん、何事《なにごと》ぞ春風《しゅんぷう》時《とき》を待《ま》たざる。」と。蓋《けだ》し毒《どく》せらるるを言《い》ふなり。利休《りきゅう》泫然《げんぜん》として涕《なみだ》を流《なが》して曰《い》はく、「嗚乎《ああ》、惜《を》しいかな。無双《むそう》の国士《こくし》を失《うしな》ふ。」と。遂《つひ》に賡歌《こうか》し之《これ》に答《こた》へて曰《い》はく、「降《ふ》ると見《み》ば、積《つ》もらぬ先《さき》に、掃《はら》へかし、雪《ゆき》には折《を》れぬ、青柳《あおやぎ》の糸《いと》。」と。訳《やく》して曰《い》はく、「其《そ》の未《いま》だ積《つ》もらざるに及《およ》んで須《すべか》らく相《あ》ひ掃《はら》ふべし、青柳元雪《あおやぎもとゆき》に折《を》るるの枝無《えだな》し。」と。蓋《けだ》し剛勇《ごうゆう》にして害《がい》を防《ふせ》ぐ能《あた》はざるを惜《を》しむなり。

氏郷卒《うじさとしゅっ》するの後《のち》、書史福田 某《しょしふくだなにがし》硯函《けんかん》を啓《ひら》きて之《これ》を視《み》るに、遺書《いしょ》有《あ》りて云《い》ふ、「願《ねが》はくば封《ほう》を朝鮮《ちょうせん》に移《うつ》さん。」と。蓋《けだ》し太閤《たいこう》の疑《うたが》ふ所《ところ》と為《な》るを知《し》ればなり。因《よ》りて嘆《たん》じて曰《い》はく、「主公《しゅこう》をして世《よ》に在《あ》ること三年《さんねん》ならしめば、必《かなら》ず其《そ》の願《ねが》ふ所《ところ》を得《え》んに、豈《あ》に惜《を》しからずや。」と。

寧静子《ねいせいし》曰《い》はく、「豊公《ほうこう》の蒲生氏《がまふし》を疑《うたが》ふは、讒人之《ざんじんこれ》を媒《なかだち》するなり。公蒲生氏《こうがまふし》を封《ほう》じて、百万石《ひゃくまんごく》を食《は》ましむるや、氏郷来《うじさときた》りて謁《えつ》す。卒然《そつぜん》として謂《い》ひて曰《い》はく、『聞《き》く卿手《けいしゅ》跡《せき》を善《よ》くすと。幸《さいは》ひに孤《こ》の為《ため》に謡曲一本《ようきょくいっぽん》を写《うつ》せ。』と。其《そ》の英雄《えいゆう》を籠絡《ろうらく》すること、既《すで》に已《すで》に此《かく》の如《ごと》くなれば、則《すなは》ち鴆毒《ちんどく》の下策《げさく》は、未《いま》だ必《かなら》ずしも太閤《たいこう》の意《い》ならざるなり。嗚乎《ああ》、讒人《ざんじん》の乱《らん》、誠《まこと》に嫉《ねた》むべくして憎《にく》むべし。」と。

附記《ふき》

氏郷既《うじさとすで》に会津《あひづ》の封《ほう》を受《う》け、退《しりぞ》きて柱《はしら》に倚《よ》り以《もっ》て泣《な》く。山崎 某《やまざきなにがし》就《つ》いて問《と》ひて曰《い》はく、「大封《たいほう》の辱《かたじ》けなきを感《かん》ずる無《な》きを得《え》んや。」と。氏郷低語《うじさとていご》して曰《い》はく、「否否《いないな》。我《われ》をして封《ほう》を中原《ちゅうげん》に受《う》けしめば、小国《しょうこく》と雖《いへど》も以《もっ》て覇《は》を図《はか》るに足《た》らむ。今乃《いますなは》ち辺陲《へんすい》に棄《す》てらる。復《ま》た能《よ》く為《な》すこと無《な》きのみ。是《ここ》を以《もっ》て泣《な》く。」と。斯《こ》の言《げん》を信《しん》ずれば、豊公《ほうこう》の疑《うたが》ひも、亦《ま》た謂《い》はれ無《な》きに非《あら》ず。

〔語釈〕

茶博利休＝茶の宗匠千利休のこと。**泫然**＝涙がはらはらと落ちるさま。**無双国士**＝一国中に二人といないすぐれた人物。天下第一の人物。**賡歌**＝返歌。人の詩歌にお返しをすること。**讒人**＝人をおとし入れようとして告げ口をする者。うまく悪口を言って善良な人をおとし入れる者。**卒然**＝にわかに。突然に。**手跡**＝その人の書いた文字。書。**鴆毒**＝毒酒で人を殺す。鴆の羽を浸した酒は人を殺す猛毒があったという。**辺陲**＝国の果て。中央から片寄った地。ここでは会津をいう。

〔人物解説〕

蒲生氏郷＝（一五五六～一五九五）安土桃山時代の武将。十三歳で信長の人質となり、ついで秀吉幕下の将領としてしばしば戦功を立てた。天正十八年（一五九〇）会津若松城に封ぜられ、文禄の朝鮮役には肥前名護屋にあって秀吉の帷幄に参じたが、文禄四年（一五九五）二月七日に没した。その死については、古来種々取沙汰され、毒害のことなど、その死が尋常でなかったことを伝えるものが多い。氏郷は儒仏の奥儀にも通じ、三条西実枝《さんじょうにしさねえ》・宗養・紹巴《しょうは》にも従学して歌道にも達していた。本文に紹介されている辞世の歌は、現在も会津若松にある石碑に刻まれており人口に膾炙している。

千利休＝一二五頁参照。

福田某＝福田長右衛門。氏郷の祐筆頭（書記）を務めた臣。詳細は未詳。

〔通釈〕

蒲生氏郷が病気になって寝込んだ。茶人の千利休が出かけて行ってこれを見舞った。氏郷は自分の詠んだ歌を見せ、「限りあれば咲かねど花は散るものを、心短き春の山風。」と読み下した。これを漢訳すると「山の花は自然と散り落ちるのには定まった時がある、それなのにどうして春風は時を待たずに吹くのか。」となる。思うに氏郷は自分が毒害されたことを言うのであろう。利休はさめざめと涙を流して、「ああ、惜しいことだなあ。比類のないすぐれた人物を失うことよ。」と言った。そこで氏郷の歌に続けて次の歌を詠んだ「降ると見ば積もらぬ先に掃へかし、雪には折れぬ青柳の糸。」と。これを漢訳すると「雪がまだ積もらないうちに掃ってしまえ、青柳はもともと雪に折れる枝ではないのだから。」となる。思うに利休は、氏郷が剛勇の士でありながら毒害を防ぐことができなかったのを惜しんだのであろう。

氏郷が死去した後、書記役の福田某が硯箱をあけて見ると、氏郷の遺書があって「どうか領地を朝鮮に移してもらいたい。」と書いてあった。思うに秀吉に疑われていることを知っていたのであろう。そこで福田某は嘆息をして、「主君の氏郷をあと三年間存命させたならば、必ずその願いが成就したであろうに、何とも惜しいことである。」と言った。

寧静子は言う、「秀吉公が蒲生氏郷を疑ったのは、讒言する者があったからである。秀吉公は蒲生氏郷に領地を与え、百万石に封じたとき、氏郷はやって来て秀吉にお目にかかった。その時秀吉はにわかに氏郷に向って、『そなたは書が上手であると聞いている。わしのために謡曲本一冊を書写してくれないか。』と言った。秀吉が英雄を自分の配下に引き入れるやり方は、以前からこのようなやり方であったから、氏郷に毒薬を飲ませるような下卑な策は、必ずしも秀吉の意ではない。ああ、讒言する者が事を乱す、これは誠にねたみ憎むべきものである。」と。

附記

蒲生氏郷はすでに会津に領地を受けてから、我が館へ帰って柱にもたれて泣いた。家来の山崎某が近寄って、「百万石の大名に封じられたかたじけなさに感激して泣かれるのですか。」とたずねた。氏郷は小声で、「いやいやそうではない。わしは日本国の中央部に領地を与えられたならば、領地は小さくとも天下を取ることを目指すことができたのに。今は奥州会津という中央から遠く離れた土地へ棄てられた。これでは自分の思いを成就することはできない。これで泣くのである。」と答えた。この言葉をそのまま信じれば、秀吉が氏郷を疑ったというのも、理由のないことではない。

〔原文出典〕
『備前老人物語』、『治平金訓』。附記は、『常山紀談』（九）蒲生氏郷大志の事。

上杉景勝（上杉景勝《うへすぎかげかつ》）

黄門上杉景勝、豪邁而胆大。其臨レ陣、前隊既交レ戦、矢丸雨下、呼声震二天地一、而景勝身尚臥二幕中一、鼾声如レ雷。其朝二于京師一、一行鹵簿、数十百人、寂不レ聞二咳声一。唯覚二人馬行声粛粛然一耳。

嘗渡二富士川一、人多船小、中流殆欲レ沈。景勝怒立二舟頭一、挙レ鞭一揮、衆皆躍入レ水、游而渉、船乃得レ達レ岸。

平素未三曾見二喜悦之色一。家有二所レ養胡孫一。偶蒙二景勝所レ脱巾帽一、走升二庭樹一、向二景勝一点頭者三。景勝始莞然。左右侍御、見二景勝笑顔一、唯此一事云。

寧静子曰、「豊公之畏二忌上杉氏一、猶レ畏二忌蒲生氏㆒也。而能不㆑逢㆑毒者、以㆔其善㆓於石治部㆒也。余嘗論㆓当時英雄㆒謂、智勇材能、可㆘与㆓氏郷㆒伯仲㆖者、特有㆓景勝㆒耳。其前後皆封㆓会津㆒、以為㆓東奥鎮撫㆒者、亦以㆑此歟。」

黄門上杉景勝《こうもんうへすぎかげかつ》は、豪邁《ごうまい》にして胆大《たんだい》なり。其《そ》の陣《じん》に臨《のぞ》み、前隊既《ぜんたいすで》に戦《たたか》ひを交《まじ》へ、矢丸雨下《しがんうか》し、呼声天地《こせいてんち》を震《ふる》はせども、景勝《かげかつ》身《み》は尚《な》ほ幕中《ばくちゅう》に臥《ふ》し、鼾声《かんせい》雷《かみなり》の如《ごと》し。其《そ》の京師《けいし》に朝《ちょう》するや、一行《いっこう》の鹵簿《ろぼ》、数十百人《すうじゅうひゃくにん》、寂《せき》として咳声《がいせい》を聞《き》かず。唯《た》だ人馬《じんば》の行声《こうせい》粛《しゅく》粛《しゅく》然《ぜん》たるを覚《おぼ》ゆるのみ。

嘗《かつ》て富士川《ふじがは》を渡《わた》るに、人多《ひとおほ》く船小《ふねちい》さく、中流《ちゅうりゅう》にて殆《ほと》んど沈《しづ》まんとす。景勝怒《かげかついか》りて舟頭《しゅうとう》に立《た》ち、鞭《むち》を挙《あ》げて一揮《いっき》すれば、衆皆躍《しゅうみなおど》りて水《みづ》に入《い》り、游《およ》いで渉《わた》り、船《ふね》は乃《すなは》ち岸《きし》に達《たっ》するを得《え》たり。

平素未《へいそいま》だ曾《かっ》て喜悦《きえつ》の色《いろ》を見《あらは》さず。家《いへ》に養《やしな》ふ所《ところ》の胡孫《こそん》有《あ》り。偶《たまた》ま景勝脱《かげかつぬ》ぐ所《ところ》の巾帽《きんぼう》を蒙《かうむ》り、走《はし》りて庭樹《ていじゅ》に升《のぼ》り、景勝《かげかつ》に向《む》かひて点頭《てんとう》すること三《み》たびす。景勝始《かげかつはじ》めて莞然《かんぜん》たり。左右《さゆう》の侍御《じぎょ》、景勝《かげかつ》の笑顔《えがほ》を見《み》ること、唯《た》だ此《こ》の一《いち》事《じ》のみと云《い》ふ。

寧静子《ねいせいし》曰《い》はく、「豊公《ほうこう》の上杉氏《うへすぎし》を畏忌《いき》すること、猶《な》ほ蒲生氏《がまふし》を畏忌《いき》するがごときなり。而《しか》して能《よ》く毒《どく》に逢《あ》はざるは、其《そ》の石治部《せきじぶ》に善《よ》きを以《もっ》てなり。余嘗《よかつ》て当時《とうじ》の英雄《えいゆう》を論《ろん》じて謂《い》ふ、智勇材能《ちゆうざいのう》、氏郷《うじさと》と伯仲《はくちゅう》すべき者《もの》は、特《ただ》に景勝有《かげかつあ》るのみ、と。其《そ》の前後皆会津《ぜんごみなあひづ》に封《ほう》ぜられ、以《もっ》て東奥《とうおう》の鎮撫《ちんぶ》と為《な》るは、亦《ま》た此《これ》を以《もっ》てか。」と。

〔語釈〕

黄門＝中納言のこと。豪邁＝気性が大きくすぐれていること。鼾声＝いびき。京師＝天子のいるみやこ。ここでは京都。鹵簿＝行列。行列の儀式。咳声＝せきばらい。粛粛然＝静かでよくととのっているさま。胡孫＝猿の異称。巾帽＝ずきん。点頭＝うなずく。頭をさげる。莞然＝にっこりする。畏忌＝おそれきらう。石治部＝石田三成をいう。三成は治部少輔の官にあった。伯仲＝人物技量の優劣がないこと。兄弟の順序を伯（長男）・仲（次男）・叔（三男）・季（末子）というのに基づく。鎮撫＝反乱などをしずめ、人々を安心させる。

〔人物解説〕

上杉景勝＝（一五五五～一六二三）安土桃山時代・江戸初期

の武将。叔父の謙信（輝虎）に養われ、謙信の死後家督を継いだ。信長の死後秀吉と好を通じ、小田原攻略にも参加し五大老に抜擢された。秀吉の没後は、家康・利家らと政務に参画した。慶長五年（一六〇〇）家康を討つために石田三成と東西呼応して挙兵したが、三成敗亡の結果、翌年家康に降った。その結果会津領を没収され、米沢に移され上杉の勢威は著しく失われた。

〔通釈〕

上杉中納言景勝は、気性が豪気で度胸があった。戦陣に臨んだ際に、先陣は既に合戦を始め、矢や弾丸が雨のように降り下り、呼びかう声が天地を震わしている状態の中でも、景勝はなお陣幕の内で寝ていて、寝息の声は雷のようであった。景勝が京都へ参内したとき、一行の行列、数十百人の行動は、静かで咳ばらいの声さえも聞こえず、ただ人馬の進む足音だけがさわさわと聞こえるだけであった。

ある時駿河の国の富士川を渡った際に、人が多くて船が小さかったために、川の中ほどまで進んだ時に船が沈みそうになった。景勝は立腹して船の舳先に立って、鞭を挙げて一振りしたところ、多くの人々は皆躍って水中に入り、泳いで川をわたったので、船は無事に向こう岸に達することができた。

景勝は常日ごろは喜ぶ顔色を見せたことはなかった。家には猿を飼っていた。ある時その飼い猿が景勝の脱いだ頭巾をかぶり、走って庭の木に上り、景勝に向かって三度うなずいた。景勝はこれを見て初めてにっこりと笑った。景勝の近習小姓が、景勝の笑い顔をみたのは、ただこの時一度だけであったという。

寧静子は言う、「秀吉公が上杉景勝を恐れ嫌うことは、ちょうど蒲生氏郷を恐れ嫌ったのと同じである。そして景勝が毒害にも讒言にも遭わなかったのは、石田三成との関係が善かったからである。自分は以前その当時の英雄の事を論じて、智恵、勇気、才能の点で蒲生氏郷と負けず劣らずの者は、上杉景勝ただ一人であるとした。氏郷と景勝は前後して共に会津に封じられ、東の方の奥州の押さえ役とされたのは、二人の力は優劣がつけにくかったからなのか。」と。

〔原文出典〕

『治平金訓』。

関白誅二利休一（関白《かんぱく》利休《りきゅう》を誅《ちゅう》す）

関白在二聚楽一、嘗游二南禅寺一、路過二黒谷一。時方盛春、桜花歴乱。偶有下婦人従二一僕一行賞レ花者上。乍聞二前駆伝呼之声一、趨避二之花陰一。関白自二輿中一瞥見。容姿艶麗、光彩射レ人。就問、「誰氏女。」其僕云、「茶博利休女、新寡而守二孤棲一者。」関白聞レ之心動、欲二載以帰一、慇懃諭二其意一、辞曰、「妾近喪二良人一、寡居煢煢。哀泣之余、安能得レ奉二箕箒一。」関白為レ之醜褫。

芒芒然帰、遂強二之其父利休一。利休亦謂、「苟曲従二関白意一、世必云下売二此女一以僥中奇利上也。」因固辞不レ従。関白末二如レ之何一。意殊怏怏。

適有二人告者一云、「利休自刻二其像一、置二之大徳寺山門之上一。」関白於レ是発レ怒曰、「夫山門、天子入焉、諸公卿入焉。茶博何為者。敢置二其軀天子公卿之上一、無礼甚矣。」又聞二其有レ私二於茶具諸器一也、益怒、竟使二人賜一レ死。方二此時一、利休与二其徒宗巌一、点二茶於一室一。聞二命下一、不二敢驚一。儀畢徐起、分二器什於所親一、以為二記念一。然後従容自裁云。

寧静子曰、「利休一茶博耳、乃能恥下依二其女一以博中富貴上。推二此心一也、何曾有レ私二於区区器玩一哉。後之奉二其茶儀一者、往往贋鼎欺レ人。其能無レ愧二其師一乎。」

附記

利休学二茶儀於左海人紹鷗一。紹鷗斯道之盧陸也。嘗欲レ試二利休才一、命掃二除庭中一。諾而往、則茶亭之前、帚痕如レ拭。不レ留二繊塵一、林樹瀟灑、青翠欲レ滴。利休躊躇、無二復下レ手処一。竟入二林中一、試揺二其一樹一、則墜レ葉翻レ風、片片点レ地、殊覚レ添二一段風趣一。乃報曰、「謹了レ命矣。」紹鷗視レ之、感二其奇才一、尽傾二秘訣一而授焉。利休得二宗匠名一始二于此一。

関白聚楽《かんぱくじゅらく》に在《あ》りしとき、嘗《かつ》て南禅寺《なんぜんじ》に游《あそ》び、路黒谷《みちくろたに》を過《よ》ぎる。時方《ときまさ》に盛春《せいしゅん》、桜花歴乱《おうかれきらん》たり。偶《たま》ま婦人《ふじん》の一僕《いちぼく》を従《したが》へ行《ゆ》きて花《はな》を賞《しょう》する者有《ものあ》り。乍《たちま》ち前駆伝呼《ぜんくでんこ》の声《こゑ》を聞《き》き、趨《はし》りて之《これ》を花陰《かいん》に避《さ》く。関白輿中《かんぱくよちゅう》より瞥見《べっけん》す。容姿《ようし》艶麗《えんれい》にして、光彩人《こうさいひと》を射《い》る。就《つ》いて問《と》ふ、「誰《た》れ氏《し》の女《むすめ》ぞ。」と。其《そ》の僕云《ぼくい》ふ、「茶博《ちゃはく》利休《りきゅう》の女《むすめ》、新《あら》たに寡《か》にして孤棲《こせい》を守《まも》る者《もの》なり。」と。関白之《かんぱくこれ》を聞《き》きて心動《こころうご》き、載《の》せて以《もっ》て帰《かへ》らんと欲《ほっ》し、慇懃《いんぎん》に其《そ》の意《い》を諭《さと》すに、辞《じ》して曰《い》はく、「妾近《しょうちか》ごろ良人《りょうじん》を喪《うしな》ひ、寡居煢煢《かきょけいけい》たり。哀泣《あいきゅう》の余《よ》、安《いづ》くんぞ能《よ》く箕箒《きそう》を奉《ほう》ずるを得《え》ん。」と。関白之《かんぱくこれ》が為《ため》に魄褫《はくうば》はる。

芒芒然《ぼうぼうぜん》として帰《かへ》り、遂《つひ》に之《これ》を其《そ》の父《ちち》利休《りきゅう》に強《し》ふ。利《り》休《きゅう》も亦《ま》た謂《い》ふ、「苟《いやし》くも曲《ま》げて関白《かんぱく》の意《い》に従《したが》はば、世《よ》必《かなら》ず此《こ》の女《むすめ》を売《う》り以《もっ》て奇利《きり》を婪《むさぼ》ると云《い》はん。」と。因《よ》りて固辞《こじ》して従《したが》はず。関白之《かんぱくこれ》を如何《いかん》ともする末《な》し。意殊《いこと》に怏《おう》怏《おう》たり。

適《たまた》ま人《ひと》の告《つ》ぐる者有《ものあ》りて云《い》ふ、「利休《りきゅう》は自《みづか》ら其《そ》の像《ぞう》を刻《きざ》み、之《これ》を大徳寺《だいとくじ》の山門《さんもん》の上《うへ》に置《お》く。」と。関白是《かんぱくここ》に於《おい》て怒《いか》りを発《はっ》して曰《い》はく、「夫《そ》れ山門《さんもん》は、天子入《てんしい》り、諸公《しょこう》卿《けい》入《い》る。茶博何為《ちゃはくなんす》る者《もの》ぞ。敢《あ》へて其《そ》の軀《く》を天子公卿《てんしこうけい》の上《うへ》に置《お》くこと、無礼甚《ぶれいはなは》だし。」と。又《ま》た其《そ》の茶具諸器《ちゃぐしょき》を私《し》する有《あ》りと聞《き》くや、益《ますま》す怒《いか》り、竟《つひ》に人《ひと》をして死《し》を賜《たま》はせしむ。此《こ》の時《とき》に方《あた》り、利休《りきゅう》は其《そ》の徒宗巌《とそうがん》と、茶《ちゃ》を一室《いっしつ》に点《てん》ず。命下《めいくだ》るを聞《き》き、敢《あ》へて驚《おどろ》かず。儀畢《ぎを》はり徐《おもむ》ろに起《た》ち、器什《きじゅう》を所親《しょしん》に分《わ》かち、以《もっ》て記念《きねん》と為《な》す。然《しか》る後従《のちしょう》容《よう》として自裁《じさい》すと云《い》ふ。

寧静子《ねいせいし》曰《い》はく、「利休《りきゅう》は一茶博《いちちゃはく》のみなるに、乃《すなは》ち能《よ》く其《そ》の女《むすめ》に依《よ》り以《もっ》て富貴《ふうき》を博《はく》するを恥《は》づ。此《こ》の心《こころ》を推《お》せば、何《なん》ぞ曾《かっ》て区区《くく》の器玩《きがん》を私《し》する有《あ》らんや。後《のち》の其《そ》の茶《ちゃ》儀《ぎ》を奉《ほう》ずる者《もの》、往往贋鼎人《おうおうがんていひと》を欺《あざむ》く。其《そ》れ能《よ》く其《そ》の師《し》に愧《は》づる無《な》からんや。」と。

附記《ふき》

利休《りきゅう》は茶儀《ちゃぎ》を左海《さかい》の人紹鷗《ひとしょうおう》に学《まな》ぶ。紹鷗《しょうおう》は斯《こ》の道《みち》の盧陸《ろりく》なり。嘗《かっ》て利休《りきゅう》の才《さい》を試《こころ》みんと欲《ほっ》し、命《めい》じて庭中《ていちゅう》を掃除《そうじ》せしむ。諾《だく》して往《ゆ》けば、則《すなは》ち茶亭《ちゃてい》の前《まへ》、帚痕拭《そうこんぬぐ》ふが如《ごと》し。繊塵《せんじん》を留《とど》めず、林樹瀟灑《りんじゅしょうしゃ》として、青翠滴《せいすいしたた》らんと欲《ほっ》す。利休躊躇《りきゅうちゅうちょ》して、復《ま》た手《て》を下《くだ》す処無《ところな》し。竟《つひ》に林《りん》中《ちゅう》に入《い》り、試《こころ》みに其《そ》の一樹《いちじゅ》を揺《ゆる》がせば、則《すなは》ち葉墜《はお》ち風《かぜ》に翻《ひるが》へり、片片地《へんぺんち》に点《てん》じ、殊《こと》に一段《いちだん》の風趣《ふうしゅ》を添《そ》ふるを覚《おぼ》ゆ。乃《すなは》ち報じて曰《い》はく、「謹《つつし》みて命《めい》を了《りょう》せり。」と。紹《しょう》鷗之《おうこれ》を視《み》て、其《そ》の奇才《きさい》に感《かん》じ、尽《ことごと》く秘訣《ひけつ》を傾《かたむ》けて授《さづ》く。利休宗匠《りきゅうそうしょう》の名《な》を得《う》るは此《ここ》に始《はじ》まる。

〔語釈〕

聚楽＝秀吉の別第で、京都西陣にあった。南禅寺＝京都の東山の山すそにある臨済宗の寺。歴乱＝咲き乱れるさま。伝呼＝ふれまわる。ここでは秀吉の通ることをふれて知らせること。瞥見＝ちらりと見ること。艶麗＝花やかで美しい。新寡＝最近夫を失った婦人。孤棲＝ひとりずまい。慇懃＝ていねいに。ねんごろに。煢煢＝孤独で頼る所のないさま。奉箕箒＝人の妻となること。箕箒は、ちり取りとほうきのこと。芒芒然＝心がぼんやりして思考力を失った状態。奇利＝思いがけない利益。怏怏＝心が楽しまないさま。大徳寺＝京都紫野にある臨済宗の寺。秀吉が信長の葬儀を行った寺として有名。山門＝寺院の門のこと。寺院は山号を有するのでいう。器什＝道具。ここでは茶器。所親＝親しくしている人。自裁＝みずから腹を切る。切腹すること。贋鼎＝お茶のにせ釜。茶鼎は三本脚のかなえであるが、ここではお茶の釜。茶儀＝茶の流儀。茶道。左海＝堺のこと。盧陸＝唐の盧同と陸羽のこと。共に茶の名人である。瀟灑＝ひっそりとして物寂しいさま。また、きれいでさっぱりしているさま。風趣＝風流なおもむき。おもむきのあること。

〔人物解説〕

千利休＝（一五二二〜一五九一）安土桃山時代の茶人。大徳寺の宗套《そうとう》より宗易の法名を受け、天正十三年（一五八三）の禁裏茶会の際、正親町《おおぎまち》天皇から利休居士の号を授けられた。わび茶の諸形式を完成させ、禅と茶の湯とを近づけた。信長に次いで秀吉の茶頭となり、秀吉に寵遇され茶の湯の黄金時代を築いた。しかし政治に関与しすぎたため、豊臣秀長の病死がきっかけで、にわかに大徳寺山門上に置かれた利休の木像が問題となり、秀吉の不興をかって切腹させられた。

紹鷗＝（一五〇二〜一五五五）武野紹鷗。室町末期の茶湯者。和歌・連歌・歌学を三条西実隆《さんじょうにしさねたか》に学んだ後、新しい芸術として誕生した茶の湯に着目し、唐物崇拝を基調とする喫茶の儀礼にわび茶としての展開を与え、千利休に伝達する役割を果した。紹鷗の侘《わび》は、富裕と簡素の間の遊泳を楽しむことにあって、利休の酷しさとは別の閑雅の世界があった。

宗巌＝多田宗玄。生没年未詳。茶人。利休に師事し、のち柳生但馬守宗矩《むねのり》に仕えたという。日頃から利休に近侍していた宗玄は、利休切腹の際に「利休百箇条」を懐中に抱いて逃走したといわれる。

〔通釈〕

秀吉が京都の聚楽第に在った頃、ある日東山の南禅寺に出かけ、その路すがら黒谷を通った。時はまさに春の盛りで、桜の花が咲き乱れていた。折から供を連れて散歩しながら花を賞する一人の女性があった。突然貴人通行前ばらいの制止の声を聞いて、小走りして花の陰に避けた。秀吉は輿の中からこの様子をちらっと見た。その女性の顔かたちや姿が美しく、光り輝いてまばゆいほどであった。秀吉はお供の者に申し付けて近寄って、「誰の娘であるか。」とたずねさせた。するとその女性の供の者が、「茶博利休の娘で、近ごろ夫を失って一人暮らしをしている者です。」と答えた。秀吉はこれを聞いて心を動かし、このまま自分のところへ連れて帰ろうと思い、使者をやって、心をこめて自分のところへ仕えるように諭させたが、利休の娘は、「わたしは最近夫を失い、やもめ暮らしをいたして心を痛めております。哀しく泣き暮らす毎日ですので、どうしてお仕えすることができましょうか。」と答えて申し出を辞退した。秀吉はこの女性にすっかり心を奪われてしまった。

心がぼんやりして思考力を失って聚楽第へ帰り、ついにまた使者をやって娘の父の利休に同じことを迫った。利休もまた断って、「かりにも本心を曲げて仰せに従ったならば、世間の人々は必ず娘を売ってよい金もうけをしたと言うでしょう。」と答えた。それで固く辞退して秀吉の申し出に従わなかった。秀吉はどうすることもできなかった。秀吉の心はいらいらのつのる状態であった。

ちょうどその頃、「利休は自分で自分の像を刻んで、それを大徳寺の山門の上に置いた。」と告げる者があった。秀吉はこれを聞いて大いに怒り、「そもそも山門は、天子もお入りになり、諸々の公家方も入る。茶人の宗匠という者がいかなる者か。思慮分別もなくその像を天子公卿の上に置くことは、甚だしい無礼である。」と言った。また利休が預っていた茶の湯の道具を勝手に自分のものとしていると聞くと、ますます怒り、ついには使者を遣わして切腹を申し付けた。その時、利休は弟子の宗巌と茶の湯のお手前をしていた。切腹の申し付けがあったと聞いても、少しも驚かなかった。茶の湯の儀式が常と変わらずに終わると静かに起ち上り、茶の湯の道具類を親類や親しい友人へ分け贈って、それを形見の品とした。その後で落ち着いた態度で切腹したという。

寧静子は言う、「利休は一人の茶の湯の宗匠であるにすぎないのに、それが自分の娘によって富貴の身分となることを恥としたのである。その潔白な心を推測すれば、どうしてわずかな茶の湯の道具を自分のものにするようなことをしようか、そんなことは決してない。後世の利休の茶の湯の法を受け継ぐ者は、あちこちでにせ釜を造って人々をだましている。その者達は師匠の利休に愧じることが無いのであろうか。」と。

附記

利休は茶の立て方を堺の人紹鷗に学んだ。紹鷗は茶道の立て上手である。紹鷗がある時利休の才を試してみようと思い、庭の掃除を申し付けた。利休は承知して行ってみると、茶室の前の庭は、きれいに掃かれて箒の目が立っていた。少しの塵もなく、林の樹木もさっぱりとしてさわやかで、緑の葉色が滴るばかりであった。利休はどうしたものかとためらって歩も進めず、手を下して掃除する所もなかった。とうとう林の中に入って、試みにその一本の木を揺るがしてみると、落葉が風に翻って、ひらひらと地上に落ち、ことに一段の面白い趣を添えたように思えた。そこで師匠の所へもどって、「謹んで仰せの通りに致しました。」と報告した。紹鷗はこれを見て、そのすぐれた才能に感じ、茶の湯の秘法を残らず授けた。利休が宗匠の名を得るようになったのはこの時に始まる。

〔原文出典〕

『常山紀談』(十六)千利休が事。附記は、『明良洪範』(二十三)。

利休之霊 (利休《りきゅう》の霊《れい》)

一夕関白従二美人数輩一、入二于茶房一、点レ灯而坐、自種二炭於地炉一、以為レ楽。既而房中忽現二茶博利休霊一。其状烏帽黄道服、漸逼而坐二炉辺一、熟二視其種レ炭。目光閃閃、呼吸生レ焰。衆姫皆悸欲レ走。公睨視一喝曰、「汝何無礼。不レ脱レ帽而敢見レ我。」則逡巡退二倚于坐隅一。公乃架二茶鼎於炉中一、徐起引二衆姫一入二便室一。

遂呼二侍豎掘三十郎一、戒レ之曰、「利休之霊在レ彼。汝且往叱焉。」三十郎諾而往、先牢二鎖廡下戸牖一、而後入レ房、彷徨索レ之、杳無二形影一。乃復命曰、「霊既去矣。殿下勿二以為一レ意。」此時三十郎、齢僅十五。

容姿端麗、而辞気従容。公大歎賞、賜以㆓紫袍一領㆒。

　寧静子曰、「関白之誅㆓利休㆒、非㆓其罪㆒也。宜也、其気冤結、以現㆓此異霊㆒也。抑公以㆘叱㆓咤風雲㆒之勢㆖、不㆑能㆑無㆑悸㆓心於一利休之霊㆒。亦其秉彝之良、不㆑可㆑已者矣。至㆘其頼㆓小豎子之力㆒、以自安㆖、則誠可㆑笑之甚。」


　一夕《いっせき》関白《かんぱく》美人《びじん》数輩《すうはい》を従《したが》へ、茶房《さぼう》に入《い》り、灯《とう》を点《てん》じて坐《ざ》し、自《みづか》ら炭《すみ》を地炉《ちろ》に種《う》え、以《もっ》て楽《たの》しみを為《な》す。既《すで》にして房中《ぼうちゅう》忽《たちま》ち茶博《ちゃはく》利休《りきゅう》の霊《れい》を現《げん》ず。其《そ》の状《じょう》は烏帽《えぼう》に黄《き》の道服《どうふく》、漸《やうや》く逼《せま》りて炉辺《ろへん》に坐《ざ》し、其《そ》の炭《すみ》を種《う》うるを熟視《じゅくし》す。目光閃閃《もくこうせんせん》、呼吸《こきゅう》の焔《ほのほ》を生《しょう》ず。衆姫《しゅうき》皆《みな》悸《おそ》れて走《はし》らんと欲《ほっ》す。公睨視《こうげいし》一喝《いっかつ》して曰《い》はく、「汝何《なんぢなん》ぞ無礼《ぶれい》なる。帽《ぼう》を脱《ぬ》がずして敢《あ》へて我《われ》を見《み》るや。」と。則《すなは》ち逡巡《しゅんじゅん》退《しりぞ》きて坐隅《ざぐう》に倚《よ》る。公乃《こうすなは》ち茶鼎《さてい》を炉中《ろちゅう》に架《か》し、徐《おもむ》ろに起《た》ちて衆姫《しゅうき》を引《ひ》きて便室《べんしつ》に入《い》る。

　遂《つひ》に侍豎《じじゅ》掘三十郎《ほりさんじゅうろう》を呼《よ》び、之《これ》に戒《いまし》めて曰《い》はく、「利休《りきゅう》の霊《れい》彼《かしこ》に在《あ》り。汝《なんぢ》且《か》つ往《ゆ》きて叱《しっ》せよ。」と。三十郎《さんじゅうろう》諾《だく》して往《ゆ》き、先《ま》づ廡下《ぶか》の戸牖《こゆう》を牢鎖《ろうさ》し、而《しか》る後房《のちぼう》に入《い》り、彷徨《ほうこう》して之《これ》を索《もと》むも、杳《よう》として形影《けいえい》無《な》し。乃《すなは》ち復命《ふくめい》して曰《い》はく、「霊既《れいすで》に去《さ》れり。殿下《でんか》以《もっ》て意《い》と為《す》る勿《なか》れ。」と。此《こ》の時三十郎《ときさんじゅうろう》、齢僅《よはひわづ》かに十五《じゅうご》。容姿端麗《ようしたんれい》にして、辞気従容《じきしょうよう》たり。公大《こうおほ》いに歎賞《たんしょう》し、賜《たま》ふに紫袍一領《しほういちりょう》を以《もっ》てす。

　寧静子《ねいせいし》曰《い》はく、「関白《かんぱく》の利休《りきゅう》を誅《ちゅう》するは、其《そ》の罪《つみ》に非《あら》ざるなり。宜《むべ》なり、其《そ》の気冤結《きえんけつ》して、以《もっ》て此《こ》の異霊《いれい》を現《あら》はすなり。抑《そもそ》も公風雲《こうふううん》を叱咤《しった》するの勢《いきお》ひを以《もっ》て、心一《こころいち》利休《りきゅう》の霊《れい》に悸《おそ》れ無《な》き能《あた》はず。亦《ま》た其《そ》の秉彝《へいい》の良《りょう》、已《や》むべからざる者《もの》なり。其《そ》の小豎子《しょうじゅし》の力《ちから》に頼《たよ》り、以《もっ》て自《みづか》ら安《やす》んずるに至《いた》りては、則《すなは》ち誠《まこと》に笑《わら》ふべきの甚《はなは》だしきなり。」と。

〔語釈〕
地炉＝いろり。閃閃＝きらきら。ひらめき動くようす。睨視＝にらみみる。逡巡＝しりごみする。ためらう。茶鼎＝茶がま。便室＝休息する部屋。侍豎＝貴人のそばに仕える少年。小姓。廡下＝ひさしの下。牢鎖＝固く閉める。杳＝暗いこと。端麗＝姿かたちがきちんと整っていて美しいこと。ここでは、ふだんと少しも変わりがないこと。紫袍＝紫色の上着。冤結＝無実の罪のために心がふさぐこと。秉彝＝正しい道をとりまもる。道徳を守る。

〔人物解説〕

掘三十郎＝豊臣秀吉に仕えた小姓。詳細は未詳。

〔通釈〕

ある夜関白の秀吉は美女を数人従えて、茶室に入り、灯火をともして座り、自ら炭を炉につぎ、楽しんでいた。間もなく数奇屋の内に茶人の利休の霊が姿を現した。その姿は烏帽子を被り黄色の道服を着て、ゆっくりと進んできて炉の縁に座り、秀吉が炭をつぐのをじっと見つめた。その目の光がきらきらとして、呼吸するのに焰を吐いた。多くの女性たちは皆恐れて逃げようとした。秀吉は利休の霊をにらみつけ一声高くして「お前は何と無礼なことをするのだ。烏帽子も脱がずにわしに会うとは。」と言った。すると利休の霊は後ずさりして座席の隅に寄った。そこで秀吉は茶釜を炉に架け、静かに起って美女たちを引き連れて、休息する部屋へ入った。

すぐにそこで小姓の掘三十郎を呼び、これに申し付けて「利休の霊があの茶室にいる。そなたはすぐに行って叱ってこい。」と言った。三十郎はかしこまって茶室へ行き、まずひさしの下の窓を堅く閉め、その後で茶室に入り、あちこちと歩いて利休の霊を探したが、真っ暗で影も形も無かった。そこで休息室へもどって、「霊はすでに去りました。殿下にはもうお気になさらないで下さい。」とご返事を申し上げた。この時三十郎は、年齢はわずか十五歳であった。三十郎は顔色や動作に少しも恐怖のようすがなく、言葉つきも落ち着いていた。秀吉は大いに感心してほめ、紫袍一領を与えた。

寧静子は言う、「秀吉公が利休を誅殺したのは、利休の罪によるものではない。もっともなことである、その無念の気が結ばれて、この怪しい霊を現したのである。そもそも秀吉公は風や雲までも叱りつけるほどの勢いがあるのに、心は一人の利休の霊にびくびくしないわけには行かなかったのである。それはまた正しい道を守ったという良心に、背いたものがあったからである。十五歳の小姓の力に頼って、安心するに至っては、誠に甚だ笑うべきことである。」と。

〔原文出典〕

『武辺咄聞書』（四）。

征韓之役（征韓《せいかん》の役《えき》）

征韓之役、小早川隆景在㆓開城府㆒。使㆔其臣曾根兵庫候㆓起居於名護屋之営㆒。太閤召見㆑之。兵庫拝謝伏㆑地曰、「寡君隆景、使㆓賤臣某敢請㆒。今願得㆑致㆓生兵十万於韓㆒。則使㆔其守㆓韓之諸城㆒、隆景乃与㆓諸将士㆒、率㆓現兵十三万㆒、進飲㆓馬於鴨緑江㆒、長駆破㆓山海関㆒、直攻入㆓北京㆒、以一覆㆓其巣窟㆒。是寡君之志也。」

太閤聞而壮㆑之、顧謂㆓東照公及前田利家㆒曰、「卿等善記焉。孤縦不幸而即世、有㆓関白秀次在㆒、必将㆘滅㆓明国㆒而後止㆖。当㆓此之時㆒、吾魂化為㆓一大鉄盾㆒、乗㆓風雲㆒上㆑天、以殲㆓四百余州髯奴於一圧之中㆒、亦在㆓吾度内㆒耳。因憶古有㆓死而為㆑雷者㆒、孤偶忘㆓其名㆒矣。」施薬院秀成在㆑側曰、「即菅相国也。」太閤曰、「然。此小漢、不㆑中㆓吾睾丸一点垢㆒、尚能死逞㆓其志㆒。而何有㆓於乃公㆒哉。」満座悚然、莫㆑弗㆑驚㆓其雄胆㆒。

寧静子曰、「太閤征韓之役、世多㆓議焉者㆒。余則謂、以㆓蓋世之雄㆒、立㆓無事之朝㆒、咄咄不㆑堪㆓髀肉之生㆒。則外征耀㆑兵、亦勢之所㆓必至㆒。特主将不㆑得㆓其人㆒。加以㆑暗㆓地理㆒、而公之齢亦従頽矣。仮使㆘其事在㆓五六年前㆒、而公自任㆗親征之労㆖、則転瞬滅㆑韓、旦暮渡㆑江、明社之覆、未㆓必不㆑在㆓覚羅氏之先㆒也。故余嘗歴㆓論宇内英雄㆒、定為㆓四傑㆒。曰、『豊太閤。』曰、『忽必烈。』曰、『歴山王。』曰、『那波烈翁。』而秦皇漢武不㆑与焉。猗与、偉矣哉。」

征韓《せいかん》の役《えき》に、小早川隆景《こばやかわたかかげ》は開城府《かいじょうふ》に在《あ》り。其《そ》の臣《しん》曾《そ》根兵庫《ねひょうご》をして起居《ききょ》を名護屋《なごや》の営《えい》に候《うかが》はしむ。太閤《たいこう》召《め》して之《これ》を見《み》る。兵庫《ひょうご》拝謝《はいしゃ》して地《ち》に伏《ふ》して曰《い》はく、「寡君隆景《かくんたかかげ》、賤臣《せんしん》某《それがし》をして敢《あ》へて請《こ》はしむ。今願《いまねが》はくは生兵《せいへい》十万《じゅうまん》を韓《かん》に致《いた》すを得《え》ん。則《すなは》ち其《そ》れをして韓《かん》の諸城《しょじょう》を守《まも》らしめ、隆景《たかかげ》乃《すなは》ち諸将士《しょしょうし》と、現兵十三万《げんぺいじゅうさんまん》を率《ひき》ゐて、進《すす》みて馬《うま》を鴨緑江《おうりょくこう》に飲《みずか》ひ、長駆《ちょうく》して山海関《さんかいかん》を破《やぶ》り、直《ただ》ちに攻《せ》めて北京《ぺきん》に入《い》り、以《もっ》て一《ひと》たび其《そ》の巣窟《そうくつ》を覆《くつが》へさん。是《こ》れ寡君《かくん》の志《こころざし》なり。」と。

　太閤《たいこう》聞《き》きて之《これ》を壮《そう》とし、顧《かへり》みて東照公《とうしょうこう》及《およ》び前田利家《まへだとしいへ》に謂《い》ひて曰《い》はく、「卿等《けいら》善《よ》く記《き》せよ。孤《こ》縦《たと》ひ不幸《ふこう》にして即世《そくせい》すとも、関白秀次《かんぱくひでつぐ》の在《あ》る有《あ》れば、必《かなら》ず将《まさ》に明国《みんこく》を滅《ほろ》ぼして而《しか》る後《のち》に止《や》まんとす。此《こ》の時《とき》に当《あ》たり、吾《わ》が魂化《こんか》して一大鉄盾《いちだいてつじゅん》と為《な》り、風雲《ふううん》に乗《じょう》じ天《てん》に上《のぼ》り、以《もっ》て四百《しひゃく》余州《よしゅう》の髯奴《ぜんど》を一圧《いちあつ》の中《うち》に殲《つく》さんこと、亦《ま》た吾《わ》が度内《どない》に在《あ》るのみ。因《よ》りて憶《おも》ふ古《いにしへ》死《し》して雷《らい》と為《な》る者《もの》有《あ》り、孤《こ》偶《たまた》ま其《そ》の名《な》を忘《わす》る。」と。施薬院秀成《せやくいんひでなり》側《かたは》らに在《あ》りて曰《い》はく、「即《すなは》ち菅相国《かんしょうこく》なり。」と。太閤《たいこう》曰《い》はく、「然《しか》り。此《こ》の小《しょう》漢《かん》は、吾《わ》が睾丸《こうがん》の一点垢《いってんこう》にも中《あ》たらざるも、尚《な》ほ能《よ》く死《し》して其《そ》の志《こころざし》を逞《たくま》しくす。而《しか》るに何《なに》か乃公《だいこう》に有《あ》らんや。」と。満座《まんざ》悚然《しょうぜん》として、其《そ》の雄胆《ゆうたん》に驚《おどろ》かざるは莫《な》し。

　寧静子《ねいせいし》曰《い》はく、「太閤征韓《たいこうせいかん》の役《えき》、世議《よぎ》する者多《ものおほ》し。余《よ》則《すなは》ち謂《おも》へらく、蓋世《がいせい》の雄《ゆう》を以《もっ》て、無事《ぶじ》の朝《ちょう》に立《た》てば、咄《とっ》咄《とつ》髀肉《ひにく》の生《しょう》ずるに堪《た》へず。則《すなは》ち外征《がいせい》して兵《へい》を耀《かがや》かすも、亦《ま》た勢《いきほ》ひの必《かなら》ず至《いた》る所《ところ》なり。特《ただ》に主将《しゅしょう》其《そ》の人《ひと》を得《え》ず。加《くは》ふるに地理《ちり》に暗《くら》きを以《もっ》てし、而《しか》して公《こう》の齢《よはひ》も亦《ま》た従《したが》つて頽《たい》せり。仮《も》し其《そ》の事《こと》をして五六年前《ごろくねんまへ》に在《あ》りて、公自《こうみづか》ら親征《しんせい》の労《ろう》に任《にん》ぜしめば、則《すなは》ち転瞬《てんしゅん》に韓《かん》を滅《ほろ》ぼし、旦《たん》暮《ぼ》に江《こう》を渡《わた》り、明社《みんしゃ》の覆《くつが》へるは、未《いま》だ必《かなら》ずしも覚羅氏《かくらし》の先《さき》に在《あ》らずんばあらざるなり。

　故《ゆゑ》に余《よ》嘗《かつ》て宇内《うだい》の英雄《えいゆう》を歴論《れきろん》し、定《さだ》めて四傑《しけつ》と為《な》す。曰《い》はく、『豊太閤《ほうたいこう》。』曰《い》はく、『忽必烈《ふびらい》。』曰《い》はく、『歴山《あれきさん》王《どる》。』曰《い》はく、『那波烈翁《なぽれおん》。』と。而《しか》して秦皇漢武《しんこうかんぶ》は与《あづ》からず。猗与《ああ》、偉《い》なるかな。」と。

〔語釈〕
征韓之役＝朝鮮の役は文禄元年（一五九一）と慶長二年（一五九七）の二度あるが、ここでは前者のこと。**開城府**＝地名。高麗の首都であった都市。**名護屋**＝肥前国内の地名。現在の佐賀県東松浦郡鎮西町。朝鮮の役の際、秀吉はこの地に本営を置いた。**寡君**＝自分の主君をいう謙譲語。**生兵**＝まだ戦闘に参加していない新兵。**鴨緑江**＝朝鮮と中国との境界を流れている川。**長駆**＝遠く進み入る。**山海関**＝関所の名。河北省の東北部、万里の長城の東端にあり、要害の地として知られる。**巣窟**＝ここでは本拠地をいう。**即世**＝死ぬ。世を去る。**髯奴**＝ひげの多い人をあざけっていう。ここでは中国人のことをいう。**度内**＝胸のうち。**菅相国**＝菅原道真のこと。**一点垢**＝一つのあか。**乃公**＝われ。君主が臣下に対するときの自称。**悚然**＝恐れてぞっとすること。**蓋世之雄**＝一世をおおうほどの英雄。**咄咄**＝物事の意外さに驚く。**髀肉之生**＝久しく馬に乗らないでいると内ももに肉がついてしまうこと。転じて実力を発揮する機会がないこと。『蜀志』劉備伝の故事に基づく。**主将**＝総大将。ここでは宇喜多秀家をいう。**転瞬**＝またたきのうちに。非常に短い時間で。**旦暮**＝たちまちのうちに。一日のうちに。**明社**＝明国のこと。**覚羅氏**＝清の太祖ヌルハチの子孫。ここでは広く清国を建てた満州族をいう。**宇内**＝天下。世界。**忽必烈**＝フビライ。元の初代の皇帝。宋を併合し、アジア大陸に一大帝国を築いた。**歴山王**＝アレキサンダー大王。マケドニア王。ヨーロッパとアジア大陸にまたがる大帝国を築いた。**那波烈翁**＝ナポレオン。フランスの皇帝。フランスに第一帝政を開き、全ヨーロッパに覇権を確立した。**秦皇**＝秦の始皇帝。中国大陸に最初の統一国家を築いた。**漢武**＝漢の武帝。漢の版図を西域・安南・朝鮮に接する地域まで拡大した。

〔人物解説〕

小早川隆景＝三一頁参照。

曾根兵庫＝小早川隆景の臣。詳細は未詳。

徳川家康＝一九四頁参照。

前田利家＝（一五三八〜一五九九）安土桃山時代の武将。幼名犬千代、孫四郎、又左衛門と称す。十四歳で織田信長の近習となり、信長と行動を供にした。天正三年（一五七五）柴田勝家の監視役として越前の府中に配され、その後能登一国を与えられて国持大名となった。本能寺の変後は、賤が岳の戦いでは勝家に加担したが、途中で秀吉に降伏した。その後は秀吉の信頼を得て加賀、越中《えっちゅう》など加賀藩領の原形を得た。三女摩阿《まあ》（加賀殿）は秀吉の側室となり、四女豪《ごう》は幼時より秀吉の養女となって寵遇された。五大老の一人として秀吉政権を支えた。

関白秀次＝（一五六八〜一五九五）豊臣秀次。秀吉の甥。父は三好一路、母は秀吉の姉日秀。天正十一年（一五八三）の賤が岳の戦いに功を立てたが、翌年の長久手の戦いで無謀な行動に出て家康軍に大敗し、秀吉の厳しい訓戒を受けた。秀吉の長男鶴松が死んで後継ぎがなかったので秀吉の養子となり、秀吉に代って天正十九年（一五九一）関白となった。翌々年秀吉に次男秀頼《ひでより》が生まれると、秀吉の態度は次第に冷たくなった。秀次は性格が異常で、粗暴で残酷な行動が多く、秀吉もそれを案じて戒めたが、更に改まらず、秀頼が生まれてからは一層ひどくなった。秀吉は円満に後継の地位を秀頼に譲らせようとしたが、それも不可能と判断し、文禄四年九月秀次を高野山に追放のうえ自殺させ、その一族も殺した。

施薬院秀成＝（？〜一五九六）法印全宗。秀吉の侍医側衆のひとりとして仕えた。はじめは叡山の僧であった。曲直瀬《まなせ》道三の門弟となり、秀吉から施薬院使に任ぜられて昇殿が許され、それが姓となった。

〔通釈〕

文禄の朝鮮の役の時、小早川隆景は朝鮮の開城府に在った。その家来の曾根兵庫に名護屋の陣営へ秀吉の機嫌を伺わせに遣わした。秀吉は召して曾根兵庫にお会いになった。兵庫は礼を述べて地に伏し、「主君の隆景は賤しい家来の私にあえてお願い申し上げさせます。只今新手の兵士十万人を朝鮮に送っていただきたい。その兵士に朝鮮の諸城を守らせ、隆景はそこで諸の大将分の人々と共に、現在朝鮮にいる十三万人の兵士を率いて、進んで朝鮮と明国との境である鴨緑江で馬に水を飲ませて休息し、遠く駆け入って山海関を打ち破り、まっ直ぐ攻め進んで北京に入り、一気に明帝の本拠地を攻め滅ぼしたい。これが主君の隆景の志であります。」と申し上げた。

秀吉はこれを聞いて壮大なことであるとして、後をふり返って徳川家康と前田利家に向って、「そなたたちよく覚えておいてくれ。わしがもし不幸にも死去することがあっても、後継ぎは関白秀次があるから、必ず明国を滅ぼすまでは出兵は止めない。この時には、わしの魂は化けて一枚の大きな鉄の盾となり、風雲に乗って天に上り、明国の四百余州の中国人を一つぶしに全滅させることも、またわしの胸の中にはある。それで思い出したが、昔死後に雷となった者があったが、わしはたまたまその名を忘れてしまった。」と言われた。施薬院秀成は秀吉の側に在って、「それは菅丞相即ち菅原道真です。」と申し上げた。秀吉は、「その通りである。この小男は、わしの睾丸の一処の垢にも当らないが、それでも死後に自分の思いを達成した。ましてこのわしにとっては何でもないことである。」と言われた。その座にいた者は皆恐れて、その度胸があることに驚かない者はなかった。

寧静子は言う、「秀吉の朝鮮の役について、世の人々にかれこれ言う者は多い。自分は次のように思う、世をおおうほどの英雄は、天下泰平の世になると、驚くことに自分の実力を発揮する機会が無いことに堪えられなくなる。そこで秀吉が外国へ遠征して兵威を輝かそうとしたのも、また勢いとしてやむを得ないところがある。ただ秀吉の朝鮮の役では、その主将によい人を得なかった。その上秀吉の軍は地理にも暗く、総大将の秀吉公の年齢も年をとりすぎていた。もし朝鮮の役を五六年前において、秀吉公が自ら主将となって実行していたならば、またたく間に朝鮮を滅ぼし、一日で鴨緑江を渡り、明の天下を転覆させるのは、必ずしも清国の覚羅氏よりも前ではなかったとはいえない（前であったはずである）。

だから私は以前世界の英雄について論じ、豪傑を四人と定めた。誰々かと言えば、豊臣秀吉、元の初代皇帝の忽必烈《フビライ》、マケドニアの歴山王《アレキサンダー》、フランスの那波烈翁《ナポレオン》の四人である。そうして秦の始皇帝と漢の武帝はその内には入らない。ああ、（この四人には）格別な偉大さがあるなあ。」と。

〔原文出典〕

『良将達徳鈔』（十）。

韓国多レ虎（韓国《かんこく》には虎多《とらおほ》し）

韓国多レ虎。加藤氏営在二山麓一。一夜有レ虎、来噬二侍豎上月左膳一殺レ之。清正怒、天明従囲二其山一。有二一大虎一、獰猛排二茅葦一而進。清正負レ嵎、装二巨砲一待レ之。虎益怒、張レ口人立。衆争将レ銃レ之。清正叱曰、「且視二吾技倆一。」言未レ畢、轟雷一声、丸飛入二口中一。虎仆又起、輙転以死矣。

黒田氏之営、在二全義館一。破暁人声騒然。長政謂、是必敵来襲也。登レ楼観レ之、有レ虎入レ厩食レ馬也。菅政利直起、抽レ刀逐レ之。虎咆哮来攫。政利躍斬二其骼一。虎転レ身而逼、政利殆危。有二一士一来撃二虎肩一。則後藤基次也。政利呼曰、「獲矣。」一撃裂二其眉心一。虎乃斃。長政不レ悦曰、「汝等各為二一面之将一、不レ知レ愛二其身一、而与二摯獣一争レ雄。吾所レ不レ取也。」

寧静子曰、「暴虎馮河、聖人所レ戒。馮婦之攘レ臂、為レ士者笑レ之。然当時征韓諸将、鼓二余勇於百戦之後一、而試二鋒鋩於不レ可レ知之外域一。是所謂、入二虎穴一探二虎子一者、則暴二山君一搏二黄公一、其常事耳。未レ可下以レ不レ知レ命、概而論上レ之也。」

韓国《かんこく》には虎多《とらおほ》し。加藤氏《かとうし》の営山麓《えいさんろく》に在《あ》り。一夜虎有《いちやとらあ》り、来《き》たりて侍豎《じじゅ》の上月左膳《こうづきさぜん》を噬《か》みて之《これ》を殺《ころ》す。清正怒《きよまさいか》り、天明従《てんめいしたが》って其《そ》の山《やま》を囲《かこ》む。一大虎有《いちだいこあ》り、獰猛茅葦《ねいもうぼうい》を排《はい》して進《すす》む。清正嵎《きよまさぐう》を負《お》ひ、巨砲《きょほう》を装《そう》し之《これ》を待《ま》つ。虎《とら》益《ます》す怒《いか》り、口《くち》を張《は》りて人立《じんりつ》す。衆《しゅう》争《あらそ》ひて将《まさ》に之《これ》を銃《じゅう》せんとす。清正《きよまさ》叱《しっ》して曰《いは》く、「且《しば》らく吾《わ》が技倆《ぎりょう》を視《み》よ。」と。言未《げんいま》だ畢《を》はらざるに、轟雷一声《ごうらいいっせい》し、丸《がん》飛《と》んで口中《こうちゅう》に入《い》る。虎仆《とらたふ》れ又《ま》た起《た》ち、輾転《てんてん》して以《もっ》て死《し》す。

黒田氏《くろだし》の営《えい》、全義館《ぜんぎかん》に在《あ》り。破暁《はぎょう》に人声騒然《じんせいそうぜん》たり。長《なが》政謂《まさおも》へらく、是《こ》れ必《かなら》ず敵来襲《てきらいしゅう》するならんと。楼《ろう》に登《のぼ》りて之《これ》を観《み》れば、虎有《とらあ》り厩《うまや》に入《い》りて馬《うま》を食《くら》ふなり。菅政利《すがまさとし》直《ただ》ちに起《た》ち、刀《かたな》を抽《ぬ》き之《これ》を逐《お》ふ。虎咆哮《とらほうこう》して来《き》たり攫《かか》る。政利躍《まさとしおど》って其《そ》の骼《かく》を斬《き》る。虎身《とらみ》を転《てん》じて逼《せま》り、政利《まさとし》殆《ほと》んど危《あやふ》し。一士《いっし》有《あ》り来《き》たりて虎《とら》の肩《かた》を撃《う》つ。則《すなは》ち後藤《ごとう》基次《もとつぐ》なり。政利呼《まさとしよ》んで曰《い》はく、「獲《え》たり。」と。一撃《いちげき》其《そ》の眉心《びしん》を裂《さ》く。虎乃《とらすなは》ち斃《たほ》る。長政悦《ながまさよろこ》ばずして曰《い》はく、「汝等各《なんぢらおのお》の一面《いちめん》の将為《しょうた》るに、其《そ》の身《み》を愛《あい》するを知《し》らずして、摯獣《しじゅう》と雄《ゆう》を争《あらそ》ふ。吾《わ》が取《と》らざる所《ところ》なり。」と。

寧静子《ねいせいし》曰《い》はく、「暴虎馮河《ぼうこひょうが》は、聖人《せいじん》の戒《いまし》むる所《ところ》なり。馮婦《ひょうふ》の臂《ひじ》を攘《かか》ぐるは、士為《した》る者之《ものこれ》を笑《わら》ふ。然《しか》るに当時《とうじ》征韓《せいかん》の諸将《しょしょう》は、余勇《よゆう》を百戦《ひゃくせん》の後《のち》に鼓《こ》して、鋒鋩《ほうぼう》を知《し》るべからざるの外域《がいいき》に試《こころ》む。是《こ》れ所謂《いはゆる》、虎穴《こけつ》に入《い》りて虎子《こし》を探《さぐ》る者《もの》にして、則《すなは》ち山君《さんくん》を暴《う》ち黄公《こうこう》を搏《う》つ、其《そ》の常事《じょうじ》のみ。未《いま》だ命《めい》を知《し》らざるを以《もっ》て、概《がい》して之《これ》を論《ろん》ずべからざるなり。」と。

〔語釈〕

獰猛＝悪がしこく強いこと。あらくたけだけしいこと。茅葦＝植物のかややあし。負嵎＝山の曲りかどを背にしてかまえる。人立＝人間のように後の二本足で立ちあがること。輾転＝ころげまわる。全義館＝朝鮮半島の地名。現在の忠清南道にある。破暁＝夜あけ方。咆哮＝獣がほえること。眉心＝みけん。摯獣＝猛獣のこと。暴虎馮河＝素手で虎を打ち、河を徒歩で渡ることから転じて、無謀な勇気のことをいう。『論語』述而編の孔子が弟子の子路の無謀な勇気を戒めた故事に基づく。馮婦＝春秋時代の晋の馮婦は、よく虎を手取りにした。しかし後にはその荒事はやめ善良な士となった。ところがある時、虎を捕らえられずに困っている人々から迎えられて再び捕らえようとして腕をまくりあげた。衆人はこれを喜んだが、思慮ある人々はこれを笑ったという。『孟子』尽心下編の故事に基づく。入虎穴探虎子＝虎の住む穴に入って虎の子を手に入れる。転じて危険を冒して大きな収穫を得る。「虎穴に入らずんば虎子を得ず」という『後漢書』班超伝の故事に基づく。鋒鋩＝ほこさき。山君・黄公＝ともに虎のことをいう。

〔人物解説〕

加藤清正＝（一五六二〜一六一一）安土桃山時代・江戸初期の武将。秀吉に仕え、山崎の合戦・賤が岳の戦いなどに戦功を立て、賤が岳七本槍の一人に数えられた。朝鮮の役では先鋒として渡鮮して再征の際にもその武名を大いに挙げた。関が原の役では東軍に属して大いに働き、家康から肥後一国を与えられた。

黒田長政＝（一五六八〜一六二三）安土桃山・江戸初期の武将。秀吉の中国経略に従軍し、以後多くの合戦に参加し軍功をあげた。秀吉の朝鮮の役には、肥前名護屋築城を分担し、再度朝鮮へも出陣して活躍した。秀吉の没後は、父孝《よし》高《たか》と共に石田三成に反対して家康に属した。大阪冬の陣には江戸城を留守し、翌年の夏の陣には将軍秀忠に従って参戦した。元和九年（一六二三）秀忠の上洛に先立ち、病をおして上京したが、遂に京都の宿で病死した。父の孝高は政治活動が目立ったが、長政は生涯を武将として送った。

上月左膳＝加藤清正の小姓。詳細は未詳。

菅政利＝（?〜一六二九）代々播州の地侍。黒田孝高・長政に仕え、賤が岳・朝鮮の役等に戦功をたて、筑前入部後に三千石を賜る。長政没後は剃髪して松隠松泉と号した。

後藤基次＝黒田長政の部下。詳細は未詳。

〔通釈〕

朝鮮には虎が多い。加藤清正の陣営は山の麓にあった。ある夜虎が現れ、陣営の中に入って来て小姓の上月左膳を襲って、かみ殺した。清正は大いに怒って、夜明けに虎の隠れている山を包囲した。一頭の大きな虎がいて、猛々しく茅や葦などを押しひらいて進んできた。清正は山の曲を盾として利用し、大きな鉄砲に弾薬を込めて近づいてくるのを待った。虎はますます怒って、口を開けて人間のように後の二本足で起ち上った。人々は先を争ってこれを銃撃しようとした。すると清正は、「ちょっとわしの腕前を見てからにせよ。」と部下を叱りつけた。その言葉が終わらないうちに、雷の鳴り響くような一声がし、弾丸が虎の口の中に撃ち込まれた。虎は一度倒れてからまた起ち、転びまわってから死んだ。

黒田長政の陣営は、全義館にあった。夜の明け方に人の声が異常に騒がしかった。長政は、これはきっと敵が襲って来たのであろうと思った。そこで物見の高櫓に登って見ると、虎が襲って来て馬屋に入って馬を食っていた。菅政利は直ぐに起き、刀を抜いて虎を追いかけた。すると虎は吠えうなりながら伏して近付いてきた。政利は飛びかかって虎の股の骨を斬った。虎は身をかわして迫り、政利は危険になった。その時一人の侍が現れて虎の肩を斬った。その侍は後藤基次である。政利は、「獲たり。」と叫んで、一撃に虎の眉間を斬り裂いた。虎はこれで死んだ。長政はこれを悦ばないで、「そなたたちは何れも一方の大将であるのに、その身を大切にすることを知らないで、猛き獣と勝負をする。わしはよいこととは思わない。」と言った。

　寧静子は言う、「素手で虎をうち、舟なしに河を徒歩で渡るようなことは、聖人孔子の戒めたところである。晋の馮婦が腕まくりをして虎を手打ちにしたようなことは、士たる者の笑うことである。それなのにこの頃の朝鮮の役の諸大将は、日本で百回も戦った余りの勇気を奮って、鉾先を知ることのできない外国に試みたのである。これは世に言う、虎の穴に入って虎の子を探り取ることで、虎を素手でうつことなどは、ふだんの出来事で珍しくないことであった。命知らずの行為であるとして、一概に論ずることはできない。」と。

〔原文出典〕
『常山紀談』（十）清正虎を狩れし事。同、菅政利後藤基次虎を斬る事。

界善左衛門（界善左衛門《さかいぜんざゑもん》）

主計頭清正之入レ韓也、薩人梅北宮内者、時二其亡一、起レ兵侵二肥後一。肥後人多属レ之、兵勢甚盛。佐敷留守、界善左衛門興西、度二其不レ可二力争一、乃詐納レ降、避レ城迎レ之。梅北欣然而入。

於レ是善左謂二梅北一曰、「臣仰二君威霊一、既為二臣属一。豈復有二他腸一。願献二杯酒一、以祝二今日一。」乃招二請梅北一、盛設二供張一、及レ享、使二美人行一レ酒。梅北高踞二上座一、殊有二得色一。因先自酌、而後挙レ觴属二善左一。旋起、取レ殽侑レ之。善左察三其無二戒心一、抽レ刀蹶起、捽二梅北一仆二之坐一、刺二其喉一以殺レ之。事起二不意一、在坐皆倉皇迷乱、争欲レ刃二善左一。善左瞋レ目叱レ之曰、「汝等喪心耶。我為二国家一誅二逆賊一。宜二舎レ逆助一レ順。則我公必宥二脇従之罪一、以賞二討レ賊之功一。否則天誅不レ旋レ踵矣。」衆皆投レ刀羅拝。諸従二梅北二者、聞レ之皆遁。善左追撃殲レ之、余党悉平。善左原秩二百石、清正賞二其功一、十倍与二二千石一。

寧静子曰、「此警也、太閤亦驚愕、至レ遣下浅野弾正討レ之、本多中書助上之。然而善左衛門一人之力、能平レ之。奇男子也。特表二出之一。」

主計頭清正《かずへのかみきよまさ》の韓《かん》に入《い》るや、薩人梅北宮内《さつひとうめきたくない》なる者《もの》、其《そ》の亡《な》きを時《とき》とし、兵《へい》を起《お》こし肥後《ひご》を侵《をか》す。肥後《ひご》の人多《ひとおほ》く之《これ》に属《ぞく》し、兵勢甚《へいせいはなは》だ盛《さか》んなり。佐敷《さしき》の留守《りゅうしゅ》、界善左衛門《さかいぜんざゑもん》興西《おきにし》、其《そ》の力争《りきそう》すべからざるを度《はか》り、乃《すなは》ち詐《いつは》りて降《こう》を納《い》れ、城《しろ》を避《さ》けて之《これ》を迎《むか》ふ。梅北欣然《うめきたきんぜん》として入《い》る。

是《ここ》に於《おい》て善左梅北《ぜんざうめきた》に謂《い》ひて曰《い》はく、「臣君《しんきみ》の威霊《いれい》を仰《あふ》ぎ、既《すで》に臣属《しんぞく》と為《な》る。豈《あ》に復《ま》た他腸有《たちょうあ》らんや。願《ねが》はくは杯酒《はいしゅ》を献《けん》じ、以《もっ》て今日《こんにち》を祝《しゅく》せん。」と。乃《すなは》ち梅北《うめきた》を招請《しょうせい》し、盛《さか》んに供張《きょうちょう》を設《まう》け、享《きょう》するに及《およ》び、美人《びじん》をして酒《さけ》を行《おこな》はしむ。梅北高《うめきたたか》く上座《かみざ》に踞《きょ》して、殊《こと》に得色有《とくしょくあ》り。施《めぐ》り因《よ》りて先《ま》づ自《みづか》ら酌《く》み、而《しか》る後《のちさかづき》觴を挙《あ》げ善左《ぜんざ》に属《ぞく》す。善左其《ぜんざそ》の戒心無《かいしんな》きを察《さっ》し、刀《かたな》を抽《ぬ》きて蹶起《けっき》し、梅北《うめきた》を捽《そっ》して之《これ》を坐《ざ》に仆《たを》し、其《そ》の喉《のど》を刺《さ》し以《もっ》て之《これ》を殺《ころ》す。事《こと》は不意《ふい》に起《お》こり、在坐《ざいざ》のものの皆倉皇迷乱《みなそうこうめいらん》し、争《あらそ》ひて善左《ぜんざ》を刃《じん》せんと欲《ほっ》す。善左目《ぜんざめ》を瞋《いから》し之《これ》を叱《しっ》して曰《い》はく、「汝等喪心《なんぢらそうしん》するか。我《わ》れ国家《こっか》の為《ため》に逆賊《ぎゃくぞく》を誅《ちゅう》す。宜《よろ》しく逆《ぎゃく》を舎《す》てて順《じゅん》を助《たす》くべし。則《すなは》ち我《わ》が公必《こうかなら》ず脅従《きょうじゅう》の罪《つみ》を宥《ゆる》し、以《もっ》て賊《ぞく》を討《う》つの功《こう》を賞《しょう》せん。否《しから》ざれば則《すなは》ち天誅踵《てんちゅうくびす》を旋《めぐ》らさざらん。」と。衆《しゅう》皆刀《みなかたな》を投《とう》じて羅拝《らはい》す。諸《もろもろ》の梅北《うめきた》に従《したが》へる者《もの》、之《これ》を聞《き》きて皆遁《みなのが》る。善左追撃《ぜんざついげき》して、之《これ》を殲《つく》し、余党悉《よとうことごと》く平《たい》らぐ。善左《ぜんざ》の原秩《げんちつ》は二百石《にひゃくこく》、清正其《きよまさそ》の功《こう》を賞《しょう》し、十倍《じゅうばい》して二《に》千石《せんごく》を与《あた》ふ。

寧静子《ねいせいし》曰《い》はく、「此《こ》の警《けい》や、太閤《たいこう》も亦《ま》た驚愕《きょうがく》して、浅《あさ》野弾正《のだんじょう》をして之《これ》を討《とう》し、本多中書《ほんだちゅうしょ》をして之《これ》を助《たす》けしむるに至《いた》る。然《しか》り而《しか》うして善左衛門一人《ぜんざゑもんいちにん》の力《ちから》、能《よ》く之《これ》を平《たひ》らぐ。奇男子《きだんし》なり。特《とく》に之《これ》を表出《ひょうしゅつ》す。」と。

〔語釈〕

薩摩＝旧国名。現在の鹿児島県の西部。肥後＝旧国名。現在の熊本県。佐敷＝地名。現在の熊本県芦北郡芦北町。力争＝武力で争う。欣然＝よろこぶさま。威霊＝おかしがたい力。威光。他腸＝ふたごころ。悪意。供張＝宴会の席。蹶起＝ふるい立つ。たたみをけって起ち上がる。捽＝首すじをとらえる。また、頭髪をつかんでおさえる。倉皇＝あわてること。脇従＝おびやかされて従ったこと。天誅＝天の下す罰。天罰。不施踵＝あともどりしない。すぐにやってくる。羅拝＝並んで頭を下げる。警＝事変の知らせ。奇男子＝すぐれた男。

〔人物解説〕

主計頭清正＝加藤清正。一三六頁参照。

梅北宮内＝（?〜一五九二）梅北宮内左衛門尉《さえもんのじょう》。土豪で島津氏の有力家臣の一人。文禄元年（一五九二）秀吉の朝鮮の役に際し、薩摩藩士、町人あわせて二千人余という大規模な一揆を起こした中心人物。佐敷城を占拠したが、蜂起した三日目に佐敷城留守衆に殺された。秀吉の朝鮮の役に抵抗した国内唯一の運動であるとともに、大規模なものとしては中世最後の国人一揆とされる。妻子以下一族は名護屋で磔刑、主な参加者も極刑に処された。

界善左衛門興西＝加藤清正の臣。加藤与左衛門の与力。清正より佐敷城の留守を仰せつかっていた。生没年等詳細は未詳。

浅野弾正＝浅野幸長。一四二頁参照。

本多中書＝本多忠勝。一一五頁参照。

〔通釈〕
加藤主計頭清正が朝鮮に出陣したとき、薩摩の国の梅北宮内という者が、清正がいないのを良い折として、兵を起こして肥後の国を侵した。肥後の人は多く梅北に属して、兵勢は大変に盛んであった。この時佐敷の城番である界善左衛門興西は、力では梅北と争うことはできないと判断し、詐って降服を申し入れ、その城を明けて梅北を迎え入れた。梅北は喜んで城に入った。
そこで善左衛門は梅北に向かって、「私は貴君のご威光を仰いで、すでに家来となりました。どうしてまた二心がありましょう。どうか御酒を献じて、今日はお祝いをさせて下さい。」と言った。そこで梅北を招いて、盛んな酒宴の席を設け、宴会が始まると、美人に酌をさせてもてなした。梅北は高く上座にあぐらをかいて座り、一きわ得意そうであった。そういう状態のなかで梅北は先ず自分が飲み、その後で杯を挙げてそれを善左衛門に渡して酌をした。また起ち上がり、酒のさかなを善左衛門に勧めた。善左衛門は梅北が全く警戒心のないことを見て取り、刀を抜いて立ち上がり、首筋を捕らえて引き倒し、その喉を突き刺して殺した。事が不意に起こったために、座に在る人々は皆あわてふためいて、われ先に善左衛門を殺そうとした。善左衛門は目を怒らして叱りつけ、「お前たちは気が狂ったか。我は国のために逆賊を誅殺したのである。皆早く逆を捨てて順を助けるのがよい。我が主君である清正公は必ず脅かされて従った罪を赦し、賊を討った手柄を賞してくれるだろう。そうでなかったならば天罰が速やかに下るであろう。」と言った。多くの人々は皆刀を投げ出して連なり並んで拝した。諸の梅北に従った者たちは、これを聞いて皆逃げ出した。善左衛門はそれを追撃して、皆殺しにし、梅北に味方した残りの者たちはすべて捕らえた。善左衛門の知行は二百石であったが、清正はその功績を賞し、知行を十倍して二千石を与えた。

寧静子は言う、「この事件は名護屋の行営に居た秀吉にも知られ、秀吉も驚かれて、浅野弾正長政に梅北を討たせ、本多中務忠勝にそれを助けさせる事になった。しかしながら善左衛門一人の力で、これを平らげることができた。すぐれた男子である。だから特別にここに表記したのである。」と。

〔原文出典〕

『武将感状記』（三）。

悍卒（悍卒《かんそつ》）

征韓再役、左京大夫浅野幸長、与㆓明将高策㆒戦㆓彦陽㆒不㆑利、猶進不㆑已。従士亀田某、回㆓其轡㆒、以㆓刀鞘㆒策㆑馬。馬奔向㆓蔚山㆒。明兵追躡甚急。幸長麾下、或死或散、能従者国老浅野河内、及歩卒橋本六郎耳。六郎善㆑銃、執㆘銃名㆓小狐㆒者㆖、連発防㆑敵。銃熱不㆑可㆑手、乃自溺以殺㆓其熱㆒、復返射、殪㆓数十人㆒。

彦陽距㆓蔚山㆒、僅二十里、皆途餒矣。六郎取㆓搏飯三於腰㆒、以㆓其一㆒奉㆓幸長㆒、一以自食、欲㆑収㆓其一於嚢㆒。河内自㆑旁乞㆑之。六郎疾視曰、「是僕之後食。足下身為㆓国老㆒、而臨㆑陣曾無㆓腰㆑糧之慮㆒、何以能戦。今日之敗、未㆔必不㆓此之由㆒也。」河内忿恚甚、欲㆘得㆓六郎㆒以甘心㆖焉、請㆓之幸長㆒、幸長不㆑許。六郎子孫、今尚仕在㆓芸藩㆒云。

寧静子曰、「堂堂大国之老、頼㆓一歩卒之力㆒、以免㆓乎万死㆒、又至㆑乞㆓其食㆒、真可㆓憫笑㆒矣。曹劌所謂、肉食者鄙、未㆑能㆓遠謀㆒者。乱世猶然。況泰平之朝乎。」

征韓《せいかん》の再役《さいえき》に、左京大夫《さきょうたいふ》浅野《あさの》幸長《ゆきなが》、明将《みんしょう》高策《こうさく》と彦陽《げんよう》に戦《たたか》ひ利《り》あらざるに、猶《な》ほ進《すす》みて已《や》まず。従士《じゅうし》の亀田《かめだ》某《なにがし》、其《そ》の轡《ひ》を回《かへ》し、刀鞘《とうしょう》を以《もっ》て馬《うま》に策《むち》つ。馬奔《うまはし》りて蔚山《うるさん》に向《む》かふ。明兵《みんぺい》の追躡《ついじょう》すること甚《はなは》だ急《きゅう》なり。幸長《ゆきなが》の麾下《きか》、或《ある》いは死《し》し或《ある》いは散《さん》じ、能《よ》く従《したが》ふ者《もの》は国老《こくろう》の浅野《あさの》河内《かはち》、及《およ》び歩卒《ほそつ》の橋本六郎《はしもとろくろう》のみ。六郎《ろくろう》銃《じゅう》を善《よ》くし、銃《じゅう》の小狐《こぎつね》と名《な》づくる者《もの》を執《と》り、連発《れんぱつ》して敵《てき》を防《ふせ》ぐ。銃熱《じゅうねつ》し手《て》にすべからざれば、乃《すなは》ち自《みづか》ら溺《でき》して以《もっ》て其熱《そのねつ》を殺《そ》ぎ、復《ま》た返射《へんしゃ》して、数十人《すうじゅうにん》を殪《たほ》す。

彦陽《げんよう》は蔚山《うるさん》を距《さ》ること、僅《わづ》かに二十里《にじゅうり》なるに、皆途《みなみち》に餒《う》う。六郎摶飯三《ろくろうたんぱんさん》を腰《こし》より取《と》り、其《そ》の一《いっ》を以《もっ》て幸長《ゆきなが》に奉《ほう》じ、一《いっ》は以《もっ》て自《みづか》ら食《しょく》し、其《そ》の一《いっ》を囊《ふくろ》に収《おさ》めんと欲《ほっ》す。河《かは》内旁《ちかたは》らより之《これ》を乞《こ》ふ。六郎《ろくろう》疾視《しっし》して曰《い》はく、「是《こ》れ僕《ぼく》の後食《こうしょく》なり。足下《そっか》身《み》は国老《こくろう》為《た》るに、陣《じん》に臨《のぞ》み曾《かっ》て糧《りょう》を腰《こし》にするの慮《りょ》無《な》くして、何《なに》を以《もっ》て能《よ》く戦《たたか》はん。今日《こんにち》の敗《はい》、未《いま》だ必《かなら》ずしも此《こ》れ之《これ》に由《よ》らずんばあらざるなり。」と。河内忿恚《かはちふんい》すること甚《はなは》だしく、六郎《ろくろう》を得《え》て以《もっ》て甘心《かんしん》せんと欲《ほっ》し、之《これ》を幸長《ゆきなが》に請《こ》へども、幸長許《ゆきながゆる》さず。六郎《ろくろう》の子孫《しそん》、今尚《いまな》ほ仕《つか》へて芸藩《げいはん》に在《あ》りと云《い》ふ。

寧静子曰《ねいせいしい》はく、「堂堂《どうどう》たる大国《たいこく》の老《ろう》、一歩卒《いっほそつ》の力《ちから》を頼《たよ》り、以《もっ》て万死《ばんし》を免《まぬが》れ、又《ま》た其《そ》の食《しょく》を乞《こ》ふに至《いた》る、真《まこと》に憫《びん》笑《しょう》すべし。曹劌《そうけい》の所謂《いはゆる》、肉食《にくしょく》の者《もの》は鄙《ひ》にして、未《いま》だ遠《とほ》く謀《はか》る能《あた》はざる者《もの》なり。乱世《らんせい》猶《な》ほ然《しか》り。況《いは》んや泰平《たいへい》の朝《ちょう》においてをや。」と。

〔語釈〕

彦陽＝朝鮮半島の地名。慶尚南道東南部にある。刀鞘＝刀のさや。蔚山＝朝鮮半島の地名。慶尚南道の東岸にある。秀吉はここに城を築かせた。国老＝国家老。歩卒＝足軽。溺＝小便。小便をすること。摶飯＝にぎりめし。むすび。疾視＝目をいからしてにらみつける。憎悪の目を向ける。足下＝あなた。貴殿。甘心＝思いのままにする。憫笑＝あわれなものだとさげすみ笑うこと。曹劌＝春秋時代の魯の人。曹沫。魯の将軍として荘公に仕えた。荘公に意見を述べようとした時、人々が「肉食の者が決めたことだ、口出しする必要はない。」と言ったので、「肉食の者は鄙し、未だ遠謀すること能はず。」と言ったという『春秋左氏伝』荘公十年の故事に基づく。

〔人物解説〕

浅野幸長＝（一五七六〜一六一三）浅野長政の長子。安土桃山時代・江戸初期の武将。早く秀吉に近侍し、小田原の征伐に従軍、文禄の役には肥前名護屋の秀吉の本営に従軍し、朝鮮では加藤清正らと辛苦をともにした。関が原の戦いでは家康軍の先鋒となり岐阜城を攻め、その功により、家康から紀伊国を与えられた。

明将高策＝慶長の役の際、朝鮮へ派遣されてきた明の援軍の中軍の大将。配下の兵力は一万一千余とされた。

亀田某＝浅野幸長の旗本の侍。詳細は未詳。

浅野河内＝浅野幸長の国家老。詳細は未詳。

橋本六郎＝浅野幸長の足軽。詳細は未詳。

〔通釈〕

朝鮮の役の二度目の出陣のとき、左京大夫浅野幸長は、明の将の高策と彦陽の地で戦って勝利を得られなかったのに、なおも進軍して止まなかった。供する侍の亀田某は、その馬の轡を取って馬を向け直し、刀の鞘で馬に鞭った。馬は走って蔚山に向かった。明の兵の追撃は甚だ急であった。幸長の旗本の軍勢は、或る者は戦死し或る者は散々になり、従う者は国家老の浅野河内と足軽の橋本六郎だけであった。六郎は鉄砲撃ちの名手で、小狐と名付けた鉄砲をもって、連続して撃って敵を防いだ。連続して撃ったので銃が熱くなって手に持つことができなくなったので、小水によってその熱をさまし、また返り撃って幾十人かを倒した。

彦陽は蔚山を離れること、僅かに二十里ほどであったが、皆途中で空腹になった。六郎は握り飯三個を腰の兵糧袋から取り出し、その一個を主君の幸長に差し上げ、一個は自分で食べ、残りの一個を兵糧袋に収めようとした。河内は傍からそれを自分にくれと言った。六郎は河内をにらみつけて言った、「これは私の後の食糧です。貴殿は身分が国家老でありながら、軍陣に臨んで少しも兵糧を腰に付けるお心がけが無くて、どうして戦うことができましょう、戦うことはできません。今日の敗軍は、必ずしも貴殿の心掛けがよくないことによるものではないとは言えないのです。」と。河内は立腹することが甚だしく、六郎を自分の従者にして思いのままにしてやろうと思い、幸長に六郎を下されと願ったが、幸長は許さなかった。六郎の子孫は、今もなお芸州藩に仕えているという。

寧静子は言う。「立派な大国の家老が、一人の足軽の力に頼って、万死をまぬがれ、またその足軽の食糧を欲しがるに至っては、誠にあわれみ笑うべきことである。魯国の曹劌が言ったように、常にうまい物を口にしている貴人は見込みが鄙しくて、まだ遠い先までの慮りができない者である。乱世でさえもなおそのようである。ましてや泰平の世の中では尚さらのことであろう。」と。

〔原文出典〕

原文不明。

神符之夢（神符《しんぷ》の夢《ゆめ》）

太閤嘗従容語二侍御臣一曰、「孤出二尾州民間一、芻蕘之役、素所二熟知一、文墨之事、則未三嘗学二レ之也。不レ図今日為二天子関白一、得下与二月卿雲客一、周中旋於廊廟之上上。何其幸也。雖レ然吾母之幼、入二大内一為二厨婢一、時得三一近二玉体一。其夜夢百万神符、飛翔二空際一、自二伊勢一赴二播磨一、累累不レ絶。覚而有レ身、遂生レ我。後奉二故右府公命一、西征平二播磨諸州一。会二公遇レ弑、反レ旆東上、一戦誅二逆賊一。然後朝命屢下、終得三陞二在此位一。由レ此観レ之、人生栄達、非二偶然一也。」

寧静子曰、「世伝太閤母、夢二日輪入レ懐、而生二日吉一。余嘗疑。日天子象也。太閤雖三位極二人臣一、既非二天子一、安得レ成二日輪之夢一。近閲二音博士松苗国史略一、云、『太閤嘗自言、吾母夢二日輪入レ懐、而生レ余。』蓋隠然明三其為二皇胤一也。而当時不レ吐レ実者、憚二朝廷一耳。』拠二此説一、日輪之夢、亦匪二虚誣一也。」

太閤《たいこう》嘗《かつ》て従容《しょうよう》として侍御《じぎょ》の臣《しん》に語《つ》げて曰《い》はく、「孤《こ》は尾州《びしゅう》の民間《みんかん》に出《い》でて、芻蕘《すうじょう》の役《やく》は、素《もと》より熟知《じゅくち》する所《ところ》なれども、文墨《ぶんぼく》の事《こと》は、則《すなは》ち未《いま》だ嘗《かつ》て之《これ》を学《まな》ばざるなり。図《はか》らざりき今日天子《こんにちてんし》の関白《かんぱく》と為《な》り、月卿雲客《げっけいうんかく》と、廊廟《ろうびょう》の上《うへ》に周旋《しゅうせん》するを得《え》んとは。何《なん》ぞ其《そ》れ幸《さいは》ひなるや。然《しか》りと雖《いへど》も吾《わ》が母《はは》の幼《よう》なるとき、大内《おほうち》に入《い》りて厨婢《ちゅうひ》と為《な》り、時《とき》に一《ひと》たび玉体《ぎょくたい》に近《ちか》づくを得《え》たり。其《そ》の夜《よ》の夢《ゆめ》に百万《ひゃくまん》の神符《しんぷ》、飛《と》びて空際《くうさい》を翔《かけ》り、伊勢《いせ》より播磨《はりま》に赴《おもむ》くこと、累累《るいるい》として絶《た》えず。覚《さ》めて身《はら》むこと有《あ》りて、遂《つひ》に我《われ》を生《う》む。後故右府公《のちこゆうふこう》の命《めい》を奉《ほう》じ、西征《せいせい》して播磨《はりま》など諸《しょ》州《しゅう》を平《たい》らぐ。公《こう》の弑《しい》に遇《あ》ふに会《かい》し、旆《はい》を反《かへ》して東上《とうじょう》し、一戦《いっせん》して逆賊《ぎゃくぞく》を誅《ちゅう》す。然《しか》る後《のち》朝命《ちょうめい》屢《しばし》ば下《くだ》り、終《つひ》に陞《のぼ》りて此《こ》の位《くらゐ》に在《あ》るを得《え》たり。此《これ》に由《よ》りて之《これ》を観《み》れば、人生《じんせい》の栄達《えいたつ》は、偶然《ぐうぜん》には非《あら》ざるなり。」と。

寧静子《ねいせいし》曰《い》はく、「世《よ》に伝《つた》ふ太閤《たいこう》の母《はは》は、日輪《にちりん》懐《ふところ》に入《い》ると夢《ゆめ》みて、日吉《ひよし》を生《う》むと。余嘗《よかつ》て疑《うたが》ふ。日《ひ》は天子《てんし》の象《しょう》なり。太閤位人臣《たいこうくらゐじんしん》を極《きは》むと雖《いへど》も、既《すで》に天子《てんし》には非《あら》ざれば、安《いづ》くんぞ日輪《にちりん》の夢《ゆめ》を成《な》すことを得《え》んと。近《ちか》ごろ音博士《おんはかせ》松《まつ》苗《なへ》の国史略《こくしりゃく》を閲《えつ》するに、云《い》ふ、『太閤嘗《たいこうかつ》て自《みづか》ら言《い》ふ、吾《わ》が母日輪《ははにちりん》懐《ふところ》に入《い》るを夢《ゆめ》みて、余《よ》を生《う》むと。蓋《けだし》し隠然《いんぜん》其《そ》の皇胤《こういん》為《た》るを明《あき》らかにするなり。而《しか》して当時実《とうじじつ》を吐《は》かざるは、朝廷《ちょうてい》を憚《はばか》るのみ。』と。此《こ》の説《せつ》に拠《よ》れば、日輪《にちりん》の夢《ゆめ》も、亦《ま》た虚誣《きょふ》に匪《あら》ざるなり。」と。

〔語釈〕

太閤＝前の関白をいう。ここでは秀吉のこと。芻蕘＝いやしいつとめ。芻は草かり。蕘は薪とり。文墨之事＝詩文を作ること。広く学問。月卿雲客＝高位高官の人たち。公卿殿上人をいう。月卿は三位以上の人、雲客は五位以上と六位の蔵人。周旋＝まじわる。大内＝御所。玉体＝天子のおからだ。神符＝神のお札。累累＝続き連なって並んでいる様子。物が連続して多くあること。故右府公＝ここでは織田信長のこと。旆＝はた。軍勢の意味。逆賊＝ここでは明智光秀のこと。隠然＝ひそかに。皇胤＝天子の子孫。誣虚＝うそいつわり。

〔人物解説〕

音博士松苗＝巌垣松苗（一七七四～一八四九）、京都の人。江戸後期の漢学者。伏見宣光に学び、大舎人《おおとねり》助に叙任。遵古堂《じゅんこどう》教授を務める。音博士、『国史略』の著がある。

〔通釈〕

秀吉公はある時落ち着いてお側役の家来に、「わしは尾州の一般庶民の出身であるから、草刈りや柴刈りの仕事は、もちろんよく知っているけれども、詩文を作ることは、まだ学んだことがない。思いもよらず現在は天子の関白となって、高位高官の公家方と、朝廷において共に親しくする機会を得た。そのことは何とも幸せな有り難いことである。しかしながらわしの母は年若い時に、禁裏御所に入って炊事婦をしていたが、ある時一たび天子の御身に近付くことを得た。その夜の夢に百万の神様のお札が、大空の中をかけまわり、伊勢から播磨に向かって、連なり続いた。目が覚めてみると身ごもることがあって、ついにわしを生んだのである。後に信長公の仰せを受け、西を征して播磨などの諸州を平定した。信長公が光秀に殺されると、軍を返して東上し、一たび戦って逆賊の光秀を誅戮した。それから後は朝廷よりしばしば仰せが下り、遂に昇進を重ねてこの太閤の尊位に在ることを得たのである。こうして見ると、人の立身出世というものは、偶然に得られるものではなく必ず原因のあることである。」と言われた。

寧静子は言う、「世間には秀吉の母は、日輪が懐に入る夢を見て、秀吉を生んだと伝えられている。自分はこの説を以前から疑問に思っている。日というものは天子の象徴である。太閤の位は臣下第一の位ではあるけれども、天子ではないから、どうして日輪の夢を見るということがあろうか。そんなことは無いはずだ。近頃音博士の巌垣松苗が編した国史略を見ると、『秀吉公はある時自分でこう言っている。『我が母は日輪が懐に入る夢を見て自分を生んだ』と。思うにこれは陰ながら秀吉が天子の子であることを証したのである。そうしてその当時真実を話さなかったのは、朝廷をはばかったからであろう。』とある。この説によれば、日輪の夢の説も、うそを言ったものではないのである。」と。

〔原文出典〕

『明良洪範』（二十三）。

太閤薨（太閤薨《たいこうこう》ず）

太閤以㆓慶長三年八月十八日午晌㆒薨。寿六十三。葬㆓於東山阿弥陀峰㆒。

初聚楽第之成、公偶詠㆓国歌一首㆒、自書㆓之箋㆒、使㆓尼孝蔵主函而蔵㆒㆑之。戒曰、「他日有㆑需、則出㆑之。」

後十二年、至レ此病篤。俄召ニ尼孝一命レ之曰、「持ニ昔所レ付国歌一来。」尼孝出而進レ之。公直援レ筆、記ニ歳月日及諱於其後一、欲三併造ニ花押一、半成而腕渋。乃擲レ筆。明日而薨。

蓋予以擬ニ絶命詞一、臨レ薨、出以遺ニ後人一也。其歌曰、「露止置、露止消奴留我身哉、奈仁波乃事波、夢乃世乃中。」訳曰、「露生露滅是吾躬、浪速栄華一夢中。」此箋今尚伝在ニ木下侯一云。

寧静子曰、「嘗誦ニ大風歌一、而想ニ見漢家隆興気像一、及レ読ニ秋風辞一、則又哀楽盛衰之感係レ之矣。唯我豊太閤歌、僅僅三十一字、而一生鴻業、似レ夸似レ嘲。而自レ吾得失、無ニ復所レ恨之意、隠然見ニ於辞表一。嗚呼、豪邁快豁、世復有ニ如レ此大英雄一耶。」

太閤《たいこう》は慶長三年八月十八日《けいちょうさんねんはちがつじゅうはちにち》午晌《ごしょう》を以《もっ》て薨《こう》ず。寿《じゅ》は六十三《ろくじゅうさん》なり。東山《ひがしやま》の阿弥陀《あみだ》が峰《みね》に葬《はうむ》る。

初《はじ》め聚楽第《じゅらくだい》の成《な》るとき、公偶《こうたま》ま国歌一首《こっかいっしゅ》を詠《えい》じ、自《みづか》ら之《これ》を箋《せん》に書《しょ》し、尼《あま》の孝蔵主《こうぞうしゅ》をして函《かん》して之《これ》を蔵《ぞう》せしむ。戒《いまし》めて曰《い》はく、「他日《たじつ》需《もと》むること有《あ》らば、則《すなは》ち之《これ》を出《い》だせ。」と。

後十二年《のちじゅうにねん》、此《ここ》に至《いた》りて病篤《やまひあつ》し。俄《にはか》かに尼孝《あまこう》を召《め》し之《これ》に命《めい》じて曰《い》はく、「昔付《むかしふ》する所《ところ》の国歌《こくか》を持《も》ち来《き》たれ。」と。尼孝《あまこう》出《い》だして之《これ》を進《すす》む。公直《こうただ》ちに筆《ふで》を援《と》りて、歳月《としつき》日《ひ》及《およ》び諱《いみな》を其《そ》の後《のち》に記《き》し、併《あは》せて花押《かおう》を造《つく》らんと欲《ほっ》し、半《なか》ば成《な》りて腕渋《うでしぶ》る。乃《すなは》ち筆《ふで》を擲《なげう》つ。明日《あくるひ》にして薨《こう》ず。

蓋《けだ》し予《あらかじ》め以《もっ》て絶命《ぜつめい》の詞《し》に擬《ぎ》し、薨《こう》ずるに臨《のぞ》み、出《い》だし以《もっ》て後人《こうじん》に遺《のこ》すなり。其《そ》の歌《うた》に曰《い》はく、「露《つゆ》と置《お》き、露《つゆ》と消《き》えぬる我《わ》が身《み》かな、なにはの事《こと》は、夢《ゆめ》の世《よ》の中《なか》。」と。訳《やく》して曰《い》はく、「露生露滅《ろせいろめつ》は是《こ》れ吾《わ》が躬《み》、浪速《なには》の栄華《えいが》は一夢《いちむ》の中《うち》。」と。此《こ》の箋《せん》は今尚《いまな》ほ伝《つた》へて木下侯《きのしたこう》に在《あ》りと云《い》ふ。

寧静子《ねいせいし》曰《い》はく、「嘗《かつ》て大風《たいふう》の歌《うた》を誦《しょう》して、漢家隆興《かんかりゅうこう》の気像《きしょう》を想見《そうけん》し、秋風《しゅうふう》の辞《じ》を読《よ》むに及《およ》んで、則《すなは》ち又《ま》た哀楽盛衰《あいらくせいすい》の感之《かんこれ》に係《かか》る。唯《た》だ我《わ》が豊太閤《ほうたいこう》の歌《うた》は、僅僅三十一字《きんきんさんじゅういちじ》にして、一生《いっしょう》の鴻業《こうぎょう》、夸《ほこ》るに似《に》たり嘲《あざけ》るに似《に》たり。而《しか》して吾《われ》より得失《とくしつ》して、復《ま》た恨《うら》む所無《ところな》きの意《い》、隠然《いんぜん》として辞表《じひょう》に見《あらは》る。嗚呼《ああ》、豪邁快豁《ごうまいかいかつ》なること、世《よ》復《ま》た此《かく》の如《ごと》き大英雄有《だいえいゆうあ》らんや。」と。

〔語釈〕

午晌＝正午。箋＝詩文や手紙を書く用紙。色紙。函＝箱に入れる。花押＝自分の署名の下に書く判。自分の名の字形をくずして、模様化したもの。絶命詞＝辞世のことば。秀吉の辞世の和歌としては、「つゆとをちつゆときへにしわかみかななにわのことはゆめのまたゆめ」が一般に広く知られている。大風歌＝漢の高祖劉邦が天下を平定して故郷の沛に帰り、故旧親族を集めて酒宴を聞いた際に自らうたったとされる歌。秋風辞＝漢の武帝が河東へ行幸したとき、汾河で群臣と酒宴を開き、その席で即興的に作ったとされる歌。鴻業＝偉大な事業。帝王の大業。隠然＝表面にはあらわれないが、どことなく。辞表＝ここでは、辞世のことば。豪邁＝気性が激しく衆にすぐれている。快豁＝度量が広くさっぱりしていること。

〔人物解説〕

尼孝蔵主＝（?～一六二六）秀吉の正室北政所《きたのまんどころ》（高台院）の側近。秀吉や北政所の奏者として諸大名との取次に当たり、大阪城内で権勢を持った。秀吉の没後は、北政所と共に大阪城を出て京都に住み、大阪の陣の前に駿府に移った。その後江戸城大奥の取り締まりのため秀忠に招かれて仕えた。

〔通釈〕

太閤秀吉は慶長三年（一五九八）八月十八日の正午に薨去した。行年は六十三歳であった。京都東山の阿弥陀が峰に葬られた。

聚楽第が落成したばかりのとき、秀吉公はたまたま和歌一首を詠み、自分で色紙に書いて、尼の孝蔵主に箱に入れてしまわせた。そして「後の日に必要になったときには、この色紙を出してくれ。」と言い含めておいた。

それから十二年が過ぎ、慶長三年八月に至って、病気が重くなった。秀吉公は突然に尼の孝蔵主を呼び寄せて、「以前預けておいた和歌を取り出して来なさい。」と申し付けた。尼の孝蔵主は和歌を持って秀吉公に差し上げた。秀吉公は直ぐに筆を執って、年月日と自分の名とを和歌の後に書き記し、続けて花押を書き付けようとしたが、半分ほど書いたところで腕が動かなくなった。そこで筆を投げ捨てた。その翌日に薨去した。

思うに前もって辞世の和歌を詠んでおいて、薨去の間際に、取り出して後の人に遺したのであろう。その辞世の和歌は、「露と置き露と消えぬる我が身かなにはの事は夢の世の中」というものである。これを漢訳すると「露と生まれ露と死ぬのはこれがわしの身である。大坂での栄華は一つの夢の中のことである」となる。この色紙は現在でもなお伝えて木下侯の家に存在すると言う。

寧静子は言う、「私は以前漢の高祖のつくった『大風の歌』を読んでは、漢の天子の家が盛んに興った様子を思いやり、漢の武帝の作った『秋風の辞』を読んでは、人生の悲しみと楽しみと、盛りと衰えるとの感じに胸を痛めた。我が国の豊臣太閤の歌は、わずかに三十一文字で、一生涯の大仕事を、誇っているようにも嘲っているようにも思える。そうして己れが取った天下を失うことについても、少しも残念に思う心が無いことが、何となく辞世のことばに現れている。ああ、気性が激しく衆にすぐれ、度量が広くさっぱりしている、このような大英雄が世の中にまたと有るものか。」と。

〔原文出典〕

『明良洪範』（十）。

太閤雑事（太閤《たいこう》の雑事《ざつじ》）

小牧之役、前軍既成レ陣、馳二人伏水一、請レ進レ馬。時豊公与二茶博利休一茗飲。聞レ報便起、直自二後園一出、褰レ衣撫レ臀曰、「来来。」其軽挙弄レ敵、毎毎如レ此。前田徳善院、嘗以為レ言。公笑曰、「勿レ用。方今天下英豪、誰復有下尚二乎我一者上耶。」

船達二伏水一。岸上乍見下倒立二長竿一、掛二肩衣其上一者上。公冷笑曰、「何物黠奴、做二箇悪戯一。」因顧二左右一曰、「是比喩耳。汝等能解乎。」皆曰、「不レ解。」公乃曰、「世事顚倒矣。無レ袖者在レ上也。蓋邦語無レ袖、言レ非二其人一也。」既而捕吏拘二主者一以至、則曰、「汝雖二小黠可一レ憎、亦足三以警二孤矣。但施二之他人一、必啓二争端一。慎勿レ再焉。」与レ金縦レ之。其大度如レ此。

公之東征、次二宇都宮一、召二佐野天徳寺一、語二戦国事一。天徳寺盛称二武田・上杉勇武無レ比。公笑曰、「使二一髡在一乎。一人提二長刀一導レ前、一人掲二朱傘一擁レ後、亦足三以壮二吾儀衛一矣。而今不レ在。是実孤之不幸、而二一髡之幸耳。」

移二蒲生氏郷一、封二於会津一、食二百万石一。氏郷来謁、未レ及二陳謝一、公率然謂曰、「聞卿善二筆蹟一。幸為レ孤写二謡曲一本一。」自取二筆硯一以授レ之。終不レ及二移封事一。

書史在レ側、草二檄文一、偶忘二醍醐醍字一。公以レ指画二大字於地一曰、「大字当二如レ此書一。」蓋以二醍大邦読相近一也。

其檄二征韓諸将一、往往用二粘合紙一、文亦有二塗抹処一。輒付二使者一曰、「持レ此往矣。」

置二小墅於城之山里一、使二茶禿梅松守一レ之。軒前新植二松数株一。既而生レ蕈。其実自レ外移レ之也。梅松采以献二之聚楽第一。公笑曰、「吁孤之威霊、能使三蕈生二於数月間一耶。」及二其狃而屢献一、則又笑曰、「止、止。使二蕈多生一、太不可。」

公逢レ人輒曰、「亦見二吉夢一乎。」毎二諸侯伯来謁一、宴飲款接、或囲レ棋、或点レ茶、或歌謡舞楽、各随二其所一レ好、罄レ歓而罷。蓋皆所三以摠二攬人心一也。要レ之豁達大度、殆所謂天授者非耶。

小牧《こまき》の役《えき》に、前軍既《ぜんぐんすで》に陣《じん》を成《な》し、人《ひと》を伏水《ふしみ》に馳《は》せて、馬《うま》を進《すす》めんと請《こ》ふ。時《とき》に豊公茶博利休《ほうこうちゃはくりきゅう》と茗飲《めいいん》す。報《ほう》を聞《き》き便《すなは》ち起《た》ち、直《ただ》ちに後園《こうえん》より出《い》で、衣《ころも》を褰《かか》げ臀《しり》を撫《ぶ》して曰《い》はく、「来《き》たれ来《き》たれ。」と。其《そ》の軽挙敵《けいきょてき》を弄《ろう》すること、毎毎此《まいまいかく》の如《ごと》し。前田徳善院《まへだとくぜんいん》、嘗《かつ》て以《もっ》て言《げん》を為《な》す。公《こう》笑《わら》ひて曰《い》はく、「用《もち》ゐること勿《なか》れ。方今天下《ほうこんてんか》の英豪《えいごう》、誰《たれ》か復《ま》た我《われ》より尚《たか》き者有《ものあ》らんや。」と。

船伏水《ふねふしみ》に達《たつ》す。岸上《がんじょう》乍《たちま》ち倒《さかさ》まに長竿《ちょうかん》を立《た》てて、肩衣《かたぎぬ》を其《そ》の上《うへ》に掛《か》くる者《もの》を見《み》る。公冷笑《こうれいしょう》して曰《い》はく、「何物《なにもの》の黠奴《かつど》か、箇《こ》の悪戯《あくぎ》を做《な》す。」と。因《よ》りて左右《さゆう》を顧《かへり》みて曰《い》はく、「是《こ》れ比喩《ひゆ》なるのみ。汝等《なんぢら》能《よ》く解《かい》するや。」と。皆曰《みない》はく、「解《かい》せず。」と。公乃《こうすなは》ち曰《い》はく、「世事顛倒《せじてんとう》するなり。袖無《そでな》き者上《ものかみ》に在《あ》るなり。蓋《けだ》し邦語《ほうご》にて袖無《そでな》きは、其《そ》の人《ひと》に非《あら》ざるを言《い》ふなり。」と。既《すで》にして捕吏主《ほりしゅ》者《しゃ》を拘《とら》へて以《もっ》て至《いた》れば、則《すなは》ち曰《い》はく、「汝《なんぢ》小黠憎《しょうかつにく》むべしと雖《いへど》も、亦《ま》た以《もっ》て孤《こ》を警《いま》しむるに足《た》れり。但《た》だ之《これ》を他《た》人《にん》に施《ほどこ》さば、必《かなら》ず争端《そうたん》を啓《ひら》かん。慎《つつし》みて再《ふたた》びすること勿《なか》れ。」と。金《かね》を与《あた》へて之《これ》を縦《ゆる》す。其《そ》の大度《たいど》なること此《かく》の如《ごと》し。

公《こう》の東征《とうせい》に、宇都宮《うつのみや》に次《やど》り、佐野《さの》の天徳寺《てんとくじ》を召《め》して、戦国《せんごく》の事《こと》を語《かた》る。天徳寺《てんとくじ》盛《さか》んに武田《たけだ》・上杉《うへすぎ》の勇武《ゆうぶ》比《たぐ》ひ無《な》きを称《しょう》す。公笑《こうわら》ひて曰《い》はく、「二髡《にこん》をして在《あ》らしめんか。一人《いちにん》は長刀《ちょうとう》を提《ひっさ》げて前《まへ》に導《みちび》き、一人《いちにん》は朱傘《しゅさん》を掲《かか》げて後《しりへ》を擁《よう》さば、亦《ま》た以《もっ》て吾《わ》が儀衛《ぎえい》を壮《さかん》にするに足《た》れり。而《しか》るに今《いま》は在《あ》らず。是《こ》れ実《じつ》に孤《こ》の不幸《ふこう》にして、二髡《にこん》の幸《さいは》ひなるのみ。」と。

蒲生氏郷《がまふうじさと》を移《うつ》して、会津《あひづ》に封《ほう》じ、百万石《ひゃくまんごく》を食《は》ましむ。氏郷《うじさと》来《きた》り謁《えつ》し、未《いま》だ陳謝《ちんしゃ》するに及《およ》ばざるに、公率然《こうそつぜん》として謂《い》ひて曰《い》はく、「聞《き》く卿筆蹟《けいひっせき》を善《よ》くすと。幸《さいは》ひに孤《こ》の為《ため》に謡曲一本《ようきょくいっぽん》を写《うつ》せ。」と。自《みづか》ら筆硯《ひっけん》を取《と》り以《もっ》て之《これ》に授《さづ》く。終《つひ》に移封《いふう》の事《こと》に及《およ》ばず。

書史《しょし》側《かたは》らに在《あ》り、檄文《げきぶん》を草《そう》し、偶《たま》ま醍醐《だいご》の醍《だい》の字《じ》を忘《わす》る。公指《こうゆび》を以《もっ》て大《だい》の字《じ》を地《ち》に画《かく》して曰《い》はく、「大《だい》の字《じ》当《まさ》に此《かく》の如《ごと》く書《しょ》すべし。」と。蓋《けだ》し醍《だい》と大《だい》の邦読《ほうどく》相《あ》ひ近《ちか》きを以《もっ》てなり。

其《そ》の征韓《せいかん》の諸将《しょしょう》を檄《げき》するに、往往粘合《おうおうねんごう》の紙《し》を用《もち》ゐ、文《ぶん》も亦《ま》た塗抹《とまつ》する処有《ところあ》り。輒《すなは》ち使者《ししゃ》に付《ふ》して曰《い》はく、「此《こ》れを持《も》ちて往《ゆ》け。」と。

小墅《しょうしょ》を城《しろ》の山里《さんり》に置《お》き、茶禿梅松《さとくばいしょう》をして之《これ》を守《まも》らしむ。軒前《けんぜん》に新《あら》たに松数株《まつすうしゅ》を植《う》う。既《すで》にして蕈《きのこ》を生《しょう》ず。其《そ》の実《じつ》は外《ほか》より之《これ》を移《うつ》せるなり。梅松《ばいしょう》采《と》り以《もっ》て之《これ》を聚楽《じゅらく》第《だい》に献《けん》ず。公笑《こうわら》ひて曰《い》はく、「吁《ああ》孤《こ》の威霊《いれい》、能《よ》く蕈《きのこ》をして数月間《すうげつかん》に生《しょう》ぜしむるや。」と。其《そ》の狃《な》れて屢《しばし》ば献《けん》ずるに及《およ》べば、則《すなは》ち又《ま》た笑《わら》ひて曰《い》はく、「止《や》めよ、止《や》めよ。蕈《きのこ》をして多《おほ》く生《しょう》ぜしむは、太《はなは》だ不可《ふか》なり。」と。

公人《こうひと》に逢《あ》へば輒《すなは》ち曰《い》はく、「亦《ま》た吉夢《きつむ》を見《み》るか。」と。

諸侯伯《しょこうはく》の来《きた》り謁《えつ》する毎《ごと》に、宴飲款接《えんいんかんせつ》し、或《ある》いは棋《き》を囲《かこ》み、或《ある》いは茶《ちゃ》を点《てん》じ、或《ある》いは歌謡舞楽《かようぶがく》し、各《おのおの》の其《そ》の好《この》む所《ところ》に随《したが》ひ、歓《かん》を罄《つ》くして罷《や》む。蓋《けだ》し皆人心《みなじんしん》を摠攬《そうらん》する所《ゆゑ》以《ん》なり。之《これ》を要《よう》するに豁達大度《かったつたいど》なること、殆《ほと》んど所謂天《いはゆるてん》授《じゅ》なる者《もの》に非《あら》ずや。

〔語釈〕

小牧之役＝天正十二年（一五八四）愛知県北西部の小牧山で徳川家康が織田信雄を助けて豊臣秀吉と戦った戦い。茗飲＝茶を飲むこと。尚乎我＝我にまさるもの。我よりも貴いもの。尚は積み重ねるの意。黠奴＝小ざかしき者。主者＝首謀者。**比喩**＝たとえ。ここでは謎の一種。判じ物の意。**争端**＝争いのきっかけ。争いの糸口。**大度**＝心が大きく広いこと。度量のあること。**二髡**＝二人の坊主。上杉謙信と武田信玄のことをいう。この二人は晩年共に髪を落として僧となっていた。**儀衛**＝儀式に参加する護衛の兵士。**陳謝**＝礼をいう。お礼をのべる。**移封**＝領地を移すこと。**檄文**＝ふれぶみ。**粘合紙**＝張りつけした紙。張り合わせた紙。**塗抹**＝ぬり消しする。**小墅**＝別荘。**茶禿**＝茶坊主。茶の湯のことをつかさどる剃髪の者。**蕈**＝きのこ。ここでは松たけ。**侯伯**＝ここでは大名と小名のこと。**款接**＝ていねいにもてなす。喜んで応接する。**摠攬**＝取り入れる。**所謂天授**＝生まれつきのもの。天が授けたもの。『史記』淮陰侯伝の「陛下は所謂天授にして、人力に非ざるなり」に基づく。

〔人物解説〕

前田徳善院＝（一五三九～一六〇二）前田玄以《げんい》。安土桃山時代の武将。信長の嫡子信忠の家臣となり、本能寺の変で信忠が自害したときには、岐阜に逃れて、信忠の子秀信を保護し、その守り役となった。秀吉が実権を握った後は、京都奉行に任ぜられ、実績をあげ、関が原の戦いまで十七年間在職した。秀吉の信任が厚く五奉行の一人に抜擢され、秀吉の没後は石田三成に属したが、関が原の戦いの間は、大坂城に留まっていて戦闘には加わらなかった。戦後、金剛山に謹慎し、家康に許されて本領を安堵された。

佐野天徳寺＝一一九頁参照。

蒲生氏郷＝一一九頁参照。

茶禿梅松＝秀吉に仕えた茶坊主。詳細は未詳。

〔通釈〕

秀吉が織田信雄と戦った小牧の合戦のときに、秀吉の前軍は既に陣を取って、その陣から人を伏見の本営に走らせて、ご出馬下さるように願った。この時秀吉公は茶匠の千利休とお茶を飲んでいた。知らせを聞くとすぐに起ち上がり、庭口から出て、着物をかかげ尻をなでまわして、「出て来い、出て来い。」と言った。その軽々しい振る舞いをして敵をもてあそぶことは、何時でもこのようである。前田徳善院玄以は、以前軽挙をなさるなと諫めた。すると秀吉公は笑って、「捨てておけ。現在天下の英雄豪傑で、誰がわしに勝る者があろうか。」と言われた。

秀吉公の乗った船が伏見に到達した。河岸の上にさかさまに長い竿を立てて、肩衣をその上に掛けた者があった。秀吉公はあざ笑って、「どこの小ざかしき者か。このような悪ふざけをするのは。」と言われた。そして側近の者を顧みて、「これは判じ物である。そななたちは解くことができるか。」と言われた。皆「解くことはできません。」と答えた。秀吉公はそこで、「これは世上のことが逆様になっているということを言う。袖のない者が上にいるということを言うのである。思うに我が国の語で袖無しというのは、その人物で無いということを言う。」と解いて示された。間もなく捕り方の役人が悪ふざけをした本人を捕らえて連れて来たところ、秀吉公はその者を見て、「お前は小ざかしくて憎いやつであるが、またわしに反省する機会を与えてくれた。しかし他の人に向かってこのようなことをすれば、必ず争いの種になるぞ。心して二度とはするな。」と言われた。そして金を与えて許してやった。その度量の広かったことはこのようであった。

秀吉公が奥州征伐をしたとき、下野の宇都宮に軍宿りをし、佐野の城主天徳寺氏を召して、戦国の事を語り合った。天徳寺は盛んに武田氏・上杉氏の勇威武力は他に比類が無いと誉め挙げた。秀吉公は笑って、「信玄と謙信の二人の坊主が今この世に生きていたらいいなあ。一人には長刀を提げてわしの前に道案内をさせ、もう一人には朱塗りの傘を持たせてわしの後に差しかけさせたならば、これによってわしの行列を立派に見せることができるのに。今は二人ともこの世に居ない。これは実にわしの不幸であって、二人の坊主にとっては幸せなことである。」と言われた。

蒲生氏郷を上方の地から移して、会津へ領地替えをし、百万石の大名とした。氏郷はやって来て秀吉公に御目にかかり、まだその御礼を申し上げていなかったときに、秀吉公は突然氏郷に向って、「聞けばおぬしは書が上手であるという。どうかわしのために謡本一冊を写してくれないか。」と言われた。そして自分で筆と硯とを取って渡した。この時はとうとう領地を移し替えた話には至らなかった。

書記の者が側にあって、触れ状を書いていたときに、ふと醍醐の醍の字を思い出せないでいた。すると秀吉公は指で大の字を地面に書いて、「大の字はこのように書けばよい。」と言われた。思うに醍の字と大の字との読み方がよく似ているからであろう。

秀吉公が朝鮮の役の諸大将に触れをした時に、その触文のあちらこちらに張り紙をし、文字もまた塗り消した箇所があった。秀吉は書き終わるとそのたびごとに使者に渡して、「これを持って往け。」と言った。

秀吉公は別荘を山城の国の山里に置き、茶坊主の梅松という者に別荘の管理をさせた。軒先に新たに松の木数本を植えた。間もなく松茸が生えた。しかし実際は他から移して植えたものである。梅松はこの松茸を採って聚楽第に献上した。すると秀吉公は笑って、「ああわしの威光は、松茸を数か月の間で生えさせたのか。」と言われた。それをよい事にして度々献上したところ、秀吉公はまた笑って、「止めよ、止めよ。松茸を多く生やすのは、甚だよくないことである。」と言われた。

秀吉公は人に会えばそのたびごとに、「またよい夢を見たか。」と言われた。諸大名小名がやって来て御目にかかる毎に、酒もりをして心よく接待し、或る時は碁を打ち、或る時は茶をたて、或る時は歌を詠み、謡をうたい、舞をまい、楽を奏し、それぞれ相手の好む所に任せて、心ゆくまで歓びを尽した。思うにこれはすべて人の心をよく取り込むためのものである。これは要するに、秀吉公は性格が明るく包容力があった、これは世に言う天の授けた生まれつきのものではないか。

〔原文出典〕

『武野燭談』（二十七）、『老人雑話』（上）、『治平金訓』、『常山紀談』（九）関白宇都宮にて佐野天徳寺と物語の事。

加藤嘉明（加藤嘉明《かとうよしあき》）

左馬助嘉明、沈勇而有二識量一。其待二諸臣一、恩威兼洽。嘗好聚二舶載甆器一、毎三明商至二長崎一、託而致レ之。家有二青甆鍾子浅碟各十枚一。嘉明最愛三玩之一、有二佳客一輒供レ之。

一日侍臣某、誤墜二之地一、破二其一枚一。侍臣思二主怒一、恐惶待レ罪。嘉明聞レ之、如レ有レ所レ思。乃召二侍臣一曰、「汝勿レ患。我豈為二小過一棄二一士一耶。」因呼三取其余九枚一、尽毀レ之曰、「汝等勿三謬以レ我為二洩レ憤之挙一。吾有レ所二大悔一也。顧使二此器永存一、毎二後来供レ客、人必曰、『某年某日某姓名破二其一一。是以唯九。』此則以㆓器玩之故㆒、永遺㆓一士罪名㆒也。吾心所㆓甚憎㆒、是以如㆑此。」蓋自㆑此絶㆑意、不㆔復愛㆓奇物㆒。

寧静子曰、「東坡云、『人能譲㆓千金之璧㆒、不㆑能無㆔失㆒㆑声於破釜㆓。』非㆑謂㆓鄙吝之心、不㆑覚発露㆒耶。今也人破㆓其所㆑愛名器㆒、而恬然不㆑怒、更毀㆓其余㆒、以滅㆓破者之跡㆒。寧有㆓曠懐灑脱、如㆑此之人㆒耶。東坡又云、『寓㆓意於物㆒、雖㆓尤物㆒不㆑足㆓以為㆑病。』嘉明氏之愛㆓甆器㆒、其殆寓意之善者歟。」

左馬助嘉明《さまのすけよしあき》、沈勇《ちんゆう》にして識量《しきりょう》有《あ》り。其《そ》の諸臣《しょしん》を待《たい》するに、恩威《おんいか》兼《か》ね洽《あまね》し。嘗《かつ》て好《この》みて舶載《はくさい》の甆器《じき》を聚《あつ》め、明《みん》商《しょう》長崎《ながさき》に至《いた》る毎《ごと》に、託《たく》して之《これ》を致《いた》す。家《いへ》に青甆《せいじ》の鍾子《しょうし》浅碟《せんちょう》各《おのお》の十枚《じゅうまい》有《あ》り。嘉明《よしあき》最《もっと》も之《これ》を愛玩《あいがん》し、佳客《かかく》有《あ》れば輒《すなは》ち之《これ》を供《きょう》す。

一日《いちじつ》侍臣《じしん》某《なにがし》、誤《あやま》りて之《これ》を地《ち》に墜《おと》して、其《そ》の一枚《いちまい》を破《やぶ》る。侍臣《じしん》主《しゅ》の怒《いか》りを思《おも》ひ、恐惶《きょうこう》して罪《つみ》を待《ま》つ。嘉明《よしあき》之《これ》を聞《き》き、思《おも》ふ所《ところ》有《あ》るが如《ごと》し。乃《すなは》ち侍臣《じしん》を召《め》して曰《い》はく、「汝《なんぢ》患《うれ》ふること勿《なか》れ。我《われ》豈《あ》に小過《しょうか》の為《ため》に一士《いっし》を棄《す》てんや。」と。因《よ》りて其《そ》の余《よ》の九枚《くまい》を呼取《こしゅ》し、尽《ことごと》く之《これ》を毀《こぼ》ちて曰《い》はく、「汝等《なんぢら》謬《あやま》りて我《われ》を以《もっ》て憤《いきどほり》を洩《も》らすの挙《きょ》なりと為《な》すこと勿《なか》れ。吾大《われおほ》いに悔《く》ゆる所有《ところあ》るなり。顧《おも》ふに此《こ》の器《き》をして永《なが》く存《そん》せしめば、後来客《こうらいきゃく》に供《きょう》する毎《ごと》に、人《ひと》必《かなら》ず曰《い》はん、『某年某日某姓名其《ぼうねんぼうじつぼうせいめいそ》の一《いっ》を破《やぶ》る。是《ここ》を以《もっ》て唯《た》だ九《く》なり。』と。此《こ》れ則《すなは》ち器玩《きがん》の故《ゆゑ》を以《もっ》て、永《なが》く一士《いっし》の罪名《ざいめい》を遺《のこ》すなり。吾《わ》が心《こころ》の甚《はなは》だ憎《にくむところ》所なれば、是《ここ》を以《もっ》て此《かく》の如《ごと》し。」と。蓋《けだ》し此《こ》れより意《おも》ひを絶《た》ちて、復《ま》た奇《き》物《ぶつ》を愛《あい》せず。

寧静子《ねいせいし》曰《い》はく、「東坡《とうば》云《い》ふ、『人能《ひとよ》く千金《せんきん》の璧《たま》を譲《ゆづ》るも、破釜《はふ》に失声《しっせい》無《な》きこと能《あた》はず。』と。鄙吝《ひりん》の心《こころ》、覚《おぼ》えず発露《はつろ》するを謂《い》ふに非《あら》ずや。今《いま》や人其《ひとそ》の愛《あい》する所《ところ》の名器《めいき》を破《やぶ》れども、恬然《てんぜん》として怒《いか》らず、更《さら》に其《そ》の余《よ》を毀《こぼ》ちて、以《もっ》て破者《はしゃ》の跡《あと》を滅《めっ》す。寧《なん》ぞ曠懐灑脱《こうかいしゃだつ》なること、此《かく》の如《ごと》きの人有《ひとあ》らんや。東坡《とうば》又《ま》た云《い》ふ、『意《こころ》を物《もの》に寓《ぐう》せば、尤物《ゆうぶつ》と雖《いへど》も以《もっ》て病《やまひ》と為《な》すに足《た》らず。』と。嘉明氏《よしあきし》の甆器《じき》を愛《あい》するは、其《そ》れ殆《ほと》んど寓意《ぐうい》の善《よ》きものか。」と。

〔語釈〕

沈勇＝沈着で勇気がある。落ち着いていて動じない。**識量**＝人を見る眼識と人を許す度量。**甆器**＝焼き物。**鍾子**＝湯のみ茶碗など。**浅碟**＝浅い皿。**佳客**＝よい客。好ましい客。**恐惶**＝恐れいる。**呼取**＝持ち出す。**東坡云**＝東坡は宋の蘇東坡のこと。この二句は「顔楽亭詩」の序文の一節。現在伝わっているものでは「譲」が「砕」となっている。**東坡又云**＝この文は「宝絵堂記」の一節。「意を物に寓せば、微物と雖も以て楽と為すに足り、尤物と雖も以て病と為すに足らず」からの引用である。**鄙吝**＝心がいやしくけちであること。**恬然**＝何とも思わない様子。安らかで静かな様子。**曠懐**＝心が広い。心を広くする。**灑脱**＝さっぱりして欲気がないこと。**寓意**＝ここでは物に心を寄せる意。趣味として凝る。心を打ち込むこと。**尤物**＝美人。美女。

〔人物解説〕

加藤嘉明＝（一五六三～一六三一）安土桃山・江戸初期の武将。十五歳の時、岐阜で駆馬の才能を認められて秀吉に仕える機会を得た。賤が岳の戦いに功を立て、七本槍の一人と称される。伊予松前城主に封ぜられ、小田原の征伐にも水軍を率いて下田攻略に軍功を著した。二度にわたる朝鮮の役でもそれぞれ水軍を率いて勇戦奮闘し、功を立てて十万石に加増された。関が原の戦いでは東軍に属し、前夜の会議で家康に決戦を進言し、合戦では先鋒となって西軍を撃破した。

〔通釈〕

左馬助加藤嘉明は、沈着で勇気があって、識見と度量があった。その家来を取り扱うのに、恩恵を施すのと威光を落とさないようにするのとがうまく行き届いていた。以前から好んで舶来の瀬戸物を収集し、明国の商人が長崎へ来る毎に、依頼して取り寄せていた。嘉明の家には青磁焼きの猪口と小皿とがそれぞれ十枚ずつ有った。嘉明は最もこれを愛玩し、良い客があるとその度ごとにこれを出して供応した。

ある日近習の某が、誤ってこの大切なものを地面に落として、その一枚を破損した。近習は主人の怒りを思って、恐れ入って罰せられることを待っていた。嘉明はそのことを聞いて、何か思案が有る様子であった。しばらくしてその近習を呼び出して、「お前は心配することはない。わしはどうして小さな過失のために一人の士を棄てて殺すようなことをしようぞ、そんなことはしない。」と言った。それからその残りの九枚を持ち出し、残らずこれを破壊して、「お前たちはわしが腹立ちまぎれにした振る舞いと思い違いするなよ。わしは大いに後悔したからである。考えてみるとこの器を永く所持していたならば、今後客に出す毎に、人は必ず『何年何月の何日に、何の某がその一枚を破損した。そのために九枚しか無いのだ。』と言うであろう。こういうことになるとそれは道具の故に、永く一人の士の罪名を遺すことになる。このようなことはわしとしては甚だいやなことであるから、このようにすべてを破壊したのである。」と言った。思うに嘉明はこの時以来は断念して、またと珍しい道具を愛玩するようなことは無かったのであろう。

寧静子は言う、「宋の蘇東坡は、『人は千金の価値のある玉を人に譲るような無欲な人も、粗末な釜を落して破った際には惜しいことをしたと思わず声を出すこともある。』と言っている。これは常日ごろは隠れている賤しい心が、思わず顕れたことを言ったのである。今自分の愛玩する名器を破損されても、平気で腹も立てず、更にその残余の器を破壊して、名器を破損した者の罪の跡をなくする。このように心が広くてさっぱりしている、どうしてこのような人が他にあろうか、他には誰もいない。蘇東坡はまたこういうことも言っている、『心を物に寄せて玩んでもそれに執着しなければ、それが美しい女性であっても憂いにはならない。』と。嘉明が瀬戸物を愛玩したのは、心を物に寄せたなかの善いものではなかったか。」と。

〔原文出典〕
『明良洪範』（十一）。

岡野左内（岡野《おかの》左内《さない》）

岡野左内、本上杉氏臣也。及三景勝移二封於米沢一、去仕二蒲生秀行一、食二一万石一。左内好二貨殖一、家資累二巨万一。毎月二三次、陳二列大小判及他砕粒諸金於一室一、身枕二藉其中一、以為レ楽焉。人皆賤レ之。

偶隣閭有二闘者一、有レ人来告。左内不レ暇二搬擋一、直往和二解之一、信宿而返、則黄白猶散在二室中一。衆始服二其宏度一。

先レ是関原兵起。左内献二永楽銭一万貫於景勝一曰、「非三敢資二軍需一也。聊以酬二将士之労一。」有二馬奴一蔵二黄金一枚一。左内大奇レ之曰、「人之用レ心、当レ如レ此。」賞レ之以二十金一。

左内後称二越後守一、仕至二忠郷時一而死。其病革也、献二遺金三万両於忠郷一、副以二正宗刀一口一。以二三千金一、献二其弟忠知一曰、「聊以報二平昔之恩一。」其遺三贈諸友二者、自二五金十金一、以至二百金一、各有二等差一。而借約旧券、則併二其櫃一焼レ之。

寧静子曰、「岡野之有三武二功於上杉氏一、人皆知レ之。而至二積レ金事一、則知者鮮矣。抑世之封殖自喜者、率皆鄙吝纎嗇、不下以二一銭一利上人。而岡野之積而能散、利レ国以及レ人。活運霊動、財於レ是乎有レ用矣。録以戒二夫守銭奴一。」

附記

左内嘗与二吾黄門公一、相二遇於逢隈川一、挙レ刀相撃、馬驚而逸。公追斫二其背一、戦袍毀裂。後左内命二縫匠一、繍二補其裂痕一、毎誇二示人一曰、「是名将手迹也。」

岡野《おかの》左内《さない》は、本上杉氏《もとうへすぎし》の臣《しん》なり。景勝封《かげかつほう》を米沢《よねざは》に移《うつ》すに及《およ》んで、去《さ》りて蒲生秀行《がまふひでゆき》に仕《つか》へ、一万石《いちまんごく》を食《は》む。左内《さない》貨殖《かしょく》を好《この》み、家資巨万《かしきょまん》を累《かさ》ぬ。毎月二三次《まいつきにさんじ》、大小判及《だいしょうばんおよ》び他《た》の砕粒諸金《さいりゅうしょきん》を一室《いっしつ》に陳列《ちんれつ》し、身其《みそ》の中《うち》に枕藉《ちんしゃ》し、以《もっ》て楽《たの》しみと為《な》す。人皆之《ひとみなこれ》を賤《いや》しむ。偶《たまた》ま隣閭《りんりょ》に闘《たたか》ふ者有《ものあ》りて、人有《ひとあ》り来《き》たり告《つ》ぐ。左内《さない》摒《へい》擋《とう》するに暇《いとま》あらず、直《ただ》ちに往《ゆ》きて之《これ》を和解《わかい》し、信宿《しんしゅく》して返《かへ》れば、則《すなは》ち黄白猶《こうはくな》ほ散《さん》じて室中《しっちゅう》に在《あ》り。衆始《しゅうはじ》めて其《そ》の宏度《こうど》に服《ふく》す。

是《これ》より先関《さきせき》が原《はら》に兵起《へいお》こる。左内永楽銭一万貫《さないえいらくせんいちまんがん》を景勝《かげかつ》に献《けん》じて曰《い》はく、「敢《あ》へて軍需《ぐんじゅ》を資《たす》くるに非《あら》ざるなり。聊《いささ》か以《もっ》て将士《しょうし》の労《ろう》に酬《むく》ゆ。」と。

馬奴有《ばどあ》り黄金一枚《おうごんいちまい》を蔵《をさ》む。左内大《さないおほ》いに之《これ》を奇《き》として曰《い》はく、「人《ひと》の心《こころ》を用《もち》ゐる、当《まさ》に此《かく》の如《ごと》くなるべし。」と。之《これ》を賞《しょう》するに十金《じっきん》を以《もっ》てす。

左内後越後《さないのちえちご》の守《かみ》と称《しょう》し、仕《つか》へて忠郷《たださと》の時《とき》に至《いた》りて死《し》す。其《そ》の病革《やまひかく》なるや、遺金三万両《いきんさんまんりょう》を忠郷《たださと》に献《けん》じ、副《そ》ふるに正宗《まさむね》の刀一口《かたないっこう》を以《もっ》てす。三千金《さんぜんきん》を以《もっ》て、其《そ》の弟忠知《おとうとただとも》に献《けん》じて曰《い》はく、「聊《いささ》か以《もっ》て平昔《へいせき》の恩《おん》に報《むく》ゆ。」と。其《そ》の諸友《しょゆう》に遺贈《いぞう》すること、五金十金《ごきんじっきん》より、以《もっ》て百金《ひゃっきん》に至《いた》るまで、各《おのおの》の等差《とうさ》有《あ》り。而《しか》して借約《しゃくやく》の旧券《きゅうけん》は、則《すなは》ち其《そ》の櫃《ひつ》を併《あは》せて之《これ》を焼《や》く。

寧静子《ねいせいし》曰《い》はく、「岡野《おかの》の上杉氏《うへすぎし》に武功《ぶこう》有《あ》るは、人皆之《ひとみなこれ》を知《し》る。而《しか》れども金《かね》を積《つ》む事《こと》に至《いた》りては、則《すなは》ち知《し》る者《もの》鮮《すくな》し。抑《そもそ》も世《よ》の封殖《ほうしょく》自《みづか》ら喜《よろこ》ぶ者《もの》、率《おおむ》ね皆鄙吝纎嗇《みなひりんせんしょく》にして、一銭《いっせん》を以《もっ》て人《ひと》に利《り》せず。而《しか》るに岡野《おかの》の積《つ》んで能《よ》く散《さん》じ、国《くに》を利《り》し以《もっ》て人《ひと》に及《およ》ぼす。活運霊動《かつうんれいどう》して、財是《ざいこ》こに於《おい》てか用有《ようあ》る。録《ろく》し以《もっ》て夫《か》の守銭奴《しゅせんど》を戒《いまし》む。」と。

附記《ふき》

左内《さない》嘗《かつ》て吾《わ》が黄門公《こうもんこう》と、逢隈川《あふくまがは》に相《あ》ひ遇《あ》ひ、刀《かたな》を挙《あ》げて相《あ》ひ撃《う》ち、馬驚《うまおどろ》きて逸《いっ》す。公追《こうお》ひて其《そ》の背《はい》を斫《き》り、戦袍毀裂《せんほうきれつ》す。後左内縫匠《のちさないほうしょう》に命《めい》じて、其《そ》の裂痕《れっこん》を繡補《しゅうほ》し、毎《つね》に人《ひと》に誇示《こじ》して曰《い》はく、「是《こ》れ名将《めいしょう》の手迹《しゅせき》なり。」と。

〔語釈〕

貨殖＝金をもうけること。貨財を増やすこと。枕藉＝寝ること。掤擋＝品物をかたずける。信宿＝二晩泊まること。黄白＝ここでは金貨と銀貨のこと。宏度＝大きな度量。革＝あらたまる。さしせまる。危篤になる。正宗刀＝鎌倉時代の刀工岡崎正宗の流れを受けた刀工の作った刀。転じて名刀をいう。平昔＝日ごろの。今日までの。等差＝等級の差。ちがい。纎嗇＝けちけちする。けち。活運＝活かして運用する。霊動＝立派に動かす、よく働かす。守銭奴＝金銭の欲の深い者。金をためるばかりで、使おうとしないけちんぼ。逢隈川＝阿武隈川。郡山盆地・福島盆地を流れて宮城県に入り仙台湾に注ぐ川。戦袍＝陣羽織。毀裂＝破れる。繡補＝ぬいつくろう。手迹＝手習い。筆跡。ここでは刀の傷あとをいう。

〔人物解説〕

岡野左内＝（?〜一六二二?）通称四郎右衛門。岡左内と名乗った時期もある。熱心な切支丹《キリシタン》。江戸初期の武士。もと会津の上杉氏の臣、上杉氏が米沢に移封になると、そのまま会津に残って浪人となる。伊達政宗より三万石でお抱えの話があったが、蒲生家に義理があるとして行かなかった。その後蒲生秀行が会津に帰任すると、一万石で蒲生秀行に仕えた。秀行の没後は、嫡子の忠郷に仕えた。

蒲生秀行＝（一五八三〜一六一二）氏郷の長男。母は信長の娘。父の遺領会津九十二万石を継いだが、慶長三年（一五九八）重臣間の争いによって会津を没収され、宇都宮十二万石に減転封された。関が原の戦いでは東軍に属し、宇都宮城を守衛し、翌年再び会津六十万石を拝領した。その後、秀行の側近と氏郷以来の重臣との間に争いがあり、御家騒動が起こったが、家康の計らいで改易《かいえき》処分はなかった。秀行は大酒飲みで行儀が悪く、放縦な人物であったと伝えられている。

吾黄門公＝（一五六七〜一六三六）伊達政宗。大槻磐渓は仙台藩士であったので、中納言の位にあった政宗をこう表現した。安土桃山・江戸初期の武将。仙台城主。秀吉の死後まもなく長女五郎八と徳川家康の子忠輝（六男）との婚約により家康に接近し、関が原の戦いには徳川方として上杉景勝の軍を白石城などに攻めた。寛永十一年（一六三四）

に近江国に五千石を給されて伊達六十二万石を確定させた。キリシタン布教活動に連携して南蛮との通商を企画し、幕府支援のもとに支倉常長《はせくらつねなが》らをメキシコ・スペイン・ローマに派遣したが、幕府のキリシタン禁教が強化されたこともあって所期の目的を達成することはできなかった。

〔通釈〕

岡野左内は、もとは上杉氏の家来である。上杉景勝が領地を出羽の米沢へ移された際に、上杉氏を去って、(後日) 蒲生秀行に仕え、一万石の知行を受けた。左内は財産を増やすことを好み、家の財産は何万両もあった。毎月二三度、大判小判及び他の小粒のいろいろの金を一室に陳列し、自分はその間に寝起きするのを楽しみとした。人々は士分としてはふさわしくないとしてこれを賤しんだ。

折から近隣で決闘をする者があり、そのことを知らせた者があった。すると左内は並べてある金銀をかたずけず、直ぐに出かけて行って仲裁をし、その家に二晩泊って帰ってくると、金銀はやはり並べたままに散らばって一室の中に在った。多くの人々は新たに左内の度量が大きいことに感服した。

この時より以前に関が原の戦いが起った。その時左内は永楽銭を一万貫、主人の景勝に献上して、「これは決して軍用金として献上するのではありません。すこしばかり将士たちの労を慰めるために献上するのです。」と言った。

馬の世話をする者で小判一枚を貯えていた者があった。左内はそれを大いによい事として、「人の心掛けは、まさにこのようでなくてはならない。」と言った。そしてその褒美として金十両を与えた。

左内は後に越後守と言い、蒲生氏に仕えて忠郷の時に至って死去した。その病が重くなって死が迫った時、貯えていた三万両を主人の忠郷に献上し、これに正宗の刀一ふりを添えた。また三千両を主君の弟忠知に献じて、「少しばかり平生のご恩に報いさせていただきます。」と言った。その他諸々の友人に、五両十両から百両に至るまで、それぞれ段階をつけて贈った。そして他人に金を借した古証文は、それを入れた櫃と共に焼き棄てた。

寧静子は言う、「岡野左内が上杉氏に仕えて武功のあったことは、人が皆知っている。しかしながら金を貯えたことについては、知っている者は少ない。そもそも世の中の財産を貯めて自分一人で喜んでいる者は、大体皆心が賤しくけちで、一銭でも人の利益とはしない。それなのに岡野は貯えてよく費し、国に利益を与え人にも利益を及ぼした。生かして使いよく働かしてこそ、財というものは世の役に立つのである。ここに記録して世の守銭奴を戒める。」と。

附記

岡野左内はある時伊達中納言政宗公と、阿武隈川で出遇い、刀を挙げて撃ち合い、馬は驚いて逃げた。政宗公は追いかけて左内の背中に切りつけ、陣羽織は切れて破れた。後に左内は縫物師に申し付けて、その切れ裂けた跡を縫い繕い、常に人に誇って見せ、「これこそ名将伊達政宗の刀の傷あとである。」と言った。

〔原文出典〕
『増補武辺談』（六）。附記は、『常山紀談』（十六）伊達上杉陸奥国松川合戦の事。

清正読二魯論一（清正《きよまさ》魯論《ろろん》を読《よ》む）

肥後侯加藤清正在二大坂一、語レ人曰、「前田亜相、晩年好レ学、手不レ釈レ巻。記太閤薨之年、招三請余及浮田・浅野諸公一、談二及論語一。因挙下曾子可三以託二六尺之孤一章上、云二余等一曰、『在二今日一忘二此語一、不レ可レ謂二之忠臣一矣。』余当時瞶学、不レ解二其意一。今而思レ之、洵有下惕然足二深省一者上。惜亜相不レ在、無レ由レ論レ心耳。」

其航レ海帰二肥後一也、駕下大艦呼二天地丸一者上而西。艙間日読二論語一、以二朱墨一自句。清正有二所レ愛胡孫一、游戯不レ離レ側。偶起之レ厠、胡孫瞯二其亡一、窃把二朱筆一、縦横塗三抹巻上一。清正復レ坐視レ之、笑曰、「汝亦有レ志二聖人之道一乎。」復研二朱墨一、句而不レ輟。

寧静子曰、「昔信玄読二論語一、未レ卒二数章一、而投レ地曰、『是頭痛之書。』其自慚之深可レ知矣。清正則異㆓乎此㆒、既以㆓不㆑可㆑奪之節㆒、輔㆓翼六尺之孤㆒、尚且勉而不㆑已。至㆓旅次亦不㆒㆑釈㆑巻、則其所㆓造詣㆒、豈唯得㆓一両句㆒喜者哉。」

肥後《ひご》侯《こう》加藤《かとう》清正《きよまさ》大坂《おほさか》に在《あ》りしとき、人《ひと》に語《つ》げて曰《い》はく、「前田《まえだ》亜相《あしょう》は、晩年学《ばんねんがく》を好《この》み、手巻《てかん》を釈《と》かず。記《き》す太閤薨《たいこうこう》ずるの年《とし》、余《よ》及《およ》び浮田《うきた》・浅野諸公《あさのしょこう》を招請《しょうせい》し、談《だん》論語《ろんご》に及《およ》ぶ。因《よ》りて曾子《そうし》の以《もっ》て六尺《りくせき》の孤《こ》を託《たく》すべしの章《しょう》を挙《あ》げ、余等《よら》に云《い》ひて曰《い》はく、『今日《こんにち》に在《あ》りて此《こ》の語《ご》を忘《わす》るるは、之《これ》を忠臣《ちゅうしん》と謂《い》ふべからず。』と。余当時瞢《よとうじもう》学《がく》、其《そ》の意《い》を解《かい》せず。今《いま》にして之《これ》を思《おも》へば、洵《まこと》に惕然《てきぜん》として深省《しんせい》するに足《た》る者有《ものあ》り。惜《を》しむらくは亜相在《あしょうあ》らずして、心《こころ》を論《ろん》ずるに由無《よしな》きのみ。」と。

其《そ》の海《うみ》に航《こう》して肥後《ひご》に帰《かへ》るや、大艦《たいかん》の天地丸《てんちまる》と呼《よ》ぶ者《もの》に駕《が》して西《にし》す。艙間日《そうかんひ》に論語《ろんご》を読《よ》み、朱墨《しゅぼく》を以《もっ》て自《みづか》ら句《く》す。清正愛《きよまさあい》する所《ところ》の胡孫有《こそんあ》り、游戯《ゆうぎ》して側《かたは》らを離《はな》れず。偶《たま》ま起《た》ちて厠《かはや》に之《ゆ》くに、胡孫其《こそんそ》の亡《な》きを瞷《うかが》ひ、窃《ひそ》かに朱《しゅ》筆《ひっ》を把《と》りて、縦横《じゅうおう》に巻上《けんじょう》を塗抹《とまつ》す。清正坐《きよまさざ》に復《ふく》し之《これ》を視《み》て、笑《わら》ひて曰《い》はく、「汝《なんぢ》も亦《ま》た聖人《せいじん》の道《みち》に志《こころざ》す有《あ》るや。」と。復《ま》た朱墨《しゅぼく》を研《す》り、句《く》して輟《や》まず。

寧静子《ねいせいし》曰《い》はく、「昔信玄論語《むかししんげんろんご》を読《よ》み、未《いま》だ数章《すうしょう》を卒《を》へずして、地《ち》に投《とう》じて曰《い》はく、『是《こ》れ頭痛《とうつう》の書《しょ》なり。』と。其《そ》の自《みづか》ら慚《は》づるの深《ふか》きこと知《し》るべし。清正《きよまさ》は則《すなは》ち此《こ》れに異《こと》なり、既《すで》に奪《うば》ふべからざるの節《せつ》を以《もっ》て、六尺《りくせき》の孤《こ》を輔翼《ほよく》し、尚《な》ほ且《か》つ勉《つと》めて已《や》まず。旅次《りょじ》にも亦《ま》た巻《かん》を釈《と》かざるに至《いた》れば、則《すなは》ち其《そ》の造詣《ぞうけい》する所《ところ》、豈《あ》に唯《た》だに一《いち》両句《りょうく》を得《え》て喜《よろこ》ぶ者《もの》ならんや。」と。

〔語釈〕

魯論＝漢代『論語』には三種のテキストが存在して、そのうち魯国に伝わったものを魯論と称した。現在に伝わる『論語』はこの系統に属する。ここでは論語の別名として用いたもの。**前田亜相**＝前田利家のこと。亜相は大納言。**巻**＝書物のこと。**招請**＝招待してもてなすこと。**論語**＝中国の春秋時代の思想家孔子及びその弟子たちの言行を記した書。わが国の政治・社会・文化に多大の影響を与えた。**曾子**＝孔子の門人。親孝行で有名である。**可以託六尺之孤章**＝「父を亡くした幼君の将来を安心して頼める人、危急存亡の大事に当たって、心配なく一国の運命をまかせられる人、心を動かさず節を失わない人、そういう人こそ真の君子である。」という泰伯編の一章。「六尺之孤」は、身長が六尺にも満たない幼い子供のこと。瞶学＝学問にくらい。惕然＝恐れるさま。艙間＝船室。胡孫＝猿の異称。塗抹＝ぬり消す。ぬりつぶす。不可奪之節＝どんな時にも動揺しない、しっかりとした節度。「六尺之孤」の章句の言葉の一部。輔翼＝助けまもる。助ける。造詣＝学問や技芸などに深く通じること。

〔人物解説〕

加藤清正＝一三六頁参照。
前田利家＝一三二頁参照。

〔通釈〕

肥後侯の加藤清正が大阪に滞在していた時、人に語って、「前田大納言利家殿は、晩年に学問を好み、手から書物を離さなかった。わしはよく覚えているが、太閤秀吉公が薨去せられた年に、わしと宇喜多・浅野の諸氏を招き、話題が論語の話になった。そこで泰伯編の曾子の以て六尺の孤を託すべしとある章句を挙げて、わし等に向かって、『(太閤様が薨去し幼少な秀頼公が残された)今日の状況のもとで、この語を忘れる者は、豊臣氏の忠臣とは言えない。』と申された。わしはその頃は学問のことは暗く、その意味が理解できなかった。現在になってそのことを思うと、本当に恐ろしくなって深く反省するところがある。残念なことに前田利家殿は今はこの世にいないので、心の中を話す方法もない。」と言われた。海を渡って大阪から肥後へ帰るとき、大船の天地丸という船に乗って西へ向かった。船の窓の処で毎日論語を読み、朱墨を用いて自分で句読点を付けた。清正が可愛がっていた猿がいて、常に清正の側で遊び戯れていて離れることが無かった。たまたま清正が起って洗面所へ行ったときに、猿は清正の不在をいいことにして、そっと朱筆を手でにぎり、縦横に書物の上を塗り消した。清正は座にもどってこれを見て、笑って、「猿よお前もまた聖人の道に志があるのか。」と言った。そしてまた朱墨をすって、句読を点ずることをやめなかった。

寧静子は言う、「昔武田信玄は論語を読んで、まだ五六章も読み終わらないうちに、論語を地面に投げつけて、『これは頭痛を催す書物である。』と言った。それは自分の心に恥じるべきことが深いことを知ったからであろう。清正はこれとは異なって、既に人から変心させることもできない忠節の心で、秀頼を輔けてその力となり、なおその上に努力をし続けた。旅路の船の中でさえも書物を放さないということになれば、その心の至るところは、どうして唯だ一句や二句の意味を知って喜ぶ程度の人であろうか、そんな人ではない。」と。

〔原文出典〕

『明良洪範』（三）。

飯田覚兵衛（飯田覚兵衛《いいだかくべゑ》）

加藤忠広、清正子也。嘗語㆓左右㆒曰、「我願㆑為㆓多力人㆒。」左右曰、「何也。」曰、「欲㆘重㆓襲厚甲㆒、以免㆗銃丸之害㆖耳。」飯田覚兵衛、侯之旧将、而数従㆓清正㆒有㆑功者。此時在㆑坐、進而泣曰、「主君何言之怯耶。夫先君之在㆑世、破㆑堅挫㆑鋭、大小数十戦、未㆔嘗一受㆓刀瘢㆒。遂為㆓征韓先鋒㆒、蹂㆓躙八道㆒、鬼上官之名、至㆑今猶止㆓児啼㆒。然而所㆑著不㆑過㆓一単甲㆒。抑為㆓主将㆒者、苟能愛㆓将校㆒撫㆓士卒㆒、則三軍之従㆓指揮㆒、猶㆓吾手足㆒。然則三軍之甲、皆君之甲也。仮令将叛卒離、君独雖㆑重㆓百甲㆒、亦無㆑補㆓於死㆒。君何言之怯耶。」遂号哭而退。独自歎曰、「噫、加藤氏之亡、其不㆑遠矣。」居無㆑何、忠広果坐㆑事国除。

寧静子曰、「当時所㆑用、特鳥銃之小者耳、忠広恐怖、乃如㆑此。設令㆘在㆓今日㆒、観㆗臼忽諸大礮㆖、其股栗何如也。我聞、西虜那波烈翁之奪㆓落日橋㆒、仰㆑天数㆓飛丸㆒、約略五六十矣。尚能得㆘挺㆓身其中㆒以進㆖。天授英雄、銃亦不㆑能㆑中。而何厚甲之恃哉。」

加藤忠広《かとうただひろ》は、清正《きよまさ》の子《こ》なり。嘗《かつ》て左右《さゆう》に語《かた》りて曰《い》はく、「我多力《われたりき》の人《ひと》と為《な》らんと願《ねが》ふ。」と。左右《さゆう》曰《い》はく、「何《なん》ぞや。」と。曰《い》はく、「厚甲《こうこう》を重襲《ちょうしゅう》し、以《もっ》て銃丸《じゅうがん》の害《がい》を免《まぬが》れんを欲《ほ》するのみ。」と。飯田覚兵衛《いいだかくべゑ》は、侯《こう》の旧《きゅう》将《しょう》にして、数《しばし》ば清正《きよまさ》に従《したが》ひ功《こう》有《あ》る者《もの》なり。此《こ》の時坐《ときざ》に在《あ》り、進《すす》みて泣《な》きて曰《い》はく、「主君何《しゅくんなん》ぞ言《げん》の怯《きょう》なるや。夫《そ》れ先君《せんくん》の世《よ》に在《あ》るとき、堅《けん》を破《やぶ》り鋭《えい》を挫《くじ》き、大小数十《だいしょうすうじゅう》戦《せん》なるも、未《いま》だ嘗《かつ》て一《ひと》たびも刀瘢《とうはん》を受《う》けず。遂《つひ》に征韓《せいかん》の先鋒《せんぽう》と為《な》り、八道《はちどう》を蹂躙《じゅうりん》し、鬼上官《おにじょうかん》の名《な》、今《いま》に至《いた》るまで猶《な》ほ児啼《じてい》を止《とど》む。然《しか》り而《しか》うして著《つ》くる所《ところ》は一単甲《いったんこう》に過《す》ぎず。抑《そもそ》も主将為《しゅしょうた》る者《もの》、苟《いやし》くも能《よ》く将校《しょうこう》を愛《あい》し士卒《しそつ》を撫《ぶ》せば、則《すなは》ち三軍《さんぐん》の指揮《しき》に従《したが》ふこと、猶《な》ほ吾《わ》が手足《しゅそく》のごとし。然《しか》らば則《すなは》ち三軍《さんぐん》の甲《こう》は、皆君《みなきみ》の甲《こう》なり。仮令《もし》将《しょう》叛《そむ》き卒離《そつはな》れなば、君独《きみひと》り百甲《ひゃくこう》を重《かさ》ぬと雖《いへど》も、亦《ま》た死《し》に補《おぎな》ひ無《な》し。君何《きみなん》ぞ言《げん》の怯《きょう》なるや。」と。遂《つひ》に号哭《ごうこく》して退《しりぞ》く。独《ひと》り自《みづか》ら歎《たん》じて曰《い》はく、「噫《ああ》、加藤氏《かとうし》の亡《ほろ》ぶること、其《そ》れ遠《とお》からざらん。」と。居《を》ること何《いく》ばくも無《な》くして、忠広《ただひろ》果《は》たして事《こと》に坐《ざ》して国除《くにじょ》せらる。

寧静子《ねいせいし》曰《い》はく、「当時用《とうじもち》ゐる所《ところ》は、特《ただ》に鳥銃《ちょうじゅう》の小《しょう》なる者《もの》のみなるに、忠広恐怖《ただひろきょうふ》すること、乃《すなは》ち此《かく》の如《ごと》し。設《も》し今日《こんにち》に在《あ》りて、臼忽《きゅうこつ》の諸大礮《しょたいほう》を観《み》せしめば、其《そ》の股《こ》栗《りつ》せんこと何如《いかん》ぞや。我聞《われき》く、西虜《せいりょ》の那波烈翁《ナポレオン》の落日《らくじつ》橋《きょう》を奪《うば》ふや、天《てん》を仰《あふ》ぎて飛丸《ひがん》を数《かぞ》ふるに、約略五六十《やくりゃくごろくじゅう》なり。尚《な》ほ能《よ》く身《み》を其《そ》の中《うち》に挺《てい》して以《もっ》て進《すす》むを得《え》たりと。天授《てんじゅ》の英雄《えいゆう》は、銃《じゅう》も亦《ま》た中《あ》つること能《あた》はず。而《しか》るを何《なん》ぞ厚甲《こうこう》を之《こ》れ恃《たの》まんや。」と。

〔語釈〕

刀瘢＝刀の傷。切り傷。**蹂躙**＝ふみにじる。ふみあらす。**三軍**＝大軍。大名の保有する総軍。一軍は一万二千五百人。**国除**＝領地を召し上げられる。**臼忽**＝臼砲、忽砲のこと。共に砲身の短い大砲。**股栗**＝恐ろしさのあまりももがふるえること。**西虜**＝西洋の異民族。ヨーロッパの人。**那波烈翁**＝フランスのナポレオン。一三二頁参照。**落日橋**＝イタリアにある場所。**約略**＝およそ。おおむね。**挺身**＝身をその中に投じる。身をくぐり抜けさせる。

〔人物解説〕

飯田覚兵衛＝（?〜一六三二）加藤清正の家臣。名は直景。筋骨の力が超人的に強く、軍功も多かった。朝鮮の役で晋州を攻めたとき、黒田氏の臣後藤基次と先登を争い、一番首の功を立て、秀吉より賞として覚の字を与えられ、覚兵衛と称することになったという。

加藤忠広＝（一六〇一〜一六五三）清正の子。熊本藩主。二代将軍秀忠の養女（蒲生秀行の女）と結婚。秀忠の上洛に供奉、江戸城天守の石垣を築くなど将軍の覚えも悪くなかったが、寛永九年（一六三二）参勤の途中品川で入府を止められ、次いで肥後一国を没収され、出羽庄内の酒井忠勝に預けられた。改易の理由は、江戸で生まれた子を大喪の折ひそかに国元へ送ったためとか、土井利勝の謀反の偽書が諸大名に回送されたとき、忠広だけ届け出なかったためとか伝えられているが、本当の理由は明らかではない。忠広は配所で没した。

〔通釈〕

加藤忠広は、清正の息子である。ある時近習に向かって、「自分は力の強い人に成りたい。」と言った。近習が、「どうしてですか。」とたずねると、「厚い鎧を重ね着にして、鉄砲の弾丸の害を免れたいと思うのじゃ。」と答えた。飯田覚兵衛は、肥後侯の旧い大将分の者で、度々清正に従って戦功のあった者である。この時その座に在り、進み出て涙を流しながら、「ご主君はどうして臆病なことを仰せられるのですか。先君清正公が世に在りました時は、堅陣を破り鋭鋒をくじき、大戦小戦数十度の戦いに、ただの一度も刀で切りつけられたことはありませんでした。はては朝鮮の役の先陣の大将となり、朝鮮の八道を踏みあらし、鬼上官という名を得、現在に至ってもその名を言えば泣く子も泣き止む程であります。そうして身に着けるものは薄いひとえの鎧に過ぎません。そもそも総大将である者は、仮りにも小大将を愛し兵士兵卒をいつくしめば、総軍が総大将の指揮に従うことは、ちょうど自分の手足を使うように自由自在なのです。そうであれば総軍の鎧は、皆ご主君ご自身の鎧です。もし将である者が叛き卒である者の心が離れたならば、ご主君お一人が百枚の鎧を重ね着なされたとしても、また死ぬときの助けにはなりません。ご主君はどうして臆病なことを仰せられるのですか。」と申し上げた。言い終わると声をあげて泣きながら退出した。一人嘆息して、「ああ、加藤氏が亡びることは、遠くはない、必ず近いうちにあるであろう。」と嘆いた。その後間もなく、忠広は果たして罪を得て国は改易となり将軍家へ没収された。

寧静子は言う、「忠広の時代に用いたところの鉄砲は、ただ鳥を撃つ鉄砲の小さなものだけだったのに、忠広が恐れたことは、このような有様であった。もし今日に在って、臼砲忽砲などの諸々の大砲を見させたならば、股を震わせて恐れたことはどんな状態であろうか。私は聞いている、西洋人のナポレオンがイタリアの落日橋を奪うとき、天を仰いで飛ぶ弾丸を数えると、およそ五六十であった。それでさえもその中に身を投げ出して進んで行った、と。天運を授けられた英雄は、弾丸もまた命中することができないのである。それなのにどうして厚い鎧を頼みにするものがあろうか。」と。

〔原文出典〕

『常山紀談』（付録　雨夜灯）飯田覚兵衛其の主肥後守

を諫めし事。

戸川肥後（戸川《とがは》肥後《ひご》）

浮田直家病篤、自知レ不レ起、召二侍臣一曰、「寡人旦暮将レ入レ地。汝等能殉二於我一乎。」皆曰、「臣等受二君洪恩一、為レ日久矣。今日下従、何敢辞。」直家喜而賜二之酒一、遂各書二姓名於簡一、遺三命収二之柩一。

戸川肥後後至、独不レ肯曰、「人各有レ能有二不能一。夫破レ堅挫レ鋭、脱二君於万死之中一、是臣之所レ能。若夫徒死以従二君於冥途一、臣之所レ不レ能。君必要二殉死一、宜レ莫レ若二夫法華僧一焉。何則僧揮レ麈一喝、引三導死者一、猶且使三之得二成仏一。而況自殉以導二君於冥冥之中一、其登二天堂一受二快楽一必矣。且夫僧未三嘗一犯二矢石之難一。而君之所三以尊礼寵賜、十三倍臣等一。是雖レ以二蒙レ恩之厚薄一、且不レ可二以不レ報也。如二臣等一、何敢能。」直家爽然自悟曰、「吾過矣。」遂不三復責二殉死一。

寧静子曰、「殉死之為二陋習一、今古一揆。可レ勝二浩歎一哉。世之称二忠臣義士一者、不レ知下翼二遺孤一、以張中大先君之業上。而徒死以殉二其所レ愛之君一。与二夫匹夫匹婦之為レ諒者一、相去幾何。而況可三以レ君責二之臣一乎。肥後之言、雖二過激也一、要可三以為二後人之鑑一矣。」

又曰、「嘗聞二一老人言一云、『殉死有二義死・侠死・利死之弁一。昔相馬氏臣、有二金沢忠兵衛者一。及二其主大膳大夫義胤歿一、慨然自奮曰、『我家累世忠烈、至二先人備中一、凡十一世、皆殉二節於矢石之間一。及二我之身一、独受二厚禄於治世一、而無二涓滴以報レ国也。今而不レ従レ君、何面目見二父祖地下一。』乃屠腹以死。是為二義死一。其儕輩聞レ之、亦有二自奮而殉者一。謂『我豈可レ後二於金某一乎。』是為二侠死一。若夫非二甚有レ恩於其君一、徒冒二殉死之名一、以為二子孫栄耀之計一者、是為二利死一耳。』観二於此言一、為レ士者、亦可二以知レ所レ択矣。」

浮田《うきた》直家《なほいへ》病《やまひ》篤《あつ》きとき、自《みづか》ら起《た》たざることを知《し》り、侍《じ》臣《しん》を召《め》して曰《い》はく、「寡人《かじん》は旦暮《たんぼ》に将《まさ》に地《ち》に入《い》らんとす。汝等《なんぢら》能《よ》く我《われ》に殉《じゅん》するか。」と。皆《みな》曰《い》はく、「臣等《しんら》君《きみ》の洪《こう》恩《おん》を受《う》け、日《ひ》為《た》ること久《ひさ》し。今日《こんにち》下従《かじゅう》するを、何《なん》ぞ敢《あ》へて辞《じ》せん。」と。直家《なほいへ》喜《よろこ》びて之《これ》に酒《さけ》を賜《たま》ひ、遂《つひ》に各《おのおの》の姓《せい》名《めい》を簡《かん》に書《しょ》し、命《めい》じて之《これ》を柩《ひつぎ》に収《をさ》めしむ。

戸川肥後《とがはひご》後《おく》れて至《いた》り、独《ひと》り肯《がへ》んぜずして曰《い》はく、「人《ひと》各《おのおの》の能《のう》有《あ》り不能《ふのう》有《あ》り。夫《そ》れ堅《けん》を破《やぶ》り鋭《えい》を挫《くじ》き、君《きみ》を万死《ばんし》の中《うち》に脱《だつ》するは、是《こ》れ臣《しん》の能《よ》くする所《ところ》なり。若《も》し夫《そ》れ徒《と》死《し》して以《もっ》て君《きみ》に冥途《めいど》に従《したが》ふは、臣《しん》の能《よ》くせざる所《ところ》なり。君《きみ》必《かなら》ず殉死《じゅんし》を要《よう》せば、宜《よろ》しく夫《か》の法華僧《ほっけそう》に若《し》くは莫《な》かるべし。何《なん》となれば則《すなは》ち僧《そう》は麈《しゅ》を揮《ふる》ひて一喝《いっかつ》し、死者《ししゃ》を引導《いんどう》し、猶《な》ほ且《か》つ之《これ》をして成仏《じょうぶつ》するを得《え》しむ。而《しか》るを況《いは》んや自《みづか》ら殉《じゅん》して以《もっ》て君《きみ》を冥冥《めいめい》の中《うち》に導《みちび》かば、其《そ》の天堂《てんどう》に登《のぼ》り快楽《かいらく》を受《う》けんこと必《ひっ》せり。且《か》つ夫《そ》れ僧《そう》は未《いま》だ嘗《かつ》て一《ひと》たびも矢石《しせき》の難《なん》を犯《をか》さず。而《しか》して君《きみ》の尊礼寵賜《そんれいちょうし》する所以《ゆゑん》は、臣等《しんら》に十倍《じゅうばい》す。是《こ》れ恩《おん》を蒙《かうむ》るの厚薄《こうはく》を以《もっ》てすと雖《いへど》も、且《か》つ以《もっ》て報《むく》いざるべからざるなり。臣等《しんら》の如《ごと》きは、何《なん》ぞ敢《あ》へて能《よ》くせん。」と。直家《なほいへ》爽然《そうぜん》として自《みづか》ら悟《さと》りて曰《い》はく、「吾《われ》過《あやま》てり。」と。遂《つひ》に復《ま》た殉死《じゅんし》を責《せ》めず。

寧静子《ねいせいし》曰《い》はく、「殉死《じゅんし》の陋習《ろうしゅう》たること、今古《きんこ》一揆《いっき》なり。浩歎《こうたん》するに勝《た》ふべけんや。世《よ》の忠臣義士《ちゅうしんぎし》と称《しょう》する者《もの》、遺孤《いこ》を翼《たす》け、以《もっ》て先君《せんくん》の業《ぎょう》を張大《ちょうだい》にするを知《し》らず。而《しか》して徒死《とし》して以《もっ》て其《そ》の愛《あい》する所《ところ》の君《きみ》に殉《じゅん》ずる。夫《か》の匹《ひっ》夫《ぷ》匹婦《ひっぷ》の諒《まこと》を為《な》す者《もの》と、相《あ》ひ去《さ》ること幾何《いくばく》ぞ。而《しか》るを況《いは》んや君《きみ》を以《もっ》て之《これ》を臣《しん》に責《せ》むべきをや。肥後《ひご》の言《げん》、過激《かげき》なりと雖《いへど》も、要《よう》するに以《もっ》て後人《こうじん》の鑑《かがみ》と為《な》すべし。」と。

又《ま》た曰《い》はく、「嘗《かつ》て一老人《いちろうじん》の言《げん》を聞《き》くに云《い》ふ、『殉死《じゅんし》に義死《ぎし》・俠死《きょうし》・利死《りし》の弁《べん》有《あ》り。昔《むかし》相馬氏《そうまし》の臣《しん》に、金沢《かなざは》忠兵衛《ちゅうひょうゑ》といふ者《もの》有《あ》り。其《そ》の主《しゅ》大膳《たいぜん》の大夫《たいふ》義胤《よしたね》殁《ぼっ》するに及《およ》び、慨然《がいぜん》として自《みづか》ら奮《ふる》ひて曰《い》はく、『我《わ》が家《いへ》累世《るいせい》忠烈《ちゅうれつ》なること、先人《せんじん》備中《びっちゅう》に至《いた》るまで、凡《およ》そ十一世《じゅういちせい》、皆《みな》節《せつ》に矢石《しせき》の間《あいだ》に殉《じゅん》す。我《われ》の身《み》に及《およ》び、独《ひと》り厚禄《こうろく》を治世《ちせい》に受《う》けて、涓滴《けんてき》以《もっ》て国《くに》に報《ほう》ずること無《な》し。今《いま》にして君《きみ》に従《したが》はざれば、何《なん》の面目《めんぼく》ありて父祖《ふそ》に地下《ちか》に見《まみ》えん。』と。乃《すなは》ち屠腹《とふく》し以《もっ》て死《し》す。是《こ》れを義死《ぎし》と為《な》す。其《そ》の儕輩《せいはい》之《これ》を聞《き》き、亦《ま》た自《みづか》ら奮《ふる》ひて殉《じゅん》する者《もの》有《あ》り。謂《い》ふ『我《われ》豈《あ》に金《きん》　某《なにがし》に後《おく》るべけんや。』と。是《こ》れを俠死《きょうし》と為《な》す。若《も》し夫《そ》れ甚《はなは》だ其《そ》の君《きみ》に恩《おん》有《あ》るに非《あら》ざるに、徒《いだづ》らに殉死《じゅんし》の名《な》を冒《をか》し、以《もっ》て子孫栄耀《しそんえいよう》の計《けい》を為《な》す者《もの》は、是《こ》れを利死《りし》と為《な》すのみ。』と。此《こ》の言《げん》を観《み》れば、士《し》たる者《もの》も、亦《ま》た以《もっ》て択《えら》ぶ所《ところ》を知《し》るべし。」と。

〔語釈〕

洪恩＝大きな恩恵。大恩。徒死＝むだ死。天堂＝極楽。尊礼寵賜＝尊敬し愛して物を賜うこと。爽然＝心がすっきりして、さわやかなさま。陋習＝悪い習慣。一揆＝道や法則を同じくすること。同じ一つの道であること。浩歎＝大いになげくこと。遺狐＝残された親のない子。ここでは主君の遺児。匹夫匹婦之為諒＝地位も身分もない人間が、小さな義理人情にこだわって、自ら生命を絶って誠をたてたとすること。『論語』の憲問編のことばに基づく。匹夫匹婦は平凡な男と女。一人の男と一人の女。諒＝わけもない義理立て。鑒＝手本。義死＝臣下の義を立てて死ぬこと。侠死＝だてに死ぬこと。男気を表すために死ぬ。利死＝利欲のために死ぬ。慨然＝憂え悲しむさま。嘆きいきどおるさま。矢石之間＝矢や弾丸の飛び交う戦場。涓滴＝水のしたたり、転じてきわめて少ないことのたとえ。

〔人物解説〕

戸川肥後＝（?～一五九八）戸川秀安。もとの氏名は富川正利。天文十二年（一五四三）頃、浮田（宇喜多）直家に近侍として仕え、姓を戸川と改めた。直家をよく補佐し、その創業を助け、多くの戦陣を踏んで殊功を立てた。浮田家第一の長臣として国政を執った。

浮田直家＝（一五二九～一五八一）安土桃山時代の武将。宇喜多直家。羽柴・毛利の両軍が播磨の上月《こうづき》に対峙すると自らは岡山にあって病と称して動かず、形勢を座視し、両軍がともに疲れるの待って漁夫の利を占めようとした。天正六年（一五七八）に上月城が秀吉の手に帰した後、毛利氏に疑われたので、織田氏に属した。

金沢忠兵衛＝（?～一六二五）相馬義胤《よしたね》・利胤《としたね》の家臣。元祖より父備中に至るまで十一世皆戦死す。忠兵衛は、利胤に従って大坂の陣に従軍し武功があった。利胤は義胤に先立って卒し、子の虎之助が幼少であったため、再び義胤が国事を治め、忠兵衛もこれに再び仕えた。

〔通釈〕

宇喜多直家は病気が重くなったとき、自らその死を悟って、近習を呼び寄せ、「自分はもう間もなくあの世へ行く。そちたちは自殺してわしの冥途の供をするか。」と言われた。近習たちは皆口を揃えて、「私たちは主君の大恩を蒙ること、久しい間でありました。今日冥途へお供いたすこと、どうして辞することがありましょう。」と答えた。直家は喜んで近習たちに酒を飲ませ、遂に各々の姓名を竹札に書き、これを柩に収めさせた。

戸川肥後は遅れてやって来て、独り承知しないで、「人という者はそれぞれ得手不得手というものが有ります。堅い陣を破り鋭い鋒先をくじき、主君を危険な死地から救い出すことは、これこそ私の得手とすることであります。今もし徒らに死んで主君の冥途のお供をすることとは、私の不得手とすることであります。主君がどうしても殉死を求めるというならば、あの法華僧に殉死させるのが宜しいでしょう。何故かと言えば僧は払子を揮って声を高く張り揚げて、死者を迷わずあの世へ導き、なおその上に死者を成仏させることができるのです。ましてその僧が殉死して冥途のお供をし主君を暗がりの道の中で導けば、主君は極楽に行き快い楽しみを受けることは間違いありません。それに僧は今までに一度も矢丸を受ける危険を犯して戦場へ出たこともありません。そして主君が尊び礼して物を与えられたことは、私どもより十倍も厚いものがありました。この恩を受けることの厚薄の違いをもってしても、僧は厚く恩に報いなければならないのであります。私どものような者は、どうして殉死ができましょうや。」と言った。直家は心がすっきりとして自ら悟って、「わしは間違っていた、わしの思い違いであった。」と言った。そして遂に殉死を家来に求めるようなことはしなかった。

寧静子は言う、「殉死という卑しい習慣は、今も昔も趣は同じである。誠に嘆かわしいことではないか。世の忠臣義士という者は、主君の忘れ形見の若殿を助けて、先君の業を大にすることを知らない。そうして徒らに無駄死にをしてその愛する主君の冥途のお供をする。あの匹夫匹婦たちが訳もない義理立てをするのと、ほとんど違いがない。まして主君が臣下に殉死せよと責めるべきものではない。肥後の言葉は、言い過ぎなところはあるが、要するに後の人の手本とすべきである。」と。

また言う、「以前一人の老人の言うことを聞いた、『殉死には義死と俠死と利死との別がある。昔陸奥の相馬氏の家来に、金沢忠兵衛という者があった。その主人の大膳大夫義胤が没したとき、嘆いて自ら奮い立ち、『我が家は代々忠義を尽くす家である、亡父備中に至るまで十一代の間、皆忠義のために戦場で殉死した。自分の代になって、多くの知行を太平の世に受けて、少しも国の恩に報いたことが無い。今主君の冥途のお供をしなければ、あの世で先祖に合わせる顔がない。』と言い、腹を切って死んだ。これを義死とする。その仲間がこの話を聞いて、また奮い立って殉死した者が有った。その者は、『(自分も金沢も同じ相馬氏の臣下である) 我がどうして金沢忠兵衛に後れを取っていいものか。』と言って切腹した。これを侠死とする。もし大して主君に恩があるわけでもない者が、ただ殉死をしたという名を取って、自分の子孫が地位を得て栄えることを計算してするものは、これを利死とする。』と。この老人の言葉を観察してみると、士である者も、この三種の殉死の中から選ぶ死を当然知っていなければならない。」と。

〔原文出典〕

『武将感状記』(七)、『明良洪範』(三)。

福尾勝兵衛 (福尾《ふくを》勝兵衛《かつひょうゑ》)

福尾勝兵衛者、因幡守浅野長治之臣也。方二其主疾病一、心期二殉死一、会禁殉之令出。勝兵衛不レ得レ已、而別立二一案一。及二長治卒、柩車出一、従而送二之野一、埋葬礼畢、諸臣皆散。勝兵衛独彷三徨墓前二不レ去。其家屢使二人迎一レ之。固執不レ動、則饋レ食供レ之。如レ此者連日夜。寺僧輩或勧就二廡下一。辞曰、「僕心已従二君黄泉一。雨露之艱、固非レ所レ避也。」

当二此之時一、長治子長照嗣レ後、為二式部少輔一。知二勝兵衛之志、竟不レ可レ奪也、為築二廬於山間一以居レ之。勝兵衛乃従レ之。弊衣麤食、日掃二墓門塵一、以終二其身一。

寧静子曰、「福尾氏不下以二新令一改中其初心上、乃延陵挂レ剣之心。而守レ墓不レ去、則端木廬二塚上一之志也。嗚呼、一死之侠可レ及也。不死之義不レ可レ及也。」

福尾《ふくを》勝兵衛《かつひょうゑ》は、因幡《いなば》の守《かみ》浅野《あさの》長治《ながはる》の臣《しん》なり。其《そ》の主《しゅ》疾病《やまひへい》なるに方《あた》りて、心《こころ》に殉死《じゅんし》を期《き》せしに、会《たまたま》禁殉《きんじゅん》の令《れい》出《い》づ。勝兵衛《かつひょうゑ》已《や》むことを得《え》ずして、別《べつ》に一案《いちあん》を立《た》つ。長治《ながはる》卒《しゅっ》し、柩車《きゅうしゃ》出《い》づるに及《およ》び、従《したが》ひて之《これ》を野《の》に送《おく》り、埋葬《まいそう》の礼《れい》畢《を》はり、諸臣《しょしん》皆《みな》散《さん》ず。勝兵衛《かつひょうゑ》独《ひと》り墓前《ぼぜん》に彷徨《ほうこう》して去《さ》らず。其《そ》の家《いへ》屢《しばし》ば人《ひと》をして之《これ》を迎《むか》へしむ。固《かた》く執《と》りて動《うご》かざれば、則《すなは》ち食《しょく》を饋《おく》り之《これ》に供《きょう》す。此《かく》の如《ごと》きこと連日夜《れんじつや》なり。寺僧輩《じそうはい》或《ある》いは勧《すす》めて廡下《ぶか》に就《つ》かしむ。雨露《うろ》の艱《かん》、辞《じ》して曰《い》はく、「僕《ぼく》の心《こころ》已《すで》に君《きみ》に黄泉《こうせん》に従《したが》ふ。固《もと》より避《さ》くる所《ところ》に非《あら》ざるなり。」と。

此《こ》の時《とき》に当《あ》たりて、長治《ながはる》の子《こ》長照《ながてる》後《あと》を嗣《つ》ぎ、式部少輔《しきぶしょうゆう》と為《な》る。勝兵衛《かつひょうゑ》の志《こころざし》、竟《つひ》に奪《うば》ふべからざるを知《し》るや、為《ため》に廬《ろ》を山間《さんかん》に築《きづ》き以《もっ》て之《これ》に居《を》らしむ。勝兵衛《かつひょうゑ》乃《すなは》ち之《これ》に従《したが》ふ。弊衣《へいい》麤食《そしょく》して、日《ひ》に墓門《ぼもん》の塵《ちり》を掃《はら》ひ、以《もっ》て其《そ》の身《み》を終《を》ふ。

寧静子《ねいせいし》曰《い》はく、「福尾氏《ふくをし》新令《しんれい》を以《もっ》て其《そ》の初心《しょしん》を改《あらた》めざるは、乃《すなは》ち延陵剣《えんりょうけん》を挂《か》くるの心《こころ》なり。而《しか》して墓《はか》を守《まも》り去《さ》らざるは、則《すなは》ち端木塚上《たんぼくちょうじょう》に廬《ろ》するの志《こころざし》なり。嗚呼《ああ》、一死《いっし》の俠《きょう》は及《およ》ぶべし。不死《ふし》の義《ぎ》は及《およ》ぶべからざるなり。」と。

〔語釈〕

廡下＝のき下。ひさしの下。黄泉＝死者の行く所。あの世。

廬＝いおり。草ぶき屋根の粗末な小屋。麤食＝粗末な食事。

延陵挂剣＝春秋時代、延陵の季札が上国へ赴く途次、徐国に立ち寄った。徐の君は季札の剣を欲したが、口には出さなかった。季札はそのことを察し、帰路それを与えようと徐に行くと、徐の君は既に死去した後であった。そこで季札は剣を墓の木に挂けて去った、という故事に基づく。端木廬塚上＝孔子の弟子の子貢（端木賜）は、孔子の塚上に廬を結んで六年の喪に服したとされる故事。

〔人物解説〕

福尾勝兵衛＝浅野長治の家臣。詳細は未詳。

浅野長治＝（一六一三〜一六七五）備後《びんご》三次《みよし》の藩主。広島浅野長晟《ながあきら》の長子であったが、弟の生母が家康の娘振姫《ふりひめ》であったので、弟が宗家を継いだ。寛永五年（一六二八）五万石を領与されて三次城に治す。勤倹を旨とし奢侈《しゃし》をいましめたため、城下の良俗が生じたという。

〔通釈〕

福尾勝兵衛は、浅野因幡守長治の家来である。主人の長治の病気が重くなったときに、心の中に殉死をすると決心していたが、ちょうどその時殉死を禁止するという布告があった。勝兵衛は大いに失望して、仕方なく一工夫をした。長治が卒去して、柩の車が出発したとき、それに従って野辺送りをし、埋葬の礼が終了して、諸々の臣下の者は皆退散した。勝兵衛はただ一人墓の前をさまよって立ち去らなかった。家からは何度も使者が迎えに来た。勝兵衛は主人のお側を去らないという志を固く守って少しも心を動かさなかったので、仕方なく食物を運んで食べさせた。このようにすることが日夜続いた。寺の僧たちは勧めて寺のひさしの下へ入らせようとした。すると勝兵衛は辞退して、「私の心はすでに主君と冥途にお供しています。雨露に打たれる難儀ぐらいは、固より避けるものではありません。」と言った。

この時期に、長治の子の長照が後継者となり式部少輔となった。勝兵衛の志が堅固で、それを変えさせることはできないと知ると、勝兵衛のために廬を山中に建ててその内に生活させるようにした。勝兵衛はそこでその意に従った。破れ着物を身にまとい粗末な食事をし、毎日墓の掃除をして、その一生を終えた。

寧静子は言う、「福尾勝兵衛が殉死を禁止する新令が出ても殉死するという初めの決心を改めなかったのは、呉の季札が徐君の墓に剣を懸けて立ち去ったのと同じ心である。そうして墓を守って去らなかったのは、端木賜《たんぼくし》(子貢)が孔子の塚のほとりに廬を結んだ心と同じである。ああ男気を出して一朝にして死ぬことはできるだろう。死なずに義を立て通すことは、難しく並大抵でできることではない。」と。

〔原文出典〕
『明良洪範』(六)。

塙団右衛門（塙《はなは》団《だん》右《う》衛《ゑ》門《もん》）

塙団右衛門直之、仕二加藤嘉明一、屢有二戦功一。遂為二銃隊将一、食二禄千石一。及二関原乃役一、加藤氏怒三其違二軍令一、遽罵曰、「如レ汝終身不レ可レ当二将帥之任一者。」直之深啣レ之、遂棄レ禄亡命。留二詩於舎壁一曰、「野水江南遂不レ留、高飛天地一閑鷗（加藤氏、時領二予之松山一。故曰二江南一）。」

後游二事数君一、皆不レ得レ志。去投二妙心寺一為レ僧、師二大竜和尚一、改二名鉄牛一。麻衣草履、猶不レ脱二一剣一、化二飯京中一。京中人莫レ弗二憐而敬一焉。

嘗与㆓大竜㆒赴㆓一商家斎請㆒、鉄牛後至。和尚怒責㆑之曰、「与㆑師会而後、何也。」鉄牛不㆑答、徐布㆓座具㆒、拝跪曰、「一鞭遅到且休㆑怒。君駕㆓大竜㆒吾鉄牛。」和尚投㆓麈尾㆒感歎。

寧静子曰、「塙団戦国一武夫。而能悟㆓禅機㆒如㆑此。真不㆑可㆓多得㆒者矣。但団事、史多㆓録焉者㆒、率係㆓武勇之蹟㆒。余特録㆘其異㆓於衆㆒者㆖、以存㆓奇士㆒。」

塙団右衛門直之《はなはだんうゑもんなほゆき》は、加藤嘉明《かとうよしあき》に仕《つか》へ、屢《しばし》ば戦功《せんこう》有《あ》り。遂《つひ》に銃隊《じゅうたい》の将《しょう》と為《な》り、禄千石《ろくせんごく》を食《は》む。関《せき》が原《はら》の役《えき》に及《およ》び、加藤氏《かとうし》其《そ》の軍令《ぐんれい》に違《たが》ふを怒《いか》り、遽《には》かに罵《ののし》りて曰《い》はく、「汝《なんぢ》の如《ごと》きは終身将帥《しゅうしんしょうすい》の任《にん》に当《あ》たるべからざる者《もの》なり。」と。直之《なほゆき》深《ふか》く之《これ》を啣《ふく》み、遂《つひ》に禄《ろく》を棄《す》てて亡命《ぼうめい》す。詩《し》を舎壁《しゃへき》に留《とど》めて曰《い》はく、「野水江南遂《やすいこうなんつひ》に留《とど》まらず、高《たか》く飛《と》ぶ天地《てんち》の一閑鷗《いっかんおう》（加藤氏《かとうし》、時《とき》に予《よ》の松山《まつやま》を領《りょう》す。故《ゆゑ》に江南《こうなん》と曰《い》ふ）。」と。

後数君《のちすうくん》に游事《ゆうじ》せしが、皆《みな》志《こころざし》を得《え》ず。去《さ》りて妙心寺《みょうしんじ》に投《とう》じて僧《そう》と為《な》り、大竜和尚《だいりゅうをしょう》を師《し》とし、名《な》を鉄牛《てつぎゅう》と改《あらた》む。麻衣草履《まいそうく》して、猶《な》ほ一剣《いっけん》を脱《だつ》せず、京中《けいちゅう》に化飯《かはん》す。京中《けいちゅう》の人憐《ひとあは》れんで敬《けい》せざるは莫《な》し。

嘗《かつ》て大竜《だいりゅう》と一商家《いっしょうか》の斎請《さいせい》に赴《おもむ》くに、鉄牛後《てつぎゅうおく》れて至《いた》る。和尚怒《をしょういか》り之《これ》を責《せ》めて曰《い》はく、「師《し》と会《かい》して後《おく》るるとは、何《なん》ぞや。」と。鉄牛答《てつぎゅうこた》へず、徐《おもむ》ろに座具《ざぐ》を布《し》き、拝《はい》跪《き》して曰《い》はく、「一鞭遅《いちべんおそ》く到《いた》るも且《しば》らく怒《いか》るを休《や》めよ。君《きみ》は大竜《だいりゅう》に駕《が》し吾《われ》は鉄牛《てつぎゅう》。」と。和尚麈尾《をしょうしゅび》を投《とう》じて感《かん》歎《たん》す。

寧静子《ねいせいし》曰《い》はく、「塙団《はなはだん》は戦国《せんごく》の一武夫《いちぶふ》なり。而《しか》るに能《よ》く禅機《ぜんき》を悟《さと》ること此《かく》の如《ごと》し。真《まこと》に多《おほ》く得《う》べからざる者《もの》なり。但《た》だ団《だん》の事《こと》、史録《しろく》する者多《ものおほ》きも、率《おほむ》ね武勇《ぶゆう》の蹟《せき》に係《かか》る。余特《よとく》に其《そ》の衆《しゅう》に異《こと》なる者《もの》を録《ろく》し、以《もっ》て奇士《きし》を存《そん》す。」と。

〔語釈〕

将師＝軍を率いる将軍。大将。**游事**＝渡りあるいて仕える。**妙心寺**＝山城の国（現在の京都府の南部）にある寺。**化飯**＝托鉢して歩く。修行僧が各戸で布施する米銭を鉄鉢で受けてまわること。**斎請**＝法事の招待。**一鞭**＝一むち。少しばかり。**麈尾**＝ほっす。僧が法語のときに煩悩を払う標識として手に持つ法具。**禅機**＝禅の修行によって得た無我の境から生まれる心の働き。**奇士**＝群を抜いてすぐれた人物。ここではすぐれた武士の意。

〔人物解説〕

塙団右衛門直之＝（一五六七～一六一五）加藤嘉明に仕えていたが、関が原の合戦で軍令に背いたことが原因で嘉明のもとを去った。その後、小早川秀秋に千石で仕え、秀秋の死後は松平忠吉、次いで福島正則に仕えたが、嘉明の干渉によって浪人となった。一時期妙心寺の僧となったが、慶長十九年（一六一四）に大坂入城、大野治房隊に属した。翌年夏の陣で和泉樫井において敗死した。

〔通釈〕

塙団右衛門直之は、加藤嘉明に仕えて、しばしば戦功が有った。遂には鉄砲隊の隊長となり、禄千石を得ていた。関が原の合戦の際に、嘉明は団右衛門が軍令に違反したことを怒って、突然大声を出して、「おぬしのような者は、生涯大将役は出来ない者だ。」とののしった。直之は深くこのことを恨んで心に忘れず、遂に禄を放棄して他国へ去った。去るとき詩句を邸宅の壁に書き留めた。その内容は、「加藤氏の領地江南にはいつまでも留まることはできません、これからは高く飛び遊んで一羽の気楽な鷗となります（加藤氏は、当時伊予の松山を領地としていた。そのために江南と表現した）。」というものであった。

団右衛門はその後諸国の大名に渡り仕えたが、いずれも満足できなかった。去って京都の妙心寺に入って僧となり、大竜和尚を師僧として、名を鉄牛と改めた。麻の衣を着てわらじを履いていたけれども、なお一刀を離さず、京都の町の中を托鉢してまわった。京都の町の人々は気の毒に思って団右衛門を敬った。

或るとき師僧の大竜とある商家の仏事の招きに出かけて、鉄牛が遅れて来た。和尚は怒って鉄牛を責めて、「師僧と出会う約束をして遅れて来るとは、何事であるか。」と言った。すると鉄牛は返事もせずに、静かに座蒲団を布き、拝してひざまずいて、「一鞭遅くなりましたがひとまずお怒りをお収め下さい。師僧は大竜に乗り私は鉄牛に乗って来たのですから。」と偈《げ》（韻文の形）で返答した。和尚は払子を投げ出して感嘆した。

寧静子は言う、「塙団右衛門は戦乱が絶えなかった時代の一人の武士である。それなのに禅に基づく心の働きを身につけることができたのはここに述べた通りである。めったに得ることのできない人である。団右衛門のことは、史書に書かれたことは多いけれども、大概は武勇の事柄である。私は特に多くの人と異なったことを記録して、すぐれた武士の存在を伝えようとしたのである。」と。

〔原文出典〕

『武辺咄聞書』(二)。

雲居和尚（雲居《うんご》和尚《をしょう》）

雲居和尚、塙団右衛門之子也。徳慧名望、高ニ乎一時一。団死ニ於大坂之役一。雲居索ニ其遺骸一、厚葬レ之、遂治レ任赴ニ奥州一。蓋以レ有ニ国主之聘一也。

取ニ路東山一、出ニ青野原一、有ニ草賊七人一。遮レ路来逼曰、「奴輩苦ニ饑寒一。欲レ乞ニ貴僧草鞋銭一。」雲居従容、応レ之曰、「不腆腰纏、得レ御ニ公等窮一幸矣。」挙レ嚢付レ之而行。盗等傾レ嚢得ニ七金一、各分ニ其一一、猶尾而来曰、「欲下併ニ衣帯一得上レ之。」雲居於レ是抛レ錫曰、「甚哉公等之不レ悟也。夫千里裸跣、雖ニ緇徒一不レ可レ為。公等必欲レ得レ之、請併ニ身命一取レ之。」端坐不レ動。

盗等惻然感悟、相告謂、「吾輩久行ニ剽掠一、未レ見ニ挙止整暇如レ此。是必高徳之僧也。」各返ニ其金一、羅ニ拝道旁一曰、「願削レ髪為ニ弟子一。幸恕ニ前過一。」雲居乃起曰、「公等苟如レ此、貧道亦不ニ敢辞一。」遂相従至ニ松島瑞岩寺一。後皆修レ業、各為ニ一庵住僧一。

寧静子曰、「余聞ニ之郷人一。雲居在ニ瑞岩寺一、毎夜往ニ御島石窟一、坐禅焉。有ニ一少年一、欲レ験ニ其悟道一、踞ニ路旁松梢一以待。雲居至、則手固攫ニ其頭一。雲居佇立不レ動。乃放レ之。後数日、其人問曰、『師不レ見レ怪乎。』雲居曰、『無レ見也。但嘗暗中有レ物、攫ニ吾頭一。吾覚ニ其手肉温暖一、以為ニ少年輩作レ戯耳。』併ニ観此事一、雲居之為ニ超悟僧一、益可レ想也。」

雲居《うんご》和尚《をしょう》は、塙団右衛門《はなはだんうゑもん》の子《こ》なり。徳慧名望《とくけいめいばう》、一時《いちじ》に高《たか》し。団大坂《だんおほさか》の役《えき》に死《し》す。雲居其《うんごそ》の遺骸《いがい》を索《もと》めて、厚《あつ》く之《これ》を葬《はうむ》り、遂《つひ》に任《にん》を治《をさ》め奥州《おうしゅう》に赴《おもむ》く。蓋《けだ》し国主《こくしゅ》の聘《へい》有《あ》るを以《もっ》てなり。

路《みち》を東山《とうざん》に取《と》りて、青野《あをの》が原《はら》に出《い》でしとき、草賊七人《そうぞくしちにん》有《あ》り。路《みち》を遮《さへぎ》り来《きた》り逼《せま》りて曰《い》はく、「奴輩《どはい》饑寒《きかん》に苦《くる》しむ。貴僧《きそう》に草鞋銭《そうあいせん》を乞《こ》はんと欲《ほっ》す。」と。雲居《うんご》従容《しょうよう》として、之《これ》に応《こた》へて曰《い》はく、「不腆《ふてん》の腰纏《ようてん》、公等《こうら》の窮《きゅう》を御《ぎょ》するを得《え》ば幸《さいは》ひなり。」と。嚢《のう》を挙《あ》げて之《これ》に付《ふ》して行《い》く。盗等《とうら》嚢《のう》を傾《かたむ》け七金《しちきん》を得《え》て、各《おのお》の其《そ》の一《いつ》を分《わか》ち、猶《な》ほ尾《び》して来《きた》りて曰《い》はく、「衣帯《いたい》を併《あは》せて之《これ》を得《え》んと欲《ほっ》す。」と。雲居《うんご》是《ここ》に於《おい》て錫《しゃく》を抛《なげう》ちて曰《い》はく、「甚《はなは》だしいかな公等《こうら》の悟《さと》らざるや。夫《そ》れ千里裸跣《せんりらせん》は、緇徒《しと》と雖《いへど》も為《な》すべからず。公《こう》等《ら》必《かなら》ず之《これ》を得《え》んと欲《ほっ》せば、請《こ》ふ身命《しんめい》を併《あは》せて之《これ》を取《と》れ。」と。端坐《たんざ》して動《うご》かず。

盗等《とうら》惻然《そくぜん》として感悟《かんご》し、相《あ》ひ告《つ》げて謂《い》ふ、「吾《わ》が輩《はい》久《ひさ》しく剽掠《ひょうりゃく》を行《おこな》へども、未《いま》だ挙止《きょし》の整暇《せいか》なること此《かく》の如《ごと》きを見《み》ず。是《こ》れ必《かなら》ず高徳《こうとく》の僧《そう》ならん。」と。各《おのお》の其《そ》の金《かね》を返《かへ》し、道傍《どうぼう》に羅拝《らはい》して曰《い》はく、「願《ねが》はくは髪《かみ》を削《けづ》りて弟子《ていし》と為《な》らん。幸《さいは》ひに前過《ぜんか》を恕《じょ》せよ。」と。雲居《うんご》乃《すなは》ち起《た》ちて曰《い》はく、「公等《こうら》苟《いやし》くも此《かく》の如《ごと》くならば、貧道《ひんどう》も亦《ま》た敢《あ》へて辞《じ》せず。」と。遂《つひ》に相《あ》ひ従《したが》へて松島《まつしま》の瑞岩寺《ずいがんじ》に至《いた》る。後《のち》皆《みな》業《ぎょう》を修《をさ》めて、各《おのお》の一庵《いちあん》の住僧《じゅうそう》と為《な》る。

寧静子《ねいせいし》曰《い》はく、「余《よ》之《これ》を郷人《きょうじん》に聞《き》く。雲居《うんご》瑞岩寺《ずいがんじ》に在《あ》りて、毎夜《まいよ》御島《おしま》の石窟《せっくつ》に往《ゆ》きて、坐禅《ざぜん》す。一少年《いちしょうねん》有《あ》り、其《そ》の悟道《ごどう》を験《けん》せんと欲《ほっ》し、路傍《ろぼう》の松梢《しょうしょう》に踞《きょ》して以《もっ》て待《ま》つ。雲居《うんご》至《いた》れば、則《すなは》ち手《て》にて固《かた》く其《そ》の頭《かうべ》を攫《つか》む。雲居《うんご》佇《ちょ》立《りつ》して動《うご》かず。乃《すなは》ち之《これ》を放《はな》つ。後数日《のちすうじつ》、其《そ》の人《ひと》問《と》ひて曰《い》はく、『師怪《しかい》を見《み》ざるや。』と。雲居《うんご》曰《い》はく、『見《み》ること無《な》し。但《た》だ嘗《かつ》て暗中《あんちゅう》に物《もの》有《あ》りて、吾《わ》が頭《かうべ》を攫《つか》む。吾《われ》其《そ》の手肉《しゅにく》の温暖《おんだん》を覚《おぼ》へ、以《もっ》て少年輩《しょうねんはい》の戯《たはむ》れを作《な》すと為《な》すのみ。』と。此《こ》の事《こと》を併観《へいかん》すれば、雲居《うんご》の超悟僧《ちょうごそう》たること、益《ますま》す想《おも》ふべきなり。」と。

〔語釈〕

徳慧＝道徳と知恵がすぐれている。徳がすぐれていること。大坂之役＝徳川家康が豊臣家を滅ぼそうと大阪城を攻撃した戦い。治任＝荷物をまとめる。『孟子』滕文公編の「門人任を治めて将に帰らんとす。」に基づく。東山＝東山道のこと。滋賀県から中部地方の山間部・関東地方の北部を経て奥羽地方に至る道路。青野原＝美濃国（現岐阜県内）の地。草賊＝おいはぎ。通行人をおどかして衣類や持物などを奪う者。奴輩＝わたしたち。てまえども。自分の謙称。草鞋銭＝草履を買う金銭。転じてわずかな旅費。ここでは少しばかりの金銭の意。不腆＝僧侶が自分のことをいう謙譲語。腰纏＝腰にまとう。転じて携帯している物。錫＝道士や僧の用いる杖《つえ》の一種。裸跣＝はだかとはだし。緇徒＝僧侶の身。端坐＝姿勢を正してすわること。正座。惻然＝いたましく思う。ここでは、相手を気の毒に思うさま。剽掠＝おびやかしかすめる。強奪する。整暇＝容姿をととのえて、ゆったりしているさま。貧道＝僧が自分を卑下していう謙称。愚僧と同じ。瑞岩寺＝瑞巌寺。宮城県松島にある臨済宗の寺。悟道＝さとり。ここではさとりの程度。

〔人物解説〕

雲居和尚＝（一五八二～一六五九）江戸初期の僧。元和元年（一六一五）大坂夏の陣に大坂城を守る兄を密かに訪れ、鉄蔵主と称して作戦に参画し、大坂方と運命を共にすることを約した。この一件が徳川方へ聞こえ、師の妙心寺の幡《ばん》桃院《とういん》一宙《いっちゅう》が捕らえられると、自ら名乗り出て縛についた。家康はその信義に感じて二人を赦した。のち諸国を行脚《あんぎゃ》する生活を続けていたが、伊達家の再三の招聘を受けて松島瑞巌寺の住職となった。雲居の開山による寺院は仙台領内には数多くある。

〔通釈〕

雲居和尚は、塙団右衛門の息子である。徳があり智慧があってその名が一気に高くなった。団右衛門は大坂の役に討死した。雲居はその死骸を探し求めて、厚く葬り、その後で旅の荷物を用意して奥州に赴いた。思うに仙台藩主のお招きがあったためであろう。

その路を東山道に取り、美濃の青野が原に出たとき、追いはぎ七人が現れた。追いはぎは路をふさいで迫って来て、「我々はひもじさと寒さに苦しんでいる。貴僧に草鞋銭をもらいたい。」と言った。雲居は落ち着いて、「わずかばかり持っている私の持ち物が、そなたたちの困苦を救うことができれば幸である。」と答えた。そして路用金の入った袋をそのまま追いはぎに与えて歩みを続けた。盗人たちは袋の中から七両の金を手に入れて、それぞれ一両ずつを取り、なお後をつけて来て、「着物も帯も置いて行け。」と言った。雲居はここで錫杖を投げすてて、「ひどいではないか、そなたたちの訳のわからないことは。そもそも遠い道のりをはだかはだしで歩くことは、僧侶でもできない。そなたたちがどうしてもこれを取ろうとするのならば、命も合わせて取れ。」と言った。そして正座して動かなかった。

盗人たちも相手を気の毒に思う心を起こして感じ悟り、互いに告げあって、「我らは長い間追いはぎを働いてきたけれども、起居振る舞いが落ち着いて乱れない、このような人は今までに見たことがない。これは必ず徳の高い名僧にちがいない。」と言った。そしてそれぞれ金を返し、道の傍らに並んで手をついて、「髪を削って、弟子にならせて下さい。どうか先ほどの無礼をお許し下さい。」と言った。雲居はそこで起ち上がって、「そなたたちがかりにもそう願うのであれば、自分もまた断りはしない。」と答えた。遂に雲居は盗人たちを引きつれて松島の瑞巌寺に至った。その後盗人たちは皆仏道を修業して、それぞれ一庵の住僧となった。

　寧静子は言う、「自分は郷里の人にこんなことを聞いた。雲居和尚が瑞巌寺に居るとき、毎夜松島の中にある御島の岩屋に行って、坐禅をした。一人の若者が有り、その悟りの力を試そうと思って、道ばたの松の木の梢に腰をかけて雲居の来るのを待った。雲居がやって来たので、手で固くその頭をつかんだ。雲居は立ち止まって動かなかった。そこでその手をはなした。その後数日して、その若者が雲居に、『和尚は怪物を見ませんでしたか。』とたずねた。雲居はこれに答えて、『見たことは無い。ただある時暗がりの中に物が有って、私の頭をつかんだ。私はそのつかんだ手の内に暖かみがあったので、若者が悪戯をしたことと思っている。』と言った、という。この事実を本文の事実と併せて観察すると、雲居が悟りの優れた僧であると、益々思われる。」と。

〔原文出典〕

『明良洪範』（六）。

怪猴（怪猴《かいこう》）

　芸之広島、有㆓福島伊予者㆒。其正庁之厠、夜夜有㆑怪出焉。人莫㆓敢入㆒㆑之。一夕武藤・坂井・大橋・真木・村上諸人来集。時塙団右衛門亦往、談論移㆑刻、団起之㆑厠。主人慮㆓其有㆒㆑異、使㆘侍童執㆑燭従㆖㆑之。

　厠在㆓大松樹下㆒、蔦蘿纏㆓其上㆒。忽有㆑物下、簌簌有㆑声。陰風一綫、驃然墜㆓屋上㆒。団謂、「是所㆑云怪者。」屏息竢㆑之。既而怪拠㆓屋端㆒、俯闖㆓厠中㆒。面如㆓赤夜叉㆒、目光爛爛射㆑人。団張㆑眼叱㆑之。怪転㆑身下、直自㆓厠底㆒、手摩㆓団之臀㆒。団伸㆑臂執㆑之、怪

則躍上レ屋、闖レ之如レ前。於レ是団決起、攫二其腕一、極レ力牽レ之、厠戸為破、燭滅。怪在二暗中一輾転欲レ逸。向之侍童、走来猗二其脚一。団急抽二腰刀一刺レ之。

　庁中主客、聞二其声一也、争来燭レ之。団満身被二鮮血一、淋漓朱殷。怪則庬然僵在レ地矣。迫視レ之、乃一大獼猴之極老者云。

　寧静子曰、「世俗所謂、怪云者、往往有二形気一触レ人、而無レ見二其物一也。其実非レ無レ物、無レ有下如二塙団其人一者、捕而獲上之耳。夫猿狖狐狸諸妖獣之外、寧別有二怪云者一乎。因思昔者源三位所レ射怪獣、亦安知レ非二是等之類一耶。」

芸《げい》の広島《ひろしま》に、福島伊予《ふくしまいよ》という者《もの》有《あ》り。其《そ》の正庁《せいちょう》の厠《かはや》に、夜夜怪有《よよかいあ》りて出《い》づ。人敢《ひとあ》へて之《これ》に入《い》ること莫《な》し。一夕《いっせき》武藤《むとう》・坂井《さかゐ》・大橋《おほはし》・真木《まき》・村上《むらかみ》の諸人来《しょじんきた》り集《あつ》まる。時《とき》に塙団右衛門《はなはだんうゑもん》も亦《ま》た往《ゆ》き、談論刻《だんろんこく》を移《うつ》し、団起《だんた》ちて厠《かはや》に之《ゆ》く。主人其《しゅじんそ》の異有《いあ》るを慮《おもんぱか》り、侍童《じどう》をして燭《しょく》を執《と》りて之《これ》に従《したが》はしむ。

　厠《かはや》は大松樹《だいしょうじゅ》の下《もと》に在《あ》りて、蔦蘿《ちょうら》其《そ》の上《うへ》を纏《まと》ふ。忽《たちま》ち物有《ものあ》り下《くだ》り、簌簌《そくそく》として声有《こゑあ》り。陰風一綫《いんぷういっせん》、驍然《かくぜん》として屋上《おくじょう》に墜《お》つ。団謂《だんおも》へらく、「是《こ》れ云《い》ふ所《ところ》の怪《かい》なる者《もの》か。」と。屏息《へいそく》して之《これ》を竢《ま》つ。既《すで》にして怪屋端《かいおくたん》に拠《よ》り、俯《ふ》して厠中《しちゅう》を闖《うかが》ふ。面《おもて》は赤夜叉《あかやしゃ》の如《ごと》く、目光爛爛《もくこうらんらん》として人《ひと》を射《い》る。団眼《だんまなこ》を張《は》り之《これ》を叱《しっ》す。怪身《かいみ》を転《てん》じて下《くだ》り、直《ただ》ちに厠底《してい》より、手《て》にて団《だん》の臂《しり》を摩《ま》す。団臂《だんひ》を伸《の》べて之《これ》を執《とら》へんとすれば、怪則《かいすなは》ち躍《おど》りて屋《おく》に上《のぼ》り、之《これ》を闖《うかが》ふこと前《まへ》の如《ごと》し。是《ここ》に於《お》いて団決起《だんけっき》して、其《そ》の腕《うで》を攫《つか》み、力《ちから》を極《きは》めて之《これ》を牽《ひ》けば、厠《かはや》の戸為《とため》に破《やぶ》れ、燭滅《しょくめつ》す。怪暗中《かいあんちゅう》に在《あ》りて輾転《てんてん》して逸《いつ》せんと欲《ほっ》す。向《さき》の侍童《じどう》、走《はし》り来《きた》りて其《そ》の脚《あし》に猗《よ》る。団急《だんいそ》ぎ腰刀《ようとう》を抽《ぬ》きて之《これ》を刺《さ》す。

　庁中《ちょうちゅう》の主客《しゅかく》、其《そ》の声《こゑ》を聞《き》くや、争《あらそ》ひ来《きた》りて之《これ》を燭《しょく》す。団満身鮮血《だんまんしんせんけつ》を破《かうむ》り、淋漓朱殷《りんりしゅいん》たり。怪《かい》は則《すなは》ち庬然《ぼうぜん》として僵《たほ》れて地《ち》に在《あ》り。迫《せま》りて之《これ》を視《み》れば、乃《すなは》ち一大獼猴《いちだいびこう》の極《きは》めて老《お》いたる者《もの》と云《い》ふ。

　寧静子曰《ねいせいしい》はく、「世俗《せぞく》の所謂《いはゆる》、怪《かい》と云《い》ふ者《もの》は、往往形気《おうおうけいき》有《あ》り人《ひと》に触《ふ》れて、其《そ》の物《もの》を見《み》ること無《な》し。其《そ》の実《じつ》は物《もの》無《な》きに非《あら》ず、塙団其《はなはだんそ》の人《ひと》の如《ごと》き者《もの》の、捕《と》らへて之《これ》を獲《う》る有《あ》る無《な》きのみ。夫《そ》れ猿狖狐狸諸妖獣《えんゆうこりしょようじゅう》の外《ほか》、寧《いづ》くんぞ別《べつ》に怪《かい》と云《い》ふ者有《ものあ》らんや。因《よ》りて思《おも》ふ昔者源三位《むかしげんざんみ》射《い》る所《ところ》の怪獣《かいじゅう》も、亦《ま》た安《いづ》くんぞ是等《これら》の類《るい》に非《あら》ざるを知《し》らんや。」と。

〔語釈〕

正庁＝表座敷。談論＝語り論じる。談話や議論。簌簌＝がさがさという音。一綫＝風が一ふき吹く。駭然＝物の裂けて落ちる音。屏息＝息をひそめる。息を殺して恐れつつしむさま。赤夜叉＝赤鬼。夜叉は人間を食うといわれる鬼。爛爛＝きらきらと光るさま。輾転＝ころげまわる。淋漓＝血や汗などがたらたら流れるさま。朱殷＝赤く染まっている。厖然＝非常に大きな形。獼猴＝さる。形気＝そのものの形と気。狖＝黒いろのさる。くもざる。

〔人物解説〕

福島伊予＝（一五六一～一六二四）福島正則《まさのり》。安土桃山・江戸初期の武将。天正十一年（一五八三）の賤が岳の戦いで一番槍、一番首の働きがあって頭角を現した。以後小牧の役・九州の役・小田原の役・朝鮮の役などでそれぞれ戦功を積み、秀吉の侍従にまで昇進した。秀吉の没後は石田三成との不和が続き、次第に心を家康に寄せ、関が原の戦いには徳川方の先鋒をつとめた。この時に討ち取った首級は二百五級にのぼったという。この絶大な功労を賞して家康は安芸《あき》・備後《びんご》の二国の大封を授けた。その後参議、従三位となったが、広島城の修築を責められ、減封されて信濃に移され、さらに幕臣とされて蟄居中に病没した。

塙団右衛門＝一七四頁参照。

源三位＝（一一〇四～一一八〇）源頼政《よりまさ》。平安末期の武将・歌人。早くから朝廷に出仕し、白河院判官代・蔵人・兵庫頭などを歴任、保元の乱では後白河天皇、平治の乱では平清盛にくみして戦い、源氏勢が凋落して行った中で例外的に宮廷武士としての地位を維持した。その後清盛の強い推挙によって破格の従三位に叙せられ、源三位頼政と呼ばれた。治承四年（一一八〇）以仁王《もちひとおう》と平氏討滅の計画が露顕し、円城寺で挙兵したが失敗し、脱出の途中宇治川の戦いで奮戦の末自害した。宮中で鵺《ぬえ》を退治した武勇は有名である。

〔通釈〕

安芸の広島に、福島伊予という者が有った。その表座敷の便所に、毎夜怪物が出た。人々はその便所を使用することが無くなった。ある夜にこの家へ武藤・坂井・大橋・真木・村上の諸氏が来て集まった。その時たまたま塙団右衛門もまた訪ねてきて、長い間話題に花を咲かせた後、団右衛門は起って便所へ行った。主人は便所に異常が有るのを心配して、側使いの小姓に手燭を持たせて付いて行かせた。

　便所は大きな松の木の下にあって、つたかずらがその上をおおっていた。突然落ちてくる物があってがさがさという音がした。気味の悪い風がさっと吹いてきて、ばたりと屋根の上に物が落ちた。団右衛門は、「これが謂うところの怪物であるか。」と思った。そして息をひそめて待った。間もなく怪物が屋根の端によって、うつ伏せになって便所の中をのぞきこむ。その顔は赤鬼のようで、目の光がきらきらとして人を射る。団右衛門はにらみつけてこれを叱った。怪物は身をかわして屋根から下り、直ぐに便所の底から、手を出して団右衛門の臀を撫でた。団右衛門が手を伸ばしてこれを捕らえようとすると、怪物は躍り上がって屋根に上り、様子をうかがうことは前と同じである。ここで団右衛門は思い切って起ち上がって、その腕をつかんで、力をこめて引っぱると、便所の戸はこのために破れ、手燭は消えた。怪物は暗がりの中に居て、ころころと転げまわって逃れようとする。先ほどの小姓が走って来て怪物の足をつかんだ。団右衛門は急いで腰の刀を抜いてこれを刺し殺した。

　座敷の中の主人と客とは、その声を聞くと、我先にと出て来て明りをつけた。団右衛門は全身に赤い血をあび、たらたらと血がしたたり落ちていた。怪物は大きな形で地面に倒れていた。近付いて見ると、それは一匹の大きな猿の年老いたものであったという。

　寧静子は言う、「世の人の言う怪物というものは、ときどき形と気が有って人にさわっても、その物体を見ることが無い。しかしその実は物が無いのではない、塙団右衛門のように、捕らえてこれを獲物にする人が無いのである。そもそも猿や猿に似て毛色の黒いものや狐や狸などのあやしい獣の他に、どうして別に怪物というものがあろうか。そんなものはない。だから思うに、昔源三位頼政が射た怪獣も、またどうしてこれ等の類でないということを知ることができようか（この類であるかも知れない）。」と。

〔原文出典〕

『武辺咄聞書』（二）。

敗天公（敗天公《はいてんこう》）

豊後岡城外数百歩、有二諸士塋域一。毎二風雨夜晦一、有二怪禽一出、腷膊鼓レ羽、其声如レ豹。士女相戒、莫三敢過二其所一云。

赤座七郎、岡藩砲隊長也。其妻村井氏弟伴、勇而好レ武。時寄二寓赤座氏一。一夕自レ外帰、途過二怪之所一。忽有レ物飛払二頭上一、随レ風淅瀝有レ声。村井意欲二生縛一、衝レ暗徐進、従二其声一以捕レ之、則敗天公之懸レ籬而不レ墜者矣。村井乃解二其懸一、持以帰二赤座氏一、連呼曰、「起、起。我獲二怪物一矣。」赤座蹴レ衾起、則村井執二敝笠一在レ手。笑曰、「果如レ所レ聞。其腷膊者、此怪之触レ籬婆娑也。其声如レ豹者、此怪之受レ風飛鳴也。」相共拍レ掌。

明日岡城人伝誦曰、「怪既為二村井氏所一レ捕矣。夜行無二復所一レ患。」

寧静子曰、「世之妖云怪云者、率皆敗天公之類耳。咄咄怪事、可三以解二盲俗之惑一矣。」

豊後《ぶんご》の岡城《おかじょう》の外数百歩《そとすうひゃっぽ》に、諸士《しょし》の塋域《えいいき》有《あ》り。風雨夜《ふううよ》晦《くら》き毎《ごと》に、怪禽《かいきん》有《あ》りて出《い》で、腷膊《ふくはく》して羽《はね》を鼓《こ》し、其《そ》の声《こゑ》豹《ひょう》の如《ごと》し。士女《しじょ》相《あ》ひ戒《いまし》めて、敢《あ》へて其《そ》の所《ところ》を過《す》ぐること莫《な》しと云《い》ふ。

赤座七郎《あかざしちろう》は、岡藩《おかはん》の砲隊長《ほうたいちょう》なり。其《そ》の妻村井氏《つまむらゐし》の弟《おとうと》伴《ばん》は、勇《ゆう》にして武《ぶ》を好《この》む。時《とき》に赤座氏《あかざし》に寄寓《きぐう》す。一夕外《いちせきそと》より帰《かへ》り、途《みち》に怪《かい》の所《ところ》を過《す》ぐ。忽《たちま》ち物《もの》有《あ》りて飛《と》んで頭上《ずじょう》を払《はら》ひ、風《かぜ》に随《したが》ひて淅瀝《せきれき》たる声《こゑ》有《あ》り。村井意《むらゐこころ》に生縛《せいばく》せんと欲《ほっ》し、暗《あん》を衝《つ》きて徐《おもむ》ろに進《すす》み、其《そ》の声《こゑ》に従《したが》ひ以《もっ》て之《これ》を捕《と》らふれば、則《すなは》ち敗天公《はいてんこう》の籬《まがき》に懸《か》かりて墜《お》ちざる者《もの》なり。村井《むらゐ》乃《すなは》ち其《そ》の懸《か》かるを解《と》き、持《じ》して以《もっ》て赤座氏《あかざし》に帰《かへ》り、連呼《れんこ》して曰《い》はく、「起《お》きよ、起《お》きよ。我怪物《われかいぶつ》を獲《え》たり。」と。赤座衾《あかざきん》を蹴《け》りて起《お》くれば、則《すなは》ち村井敝笠《むらゐへいりゅう》を執《と》りて手《て》に在《あ》り。笑《わら》ひて曰《い》はく、「果《は》たして聞《き》く所《ところ》の如《ごと》し。其《そ》の腷膊《ふくはく》する者《もの》は、此《こ》の怪《かい》の籬《まがき》に触《ふ》れて婆娑《ばさ》するなり。其《そ》の声《こゑ》の豹《ひょう》の如《ごと》き者《もの》は、此《こ》の怪《かい》の風《かぜ》を受《う》けて飛鳴《ひめい》するなり。」と。相《あ》ひ共《とも》に掌《て》を拍《う》つ。

明日《あくるひ》岡城《おかじょう》の人《ひと》伝誦《でんしょう》して曰《い》はく、「怪既《かいすで》に村井氏《むらゐし》の捕《と》らふる所《ところ》と為《な》る。夜行《やこう》復《ま》た患《うれ》ふる所無《ところな》し。」と。

寧静子《ねいせいし》曰《い》はく、「世《よ》の妖《よう》と云《い》ひ怪《かい》と云《い》ふ者《もの》、率《おほむ》ね皆敗《みなはい》天公《てんこう》の類《たぐひ》のみ。咄咄怪事《とつとつかいじ》、以《もっ》て盲俗《もうぞく》の惑《まど》ひを解《と》くべし。」と。

〔語釈〕

塋域＝墓地。はかば。膃膊＝はばたき。淅瀝＝風・雨・落葉などのさびしい音の形容。ここでは、ひゅうという音。敗天公＝破れた笠。婆娑＝ばさばさという音。咄咄怪事＝驚くべき奇怪なこと。盲俗＝物事の道理のわからない俗人。ここでは、怪事に驚く一般の人々のこと。

〔人物解説〕

赤座七郎＝赤座七郎兵衛。中川秀重の家臣。岡藩の砲隊長。詳細は未詳。

村井伴＝村井右衛門。赤座七郎の義弟。詳細は未詳。

〔通釈〕

豊後の岡城の城外数百歩の所に、同藩士の墓地が有る。風が吹き雨の降る暗い夜にはいつも、怪しい鳥が現れて、羽ばたきをして羽音を立て、その鳴き声は豹のようであった。藩の男も女も互いに気を付け合って、しいてその所を通る者は無かったという。

赤座七郎は、同藩の砲隊長である。その妻村井氏の弟の伴某は、勇気があって武芸を好んだ。その頃赤座氏の所に寄留をしていた。ある夜外出から帰り、その途中で怪物の出る所を通った。たちまち怪物が現れて飛んで来て頭の上を払い、風に随ってぴゅうという寂しい声がする。村井は心の中で怪物を生捕りにしようと思って、暗がりに向かって静かに進み、その声をたよりにして怪物を捕らえて見ると、破れた笠が籬に引っ懸かって落ちないでいるものであった。村井はそこでその懸かった紐を解いて、敗れた笠を持って赤座氏の宅に帰り、連呼して、「起きなさい、起きなさい。わしは怪物を捕らえたぞ。」と言った。赤座が夜具を蹴って起きてくると、村井は破れ笠を手に持って立っていた。そして笑いながら、「果たして聞いていた通りでしたよ。怪物が羽ばたきするというのは、その化物が籬にさわってばさばさと音を立てていたのです。声が豹のようであるというのは、この化物が風を受けて音を飛ばしていたのです。」と言った。そして共に手を拍って笑った。

翌日岡城の人々は言い伝えて、「怪物は既に村井氏に捕らえられた。夜そこを通ってももう心配することは無い。」と言った。

寧静子は言う、「世間で妖と言い怪と言うものは、大概皆破れ笠の類である。驚くべき奇怪といわれるものは、それを明かすことによって人々の抱く疑惑を解くことができる。」と。

〔原文出典〕

『明良洪範』（八）。

利常品二諸将一（利常《としつね》諸将《しょしょう》を品《ひん》す）

加賀黄門利常、択下其臣通二古事一者四五輩上、充二侍御一。謂二之談臣一。

一夕論二近古英雄一。談臣問二利常一曰、「豊太閤若何。」曰、「天資無レ匹。」「織田右府若何。」曰、「勇武絶倫。」次問二謙信一、曰、「卓二越尋常一。」又次問二信玄一、掉レ頭曰、「褊浅卑狭、不レ足レ道耳。」

寧静子曰、「此論実獲二我心一。録以為二此巻圧尾一。」

加賀黄門利常《かがこうもんとしつね》、其《そ》の臣《しん》の古事《こじ》に通《つう》ずる者《もの》四五輩《しごはい》を択《えら》びて、侍御《じぎょ》に充《あ》つ。之《これ》を談臣《だんしん》と謂《い》ふ。

一夕近古《いっせききんこ》の英雄《えいゆう》を論《ろん》ず。談臣利常《だんしんとしつね》に問《と》ひて曰《い》はく、「豊太閤《ほうたいこう》は若何《いかん》。」と。曰《い》はく、「天資匹無《てんしたぐひな》し。」と。「織《お》田右府《だうふ》は若何《いかん》。」と。曰《い》はく、「勇武絶倫《ゆうぶぜつりん》なり。」と。次《つぎ》に謙信《けんしん》を問《と》ふに、曰《い》はく、「尋常《じんじょう》に卓越《たくえつ》す。」と。又《ま》た次《つぎ》に信玄《しんげん》を問《と》ふに、頭《かうべ》を掉《ふ》って曰《い》はく、「褊浅卑狭《へんせんひきょう》にして、道《い》ふに足《た》らざるのみ。」と。

寧静子《ねいせいし》曰《い》はく、「此《こ》の論実《ろんじつ》に我《わ》が心《こころ》を獲《え》たり。録《ろく》して以《もっ》て此《こ》の巻《かん》の圧尾《あつび》と為《な》す。」と。

〔語釈〕

侍御＝おそば勤めの役。若何＝どのようであるか。性質や状態を問う。無匹＝たぐいがない。他に比較する者がいないほどすぐれている。絶倫＝比類がない。尋常＝なみのもの。卓越＝他よりも抜きん出てすぐれている。褊浅＝こころがせまくあさいこと。圧尾＝おさえ。

〔人物解説〕

加賀黄門利常＝（一五九四～一六五八）前田利常。加賀藩第三代藩主。慶長十年（一六〇五）兄利長の後を継いで藩主となる。徳川幕府との緊張関係が残っていた時代で、幕府から少しでも謀反の疑いをかけられないよう隠忍を保ち、寛永八年（一六三一）に軍事力強化の疑いがかけられた際は、自ら江戸へ出向き、弁疏して事なきを得ている。嫡子光高の室に家光の養女阿智姫（水戸徳川頼房《よりふさ》の娘）を迎え、三女満姫を家光の養女として広島藩主浅野光晟《みつあきら》に嫁がせて幕府との融和を図った。

豊太閤＝豊臣秀吉。八五頁参照。

織田右府＝織田信長。八頁参照。

謙信＝上杉謙信。一九頁参照。

信玄＝武田信玄。二一頁参照。

〔通釈〕

加賀中納言前田利常は、その家来で故事を良く知っている者四五人を選んで、側近として仕えさせた。これを話し相手の家来として談臣と名付けた。

ある夜近頃の英雄について論じた。談臣が利常にたずねて、「豊臣太閤はどうですか。」と言うと、「太閤は天性の器量は他に比類がない。」と言われた。さらに「織田信長はどうですか。」とたずねると、「勇気があって戦いに強いことは絶えて他に類がない。」と答えた。次に上杉謙信はとたずねると、「普通の人の及びもつかないほど勝れている。」と答えた。さらに武田信玄についてたずねると、頭をふって、「心は小さくて浅く、見識は卑しく狭くて、とりたてて言うほどのこともない。」と答えた。

寧静子は言う、「利常のこの論は実に自分の心にかなった。そのためにここに収録してこの巻の押さえとする。」と。

〔原文出典〕

『利常公夜話』、『良将達徳鈔』（四）。

巻三　徳篇第三上

伊田之役（伊田《いだ》の役《えき》）

岡崎公幼聰達、有二雄才一。而愛二将士一、士皆感激、楽レ為二之用一。天文二年十二月、勒二兵万人一、西伐二織田氏一、進軍二於森山一。偶軍中馬逸、衆大騒。侍臣安倍弥七惶惑、抜レ刀弑レ公。植村新六、自レ旁誅二弥七一。諸臣来集、相見愕然。新六謂レ衆曰、「吾得二天冥助一、手誅二逆賊一矣。糸毫無レ所レ憾。唯有二一死以殉一レ君耳。」皆曰、「子欲レ死則死。吾輩断不レ能レ従也。」新六問二其故一、則曰、「吾輩之死、誓不レ出二十日一。顧織田氏聞二我内変一、大挙来侵必矣。当二此時一、吾輩不レ在、則誰為二儲君一以レ死捍禦者。」於レ是新六亦不レ死、倶護レ喪帰二岡崎一。

居数日、織田信秀果率二精兵八千人一来侵、軍二于大樹寺一。時内膳信安在二上野城一。称レ病不レ出。士多叛帰二織田氏一、見兵僅八百人。皆分二必死一、号哭辞二儲君一而出。乃分為二二隊一、迎戦二伊田一。此間有二二道一、上道曠野、下道則田間一線路。敵要二我上道兵於野一、前後撃レ之。一士不レ逃、皆力戦而死。新六則率二一隊一、進レ自二下道一、先レ衆奮撃、敵皆郤走、遂向二上道一、乗二其兵疲一、決戦走レ之、斬首五百余級。信秀僅以レ身遁。此戦也以二我八百一、破二織田氏八千人一。世謂二之伊田之役一。

寧静子曰、「我徳川氏、累世養レ士如レ此。他日照祖雲蒸竜変、以至三雄二覇天下一、皆頼二此輩子孫之力一耳。嗟、夫所下以戡三定数百載大難二、以開中泰平無窮之基上者、其豈一人一朝之故哉。」

岡崎公《おかざきこう》は幼《よう》にして聰達《そうたつ》、雄才有《ゆうさいあ》り。而《しか》して将士《しょうし》を愛《あい》し、士皆感激《しみなかんげき》して、之《これ》が用《よう》を為《な》すを楽《たの》しむ。天文《てんぶん》二年《にねん》十二月《じゅうにがつ》、兵万人《へいまんにん》を勒《ろく》して、西織田氏《にしおだし》を伐《う》ち、進《すす》みて森《もり》山《やま》に軍《ぐん》す。偶《たまた》ま軍中《ぐんちゅう》の馬逸《うまいつ》して、衆大《しゅうおほ》いに騒《さは》ぐ。侍臣《じしん》の安倍弥七惶惑《あべやしちこうわく》し、刀《かたな》を抜《ぬ》きて公《こう》を弑《しい》す。植村新六《うえむらしんろく》、旁《かたは》らより弥七《やしち》を誅《ちゅう》す。諸臣来《しょしんき》たり集《あつ》まり、相《あ》ひ見《み》て愕然《がくぜん》たり。新六衆《しんろくしゅう》に謂《い》ひて曰《い》はく、「吾天《われてん》の冥助《めいじょ》を得《え》て、手《て》づから逆賊《ぎゃくぞく》を誅《ちゅう》せり。糸毫《しごう》も憾《うら》む所無《ところな》し。唯《た》だ一死《いっし》の以《もっ》て君《きみ》に殉《じゅん》ずる有《あ》るのみ。」と。皆《みな》曰《い》はく、「子《し》死《し》せんと欲《ほっ》せば則《すなは》ち死《し》せよ。吾《わ》が輩《はい》は断《だん》じて従《したが》ふこと能《あた》はざるなり。」と。新六《しんろく》其《そ》の故《ゆゑ》を問《と》へば、則《すなは》ち曰《い》はく、「吾《わ》が輩《はい》の死《し》せんこと、誓《ちか》って十日《とうか》を出《い》です。顧《おも》ふに織田《おだ》氏《し》我《わ》が内《ない》変《へん》を聞《き》かば、大挙《たいきょ》して来《きた》り侵《をか》さんこと必《ひっ》せり。此《こ》の時《とき》に当《あ》たり、吾《わ》が輩《はい》在《あ》らずんば、則《すなは》ち誰《たれ》か儲君《ちょくん》の為《ため》に死《し》を以《もっ》て捍禦《かんぎょ》する者《もの》ぞ。」と。是《ここ》に於《おい》て新六《しんろく》も亦《ま》た死《し》せず、倶《とも》に喪《も》を護《ご》して岡崎《おかざき》に帰《かへ》る。

居《を》ること数日《すうじつ》にして、織田信秀《おだのぶひで》果《は》たして精兵八千人《せいへいはっせんにん》を率《ひき》ゐて来《きた》り侵《をか》し、大樹寺《たいじゅじ》に軍《ぐん》す。時《とき》に内膳信安《ないぜんのぶやす》は上野《うへの》の城《しろ》に在《あ》り。病《やまひ》と称《しょう》して出《い》です。士《し》多《おほ》くは叛《そむ》きて織田《おだ》氏《し》に帰《き》し、見兵《けんへい》僅《わづ》かに八百人《はっぴゃくにん》。皆《みな》必死《ひっし》を分《ぶん》とし、号哭《ごうこく》し儲《ちょ》君《くん》に辞《じ》して出《い》づ。乃《すなは》ち分《わか》ちて二隊《にたい》と為《な》し、迎《むか》へて伊田《いだ》に戦《たたか》ふ。此《こ》の間《かん》に二道《にどう》有《あ》り、上道《じょうどう》は曠野《こうや》にして、下道《かどう》は則《すなは》ち田間《でんかん》の一線路《いっせんろ》なり。敵《てき》は我《わ》が上道《じょうどう》の兵《へい》を野《や》に要《よう》し、前後《ぜんご》より之《これ》を撃《う》つ。一士《いっし》逃《のが》れず、皆力戦《みなりきせん》して死《し》す。新六《しんろく》は則《すなは》ち一隊《いったい》を率《ひき》ゐて、下道《かどう》より進《すす》み、衆《しゅう》に先《さき》だちて奮撃《ふんげき》するに、敵皆郤走《てきみなげきそう》し、遂《つひ》に上道《じょうどう》に向《む》かひ、其《そ》の兵《へい》の疲《つか》るるに乗《じょう》じて、決戦《けっせん》して之《これ》を走《はし》らせ、斬首五百余級《ざんしゅごひゃくよきゅう》なり。信秀《のぶひで》僅《わづ》かに身《み》を以《もっ》て遁《のが》る。此《こ》の戦《たたか》ひ我《わ》が八百《はっぴゃく》を以《もっ》て、織田《おだ》氏《し》八千人《はっせんにん》を破《やぶ》る。世《よ》に之《これ》を伊田《いだ》の役《えき》と謂《い》ふ。

寧静子《ねいせいし》曰《い》はく、「我《わ》が徳川《とくがは》氏《し》、累世《るいせい》士《し》を養《やしな》ふこと此《かく》の如《ごと》し。他日《たじつ》照祖《しょうそ》の雲蒸《うんじょう》竜変《りゅうへん》し、以《もっ》て天下《てんか》に雄覇《ゆうは》たるに至《いた》るは、皆《みな》此《こ》の輩《はい》の子孫《しそん》の力《ちから》に頼《たよ》るのみ。嗟《ああ》、夫《そ》れ数《すう》百載《ひゃくさい》の大難《たいなん》を戡定《かんてい》し、以《もっ》て泰平無窮《たいへいむきゅう》の基《もとゐ》を開《ひら》く所以《ゆゑん》の者《もの》は、其《そ》れ豈《あに》一人一朝《いちにんいっちょう》の故《ゆゑ》あらんや。」と。

〔語釈〕

岡崎公＝徳川家康の祖父清康のこと。**聰達**＝さとくてよく物事の道理に通ずる。**雄才**＝すぐれた才能。**森山**＝尾張（現在の愛知県）の東春日井郡内の地。**惶惑**＝あわてまどう。**愕然**＝驚くさま。**冥助**＝人の知らない助け。**糸毫**＝少しも。**極めて**わずかなこと。**儲君**＝世つぎの君。ここでは広忠のこと。**捍禦**＝敵をふせぐ。**内膳信定**＝松平信定のこと。**大樹寺**＝三河国額田郡にある寺。徳川氏祖の松平家の菩提寺・祈願寺とされている所。**上野城**＝三河国碧海郡にある城。**見兵**＝現在の兵。**伊田**＝三河（現在の愛知県の東部）の額田郡内の地。**郤走**＝退き逃げる。**累世**＝代々。**照祖**＝東照公といわれた家康をいう。**雲蒸竜変**＝雲のようにわき起こり、竜のように変幻自在に活動すること。英雄が機会を得て興起活躍することのたとえ。**雄覇**＝すぐれた旗がしら。ここでは家康が結局天下の第一人者になったこと。**戡定**＝武力で平定する。**無窮**＝

果てがない。永久に続く。

〔人物解説〕

岡崎公＝（一五一一～一五三五）松平清康。徳川家康の祖父。十三歳で家督を継ぐ。勇気絶倫、部下にも篤く士卒の統御に優れていた。大永四年（一五二四）岡崎に移り、西三河を平定した。のち東三河に兵を進め、更に尾張に攻め入り次々と城を降した。尾張に入って、織田信秀を討とうと森山に陣し放火したが、家臣の誤解から、不慮の死を遂げた。

安倍弥七＝阿部弥七郎正豊。清康の家政を執っていた阿部定吉の子で、松平清康の近習。詳細は未詳。

植村新六＝植村新六郎氏明。松平清康の臣。詳細は未詳。

織田信秀＝（一五一一～一五五一）戦国時代の武将。信長の父。今川・斎藤両氏に挟まれて領土の拡張は意の如くならなかったが、後日の信長雄飛の基礎を築いた。

内膳信定＝（？～一五三八）松平信定。本文の内膳信安は信定の誤り。享禄二年（一五二九）松平清康に従い、牧野成命を吉田に伐ち、翌年清康が宇利城を攻めた際、松平親次と共に大手の首将を務めたが、親次が戦死したのに援けようとせず、不興を蒙った。清康が森山で弑に遭うと、これに乗じて清康の子広忠（家康の父）を除いて自立しようとして、織田信秀に通じたが、遂に成らなかった。

〔通釈〕

徳川家康の祖父岡崎公は、幼少の頃から聡く物事の理に通じ、優れた才能を持っていた。そうして家来の将士を可愛がったので、士は皆感激して、この主人に使われることを楽しみとした。天文二年（一五三三）十二月、兵一万人を引きつれて、西方の織田氏を伐ち、進軍して森山に軍陣を立てた。そのときたまたま軍中の馬が逃げ、多くの人々が騒いだ。近習の安倍弥七が恐れ惑い、刀を抜いて岡崎公を殺害した。他の諸の家来が寄って来て集まり、弥七を誅した。植村新六は、傍から出て有様を見て驚いた。新六は多くの人々に向かって、「自分は天の陰ながらの助けを得て、この手で主を殺した逆賊の弥七を誅殺した。少しも心残りの所は無い。唯だ死んで主君の冥途のお供をするのだ。」と言った。すると集まった皆の者は、「そなたは死にたいならば死になさい。我々はどうあっても従うことはできない。」と答えた。新六がそのわけをたずねると、「我々は間違いなく十日以内に死ぬのである。思うに織田氏が我が君が変死されたことを聞いたならば、大軍を擁して攻めてくることは間違いない。この時に、我々がいなければ、誰が若殿広忠公のために命を捨てて防ぐ者があるか。」と答えた。これを聞いて新六もまた悟って死なずに、ともに主人の御死骸を護って岡崎に帰った。

それから数日が過ぎたとき、織田信秀は予期した通り精兵八千人を引きつれて攻めて来て、大樹寺に軍陣を布いた。その時に（岡崎公の伯父の）徳川内膳信定は上野の城に在った。病気であると言って出陣しなかった。そこで信定に付いていた士の多くは叛いて織田氏に付いてしまい、現在いる徳川勢は僅かに八百人である。皆命を捨てる覚悟をして、声をあげて泣き若殿の広忠公に暇ごいをして出陣した。兵を分けて二隊とし、織田勢の来るのを迎えて伊田で戦った。この間に道は二すじ有って、上手の道は広い野原を抜け、下手の道は田の間の一筋道である。織田勢は徳川勢の上手の道の兵を野原で迎え、前後から攻撃した。そのため徳川勢は一人の士も逃れられず、皆力の限り戦って討死した。新六は一隊を引きつれて、下手の道より進み、多くの人に先だって奮ひ立って攻撃したところ、敵はその勢いに恐れて逃げ、遂に上手の道へ進み、織田の兵の疲れにつけこんで、死を決して戦ってこれを敗走させ、敵の首を斬ること五百余であった。織田信秀は僅かに身一つになって逃げた。この戦いは我が徳川勢の八百人で、織田氏の八千人を破ったのである。世間ではこの戦いを伊田の役という。

寧静子は言う、「我が徳川氏は、代々士を養い育てたことはこの通りである。これより後の日、家康公が雲の蒸すように竜が変化するように大いに立身して、日本の国政を執る将軍になれたのは、皆この新六などの子孫の力に頼ったことである。ああ、長い間の乱世を武力で平定し、無事太平が永遠に続く基礎を開いたのは、どうして家康公ただ一人が一朝で成したものであろうか。これらの家来の力が多大であった。」と。

〔原文出典〕

『常山紀談』。（一）参河国伊田合戦の事。

石川八左衛門（石川八左衛門《いしかわはちざゑもん》）

東照公嘗攻二敵城一。敵在二櫓上一、露レ臀罵レ公、極二其醜悪一。公大怒、使下従士石川八左衛門射上レ之。一箭殪レ之、輾転以墜。公望見大笑。八左亦開レ口絶倒。敵忽射レ之、箭穿二口中一、八左輒顚。公履二八左肩一、以抜二其箭一。鮮血流迸、満身淋漓。乃使下人扶而返上レ営。八左含レ塩止レ血、将息一夜、翌日従軍如レ常。乃曰、「歯舌不レ傷。並無レ害二飲啖一。但言語微苦二艱渋一耳。」

寧静子曰、「当時所謂三河武士者、剛猛不レ畏レ死、人人如レ此。而公之雄武英略、以駕二馭之一。宜矣、其所レ向無レ敵、日辟レ国百里。」

東照公《とうしょうこう》嘗《かつ》て敵城《てきじょう》を攻《せ》む。敵櫓上《てきろうじょう》に在《あ》りて、臀《しり》を露《あらは》し公《こう》を罵《ののし》り、其《そ》の醜悪《しゅうあく》を極《きは》む。公大《こうおほ》いに怒《いか》り、従士石川《じゅうしいしかは》八左衛門《はちざゑもん》をして之《これ》を射《い》せしむ。一箭《いっせん》に之《これ》を殪《たほ》し、輾転以《てんてんもっ》て墜《お》つ。公望《こうのぞ》み見《み》て大《おほ》いに笑《わら》ふ。八左《はちざ》も亦《ま》た口《くち》を開《ひら》きて絶倒《ぜっとう》す。敵忽《てきたちま》ち之《これ》を射《い》、箭《や》口中《こうちゅう》を穿《うが》ちて、八左輒《はちざすなは》ち顚《たほ》る。公八左《こうはちざ》の肩《かた》を履《ふ》み、以《もっ》て其《そ》の箭《や》を抜《ぬ》く。鮮血流《せんけつなが》れ迸《ほとばし》り、満身淋漓《まんしんりんり》たり。乃《すなは》ち人《ひと》をして扶《たす》けて営《えい》に返《かへ》らしむ。八左《はちざ》塩《しほ》を含《ふく》み血《ち》を止《と》め、将息《しょうそく》すること一夜《いちや》にして、翌日従軍《よくじつじゅうぐん》すること常《つね》の如《ごと》し。乃《すなは》ち曰《い》はく、「歯舌《しぜっ》傷《しょう》せず。並《なら》びに飲啖《いんたん》に害無《がいな》し。但《た》だ言語微《げんごすこ》しく艱渋《かんじゅう》に苦《くる》しむのみ。」と。

寧静子《ねいせいし》曰《い》はく、「当時所謂三河武士《とうじいはゆるみかはぶし》なる者《もの》、剛猛死《ごうもうし》を畏《おそ》れざること、人人此《ひとびとかく》の如《ごと》し。而《しか》して公《こう》の雄武英略《ゆうぶえいりゃく》、以《もっ》て之《これ》を駕馭《がぎょ》す。宜《むべ》なるかな、其《そ》の向《む》かふ所敵無《ところてきな》く、日《ひ》に国《くに》を辟《ひら》くこと百里《ひゃくり》なること。」と。

〔語釈〕
東照公＝徳川家康のこと。東照大権現と称し、後に宮号を賜った。従士＝お供をする侍。輾転＝ぐるぐるとまわる。ころがる。絶倒＝腹をかかえて笑うさま。笑ひこけるさま。淋漓＝血や汗などがたらたら流れるさま。全身が血で染まるさま。将息＝養生する。飲啖＝食物を食べたり水分を飲んだりすること。のみくい。**艱渋**＝苦しく困難なこと。うまくいかないこと。**剛猛**＝強くたけだけしい。**雄武**＝男らしく勇ましい。**英略**＝すぐれた謀りごと。英知才略。**駕馭**＝上に立ってうまく使うこと。**宣矣**＝当然である。もっともである。**日辟国百里**＝領地を広くすることが毎日毎日百里ずつもあった。『詩経』大雅の「昔先王命を受け、召公の如き有り。日に国を辟くこと百里なり」に基づく。

〔人物解説〕

東照公＝（一五四三～一六一六）徳川家康。本書では照公・照祖・太公などの呼び方をされている。徳川幕府初代の将軍。三河岡崎城主松平広忠の子。松平氏は駿府の今川氏に属していた。永禄三年（一五六〇）の桶狭間《おけはざま》の戦いで今川氏が敗れると、翌年信長と和睦し、六年には今川義元からもらった元康の名を家康と改めた。同九年には松平を徳川と改姓し、源氏の名門である新田氏の一族得川《とくがわ》氏の子孫と自称した。その後信長と協力して武田氏・朝倉氏を滅ぼし、信長の死後は小牧・長久手の戦いで勝利を得て、秀吉と和睦し、天正十八年（一五九〇）北条氏が滅亡すると、秀吉の命によって関東へ移り江戸を本拠と定めた。秀吉の没後は、関が原の戦いに勝利して武家政権の代表者となった。慶長八年（一六〇三）に朝廷から征夷大将軍に任ぜられて、江戸に幕府を開いた。家康は幼少のころに不遇（人質生活）を経験したため、忍耐力に富み、またその場の状況に対応する的確な判断力を備えて、諸大名の信望を集めた。すぐれた現実主義者であった。

石川八左衛門＝生没年不詳。徳川初期の幕臣。驍勇の聞があり、寛永元年（一六二四）家光の日光参詣に扈従した。たまたま本多正純の叛があり、家光を奉じて二十数里の道を急行し、江戸に入り城門に至ったが、門扉が閉ざされて入ることができず、強力でこれを破って入った。これによって功として八百石を賞されたが、またそのこと（門扉を破った）で罪も得て深川永代島に謫せられた。世にこれを八左衛門（石川）島という。

〔通釈〕

徳川家康公がある時敵の城を攻めた。敵の兵士が城の櫓の上に登って、尻を現して家康公をののしり、悪口雑言を極めた。家康公は大いに腹を立て、お供をする武士の石川八左衛門にこれを射させた。八左衛門は一矢で尻を出している者を射て倒し、射られた者はころころと櫓の上から転げ落ちた。家康公はこれを遠くから見て大いに笑った。八左衛門もまた口を開いてのけぞって笑った。敵はこのすきを見てすぐに射かえし、その矢は八左衛門の口中を突きぬき、八左衛門は直ぐに倒れた。この時家康公は八左衛門の肩に足をかけ、その矢を引き抜いた。口中から鮮血が流れてしたたり、全身が血で染まった。そこで人に手助けさせて陣営へ帰らせた。八左衛門は塩を口に含んで血を止め、養生すること一夜で、翌日には従軍することが平常の通りであった。だから飲み食いには差しさわりはない。ただ言葉が少しばかり困難なのを苦しむだけである。」と言った。

寧静子は言う、「この当時いわゆる三河武士という者は、剛気で死ぬことも恐れなかったことは、人々誰であってもこの通りであった。そうして家康公のすぐれた勇ましい謀りごとは、この三河武士を思いのままに使いこなした。もっともであるなあ、その向かう所に敵は無く、日に日に領地を増すことが百里であったというのは。」と。

〔原文出典〕『明良洪範続』（九）。

鈴木久三郎（鈴《すず》木《き》久《きゅう》三郎《ざぶろう》）

三河之役、照公僅以二数騎一逃。敵兵追レ之甚急。鈴木久三郎曰、「願賜二君軍麾一。則臣一人留死二於敵一。君宜下以二其間一脱走上。」公曰、「吾豈忍二棄レ汝独生一乎。」久三憤然曰、「君亦何迂。」直奪二其麾一、反レ騎趁レ敵。公得三因以達二岡崎城一。遂入息、流レ涕曰、「嗚呼、惜夫。失二一佳士一。」

少遷有二一騎一返謁、則久三也。公且驚且喜曰、「吾以レ汝為レ死。不レ知何以能脱帰。」久三傲然曰、「臣反撃連殪二三騎一、則敵不二復追躡一。鼠輩何足レ畏哉。」言笑自若。衆莫レ不レ壮二其勇一。

寧静子曰、「是与下夏目正吉、代二死三形原一之事上、正相同。但彼死留二其名一、此生全二其節一。要レ之其為二忠烈一則一也。而公之於二久三一、一哀一喜、君臣同体之情、亦可二以レ此推レ他云。」

　三河《みかは》の役《えき》に、照公《しょうこう》僅《わづ》かに数騎《すうき》を以《もっ》て逃《のが》る。敵兵之《てきへいこれ》を追《お》ふこと甚《はなは》だ急《きゅう》なり。鈴木久三郎《すずききゅうざぶろう》曰《い》はく、「願《ねが》はくは君《きみ》の軍麾《ぐんき》を賜《たま》へ。則《すなは》ち臣一人留《しんいちにんとど》まり敵《てき》に死《し》せん。君宜《きみよろ》しく其《そ》の間《かん》を以《もっ》て脱走《だっそう》すべし。」と。公曰《こうい》はく、「吾豈《われあ》に汝《なんぢ》を棄《す》てて独《ひと》り生《い》くるに忍《しの》びんや。」と。久三《きゅうざ》憤然《ふんぜん》として曰《い》はく、「君亦《きみま》た何《なん》ぞ迂《う》なる。」と。直《ただ》ちに其《そ》の麾《き》を奪《うば》ひ、騎《き》を反《かへ》し敵《てき》を趁《お》ふ。公因《こうよ》りて以《もっ》て岡崎城《おかざきじょう》に達《たっ》するを得《う》。遂《つひ》に入《い》りて息《いこ》ひ、涕《なみだ》を流《なが》して曰《い》はく、「嗚呼《ああ》、惜《を》しいかな。一佳士《いちかし》を失《うしな》へり。」と。
　少遷《しばらく》にして一騎《いっき》有《あ》り返《かへ》り謁《えっ》すれば、則《すなは》ち久三《きゅうざ》なり。公《こう》且《か》つ驚《おどろ》き且《か》つ喜《よろこ》びて曰《い》はく、「吾《われ》汝《なんぢ》を以《もっ》て死《し》せりと為《な》す。知《し》らず何《なに》を以《もっ》て能《よ》く脱《だっ》し帰《かへ》る。」と。久三《きゅうざ》傲然《ごうぜん》として曰《い》はく、「臣反撃《しんはんげき》して連《しき》りに三騎《さんき》を殪《たほ》したれば、則《すなは》ち敵復《てきま》た追躡《ついじょう》せず。鼠輩《そはい》何《なん》ぞ畏《おそ》るるに足《た》らんや。」と。言《げん》笑自若《しょうじじゃく》たり。衆《しゅう》其《そ》の勇《ゆう》を壮《そう》とせざるは莫《な》し。
　寧静子曰《ねいせいしい》はく、「是《こ》れ夏目正吉《なつめしょうきち》が、三形《みかた》が原《はら》に代死《だいし》するの事《こと》と、正《まさ》に相《あ》ひ同《おな》じ。但《た》だ彼《かれ》は死《し》して其《そ》の名《な》を留《とど》め、此《これ》は生《い》きて其《そ》の節《せつ》を全《まった》くす。之《これ》を要《よう》するに其《そ》の忠《ちゅう》烈《れつ》たるは則《すなは》ち一《いつ》なり。而《しか》して公《こう》の久三《きゅうざ》に於《お》ける、一哀一《いちあいいっ》喜《き》、君臣同体《くんしんどうたい》の情《じょう》も、亦《ま》た此《こ》れを以《もっ》て他《た》を推《お》すべしと云《い》ふ。」と。

〔語釈〕
軍麾＝軍隊の指揮に用いる旗。ここでは軍配団扇（うちわ）。死於敵＝君の身代わりになって討ち死すること。憤然＝いきどおるさま。むっとすること。迂＝実情にあてはまらないこと。佳士＝すぐれた武士。よい部下。傲然＝誇るようす。おごり高ぶるさま。追躡＝後を追いかける。追跡。鼠輩＝人をののしる語。取るに足らないものども。小人ども。言笑＝話したり笑ったりすること。自若＝もとのままであること。常にかわらないこと。三形原＝三方が原。浜松市の北方の地。元亀三年（一五七二）武田信玄が徳川・織田信長の連合軍を破った所。全其節＝みさをたてる。忠節を全うする。忠烈＝忠義のための勇ましい行動。

〔人物解説〕
鈴木久三郎＝三〇八頁参照。
夏目正吉＝（?〜一五七二）徳川家康の三河時代からの家臣。三方が原の戦いで、主君の危急を聞いて駆けつけた夏目は、「徳川三河守家康ここにあり。我と思わん者は参会して手柄せよ」と名乗りあげ、配下の二十五騎とともに敵（武田軍）の中に斬り込み、全員戦死した、という。

〔通釈〕

三河での合戦の時に、家康公は僅かに五六騎で逃げた。敵の兵はこれを追うことが大変に急であった。鈴木久三郎は、「どうか主君の軍配団扇をお貸し下さい。私は一人ここに留まり身代わりとなって討死にいたします。主君はそのすきにお逃げ下さい。」と言った。すると家康公は、「わしがどうしてそなたを見棄てて独り生きのびることが出来ようか、そんなことは出来ない。」と申された。久三はむっとして、「主君はまた何と愚かなことをおっしゃる。」と言って、直ぐにその軍配団扇を奪い取って、馬をかえして敵の方へ向かった。家康公はそこで岡崎の城へ無事に達することができた。家康公は城に入って休息し、涙を流して、「ああ、惜しいことであるなあ。一人のよい武士を失ってしまった。」と嘆かれた。

間もなくして一人の騎馬の武者が帰ってきてお目にかかるのを見ると、久三郎であった。家康公は驚くと同時に喜び、「わしはそなたを死んだものと思った。どのようにして無事に帰って来ることができたのか。」とたずねた。久三郎はおごりたかぶって、「私は引き返して戦い、続けて三人を切り倒したところ、敵は二度と追いかけては来ませんでした。鼠のような者などどうして恐れましょうか、恐れはしません。」と言った。久三の話をしたり笑うことはいつもの通りであった。多くの人々は久三郎の勇気を立派であるとしない者は無かった。

寧静子は言う、「これは夏目正吉が、三方が原で主君家康に代わって死んだ事と、全く同じことである。ただ夏目正吉は死んでその名を留め、鈴木久三郎は生きてその忠節を全うした。要するにその忠義で勇ましいことは同一である。そうして家康公が久三郎においては、一度死んだと思って哀しみ、一度は生きて帰ったことを喜ぶ、この君臣一体の情、この事から他の事を推して知る事ができる。」と。

〔原文出典〕

『良将達徳鈔』(十)。

土屋長吉（土屋長吉《つちやながよし》）

土呂・鍼崎之乱、賊党土屋長吉、不レ忍レ視二照公之危一、幡然倒レ戈向レ賊、大声呼曰、「汝鈍賊、君恩之昭昭易レ見、仏罰之冥冥難レ知。寧堕二焦熱獄一死、不下入二畜生道一生上。」言未レ畢、流丸中レ胸而死。然自レ此賊勢大挫、互相悔責、以至レ納レ降。

寧静子曰、「初僧徒之誑二誘諸将士一也、曰、前死登二天堂一、郤生墜二地獄一。土屋氏亦一惑二其説一。而其改レ轍帰順也、忽反二其説一以呼二醒賊徒一、使二其悔恨謝一レ罪。則謂二之功罪相掩一可也。要レ之士大夫惑二一時邪説一、是酔二於麴蘖一、而迷二乎昏冥一者耳。其本心未下嘗有中仇二視君一之意上也。吾故曰、前輩竹山氏、論二参国不一レ正二刑典一、為レ失二賞罰之権一者、正論也、抑非二通論一。」

土呂《とろ》・鍼崎《はりさき》の乱《らん》に、賊党《ぞくとう》土屋長吉《つちやながよし》、照公《しょうこう》の危《あやう》きを視《み》るに忍《しの》びず、幡然《はんぜん》として戈《ほこ》を倒《さかさ》まにして賊《ぞく》に向《む》かひて、大声《たいせい》に呼《よ》ばはりて曰《い》はく、「汝鈍賊《なんぢどんぞく》、君恩《くんおん》の昭昭《しょうしょう》たるは見易《みやす》く、仏罰《ぶつばつ》の冥冥《めいめい》たるは知《し》り難《がた》し。寧《むし》ろ焦熱獄《しょうねつごく》に堕《お》ちて死《し》すとも、畜生道《ちくしょうどう》に入《い》りては生《い》きざれ。」と。言《げん》未《いま》だ畢《を》はらざるに、流丸胸《りゅうがんむね》に中《あ》たりて死《し》す。然《しか》れども此《こ》れより賊勢大《ぞくせいおほ》いに挫《くじ》け、互《たが》ひに相《あ》ひ悔責《かいせき》し、以《もっ》て降《こう》を納《い》るるに至《いた》る。

寧静子《ねいせいし》曰《い》はく、「初《はじ》め僧徒《そうと》の諸将士《しょしょうし》を誑誘《きょうゆう》するや、曰《い》はく、前《すす》みて死《し》せば天堂《てんどう》に登《のぼ》らん、郤《しりぞ》きて生《い》きれば地獄《じごく》に墜《お》ちんと。土屋氏《つちやし》も亦《ま》た一《ひと》たび其《そ》の説《せつ》に惑《まど》ふ。而《しか》れども其《そ》の轍《てつ》を改《あらた》めて帰順《きじゅん》するや、忽《たちま》ち其《そ》の説《せつ》に反《はん》し以《もっ》て賊《ぞく》徒《と》を呼醒《こせい》し、其《そ》れをして悔恨《かいこん》し罪《つみ》を謝《しゃ》せしむ。則《すなは》ち之《これ》を功罪相《こうざいあ》ひ掩《おほ》ふと謂《い》ふとも可《か》なり。之《これ》を要《よう》するに士大夫《したいふ》の一時《いちじ》の邪説《じゃせつ》に惑《まど》ふは、是《こ》れ麴蘖《きくげつ》に酔《ゑ》ひて、昏冥《こんめい》に迷《まよ》ふ者《もの》のみ。其《そ》の本心未《ほんしんいま》だ嘗《かつ》て君《きみ》を仇視《きゅうし》するの意有《いあ》らざるなり。吾故《われゆゑ》に曰《い》はく、前輩竹山氏《ぜんぱいちくざんし》、参国《さんこく》の刑典《けいてん》を正《ただ》さざるを論《ろん》じて、賞罰《しょうばつ》の権《けん》を失《うしな》ふと為《な》すは正論《せいろん》なれども、抑《そもそ》も通論《つうろん》には非《あら》ず。」と。

〔語釈〕

土呂・鍼崎之乱＝三河の一向宗の信者が額田郡の本宗寺と勝鬘寺を本拠にして起こした三河一向一揆。幡然＝心をさらりとひるがえすさま。冥冥＝暗いさま。悔責＝後悔して自分自身をせめる。誑誘＝だましてさそいこむ。天堂＝仏家の勧善懲悪の説で、死後善人は天堂に、悪人は地獄に陥るという。改轍＝進む道を改める。転じて改心する。轍は車のわだち。邪説＝異端の説。ここでは一向宗のこと。麴糵＝酒のこと。昏冥＝暗い。暗やみ。刑典＝犯罪者を処罰する法則。法律。

〔人物解説〕

土屋長吉＝（?〜一五六三?）三河一向宗の一揆に参加した武士の一人。のち家康方へ転向した。

中井竹山＝（一七三〇〜一八〇四）。大阪の儒学者。名は積善。竹山は号。町人出資の学校懐徳堂の教授。学主となり、程朱の学を宗としたが、陸九淵・王陽明の学も斥けない融通性を持っていた。

〔通釈〕

土呂と鍼崎の一向宗の乱のとき、賊に味方した土屋長吉は、家康公の危機を見るとそれを見過ごすことができなくなり、さらりと心を改めて味方を裏切って一向宗徒の方へ向かって、大声で呼びかけて、「お前たち鈍い奴よ、徳川氏の恩が明らかなことは見易く、仏の罰の暗闇沙汰は知りにくい。どちらかと言えば焦熱地獄に堕ちて死んでも、畜生道に入って生きるようなことはするな。」と言った。その言葉がまだ終わらないうちに、鉄砲の流れだまが胸に命中して死んだ。しかしながらこれから賊の勢いが大いにくじけ、互いに後悔して責め合い、結局徳川氏に降参することになった。

寧静子は言う、「初め一向宗の僧徒が諸将士をだましてさそうとき、進んで死ねば極楽へ行けるだろう、退いて生きていれば地獄に墜ちるだろう、と言った。土屋長吉もまた一度はその説に惑った。しかし改心して徳川氏に立ち帰ると、直ぐに僧徒の説のうらを言って賊徒たちの惑いを呼び醒まし、あやまちを後悔して行動を自省し徳川氏へ詫びさせた。この手柄と過去に賊徒に味方した罪とは差引き勘定が合ったと言ってもよい。要するに士大夫である者が一時の邪説に惑うのは、これは酒に酔って、心がくらんでいる者と同じである。その本心は一度も主君を仇敵と見る心ではないのである。私はそれだから、前輩の中井竹山氏が、三河の国政は犯罪者を罰することをしなかったことを論じて、賞罰する権限を失うとしたのは正しい論であるが、どんな場合にでも通用する論ではない。」と。

〔原文出典〕
『武将感状記』（四）。

蜂谷半之丞母（蜂谷半之丞《はちやはんのじょう》の母《はは》）

吉田（今川氏所レ拠）之役、蜂谷半之丞貞次、初心期二一番槍一、聞三其為二人所レ先、不レ悦。乃付二槍於従者一、更提二大刀一而進。敵士河井太郎、以レ銃輅レ之。蜂谷揮二大刀一、截二其銃口一。河井跪狙撃。丸洞二蜂谷胸一而死。

従者馳反。其母迎二之門一、問レ状。従者曰、「郎君戦死矣。」母曰、「死不レ待レ言。妾問下其所三以死二之状上。」曰、「面レ敵而死。」母喜曰、「善。妾聞レ之足矣。」走入レ室、伏レ地号哭。

寧静子曰、「蜂谷氏亦一陥二賊中一者。今之戦死、蓋以贖二其罪一也。而母氏之一喜一哭、戦国婦人情態、誠有下足三感二動人一者上。」

吉田《よしだ》（今川氏《いまがはし》の拠《よ》る所《ところ》）の役《えき》に、蜂谷半之丞貞次《はちやはんのじょうさだつぐ》、初《はじ》め心《こころ》に一番槍《いちばんやり》を期《き》すに、其《そ》の人《ひと》の先《さき》んずる所《ところ》と為《な》るを聞《き》きて、悦《よろこ》ばず。乃《すなは》ち槍《やり》を従者《じゅうしゃ》に付《ふ》し、更《さら》に大刀《だいとう》を提《ひっさ》げて進《すす》む。敵士《てきし》河井太郎《かはゐたろう》、銃《じゅう》を以《もっ》て之《これ》を輅《ろ》す。蜂谷大刀《はちやだいとう》を揮《ふる》ひ、其《そ》の銃口《じゅうこう》を截《き》る。河井《かはゐ》跪《ひざまづ》きて狙撃《そげき》す。丸《がん》蜂谷《はちや》の胸《むね》を洞《つらぬ》きて死《し》す。

従者《じゅうしゃ》馳《は》せ反《かへ》る。其《そ》の母之《ははこれ》を門《もん》に迎《むか》へて、状《じょう》を問《と》ふ。従者曰《じゅうしゃい》はく、「郎君戦死《ろうくんせんし》せり。」と。母《はは》曰《い》はく、「死《し》は言《げん》を待《ま》たず。妾《しょう》は其《そ》の死《し》する所以《ゆゑん》の状《じょう》を問《と》ふ。」と。曰《い》はく、「敵《てき》に面《めん》して死《し》す。」と。母喜《ははよろこ》びて曰《い》はく、「善《よ》し。妾之《しょうこれ》を聞《き》けば足《た》れり。」と。走《はし》りて室《しつ》に入《い》り、地《ち》に伏《ふ》して号哭《ごうこく》す。

寧静子《ねいせいし》曰《い》はく、「蜂谷氏《はちやし》も亦《ま》た一《ひと》たび賊中《ぞくちゅう》に陥《おちい》りし者《もの》なり。今《いま》の戦死《せんし》は、蓋《けだ》し以《もっ》て其《そ》の罪《つみ》を贖《あがな》ふなり。而《しか》して母氏《ははし》の一喜一哭《いっきいっこく》するは、戦国婦人《せんごくふじん》の情態《じょうたい》にして、誠《まこと》に人《ひと》を感動《かんどう》せしむるに足《た》る者《もの》あり。」と。

〔語釈〕
吉田之役＝三河の吉田城（今川氏真の支配下）攻防の合戦。
斡＝差し向う。対面する。郎君＝若君。号哭＝大声をあげて泣く。哭は死を悲しんで大声で泣くこと。

〔人物解説〕
蜂谷半之丞貞次＝（?〜一五六四）三河一向宗の一揆に参加した武士の一人。のち家康方に転向したが、吉田の戦いで戦死した。
河井太郎＝生没年不詳。今川氏真支配下の吉田城を守備していた小原鎮実の兵士。

〔通釈〕
三河の吉田の戦いのときに、蜂谷半之丞貞次は、初めは心の中で一番槍をしようと決めていたが、人が先を越したと聞いて、不機嫌になった。そこで槍を供の者に渡して、大刀をひっさげて進んだ。敵の河井太郎は、鉄砲を持ってこれに向かった。蜂谷は大刀を振ってその鉄砲の銃口を切った。河井はひざまづいて蜂谷を狙って撃った。弾丸は蜂谷の胸を打ちぬき蜂谷は死んだ。
供の者が走って家に帰った。すると半之丞の母はこれを邸の門で迎えて、その様子をたずねた。供の者は、「若旦那は討死にしました。」と答えた。母は、「死んだことは言うまでもない。私はその死にざまはどうであったかを聞きたいのです。」と言った。供の者が、「敵に向かって行って討死にしました。」と答えると、母は喜んで、「よろしい。私はこれを聞けばその他は聞かなくても満足であります。」と言った。それから小走りに一室に入り、地に伏して声を出して泣いた。
寧静子は言う、「蜂谷氏もまた一度は謀反人の仲間に加わった者である。今回の討死には、思うにその罪をうめあわせたものである。そしてその母が一喜一哭したのは、乱世の婦人の心の有様を示したもので、まことに人を感動させるものがある。」と。

〔原文出典〕
『鳩巣小説』（上）。

本多重次（本多重次《ほんだしげつぐ》）

本多作左衛門重次、為レ人粗豪太簡、其進二言於君一、不レ避二広衆一。照公愛二重之一、及下擢為二奉行一、与二高力・天野等一、並職中国政上、諸臣窃謂、「此一挙明公亦失レ鑑矣。作左豈為二人上一之器哉。」既而政令簡明、府無二滞事一、国内大治。輿人誦レ之曰、「仏高力、鬼作左、彼此無レ偏是天野。」

作左在レ家猶レ在レ官。凡事貴レ簡、不レ屑二煩砕一。嘗在レ外、贈二書於妻一曰、「寄二一筆一、慎二於火一。阿仙不レ可レ瘠。馬可レ肥。」阿仙其小女名也。

寧静子曰、「徳川氏之興、外得二剛武之士一、以啓二土疆一、既如レ彼、内得二賢能之吏一、以固二国本一、又如レ此。大似三類周家勃興之日二也。文王之詩云、『予曰有二疏附一、予曰有二先後一、予曰有二奔奏一、予曰有二禦侮一。』徳川氏之士皆有レ之、嗚呼、何其済済也。」

本多作左衛門重次《ほんださくざゑもんしげつぐ》は、人《ひと》と為《な》り粗豪太簡《そごうたいかん》にして、其《そ》の言《げん》を君《きみ》に進《すす》むるに、広衆《こうしゅう》を避《さ》けず。照公之《しょうこうこれ》を愛重《あいちょう》し、擢《ぬきん》でて奉行《ぶぎょう》と為《な》し、高力《こうりき》・天野《あまの》等《ら》と、並《なら》びて国政《こくせい》を職《つかさど》らしむるに及《およ》び、諸臣窃《しょしんひそ》かに謂《い》ふ、「此《こ》の一挙《いっきょ》は明公《めいこう》も亦《ま》た鑑《かん》を失《しっ》せり。作左《さくざ》は豈《あ》に人《ひと》の上《かみ》と為《な》るの器《うつは》ならんや。」と。既《すで》にして政令簡明《せいれいかんめい》にして、府《ふ》に滞事無《たいじな》く、国内大《こくないおほ》いに治《をさ》まる。輿人之《よじんこれ》を誦《しょう》して曰《い》はく、「仏《ほとけ》の高力《こうりき》、鬼《おに》の作《さく》左《ざ》、彼此偏無《ひしへんな》きは是《こ》れ天野《あまの》。」と。

作左家《さくざいへ》に在《あ》るも猶《な》ほ官《かん》に在《あ》るがごとし。凡《およ》そ事《こと》は簡《かん》を貴《たっと》び、煩砕《はんさい》を屑《いさぎよ》しとせず。嘗《かっ》て外《そと》に在《あ》り、書《しょ》を妻《つま》に贈《おく》りて曰《い》はく、「一筆《いっぴつ》を寄《よ》す、火《ひ》を慎《つっし》め。阿仙瘠《おせんや》すべからず。馬肥《うまこ》やすべし。」と。阿仙《おせん》は其《そ》の小女《しょうじょ》の名《な》なり。

寧静子《ねいせいし》曰《い》はく、「徳川氏《とくがはし》の興《おこ》るは、外《そと》に剛武《ごうぶ》の士《し》を得《え》て、以《もっ》て土疆《どきょう》を啓《ひら》くこと、既《すで》に彼《かれ》の如《ごと》く、内《うち》に賢能《けんのう》の吏《り》を得《え》て、以《もっ》て国本《こくほん》を固《かた》むること、又《ま》た此《かく》の如《ごと》し。大《おほ》いに周家勃興《しゅうかぼっこう》の日《ひ》に似類《じるい》するなり。文王《ぶんのう》の詩《し》に云《い》ふ、『予曰《われここ》に疏附有《そふあ》り、予曰《われここ》に先後有《せんごあ》り、予曰《われここ》に奔奏有《ほんそうあ》り、予曰《われここ》に禦侮有《ぎょぶあ》り。』と。徳川氏《とくがはし》の士皆之《しみなこ》れ有《あ》り、嗚呼《ああ》、何《なん》ぞ其《そ》れ済済《せいせい》たるや。」と。

〔語釈〕

粗豪＝飾り気がなく大きいこと。太簡＝大いにさっぱりしていること。広衆＝多くの人。ここでは公衆の面前の意。明公＝家康のこと。輿人＝多くの人々。民衆。煩砕＝こまごまとしていて、わずらわしい。土疆＝領地。領土。周家＝中国の周王朝。文王之詩＝周の文王の詩。この詩は『詩経』大雅《たいが》、緜《めん》に収められている。疏附＝疏遠な者を親しませること。奔奏＝徳をさとし誉をのべる。禦侮＝あなどられないように防ぐ。外敵の来襲を防ぐ。済済＝多くて盛んであるさま。

〔人物解説〕

本多作左衛門重次＝（一五二九～一五九六）松平清康、広忠及び徳川家康の三代に歴仕し、驍勇をもって知られる。永禄六年（一五六三）三河の一向宗の信者が一揆を起して家康に抗すると、重次は一向宗の信者であったが、誓書を家康に入れて一向宗を討った。のち家康は岡崎に奉行を置き重次らをこれに任じ、制法を定めて、訴訟を沙汰させた。秀吉の生母大政所《おおまんどころ》が岡崎に下ると、もし京都に変事が起ったならば、大政所を焼き殺そうと薪を積み置いたという。のち秀吉はこのことを聞き、ふくむ所があった。小田原征伐のとき、岡崎に宿した秀吉は重次を召したが、重次は応じなかった。家康はこれをはばかって、重次を下総へ幽し、そこで一生を終えた。

高力＝高力清長（一五三〇～一六〇八）。駿府の徳川家に仕え、大高の戦や一向宗の乱平定に従事してしばしば功を顕した。永禄八年（一五六五）に奉行職に任ぜられ、治績が大いに上がり天下の三奉行の一人と賞揚された。後、秀吉の命に接して聚楽第の経営に当たり、その功によって国光《くにみつ》作の刀を与えられた。また文禄元年に家康は清長に命じて、軍艦を造らせた。

天野＝天野康景。三八四頁参照。

〔通釈〕

本多作左衛門重次は、生まれつき心があらくて強く大まかで、意見を主君に申し上げるにも、多くの人の前でも遠慮しなかった。家康公は重次を愛して重用し、抜擢して奉行とし、高力・天野等の人と、並んで国の政事を担当するようになると、徳川氏の諸の臣下の人は内々に、「この一事は、明君の主君も見そこないをした。作左衛門はどうして人の上に置く人物であろうか。そんな人物ではない。」と言いあった。そのうちに政事の布令が簡単で要領を得たものとなり、役所に滞る要件が無くなり、国内は大いに治まった。一般の人々はこれを評して、「仏の高力、鬼の作左、あれこれかたよりのないのが天野。」と言った。

作左衛門は家庭に在るときも役所に在るときと変わらなかった。すべて物事は簡潔をよしとし、煩わしく細々としたことは嫌いであった。あるとき、家の外にあって、手紙を妻に贈ったが、それには、「一筆申す、火を慎め。阿仙をやせさせるな。馬を肥やせ。」とだけ記してあった。阿仙というのはその幼い娘の名である。

寧静子は言う、「徳川氏が興り立ったのは、外には剛い武士があって、領地を広めたことは、既に述べた通りであり、内には賢く能力のある役人があって、国家の根本を強固にしたことは、またここに述べた通りである。大いに中国の周の国家が興り立った時に似ている。周の文王の詩に、『我はここに下を率い親しむことがある、我はここに相導いて前となり後となる者が有る、我はここに徳を諭し誉をのべる者がある、我はここに敵襲を禦ぐ者が有る。』とある。徳川氏の臣下の士にはこの詩の中の四種類の人物が皆存在する。ああ、どうしてこのようにすぐれた士が多くて盛んなのか。」と。

〔原文出典〕

『岩渕夜話別集』（二）。

重次破釜（重次《しげつぐ》破《は》釜《ふ》）

安部川磧、有㆓一大釜㆒。不㆑知㆓何人所㆑造。蓋古供㆓湯鑊之刑㆒者。照公命致㆓之浜松㆒。役夫数十人、搬運許邪而行。本多作左遇㆓諸途㆒、問「是何物。」役夫曰、「烹㆑人釜也。」作左怒、就命椎㆔破其釜㆒。頃刻尽砕。因謂㆓其宰㆒曰、「疾往告㆓主公㆒。有㆑志㆓天下㆒者、刑措是望。焉用㆓此不仁之器㆒。臣重次謹砕㆑之。」公聞㆑之、慚悔曰、「吾過矣。」召㆓作左㆒陳㆔謝之㆒。

寧静子曰、「公之致㆓大釜㆒、蓋別有㆑所㆑用也。作左不㆑察而砕㆑之、亦出㆓忠憤之余㆒者。故公直受為㆑過、以謝㆑之耳。不㆑然照公之仁、而豈有㆑意㆓酷刑㆒者乎。」

安部川《あべがは》の磧《かはら》に、一大釜《いちだいふ》有《あ》り。何人《なんぴと》の造《つく》る所《ところ》なるを知《し》らず。蓋《けだ》し古《いにし》へ湯鑊《とうかく》の刑《けい》に供《きょう》せる者《もの》なるべし。照公命《しょうこうめい》じて之《これ》を浜松《はままつ》に致《いた》す。役夫数十人《えきふすうじゅうにん》、搬運許邪《はんうんこや》して行《ゆ》く。本多作左諸《ほんださくざこれ》に途《みち》に遇《あ》ひて、問《と》ふ「是《こ》れ何物《なにもの》ぞ。」と。役《えき》夫曰《ふい》はく、「人《ひと》を烹《に》る釜《かま》なり。」と。作左《さくざ》怒《いか》り、就《つ》いて命《めい》じて其《そ》の釜《かま》を椎《う》ち破《やぶ》らしむ。頃刻《けいこく》にして尽《ことごと》く砕《くだ》く。因《よ》て其《そ》の宰《さい》に謂《い》ひて曰《い》はく、「疾《と》く往《ゆ》き主公《しゅこう》に告《つ》げよ。天《てん》下《か》に志《こころざし》有《あ》る者《もの》、刑措《けいそ》是《こ》れ望《のぞ》むなり。焉《いづ》くんぞ此《こ》の不仁《ふじん》の器《き》を用《もち》ゐんや。臣重次《しんしげつぐ》謹《つつし》んで之《これ》を砕《くだ》く。」と。公之《こうこれ》を聞《き》きて、慚悔《ざんかい》して曰《い》はく、「吾過《われあやま》てり。」と。作左《さくざ》を召《め》して之《これ》を陳謝《ちんしゃ》す。

寧静子曰《ねいせいしい》はく、「公《こう》の大釜《たいふ》を致《いた》す、蓋《けだ》し別《べつ》に用《もち》ゐる所《ところ》有《あ》るなり。作左察《さくざさっ》せずして之《これ》を砕《くだ》くも、亦《ま》た忠憤《ちゅうふん》の余《あま》りに出《い》づる者《もの》なり。故《ゆゑ》に公直《こうただ》ちに受《う》けて過《あやま》ちと為《な》し、以《もっ》て之《これ》を謝《しゃ》するのみ。然《しか》らずんば照公《しょうこう》の仁《じん》にして、豈《あ》に酷刑《こくけい》に意有《いあ》る者《もの》ならんや。」と。

〔語釈〕

湯鑊之刑＝かまゆでの刑。鑊は、足のない大きな鼎《かなえ》のこと。

許邪＝物を運ぶときのかけ声。頃刻＝しばらく。わずかな時間がたって。宰＝責任者。刑措是望＝刑罰を行わないことを望む。『史記』周本紀の「成康の際、天下安寧にして、刑措きて四十余年用ゐず」に基づく。刑措は、刑罰を取り行わない。天下がよく治まって罪人のなくなるたとえ。慚悔＝はじている。後悔する。忠憤＝忠義な心から起こるいきどおり。まじめな心から悪に対していきどおること。酷刑＝むごい刑。ここでは釜ゆでの刑のこと。

〔人物解説〕

本多作左衛門＝二〇三頁参照。

〔通釈〕

駿河の国の安倍川の河原に、一つの大きな釜が有った。誰がそこへこの釜を置いたのか分からなかった。思うに昔釜ゆでの刑に用いたものであろう。家康公は役人に命じてこの釜を遠州の浜松へ運ばせた。人夫が五六十人で、かけ声をかけながら運んで行く。本多作左衛門は途中でこれに出会って、「これは何か。」とたずねた。人夫は、「人を釜ゆでにする釜です。」と答えた。すると作左衛門は怒って、すぐに命令してその釜をたたき割らせた。釜はわずかな時間ですっかり砕けた。そこで作左衛門は人夫の監督者に向かって、「早く行って主君に申し上げよ。天下を取ろうという志のある人は、刑罰を用いないことを望みます。どうしてこのような情のない道具を用いてよいでしょうか。臣下の重次が謹んで釜を砕きました。」と申し付けた。家康公は人夫監督者からこれを聞いて、慚じ入って後悔し、「わしが過ちをした。」と言われた。そして作左衛門を呼び出し、事情を話して謝った。

寧静子は言う、「家康公が大釜を運ばせたのは、思うに別の用途が有ったのであろう。作左衛門はそれを察せずに釜を砕いてしまったが、これもまた忠義の心から起こった憤りの余りにやったことである。だから家康公は作左衛門の心中を察してすぐに引き受けて自分の過ちであるとし、詫をしたのである。そうでなかったならば家康公のような情深い主君が、どうしてむごたらしい刑を実施する思いがあろうか、そんな思惑はないのである。」と。

〔原文出典〕
『明良洪範』（十五）、『武野燭談』（十）。

朝日千介（朝日《あさひ》千介《せんすけ》）

照公攻二田中城一（武田氏所レ拠）数月、未レ得レ志也。城中有二西郷伊予者一。屢出挑レ戦、驍勇無レ比。公患レ之。一夜諸老兵、会二于大膳菅沼氏一、謀三所二以除一レ之。侍臣朝日千介、年十八、進曰、「西郷首、臣能取而致レ之。」菅沼叱曰、「汝少年何知。渠之剛勇、雖二諸老輩一、且不レ易レ図者、汝乃妄言レ之、不遜甚。」麾レ之去。千介退而独語曰、「且待二明日一。」

其夜深更、窃取二菅沼所レ愛手銃一以出。時天将レ明。照公早在二岡部陣一。見下西郷独騎、率二数卒一而来上曰、「敵復出矣。誰獲二西郷首一者。」言未レ畢、自二路旁竹林中一、銃丸一発、射二西郷肩一、堕レ馬。有レ人蹔騰而出、直進斬二其頭一、献二之公所一。則朝日千介也。公嘆賞曰、「汝一少年、而為二諸老革所一レ不レ為。可レ謂二剛者一矣。」

寧静子曰、「狙ニ撃人於暗中一、戦国之通習。而有レ中焉、有レ不レ中焉。要是大丈夫所レ不レ為也。古云、戈不レ射レ宿。夫宿鳥且不レ射。安有下丈夫而射ニ人不意一、以自快者上乎。」

照公《しょうこう》田中城《たなかじょう》（武田氏《たけだし》の拠《よ》る所《ところ》）を攻《せ》むること数月《すうげつ》なるに、未《いま》だ志《こころざし》を得《え》ざるなり。城中《じょうちゅう》に西郷伊予《さいごういよ》といふ者《もの》有《あ》り。屢《しばし》ば出《い》でて戦《たたか》ひを挑《いど》む、驍勇比無《ぎょうゆうたぐひな》し。公之《こうこれ》を患《うれ》ふ。一夜諸老兵《いちやしょろうへい》、大膳菅沼氏《たいぜんすがぬまし》に会《かい》し、之《これ》を除《のぞ》く所以《ゆゑん》を謀《はか》る。侍臣朝日千介《じしんあさひせんすけ》、年十八《としじゅうはち》なる、進《すす》みて曰《い》はく、「西郷《さいごう》の首《くび》、臣能《しんよ》く取《と》りて之《これ》を致《いた》さん。」と。菅沼叱《すがぬましっ》して曰《い》はく、「汝少年何《なんぢしょうねんなに》をか知《し》らん。渠《かれ》の剛勇《ごうゆう》なること、諸老輩《しょろうはい》と雖《いへど》も、且《か》つ図《はか》り易《やす》からざる者《もの》なるに、汝乃《なんぢすなは》ち妄《みだり》に之《これ》を言《い》ふこと、不遜甚《ふそんはなは》だし。」と。之《これ》を麾《さしまね》きて去《さ》らしむ。千介退《せんすけしりぞ》きて独語《どくご》して曰《い》はく、「且《しば》らく明日《めいじつ》を待《ま》て。」と。

其《そ》の夜深更《よしんこう》に、窃《ひそか》に菅沼《すがぬま》の愛《あい》する所《ところ》の手銃《しゅじゅう》を取《と》り以《もっ》て出《い》づ。時《とき》に天将《てんまさ》に明《あ》けんとす。照公早《しょうこうつと》に岡部《おかべ》の陣《じん》に在《あ》り。西郷独騎《さいごうどっき》にて、数卒《すうそつ》を率《ひき》ゐて来《き》たるを見《み》て曰《い》はく、「敵復《てきま》た出《い》でたり。誰《たれ》か西郷《さいごう》の首《くび》を獲《え》ん者《もの》ぞ。」と。言未《げんいま》だ畢《を》はらざるに、路傍《ろぼう》の竹林中《ちくりんちゅう》より、銃丸一発《じゅうかんいっぱつ》し、直《ただ》ちに西郷《さいごう》の肩《かた》を射《い》て、馬《うま》より堕《お》つ。人有《ひとあ》り蹔騰《ざんとう》して出《い》で、進《すす》み其《そ》の頭《かうべ》を斬《き》り、之《これ》を公所《こうしょ》に献《けん》ず。則《すなは》ち朝日千介《あさひせんすけ》なり。公嘆賞《こうたんしょう》して曰《い》はく、「汝一少年《なんぢいちしょうねん》にして、諸老革《しょろうかく》の為《な》さざる所《ところ》を為《な》す。剛者《ごうしゃ》と謂《い》ふべし。」と。

寧静子《ねいせいし》曰《い》はく、「人《ひと》を暗中《あんちゅう》に狙撃《そげき》するは、戦国《せんごく》の通習《つうしゅう》なり。而《しか》して中《あ》たる有《あ》り、中《あ》たらざる有《あ》り。要《よう》するに是《こ》れ大丈夫《だいじょうふ》の為《な》さざる所《ところ》なり。古云《いにしへい》ふ、戈《よく》して宿《しゅく》を射《い》ずと。夫《そ》れ宿鳥《しゅくちょう》さへ且《か》つ射《い》ず。安《いづ》くんぞ丈夫《じょうふ》にして人《ひと》を不意《ふい》に射《い》、以《もっ》て自《みづか》ら快《こころよ》しとする者有《ものあ》らんや。」と。

〔語釈〕

田中城＝元亀元年（一五七〇）以来、武田信玄が駿河における拠点として重視してきた城。天正十年（一五八二）に徳川軍の総攻撃を受けて落城した。なお後年、駿府に隠居した家康は、元和二年（一六一六）鷹狩りの途中、この城に立ち寄り、鯛の天ぷらを食べ、その食あたりで死亡したとされる。**驍勇**＝強く勇ましい。勇猛であること。**不遜**＝思いあがりであること。出すぎなこと。**麾**＝手で指図する。指図すること。**蹔騰**＝すばやく立ちあがる。とびあがる。**嘆賞**＝感心してほめる。ほめたたえる。**老革**＝老兵。甲冑の意からいう。

戈＝鳥を射るために矢に糸をつないだもの。鳥を射る方法。
戈不射宿＝矢で鳥を射るけれども、それは飛んでいる鳥だけであって、枝にとまって眠っている鳥を射ることはしない。『論語』述而論の「子釣りして綱せず、戈して宿を射ず」に基づく。

〔人物解説〕
西郷伊予＝武田信玄の臣。詳細は未詳。
朝日千介＝菅沼綾部正定盈《さだみつ》の臣。詳細は未詳。
菅沼大膳＝菅沼綾部正定盈。はじめ今川義元に属していたが、義元の没後は家康に属した。野田城を本拠としたが、信玄に野田城を落城させられた。小牧・長久牛の戦いや小田原攻めでは軍功があった。

〔通釈〕
家康公が駿河の国の田中の城を攻撃することが五六か月も続いたが、まだ攻略することができなかった。城中に西郷伊予という武田氏の将が有った。たびたび城から出撃して戦いを仕掛ける、その強さは並ぶ者が無かった。家康公はそれを気にかけて心配していた。ある夜に諸の戦いなれた兵が、大膳職の菅沼氏の館に集まり、西郷伊予を討ち取る相談をした。菅沼の側近の家来の朝日千介という、十八歳の者が進み出て、「西郷の首は、私が取ってお渡しいたします。」と言った。菅沼はこれを叱って、「そなたは若年で何もわからない。西郷は強くて勇気のある者で、戦いになれた者でも、討ち取ることは易しくない者なのに、そなたがいいかげんなことを言うのは、甚だ出すぎた振る舞いである。」と言った。そして手で合図して去らせた。千介は退出して独り言をいった、「とりあえず明日を待て。」と。
その夜が更けてから、千介は人に知られないようにそっと菅沼が大切にしている鉄砲を取り出して持って出た。時に夜が明けようとしていた。家康公は朝早く岡部の陣に在った。西郷が一人馬に乗って、五六人の兵卒を連れて来るのを見て、「敵がまた現れたぞ。誰か西郷の首を取る者はおらぬか。」と言われた。その言葉がまだ終わらないうちに、路の傍らの竹林の中から、銃声が一発聞こえ、西郷は肩を撃たれて、馬から落ちた。一人の者がすばやく走り出て、すぐに進んでその首を斬り、これを家康公のところへ献上した。この人が朝日千介であった。家康公は感心して賞して、「そなたは一人の若者であるのに、多くの戦闘の経験を積んだ者でさえ出来ないことをやり遂げた。剛の者と言ってよい。」と言われた。

寧静子は言う、「人を暗がりの中から狙い撃ちをするのは、乱世の習わしである。したがって命中することもあれば、命中しないこともある。要するにこれは立派な男子の実行すべき事ではない。昔から、空を飛ぶ鳥を射るのはよくても樹木に止まって寝ている鳥を射ってはならない、と言う。そもそも寝ている鳥でさえも射てはよくない。どうして一人前の男子が人を不意に射て心地よいとする者があろうか。そんな者はいないはずだ。」と。

〔原文出典〕
『常山紀談』（四）朝日千介西郷伊予を討つ事。

長湫之役（長湫《ながくて》の役《えき》）

長湫之役、成瀬小吉、年甫十七。独騎馳入二敵中一、獲二首一級一而返、致二之照公馬前一。公壮レ之、且曰、「麾下兵寡、汝且留在レ此。」既而小吉見二前隊辟易一、復馳出。従者援レ轡止レ之曰、「君功既成矣。乃送二死於敵一、無レ為已。」小吉怒曰、「顧二小利一失二大義一、武夫所レ恥。今日之戦、宜二破レ敵陥レ陣、追レ亡逐レ北而後止一。豈以二一首級一自足。」当二此之時一、距二麾下一可二三十歩一。公呼曰、「勿レ止。前隊馬足乱矣。正是壮士死戦之秋。」従者未レ及レ縦レ轡、小吉直馳入レ敵、大呼励二我軍一。我軍為レ之奮躍、鼓レ勇競進、軍遂大捷。

是歳公擢二小吉一、為二根来団隊長一、大賞二其功一曰、「雖二老将宿帥一、不レ能レ過焉。」蓋公麾下、成童為レ将者、小吉一人云。

寧静子曰、「大坂嘗有二簡馬之挙一。関白豊公、自二城楼一観レ之。有下跨二驪馬一繋二赤鞋於鞍一而来者上。公問二之左右一、答曰、『徳川士成瀬小吉。』『其禄幾何。』曰、『俸米二千苞。』公歎曰、『壮士也。使二渠改レ図仕一レ我者、五万石不レ足レ与耳。』他日照公以告二小吉一、勉二其出仕一。小吉流レ涕曰、『主公果以レ臣為二貪レ禄而棄一レ君者一乎。臣唯有三自殺以明二吾心一焉耳。』是其人沈実如レ此。老将宿帥之言、洵不レ為二過賞一也。」

長湫《ながくて》の役《えき》に、成瀬小吉《なるせこきち》、年甫《としはじ》めて十七《じゅうしち》。独騎《どくき》馳《は》せて敵中《てきちゅう》に入《い》り、首一級《くびいっきゅう》を獲《え》て返《かへ》り、之《これ》を照公《しょうこう》の馬前《ばぜん》に致《いた》す。公之《こうこれ》を壮《そう》とし、且《か》つ曰《い》はく、「麾下兵寡《きかへいすくな》し、汝且《なんぢしば》らく留《とど》まりて此《ここ》に在《あ》れ。」と。既《すで》にして小吉前隊《こきちぜんたい》の辟易《へきえき》するを見《み》て、復《ま》た馳《は》せ出《い》づ。従者轡《じゅうしゃくつわ》を援《と》りて之《これ》を止《とど》めて曰《い》はく、「君《きみ》の功既《こうすで》に成《な》れり。乃《すなは》ち死《し》を敵《てき》に送《おく》るは、為《な》す無《な》きのみ。」と。小吉怒《こきちいか》りて曰《い》はく、「小利《しょうり》を顧《かへり》みて大義《たいぎ》を失《うしな》ふは、武夫《ぶふ》の恥《は》づる所《ところ》なり。今日《こんにち》の戦《たたか》ひ、宜《よろ》しく敵《てき》を破《やぶ》り陣《じん》を陥《おとしい》れ、亡《ぼう》を追《お》ひ北《に》ぐるを逐《お》ひて後止《のちや》むべし。豈《あ》に一首級《いちしゅきゅう》を以《もっ》て自《みづか》ら足《た》れりとせんや。」と。此《こ》の時《とき》に当《あ》たりて、麾下《きか》を距《へだ》たること三十歩可《さんじゅうほばかり》なり。公呼《こうよ》んで曰《い》はく、「止《とど》むること勿《なか》れ。前隊《ぜんたい》の馬足乱《ばくそくみだ》れり。正《まさ》に是《こ》れ壮士死戦《そうししせん》の秋《とき》ぞ。」と。従者未《じゅうしゃいま》だ轡《くつわ》を縦《はな》つに及《およ》ばざるに、小吉直《こきちただ》ちに馳《は》せて敵《てき》に入《い》り、大呼《たいこ》して我《わ》が軍《ぐん》を励《はげ》ます。我《わ》が軍之《ぐんこれ》が為《ため》に奮躍《ふんやく》し、勇《ゆう》を鼓《こ》して競《きそ》ひ進《すす》み、軍遂《ぐんつひ》に大《おほ》いに捷《か》つ。

是《こ》の歳公《としこう》小吉《こきち》を擢《ぬきん》でて、根来団《ねごろだん》の隊長《たいちょう》と為《な》し、大《おほ》いに其《そ》の功《こう》を賞《しょう》して曰《い》はく、「老将宿帥《ろうしょうしゅくすい》と雖《いへど》も、過《す》ぐること能《あた》はず。」と。蓋《けだ》し公《こう》の麾下《きか》に、成童《せいどう》にして将《しょう》と為《な》る者《もの》は、小吉一人《こきちいちにん》と云《い》ふ。

寧静子《ねいせいし》曰《い》はく、「大坂嘗《おほさかかつ》て箇馬《かんば》の挙《きょ》有《あ》り。関白豊公《かんぱくほうこう》、城楼《じょうろう》より之《これ》を観《み》る。驪馬《りば》に跨《また》り赤鞋《せきあい》を鞍《くら》に繋《か》けて来《き》たる者有《ものあ》り。公之《こうこれ》を左右《さゆう》に問《と》へば、答《こた》へて曰《い》はく、『徳川《とくがは》の士成瀬小吉《しなるせこきち》なり。』と。『其《そ》の禄《ろく》は幾何《いくばく》ぞ。』と。曰《い》はく、『俸米二千苞《ほうまいにせんぽう》なり。』と。公歎《こうたん》じて曰《い》はく、『壮士《そうし》なり。渠《かれ》をして図《と》を改《あらた》めて我《われ》に仕《つか》へしむる者《もの》ならば、五万石《ごまんごく》は与《あた》ふるに足《た》らざるのみ。』と。他日照公以《たじつしょうこうもっ》て小吉《こきち》に告《つ》げて、其《そ》の出仕《しゅっし》を勉《つと》む。小吉涕《こきちなみだ》を流《なが》して曰《い》はく、『主《しゅ》公果《こうは》たして臣《しん》を以《もっ》て禄《ろく》を貪《むさぼ》りて君《きみ》を棄《す》つる者《もの》と為《な》すか。臣唯《しんた》だ自殺《じさつ》し以《もっ》て吾《わ》が心《こころ》を明《あき》らかにする有《あ》るのみ。』と。是《こ》れ其《そ》の人沈実《ひとちんじつ》なること此《かく》の如《ごと》し。老将宿帥《ろうしょうしゅくすい》の言《げん》、洵《まこと》に過賞《かしょう》と為《せ》ざるなり。」と。

〔語釈〕

長湫之役＝天正十二年（一五八四）に秀吉の軍が家康の軍と戦って敗れた。長湫は長久手、現在の名古屋市の東方に接する町。**麾下**＝首将のはたもと。首将直属の臣。**辟易**＝しりごみする。恐れてさけしりぞく。**奮躍**＝奮い立つ。いさみおどる。根来団＝鉄砲百人組の一つ。和歌山県那智郡にある根来寺（大伝法院）の衆徒が徳川家康に召されて組織した。宿帥＝古く勤めている将。成童＝十五歳以上二十歳以下。簡馬＝馬そろえ。軍馬を検閲すること。驪馬＝黒毛の馬。二千苞＝一千石。苞は俵と同じ。改図＝考えを改める。意図を変える。出仕＝仕える。仕官する。沈実＝思慮深く実直なこと。

〔人物解説〕

成瀬小吉（正成）＝（一五六七～一六二五）幼少より家康に仕え、小牧・長久手の役、小田原征伐、関が原の戦に武功をあげる一方、堺の行政を委ねられ、善政をしいた。義直《よしなお》（家康の九男）の傅《ふ》をつとめ、付家老として草創期の尾張藩を指導した。大坂冬の陣後、大坂城総濠埋めたてに功績を残した。

〔通釈〕

尾張の長久手の戦いの時に、成瀬小吉は、十七歳になったばかりであった。一騎で敵の中に侵入し、敵の首一つを取って返り、これを徳川家康公の馬前に差し出した。家康公はこれを勇気のある行動として、小吉に向かって、「旗本には兵が少ない、そなたはしばらくここに留まっておれ。」と言われた。間もなくして小吉は、味方の前軍がしりごみするのを見て、また馬を走らせて出撃した。供の者は手綱をつかんでこれを引き止めて、「主君の功はすでに遂げられました。徒らに命を敵にやることは、なすべきことではありません。」と諫めた。すると小吉は怒って、「小さな利得を考えて大きな義を失うことは、武士の恥とするものである。今日の戦いは、敵を破り陣を陥落させ、逃げる敵を全部追い払うまで止めるべきではない。どうして一つの首を取ったくらいで満足できようか。とてもできない。」と答えた。この時、家康公の旗本を離れた三十歩ばかりのところであった。家康公は呼びかけて、「止めるなよ。前軍隊の馬の足が乱れたぞ。まさに今が若者が命を捨てて戦うときであるぞ。」と言われた。この号令に供の者はまだ手綱を取る手をゆるめなかったが、小吉は直ぐに馬を走らせて敵の中に入り、大きな声で徳川軍を励ました。徳川勢はこのために奮い立ち、勇気を出して我先にと進み、徳川軍は大勝利を得た。

この年に家康公は小吉を抜擢して、根来団の隊長とし、大いにその手柄を賞して、「戦いなれた古参の大将でも、小吉以上のことは出来ないものである。」と申された。思うに家康公の旗本で、十六七歳で大将分の身分となった者は、小吉一人だけであると云う。

寧静子は言う、「大坂である時軍馬を検閲したことがあった。関白豊臣秀吉公は城の楼の上からこれを観ていた。黒い馬に乗り赤いわらじを鞍にかけて来る者が有った。秀吉公がお側の者にたずねると、それは、『徳川家康に仕える成瀬小吉でございます。』ということであった。『その奉禄は何程か。』とたずねると、『扶持米二千俵でございます。』と答えた。秀吉公は嘆息して、『勇ましい武者である。彼に心を改めてわしのところへ仕えさせたならば、五万石を与えても多いとはしない。』と申された。その後家康公はこのことを小吉に告げて、秀吉公への出仕を勧めた。すると小吉は涙を流して、『主君は本当に私が禄を欲しがって主人を棄てる者であるとするのですか。それでは私はただ自殺して私の本当の心を明かすより他はありません。』と言った。この成瀬小吉の人柄が思慮深く実直であることはこのようである。家康公が、老将宿師と雖も過ぐることは能わず、と言ったのは、本当に褒め過ぎではない。」と。

〔原文出典〕

『武将感状記』(三)、『常山紀談』(九)成瀬正成忠信の事。

浜松夜話（浜松夜話《はままつやわ》）

照公之在二浜松城一、一夕諸老臣侍焉。皆嘗従二長湫之役一者。公従容語曰、「爾時我以二寡兵一、破二秀吉偏師三万一、獲二其将森武蔵・池田勝入父子一、戦既捷矣。余検二三人首一、未レ暇二他慮一也。高木主水・内藤四郎進曰、『君亦不レ記二猿面公之軽捷一乎。』余頷而起、倉皇収レ軍入二小幡砦一。則秀吉果電撃而馳、日暮至二竜泉寺下一、軍既散矣。乃頓二兵田間一、以待二明早一。是夜使三人伺二其営一、報云、『敵露三次山野一、軍無レ有二統紀一。』衆皆勧二夜斫一。余不レ従。深夜挙レ軍、遂帰二小牧一矣。当二是時一、汝等諸人、必以二乃公一為三遅緩失二兵機一也。」因問曰、「汝等之勧二夜戦一、豈謂二秀吉首必可㆒㆑致乎。」諸老相目不㆑言。良久曰、「臣等未㆓始慮及㆒㆑此。特於㆑戦則決㆓其勝㆒耳。」公曰、「然。縦殲㆓其全軍㆒、使㆔秀吉赤身走㆓上国㆒、則於㆑某為㆑利乎、為㆓不利㆒乎。昼間之戦、斬㆓其愛将三人㆒。於㆓吾心㆒猶以為㆑過。況多殺㆓親臣㆒、以深㆓其讎㆒乎。」於㆑是諸老臣、皆服㆔其遠算㆒。

寧静子曰、「用㆑兵之道、有㆑勇無㆑智則敗矣。故古之名将皆善走。如㆘照公予知㆓豊公之必走㆒、而先自走㆖、可㆑謂㆓能以㆑智済㆑勇者㆒矣。」又曰、「兵貴㆓神速㆒一語、豊公用㆓之賤岳㆒、而大有㆑験。用㆓之長湫㆒、而不㆑済㆑事。故曰、知㆑彼知㆑己、百戦不㆑殆。豊公雖㆑智、而知㆑彼則暗矣。悲夫。」

照公《しょうこう》の浜松城《はままつじょう》に在《あ》るとき、一夕諸老臣侍《いっせきしょろうしんじ》す。皆嘗《みなかつ》て長湫《ながくて》の役《えき》に従《したが》ひし者《もの》なり。公従容《こうしょうよう》として語《かた》りて曰《い》はく、「爾《そ》の時我寡兵《ときわれかへい》を以《もっ》て、秀吉《ひでよし》の偏師三万《へんしさんまん》を破《やぶ》り、其《そ》の将《しょう》森武蔵《もりむさし》・池田勝入父子《いけだしょうにゅうふし》を獲《え》、戦《たたか》ひ既《すで》に捷《か》てり。余三人《よさんにん》の首《くび》を検《けん》し、未《いま》だ他慮《たりょ》に暇《いとま》あらず。高木主水《たかぎもんど》・内藤四郎《ないとうしろう》進《すす》みて曰《い》はく、『君《きみ》も亦《ま》た猿面公《えんめんこう》の軽捷《けいしょう》を記《き》せざるや。』と。余頷《よがん》して起《た》ち、倉皇《そうこう》として軍《ぐん》を収《をさ》めて小幡《こばた》の砦《とりで》に入《い》る。則《すなは》ち秀吉《ひでよし》果《は》たして電撃《でんげき》して馳《は》せ、日暮竜泉寺《にちぼりょうせんじ》の下《もと》に至《いた》れば、軍既《ぐんすで》に散《さん》ず。乃《すなは》ち兵《へい》を田間《でんかん》に頓《とん》し、以《もっ》て明早《みょうそう》を待《ま》つ。是《こ》の夜人《よひと》をして其《そ》の営《えい》を伺《うかが》はしめば、報《ほう》じて云《い》ふ、『敵山野《てきやんや》に露次《ろじ》して、軍《ぐん》に統紀有《とうきあ》ること無《な》し。』と。衆皆夜斫《しゅうみなやしゃく》を勧《すす》む。余従《よしたが》はず。深夜《しんや》に軍《ぐん》を挙《あ》げて、遂《つひ》に小牧《こまき》に帰《かへ》る。是《こ》の時《とき》に当《あ》たり、汝等諸人《なんぢらしょじん》、必《かなら》ず乃公《だいこう》を以《もっ》て遅緩《ちかん》にして兵機《へいき》を失《うしな》ふと為《せ》ん。」と。因《よ》りて問《と》ひて曰《い》はく、「汝等《なんぢら》の夜戦《やせん》を勧《すす》むるは、豈《あ》に秀吉《ひでよし》の首必《くびかなら》ず致《いた》すべしと謂《おも》へるか。」と。諸老相《しょろうあ》ひ目《もく》して言《い》はず。良《やや》久《ひさ》しくして曰《い》はく、「臣等未《しんらいま》だ始《はじ》めより慮《おもんぱか》り此《ここ》に及《およ》ばず。特《ただ》に戦《たたか》ひに於《おい》ては則《すなは》ち其《そ》の勝《かち》を決《けっ》せしのみ。」と。公曰《こうい》はく、「然《しか》り。縦《たと》ひ其《そ》の全軍《ぜんぐん》を殲《つく》すも、秀吉《ひでよし》をして赤身上国《せきしんしょうこく》に走《はし》らしめば、則《すなは》ち某《それがし》に於《おい》て利《り》と為《な》るか、不《ふ》利《り》と為《な》るか。昼間《ひるま》の戦《たたか》ひに、其《そ》の愛将三人《あいしょうさんにん》を斬《き》る。吾《わ》が心《こころ》に於《おい》ては猶《な》ほ以《もっ》て過《す》ぎたりと為《な》す。況《いは》んや多《おほ》く親臣《しんしん》を殺《ころ》し、以《もっ》て其《そ》の讎《あだ》を深《ふか》くするをや。」と。是《ここ》に於《お》いて諸老臣《しょろうしん》、皆其《みなそ》の遠算《えんさん》に服《ふく》す。

寧静子《ねいせいし》曰《い》はく、「兵《へい》を用《もち》ゐるの道《みち》、勇有《ゆうあ》りて智無《ちな》ければ則《すなは》ち敗《やぶ》る。故《ゆゑ》に古《いにしへ》の名将《めいしょう》は皆善《みなよ》く走《はし》る。照公《しょうこう》の予《あらかじ》め豊公《ほうこう》の必《かなら》ず走《はし》るを知《し》りて、先《ま》づ自《みづか》ら走《はし》るが如《ごと》きは、能《よ》く智《ち》を以《もっ》て勇《ゆう》を済《な》す者《もの》と謂《い》ふべし。」と。又《また》曰《い》はく、「兵《へい》は神速《しんそく》を貴《たっと》ぶの一語《いちご》は、豊公之《ほうこうこれ》を賤《しず》が岳《たけ》に用《もち》ゐて、大《おほ》いに験《しるし》有《あ》り。之《これ》を長湫《ながくて》に用《もち》ゐて、事《こと》を済《な》さず。故《ゆゑ》に曰《い》はく、彼《かれ》を知《し》り己《おのれ》を知れば、百戦殆《ひゃくせんあや》ふからず、と。豊公《ほうこう》智《ち》なりと雖《いへど》も、彼《かれ》を知《し》るは則《すなは》ち暗《くら》し。悲《かな》しいかな。」と。

〔語釈〕

浜松城＝古くは曳馬城。桶狭間で討死した飯尾乗連の妻吉良御前の守っていたこの城を、永禄十一年（一五六八）に家康が攻め、吉良御前が自刃して落城した。その後家康が浜松城と改名した。**爾時**＝その時。その当時。**偏師**＝副将。全軍中の一部隊の大将。**他慮**＝他のことに思いをめぐらすこと。**猿面公**＝秀吉のこと。**軽捷**＝はしっこい。身がるですばやい。**倉皇**＝急ぐ様子。あわてるさま。**竜泉寺**＝尾張国東春日井郡にある寺。**露次**＝野営。屋外に宿していること。**夜斫**＝夜うち。夜のうちに相手を攻める。**統紀**＝統制。しまり。**遅緩**＝おそくのろい。ぐずぐずしている。**兵機**＝戦いのチャンス。戦機。**赤身**＝からだ一つ。**上国**＝天子の都に近い諸国。ここでは上方のこと。**遠算**＝遠大なはかりごと。遠慮。**済**＝おぎなう。助ける。**兵貴神速**＝兵を動かすには、非常にすばやいことが大切である。『魏志』郭嘉伝の故事（郭嘉が曹操に献策した）に基づく。神速は、すばやいこと。人間わざとは思えないほどすばやいこと。**知彼知己百戦不殆**＝『孫子』の言葉。敵の力を知り自軍の力を知ってその後で戦えば、百度戦っても負けることはない、という孫子の兵法の一つ。

〔人物解説〕

森武蔵＝森長可。四八頁参照。

池田勝入＝池田勝三郎恒興。一四頁参照。

高木主水＝高木主水正次。家康の三河時代からの家臣。詳細は未詳。

内藤四郎＝（?～一六〇一）内藤四郎左衛門正成。三河時代からの家康の家臣。家康が関東入国のとき、武蔵埼玉郡に五千石を得た。長久手の戦いでは武士の進退を司る武者奉行を務めた。

〔通釈〕

家康公が浜松の城に在ったとき、ある夜多くの老臣がお側に仕えていた。皆以前に長久手の合戦にお供をした者たちであった。家康公はくつろいだ態度でこう語った、「あの時はわしは少ない兵で、秀吉の一組の軍勢三万騎を破り、その将の森武蔵守長可・池田勝入の父子の三人を討ち取り、戦いは既に勝利を得た。わしは三人の首を実検して、まだ他のことを考える余裕は無かった。高木主水・内藤四郎が進み出て、『御主君も秀吉公の素速いことを覚えていらっしゃいませんか。』とたずねた。わしは頷いて起ち上がり、急いで支度をして軍を引き揚げて小幡の砦に入った。秀吉は予期した通りに稲光のように急に行動を起こして馬を走らせ、日暮れには竜泉寺の下にやってきたが、わが軍はそこにはいなかった。そこで秀吉軍は田中に陣を取って、明くる日の早朝に小幡の城を攻めようとした。この夜斥候に秀吉軍の陣営の様子を探らせたところ、『敵は山や野に野宿していて、軍に規律が無い。』と報告してきた。多くの人々は皆夜討ちをすることを勧めた。わしはそれに従わなかった。深夜に軍を引き揚げて、小牧に帰った。この時に、そなたちは、きっとこの家康を手緩くて兵機を失うものであると思ったことであろう。」と。そこでたずねて、「そなたたちが夜討ちを勧めたのは、秀吉の首が必ず取れると思ってそう主張したのか。」と言われた。諸の老臣たちは目と目を見合わせて何とも言わなかった。しばらくしてから、「わしらはまだ始めから考えが秀吉公の命というところまでは及びませんでした。ただ戦いにおいて勝利を得るということだけでした。」と述べた。家康公は、「そうであろう。そうであってはたとえその全軍を皆殺しにしても、秀吉に身一つで上方に逃げ去らせたならば、わしにとって利益となるか、不利益になるか（当然不利益になる）。昼の間の戦いにおいて、秀吉の愛する将三人を斬った。わしにしては出来すぎのこととする。まして（秀吉の）多くの親しき臣を殺して、その仇心を深くするようなことはやるべきことではない。」と申された。そこで諸の老臣たちは、皆家康公の遠大な謀りごとに感服した。

寧静子は言う、「兵を使う仕方は、勇気が有って智慧が無ければ軍は敗れる。それ故に古の名将は皆よく逃げる。家康公は秀吉公が必ず逃げるということを予期していて、先ず自分の方が逃げたというのは、智慧によって勇気を埋め合わせたものということができる。」と。又言う、「兵は人間わざとは思えない速さをよしとするという一語は、秀吉公がこれを賤が岳の合戦に用いて、大いに効果が有った。同じ作戦を長久手の戦いに用いたが、事を成就することはできなかった。それ故に、戦いは敵の情況を知り己の力を知っていれば、、百たび戦っても危うくは無い、と言う。秀吉公は智慧が有ったけれども、相手を知るという点では暗かった。悲しいことである。」と。

〔原文出典〕『岩渕夜話別集』（三）。

鶴章繡衣（鶴章《かくしょう》 繡衣《しゅうい》）

与二関白一和之年、照公在二浜松一。一日烈風寒甚。公命二左右一致二外套一。待豎近藤縫、進二一繡被一。即関白所レ贈、紅梅鶴章、光彩奪レ目。公顰蹙曰、「焉用二此華麗者一哉。吾昨不レ得レ已二於豊家一、而一着レ之、今豈可三再着以破二我家朴素之風一乎。」更呼二他短挂一而服レ之。

　寧静子曰、「豊公削二平大乱一之主。故物物流二豪奢一。照祖開二闢太平一之君。故事事入二倹素一、亦勢之所二必至一。雖レ然、設使三二公先後易レ世而出一、則天下之乱、何時定乎。吁、亦天矣。」

関白《かんぱく》と和《わ》せし年《とし》、照公《しょうこう》浜松《はままつ》に在《あ》り。一日烈風《いちじつれっぷう》にして寒《かん》甚《はなは》だし。公左右《こうさゆう》に命《めい》じて外套《がいとう》を致《いた》さしむ。侍豎近藤縫《じじゅこんどうほう》、一繡被《いちしゅうひ》を進《すす》む。即《すなは》ち関白《かんぱく》贈《おく》る所《ところ》の、紅梅鶴章《こうばいかくしょう》にて、光彩《こうさい》目《め》を奪《うば》ふ。公顰蹙《こうひんしゅく》して曰《い》はく、「焉《いづ》くんぞ此《こ》の華麗《かれい》の者《もの》を用《もち》ゐんや。吾昨《われさき》に豊家《ほうか》に已《や》むを得《え》ずして、一《ひと》たび之《これ》を着《き》るも、今豈《いまあ》に再《ふたた》び着《き》て以《もっ》て我《わ》が家《いへ》の朴素《ぼくそ》の風《ふう》を破《やぶ》るべけんや。」と。更《さら》に他《た》の短挂《たんけい》を呼《よ》びて之《これ》を服《ふく》す。

　寧静子《ねいせいし》曰《い》はく、「豊公《ほうこう》は大乱《たいらん》を削平《さくへい》するの主《しゅ》なり。故《ゆゑ》に物物豪奢《ぶつぶつごうしゃ》に流《なが》る。照祖《しょうそ》は太平《たいへい》を開闢《かいへき》するの君《きみ》なり。故《ゆゑ》に事事倹素《じじけんそ》に入《い》るも、亦《ま》た勢《いきほ》ひの必《かなら》ず至《いた》る所《ところ》なり。然《しか》りと雖《いへど》も、設《も》し二公《にこう》をして先後世《せんごせ》を易《か》へて出《い》でしめば、則《すなは》ち天下《てんか》の乱《らん》、何《いづ》れの時《とき》か定《さだ》まらんや。吁《ああ》、亦《ま》た天《てん》なり。」と。

〔語釈〕

外套＝防寒・防雨用などに上衣の上に着る衣。ここでは羽織。繡被＝ぬいとりのしてある美しい羽織。鶴章＝鶴の模様。光彩＝色どりのひかり。顰蹙＝顔をしかめる。華麗＝はなやかであること。朴素＝うわべを飾らない。飾り気のないこと。短挂＝短い羽織。削平＝平定する。豪奢＝非常にぜいたくなこと。開闢＝世間の明け始め。ここでは徳川幕府を開いたこと。倹素＝倹約で質素であること。

〔人物解説〕

近藤縫＝徳川家康の近習。詳細は未詳。

〔通釈〕

家康公が関白秀吉公と和睦された天正十四年（一五八六）家康公は浜松城に在った。或る日激しい風が吹いて寒さが甚だしかった。家康公は近習に申し付けて、羽織を用意させた。小姓の近藤縫が、刺繍の付いた羽織一枚を差し出した。この羽織は関白秀吉公が贈った、紅梅に鶴の模様の刺繍のあるもので、その色彩が目映いばかりのものである。家康公は眉をひそめて、「どうしてこのような華やかなものを着られようか、わしは先ごろ豊臣家に対して（着ないと失礼に当るので）やむを得ず、一度は着たけれども、今どうして再びこれを着て、我が徳川家の質素で飾り気の無い風習を破ることができよう、そんなことはできない。」と言われた。そしてあらためて短い粗末な羽織を出させてそれを着た。

寧静子は言う、「秀吉公は戦国の大乱を平定した主である。故に総ての物が奢りに流れる。家康公は天下泰平を開かれた君である。故に何事にも倹約で質素を実行したのも、また成り行きとして当然のことである。しかしながら、もしこの秀吉公と家康公を先後を換えて出現させたならば、日本国中の乱は、何時定まったことであろうか。ああ、秀吉が先、家康が後に出たのはまた天のなすわざである。」と。

〔原文出典〕

『明良洪範』（三）。

北条氏贈ニ蜜柑一（北条氏《ほうじょうし》蜜柑《みかん》を贈《おく》る）

天正中、江南人始輸ニ香橙一。香橙俗呼ニ做九年母一者。京人某得レ之、献ニ諸浜松一。照公喜曰、「是珍果也。」分ニ其半一、饋ニ之北条氏一。相之君臣相詬曰、「遠参無ニ蜜柑一耶。我当下送ニ山中奴婢千頭一、以駭中遠人之目上耳。」乃実二蜜柑於大筐一、賃二駅夫数十人一、致二之浜松一。公視レ之冷笑、謂二左右一曰、「吾嚮贈二江南橙数枚一、相人視以為二尋常蜜柑一耳。夫氏直年少、不レ解レ事宜矣。宿将老臣而作二此児戯一、北条氏之業衰矣。」

寧静子曰、「北条氏拠三有八州一、称二五世之盛一。然其実三世耳。氏政以下、蓋莫二足レ道者一。氏政嘗見下駄二刈麦一而過者上、指以問、『彼何物。』左右曰、『刈麦也。』曰、『然則盍三炊以供二座客一。』夫氏政不レ弁二菽麦一、既已如レ此。何怪二乎氏直之認レ橙為レ柑哉。」

天正中《てんしょうちゅう》、江南《こうなん》の人始《ひとはじ》めて香橙《こうとう》を輸《いた》す。香橙《こうとう》は俗《ぞく》に九年母《くねんぼ》と呼《よ》び做《な》す者《もの》なり。京人某《けいひとなにがし》之《これ》を得《え》て、諸《これ》を浜松《はままつ》に献《けん》ず。照公喜《しょうこうよろこ》びて曰《い》はく「是《こ》れ珍果《ちんか》なり。」と。其《そ》の半《はん》を分《わ》かち、之《これ》を北条氏《ほうじょうし》に饋《おく》る。相《そう》の君臣相《くんしんあ》ひ詬《ののし》りて曰《い》はく、「遠参《えんさん》に蜜柑《みかん》無《な》きか。我当《われまさ》に山中《さんちゅう》の奴婢千頭《どひせんとう》を送《おく》り、以《もっ》て遠人《えんひと》の目《め》を駭《おどろ》かすべきのみ。」と。乃《すなは》ち蜜柑《みかん》を大筐《だいひ》に実《み》たし、駅夫数十人《えきふすうじゅうにん》を賃《やと》ひ、之《これ》を浜松《はままつ》に致《いた》す。公之《こうこれ》を視《み》て冷笑《れいしょう》し、左右《さゆう》に謂《い》ひて曰《い》はく「吾嚮《われさき》に江南《こうなん》の橙数枚《とうすうまい》を贈《おく》るを、相人視《そうひとみ》て以《もっ》て尋常《じんじょう》の蜜柑《みかん》と為《な》すのみ。夫《そ》れ氏直《うじなほ》は年少《ねんしょう》にして、事《こと》を解《かい》せざるは宜《むべ》なり。宿将老臣《しゅくしょうろうしん》にして此《こ》の児戯《じぎ》を作《な》すこと、北条氏《ほうじょうし》の業衰《ぎょうおとろ》へたり。」と。

寧静子《ねいせいし》曰《い》はく、「北条氏八州《ほうじょうしはっしゅう》を拠有《きょゆう》し、五世《ごせい》の盛《せい》と称《しょう》す。然《しか》るに其《そ》の実《じつ》は三世《さんせい》なるのみ。氏政以下《うじまさいか》は、蓋《けだ》し道《い》ふに足《た》る者《もの》莫《な》し。氏政嘗《うじまさかつ》て刈麦《がいばく》を駄《だ》して過《す》ぐる者《もの》を見《み》て、指《ゆび》さし以《もっ》て問《と》ふ、『彼《かれ》は何物《なにもの》ぞ。』と。左右《さゆう》曰《い》はく、『刈麦《がいばく》なり。』と。曰《い》はく、『然《しか》らば則《すなは》ち盍《なん》ぞ炊《かし》ぎて以《もっ》て座客《ざかく》に供《きょう》せざる。』と。夫《そ》れ氏政《うじまさ》は菽麦《しゅくばく》を弁《べん》ぜざること、既《すで》に已《すで》に此《か》の如《ごと》し。何《なん》ぞ氏直《うじなほ》の橙《とう》を認《みと》めて柑《かん》と為《な》すを怪《あや》しまんや。」と。

〔語釈〕

香橙＝だいだい。蜜柑の一種。正月の飾りなどにも用いる。江南＝中国の長江下流の南部の地方。遠参＝遠江・三河の国の意味。山中奴婢千頭＝密柑千個。山中奴婢は甘橘の異名。蘇東坡の「王子直秀才に贈る」詩に「水底の笙歌は蛙両部、山中の奴婢は橘千頭」とあるのに基づく。遠人＝遠江の人。ここでは徳川家康。大筐＝大きな竹かご。相人＝相模の人。ここでは北条氏。宿将＝老練で戦いの上手な大将。経験を積んだ大将。八州＝関八州。相模・武蔵・安房《あわ》・上総《かずさ》・下総《しもうさ》・

常陸・上野《こうずけ》・下野《しもつけ》の八ケ国。拠有＝自分のものとする。領する。不弁菽麦＝大豆と麦の区別がわからない。極めて愚かな者をいう。「周子兄有れども慧無く、菽麦を弁ずる能はず、故に立つべからず」という『左伝』成公十八年の故事に基づく。

〔人物解説〕

北条氏直＝（一五六二〜一五九一）小田原北条氏第五代の主。天正十年（一五八二）に家督を継ぎ、本能寺の変後、武田の旧領の処分について家康と和議が成立し、家康の娘督姫と結婚した。その後秀吉からしばしば上洛を促されたが、関東におけるその威武を過信して応じなかった。そのため天正十八年（一五九〇）に小田原城を秀吉に包囲され、開城するに至った。氏直は一命を助けられ高野山に送られたが、後秀忠の仲介によって土地を与えられ、秀吉にも大坂で謁見した。

北条氏政＝（一五三八〜一五九〇）小田原北条氏第四代の主。永禄六年（一五六三）の下総国府台の戦いを初陣として、武田信玄、常陸の佐竹氏などとの戦いで各地に転戦し、武功をあげた。特に天正十年（一五八二）には、織田・徳川と連絡して武田勝頼と戦ってこれを滅ぼした。その後家督を氏直に譲った。秀吉の小田原征伐に対しては、箱根の要塞を擁して籠城作戦に出たが、失敗して氏直が和議に応じ、氏政は責を負って城下の医師の邸で自刃した。

〔通釈〕

天正年中（一五七三〜一五九一）に中国の江南の人が初めて香橙をわが国へもたらした。香橙は俗に九年母と呼ぶものである。京都の人某がこれを手に入れて、浜松にいる家康公へ献じた。家康公は喜んで「これは珍しい果物である。」と言われて、その半分を分けて、小田原の北条氏へ進物とした。相州の北条家の君臣は共にののしりあざけって「遠州三河の国には蜜柑は無いのか。われわれは蜜柑千個を進物として送って、遠州人の目を驚かしてやろう。」と言った。そこで自国の蜜柑を大きな竹かごに一ぱい入れて、宿継ぎ人足五六十人を雇って、これを浜松の家康の所へ持たせてやった。家康公はこれを見てあざ笑い、則近の者に向かって、「わしは先日中国の江南産の九年母を幾つか進物として贈ったのに、相州の北条家の人々はそれを視て通常の蜜柑であるとしたのである。そもそも北条家の主君である氏直は年少であるから、事情が分からなくても納得はできる。しかし、経験豊かな大将分の者や重立った家来がありながらこの子供のような戯れをするのは、北条の家には人物が無く、その業も衰えたものである。」と申された。

寧静子は言う、「北条氏は関八州を領有し、五世（長氏・氏綱・氏康・氏政・氏直）の間盛んであったという。しかしながらその実際は初めの三世だけである。氏政以下にはこれと言った事績は無い。氏政がある時、刈った麦を馬に付けて通る者を見て、指さして、『あれは何であるか。』とたずねた。近習の者が、『刈り取った麦でございます。』と答えると、『そうであるならばどうして飯に炊いて客人に出さないのか。』と申された。そもそも氏政は豆と麦との別が分からないように、物事の弁別ができなかったことは、ここに述べたようであった。どうして氏直が九年母を見定めて蜜柑としたことを怪しむ必要があろうか。そんな必要はない。」と。

〔原文出典〕
『治平金訓』。論賛は、『甲陽軍鑑』。

酒井金三郎（酒井金三郎《さかゐきんさぶろう》）

関東諺曰、「千葉原、原酒井。」蓋原者千葉氏之宰、而酒井者又其臣隷也。並以二威権一凌二其主一。故有二此語一云。

関白之滅二小田原一也、千葉氏亦従而亡、八州皆帰二於我一。当二此時一、千葉遺臣、往往有下来入二仕籍一者上。

及三照公西上如二伏水一、原吉丸・酒井金三等扈従焉。公俄起出レ庭。吉丸捧レ刀、不レ及レ着レ履、徒跣従レ之。時天暑砌熱。金三走往、授二之履一。儕輩相訴曰、「同僚雖レ親、豈堪レ為二執履之役一。渠行二之稠人中一、何不レ知レ恥之甚。」物論騒然。有司以訴。公召二金三一詰レ之。金三答曰、「吉丸、臣旧主之子。臣不レ忍レ視二其炎天徒跣一。故執レ履以授レ之耳。豈有二他故一。」公嘆曰、「金三雖二年少一、不レ忘二旧主之恩一。其情可レ憐。其事洵足二嘉尚一也。」因増二禄若干一、衆訟乃熄。

寧静子曰、「照公之取レ人、多察二諸天倫至情之際一、而不レ置二繊芥之嫌於其中一。与三夫劉文叔置二赤心於人腹中一、千載同二其帰一。吁、是古今人主、所三以不レ可レ及乎。」

関東《かんとう》の諺《ことわざ》に曰《い》はく、「千葉《ちば》の原《はら》、原《はら》の酒井《さかゐ》。」と。蓋《けだ》し原《はら》は千葉氏《ちばし》の宰《さい》にして、酒井《さかゐ》は又《ま》た其《そ》の臣隷《しんれい》なり。並《なら》びに威権《いけん》を以《もっ》て其《そ》の主《しゅ》を凌《しの》ぐ。故《ゆゑ》に此《こ》の語《ご》有《あ》りと云《い》ふ。関白《かんぱく》の小田原《おだはら》を滅《ほろ》ぼすや、千葉氏《ちばし》も亦《ま》た従《したが》ひて亡《ほろ》び、八州《はっしゅう》皆《みな》我《われ》に帰《き》す。此《こ》の時《とき》に当《あ》たり、千葉《ちば》の遺臣《いしん》、往往《おうおう》来《きた》りて仕籍《しせき》に入《い》る者《もの》有《あ》り。

照公《しょうこう》の西上《せいじょう》して伏水《ふしみ》に如《ゆ》くに及《およ》び、原吉丸《はらよしまる》・酒井金《さかゐきん》三等《ざぶら》扈従《こしょう》す。公俄《こうにはか》かに起《た》ちて庭《には》に出《い》づ。吉丸《よしまるかたな》刀を捧《ささ》げ、履《り》を着《つ》くるに及《およ》ばず、徒跣《とせん》にて之《これ》に従《したが》ふ。時《とき》に天暑《てんあつ》く砌《ぜい》熱《ねっ》す。金三《きんざ》走《はし》り往《ゆ》き、之《これ》に履《り》を授《さづ》く。儕輩《せいはい》相《あ》ひ詬《ののし》りて曰《い》はく、「同僚《どうりょう》親《した》しと雖《いへど》も、豈《あ》に執履《しつり》の役《えき》を為《な》すに堪《た》へんや。渠之《かれこれ》を稠人《ちゅうじん》の中《うち》に行《おこな》ふこと、何《なん》ぞ恥《はぢ》を知《し》らざるの甚《はなは》だしきや。」と。物論騒然《ぶつろんそうぜん》たり。有司《ゆうし》以《もっ》て訴《うった》ふ。公金《こうきん》三《ざ》を召《め》し之《これ》を詰《なじ》る。金三《きんざ》答《こた》へて曰《い》はく、「吉丸《よしまる》は、臣《しん》が旧主《きゅうしゅ》の子《こ》なり。臣其《しんそ》の炎天徒跣《えんてんとせん》を視《み》るに忍《しの》びず。故《ゆゑ》に履《り》を執《と》り以《もっ》て之《これ》に授《さづ》けしのみ。豈《あ》に他故《たこ》有《あ》らんや。」と。公嘆《こうたん》じて曰《い》はく、「金三年少《きんざねんしょう》なりと雖《いへど》も、旧主《きゅうしゅ》の恩《おん》を忘《わす》れず。其《そ》の情憐《じょうあは》れむべし。其《そ》の事洵《ことまこと》に嘉尚《かしょう》するに足《た》るなり。」と。因《よ》りて禄若干《ろくじゃっかん》を増《ま》すに、衆訟乃《しゅうしょうすなは》ち熄《や》む。

寧静子《ねいせいし》曰《い》はく、「照公《しょうこう》の人《ひと》を取《と》ること、多《おほ》く諸《これ》を天倫《てんりん》至情《しじょう》の際《さい》に察《さっ》して、繊芥《せんかい》の嫌《けん》を其《そ》の中《うち》に置《お》かず。夫《か》の劉《りゅう》文叔《ぶんしゅく》が赤心《せきしん》を人《ひと》の腹中《ふくちゅう》に置《お》くと、千載其《せんざいそ》の帰《き》を同《おな》じくす。吁《ああ》、是《こ》れ古今《ここん》の人主《じんしゅ》、及《およ》ぶべからざる所以《ゆゑん》なるか。」と。

〔語釈〕

宰＝家来の中の長者。家老のこと。臣隷＝家来。威権＝威勢と権力。仕籍＝仕える身分。扈従＝随行する。身分の高い人のお供をする。砌＝敷き石。履＝はきもの。徒跣＝はだし。素足。儕輩＝仲間。同類の者。執履＝はきものをとる。稠人＝多くの人。物論騒然＝世間のうわさがやかましくなる。論議があれこれと起こる。有司＝役人。嘉尚＝ほめたたえる。賛美する。衆訟＝多くの者の訴え。天倫至情＝天性から出る自然の情。繊芥＝わずかの。少しの。劉文叔＝後漢の初代皇帝光武帝のこと。名は秀、文叔は字。置赤心於人腹中＝自分のまごころから推量して、人もまごころを持っていると考え、少しも人を疑わないこと。人を深く信用することにいう。劉秀（後の光武帝）は、投降した敵将が自分に背かないことを信じて、投降した将の治める部隊の中を身軽な軍装で巡察したという『後漢書』光武紀上の故事に基づく。其帰＝その趣。

〔人物解説〕

原吉丸＝家康の近習。千葉氏の家老であった原氏の後裔と思われるが、詳細は未詳。

酒井金三郎＝家康の近習。土気・東金の酒井家の後裔と思われるが、詳細は未詳。

〔通釈〕

関東のことわざに、「千葉の原、原の酒井。」と言うのがある。思うに原は千葉氏の家老であり、酒井はまたその原氏の家来である。原、酒井はともに威勢権柄がその主を越えていた。そのためにこの諺があったと言う。

関白秀吉公が小田原の北条氏を滅ぼしたとき、千葉氏も北条氏に従っていたために亡び、関八州が皆徳川氏の手に帰属した。その時に、千葉氏の遺臣が、あれこれとやって来て徳川氏に仕えて家人となった者があった。

家康公が上方へ上って伏見へ行くことになって、原吉丸、酒井金三郎等がお供をして近習としてお側にお仕えした。家康公が突然起ち上がって庭に出られた。吉丸は御刀持ちをしていたが、履き物をはく暇がなく、はだしでお供をした。その時は暑い日で庭の敷石は焼けて熱くなっていた。金三郎は走って行って、吉丸に履き物をはかせた。仲間の人たちはこれを見て非難して、「同僚は親しいものではあるが、どうしてぞうり取りの役に堪えられようか。金三郎はこれを多くの人々の見ているところで行った、何と大変な恥知らずの者ではないか。」と言った。この噂が広まって論議がやかましくなった。役人はこの事を家康公へ訴えた。家康公は金三郎を召し出してこの事を問い詰めた。金三郎は、「吉丸は、私の旧主の子です。私は吉丸が炎天にはだしで焼け石を踏むのを見てはおられませんでした。それでぞうりを持って行ってはかせただけです。どうして他意がありましょう。」とお答えした。家康公はこれを聞かれて感嘆して、「金三郎は年は若いけれども、旧主人の恩を忘れないでいる。その心中は賞美すべきことである。そのした事はまことに賞めてよろしいことである。」と申された。そういうわけで禄をいくらか加増したところ、多くの人々があれこれ言うことが止んだ。

寧静子は言う、「家康公が人物を見きわめることにおいては、多くはこれを人の道に照して思わず知らずに起こる情愛の間に察して、少しの疑問もその中には交えなかった。この事はあの後漢の光武帝が、自分の真心を人々の腹の底まで通すというのと、千年も時代は異なるがその趣は同じである。ああ、この事は古から現在までの他の人主が、この二人に及ばなかった理由であろうか。」と。

〔原文出典〕

『岩渕夜話別集』（三）。

大旆次二小山一（大旆《たいはい》小山《おやま》に次《じ》す）

石田之乱、照公東征在二小山駅一。時羽書旁午、敗問日至。曰、「伏水城陥。」曰、「細川越中妻子焼死。」曰、「賊収二東征諸将孥於城中一。」公毎レ聞蹙レ眉、鬱鬱不レ楽者累日。左右或欲レ慰レ之、而不レ能也。

適宇都宮団伴入謁焉。其状佩二七種兵器於背後一、朱巾纏レ額、手撫二反身長刀一、大声呼曰、「武蔵坊弁慶、敢候二起居一。」公望見大笑。団伴直進、抽レ刀西向、作二斬レ首者之状一曰、「反賊三成伏レ誅。快甚、快甚。」曲踊三百而出。近臣皆喜云、「頃来主公気色、未レ覩下如二今日之佳一者上。」

寧静子曰、「宇都宮関東一名族、団伴本赳赳武夫。非二滑稽之流一也。嚮照公之在二伏水邸一、有二流言一、石田治部将二来襲一。諸将士皆聚護焉。団伴独謂、『渠若自㆓上風㆒縦㆑火、則一炬蕩尽、無㆑術㆓防禦㆒。不㆑若㆘且待㆓其来㆒、詐納㆑降、因以斬㆗其首㆖。』遂与㆓本多三弥㆒謀、処分既定。偶無㆑事而止。由㆑是観㆑之、団伴此戯、聊以表㆓微衷㆒、不㆓唯慰藉之計㆒也。宜乎、公之実信而誠喜也。」

石田《いしだ》の乱《らん》に、照公《しょうこう》は東征《とうせい》して小山駅《おやまえき》に在《あ》り。時《とき》に羽《う》書旁午《しょぼうご》し、敗問日《はいもんひ》に至《いた》る。曰《い》はく、「伏水城《ふしみじょう》陥《おちい》る。」と。曰《い》はく、「賊東《ぞくとう》征諸将《せいしょしょう》の孥《ど》を城中《じょうちゅう》に収《をさ》む。」と。曰《い》はく、「細川越中《ほそかはえっちゅう》の妻子《さいし》焼死《しょうし》す。」と。公聞《こうき》く毎《ごと》に眉《まゆ》を蹙《ひそ》め、鬱鬱《うつうつ》として楽《たの》しまざること累日《るいじつ》なり。左右《さゆう》或《ある》いは之《これ》を慰《なぐさ》めんと欲《ほっ》して、能《あた》はざるなり。

適《たまた》ま宇都宮団伴《うつのみやだんはん》入《い》りて謁《えっ》す。其《そ》の状《じょう》七種《しちしゅ》の兵器《へいき》を背《はい》後《ご》に佩《お》び、朱巾《しゅきん》額《ひたひ》に纒《まと》ひ、手《て》に反身《はんしん》の長刀《ちょうとう》を撫《ぶ》し、大《たい》声《せい》に呼《よば》ひて曰《い》はく、「武蔵坊弁慶《むさしぼうべんけい》、敢《あ》へて起居《ききょ》を候《うかが》ふ。」と。公望《こうのぞ》み見《み》て大《おほ》いに笑《わら》ふ。団伴直《だんはんただ》ちに進《すす》み、刀《かたな》を抽《ぬ》きて西《にし》に向《む》かひ、首《くび》を斬《き》る者《もの》の状《じょう》を作《な》して曰《い》はく、「反賊《はんぞく》三成誅《みつなりちゅう》に伏《ふく》す。快甚《かいはなは》だし、快甚《かいはなは》だし。」と。曲踊《きょくよう》して三《み》たび百《う》ちて出《い》づ。近臣皆喜《きんしんみなよろこ》びて云《い》ふ、「頃来主公《けいらいしゅこう》の気《き》色《しょく》、未《いま》だ今日《こんにち》の佳《か》なるが如《ごと》き者《もの》を覩《み》ず。」と。

寧静子《ねいせいし》曰《い》はく、「宇都宮《うつのみや》は関東《かんとう》の一名族《いちめいぞく》にて、団伴《だんはん》は本《もと》赳赳《きゆうきゆう》たる武夫《ぶふ》なり。滑稽《こっけい》の流《りゅう》には非《あら》ざるなり。嚮《さき》に照公《しょうこう》の伏水邸《ふしみてい》に在《あ》るとき、流言《りゅうげん》有《あ》り、石田治部将《いしだじぶまさ》に来《らい》襲《しゅう》せんとすと。諸将士《しょしょうし》皆聚《みなあつま》り護《まも》る。団伴独《だんはんひと》り謂《い》ふ、『渠《かれ》若《も》し上風《じょうふう》より火《ひ》を縦《はな》たば、則《すなは》ち一炬《いっきょ》に蕩尽《とうじん》して、防禦《ぼうぎょ》に術無《じゅつな》し。且《しば》らく其《そ》の来《き》たるを待《ま》ち、詐《いつは》りて降《こう》を納《い》れ、因《よ》りて以《もっ》て其《そ》の首《くび》を斬《き》らんには若《し》かず。』と。遂《つひ》に本多《ほんだ》三弥《さんや》と謀《はか》り、処分既《しょぶんすで》に定《さだ》まる。偶《たまた》ま事無《ことな》くして止《や》む。是《これ》に由《よ》りて之《これ》を観《み》れば、団伴《だんはん》の此《こ》の戯《たはむ》れは、聊《いささ》か以《もっ》て微《び》衷《ちゅう》を表《あらは》すにして、唯《ただ》に慰藉《いしゃ》の計《けい》のみにあらざるなり。宜《むべ》なるかな、公《こう》の実《まこと》に信《しん》じて誠《まこと》に喜《よろこ》べるは。」と。

〔語釈〕

石田之乱＝関が原の戦いをいう。**小山駅**＝下野国南部にある日光街道の宿駅。**羽書**＝緊急で重大な事件を知らせる軍事文書。鳥の羽をはさんで緊急の意を示した。**旁午**＝行きかう。往来の激しいさま。**敗問**＝敗れたという知らせ。**孥**＝妻子。**鬱鬱**＝気がふさがるさま。**累日**＝日を重ねる。連日。**反身**＝そり身。**候起居**＝身分の貴い人にお目通りをする。ご機嫌うかがいをする。**曲踊三百**＝舞踏の一種。身を回転させながらとび上がっておどり、その後で三度手を拍って拍子を取る。

『左伝』僖公二十八年の故事に基づく。頃来＝このごろ。近ごろ。気色＝きげん。気分。感情や考えが顔に現われる様子。赳赳武夫＝強い武士。「赳赳たる武夫は、公侯の城」という『詩経』周南兎罝《としゃ》に基づく。一炬＝一つのたいまつ。ちょっとした火。蕩尽＝すっかり無くなる。ここではすべて燃えて無くなること。微衷＝わずかなまごころ。自分の志。慰藉＝なぐさめいたわる。

〔人物解説〕

細川越中妻子＝（一五六三～一六〇〇）細川忠興の夫人、ガラシア。本名、玉。熱心なキリスト教徒で、ガラシアは洗礼名。関が原の戦では、忠興は家康に従って東下中で、ガラシアは人質として大坂城に入ることを拒否して子を殺し、家に火を放って自刃した。明智光秀の娘で、忠興に嫁したが、本能寺で父が信長を殺害したため一時離婚。のち秀吉・家康のはからいで復縁した。

宇都宮団伴＝もとは宇都宮氏の家臣とされ、家康・秀忠の寵臣であったが、詳細は明らかではない。

石田治部＝石田三成。九四頁参照。

本多三弥＝（一五四五～一六一七）三河武士。名は正重。正信の弟。家康に仕え、一時一向一揆に与したが、後にその罪を赦されて家康に仕えた。武功は数知れなかったが、生来わがままなところがあって、家康、信長の重臣滝川一益、前田利家、蒲生氏郷、家康といったように諸所を転々と渡り仕え、終身位爵を受けず、自ら三弥と称し、左衛門尉と呼んでいた。

〔通釈〕

　石田三成が反乱を起こしたときに、家康公は東国の上杉景勝を征伐しようとして下野の小山の宿に在った。この時に緊急な重大事件を知らせる軍事文書が激しく行きかい、敗軍の知らせが日々に届いた。その書状には、「伏見の城が陥落した。」とか、「細川越中の妻子が焼死した。」とか「石田三成が上杉景勝を伐つための東征に従軍した諸大将の妻子を大坂城の中へ収容した。」というようなものがあった。家康公は知らせを聞く毎に眉をひそめて心配し、心が晴れず不愉快な日が数日続いた。お側に仕える者たちはこれを慰めようと思ったが、慰めることはできなかった。

　ちょうどそんな時に宇都宮団伴が奥へ入って公にお目通りをした。その姿は七種の武器を背中に負い、赤い手拭で額をまとい、手に反り身の薙刀を持ち、大声を出して「武蔵坊弁慶、思い切って御機嫌を伺いに参りました。」と申し上げた。家康公はその姿を望み見て大いに笑われた。団伴はすぐに進み出て、刀を抜いて西の方に向かい、首を斬る仕草をして、「反賊の石田三成は誅に伏した。大変心地がよい、大変心地がよい。」と言った。それから身を回転させてとび上がって踊り三度ずつ手をたたいて元気のあることを示してから退出した。近習の臣下たちは皆喜んで「このごろ主君のご気色が、今日のようによい機嫌であるのを見たことがない。」と言った。

寧静子は言う、「宇都宮氏は関東の名族の一つであって、団伴は元来勇ましい武士である。滑稽などをする一族の者ではない。これより以前に家康公が伏見の邸に在ったとき、流言があって、石田三成が不意討ちに攻めてくると。諸の将士は皆集って伏見邸を護った。この時宇都宮団伴は独り『石田三成がもし風上から火をかけたならば、一本のたいまつで焼き尽きて、防ぐ手だては無い。しばらくは石田が来るのを待って、詐って降参をして、油断させた後で三成の首を斬るのがよい。』と主張した。遂に本多三弥と相談して、手はずが既に定まっていた。たまたま石田の来襲は噂だけで終わった。このことなどによって見ると、団伴のこの戯れは、いくらかその真心を表すもので、ただ家康公の心を慰めて落ち着かせるだけの企てではない。もっともなことであるなあ、家康公が団伴を無礼者とせずに本当に信じて心から喜んだのは。」と。

〔原文出典〕

未詳。

関原之役（関《せき》が原《はら》の役《えき》）

照公之西征也、本多正信留二在江戸一。独自憂曰、「此役也西師之衆、加二倍於我一。而諸将帥又多二更レ事者一。仮令主公当レ之、吾未レ見二其全捷一也。」

遂召二内藤正成一問レ之。正成笑曰、「勿レ用二過慮一。吾保二其必勝一矣。僕自レ幼侍レ公、知二公之為一レ人、毎怯二於耳一、而勇二於目一。故聞レ変憂苦、不レ啻二処女一也。而一出レ門、勇気十倍、以至レ見二大敵一、殆成二夜叉之猛一矣。況此行可二衝突陥一レ陣者有レ三焉。井伊兵部

也、福島左衛門也、併ニ主公一為レ三也。有ニ此三鋭鋒一、而縦横衝レ敵、無ニ堅不レ破。雖レ有ニ西師百万之衆一、何足レ憂乎。」既而関原之報至矣。果如ニ正成之言一。

寧静子曰、「誰勧ニ君王一回ニ馬首一、真成一擲賭ニ乾坤一、昌黎此句、殆如下為ニ此役一設者上。而照公之勝算、早已定ニ於東征之日一。而返レ旆西討也、駆ニ逐群雄一、如ニ臂使レ指。戦未ニ半日一、而敵衆奔竄、天下既帰ニ於孤掌一矣。自レ古勝敗之速、未レ聞下如ニ此役一者上也。顧本佐州之智、而不レ察ニ乎此一、何耶。豈其深ニ於文法一者、暗ニ於兵機一歟。若夫内藤氏怯耳勇目之論、可三以想ニ見公臨レ事而懼之気像一耳。」

照公《しょうこう》の西征《せいせい》するや、本多正信《ほんだまさのぶ》留《とど》まりて江戸《えど》に在《あ》り。独《ひと》り自《みづか》ら憂《うれ》ひて曰《い》はく、「此《こ》の役《えき》や西師《せいし》の衆《しゅう》、我《われ》に加倍《かばい》す。而《しか》して諸将帥《しょしょうすい》も又《ま》た事《こと》を更《こう》する者多《ものおほ》し。仮令主公《たとひしゅこう》之《これ》に当《あ》たるも、吾未《われいま》だ其《そ》の全捷《ぜんしょう》を見《み》ざるなり。」と。

遂《つひ》に内藤正成《ないとうまさなり》を召《め》して之《これ》を問《と》ふ。正成笑《まさなりわら》ひて曰《い》はく、「過慮《かりょ》を用《もち》ゐること勿《なか》れ。吾其《われそ》の必勝《ひっしょう》を保《ほ》す。僕幼《ぼくよう》より公《こう》に侍《じ》し、公《こう》の人《ひと》と為《な》りを知《し》れるに、毎《つね》に耳《みみ》に怯《きょう》にして、目《め》に勇《ゆう》なり。故《ゆゑ》に変《へん》を聞《き》きて憂苦《ゆうく》するは、啻《ただ》に処女《しょじょ》のみならず。而《しか》れども一《ひと》たび門《もん》を出《い》づれば、勇気十倍《ゆうきじゅうばい》し、以《もっ》て大敵《だいてき》を見《み》るに至《いた》れば、殆《ほとん》ど夜叉《やしゃ》の猛《もう》を成《な》す。況《いは》んや此《こ》の行《こう》に衝突《しょうとつ》して陣《じん》を陥《おとしい》るべき者三《ものさん》有《あ》り。井伊兵《ゐいひょう》部《ぶ》なり、福島左衛門《ふくしまさゑもん》なり、主公《しゅこう》を併《あは》せて三《さん》と為《な》す。此《こ》の三鋭鋒《さんえいほう》有《あ》りて、縦横《じゅうおう》に敵《てき》を衝《つ》かば、堅《けん》として破《やぶ》れざるは無《な》し。西師百万《せいしひゃくまん》の衆有《しゅうあ》りと雖《いへど》も、何《なん》ぞ憂《うれ》ふるに足《た》らんや。」と。既《すで》にして関《せき》が原《はら》の報至《ほういた》る。果《は》たして正成《まさなり》の言《げん》の如《ごと》し。

寧静子《ねいせいし》曰《い》はく、「誰《たれ》か君王《くんのう》に勧《すす》めて馬首《ばしゅ》を回《めぐ》らし、真成《しんせい》に一擲《いってき》して乾坤《けんこん》を賭《と》す、昌黎《しょうれい》の此《こ》の句《く》は、殆《ほとん》ど此《こ》の役《えき》の為《ため》に設《まう》ける者《もの》の如《ごと》し。而《しか》して照公《しょうこう》の勝算《しょうさん》は、早《はや》く已《すで》に東征《とうせい》の日《ひ》に定《さだ》まる。而《しか》して旆《はい》を返《かへ》して西討《せいとう》するや、群雄《ぐんゆう》を駆逐《くちく》すること、臂《ひじ》の指《ゆび》を使《つか》ふが如《ごと》し。戦《たたか》ひ未《いま》だ半《はん》日《じつ》ならずして、敵衆奔竄《てきしゅうほんざん》し、天下既《てんかすで》に孤掌《こしょう》に帰《き》す。古《いにしへ》より勝敗《しょうはい》の速《すみ》やかなること、未《いま》だ此《こ》の役《えき》の如《ごと》き者《もの》を聞《き》かざるなり。顧《おも》ふに本佐州《ほんさしゅう》の智《ち》にして、此《これ》を察《さっ》せざるは、何《なん》ぞや。豈《あ》に其《そ》れ文法《ぶんぽう》に深《ふか》き者《もの》は、兵機《へいき》に暗《くら》きか。若《も》し夫《そ》れ内藤氏《ないとうし》が怯耳勇目《きょうじゆうもく》の論《ろん》は、以《もっ》て公《こう》の事《こと》に臨《のぞ》んで懼《おそ》るるの気像《きしょう》を想《おも》ひ見《み》るべきのみ。」と。

〔語釈〕

西師＝西軍、石田三成方の軍。全捷＝完全な勝利。過慮＝度にすぎた心配。夜叉＝鬼神。人間を食うという鬼。誰勧君王回馬首、真成一擲賭乾坤＝唐の韓愈の詩「鴻溝を過ぐ」の句。誰が漢王（劉邦）に勧めて馬首をひき返させたのか、此の戦いに天下の行く末を賭けたのである、の意。昌黎＝韓愈のこと。旆＝はた。将軍の印のはた。駆逐＝追い払う。追い立てる。如臂使指＝腕ですることが、まるで指先でも使うように自由であること。転じて指揮命令が自由によどみなく下部に達すること。『漢書』賈誼伝の「海内の勢をして、身の臂を使ひ、臂の指を使ふが如からしめば、制従わざるは莫し」に基づく。奔竄＝逃げて身を隠す。孤掌＝一人の手のひら。ここでは家康の手のひら。本佐州＝本多佐渡守正信のこと。文法＝学問・芸術・教育などに関することがら。ここでは、正信が文書を司ることに従事していたこと。兵機＝戦いの計略。軍事の計。若夫＝文首にあって、前文を受けて別のことを言い出すときの言葉。さて。怯耳勇目＝聞いて知ったことに対しては臆病であるが、見たことに対しては勇ましい。

〔人物解説〕

本多正信＝（一五三八〜一六一六）家康の家臣。幼少より家康に近侍し、一向一揆に加わって乱後諸所を客遊したが、のち再び家康の許に帰り、重要な地位を得た。秀忠の時執政となり、その子正純とともに権勢を振った。その著『本佐録』は、治道の要綱を論じ、主として天道を説き農民の取扱い方を述べたものであるが、「百姓は財の余らぬ様に不足なき様治むる事道なり」の言葉は、徳川幕府の政策の根源をなしたものである。

内藤正成＝（一五二七〜一六〇二）家康の家臣。三河上野城に居し、十六歳の時、織田信秀の兵と槍を合わせて功名をあらわす。のち松平広忠（家康の父）に召されて仕え、広忠の没後は家康に仕えた。弓矢の達人で多くの合戦で戦功をあげた。三河一向一揆の際には、一揆の大将格の二人を射殺した。その後、武功の士として秀吉から対面を求められたが、老年の故をもって辞している。

井伊兵部直政＝（一五六一〜一六〇二）家康の重臣。代々今川氏に仕えていたが、永禄五年（一五六二）父直親が今川氏真に疑われて殺され、領地を没収された。二歳の直政は死を免れ、遠江《とおとうみ》の松下清景に養われた。天正十三年（一五八五）より家康に仕え、小牧・長久手の役、小田原の役に参加し、関が原の戦には本多忠勝とともに大功があった。

福島左衛門＝福島正則。一八〇頁参照。

〔通釈〕

家康公が西国の軍を征ったとき、本多正信は家康軍の供をせず江戸に留まった。独り心配して、「この戦いは西国の軍勢の多いことは、我が東国勢に倍している。そうして西国の諸大名はまた軍の事に慣れた者が多い。たとえ主君の家康公が直々にこれに当たられても、自分はまだ完全な勝利を得られるとは思えない。」と言った。

遂に内藤正成を呼んでこのことをたずねた。すると正成は笑って、「思いすごしをするには及びません。私は家康公が必ず勝利すると思います。私は幼少より家康公のお側にお仕えし、家康公の人柄を知っておりますが、いつも耳に聞くことには臆病で、目に見ることには勇気があります。だから事変を聞いて心配することは、小娘よりも甚だしいものがあります。しかしながら一度門を出て足を踏み出すと、勇気が十倍し、大敵を見れば、ほとんど夜叉のような猛々しい心になります。まして今回の出陣には相手に突きかけてその陣を陥す者が三人有ります。それは井伊兵部と福島左衛門と主君家康公とを合わせて三人となります。この三人の勇将の鋭い切先があって、縦横に敵を攻めたならば、どんな堅固な敵陣でも破れないものはありません。西国の軍に百万の軍勢が有ったとしても、何の心配もありません。」と言った。間もなく関が原の戦いの報告があった。果たして正成の言った通りの結果であった。

寧静子は言う、「誰か君王に勧めて馬首を回らし、真成に一擲して乾坤を賭す、唐の韓愈のこの句は、ほとんどこの関が原の合戦のために作ったようなものである。そうして家康公の勝利の胸算用は、早くすでに東の上杉氏を征した日に定まっていた。そうして小山駅から軍旗を返して西軍を討つとき、多くの英雄たちを使うことは、まるで腕が手の指でも使うように思いのままであった。合戦が始まってまだ半日もたたないうちに、敵の多くが逃げかくれ、天下はもはや一人（家康公）の手の中に入った。古から勝敗の決することが速かったという点では、まだこの合戦のようなことを聞いたことがない。思うに本多佐渡守正信ほどの智慧がありながら、これを察することができなかったのは、何故か。まさか文事に深い者は、兵事の計には暗いということではないであろう。さて内藤氏が主君は耳で聞いたことには臆病であり、目で見たことには勇気があるといった論からは、家康公が事に臨んではおそれつつしんで行動する気性であることを見ることができる。」と。

〔原文出典〕『明良洪範続』（九）。

平塚因幡（平塚因幡《ひらつかゐなば》）

是役也、西将大谷刑部吉隆、病二悪疾一在レ輿。使三平塚因幡守為広代二指麾一。為広与二東軍一戦、知二其不一レ可レ敵、送二所レ獲首級於大谷一曰、「以為二冥途土宜一。請速為レ計。勿レ使三元首落二於敵手一。某亦従レ此訣矣。」附以二一首一。曰、「名乃為爾、棄留命波、惜加羅志、終爾留羅奴、浮世登思辺盤。」訳曰、「死而留レ名、死不レ足レ惜、素知人生之不レ盈レ百。」大谷泣謂二使者一曰、「噫平塚育レ武有レ文。足三以壮二冥途之行一矣。」乃作二答歌一、使二姪祐玄書以付一レ之曰、「契有盤、六乃巷爾、暫志待、後連先太津、事波有登毛。」訳曰、「且待二我六道之途一、相逢唯有二先後之殊一。」当二此之時一、為広戦疲、息二於隴上一。小川氏士樫井某、揮レ槍略レ之。為広蹶起、呼曰、「身是平塚因幡守。今我徳レ汝。」苦戦而倒、投二所レ執十字槍一曰、「併以為二汝宝一。」乃授レ首云。

寧静子曰、「在二西軍諸将中一、我独有レ取二大谷氏桓桓侠気一也。夫既知二石賊之事万不一レ成、而反覆言レ之、不レ聴則曰、『見二其不一レ成而棄レ之、不義也。』是其侠気、与下他諸将受二一時誑誘一、迷乱助レ賊者上不レ同矣。而平塚為広之苦戦授レ命、亦果感二其侠気一也夫。」

是《こ》の役《えき》や、西将《せいしょう》大谷《おほたに》刑部《ぎょうぶ》吉隆《よしたか》は、悪疾《あくしつ》を病《や》みて輿《よ》に在《あ》り。平塚因幡守《ひらつかゐなばのかみ》為広《ためひろ》をして指麾《しき》を代《かは》らしむ。為広《ためひろ》東軍《とうぐん》と戦《たたか》ひて、其《そ》の敵《てき》すべからざるを知《し》り、獲《う》る所《ところ》の首級《しゅきゅう》を大谷《おほたに》に送《おく》りて曰《い》はく、「以《もっ》て冥途《めいど》の土宜《とぎ》と為《な》さん。請《こ》ふ速《すみ》やかに計《けい》を為《な》せ。元首《げんしゅ》をして敵手《てきしゅ》に落《お》ちしむること勿《なか》れ。某《それがし》も亦《ま》た此《こ》れより訣《けつ》せん。」と。附《ふ》するに一首《いっしゅ》を以《もっ》てす。曰《い》はく、「名《な》の為《ため》に、棄《す》つる命《いのち》は、惜《を》しからじ、終《つひ》にとまらぬ、浮世《うきょ》と思《おも》へば。」と。訳《やく》して曰《い》はく、「死《し》して名《な》を留《とど》む、死《し》も惜《を》しむに足《た》らず、素《もと》より知《し》る人生《じんせい》の百《ひゃく》に盈《み》たざるを。」と。大谷《おほたに》泣《な》きて使者《ししゃ》に謂《い》ひて曰《い》はく、

「噫《ああ》、平塚武《ひらつかぶ》を育《いく》し文《ぶん》を有《たも》つ。以《もっ》て冥途《めいど》の行《こう》を壮《さか》んにするに足《た》る。」と。乃《すなは》ち答歌《とうか》を作《つく》り、姪祐玄《てつゆうげん》をして書《しょ》し以《もっ》て之《これ》に付《ふ》せしめて曰《い》はく、「契《ちぎ》りあれば、六《む》つの巷《ちまた》に、しばし待《ま》て、おくれ先立《さきだ》つ、事《こと》は有《あ》りとも。」と。訳《やく》して曰《い》はく、「且《しば》らく我《われ》を六道《りくどう》の途《と》に待《ま》て、相《あ》ひ逢《あ》ふ唯《た》だ先後《せんご》の殊《こと》なる有《あ》り。」と。

此《こ》の時《とき》に当《あ》たり、為広《ためひろ》戦《たたか》ひ疲《つか》れ、隴上《ろうじょう》に息《いこ》ふ。小川《おがは》氏《し》の士《し》樫井某《かしゐなにがし》、槍《やり》を揮《ふる》ひ之《これ》を輅《ろ》す。為広《ためひろ》蹶起《けっき》し、呼《よ》ばはりて曰《い》はく、「身《は》は是《こ》れ平塚因幡《ひらつかゐなば》の守《かみ》なり。今我汝《いまわれなんぢ》に徳《とく》せん。」と。苦戦《くせん》して倒《たほ》れ、執《と》る所《ところ》の十字槍《じゅうじそう》を投《とう》じて曰《い》はく、「併《あは》せて以《もっ》て汝《なんぢ》が宝《たから》と為《せ》よ。」と。乃《すなは》ち首《くび》を授《さづ》くと云《い》ふ。

寧静子《ねいせいし》曰《い》はく、「西軍《せいぐん》の諸将《しょしょう》中《ちゅう》に在《あ》りては、我独《われひと》り大谷《おほたに》氏《し》の桓桓《かんかん》たる俠気《きょうき》を取《と》る有《あ》るなり。夫《そ》れ既《すで》に石賊《せきぞく》の事万《ことまん》も成《な》らざるを知《し》りて、反覆之《はんぷくこれ》を言《い》ひ、聴《き》かざれば則《すなは》ち曰《い》はく、『其《そ》の成《な》らざるを見《み》て之《これ》を棄《す》つるは、不義《ふぎ》なり。』と。是《こ》れ其《そ》の俠気《きょうき》、他《た》の諸将《しょしょう》の一時《いちじ》の誑誘《きょうゆう》を受《う》け、迷乱《めいらん》して賊《ぞく》を助《たす》くる者《もの》と同《おな》じからず。而《しか》して平塚為《ひらつかため》広《ひろ》の苦戦《くせん》して命《めい》を授《さづ》くるも、亦《ま》た果《は》たして其《そ》の俠気《きょうき》に感《かん》ぜしものなるかな。」と。

〔語釈〕

是役＝関が原の合戦。悪疾＝悪性の病気。他人のいやがる病気。指麾＝指図する。下知する。土宜＝みやげ。為計＝自殺せよの意。元首＝大将の首。首級。六道之途＝善悪の業因によって死後に行く六道（地獄・餓鬼・畜生・修羅・人間・天上）へ通じる道。隴上＝丘の上。輅＝むかう。攻める。蹶起＝起ち上がる。奮い立つ。苦戦＝激しく戦う。死に物狂いで戦う。桓桓＝たけだけしいさま。俠気＝おとこ気。迷乱＝心が迷いみだれる。

〔人物解説〕

大谷刑部吉隆＝（一五五九〜一六〇〇）はじめ小姓として秀吉の信任を得、天正十一年（一五八三）の賤が岳の戦いで戦功をたて、刑部少輔に叙任された。その後は石田三成らと検地奉行を務めるなど官僚派タイプである。三成とは特に仲がよく、三成が家康を討つ意思を伝えると、思いとどまるよう説得した。三成の意思の固いことを知ると長年の友誼から行動を共にした。関が原の戦いでは、小早川秀秋に攻められ、奮戦の末自刃した。病のため、陣中でも面体を包んでいたと伝えられる。

平塚因幡守為広＝（?〜一六〇〇）豊臣家の家臣。秀吉に仕え、従五位下に叙せられ因幡守となる。大谷吉隆の使者となり、石田三成に家康と戦うことを諫止したが失敗し、遂に三成に加担した。小早川秀秋の裏切りの虚実を確認しようとして侵攻し、失敗して討死した。

〔通釈〕

関が原の合戦のとき、西軍の大将大谷刑部吉隆は、悪性の病気をわずらっていて輿の中に在った。家来の平塚因幡守為広に代って兵の指揮をとらせた。為広は東軍と戦って、相手にとうてい対抗することはできないと知り、討ち取った敵の首を大谷吉隆に送って、「これをあの世への土産として下さい。どうか早くご自害下さい。ご自分の首を敵の手に入れさせないで下さい。私もこれから自害いたします。」と言った。そして次の和歌一首を添えた。「名の為に、棄つる命は、惜しからじ、終にとまらぬ、浮世と思へば。」漢訳すると、「死んでもこの世に名を留めれば、死も惜しむには足らない、もともと人は百年までは生きられないことを知っているのだから。」となる。大谷は涙を流してその使の者に向かって、「ああ、感心だ平塚は武勇もあれば文学もある。これであの世への旅を気強くすることができる。」とおっしゃった。すぐに返歌を作り、甥の祐玄に書かせて使の者に渡させた、その歌は「契りあれば、六つの巷に、しばし待て、おくれ先立つ、事は有りとも。」とあった。漢訳すると、「しばらく自分を六道の辻で待てよ、出逢うのに唯だ少しばかり先か後かの違いがあるばかりであるぞ。」ということになる。

この時平塚為広は戦い疲れて、畑のうねに腰を下ろして休息した。東軍の小川氏の家来の樫井某が、槍を揮ってこれに向かった。為広は起ち上がって、大声で、「自分は平塚因幡守である。今自分はそなたに恩徳を与えよう。」と叫んだ。死に物狂いに戦って倒れ、自分が握っていた十字の身の槍を投げ捨て「あわせてそなたの宝とせよ。」と言った。そしてその場で首を取らせたという。

寧静子は言う、「西軍の諸大将の中においては、私は独り大谷吉隆の猛々しく男気のあるのを評価するのである。そもそも吉隆は既に石田三成の謀る事は決して成功しないということを知って、くり返して諫めたけれども、三成が聞き入なかったので、『その成功しないのを見て三成を棄てるのは、不義である。』と言って味方したのである。これが吉隆の男気であるところで、他の諸将が一時のそそのかしを受けて、迷い乱れて三成を助けたのと同じことではない。そうして平塚為広が苦戦して命を捨てたのも、また果たして主人の吉隆の男気を感じたものなのかなあ。」と。

〔原文出典〕

『常山紀談』（十三）大谷吉隆平塚為広最後の合戦和歌贈答の事。

宥二平塚越中一（平塚越中《ひらつかえっちゅう》を宥《ゆる》す）

平塚越中者、因幡守之弟。幼有二驍名一。其退而在レ家、照公百方招レ之、不レ肯曰、「内府長二温言一、而吝二賜予一。我不レ屑レ仕二如レ此之人一也。」後遂仕二石田三成一。公聞而不レ能レ平。

既而三成敗二於関原一、軍吏生三縛越中一以献焉。公快レ之、且笑曰、「汝向不二我足一、而受二三成重聘一、以致レ有二今日一。其状洵可レ観矣。」越中張レ目罵曰、「咄戦敗為レ虜、武夫之常耳。足下之幼、囚二於織田氏一、縲絏三年、醜態可レ想。是之不レ問、而何嘲レ人之為。抑負二故太閤之遺訓一、蔑三視孤児寡婦一、以奪二天下之権一。如二足下所一レ為、乃丈夫所レ恥。我何苦仕二此無道之主一乎。欲レ斫斫レ之。吾頭可レ断、吾口不レ可レ塞。」公怒曰、「如レ此無状漢、与二其一撃為一レ快、不レ若下留二余喘一、以受中人間苦楚上。」乃解レ縛放レ之。

本多正信聞レ之、心不レ悦。他日従容請レ間曰、「殿下何以不レ殺二越中一。」公曰、「然。越中可レ憎者、剛愎也。孱愁也。其勇其弁、皆可レ惜矣。渠縦無三礼於孤一、留以為二子孫鷹犬之用一、亦為レ不レ失二一士一耳。」正信感歎曰、「非二臣等浅中所一レ及。」

寧静子曰、「江海之量、塵芥糞土、且在レ所レ容。誰復測二其深淵一耶。而後来台徳公、宥二車丹波弟某一、亦近焉。如三漢高之赦二季布一、是何足レ言哉。」

平塚越中《ひらつかえっちゅう》は、因幡《ゐなば》の守《かみ》の弟《おとうと》なり。幼《よう》にして驍名《ぎょうめい》有《あ》り。其《そ》の退《しりぞ》きて家《いへ》に在《あ》るとき、照公百方之《しょうこうひゃっぽうこれ》を招《まね》くも、肯《がへ》んぜずして曰《い》はく、「内府温言《ないふおんげん》に長《ちょう》じて、賜予《しよ》に吝《りん》なり。我此《われかく》の如《ごと》きの人《ひと》に仕《つか》ふるを屑《いさぎよ》しとせざるなり。」と。後《のち》遂《つひ》に石田三成《いしだみつなり》に仕《つか》ふ。公《こう》聞《き》きて平《たいら》かなること能《あた》はず。

既《すで》にして三成関《みつなりせき》が原《はら》に敗《やぶ》れ、軍吏《ぐんり》越中《えっちゅう》を生縛《せいばく》し以《もっ》て献《けん》ず。公之《こうこれ》を快《かい》とし、且《か》つ笑《わら》ひて曰《い》はく、「汝向《なんぢさき》に我《われ》を足《た》れりとせずして、三成《みつなり》の重聘《じゅうへい》を受《う》け、以《もっ》て今日《こんにち》有《あ》るを致《いた》す。其《そ》の状《じょう》洵《まこと》に観《み》るべし。」と。越中目《えっちゅうめ》を張《は》り罵《ののし》りて曰《い》はく、「咄《とつ》戦《たたか》ひ敗《やぶ》れて虜《とりこ》と為《な》るは、武夫《ぶふ》の常《つね》のみ。足下《そっか》の幼《おさな》きとき、織田氏《おだし》に囚《とら》はれ、縲紲三年《るいせつさんねん》、醜《しゅう》態想《たいおも》ふべし。是《こ》れ之《これ》を問《と》はずして、何《なん》ぞ人《ひと》を嘲《あざ》けることを之《こ》れ為《せ》ん。抑《そもそ》も故太閤《こたいこう》の遺訓《いくん》に負《そむ》き、孤児寡婦《こじかふ》を蔑視《べっし》し、以《もっ》て天下《てんか》の権《けん》を奪《うば》ふ。足下《そっか》の為《な》す所《ところ》の如《ごと》きは、乃《すなは》ち丈夫《じょうふ》の恥《は》づる所《ところ》なり。我何《われなに》を苦《くる》しみて此《こ》の無道《むどう》の主《しゅ》に仕《つか》へんや。斫《き》らんと欲《ほっ》せば之《これ》を斫《き》れ。吾《わ》が頭《かうべ》は断《た》つべきも、吾《わ》が口《くち》は塞《ふさ》ぐべからず。」と。公怒《こういか》りて曰《い》はく、「此《かく》の如《ごと》きの無状漢《むじょうかん》は、其《そ》の一撃《いちげき》して快《かい》と為《な》さん与《よ》りは、余喘《よぜん》を留《とど》めて、以《もっ》て人間《にんげん》の苦楚《くそ》を受《う》けしめんには若《し》かず。」と。乃《すなは》ち縛《ばく》を解《と》きて之《これ》を放《はな》つ。

本多正信之《ほんだまさのぶこれ》を聞《き》きて、心悦《こころよろこ》ばず。他日従容《たじつしょうよう》として間《かん》を請《こ》ひて曰《い》はく、「殿下何《でんかなに》を以《もっ》て越中《えっちゅう》を殺《ころ》さざる。」と。公曰《こうい》はく、「然《しか》り。越中憎《えっちゅうにく》むべきは、剛愎《ごうふく》なり。僝僽《せんしゅう》なり。其《そ》の勇其《ゆうそ》の弁《べん》は、皆惜《みなを》しむべし。渠縦《かれたと》ひ孤《こ》に無礼《ぶれい》なるも、留《とど》めて以《もっ》て子孫鷹犬《しそんようけん》の用《よう》と為《な》すも、亦《ま》た一士《いっし》を失《うしな》はずと為《な》すのみ。」と。正信感歎《まさのぶかんたん》して曰《い》はく、「臣等《しんら》が浅中《せんちゅう》の及《およ》ぶ所《ところ》に非《あら》ず。」と。

寧静子《ねいせいし》曰《い》はく、「江海《こうかい》の量《りょう》、塵芥糞土《じんかいふんど》も、且《か》つ容《い》るる所《ところ》に在《あ》り。誰《たれ》か復《ま》た其《そ》の深淵《しんえん》を測《はか》らんや。而《しか》して後来台《こうらいたい》徳公《とくこう》は、車丹波《くるまたんば》の弟《おとうと》　某《なにがし》を宥《ゆる》すも、亦《ま》た近《ちか》し。漢高《かんこう》の季布《きふ》を赦《ゆる》すが如《ごと》きは、是《こ》れ何《なん》ぞ言《い》ふに足《た》らんや。」と。

〔語釈〕

驍名＝強いという評判。勇武の聞こえ。**百方**＝いろいろと手を尽くす。**内府**＝家康をいう。**温言**＝やさしい言葉。あたたかい言葉。**賜予**＝さずけ与える。下され物。**重聘**＝手厚い礼を尽くして招くこと。**縲紲**＝縄目にかかること。牢獄につながれること。**無状漢**＝無礼者。**余喘**＝余命。残り少ない生命。**苦楚**＝苦しみ。苦しくつらいこと。**剛愎**＝剛情で人の意見をとり入れない。頑固で人に従わない。**僝僽**＝口が悪いこと。**鷹犬之用**＝鷹や犬のように手先として使う。**浅中**＝浅はかな考えの者。**台徳公**＝二代将軍秀忠のこと。**漢高**＝漢の高祖劉邦のこと。**季布**＝高祖の敵項羽の臣であったが、高祖はその罪を問わず、重用した。

〔人物解説〕

平塚越中＝（?～一六〇〇）秀吉の家臣。平塚為広の弟。腕力が強いことで知られていた。関が原の戦で戦死した。残された娘があった。娘も父に劣らず大力の持ち主であった。父の死後京都に潜んでいたところを所司代に探知され、二人の息子を乳母に託して捉えられた。護送の途次、武士数人を死傷させ、その馬に乗って逃亡したと伝えられている。

車丹波弟＝車善七。車丹波守義照（?～一六〇二）の弟。一揆の首謀者として処刑された兄の仇を報じようとして、園丁となって江戸城内に入り、将軍秀忠を刺そうとしたが、事が発覚して捕らえられた（一説に、将軍の鷹狩りの途に、将軍を刺そうとして捕らえられたとする）。将軍の秀忠は、これを壮として赦した。

〔通釈〕

平塚越中守は、平塚因幡守の弟である。幼年の時から武勇の名があった。仕えを退いて家に在るとき、家康公は色々と手を尽くして招いたが、承知をせず、「内大臣の家康公はやさしい言葉が上手であるが、物を与えることには物惜しみをする。自分はそのような人に仕えることは受け入れられない。」と言った。後遂に石田三成に仕えた。家康公はこのことを聞いて心が穏やかではなかった。

間もなくして三成は関が原の合戦に敗れ、軍役人は越中守を生け捕りにして家康公へ献上した。家康公はこれを心地よいこととし、その上笑って越中に向かって、「そなたは以前このわしの招きを不足として、三成の多くの禄を受けて抱えられ、それで今日の有様となった。そのざまはまことに見事である。」と言われた。すると越中は立腹して目をつり上げて、「ちえ、戦いに敗れて虜となるのは、武士の常である。貴殿が幼少の時、織田氏に囚われて、縄目の恥を受けたことが三年の間、その時の醜い様子が想われる。その時のことを言わずに、どうして人をあざけることができようか。そもそも故太閤の遺言に負いて、父親のいない秀頼公、寡婦の淀君をないがしろにして、天下の権柄を奪う。貴殿の行動は、一人前の男子が恥とするものである。自分は何を苦しんでこの道徳のない主人に仕えましょうや。斬ろうと思うなら斬ればよい。自分の首は切れても、自分の口を塞ぐことは出来ない。」と家康をののしった。家康公は怒って、「このような無礼なやつは、一撃のもとに斬りすてて心地よいと思うよりは、残る命を留めてやって、人間の苦しみを受けさせたほうがよい。」と言われた。そこで縄を解いて越中を釈放した。

本多正信はこのことを聞いて、不機嫌であった。そこで後日何ということもなく家康公の暇の時を見て、「殿さまはどうして越中を殺さないのですか。」とたずねた。家康公は、「そなたの不審はもっともである。越中の憎むべきところは、剛情なところである。悪口雑言をすることである。その勇気とその弁舌の立つこととは、ともに惜しむべきことである。越中はたとえわしに無礼をしたにせよ、生かしておいてわが子孫の役に立つ手先として使うのも、また一人の士を失わないやり方である。」と言われた。正信は感嘆して、「私どもの浅はかな智慧では及ぶことではない。」と言った。

寧静子は言う、「大きな河や海の度量は、塵芥や糞土でも受け入れるところにある。誰がまたその深さを測ることができようか。そうして後の世に二代将軍の秀忠公が、車丹波の弟の某を許したのも、またこの家康公の事に似たことである。漢の高祖が項羽の将の季布の罪を赦して侍従役としたのは、それほどほめるには当たらないことである。」と。

〔原文出典〕

『武辺雑談』『良将達徳鈔』（六）。

佃十成（佃十成《つくだかずなり》）

慶長五年五月、左馬助加藤嘉明、従二照公一東征、使三其臣加藤内記・佃次郎（名十成）留二守予之松前一。既而石田三成挙二兵京畿一、天下分為二東西一。

安芸毛利氏、首属二西軍一。時二嘉明之不一レ在、使下其将村上・曾根・能島・宍戸等、率二兵三千一、入レ予攻中松前上。先致二書城中一曰、「速致レ城去。不則一撃蹂躙耳。」十成等詐答曰、「請尽出二妻子一、而後致レ城。」敵信レ之、陣二三津浦一以待。当二此時一、藤堂氏兵在二大洲一、使三人約二救援一。城中大喜。十成独奮曰、「敵雖レ衆、以レ計撃レ之、何不レ勝之有。即不レ勝、有二枕レ城以死一耳。安有下仮二人之力一、以幸二功名一者上乎。」遂辞レ之。

適有下国民反応、以二酒肉一餽二敵営一者上。十成聞レ之、陰募二狡黠者数人一、質二其妻子一、多予レ金而為二反間一曰、「自三加藤氏領二此土一、政苛民困。今大師来臨、百姓莫レ不レ悦レ之。且嘉明之東、尽従二鋭卒一、留者皦羸之余耳。而佃次郎現病在レ蓐。一城無二復闘志一、皆将二遁去一。」敵兵聞レ之、益弛二其備一。

於レ是十成、使三士卒注二白布於肩一、以為二標号一、身独画二松字於背一、以被レ之、令曰、「斬レ敵勿レ取レ首。聞二法螺一便退。」夜乗二風雨一発、間道潜レ兵、直襲二毛利氏営一。敵兵擾乱。十成提二薙刀一、奮撃斃二敵三将一。十成亦被二重創一而退。翌早敵復来攻。加藤内記出、拒二之道後村一。十成裹レ創而起曰、「芸人擁二大兵一重来、則難レ可レ支。不レ若三及レ今快戦、暴二骨原野一。与三其痛レ創以斃二於蓐一也。」乃多造二紙旗一、駆二城下民二百余人一、赴二道後村一。毛利氏兵望見以為二大援至一、引レ兵遠去、遂自二風早浦一、鞭レ船以帰二安芸一。

是秋東軍大捷、天下平定。嘉明帰二松前一、欲レ賞二十成功一、而無二首級可一レ徴。偶有二捕得生口一、告曰、「当夜親見下画二松字於背一者、以二薙刀一斬中村上等首上。」嘉明乃賜二勲状一曰、「不レ仮二他人一、能全二一城一、義也。斬二敵三将一、不レ言二其功一、勇也。」賞レ之以二豊公所レ賜兜鎧一領一、而給二浮穴郡六千石一。及三加藤氏移二封会津一、乃加二一万石一。

寧静子曰、「庚子之乱、天下侯伯、各尽二精鋭一、以会二中原一、而国内皆空虚矣。仮使二東西兵結不一レ解、曠レ日持レ久、則四隣乗レ隙、根本動揺。留守之任、不二亦重一乎。乃如二佃十成一、以二一孤城一、受二大国罙入一、而不二少屈一。捍禦有レ策、一戦郤レ敵。求二之当時一、不レ可二多得一。可レ不レ謂二偉丈夫一耶。」

慶長五年五月《けいちょうごねんごがつ》、左馬助《さまのすけ》加藤嘉明《かとうよしあき》は、照公《しょうこう》に従《したが》ひて東《とう》征《せい》し、其《そ》の臣加藤内記《しんかとうないき》・佃次郎《つくだじろう》（名《な》は十成《かずなり》）をして予《よ》の松前《まつざき》を留守《りゅうしゅ》せしむ。既《すで》にして石田三成《いしだみつなり》兵《へい》を京畿《けいき》に挙《あ》げ、天下分《てんかわ》かれて東西《とうざい》と為《な》る。

安芸《あき》の毛利氏《もうりし》、首《はじめ》に西軍《せいぐん》に属《ぞく》す。嘉明《よしあき》の在《あ》らざるを時《とき》として、其《そ》の将《しょう》村上《むらかみ》・曾根《そね》・能島《のしま》・宍戸《ししど》等をして、兵《へい》三千《さんぜん》を率《ひき》ゐ、予《よ》に入《い》り松前《まつざき》を攻《せ》めしむ。先《ま》づ書《しょ》を城中《じょうちゅう》に致《いた》して曰《い》はく、「速《すみ》やかに城《しろ》を致《いた》して去《さ》れ。不《しからざ》れば則《すなは》ち一撃《いちげき》に蹂躙《じゅうりん》せんのみ。」と。十成《かずなり》等詐《らいつは》り答《こた》へて曰《い》はく、「請《こ》ふ尽《ことごと》く妻子《さいし》を出《い》だし、而《しか》る後城《のちしろ》を致《いた》さん。」と。

敵之《てきこれ》を信《しん》じ、三津《みつ》の浦《うら》に陣《じん》し以《もっ》て待《ま》つ。此《こ》の時《とき》に当《あ》たり、藤堂氏《とうどうし》の兵大洲《へいおほず》に在《あ》り。人《ひと》をして救援《きゅうえん》を約《やく》せしむ。城中大《じょうちゅうおほ》いに喜《よろこ》ぶ。十成独《かずなりひと》り奮《ふる》ひて曰《い》はく、「敵衆《てきおほ》しと雖《いへど》も、計《けい》を以《もっ》て之《これ》を撃《う》たば、何《なん》ぞ勝《か》たざること之《こ》れ有《あ》らん。即《も》し勝《か》たずんば、城《しろ》を枕《まくら》とし以《もっ》て死《し》する有《あ》るのみ。安《いづ》くんぞ人《ひと》の力《ちから》を仮《か》り、以《もっ》て功名《こうめい》を幸《こひねが》ふ者有《ものあ》らんや。」と。遂《つひ》に之《これ》を辞《じ》す。

適《たま》ま国民反応《こくみんはんおう》し、酒肉《しゅにく》を以《もっ》て敵営《てきえい》に餽《おく》る者有《ものあ》り。十成《かずなり》之《これ》を聞《き》き、陰《ひそ》かに狡黠《こうかつ》なる者数人《ものすうにん》を募《つの》り、其《そ》の妻子《さいし》を質《ち》とし、多《おほ》く金《かね》を予《あた》へて反間《はんかん》を為《な》して曰《い》はく、「加藤氏此《かとうしこ》の土《ど》を領《りょう》せしより、百姓之《ひゃくせいこれ》を悦《よろこ》ばざるは莫《な》し。且《か》つ嘉明《よしあき》の東《ひがし》するや、政苛《まつりごとか》にして民困《たみくる》しむ。今大師来臨《いまたいしらいりん》し、尽《ことごと》く鋭卒《えいそつ》を従《したが》へ、留《とど》まる者《もの》は敝羸《へいるい》の余《よ》のみ。而《しか》して佃《つくだ》次郎《じろう》は現《げん》に病《や》みて蓐《じょく》に在《あ》り。一城復《いちじょうま》た闘志無《とうしな》く、皆将《みなまさ》に遁《に》げ去《さ》らんとす。」と。敵兵之《てきへいこれ》を聞《き》き、益《ますま》す其《そ》の備《そな》へを弛《ゆる》くす。

是《ここ》に於《おい》て十成《かずなり》、士卒《しそつ》をして白布《はくふ》を肩《かた》に注《つ》け、以《もっ》て標《ひょう》号《ごう》と為《な》し、身独《みひと》り松《まつ》の字《じ》を背《せ》に画《かく》し、以《もっ》て之《これ》を被《こうむ》り、令《れい》して曰《い》はく、「敵《てき》を斬《き》るも首《くび》を取《と》る勿《なか》れ。法螺《ほら》を聞《き》かば便《すなは》ち退《しりぞ》け。」と。夜風雨《よるふうう》に乗《じょう》じて発《はっ》し、間道《かんどう》より兵《へい》を潜《ひそ》め、直《ただ》ちに毛利氏《もうりし》の営《えい》を襲《おそ》ふ。敵兵擾乱《てきへいじょうらん》す。十成薙刀《かずなりていとう》を提《ひっさ》げ、奮撃《ふんげき》して敵《てき》の三将《さんしょう》を斃《たほ》す。十成《かずなり》も亦《ま》た重創《じゅうそう》を被《こうむ》りて退《しりぞ》く。翌早敵復《よくそうてきま》た来《き》たり攻《せ》む。加藤内記《かとうないき》出《い》で、之《これ》を道後村《どうごむら》に拒《ふせ》ぐ。十成創《かずなりきず》を裹《つつ》みて起《た》ちて曰《い》はく、「芸人《げいひと》大兵《たいへい》を擁《よう》して重《かさ》ねて来《き》たらば、則《すなは》ち支《ささ》ふべきこと難《がた》し。今《いま》に及《およ》びて快戦《かいせん》し、骨《ほね》を原野《げんや》に暴《さら》すに若《し》かず。其《そ》の創《きず》を痛《いた》み以《もっ》て蓐《じょく》に斃《たほ》れん与《よ》りは。」と。乃《すなは》ち多《おほ》く紙旗《しき》を造《つく》り、城下《じょうか》の民二百余人《たみにひゃくよにん》を駆《か》りて、道後村《どうごむら》に赴《おもむ》く。毛利氏《もうりし》の兵望《へいのぞ》み見《み》て以《もっ》て大援至《だいえんいた》ると為《な》し、兵《へい》を引《ひ》きて遠《とほ》く去《さ》り、遂《つひ》に風早《かざはや》の浦《うら》より、船《ふね》に鞭《むちう》ち以《もっ》て安芸《あき》に帰《かへ》る。

是《こ》の秋東軍大《あきとうぐんおほ》いに捷《か》ち、天下平定《てんかへいてい》す。嘉明松前《よしあきまつざき》に帰《かへ》り、十成《かずなり》の功《こう》を賞《しょう》せんと欲《ほっ》すれども、首級《しゅきゅう》の徴《しるし》とすべき無《な》し。偶《たまた》ま捕得《ほとく》の生口有《せいこうあ》り、告《つ》げて曰《い》はく、「当夜親《とうやした》しく松《まつ》の字《じ》を背《せ》に画《かく》する者《もの》、薙刀《ていとう》を以《もっ》て村上《むらかみ》等の首《くび》を斬《き》るを見《み》る。」と。嘉明乃《よしあきすなは》ち勲状《くんじょう》を賜《たま》ひて曰《い》はく、「他人《たにん》に仮《か》らずして、能《よ》く一城《いちじょう》を全《まった》くするは、義《ぎ》なり。敵《てき》の三将《さんしょう》を斬《き》りて、其《そ》の功《こう》を言《い》はざるは、勇《ゆう》なり。」と。之《これ》を賞《しょう》するに豊公賜《ほうこうたま》ふ所《ところ》の兜鎧一領《とうがいいちりょう》を以《もっ》てし、而《しか》して浮《うけ》穴郡六千石《なぐんろくせんごく》を給《きゅう》す。加藤氏封《かとうしほう》を会津《あひづ》に移《うつ》すに及《およ》び、乃《すなは》ち一万石《いちまんごく》を加《くは》ふ。

寧静子《ねいせいし》曰《い》はく、「庚子《こうし》の乱《らん》に、天下《てんか》の侯伯《こうはく》、各《おのおの》の精鋭《せいえい》を尽《つ》くし、以《もっ》て中原《ちゅうげん》に会《かい》し、国内皆空虚《こくないみなくうきょ》なり。仮《も》し東《とう》西《ざい》の兵《へい》をして結《むす》んで解《と》けずして、日《ひ》を曠《むな》しくし久《ひさ》しきを持《じ》せしめば、則《すなは》ち四隣隙《しりんげき》に乗《じょう》じ、根本動揺《こんぽんどうよう》せん。留守《りゅうしゅ》の任《にん》も、亦《ま》た重《おも》からずや。乃《すなは》ち佃十成《つくだかずなり》の如《ごと》き、一《いち》孤城《こじょう》を以《もっ》て、大国《たいこく》の罙入《しんにゅう》を受《う》け、少《すこ》しも屈《くっ》せず。捍禦策《かんぎょさく》有《あ》り、一戦敵《いっせんてき》を郤《しりぞ》く。之《これ》を当時《とうじ》に求《もと》むるも、多《おほ》く得《う》べからず。偉丈夫《いじょうふ》と謂《い》はざるべけんや。」と。

〔語釈〕

慶長五年＝一六〇〇年。**予**＝伊予（現愛媛県）のこと。**留守**＝留守番をする。主将の外出中に城を守ること。**蹂躙**＝ふみにじる。ふみあらす。**狡黠**＝ずるがしこい。**反間**＝敵国に入って敵状を探ったり、敵国に不利な言いふらしをする者。**間者**。スパイ。**敝羸**＝やぶれて弱い。疲れおとろえた。**蓐**＝しとね。寝床。**法螺**＝ほら貝。**間道**＝ぬけ道。近道。**擾乱**＝入り乱れさわぐ。**薙刀**＝なぎなた。長刀。幅広くそった刀に長い柄をつけた武器。**芸人**＝安芸の人。**快戦**＝思う存分に戦う。**首級**＝討ち取った首。**徴**＝証拠。証明。**捕得生ロ**＝生け捕りにした者。**庚子之乱**＝関が原の役。**中原**＝ここでは関が原を中心とした畿内のこと。**根本**＝国のもと。**捍禦**＝ふせぐ。防ぎ守る。**偉丈夫**＝すぐれた男子。

〔人物解説〕

加藤嘉明＝一五五頁参照。

佃十成＝（一五五三〜一六三四）、佃次郎兵衛尉。加藤嘉明の家臣。はじめ信長ついで家康に仕えたが、天正十三年（一五八五）同列の士と争い、蟄居を命ぜられ佃次郎兵衛尉と改名した。翌年嘉明の重臣となり、勲功を立てた。九州征伐・小田原征伐・文禄・慶長の役に従軍し、関が原の戦いの際には伊予松前城の留守将を務めた。

加藤内記＝加藤嘉明の臣。詳細は未詳。

〔通釈〕

慶長五年（一六〇〇）五月、加藤左馬助嘉明は、家康公に従って上杉征伐に行き、その臣の加藤内記と佃次郎（名は十成）とを留めて伊予の松前城を守らせた。間もなく石田三成が兵を京都近国に挙げ、日本国は分かれて東西二派となった。

安芸の毛利氏ははじめは西軍に属した。嘉明の留守をよい時としてつけ込み、その将の村山・曾根・能島・宍戸等に、兵三千人を引きつれて、伊予に入り松前城を攻めさせた。先ず松前城の城中に書を送って「出来るだけ早く城を明け渡して去れ。そうしなければ一気に攻めて踏みにじる。」と申し入れた。十成等は敵をあざむいて、「ことごとく妻子を城外へ出して、その後で城を明け渡しましょう。」と答えた。敵はこれを信じて、三津の浦に陣を取って待った。この時に、藤堂氏の兵は同国の大洲に在った。使者を送ってよこして松前城を救援することを約束した。松前の城中は大いに喜んだ。十成は独り奮いたって、「敵の数は多いけれども、謀り事を用いて撃つならば、どうして勝てないことがあろうか。勝てなかったときには、城を枕にして討ち死するだけである。どうして人の力を借りて、功名を願う者があろうか。」と言った。遂に藤堂氏の軍の救援を辞退した。

たまたま伊予の人民が叛いて毛利軍に従い、酒や肉などを敵の陣営に贈る者が有った。十成はこれを聞いて、こっそりとずる賢い者五六人を募って集め、その者たちの妻子を人質に取り、多く金を与えて間者とし、その者たちに、「加藤氏がこの土地を領有してから、政治が悪くなって人民は困っている。今毛利氏の大軍が来て下さったので、国民はこれをよろこばない者はない。その上嘉明が東国へ行くときに、ことごとく精鋭の卒を従えて行ったので、留まっている者は弱々しくて役に立たない者ばかりである。そうして佃次郎は現在病気で床についている。城の中にいる者は闘う意志がなく、皆今にも逃げ去ろうとしている者ばかりである。」と言わせた。敵兵はこれを聞いて、ますますその備えをゆるくした。

そこで十成は、士卒に白い木綿を肩に付けさせて、これを味方の目印とし、自分一人は松の字を背中に書いて、それを着、号令を下して、「敵を斬っても首を取るな。法螺貝の声を聞いたならばすぐに後へ退け。」と言った。夜風雨に付け込んで出発し、抜け道を通って兵を潜めて進み、直ぐに毛利氏の陣営を襲った。敵兵は乱れさわいだ。十成は薙刀を引っさげて、奮い立って攻撃し、敵の三人の将を斬り倒した。十成もまた深手を追って退いた。翌日の早朝敵はまた攻めて来た。加藤内記は城からうって出て、これを道後村で防いだ。十成は傷を包んで起ち上って、「芸州人が大軍をひきつれて次から次へと重ねて来たならば、城を支えることは困難である。この傷の養生をして寝床の中で死ぬよりは、今のうちに思う存分戦い、討ち死にして骨を野原にさらした方がましである。」と言った。そこで多くの紙旗を作り、城下の人民二百余人を集めて、道後村へ向かった。毛利軍の兵はこれを遠くから見て大軍の援軍が来たとして、兵を引きつれて遠くへ去り、遂に風早の浦から、船を漕ぎ出して安芸の国へと帰った。

この年の秋に東軍は大勝利を得て、天下が平定した。嘉明は松前に帰り、十成の功を賞しようとしたが、証拠とすべき取った首が無かった。たまたま敵の捕虜がいて、その者が、「合戦の夜に大きな松の字を背中に書いてある者が、薙刀で我が将の村上等の首を斬ったのを見ました。」と言った。嘉明はそこで十成に勲功を賞して感状を与え、「他人の力を借りず、一城を守り通したのは、義である。敵の三人の将を斬って、その功を言わないのは、勇である。」と言った。そして褒美として豊臣秀吉公から賜った兜鎧一領を与え、そうして浮穴郡の庄六千石を給した。加藤氏は領地を会津に移されると、十成には一万石を与えた。

寧静子は言う、「関が原の合戦に、天下の諸大名は、それぞれ精鋭を残らず引きつれて、関が原に集結し、大名の領国内は皆主君が不在で空虚となった。もし東西両軍の兵力が拮抗して、長い日数を費やすということになったならば、四方の隣国はそのすきにつけ込み、本国の治安が不安になる。そうなると留守の役目は、何と重い役目ではないか。そこで佃十成は、一つの離れ城に、大国の侵入を受けたのに、少しも屈しなかった。防ぐのにすぐれた計略が有って、ただ一戦で敵を退けた。これを当時の天下に探しても、多くは得ることのできない人物である。めったに存在しない立派な男子であると言わなければならない。」と。

〔原文出典〕

『常山紀談』（十七）佃次郎兵衛伊予国松前城を守る事。

雨降地固（雨降《あめふ》りて地固《ぢかた》まる）

関原乱平之後、照公謂二諸侯伯一曰、「石田之乱、所謂雨降地固者。妖気一消、天下自レ此清明矣。」諸侯伯同辞奉賀。肥後侯清正、独謂、「世之治乱、譬二諸天之晴陰一、青天白日、俄有レ起二雲雨一。故難レ測者、人心也。未レ可二以為レ安、而不レ置レ慮也。」公深以為ㇾ然。

寧静子曰、「後十又五年、果有二大坂之事一。而前三年清正既没矣。抑照公之以二清正言一為ㇾ然者、亦或有ㇾ察二禍於未然一歟。」

関《せき》が原《はら》の乱平《らんたい》らぐの後《のち》、照 公《しょうこう》諸侯伯《しょこうはく》に謂《い》ひて曰《い》はく、「石田《いしだ》の乱《らん》は、所謂雨降《いはゆるあめふ》り地固《ぢかた》まる者《もの》なり。妖気一消《ようきいっしょう》して、天下此《てんかこれ》より清明《せいめい》ならん。」と。諸侯伯同辞《しょこうはくどうじ》して奉賀《ほうが》す。肥後侯清正《ひごこうきよまさ》、独《ひと》り謂《い》ふ、「世《よ》の治乱《ちらん》は、諸《これ》を天《てん》の晴《せい》陰《いん》に譬《たと》ふれば、青天白日《せいてんはくじつ》にして、俄《には》かに雲雨《うんう》を起《お》こすこと有《あ》り。故《ゆゑ》に測《はか》り難《がた》き者《もの》は人心《じんしん》なり。未《いま》だ以《もっ》て安《やす》しと為《な》して、慮《りょ》を置《お》かざるべからざるなり。」と。公深《こうふか》く以《もっ》て然《しか》りと為《な》す。

寧静子曰《ねいせいしい》はく、「後十又五年《のちじゅうゆうごねん》、果《は》たして大坂《おほさか》の事有《ことあ》り。而《しか》して前三年清正既《ぜんさんねんきよまさすで》に没《ぼっ》せり。抑《そもそ》も照 公《しょうこう》の清正《きよまさ》の言《げん》を以《もっ》て然《しか》りと為《な》す者《もの》も、亦《ま》た或《ある》いは禍《か》を未然《みぜん》に察《さっ》する有《あ》るか。」と。

〔語釈〕

侯伯＝大名小名。知行一万石以上が大名。妖氛＝悪いことでも起こりそうな、あやしい気配。妖気。清明＝清く明らか。世の中が平らかになること。同辞＝口をそろえる。奉賀＝お祝いを申し上げる。青天白日＝よく晴れた日和。大坂之事＝ここでは慶長十九年（一六一四）の大坂冬の陣、元和元年（一六一五）の大坂夏の陣のこと。

〔人物解説〕

肥後侯清正＝加藤清正。一三六頁参照。

〔通釈〕

関が原の合戦が平定された後、家康公は諸大名に向かって、「石田三成の乱は、世に言う雨が降って地が固まるというようなものである。禍いの気がさっぱりと消えて、天下はこれから太平になるだろう。」と言われた。諸大名は口を揃えてお祝い申し上げた。この時肥後侯の加藤清正は、ただ独り、「世の治まると乱れるとは、これを天の晴れるのと曇るのとにたとえれば、よく晴れた日にも、にわかに雲や雨を起こすことが有る。それだから測りにくいものは、人の心である。まだ安心して、心にかけずにいるわけにはいかない。」と言った。家康公は深く、なる程その通りであるとした。

寧静子は言う、「関が原の合戦の後、十五年目に、果たして大坂の役が有った。そうしてこの三年前に清正は既に死去していた。そもそも家康公が清正の言葉をその通りであるとしたのも、同じように大坂の陣の禍を未然のうちに察していたのであろうか。」と。

〔原文出典〕
『常山紀談』（十五）加藤清正治乱を論ぜられし事。

避雷符（避雷符《ひらいふ》）

照公既老、在㆓駿城㆒。一夜天気俄変、白雨翻㆑盆、霹靂連声、窓戸皆震。近臣或有㆓股栗者㆒。太公端坐、而喩㆑之曰、「凡災異之来、予設㆓防虞㆒、率莫㆑不㆑可㆑避。独雷公之降、直射旁激、無㆑有㆓定処㆒。不㆑知何以避㆑之。汝等且有㆑説乎。」皆曰、「非㆓臣等凡慮所㆑及。」太公曰、「然則我授㆓汝一副避雷符㆒。如㆑是之天、可㆔散㆓在各処㆒。不㆑可㆔聚㆓居一処㆒。是之護持耳。夫一人死、而全家皆活、是得失之最易㆑明者。而世俗不㆑察、往往聚㆓首一室㆒、謂相依可㆑免㆑死。殊不㆑知雷適落㆓其中㆒、則一家粉齏、無㆓復噍類㆒。乃諉以為㆓夙世之業㆒、何不㆑思之甚。自㆑今以往、汝等慎勿㆑履㆓其轍㆒。」

寧静子曰、「此論一出、変動不測之雷、亦有㆓可㆑避之路㆒。仁人之言、其利博哉。」

照公《しょうこう》既《すで》に老《お》いて、駿城《しゅんじょう》に在《あ》り。一夜《いちや》天気《てんき》俄《には》かに変《へん》じ、白雨《はくう》盆《ぼん》を翻《ひるが》へし、霹靂《へきれき》連声《れんせい》して、窓戸《そうこ》皆震《みなふる》ふ。近臣《きんしん》或《ある》いは股栗《こりつ》する者有《ものあ》り。太公《たいこう》端坐《たんざ》して、之《これ》に喩《さと》して曰《い》はく、「凡《およ》そ災異《さいい》の来《き》たること、予《あらかじ》め防虞《ぼうぐ》を設《まう》けば、率《おほむ》ね避《さ》くるべからざることは莫《な》し。独《ひと》り雷公《らいこう》の降《くだ》ること、直《ちょく》射《しゃ》し旁激《ぼうげき》して、定処《ていしょ》有《あ》ること無《な》し。知《し》らず何《なに》を以《もっ》て之《これ》を避《さ》けん。汝等《なんぢら》且《か》つ説有《せつあ》りや。」と。皆曰《みない》はく、「臣等《しんら》が凡《ぼん》慮《りょ》の及《およ》ぶ所《ところ》に非《あら》ず。」と。太公曰《たいこうい》はく、「然《しか》らば則《すなは》ち我《われ》汝《なんぢ》に一副《いっぷく》の避雷符《ひらいふ》を授《さづ》けん。是《か》くの如《ごと》きの天《てん》には、各処《かくしょ》に散在《さんざい》すべし。一処《いっしょ》に聚居《しゅうきょ》すべからず。是《こ》れを之《こ》れ護《ご》持《じ》するのみ。夫《そ》れ一人《いちにん》死《し》し、而《しか》して全家皆活《ぜんかみないく》るは、是《こ》れ得失《とくしつ》の最《もっと》も明《あき》らかにし易《やす》き者《もの》なり。而《しか》るに世俗《せぞく》察《さつ》せずして、往往《おうおう》首《かうべ》を一室《いっしつ》に聚《あつ》めて、謂《おも》へらく相《あ》ひ依《よ》らば死《し》を免《まぬが》るべしと。殊《こと》に知《し》らず雷《かみなり》適《たまた》ま其《そ》の中《うち》に落《お》ちなば、則《すなは》ち一家《いっか》粉韲《ふんせい》して、復《ま》た噍類《しょうるい》無《な》けんを。乃《すなは》ち諉《い》して以《もっ》て夙世《しゅくせい》の業《ぎょう》と為《な》すは、何《なん》ぞ思《おも》はざるの甚《はなは》だしきや。今《いま》より以往《いおう》は、汝等《なんぢら》慎《つつし》みて其《そ》の轍《てつ》を履《ふ》むこと勿《なか》れ。」と。

寧静子《ねいせいし》曰《い》はく、「此《こ》の論《ろん》一《ひと》たび出《い》でて、変動《へんどう》不測《ふそく》の雷《らい》も、亦《ま》た避《さ》くべきの路《みち》有《あ》り。仁人《じんじん》の言《げん》、其《そ》の利《り》博《ひろ》きかな。」と。

〔語釈〕

駿城＝駿府城。白雨＝にわか雨。夕立。翻盆＝雨の激しさの形容。霹靂＝激しく鳴り響くかみなり。股栗＝恐ろしさのあまりふるえる。端坐＝きちんとすわる。正座。災異＝自然界に起こる異常なできごと。天災地異の略。防虞＝ふせぐ手だて。旁激＝横ざまにうつ。避雷符＝雷よけのお札。護持＝大切にして守り持つこと。粉韲＝粉みじんになる。粉々に砕ける。噍類＝生存者。生き残る者。諉＝まかせる。ゆだねる。履其轍＝先人の陥ったと同じ失敗をする。夙世之業＝前世から定まった因果。

〔人物解説〕

照公＝徳川家康。一九四頁参照。

〔通釈〕

家康公は既に隠退して、駿府城（今の静岡）に在った。ある夜天気が急に変化し、にわか雨が激しく降り、雷の音がしきりに聞こえて、窓の戸は皆震い動いた。近習たちの中にはがたがたと身を震わせる者も有った。家康公は正座して、近習たちに諭して、「すべて天変災異というものは、前もって用心をしておけば、大部分のものは避けられるのである。ただ雷の落ちるのは、まっすぐ落ちるか横から当たるかして、定まりが無い。どのようにすればそれを避けられるかは分からない。そなた等は何か考えがあるか。」と言われた。近習の者は皆、「私たち凡人の考え及ぶところではありません。」と答えた。家康公は、「そうであるならばわしはそなたたちに一つの雷よけの守りを授けよう。このような天気の時には、あちこちに散らばって居るのがよい。一か所に集まってはいけない。このことをしっかりと守り通すことである。諸方に散らばっておれば、一人死んでも、一家の他の者は皆助かる、これは得ると失うとの結果が最もはっきり見えるものである。それなのに世間の人々はこれを察せず、多くは全員を一室に集めて、一緒に依り合っていれば死ぬことを免れることができると思っている。全く知らないのである、雷がちょうどその中に落ちれば、一家の人々が粉微塵になって、一人も生きている者が無くなってしまうことを。そこで禍を自然にまかせて前世からの因果であるとするのは、何ともはなはだしい思案のないことである。今から後は、そなた等は慎んで他人のまねをして同じ失敗をしてはならない。」と言われた。

寧静子は言う、「この論が一度出てからは、変わり動いて測ることのできない落雷の被害も、また避ける路ができた。情深い人の言葉は、その利益が広く及ぶものであるなあ。」と。

〔原文出典〕

『岩渕夜話』、『良将達徳鈔』（三）。

雛僧三条（雛《すう》僧《そう》三《さん》条《じょう》）

太公与二諸老臣一話。問曰、「汝等聞二雛僧三条之話一乎。」皆曰、「未也。」

昔有二山衲一。迎二雛僧於里一、晨夕以供二使役一。一日雛僧逃帰、泣訴二其父一曰、「児既出家、艱苦固其所レ甘。但師之遇レ我甚無状、殆有二不レ可レ堪者一。其一、師毎使三余剃二其頭一、偶一誤レ刀見レ血、則鞭撻直下。其二、毎二晨起擂一レ鼓、師瞋二研法不一レ精、呵責無レ不レ至。其三、余毎二内逼而起一、師冷眼送レ之曰、「汝又復上レ厠乎。」」父聞而怒、走往見二山衲一曰、「賤児久辱二師思一。今有二不レ得レ已之事一、敢請受レ児以帰。」山衲察二其辞色一、徐叩以レ故、乃曰、「児告レ吾云云。」山衲曰、「是不レ可レ不レ弁。其剃頭、則渠既円二其頂一。薙髪之労、不レ可レ委二諸人一。故我借二吾頭一、以為二学レ刀之地一。今則至三自剃二其頭一矣。独及レ剃二余頭一、故意誤レ刀、創痕縦横。其擂鼓、則凡不レ問二緇素家一、擂レ鼓必以二研槌一。渠独以二木杓一。故随研随折、毎晨不レ下二二三折一。其上厠、則本寺新造二一圊一、独以需二県吏来宿之用一。渠利二其近且浄一、毎レ便輒往、禁レ之不レ止。」言未レ畢、父拝謝伏レ地曰、「小人不レ知二師之厚誨如一レ此、徒聴二児言一以疑レ之、慚悔之極、無二穴可一レ入耳。」

　是雖二一場話説一、然自二諸老奉行一、以至二監察諸有司一、苟有二治人之責一者、皆不レ可レ不レ留二意於此一。否則偏聴誤レ人、忠邪易レ地、不レ為二雛僧之父一者幾希。汝等其牢記勿レ忘。

　寧静子曰、「板倉重宗之代レ父為二京尹一也、請二教於勝重一。勝重挙二此話一以答レ之。則其説流伝已久矣。夫両造不二具備一、五辞不レ可レ聴。断レ獄者、最不レ可レ無二此慮一也。」

　太公諸老臣《たいこうしょろうしん》と話《はな》す。問《と》ひて曰《い》はく、「汝等《なんぢら》雛僧三条《すうそうさんじょう》の話《はなし》を聞《き》けりや。」と。皆曰《みないい》はく、「未《いま》だし。」と。

　昔山納有《むかしさんのうあ》り。雛僧《すうそう》を里《さと》より迎《むか》へ、晨夕以《しんせきもっ》て使役《しえき》に供《きょう》す。一日雛僧逃《いちじつすうそうのが》れ帰《かへ》り、泣《な》きて其《そ》の父《ちち》に訴《うった》へて曰《い》はく、「児既《じすで》に出家《しゅっけ》すれば、艱苦《かんく》は固《もと》より其《そ》の甘《あまん》ずる所《ところ》なり。但《た》だ師《し》の我《われ》を遇《ぐう》するに甚《はなは》だ無状《むじょう》なること、殆《ほとん》ど堪《た》ふべからざること有《あ》り。其《そ》の一《いち》は、師毎《しつね》に余《よ》をして其《そ》の頭《かうべ》を剃《そ》らしめ、偶《たまた》ま一《ひと》たび刀《とう》を誤《あやま》りて血《ち》を見《み》れば、則《すなは》ち鞭撻直《べんたつただ》ちに下《くだ》る。其《そ》の二《に》は、晨起《しんき》して鼓《し》を擂《す》る毎《ごと》に、師研法《しけんぽう》の精《くは》しからざるを瞋《いか》り、呵責《かせき》すること至《いた》らざる無《な》し。其《そ》の三《さん》は、余内逼《よないひょく》して起《た》つ毎《ごと》に、師冷眼《しれいがん》に之《これ》を送《おく》りて曰《い》はく、『汝又《なんぢま》た復《ま》た厠《かはや》に上《のぼ》るか。』と。」父聞《ちちき》きて怒《いか》り、走《はし》り往《ゆ》きて山納《さんのう》を見《み》て曰《い》はく、「賤児久《せんじひさ》しく師恩《しおん》を辱《かたじ》けなくす。今已《いまや》むを得《え》ざるの事有《ことあ》り、敢《あ》へて請《こ》ふ児《じ》を受《う》け以《もっ》て帰《かへ》らん。」と。山納其《さんのうそ》の辞色《じしょく》を察《さっ》し、徐《おもむ》ろに叩《たた》くに故《ゆゑ》を以《もっ》てすれば、乃《すなは》ち曰《い》はく、「児吾《じわれ》に告《つ》ぐること云云《うんぬん》。」と。山納曰《さんのうい》はく、「是《こ》れ弁《べん》ぜざるべからず。其《そ》の剃頭《ていとう》は、則《すなは》ち渠既《かれすで》に其《そ》の頂《ちょう》を円《えん》にす。薙髪《ていはつ》の労《ろう》、諸《これ》を人《ひと》に委《ゆだ》ぬべからず。故《ゆゑ》に我吾《われわ》が頭《かうべ》を借《か》し、以《もっ》て刀《とう》を学《まな》ぶの地《ち》と為《な》す。今《いま》は則《すなは》ち自《みづか》ら其《そ》の頭《かうべ》を剃《そ》るに至《いた》れり。独《ひと》り余《よ》が頭《こうべ》を剃《そ》るに及《およ》んで、故意《こい》に刀《とう》を誤《あやま》り、創痕縦横《そうこんじゅうおう》たり。其《そ》の擂鼓《らいし》は、則《すなは》ち凡《およ》そ緇素《しそ》の家《いへ》を問《と》はず、鼓《し》を擂《す》るは必《かなら》ず研《けん》槌《つい》を以《もっ》てす。渠独《かれひと》り木杓《ぼくしゃく》を以《もっ》てす。故《ゆゑ》に随《したが》って研《けん》すれば随《したが》って折《を》る、毎晨《まいしん》二三折《にさんせつ》を下《くだ》らず。其《そ》の上厠《じょうし》は、則《すなは》ち本寺新《ほんじあら》たに一圃《いっせい》を造《つく》り、独《ひと》り以《もっ》て県吏来宿《けんりらいしゅく》の用《よう》を需《ま》つ。之《これ》渠其《かれそ》の近《ちか》く且《か》つ浄《きよ》きを利《り》とし、便《べん》する毎《ごと》に輒《すなは》ち往《ゆ》き、之を禁《きん》ずれども止《や》まず。」と。言未《げんいま》だ畢《を》はらざるに、父拝《ちちはい》謝《しゃ》して地《ち》に伏《ふ》して曰《い》はく、「小人師《しょうじんし》の厚誨《こうかい》此《かく》の如《ごと》きを知《し》らず、徒《いたづ》らに児《じ》の言《げん》を聴《き》き以《もっ》て之《これ》を疑《うたが》ふは、慚悔《ざんかい》の極《きは》み、穴《あな》の入《い》るべき無《な》きのみ。」と。

是《こ》れ一場《いちじょう》の話説《わせつ》なりと雖《いへど》も、然《しか》れども諸老奉行《しょろうぶぎょう》より、以《もっ》て監察諸有司《かんさつしょゆうし》に至《いた》るまで、苟《いやし》くも治人《ちじん》の責《せ》め有《あ》る者《もの》は、皆意《みない》を此《ここ》に留《とど》めざるべからず。否《しからざ》れば則《すなは》ち偏聴人《へんちょうひと》を誤《あや》まり、忠邪地《ちゅうじゃち》を易《か》へ、雛僧《すうそう》の父《ちち》とならざる者《もの》は幾《ほとん》ど希《まれ》なり。汝等《なんぢら》其《そ》れ牢記《ろうき》して忘《わす》るること勿《なか》れ。

寧静子《ねいせいし》曰《い》はく、「板倉重宗《いたくらしげむね》の父《ちち》に代《か》はりて京尹《けいいん》と為《な》るや、教《おし》へを勝重《かつしげ》に請《こ》ふ。勝重《かつしげ》此《こ》の話《はなし》を挙《あ》げて以《もっ》て之《これ》に答《こた》ふ。則《すなは》ち其《そ》の説流伝《せつりゅうでん》すること已《すで》に久《ひさ》し。夫《そ》れ両造具備《りょうぞうぐび》せざれば、五辞《ごじ》聴《き》くべからず。獄《ごく》を断《だん》ずる者《もの》、最《もっと》も此《こ》の慮《おもんばか》り無《な》かるべからざるなり。」と。

〔語釈〕

太公＝大将軍の隠居した者をいう。ここでは、家康公のこと。**雛僧**＝小僧。**三条**＝三か条。**山衲**＝山寺の僧。**無状**＝無法。**鞭撻**＝むちで打つこと。**豉**＝味噌まめ。**研法**＝すり方。**呵責**＝しかりせめる。**内逼**＝便通を催す。**辞色**＝言葉つきと顔色。**薙髪**＝髪をそる。**緇素**＝僧侶と俗人と。緇は黒衣で僧服、素は白衣で俗服を表すことからいう。**研槌**＝すりこぎ。**木杓**＝木のしゃもじ。**一圊**＝一つの便所。**厚誨**＝てあつい教え。**慚悔**＝恥じてくいる。**偏聴**＝一方の人間の言葉だけを聞くこと。**忠邪易地**＝正しいこととそうでないことが反対になる。**牢記**＝しっかりと記憶しておくこと。**京尹**＝京都所司代。**流伝**＝世間に伝わり広まること。**両造**＝原告と被告。『書経』呂刑に「両造具に備はり、師は五辞を聴き、五辞簡孚にして、五刑に正す」とある。**五辞**＝五つの種類の刑。笞《ち》（むちうつ）・杖《じょう》（棒でたたく）・徒《ず》（懲役）・流《る》（島流し）・死の五刑。

〔人物解説〕

太公＝徳川家康。一九四頁参照。
板倉重宗＝（一五八六～一六五六）元和六年（一六二〇）父に代わって京都所司代となり、在職三十余年、明快な裁決を下し、神明と称された。

〔通釈〕

家康公が諸の老臣と話をされた。老臣に向かって、

「そなたたちは小僧の三か条という話を聞いたことがあるか。」と言われた。老臣等は皆、「まだ聞いたことはありません。」と答えた。そこで家康公は次のような話をされた。

昔山寺に僧があった。その僧は小僧を村里から迎え、朝夕これに雑役をやらせていた。ある日小僧は逃げ出して実家に帰り、泣いてその父に、「私はすでに出家したのですから、艱難と苦労は固より納得して受ける所存です。しかし師僧が私を扱うのに大変無理なことがあって、どうしても我慢できないことがあるのです。その無理の一つは、師僧はいつも私に頭を剃らせ、たまたま剃刀を使いそこねて血を出すようなことをすれば、直ちに鞭で打つのです。二つめは、朝早く起きて味噌をするたびに、師僧はすり方がすぐれていないといって目に角を立て、この上なく厳しく責めるのです。三つめは、私が大便を催して起つごとに、師僧は冷やかな目を向けて、『おまえはまた便所へ行くのか。』とおっしゃるのです。」と訴えた。父はこれを聞いて大いに怒り、走って行って山寺の僧に会って、「私の息子は久しく師の御恩を受けてまいりました。今度やむを得ない事情がありますので、息子を連れて帰りたいと思います。」と言った。山寺の僧はその言葉と顔色から察して、静かにその理由をたずねたところ、父は、「息子がわしにこれこれであると告げたのです。」と答えた。山寺の僧は驚いて、「これは弁明をしなければなりません。その頭を剃らせたのは、彼も既にその頭髪を剃って頭を円くしました。頭髪を剃ることは、一々人に頼むことではありません。そのためにわしは自分の頭を借して、剃刀を使う要領を学ばせたのです。それで今は自分でその頭を剃ることができるようになりました。ただわしの頭を剃るときに限って、わざと剃刀を使いそこなって、剃刀の傷を縦横に付けたのです。その味噌すりの件は、すべて寺でも在家の家でも、味噌をするのは必ずすりこぎを用います。ところが彼だけは杓子を使うのです。そのために味噌をする度ごとに杓子を折る、毎朝少なくとも二三本は折るのです。その便所へ行く件については、この寺は新しく一つの便所を作り、この便所はただ役人がお泊りの時に使用するものとして用意したものです。彼はその便所が近くてきれいなのをよい事にして、大便ごとに行って使用し、これを禁止しても止めなかったのです。」と言った。山寺の僧の言葉がまだ全部終わらないうちに、父は頭を下げて詫びて地に伏して、「私は師僧の厚い教えがこのようであるとは知らず、ただ息子の言葉だけを聞いて疑ってしまったのは、この上なく慚じ悔いることで、面目なくて入るべき穴もございません。」と言って詫びた。

これは一つの説話ではあるが、諸の事に慣れている奉行役の者から、目付役の諸役人に至るまで、仮りにも人を治める役にある者は、皆心をここに留めなければならない。そうしなければ一方だけの言葉を聴いて人を見誤り、忠義な者と邪な者とを入れかえてしまって、小僧の父のようにならない者はまれである。そなたらはしっかり記憶しておいて忘れてはならない。

寧静子は言う、「板倉重宗がその父に代って京都の所司代となったとき、教えを父の勝重に求めた。勝重はこの話を皆に聞かせて答えとした。すなわちこの話はずっと以前から世間に伝わっているのである。およそ裁判をするには原告と被告の両方の証拠が備わらなければ、五刑の罪に落とすことを許すことはできない。裁判をする者は、もっともこの心得がなくてはならない。」と。

〔原文出典〕

『岩渕夜話別集』（三）。

老媼失火（老媼失火《ろううしっか》）

太公放㆓鷹於駿之野㆒也、偶見㆘一老媼携㆓稚児㆒泣㆓於路㆒者㆖、怪㆑之、使㆔左右問㆓其故㆒。媼流㆑涕曰、「妾前村一孀婦。昨夜誤焼㆓家屋㆒。県吏罪㆓其不㆒㆑警㆑火、逐㆑之三年。是以在㆑此。妾不㆑知今夜将㆓何処宿㆒。」

太公聞㆑之驚曰、「是何県吏之無状。夫民誰好焼㆓其家㆒者。若必誤㆑火者、而一一放逐、雖㆑某亦嘗再失㆓火城中㆒者、不㆑得㆑不㆘先㆓老媼㆒而之㆖㆑他。甚哉、県吏之不㆑達㆑理也。」遂使㆔人護㆑媼復㆓其所㆒、召㆓県吏㆒譲㆓責之㆒。

寧静子曰、「放鷹游猟之際、恩及㆓鰥寡之民㆒者、如㆑此。要㆓其帰㆒、雖㆓尭舜之用㆒㆑心、亦不㆑過㆓乎此㆒。書云、不㆑虐㆓無告㆒、不㆑廃㆓困窮㆒。嗚乎、仁哉。

太公《たいこう》の鷹《たか》を駿《しゅん》の野《や》に放《はな》つとき、偶《たま》ま一老媼《いちろうおう》の稚児《ちじ》を携《たづさ》へて路《みち》に泣《な》く者《もの》を見《み》て、之《これ》を怪《あや》しみ、左右《さゆう》をして其《そ》の故《ゆゑ》を問《と》はしむ。媼《おうな》涕《みだ》を流《なが》して曰《い》はく、「妾《しょう》は前村《ぜんそん》の一孀婦《いちそうふ》なり。昨夜《さくや》誤《あやま》りて家屋《かおく》を焼《や》く。県吏《けんり》其《そ》の火《ひ》を警《いまし》めざるを罪《つみ》し、之《これ》を逐《お》ふこと三年《さんねん》。是《ここ》を以《もっ》て此《ここ》に在《あ》り。妾《しょう》は知《し》らず今夜《こんや》将《まさ》に何《いづ》れの処《ところ》に宿《しゅく》せん。」と。太公之《たいこうこれ》を聞《き》き驚《おど》きて曰《い》はく、「是《こ》れ何《なん》ぞ県吏《けんり》の無状《むじょう》なる。夫《そ》れ民誰《たみたれ》か好《この》んで其《そ》の家《いへ》を焼《や》く者《もの》ぞ。若《も》し必《かなら》ず火《ひ》を謝《あやま》る者《もの》を、一一放逐《いちいちほうちく》せば、某《それがし》と雖《いへど》も亦《ま》た嘗《かつ》て再《ふたた》び火《ひ》を城中《じょうちゅう》に失《しっ》する者《もの》にして、老媼《ろうおう》に先《さき》だちて他《た》に之《ゆ》かざるを得《え》ず。甚《はなは》だしいかな、県吏《けんり》の理《り》に達《たっ》せざるや。」と。遂《つひ》に人《ひと》をして媼《おう》を護《ご》して其《そ》の所《ところ》に復《かへ》らしめ、県吏《けんり》を召《め》し之《これ》を譲責《じょうせき》す。

寧静子《ねいせいし》曰《い》はく、「放鷹游猟《ほうようゆうりょう》の際《さい》も、恩鰥寡《おんかんか》の民《たみ》に及《およ》ぶこと、此《かく》の如《ごと》し。其《そ》の帰《き》を要《よう》するに、尭舜《ぎょうしゅん》の心《こころ》を用《もち》ゐると雖《いへど》も、亦《ま》た此《こ》れに過《す》ぎず。書《しょ》に云《い》ふ、無告《むこく》を虐《ぎゃく》せず、困窮《こんきゅう》を廃《はい》せずと。嗚乎《ああ》、仁《じん》なるかな。」と。

〔語釈〕

孀婦＝夫に先立たれた婦人。放逐＝追いはらう。譲責＝責める。とがめ問う。鰥寡＝つれ合いを失った老人。鰥は、妻を失った老いた男、寡は、夫のない婦人の意。尭舜＝中国古代の聖天子とされる尭帝、舜帝。書云＝『書経』大禹謨の「己を舎てて人に従ひ、無告を虐せず、困窮を廃せざることは、惟れ帝惟れ克くす」に基づく。無告は誰にも告げ訴えて救いを求めることができない者。頼るところのない貧窮の人。

〔人物解説〕

太公＝徳川家康。一九四頁参照。

〔通釈〕

家康公が駿河の国の野原に鷹狩りに行かれたとき、たまたま一人の老婆が幼児を抱いて道ばたで泣いているのを見かけて、これを不思議に思い、お側の家来にその泣く理由を問わせた。老婆は涙を流して、「私は前の村の一人の寡婦です。昨夜誤って家を焼いてしまいました。御代官から火の用心に気をつけなかったのを罪として、村を追い出されて三年間は他に居ることになってしまいました。そのためにここに居るのです。私は今夜は何処に寝るかもわからないのです。」と言った。家康公はこれを聞いて驚き、「どうして代官はそのようなむごいことをするのか。そもそも人民の誰が好んで自分の家を焼くものか。もし失火した者を必ず、一々村から追い出せば、このわしも今まで二度も城中で失火した者であるから、老婆より先に他へ行かなければならない者である。甚だしいことではないか、代官が理にかなわないことは。」と言われた。遂に人に老婆を送って村へ帰らせ、その放逐を申し付けた代官を呼び出して責めとがめた。

寧静子は言う、「(家康公は)鷹狩りに出られたような時にも、その恩が老いて妻の無い者や老いて夫の無い民に及ぶことは、このようであった。その帰するところは要するに、中国の尭帝や舜帝が人民のために心を用いたというのも、またこれ以上のことではない。書経に、告げ訴える所のない者をしいたげない、困窮する者を打ち捨てない、とあるのは、このことである。ああ、思いやりのあることかな。」と。

〔原文出典〕
『武野燭談』(二十九)。

止二引水役一 (引水役《いんすいえき》を止《とど》む)

太公欲下引二安部川一入二城中一、以注中園池上、下レ吏議レ之。吏経三理水道一、表以二小榜一。偶太公還レ自二放鷹一、見三其道当二一小寺一、不レ悦。従臣或献レ説曰、「宜下賜二地於他処一、以移二其寺一而後起上レ役。」太公曰、「否否。仮使二此役為レ国為レ民而相謀一、雖二大寺巨刹一、亦不レ得レ不レ移レ之。今日之挙、特老夫一時娯楽之計耳。娯楽之計、而毀二古来所レ置仏寺一、吾所レ不レ欲也。」遂命止二其役一。

寧静子曰、「昔豊太閤築二伏水第一、移二某神廟於他処一、而造二離亭一、至下伐二山陵之材一以充上レ之。何其暴也。我照公不下為二一小役一毀中仏寺上。又何其慎也。慎与レ暴之際、興亡之機所二由伏一。余嘗謂有二天下一気像、在二翼翼一、而不レ在二落落一矣。後之為二人君一者、亦可三以鑑二於二一公之事一云。」

太公《たいこう》安部川《あべがは》を引《ひ》き城中《じょうちゅう》に入《い》れて、以《もつ》て園池《えんち》に注《そそ》がんと欲《ほっ》し、吏《り》に下《くだ》して之《これ》を議《ぎ》せしむ。吏《り》水道《すいどう》を経理《けいり》し、表《ひょう》するに小榜《しょうぼう》を以《もつ》てす。偶《たま》ま太公《たいこう》放鷹《ほうよう》より還《かへ》り、其《そ》の道《みち》の一小寺《いちしょうじ》に当《あ》たるを見《み》て、悦《よろこ》ばす。従臣或《じゅうしんある》いは説《せつ》を献《けん》じて曰《い》はく、「宜《よろ》しく地《ち》を他処《たしょ》に賜《たま》ひ、以《もつ》て其《そ》の寺《てら》を移《うつ》し而《しか》る後役《のちえき》を起《お》こすべし。」と。太公《たいこう》曰《い》はく、「否否《いないな》。仮《も》し此《こ》の役《えき》をして国《くに》の為民《ためたみ》の為《ため》にして相《あ》ひ謀《はか》らしめば、大《だい》寺巨刹《じこさつ》と雖《いへど》も、亦《ま》た之《これ》を移《うつ》さざるを得《え》ず。今日《こんにち》の挙《きょ》は、特《ただ》に老夫《ろうふ》が一時《いちじ》の娯楽《ごらく》の計《けい》のみ。娯楽《ごらく》の計《けい》にして、古来《こらい》置《お》く所《ところ》の仏寺《ぶつじ》を毀《こぼ》つは、吾《わ》が欲《ほっ》せざる所《ところ》なり。」と。遂《つひ》に命《めい》じて其《そ》の役《えき》を止《や》む。

寧静子《ねいせいし》曰《い》はく、「昔豊太閤伏水第《むかしほうたいこうふしみだい》を築《きづ》くに、某神廟《ぼうしんびょう》を他処《たしょ》に移《うつ》して、離亭《りてい》を造《つく》り、山陵《さんりょう》の材《ざい》を伐《き》り以《もつ》て之《これ》に充《あ》つるに至《いた》る。何《なん》ぞ其《そ》れ暴《ぼう》なるや。我《わ》が照公《しょうこう》は一小《いちしょう》役《えき》の為《ため》に仏寺《ぶつじ》を毀《こぼ》たず。又《ま》た何《なん》ぞ其《そ》れ慎《つつし》めるや。慎《しん》と暴《ぼう》との際《あいだ》は、興亡《こうぼう》の機《き》の由《よ》りて伏《ふ》す所《ところ》なり。余嘗《よかつ》て謂《い》ふ天《てん》下《か》を有《たも》つの気象《きしょう》は、翼翼《よくよく》に在《あ》りて、落落《らくらく》に在《あ》らずと。後《のち》の人君《じんくん》たる者《もの》も、亦《ま》た以《もつ》て二公《にこう》の事《こと》を鑑《かんが》みるべしと云ふ。」と。

〔語釈〕

経理＝調べる。調査する。小榜＝小さな榜杭。放鷹＝飼いならした鷹を放して小鳥などを捕らえさせる狩。鷹狩り。巨刹＝大きな寺院。神廟＝祖先の霊をまつった所。おたまや。山陵＝天子のみさぎき。御陵。気像＝心だて。気象。気性。翼翼＝つつしむさま。落落＝志が大きいこと。志が大きすぎて一般の人に受け入れられないようす。

〔人物解説〕

太公＝徳川家康。一九四頁参照。
豊太閤＝豊臣秀吉。八五頁参照。

〔通釈〕

家康公は安部川の水を駿府の城内に引き入れ、池の水に注ごうと欲して、役人に申し付けて計画させた。役人は水の道筋を調べ定めて、その目印に小さな標示杭を立てた。偶然家康公が鷹狩りからの帰路に、その水の道筋が一つの小さな寺の境内を通っているのを見て、これはまずいと思われた。お供の家来がその思わくをよみとって、「この寺には別の所に代わりの土地をお与えになり、そこへこの寺を移して後で水を引く工事をすればよろしいでしょう。」と申し上げた。すると家康公は、「だめだめ。もしこの引水の工事が国のためとか、民のためとかにかかわる計画であるならば、大きな寺院であっても、これを移転しなければならない。今回の事業は、独りこの老夫の家康の一時の楽しみのための事業である。なぐさみ事の計画のために、昔からある寺を無くすることは、わしは願うことではない。」と言われた。遂に役人に命じてその事業は取り止めになった。

寧静子は言う、「昔豊臣太閤が伏見の邸を建てたとき、ある神社を他へ移して、その跡へ別荘を建て、天子の陵墓のある地の木を伐ってその用材にあてた。何と乱暴なことをしたものか。我が徳川家康公はこのような小さな事のために寺を無くすようなことはしない。また何と慎み深いではないか。慎むと乱暴との間は、興ると亡びるとのきざしがこもっているところである。私は以前天下を有する人の気性は、慎み深いことにあって、志が大きく慎みのないものではない、と言ったことがある。後世の人君となる者も、この秀吉公と家康公との事を比べ合わせて考えてみるのがよいという。」と。

〔原文出典〕

『武野燭談』（二十九）。

一生四十八戦（一生四十八戦《いっしょうしじゅうはっせん》）

照祖畢生之戦、蓋四十八度。其毎レ臨レ陣、抛レ鞍指揮、進ニ退士卒一、不レ借ニ一歩一。及ニ戦急一也、手不ニ復秉レ麾、直以ニ空拳一叩ニ前鞍一、連呼曰、「進進。」血流淋漓、且不レ顧也。故右手四指中節、頑固皆生レ胝、及レ老屈伸甚艱云。

公語レ人曰、「鎧冑之為レ物、無レ用ニ於美麗一。而又不レ便ニ於厚重一。井伊兵部多力而擐ニ重甲一。然被レ傷者数輩矣。本多中書則反レ之、而未ニ嘗一受ニ刀瘢一。由レ此観レ之、大抵軽便而利ニ於戦一為レ可耳。」其不レ尚ニ虚飾一、而留ニ心実用一者、率此類也。

寧静子曰、「東照公之勇ニ於戦陣一、是可レ見ニ其一端一矣。抑公之於レ武、当時称為ニ海道無双一。其所ニ以

摧レ堅折レ鋭者、赫二赫乎前史一。然而今之士大夫、動輒云、公之武不レ及二織豊二公一。吾不レ知二其何所レ見也。」又曰、「余嘗謂、鎧冑是軍中礼服耳。其排二大将一令二士卒一、非レ此無三以成二軍礼一也。必以為下捍二矢石一之具上、則陋矣。況今日大小火器之行、戦法亦一変矣。果金鎧鉄甲之足レ恃乎。」

附記

備侯光政嘗曰、「正宗・兼光（並名剣名）、果為二何用一。為二主将一者、唯以二三軍之刀一為二我刀一、則所レ向無レ敵、其鋒誰当。苟頼二一刀一、論二其利鈍一、非二主将所レ恥乎。」追録以補二照公之意一。

照祖《しょうそ》畢生《ひっせい》の戦《たたか》ひ、蓋《けだ》し四十八度《しじゅうはちど》なり。其《そ》の陣《じん》に臨《のぞ》む毎《ごと》に、鞍《くら》に拠《よ》り指揮《しき》し、士卒《しそつ》を進退《しんたい》するに、一歩《いっぽ》を借《か》さず。戦《たたか》ひ急《きゅう》なるに及《およ》ぶや、手《て》復《ま》た麾《き》を乗《と》らず、直《ただ》ちに空《くう》拳《けん》を以《もっ》て前鞍《ぜんあん》を叩《たた》き、連呼《れんこ》して曰《い》はく「進《すす》め進《すす》め。」と。血《ち》流《なが》れて淋漓《りんり》たるも、且《しば》らく顧《かへり》みざるなり。故《ゆゑ》に右手《ゆうしゅ》四《し》指《し》の中節《ちゅうせつ》、頑固《がんこ》し皆《みな》腫《すい》を生《しょう》じ、老《ろう》に及《およ》んで屈伸《くっしん》甚《はなは》だ艱《なや》むと云《い》ふ。

公人《こうひと》に語《かた》りて曰《い》はく、「鎧冑《がいちゅう》の物《もの》たる、美麗《びれい》なるに用《よう》無《な》し。而《しか》して又《また》厚重《こうじゅう》なるは便《べん》ならず。井《ゐ》伊《い》兵部《ひょうぶ》多力《たりき》にして重甲《じゅうこう》を擐《かん》す。然《しか》れども傷《きず》を被《こうむ》ること数輩《すうはい》なり。本《ほん》多中書《だちゅうしょ》は則《すなは》ち之《これ》に反《はん》すれども、未《いま》だ嘗《かつ》て一《ひと》たびも刀瘢《とうはん》を受《う》けず。此《こ》れに由《よ》りて之《これ》を観《み》れば、大抵《たいてい》軽便《けいべん》にして戦《たたか》ふに利《り》なるを可《か》と為《な》すのみ。」と。其《そ》の虚飾《きょしょく》を尚《たっと》ばずして、心《こころ》を実用《じつよう》に留《とど》むること、率《おほむ》ね此《こ》の類《るい》なり。

寧静子《ねいせいし》曰《い》はく、「東照公《とうしょうこう》の戦陣《せんじん》に勇《ゆう》なること、是《こ》れ其《そ》の一端《いったん》を見《み》るべし。抑《そもそ》も公《こう》の武《ぶ》に於《お》けること、当時《とうじ》称《しょう》して海道無双《かいどうむそう》と為《な》す。其《そ》の堅《けん》を摧《くだ》き鋭《えい》を折《を》る所以《ゆゑん》の者《もの》は、前史《ぜんし》に赫赫《かくかく》たり。然《しか》り而《しか》うして今《いま》の士大夫《したいふ》、動《やや》もすれば輒《すなは》ち云《い》ふ、公《こう》の武《ぶ》は織豊《しょくほう》の二公《にこう》に及《およ》ばずと。吾《われ》其《そ》の何《なん》の見《み》る所《ところ》なるかを知《し》らざるなり。」と。又《ま》た曰《い》はく、「余《よ》嘗《かつ》て謂《い》ふ、鎧冑《がいちゅう》は是《こ》れ軍中《ぐんちゅ》の礼服《れいふく》のみと。其《そ》の大将《たいしょう》を排《はい》し士卒《しそつ》を令《れい》するは、此《こ》れに非《あら》ざれば以《もっ》て軍礼《ぐんれい》を成《な》す無《む》きなり。必《かなら》ず以《もっ》て矢石《しせき》を捍《ふせ》ぐの具《ぐ》と為《な》すは、則《すなは》ち陋《ろう》なり。況《いは》んや今日《こんにち》大小《だいしょう》火器《かき》の行《おこな》はれ、戦法《せんぽう》も亦《ま》た一変《いっぺん》せり。果《は》たして金鎧鉄甲《きんがいてっこう》の恃《たの》むに足《た》らんや。」と。

附記《ふき》

備侯《びこう》光政《みつまさ》嘗《かつ》て曰《い》はく、「正宗《まさむね》・兼光《かねみつ》（並《ならび》に名剣《めいけん》の名《な》り）は、果《は》たして何《なん》の用《よう》をか為《な》さん。主将《しゅしょう》たる者《もの》は、唯《た》だ三軍《さんぐん》の刀《とう》を以《もっ》て我《わ》が刀《とう》と為《な》さば、則《すなは》ち向《む》かふ所敵《ところてき》無《な》く、其《そ》の鋒《ほう》に誰《たれ》か当《あ》たらん。苟《いやし》くも一刀《いっとう》を頼《たの》み、其《そ》の利鈍《りどん》を論《ろん》ずるは、主将《しゅしょう》の恥《は》づる所《ところ》に非《あら》ずや。」と。追録《ついろく》して以《もっ》て照公《しょうこう》の意《い》を補《おぎな》ふ。

〔語釈〕

照祖＝徳川家康のこと。**畢生**＝一生の間。**麾**＝采配。**淋漓**＝たらたらとしたたり落ちる。**頑固**＝固くかたまる。**腫**＝たこ。**刀瘢**＝刀きず。**海道無双**＝東海道中ではならぶ者が無い。**前史**＝歴史。**赫赫**＝明らかであること。明白である。**織豊**＝織田信長・豊臣秀吉。**軍礼**＝軍の儀礼。軍中での礼儀。**矢石**＝弓の矢と鉄砲のたま。**陋**＝見かたがせまい。**備侯光政**＝備前侯池田光政のこと。**三軍之刀**＝大軍の刀、全軍の刀の意。三軍は諸侯の軍のこと。ここでは自軍の総べての武力のこと。

〔人物解説〕

照祖＝徳川家康。一九四頁参照。
井伊兵部＝井伊直政。二二八頁参照。
本多中書＝本多忠勝。一一五頁参照。
池田光政＝（一六〇九～一六八二）備前岡山藩主。母は秀忠の養女榊原氏、夫人は家光の養女（実は本多忠刻《ただとき》と千姫との間に生まれた娘）勝姫である。儒教に基づいて大いに藩政を改革し、陽明学者熊沢蕃山《ばんざん》を登用し、諸藩に先がけて学校などを設けて藩民の教育を大いに振興し、江戸初期の諸大名中ことに名君の誉が高い。

〔通釈〕

家康公の一生の間の戦いは、思うに四十八度あった。その軍陣に臨む度に、鞍に拠りかかって指揮をし、士卒を進退させるときには、一歩も恐れて退くことはさせなかった。戦いが急な時には、手に采配を持たず、直接に空こぶしで前鞍をたたき、「進め進め。」と連呼した。手の指から血が流れて滴り落ちても、しばらくはそのままであった。そのために右の手の四本の指の中節は、かたく固まってたこができ、年老いてからは屈伸するのに苦労したという。

家康公は人に語って「鎧冑というものは、美麗なものは必要ない。また厚くて重いものは不便である。井伊兵部は力が強くて重い鎧を着ていた。しかしながら傷を受けたことが何度もあった。本多中書は井伊に反して薄い鎧を着ていたが、まだ一度も太刀の傷も受けていない。これによって観察すると、多くの場合は手軽で戦うのに便利なのをよいものとする。」と言われた。家康公は無駄な飾りを好まず、実用的であることに心を置いたこと、おおむねこの類である。

寧静子は言う、「家康公が戦場において勇気のあることは、これでその一端を見ることができる。そもそも家康公が武に長じていたことは、当時東海道の国々にあって並ぶ者が無いといわれた。相手の堅い陣をくだき、鋭い鋒先を折る仕方については、前に書かれた史書に明らかに記されている。それなのに今の士大夫たちは、ややもすればたやすく、家康公の武勇は織田・豊臣の二公には及ばない、という。私にはそれはどこを見ているのか理解できない。」と。また言う、「私は以前、鎧冑というものは軍中の礼服であると言った。その大将となり士卒に号令するときは、鎧冑が無ければ軍礼を成すことができない。どうあっても矢や石を防ぐための道具であるとするのは、考え方が狭すぎる。まして今日のように大砲小銃の用いられる世の中にあっては、戦いの方法もまた一変している。果たして金の鎧、鉄の甲が頼りになるものなのか。」と。

附記

備前の岡山侯池田光政はある時、「正宗・兼光の名刀は、果たして何の用をなすものであろう。総大将は、三軍一体の刀を自分の刀とすれば、向かうところに敵はなく、その鋒先に誰が当たることができよう。仮りに一振りの刀を頼みにして、それが鋭利であるとか、なまくらであるとか論ずるのは、総大将としては恥じる所ではないか。」と言われた。ここに追録して家康公の意を補うこととする。

〔原文出典〕

『常山紀談』（十八）東照宮御中指の事。『明良洪範』（十五）、『岩渕夜話』、『良将達徳鈔』（十）。

本多氏絶命詞（本多《ほんだ》氏《し》絶命《ぜつめい》の詞《し》）

中書忠勝病将レ死。召二其二子忠政・忠朝一、遺二言後事一。忠政就レ蓐問曰、「大人苟所レ欲レ言、請謹聴レ之。」忠勝曰、「唯有二一事一。」「何也。」曰、「願レ不レ

死耳。」二子怪問曰、「人生有レ始必有レ終、大人所レ悉。今何為出ニ此言一耶。」忠勝乃使ニ忠政執レ筆以書一。其辞曰、「死止毛奈、阿羅死止毛奈、死止毛奈、御恩遠受志、君越思辺盤。」訳曰、「死可レ惜兮、噫死可レ惜、君恩海壑未ニ全酬一。」二子泣未レ答、忠勝則奄然而逝。時年六十三。

寧静子曰、「本多氏之忠ニ於徳川公一、黄童皤叟、所ニ皆知而嘆賞一、今不ニ必言一。特誦ニ其臨レ終之什一、則忠義天性、死不レ忘レ君之誠、藹然溢ニ於三十一字一。嗚乎、忠矣夫。」

中書忠勝《ちゅうしょただかつ》病《や》みて将《まさ》に死《し》せんとす。其《そ》の二子《にし》忠政《ただまさ》・忠朝《ただとも》を召《め》して、後事《こうじ》を遺言《ゆいごん》す。忠政蓐《ただまさじょく》に就《つ》きて問《と》ひて曰《い》はく、「大人《たいじん》苟《いやし》くも言《い》はんと欲《ほっ》する所《ところ》あらば、請《こ》ふ謹《つつし》んで之《これ》を聴《き》かん。」と。忠勝《ただかつ》曰《い》はく、「唯《た》だ一事《いちじ》有《あ》り。」と。「何《なん》ぞや。」と。曰《い》はく、「死《し》せざるを願《ねが》ふのみ。」と。二子《にし》怪《あや》しみて問《と》ひて曰《い》はく、「人生始《じんせいはじ》め有《あ》れば必《かなら》ず終《を》はり有《あ》ること、大人《たいじん》の悉《つ》くす所《ところ》なり。今何為《いまなんす》れぞ此《こ》の言《げん》を出《い》だすや。」と。忠勝乃《ただかつすなは》ち忠政《ただまさ》をして筆《ふで》を執《と》り以《もっ》て書《しょ》せしむ。其《そ》の辞《じ》に曰《い》はく、「死《し》にともな、あら死《し》にともな、死《し》にともな、御恩《ごおん》を受《う》けし、君《きみ》を思《おも》へば。」と。訳《やく》して曰《い》はく、「死《し》は惜《を》しむべし、噫死《ああし》は惜《を》しむべし、君恩海壑《くんおんかいがく》未《いま》だ全《まった》く酬《むく》ひず。」と。二子《にし》泣《な》きて未《いま》だ答《こた》へざるに、忠勝則《ただかつすなは》ち奄然《えんぜん》として逝《せい》す。時《とき》に年六十三《としろくじゅうさん》なり。

寧静子《ねいせいし》曰《い》はく、「本多氏《ほんだし》の徳川公《とくがはこう》に忠《ちゅう》なるは、黄童皤叟《こうどうはんそう》も、皆知《みなし》りて嘆賞《たんしょう》する所《ところ》にして、今必《いまかなら》ずしも言《い》はず。特《ただ》に其《そ》の終《を》はりに臨《のぞ》むの什《じゅう》を誦《しょう》すれば、則《すなは》ち忠義天性《ちゅうぎてんせい》、死《し》して君《きみ》を忘《わす》れざるの誠《まこと》、藹然《あいぜん》として三十一字《さんじゅういちじ》に溢《あふ》る。嗚乎《ああ》、忠《ちゅう》なるかな。」と。

〔語釈〕

中書忠勝＝本多忠勝のこと。就蓐＝寝ている枕もとに近寄ること。海壑＝海と谷、転じて恩恵の深いことのたとえ。奄然＝にわかなさま。たちまち。黄童＝子供。わらべ。皤叟＝白髪頭の老人。嘆賞＝感心してほめる。ほめたたえる。什＝詩歌のこと。藹然＝盛んなさま。

〔人物解説〕

本多忠勝＝一一五頁参照。

本多忠政＝（一五七五〜一六三一）忠勝の長男。天正八年（一五九〇）の秀吉の小田原征伐に参加し、功をたてる。

慶長三年（一五九八）に美濃守となり、関が原の役では、徳川秀忠に従って、下野《しもつけ》宇都宮に赴いた。慶長十五年に父の封を継いで伊勢桑名城主となる。その後大坂の両役に従軍して功があった。寛永三年（一六二六）に秀忠及び将軍家光父子の上洛に従い、その後侍従に任ぜられた。

本多忠朝＝（一五八二～一六一五）忠勝の次男。関が原の戦に十九歳で従軍して功があった。慶長十九年（一六一四）大坂冬の陣に騎兵を率いて従軍、翌年の夏の陣で戦死した。

〔通釈〕

本多中書忠勝は病気が重くなってその死が迫った。その二人の子の忠政と忠朝とを呼び寄せて、後の事を遺言した。忠政は父の病床に近づき、「父上もし言っておきたいことがおありでしたら、謹んでお聴きいたします。」と言った。忠勝は「ただ一つ有る。」と言われた。「何でございますか。」と問うと、「死にたくはない。」と答えた。二人の子息はこの言葉を不思議に思って、「人の一生は始めがあれば必ず終わりがあることは、父上はよくご存じのはずです。今どうしてこのようなお言葉を出されるのですか。」と言った。忠勝はそこで忠政に筆を執らせて辞世の歌を書きとらせた。その辞世の歌は、「死にたくない、ああ死にたくない、死にたくない、御恩を受けた、主君のことを思うと。」である。これを漢訳すると、「死ぬことは惜しい、ああ死ぬことは惜しい、君の恩は海より深く山よりも高いのに、まだ少しも恩返しをせずに死んでしまうのは残念である。」となる。二人の子息はまだ泣いていて答えられずにいるうちに、忠勝はにわかに息を引きとった。時に年令は六十三であった。

寧静子は言う、「本多氏が徳川家康公に忠義を尽くしたことは、子供も老人も、皆知って感嘆して賞するところであるから、今ここでは言わない。ただ最後の辞世の歌を読むと、生まれつき持っていた忠義、死んでも主君を忘れない誠、その情愛が充分に三十一文字中に溢れている。ああ忠義であるかな。」と。

〔原文出典〕

『治平金訓』。

内藤勇断 （内藤《ないとう》の勇断《ゆうだん》）

美濃国有レ妖焉。毎レ至二暮夜一、好攀二人於暗黒中一、登レ肩架レ臂、繚繞上下。其人欲レ斬レ之、忽去不レ見。内藤四郎聞レ之、一心以為「渠若架二吾臂一、我将下併二吾手一断ち之。」張レ目待レ之。暗中彷彿如レ有レ声。云「勇断如レ君、吾敢近哉。」蓋老狐之憑レ人而善魅者云。

寧静子曰、「昔李将軍見二草中石一以為レ虎射レ之、応レ弦没レ羽矣。四郎一心欲レ斬レ怪。而怪滅レ跡。亦同一精神之所レ徹歟。」

美濃《みの》の国《くに》に妖有《ようあ》り。暮夜《ぼや》に至《いた》る毎《ごと》に、好《この》んで人《ひと》に暗黒《あんこく》の中《うち》に攀《よ》ぢ、肩《かた》に登《のぼ》り臂《ひじ》に架《か》し、繚繞上下《りょうじょうしょうか》す。其《そ》の人《ひと》之《これ》を斬《き》らんと欲《ほっ》すれば、忽《たちま》ち去《さ》りて見《み》えず。内藤四郎《ないとうしろう》之《これ》を聞《き》き、一心《いっしん》に以為《おもへ》らく「渠若《かれも》し吾《わ》が臂《ひじ》に架《か》せば、我将《われまさ》に吾《わ》が手《て》を併《あは》せて之《これ》を断《た》たんとす。」と。目《め》を張《は》りて之《これ》を待《ま》つ。暗中彷彿《あんちゅうほうふつ》として声有《こゑあ》るが如《ごと》し。云《い》ふ「勇断君《ゆうだんきみ》の如《ごと》き、吾敢《われあ》へて近《ちか》づかんや。」と。蓋《けだ》し老狐《ろうこ》の人《ひと》に憑《よ》りて善《よ》く魅《み》する者《もの》と云《い》ふ。

寧静子《ねいせいし》曰《い》はく、「昔李将軍草中《むかしりしょうぐんそうちゅう》の石《いし》を見《み》て以《もっ》て虎《とら》と成《な》し之《これ》を射《い》るに、弦《げん》に応《おう》じて羽《う》を没《ぼっ》す。四郎一心怪《しろういっしんかい》を斬《き》らんと欲《ほっ》す。而《しか》して怪跡《かいあと》を滅《めっ》す。亦《ま》た同一精神《どういっせいしん》の徹《てっ》する所《ところ》か。」と。

〔語釈〕

繚繞＝ぐるぐるまつわりつく。彷彿＝かすかに見とれること。ぼんやりとして明かではないさま。李将軍見草中石＝前漢の将軍李広（?～前一一七）は射にすぐれ、文帝のとき北方異民族の匈奴を討って功績をたてた。あるとき、草中の石を虎と思いこんで射ると、矢は鏃《やじり》まで没したという『史記』李将軍列伝の故事に基づく。徹＝つらなる。とおる。

〔人物解説〕

内藤四郎＝二一四頁参照。

〔通釈〕

美濃の国に妖怪が有った。夜毎にその妖怪は、好んで暗闇の中で人に登りかかり、肩に登り腕にぶらさがり、身体にまつわりついて上ったり下りたりする。妖怪にかかられた人が斬ろうとすると、忽ち逃げ去って見えなくなってしまう。内藤四郎はこれを聞いて、一心に「妖怪がもし自分の腕にぶらさがったならば、自分の手をあわせて妖怪を断ち切ってやろう。」と思った。そして目を見張って妖怪を待った。暗がりの中にかすかに声が聞こえるようである。耳をたててよく聞くと「勇ましい君のような人には、吾はわざわざ近づくようなことはしない。」と言う。思うにこれは古狐が人に付いてよくだますものだと言う。

寧静子は言う、「昔漢の李将軍は草の中の石を見て虎であると思いこれを射たところ、弦に反応があって矢は羽のところまで石に突き刺さった。内藤四郎は一心に妖怪を斬ろうと思った。その結果妖怪は恐れて跡を絶って再び出ることは無かった。これもまた李将軍と同じく精神が相手に通じたことによるものであろうか。」と。

〔原文出典〕

『古人物語』、『良将達徳鈔』（十）、『古老雑話』。

成瀬奇獄（成瀬《なるせ》の奇獄《きごく》）

有二米商八郎兵者一。父子両世、陰用二大小二量一、以致二巨富一。及三成瀬隼人正成、来為二領主一、政令厳粛、姦慝逃レ跡。八郎大懼、自首請レ罪。隼人謂、「八郎欺罔之罪不レ赦。然知レ悪自訴、其心有レ可レ恕。況事在二旧主之代一、不三必追究二也。」乃令曰、「自レ今以往、陽用二二量一、買以二小斗一、売以二大斗一、行レ之七年、以償二前罪一。」蓋欲三以レ此損二其富一也。既而八郎之肆、来買レ米者、日麕至、其富竟倍二他日一。

寧静子曰、「奇獄奇断、可レ補二棠陰比事一。然隼人所レ断、有レ恩無レ威。達二於理一者処レ之、必有下得二其軽重一者上矣。」

米商八郎兵《べいしょうはちろうべい》といふ者有《ものあ》り。父子両世《ふしりょうせい》、陰《ひそ》かに大小二《だいしょうに》量《りょう》を用《もち》ゐ、以《もっ》て巨富《きょふ》を致《いた》す。成瀬隼人正成《なるせはやとまさなり》、来《き》たり領《りょう》主《しゅ》と為《な》るに及《およ》び、政令厳粛《せいれいげんしゅく》にして、姦慝跡《かんとくあと》を逃《のが》る。八《はち》郎大《ろうおほ》いに懼《おそ》れ、自首《じしゅ》して罪《つみ》を請《こ》ふ。隼人謂《はやとおも》へらく、「八《はち》郎欺罔《ろうぎもう》の罪《つみ》は赦《ゆる》さず。然《しか》れども悪《あく》を知《し》りて自《みづか》ら訴《うった》ふるは、其《そ》の心恕《こころゆる》すべき有《あ》り。況《いは》んや事旧主《こときゅうしゅ》の代《だい》に在《あ》り、必《かなら》ずしも追究《ついきゅう》せず。」と。乃《すなは》ち令《れい》して曰《い》はく、「今《いま》より以往《いおう》は、陽《よう》に二量《にりょう》を用《もち》ゐ、買《か》ふに小斗《しょうと》を以《もっ》てし、売《う》るに大斗《だいと》を以《もっ》てし、之《これ》を行《おこな》ふこと七年《しちねん》にして、以《もっ》て前罪《ぜんざい》を償《つぐな》へ。」と。蓋《けだ》し此《これ》を以《もっ》て其《そ》の富《とみ》を損《そん》せんと欲《ほっ》するなり。既《すで》にして八郎《はちろう》の肆《し》、来《きた》りて米《こめ》を買《か》ふ者《もの》、日《ひ》に麕至《きんし》し、其《そ》の富竟《とみつひ》に他日《たじつ》に倍《ばい》す。

寧静子《ねいせいし》曰《い》はく、「奇獄奇断《きごくきだん》、棠陰比事《とういんひじ》を補《おぎな》ふべし。然《しか》れども隼人《はやと》の断《だん》する所《ところ》は、恩有《おんあ》りて威無《いな》し。理《り》に達《たっ》する者之《ものこれ》を処《しょ》せば、必《かなら》ず其《そ》の軽重《けいちょう》を得《う》る者有《ものあ》らん。」と。

〔語釈〕

二量＝二種類のます。厳粛＝きびしく正しい。おごそかできびしい。姦慝＝悪事。悪人。欺罔＝あざむきうそをつく。だます。恕＝おおめに見る。寛大にあつかう。小斗・大斗＝小さなますと大きなます。肆＝みせ。店。麕至＝群がり集まる。奇獄＝めずらしい訴訟ごと。奇断＝めずらしい裁判。棠陰比事＝書名。宋の桂万栄の著。中国の裁判物語百四十四話を集録している。西鶴の「本朝桜陰比事《おういんひじ》」などの裁判物語に影響を与えた。

〔人物解説〕

成瀬隼人正成＝二一一頁参照。

〔通釈〕

米穀商の八郎兵衛という者があった。親子二代に渡って、陰かに大小二種類の枡を用いて、巨万の富を得た。成瀬隼人正成が、領主としてやって来ると、政事の手法が厳格となって、悪事をなす者は行方を暗まして逃げ去るほどであった。八郎兵衛は大いに恐れて、その罪悪を自分から名乗り出て罪に伏したいと願い出た。隼人は、「八郎兵衛の欺きだました罪は赦されない。しかしながら自分のしたことが悪であると知って自分の方から名乗り出たのは、その心中を思いやるべきところが有る。まして その事実は旧領主の代のことであるから、必ずしも罰しなくともよい。」と思った。そこで、「今後は、堂々と大小二種類の枡を用いて、買うときには小さい枡で買い、売るときには大きな枡で売る、これを七年間実行して、前の罪を償え。」と申し付けた。思うにこのことによってその身代を減らそうと思ったのである。それから間もなくして八郎兵衛の店は、やって来て米を買い求める者が、毎日群がってやってくるようになり、その店は商売が繁昌して身代は以前に倍した。

寧静子は言う、「珍しい事件に珍しい裁判であるから、『棠陰比事』の書を補うことができる。しかしながら隼人の裁判には、恩が有って威は無い。道理に達した者がこれを処理すれば、必ずその軽重のほどよい所を得ることがあるだろうに。」と。

〔原文出典〕

『良将達徳鈔』（八）、『太平将士美談』。

大窪佳謔（大窪《おおくぼ》の佳謔《かぎゃく》）

幕府有二饗礼一、進二鶴羹一。適大窪彦左謁焉。照公命賜二之羹一。彦左退坐二外庁一、換二幾椀一喫レ之、復入謝曰、「小人飽嘗二君之羹一。為レ賜多矣。然臣家亦自不レ少二此物一。」公曰、「汝薄禄之家、安得レ有レ之。」彦左曰、「且勿レ疑。臣将下以二明日一献上之。」

翌日盛二青菘於白板盤一、堆積如レ山、自捧以献焉。曰、「昨日所レ賜レ臣、即此是也。但此物臣家呼二做菘一。君之朝、則特謂二之鶴一耳。」公笑而納レ之。乃命二左右一譲二厨人一。

寧静子曰、「寓二規諷於戯謔一、使二人君笑而解一レ之。蓋為二淳于髡・東方朔之流一。」

幕府《ばくふ》に饗《きょう》礼《れい》有《あ》り、鶴羹《かくこう》を進《すす》む。適《たま》ま大窪彦左《おおくぼひこざ》謁《えつ》す。照公命《しょうこうめい》じて之《これ》に羹《あつもの》を賜《たま》ふ。彦左《ひこざ》退《しりぞ》きて外庁《がいちょう》に坐《ざ》し、幾《いく》椀《わん》も換《か》へて之《これ》を喫《きっ》し、復《ま》た入《い》りて謝《しゃ》して曰《い》はく、「小人《しょうじん》飽《あ》くまで君《きみ》の羹《あつもの》を嘗《な》む。賜《し》たること多《おほ》し。然《しか》れども臣《しん》の家《いへ》も亦《ま》た自《みづか》ら此《こ》の物少《ものすく》なからず。」と。公《こう》曰《い》はく、「汝《なんぢ》薄禄《はくろく》の家《いへ》、安《いづ》くんぞ之《こ》れ有《あ》るを得《え》ん。」と。彦左《ひこざ》曰《い》はく、「且《しば》らく疑《うたが》ふこと勿《なか》れ。臣将《しんまさ》に明日《めいじつ》を以《もっ》て之《これ》を献《けん》ぜんとす。」と。

翌日青菘《よくじつせいすう》を白板盤《はくはんばん》に盛《も》り、堆積《たいせき》すること山《やま》の如《ごと》くし、自《みづか》ら捧《ささ》げて以《もっ》て献《けん》ず。曰《い》はく、「昨日臣《さくじつしん》に賜《たま》ふ所《ところ》は、即《すなは》ち此《こ》れ是《こ》れなり。但《た》だ此《こ》の物臣《ものしん》の家《いへ》は菘《すう》と呼《よ》び做《な》す。君《きみ》の朝《ちょう》には、則《すなは》ち特《とく》に之《これ》を鶴《つる》と謂《い》ふのみ。」と。公《こう》笑《わら》って之《これ》を納《い》る。乃《すなは》ち左右《さゆう》に命《めい》じて厨人《ちゅうじん》を譲《せ》めしむ。

寧静子《ねいせいし》曰《い》はく、「規諷《きふう》を戯謔《ぎぎゃく》に寓《ぐう》し、人君《じんくん》をして笑《わら》って之《これ》を解《かい》せしむ。蓋《けだ》し淳于髡《じゅんうこん》・東方朔《とうほうさく》の流為《りゅうた》り。」と。

〔語釈〕

幕府＝将軍の本営。転じて将軍の政府。幕を張って本陣としたことからいう。**饗礼**＝饗応の礼。**鶴羹**＝鶴の肉を用いた吸物。**羹**は肉と野菜とを混ぜて作った吸い物。スープ。**外庁**＝表の間。**青菘**＝青々としたすず菜。**白板盤**＝白木の台。**厨人**＝料理人。調理人。**規諷**＝他のことを用いて戒めること。**戯謔**＝たわむれおどける。ふざける。**淳于髡**＝戦国時代の斉の宣王の臣。滑稽多弁をもって知られる。宣王を説いて隠居させたことで有名。**東方朔**＝前漢の文人。武帝に仕え、ユーモアと風刺によって武帝を諌めた。

〔人物解説〕

大窪彦左＝（一五六〇〜一六三九）大久保彦左衛門。徳川譜代の臣で、家康・秀忠・家光の三代に仕えた戦場生き残りの旗本。泰平無事の時代の世相と人心の移り変わりにあきたらず、時勢に追随せず、古武士の意地を押し通す処生の態度をとった。その著『三河物語《みかわ》』に、時勢におもねらない批判意識をうかがい知ることができる。

〔通釈〕

徳川幕府では客をもてなす宴会の催される時には、鶴の肉の吸物を出す。たまたま宴会の催されているときに、大久保彦左衛門が家康公の御前にお目通りした。家康公は下に命じて彦左衛門にもその吸物を下された。彦左衛門は退出して表書院に座り、幾椀も換えて吸物を飲み、復た御前へ出てお礼を申しあげて、「私は主君の下された吸物を十分にいただきました。お賜りものありがとうございました。しかしながら私の家にもこの物は欠かしたことがございません。」と言った。家康公は、「そなたのような禄の薄い者の家で、どうしてこれを口にすることができようか。」と言われた。彦左衛門は、「とりあえずお疑い下さるな。私が明日これを献上致しましょう。」と言った。

翌日に青菜を白い板の盤に、山のように盛り、自分で捧げ持って献上した。そして「昨日私へ下された物は、これでございます。ただしこの物は私の家では青菜と呼んでおります。ご主君のお許においては、取りわけこれを鶴と申しているだけです。」と言った。家康公は笑ってこの言葉を聞き入れた。そこで近習の者に命じて料理人を責めた。

寧静子は言う、「主君の非を遠回しに諫言するのにそれをおどけの中に含めて、主君に笑ってその事を納得させる。思うにこれは中国の戦国時代の斉の宣王に仕えた淳于髠や漢の武帝の臣であった東方朔のやり方と同じである。」と。

〔原文出典〕

『良将達徳鈔』（十）、『古老雑話』。

宇都宮大和（宇《う》都《つの》宮《みや》大和《やまと》）

照公有二褻臣一、曰二宇都宮大和一。後薙髪号二団伴一。為レ人滑稽多智、能解二紛於談笑間一。年七十余、精力不レ衰。

公戯謂二団伴一曰、「汝欲レ得レ金乎。」団伴云、「不二敢願一。然見レ賜又不二敢辞一。」公乃裹二百金於綿一、使二侍臣投而与一レ之、令曰、「手承乃得、不レ然則否。」団伴曰、「謹諾。」既而三承三失。公遽懐二其金一而起曰、「咄咄、失二百金一。」走入レ内。団伴追及レ闥、連呼曰、「鄙哉、鄙哉。」遂鼓二両袖一、腷膊作二鶏鳴一曰、「凱歌揚矣。」抑レ天大笑而去。其簡卒如レ此。

寧静子曰、「是何与下宋仁宗、惜二五百文於宦官一之事上、太相類也。抑公吝二百金於団伴一、而不レ惜二二百枚於細川氏㆒、亦可㆔以見㆓其施㆑財之妙用㆒歟。」

照公《しょうこう》に褻臣《せつしん》有《あ》り、宇都宮大和《うつのみややまと》と曰《い》ふ。後《のち》に薙髪《ちはつ》して団伴《だんはん》と号《ごう》す。人《ひと》と為《な》り滑稽《こっけい》多智《たち》、能《よ》く紛《ふん》を談笑《だんしょう》の間《かん》に解《と》く。年七十余《とししちじゅうよ》なれども、精力《せいりょく》衰《おとろ》へず。

公戯《こうたはむ》れに団伴《だんはん》に謂《い》ひて曰《い》はく、「汝金《なんぢきん》を得《え》んと欲《ほっ》するか。」と。団伴云《だんはんい》ふ、「敢《あ》へて願《ねが》はず。然《しか》れども賜《たま》はれば又《ま》た敢《あ》へて辞《じ》せず。」と。公乃《こうすなは》ち百金《ひゃっきん》を綿《めん》に裹《つつ》み、侍臣《じしん》をして投《な》げて之《これ》を与《あた》へしめ、令《れい》して曰《い》はく、「手《て》にて承《う》ければ乃《すなは》ち得《え》ん、然《しか》らずんば則《すなは》ち否《しが》らず。」と。団《だん》伴曰《はんい》はく、「謹《つつし》みて諾《だく》す。」と。既《すで》にして三《み》たび承《う》け三《み》たび失《しっ》す。公遽《こうには》かに其《そ》の金《きん》を懐《ふところ》にして起《た》ちて曰《い》はく、「咄咄《とつとつ》、百金《ひゃっきん》を失《うしな》はんとす。」と。走《はし》りて内《うち》に入《い》る。団《だん》伴《はん》追《お》ひて闥《たつ》に及《およ》びて、連呼《れんこ》して曰《い》はく、「鄙《ひ》なるかな、鄙《ひ》なるかな。」と。遂《つひ》に両袖《りょうしゅう》を鼓《こ》し、腷膊鶏鳴《ふくばくけいめい》を作《な》して曰《い》はく、「凱歌揚《がいかあが》れり。」と。天《てん》を仰《あふ》ぎ大笑《たいしょう》して去《さ》る。其《そ》の簡卒《かんそつ》なること此《かく》の如《ごと》し。

寧静子《ねいせいし》曰《い》はく、「是《こ》れ何《なん》ぞ宋《そう》の仁宗《じんそう》、五百文《ごひゃくもん》を宦官《かんがん》に惜《を》しむの事《こと》と、太《はなは》だ相《あ》ひ類《るい》するなり。抑《そもそ》も公百金《こうひゃっきん》を団《だん》伴《はん》に吝《おし》みて、二百枚《にひゃくまい》を細川氏《ほそかはし》に惜《を》しまざること、亦《ま》た以《もっ》て其《そ》の財《ざい》を施《ほどこ》すの妙用《みょうよう》を見《み》るべきか。」と。

〔語釈〕

褻臣＝君主になれなれしくしている家来。お気に入りの臣。薙髪＝髪をそる。剃髪する。紛＝もつれごと。紛争。闥＝戸口。腷膊＝鳥の羽ばたき。凱歌＝勝どき。勝利を祝う歌。簡率＝ものごとにこだわらない。さっぱりして飾り気のないこと。宋仁宗＝宋の第四代皇帝。儒教的気風の振興によって文教を刷新しようとしたが行きづまった。細川氏＝細川忠興のこと。忠興が秀次より借りた二百金を家康が弁済したといわれる。妙用＝上手な使い方。巧みな用法。

〔人物解説〕

宇都宮大和＝宇都宮団伴。二二四頁参照。

〔通釈〕

家康公にはお気に入りの家来が有り、その姓名を宇都宮大和と言った。後に髪を剃って団伴と号した。団伴は生まれ付きのおどけと知恵の多さで、事のもつれを笑い話のうちに解決することができた。年齢は七十余歳であったが、その活動力は衰えなかった。

家康公は戯れに団伴に向かって、「そなたは金が欲しいか。」と言われた。団伴は、「敢えては願いはいたしません。しかしながら下さるというのであれば敢えて辞退はいたしません。」と答えた。そこで家康は、百両の金を綿に包み、お側の家来に投げて与えさせ、「手でこれを受け取れれば与える、受け取れなければ与えない。」と申し付けた。団伴は、「謹んで承知いたしました。」と言った。間もなくして三度受けて三度とも受けそこなって地に落とした。すると家康公は突然その金を懐に入れて起ち上がり、「おやおや、百両の金を失うところだった。」と言われた。そして走って奥へ入られた。団伴はこれを追って奥の入口に行き、「けちだなあ、けちだなあ。」と連呼した。そして遂に左右の両袖をたたき、羽ばたきをして鳴く鶏の真似をして、「勝どき揚がる。」と言った。そして天を仰ぎ見て大いに笑って去った。その行動が気軽で飾り気のないことはこのようであった。

　寧静子は言う、「これはなんと宋の仁宗が、五百文の銭を宦官に使うのを惜しんだ話と、大変よく似たできごとである。さて家康公は百両の金を団伴に惜しんだが、二百両の金を細川忠興に与えることは惜しまなかった、これを見てもまた金を生かして使う上手な使い方を見ることができる。」と。

〔原文出典〕

原文未詳。

曾呂利某（曾呂利《そろり》某《なにがし》）

　豊公之臣、亦有㆓曾呂利某者㆒。談言微中、善解㆓人頤㆒。一日来候㆓照公之館㆒。間話之余、啓㆑公曰、「世以㆓大黒天㆒為㆓降福之神㆒、家家祭㆑之。而知㆓其奥義㆒者鮮矣。」公曰、「願聞㆓其説㆒。」曾呂利曰、「大黒為㆑貌、豊頬繊目、高㆓其眉宇㆒、而戴㆓黒帽於頭㆒者、表㆘其無㆗覬㆔覦上㆓之心㆖也。人而不㆔覬㆓覦上㆒、則驕慢之心自消、而人人能安㆓其分㆒。所㆔以致㆓百福㆒也。」

　公𩑶然頷㆑之曰、「然。我亦有㆓五字訣㆒。曰、『宇恵遠美奈。』訳曰『毋㆑盱㆑上。』又有㆓七字訣㆒。曰、『美乃保土遠志礼。』訳曰、『知㆓身之分㆒』。蓋皆此意已。

抑大黒之所㆓以戴㆒㆑帽、更有㆓一層深理妙訣㆒焉。汝知㆑之乎。」曾呂利曰、「不㆑知也。」公曰、「夫其所㆓以戴㆒㆑帽者、欲㆓一脱而望㆒㆑天耳。譬㆓諸士之佩刀㆒、常固㆑室以善蔵者、待㆓其一抽以為㆑用之時㆒也。刀而不㆑抽、刀亦為㆓長物㆒。即帽而無㆑脱、是亦膠柱之琴耳。果有㆓何妙用㆒乎。」曾呂利憮然為㆑間曰、「命㆑之矣。」

寧静子曰、「噫嘻、大黒神之徳之与㆑福、果能如㆑此、則吾将㆘鋳㆓黄金㆒以事㆖㆑之。昔明智光秀、久奉㆓此神㆒、供養惟謹。及㆕其聞㆔僅為㆓千人之主㆒、俄以為㆑不㆑足㆑尊、棄㆓其像於塗㆒。遂不㆑能㆑安㆓其分㆒、而漸生㆓覬覦之心㆒、至㆔乎甘為㆓逆賊㆒。則光秀不㆓唯王法之罪人㆒、抑亦大黒神之罪人也。」

豊公《ほうこう》の臣《しん》に、亦《ま》た曾呂利《そろり》某《なにがし》といふ者《もの》有《あ》り。談言《だんげん》微中《びちゅう》し、善《よ》く人《ひと》の頤《おとがひ》を解《と》く。一日《いちじつ》来《きた》りて照公《しょうこう》の館《やかた》に候《こう》す。間話《かんわ》の余《よ》に、公《こう》に啓《けい》して曰《い》はく、「世《よ》大黒天《だいこくてん》を以《もっ》て降福《こうふく》の神《かみ》と為《な》し、家家《いへいへ》之《これ》を祭《まつ》る。而《しか》れども其《そ》の奥義《おうぎ》を知《し》る者《もの》鮮《すくな》し。」と。公《こう》曰《い》はく、「願《ねが》はくは其《そ》の説《せつ》を聞《き》かん。」と。曾呂利《そろり》曰《い》はく、「大黒《だいこく》の貌《ぼう》たる、豊頬《ほうきょう》纖目《せんもく》にして、其《そ》の眉宇《びう》を高《たか》くし、而《しか》して黒帽《こくぼう》を頭《かうべ》に戴《いただ》くは、其《そ》の上《かみ》を覬覦《きゆ》するの心無《こころな》きを表《あらは》すなり。人《ひと》にして上《かみ》を覬覦《きゆ》せざれば、則《すなは》ち驕慢《きょうまん》の心《こころ》自《おのづ》から消《き》え、而《しか》して人人《ひとびと》能《よ》く其《そ》の分《ぶん》に安《やす》んず。百福《ひゃくふく》を致《いた》す所以《ゆゑん》なり。」と。

公《こう》輾然《てんぜん》として之《これ》を頷《がん》して曰《い》はく、「然《しか》り。我《われ》も亦《ま》た五《ご》字《じ》の訣《けつ》有《あ》り。曰《い》はく、『宇恵遠美奈《うえをみな》。』訳《やく》して曰《い》はく、『上《うへ》を盱《のぞ》むこと毋《なか》れ。』と。又《ま》た七字《しちじ》の訣《けつ》有《あ》り。曰《い》はく、『美乃保土遠志礼《みのほどをしれ》。』訳《やく》して曰《い》はく、『身《み》の分《ぶん》を知《し》れ。』と。蓋《けだ》し皆《みな》此《こ》の意《い》なるのみ。抑《そもそ》も大黒《だいこく》の帽《ぼう》を戴《いただ》く所以《ゆゑん》は、更《さら》に一層《いっそう》の深理《しんり》妙訣《みょうけつ》有《あ》り。汝之《なんぢこれ》を知《し》るや。」と。曾呂利《そろり》曰《い》はく、「知《し》らざるなり。」と。公《こう》曰《い》はく、「夫《そ》れ其《そ》の帽《ぼう》を戴《いただ》く所以《ゆゑん》の者《もの》は、一《ひと》たび脱《だっ》して天《てん》を望《のぞ》まんと欲《ほっ》するのみ。諸《これ》を士《し》の佩刀《はいとう》に譬《たと》ふるに、常《つね》に室《しつ》を固《かた》くして以《もっ》て善《よ》く蔵《ぞう》する者《もの》は、其《そ》の一《ひと》たび抽《ぬ》きて以《もっ》て用《よう》を為《な》すの時《とき》を待《ま》つなり。刀《とう》にして抽《ぬ》かずんば、刀《とう》も亦《ま》た長物《ちょうぶつ》たり。即《も》し帽《ぼう》にして脱《だつ》すること無《な》きは、是《こ》れ亦《ま》た膠柱《こうちゅう》の琴《こと》なるのみ。果《は》たして何《なん》の妙用《みょうよう》有《あ》らんや。」と。曾呂利《そろり》憮然《ぶぜん》として間《かん》を為《な》して曰《い》はく、「之《これ》に命《めい》せり。」と。

寧静子《ねいせいし》曰《い》はく、「噫嘻《ああ》、大黒神《だいこくじん》の徳《とく》の福《ふく》を与《あた》ふる、果《は》たして能《よ》く此《かく》の如《ごと》くんば、則《すなは》ち吾将《われまさ》に黄金《おうごん》を鋳《い》て以《もっ》て之《これ》に事《つか》へんとす。昔《むかし》明智《あけち》光秀《みつひで》、久《ひさ》しく此《こ》の神《かみ》を奉《ほう》じ、供《く》養惟《ようこ》れ謹《つつ》しむ。其《そ》の僅《わづ》かに千人《せんにん》の主《しゅ》たりと聞《き》くに及《およ》びて、俄《には》かに以《もつ》て尊《たふと》ぶに足《た》らずと為《な》し、其《そ》の像《ざう》を塗《みち》に棄《す》つ。遂《つひ》に其《そ》の分《ぶん》に安《やす》んずること能《あた》はずして、漸《やうや》く覬覦《きゆ》の心《こころ》を生《しょう》じ、甘《あま》んじて逆賊《ぎやくぞく》と為《な》るに至《いた》る。則《すなは》ち光秀《みつひで》は唯《ただ》に王法《おうほう》の罪人《ざいにん》のみならず、抑《そもそ》も亦《ま》た大黒神《だいこくじん》の罪人《ざいにん》なり。」と。

〔語釈〕

談言微中＝はっきり言わず、それとなく言い当てる。『史記』滑稽伝論賛の「談言微中、亦た以て紛を解くべし。」に基づく。**眉宇**＝まゆと額のあたり。ここでは眉毛。**奥義**＝深い本当の意味。**覬覦**＝下の者が身分を越えたことを望み願う。望んではならないことを望むこと。**驕慢**＝おごり高ぶって人をあなどる。**輾然**＝にこにこ笑うさま。**訣**＝奥の手。秘訣。**佩刀**＝腰にさしている刀。**室**＝刀のさや。**長物**＝無用のもの。無用の長物。**膠柱之琴**＝琴柱を膠で固めてしまった琴。変化に応ずることができず無用になってしまったことをいう。趙の藺相如が、評判だけで趙括を登用した王を諫めた故事（廉頗藺相如列伝）に基づく。**妙用**＝不思議な働き。巧みな使い方。**憮然為間曰、命之矣**＝感服したことを、『孟子』滕文公編の語句をそのまま引用して表現したもの。憮然は失意のさま。しょんぼりするさま。**王法**＝朝廷の法律。国の法律。

〔人物解説〕

曽呂利某＝曽呂利新左衛門。秀吉の御咄衆と伝えられる人物。生没年不詳（一説に慶長八年（一六〇三）に没したといわれる）。堺の浄土宗の寺内に借家していた鞘師《さやし》で細工が巧みであった。小口に刀を入れると「ソロリ」と鞘口によく合うため、この名があった。鞘師として秀吉に召し出されるうち、口が軽く、頓智のきいた対応、諧謔の才を愛され咄衆として仕えた。

〔通釈〕

豊臣秀吉公の家来にも、曽呂利某（新左衛門）という者が有った。話をする中にそれとなくよく言い当てて、よく人の顎の骨を外すほどに大笑いをさせる。ある日家康公の館にご機嫌を伺いにやってきた。むだ話をした後で、家康公に向かって、「世間では大黒天を福を降らす神として、家々に祭っています。しかしながらその深いわけを知る者はまれであります。」と申し上げた。すると家康公は、「わしも、その深いわけを聞きたいものだ。」と言われた。そこで曽呂利は、「大黒の顔かたちは、頬がふっくりとして目が細く、その眉毛は高い位置にあって、黒い頭巾を頭にかぶっているのは、下から上を望む心が無いことを表しています。人で上を望む心が無ければ、驕って人をあなどるような心も自然と無くなり、人々はその分限に安んずることができるようになります。これが多くの福をもたらす理由であります。」と言った。

家康公はにこにこ笑ってこれに頷いて、「なるほどそうであったか。わしもまた五字の秘訣がある。『宇恵遠美奈』の五字で、訳をすれば、『上を見ることをするな』と言うことである。また七字の秘訣も有る。『美乃保土遠志礼』で、これを訳すれば、『身の分限を知れよ』と言うことである。思うに皆この意味と同じである。そもそも大黒が頭巾をかぶっている理由については、更に一段深い秘訣がある。そなたは知っておるか。」と言われた。曽呂利は、「存じません。」と答えた。すると家康公は、「大黒が頭巾をかぶっている理由は、一たび脱いだ時は天を望み見ようと思うのである。これを武士の腰に差した刀にたとえれば、常に鞘を堅くしてよく収めて置くのは、一たび抜いて用をなすことを待つのである。刀も抜くことをしなければ、無用の物である。頭巾も脱ぐことが無ければ、柱を膠付けにして琴を弾くようなもので変に応ずることはできない。果たして何の不思議な作用があろうか。」と言われた。曽呂利はその説に感じ入ってぼんやりしていたが、しばらくして、「よく分かりました。」と言った。

寧静子は言う、「ああ、大黒神の徳が福をもたらすことが、果たしてこのようなものであるならば、私は黄金でその像を鋳立ててこれに事えようと思う。昔明智光秀は、久しくこの大黒天を信心して、供物を供えて祭り、一心に事えた。これを信奉すると千人の主君にしかなれないと聞くと、突然尊ぶには足らないとして、その像を道ばたに捨ててしまった。遂に臣下である己の身分に満足することができなくなり、次第に上をうかがう心が起こり、愚かにも主君殺しの逆賊となるに至った。しかも光秀はただ国法の罪人だけではなく、そもそもまた大黒神の罪人でもある。」と。

〔原文出典〕

『良将達徳鈔』(一)、『雨夜の友』。論賛は、『武者物語』、『良将達徳鈔』(九)。

太田忠兵衛（太田忠兵衛《おほたちゆうべゑ》）

慶長中、大内有二散楽一、下レ令縦レ民観焉。於レ是遠近来観者如二墻堵一。時染工吉岡建法亦往、朝吏悪二其無礼一、叱而去レ之。建法怒帰、私蔵二刀於衣中一、而再往斬二朝吏一。事出二不意一、万衆驚擾。

此時京尹板倉勝重、在二日華門一、観レ之怒甚。直抜二眉尖刀一而起。其臣太田忠兵衛止レ之曰、「是不レ足レ煩二主公一。臣請代往。」排レ衆而進、遇二建法於紫宸殿階下一。相呼欲レ闘。建法偶顚而倒矣。忠呼曰、「乗二人蹉跌一、武夫所レ恥。疾起決二輸贏一。」建法翻レ身起。忠揮レ刀一撃殪レ之。万衆歓呼。

勝重大悦、帰レ第賜二之酒一、因徐問曰、「我聞建法雖二賤工一、亦善二撃剣一者。今其倒者天也。汝盍レ乗焉。乃待二其起一耶。」忠謹対曰、「是剣法虚実之弁也。請為二主公一一二言之一。夫其倒也、虚二於倒一、而所二以捍レ身者、実也。我臨二其実一矣、往往有二反為レ所レ斬者一。其起也、実二於起一、而所二以防レ敵者、虚也。我乗二其虚一矣、率少下不レ先二於彼一者上。」是雖二小技一、可三以通二於兵法一矣。」勝重大感、増レ忠以二禄若干一。

寧静子曰、「昔猿松（謙信小字）之追二三郎於米山一也、不レ要二之山上一、而待二其下一レ坂以伐レ之、亦避レ実擣レ虚之術耳。意太田忠之通二於兵法一云者、豈謂二此等之類一歟。」

慶長中《けいちょうちゅう》、大内《だいだい》に散楽《さんがく》有《あ》り、令《れい》を下《くだ》し民《たみ》を縦《ゆる》して観《み》せしむ。是《ここ》に於《おい》て遠近《えんきん》の来《きた》り観《み》る者《もの》墻堵《しょうと》の如《ごと》し。時《とき》に染《せん》工吉岡建法《こうよしをかけんぽう》も亦《ま》た往《ゆ》くに、朝吏《ちょうり》其《そ》の無礼《ぶれい》を悪《にく》み、叱《しっ》して之《これ》を去《さ》らしむ。建法怒《けんぽういか》りて帰《かへ》り、私《ひそ》かに刀《かたな》を衣中《いちゅう》に蔵《かく》して、再《ふたた》び往《ゆ》きて朝吏《ちょうり》を斬《き》る。事不意《ことふい》に出《い》で、万衆《ばんしゅう》驚《おどろ》き擾《さは》ぐ。

此《こ》の時京尹板倉勝重《ときけいいんいたくらかつしげ》、日華門《にっかもん》に在《あ》り、之《これ》を観《み》て怒《いか》ること甚《はなは》だし。直《ただ》ちに眉尖刀《びせんとう》を抜《ぬ》きて起《た》つ。其《そ》の臣太田忠兵衛《しんおほたちゅうべゑ》之《これ》を止《とど》めて曰《い》はく、「是《こ》れ主公《しゅこう》を煩《わづら》はすに足《た》らず。臣《しん》請《こ》ふ代《かは》りて往《ゆ》かん。」と。衆《しゅう》を排《はい》して進《すす》み、建法《けんぽう》に紫宸《ししん》殿《でん》の階下《かいか》に遇《あ》ふ。相《あ》ひ呼《よ》んで闘《たたか》はんと欲《ほっ》す。建法《けんぽう》偶《たま》ま顚《てん》して倒《たほ》る。忠呼《ちゅうよ》んで曰《い》はく、「人《ひと》の蹉跌《さてつ》に乗《じょう》ずるは、武夫《ぶふ》の恥《は》づる所《ところ》なり。疾《と》く起《た》ちて輸贏《ゆえい》を決《けっ》せよ。」と。建法《けんぽう》身《み》を翻《ひるが》へして起《た》つ。忠《ちゅう》 刀《かたな》を揮《ふる》ひ一撃《いちげき》して之《これ》を殪《たほ》す。万衆喚呼《ばんしゅうかんこ》す。

勝重大《かつしげおほ》いに悦《よろこ》び、第《てい》に帰《かへ》りて之《これ》に酒《さけ》を賜《たま》ひ、因《よ》りて徐《おもむ》ろに問《と》ひて曰《い》はく、「我聞《われき》く建法《けんぽう》は賤工《せんこう》なりと雖《いへど》も、亦《ま》た撃剣《げきけん》を善《よ》くする者《もの》と。今其《いまそ》の倒《たほ》るるは天《てん》なり。汝盍《なんぢなん》ぞ乗《じょう》ぜざる。乃《すなは》ち其《そ》の起《た》つを待《ま》つや。」と。忠謹《ちゅうつつし》みて対《こた》へて曰《い》はく、「是《こ》れ剣法虚実《けんぽうきょじつ》の弁《べん》なり。請《こ》ふ主公《しゅこう》の為《ため》に之《これ》を一言《いちげん》せん。夫《そ》れ其《そ》の倒《たほ》るるや、倒《たほ》るるに虚《きょ》にして、身《み》を捍《ふせ》ぐ所以《ゆゑん》の者《もの》は、実《じつ》なり。我其《われそ》の実《じつ》に臨《のぞ》まば、往往《おうおう》反《かへ》りて斬《き》る所《ところ》と為《な》る者有《ものあ》り。其《そ》の起《た》つや、起《た》つに実《じつ》にして、敵《てき》を防《ふせ》ぐ所以《ゆゑん》の者《もの》は、虚《きょ》なり。我其《われそ》の虚《きょ》に乗《じょう》ぜば、率《おほむ》ね彼《かれ》に先《せん》んぜざること少《すくな》し。是《これ》小技《しょうぎ》なりと雖《いへど》も、以《もっ》て兵法《へいほう》に通《つう》ずべし。」と。勝重大《かつしげおほ》いに感《かん》じ、忠《ちゅう》に増《ま》すに禄若干《ろくじゃっかん》を以《もっ》てす。

寧静子《ねいせいし》曰《い》はく、「昔猿松《むかしさるまつ》（謙信《けんしん》の小字《こあざな》）の三郎《さぶろう》を米山《よねやま》に追《お》ふや、之《これ》を山上《さんじょう》に要《よう》せずして、其《そ》の坂《さか》を下《くだ》るを待《ま》ち以《もっ》て之《これ》を伐《う》つも、亦《ま》た実《じつ》を避《さ》けて虚《きょ》を擣《う》つの術《じゅつ》なるのみ。意《おも》ふに太田忠《おほたちゅう》の兵法《へいほう》に通《つう》ずと云《い》ふは、豈《あ》に此《こ》れ等《ら》の類《るい》を謂《い》ふか。」と。

〔語釈〕

大内＝天子の御所。散楽＝現在の能・狂言に似た芸能。墻堵＝かきねのこと。転じて人が多く集まったことをいう。朝吏＝朝廷の役人。京尹＝京都所司代。日華門＝宮中の東側の門の名。眉尖刀＝なぎなた。紫宸殿＝内裏の正殿。天子の御殿。階下＝きざはしの下。蹉跌＝しくじり。ここでは、つまずいて転んだこと。輸贏＝勝ちと負け。勝負。三郎＝上杉謙信の兄である上杉晴景のこと。米山＝越後の国にある山。

〔人物解説〕

吉岡建法（憲法）＝生没年未詳。剣法家、吉岡流の祖。通称仁右衛門。京都四条で染物業を営み、黒茶染を始めて世に吉岡染め、憲法染めと称す。剣道を好み、京八流の奥旨を極め、鬼一法眼に学び、また祇園藤次に小太刀を習ったと伝えられる。研鑽の末に一世の達人と称されるに至り、室町将軍家の兵法所師範として武名をあげた。かつて宮本武蔵と技を戦かわして勝負が決しなかったという。子の又三郎の剣技は父の伝を継ぎ、声名高く、その流派は諸国に栄えたという。

板倉勝重＝（一五四五～一六二四）幼時僧となったが、父及び兄が家康に仕えて戦死したため、還俗して家を継いだ。駿府の町奉行から江戸町奉行を歴て初代の京都町奉行、ついで京都所司代に起用され、二十年間その職に精励した。就任当時の京都は、旧豊臣氏の勢力下にあり、執務は苦難を極めたが、勝重の裁決は明解で、次第に人心をおさめるに至った。

太田忠兵衛＝生没年未詳。江戸時代初期の武人。板倉勝重の臣。詳細は未詳。

〔通釈〕

慶長の年中（一五九六～一六一四）に、京都の御所内で能狂言の催しが有り、御布令があって人民も観ることが許された。そこで遠近よりやって来て見物する者が土塀のようにぎっしりと詰まって並んだ。時に（京都の）染物業をしていた吉岡建法も見物に行ったが、朝廷の役人がその無礼な行為をとがめて、叱ってその場から追い出した。建法は腹をたてて帰り、ひそかに刀を羽織の下に隠して、再び行って自分を追い出した役人を斬った。事件が不意に起こったので、多くの人々が驚いて騒ぎとなった。

この時所司代の職にあった板倉勝重は、禁中の東門である日華門に在って、この騒ぎを見て大変腹を立てた。すぐに薙刀の鞘を払って起ち上がった。その家来の太田忠兵衛がそれをとどめて、「この程度のことで主君を労するには及びません。私が代わって参ります。」と言った。そして多くの人々を押しのけて進み、建法と紫宸殿の階段のたもとで遇った。共に名を名乗って闘おうとした。建法は突然つまずいて倒れた。忠兵衛は、「人がつまずいて倒れたのに付け入るのは、武士の恥とする所である。早く起って勝負を決せよ。」と言った。建法は身を翻して起った。忠兵衛は刀を振り上げて一撃のもとにこれを倒した。見ていた群衆は歓びの声をあげた。

勝重は大いに悦んで、邸に帰ってから太田忠兵衛に酒を飲ませ、それから静かに、「わしが聞いておるところによると、吉岡建法という者は身分の低い職人ではあるが、よく剣を使うことのできる者であるという。今日その者が倒れたのは天の助というものである。そなたはどうしてそれに付け込まなかったのか。どうしてその起つのを待っていたのか。」とたずねた。忠兵衛は謹んで、「これが剣法虚実の弁なのです。そもそも彼が倒れたのは、主君のために一言申し上げます。そもそも彼が倒れたのは、うっかりしていて隙があったからであって、その後の身をふせぐ仕業は備えが十分だったのです。私からその十分であるところへ臨めば、大方反って斬られることが有ります。彼が起つのは、起つことにおいては十分であって、敵をふせぐ仕方としては、隙だらけであります。こちらからその隙に付け込めば、大抵は彼より先手を取ることができます。これは一人相手の些細な技ではありますけれども、兵法に通じることです。」と答えた。勝重は大いに感動して、忠兵衛へ何程かの禄を加増した。

寧静子は言う、「昔上杉謙信が兄の晴景を越後の米山に追ったとき、これを山の上で迎え撃たずに、その坂を下るのを待って伐ったのも、これもまた実を避けて虚を撃つ術である。思うに太田忠兵衛が兵法に通じると言ったのは、これらの類を言うのであろうか。」と。

〔原文出典〕

『常山紀談』（十九）吉岡建法狼籍太田忠兵衛手柄幷太田武技を論ずる事。附記は、『常山紀談』（一）長尾輝虎越後を治められし事。

奇童（奇童《きどう》）

勝重子重宗、代レ父為二京尹一、謁二祇園祠一。祠前群童聚戯。一童子以二邦訓一呼二数字一曰、「自レ一至レ九、語尾皆帯二都音一、十独無者、何也。」群児茫然。

有二一童一、年僅九歳、応レ声曰、「亦有二然者一。五字既重二都音一、所三以十字止二本訓一。」重宗聞而奇レ之、翌日使三人召二致之一。乃合二二餅餤一為二一団一、使二童子食一レ之曰、「今所レ喫、上者旨、下者旨。」童子沈吟、忽拍レ掌作レ声曰、「今所レ拍、左者鳴、右者鳴。」重宗益異焉、挙置二之左右一、後遂列二近臣一。

寧静子曰、「板防州之断レ獄、機智如レ神。此童之遇二防州一、可レ謂二気類相感者一矣。」

勝重《かつしげ》の子重宗《こしげむね》、父《ちち》に代《かは》りて京尹《けいいん》と為《な》り、祇園祠《ぎおんし》に謁《えつ》す。祠前《しぜん》に群童《ぐんどう》聚《あつま》り戯《たはむ》る。一童子《いちどうし》邦訓《ほうくん》を以《もつ》て数字《すうじ》を呼《よ》びて曰《い》はく、「一《ひとつ》より九《ここのつ》に至《いた》るまで、語尾皆都《ごびみなつ》の音《おん》を帯《お》ぶに、十独《とをひと》り無《な》きは、何《なん》ぞや。」と。群児茫然《ぐんじぼうぜん》たり。一童《いちどう》有《あ》り、年僅《としわづ》かに九歳《きゅうさい》なるが、声《こゑ》に応《おう》じて曰《い》はく、「亦《ま》た然《しか》る者有《ものあ》り。五《ご》の字既《じすで》に都《つ》の音《おん》を重《かさ》ぬれば、十《じゅう》の字《じ》は本訓《ほんくん》に止《とど》まる所以《ゆゑん》なり。」と。重宗聞《しげむねき》きて之《これ》を奇《き》とし、翌日人《よくじつひと》をして之《これ》を召《め》し致《いた》さしむ。乃《すなは》ち二餅餻《にべいじ》を合《あは》せて一団《いちだん》と為《な》し、童子《どうし》をして之《これ》を食《くら》はしめて曰《い》はく、「今《いま》喫《きつ》する所《ところ》、上《うへ》なる者旨《ものうま》きか、下《した》なる者旨《ものうま》きか。」と。童《どう》子沈吟《しちんぎん》し、忽《たちま》ち掌《たなごころ》を拍《う》って声《こゑ》を作《な》して曰《い》はく、「今拍《いまう》つ所《ところ》は、左《ひだり》なる者鳴《ものな》るか、右《みぎ》なる者鳴《ものな》るか。」と。重宗《しげむね》益《ますます》異《い》とし、挙《あ》げて之《こ》を左右《さゆう》に置《お》き、後遂《のちつひ》に近臣《きんしん》に列《れつ》す。

寧静子《ねいせいし》曰《い》はく、「板防州《はんぼうしゅう》の獄《ごく》を断《だん》ずること、機智神《きちしん》の如《ごと》し。此《こ》の童《わらは》の防州《ぼうしゅう》に遇《あ》ふも、気類《きるい》相《あ》ひ感《かん》ずる者《もの》と謂《い》ふべし。」と。

〔語釈〕

勝重＝京尹板倉勝重のこと。祇園祠＝京都東山にある神社。旧称祇園社。現在の八坂神社。邦訓＝日本の読み方。茫然＝ぼんやりしたさま。あきれてぼんやりするさま。餅餻＝もち菓子。沈吟＝じっと考えこむ。思いにふける。板防州＝板倉周防守重宗のこと。機智＝その場に応じて働く才知。機転。頓知。気類＝気性が似かよっていること。

〔人物解説〕

板倉勝重＝二七一頁参照。

板倉重宗＝二四七頁参照。

〔通釈〕

板倉勝重の子の重宗は、父に代って京都の所司代となって、祇園の八坂神社へ参謁をした。神社の前に多くの子供たちが集まって遊んでいた。一人の子供が和語で数字を一つ二つ三つと呼んで、「一から九に至るまで、その言葉じりに皆つの音があるのに、十に限ってつの音がないのは、どうしてか。」と言った。多くの子供たちはあきれてぼんやりとしていた。

一人の子供が有って、年齢はわずかに九歳であるのが、その声に応じて、「それはそのはずです。五の字はいつつとつの音を重ねているから、十の字は本訓のとおとだけ言うわけなのです。」と答えた。重宗はこれを聞いてすぐれた子供であるとし、翌日に人を行かせてこの子供を呼び寄せた。そこで二つの餅を合わせて一組として、その子供に食べさせて、「今食べたものは、上の餅がおいしかったか、下の餅がおいしかったか。」とたずねた。子供はしばらく考えこみ、突然手を拍って音を出して、「今拍った手の音は、左の手が鳴ったのですか、右の手が鳴ったのですか。」と答えた。重宗はこれを聞いてますます奇異な子供であるとし、取り立て用いて自分の側におき、後には遂に近習とした。

寧静子は言う、「板倉周防守が裁判をするときは、その機智はまるで神のようであった。この子供が重宗に出逢ったのも、同気相求め相感じるところがあったものと言うことができる。」と。

〔原文出典〕
『明良洪範続』（十五）。

甲賀氏子（甲賀《こうが》氏《し》の子《こ》）

丹後守稲葉正登介弟曰ニ式部一。游蕩無頼、不レ可ニ羈束一。正登数譲レ之、不レ悛。正登不レ勝ニ積忿一。遽命ニ侍臣甲賀孫兵衛一往斬レ之。孫固辞、且諫曰、「大叔固不レ為レ無レ罪。抑以ニ不レ従レ教之故一、一旦推ニ刃骨肉一、後必噬レ臍。不レ若且紓レ之、以啓ニ其自新之路一。」正登益怒曰、「汝怯懦不レ成レ事。舎レ汝豈無ニ可レ使者一。」孫涙数行下、曰、「君侯果以レ臣為ニ腰骨脱一矣、則臣不ニ敢復辞一。但事之成否、天也。願得ニ監者一人一与レ之倶。」許レ之。

此時孫年甫十六。額髪被レ面、髿髟可レ憐。遂与ニ監者一、趨造ニ式部之門一、具報下所ニ以来一之状上。於レ是式部盛気按レ剣、待ニ之正庁一。孫入。式部呼曰、「孫也。我久已知レ有ニ今日之事一矣。然汝乳臭何能為。」声色共厲。孫則脱ニ佩刀一投ニ之後一、膝行而進、跪曰、

「少安勿レ躁。夫君之於レ公、分雖二君臣一、親則兄弟。今日之事、豈某之所レ願哉。雖レ然、君命不レ可レ廃。」直起捽二式部一、奪二其剣一伏二之座一、旋取二匕首於懐一、擬二其胸一。左右驚愕、莫二之敢救一。孫顧謂二監者一曰、「疾帰告二吾公一。臣之腰骨、幸未レ脱也。」因徐扶二式部一而起曰、「某所三以報一レ公者畢矣。君第行。某請従。」遂奉二式部一而遜二於野一、風飱露宿十数年。及二式部病死一、正登乃召レ孫復レ之。

寧静子曰、「偉哉甲賀氏之子。一挙而衆善聚焉。其犯レ顔而諌者、義也。受二君命一而不レ誤二其事一者、勇也。奉二君之弟一、而免二其死一者、仁也。而終始所レ処、未二嘗不一レ出二乎智一也。嗚呼、孰謂三十六齢之童、而作二此雄偉不常之挙一耶。」

丹後《たんご》の守稲葉《かみいなば》正登《まさのり》の介弟《かいてい》を式部《しきぶ》と曰《い》ふ。游蕩無頼《ゆうとうぶらい》にして、羈束《きそく》すべからず。正登《まさのり》積忿《せきふん》に勝《た》へず。正登《まさのり》数《しば》ば之《これ》を譲《せ》むれども、悛《あらた》めず。遽《には》かに侍臣《じしん》の甲賀《こうが》孫兵衛《まごひょうゑ》に命《めい》じ、往《ゆ》きて之《これ》を斬《き》らしめんとす。孫固《まごかた》く辞《じ》し、且《か》つ諌《いさ》めて曰《い》はく、「大叔《たいしゅく》固《もと》より罪無《つみな》しと為《な》さず。抑《そもそ》も教《おし》へに従《したが》はざるの故《ゆゑ》を以《もっ》て、一旦《いったん》刃《やいば》を骨肉《こつにく》に推《お》さば、後《のち》必《かなら》ず臍《ほぞ》を噬《か》まん。若《し》かず且《しば》らく之《これ》を紓《ゆる》し、以《もっ》て其《そ》の自新《じしん》の路《みち》を啓《ひら》かんには。」と。正登《まさのり》益《ます》ます怒《いか》りて曰《い》はく、「汝《なんぢ》怯懦《きょうだ》事《こと》を成《な》さず。汝《なんぢ》を舎《す》つるも豈《あ》に使《つか》ふべき者無《ものな》からんや。」と。孫《まご》涙《なみだ》数行《すうこう》下《くだ》りて、曰《い》はく、「君侯《くんこう》果《は》たして臣《しん》を以《もっ》て腰骨《ようこつ》脱《だつ》せりと為《な》さば、則《すなは》ち臣《しん》敢《あ》へて復《ま》た辞《じ》せず。但《た》だ事《こと》の成否《せいひ》は、天《てん》なり。願《ねが》はくは監者一人《かんしゃいちにん》を得《え》て之《これ》と倶《とも》にせん。」と。之《これ》を許《ゆる》す。

此《こ》の時《とき》孫《まご》年《とし》甫《はじ》めて十六《じゅうろく》なり。額髪《がくはつ》面《おもて》に被《かうむ》り、鬖髿《さんさ》として憐《あは》れむべし。遂《つひ》に監者《かんしゃ》と、趨《はし》りて式部《しきぶ》の門《もん》に造《いた》り、具《つぶ》さに来《きた》る所以《ゆゑん》の状《じょう》を報《ほう》ず。是《ここ》に於《おい》て式部《しきぶ》盛気《せいき》して剣《けん》を按《あん》じ、之《これ》を正庁《せいちょう》に待《ま》つ。孫《まご》入《い》る。式部《しきぶ》呼《よ》びて曰《い》はく、「孫《まご》や。我《われ》久《ひさ》しく已《すで》に今日《こんにち》の事《こと》有《あ》るを知《し》れり。然《しか》れども汝《なんぢ》の乳臭《にゅうしゅう》なるに何《なん》ぞ能《よ》く為《な》さんや。」と。声色《せいしょく》共《とも》に厲《はげ》し。孫《まご》則《すなは》ち佩刀《はいとう》を脱《だつ》して之《これ》を後《うしろ》に投《とう》じ、膝行《しっこう》して進《すす》み、跪《ひざま》づきて曰《い》はく、「少《しば》らく安《やす》んじて躁《さは》ぐこと勿《なか》れ。夫《そ》れ君《きみ》の公《こう》に於《お》けるは、分《ぶん》は君臣《くんしん》なりと雖《いへど》も、親《しん》は則《すなは》ち兄弟《けいてい》なり。今日《こんにち》の事《こと》、豈《あ》に某《それがし》の願《ねが》ふ所《ところ》ならんや。然《しかり》と雖《いへど》も、君命《くんめい》は廃《はい》すべからず。」と。直《ただ》ちに起《た》って式部《しきぶ》を捽《そっ》し、其《そ》の剣《けん》を奪《うば》ひて之《これ》を座《ざ》に伏《ふ》せ、旋《たちま》ち匕首《ひしゅ》を懐《ふところ》に取《と》りて、其《そ》の胸《むね》に擬《ぎ》す。左右《さゆう》驚愕《きょうがく》して、之《これ》を敢《あ》へて救《すく》ふもの莫《な》し。孫顧《まごかへり》みて監者《かんしゃ》に謂《い》ひて曰《い》はく、「疾《と》く帰《かへ》りて吾《わ》が公《こう》に告《つ》げよ。臣《しん》の腰骨《ようこつ》、幸《さひは》ひに未《いま》だ脱《だつ》せざるなり。」と。因《よ》りて徐《おもむ》ろに式部《しきぶ》を扶《たす》けて起《お》こして曰《い》はく、「某《それがし》の公《こう》に報《ほう》ずる所以《ゆゑん》の者《もの》は畢《を》はれり。君《きみ》第《た》だ行《ゆ》け。某《それがし》請《こ》ふ従《したが》はん。」と。遂《つひ》に式部《しきぶ》を奉《ほう》じて野《や》に遯《のが》れ、風《ふう》に飡《そん》し露《ろ》に宿《しゅく》すること十数年《じゅうすうねん》。式部《しきぶ》の病死《びょうし》するに及《およ》びて、正登《まさのり》乃《すなは》ち孫《まご》を召《め》して之《これ》を復《ふく》す。

寧静子《ねいせいし》曰《い》はく、「偉《い》なるかな甲賀氏《こうがし》の子《こ》や。一挙《いっきょ》にして衆善聚《しゅうぜんあつ》まる。其《そ》の顔《かほ》を犯《をか》して諫《いさ》むるは、義《ぎ》なり。君《くん》命《めい》を受《う》けて其《そ》の事《こと》を誤《あや》まらざるは、勇《ゆう》なり。君《きみ》の弟《おとうと》を奉《ほう》じて、其《そ》の死《し》を免《まぬが》れしむるは、仁《じん》なり。而《しか》して終始処《しゅうししょ》する所《ところ》、未《いま》だ嘗《かつ》て智《ち》に出《い》でずんばあらず。嗚呼《ああ》、孰《たれ》か十《じゅう》六齢《ろくれい》の童《どう》にして、此《こ》の雄偉不常《ゆういふじょう》の挙《きょ》を作《な》すと謂《おも》はんや。」と。

〔語釈〕

介弟＝弟に同じ。游蕩無頼＝道楽に遊びふけってどうにも手におえない。羈束＝拘束する、取り締まる。積忿＝つもった怒り。非常に強い怒り。大叔＝相手の弟をいう。ここでは式部のこと。骨肉＝肉親。血をわけた身内。噬臍＝後悔することをいう。自新＝自ら悔いて改めること。怯懦＝憶病。意気地がないこと。孫＝孫兵衛の略。腰骨脱＝腰抜けで役にたたない。臆病なこと。監者＝見張りの者。鬖髿＝髪の乱れるさま。乳臭＝幼年であることのたとえ。擬＝当てがう。風飡露宿＝風に吹かれて食い、露にぬれて宿する。転じて苦しみつらいことを体験すること。犯顔＝主君の怒る顔色を恐れないこと。雄偉＝勇ましく立派であること。

〔人物解説〕

稲葉正登＝（一七一八～一七七一）正登は正益《まさのり》の誤り。十六歳で父の遺封を継ぎ、延享元年（一七四四）丹後守となる。その後奏者番となり、次いで寺社奉行を兼ねる。朝鮮使来聘の仕事に与ったこともあった。

稲葉式部＝（?～一七四七）稲葉正名。延享二年（一七四五）、初めて将軍吉宗に拝謁した。その他詳細は未詳。

甲賀孫兵衛＝稲葉正益の近習。詳細は未詳。

〔通釈〕

丹後守の稲葉正登の弟を式部という。この式部は、遊びに耽り乱暴の振る舞いがあって、それを制止することができなかった。兄の正登は何度も意見をしたけれども、改心しなかった。正登は積もる腹立ちに堪えられなかった。にわかに近習の甲賀孫兵衛に命令して、行って式部を斬らせようとした。孫兵衛は固く辞退をし、その上正登を諌めて、「弟君は罪が無いというのではありません。そもそも教えに従わないという理由で、一たん刀で血を分けた兄弟を殺せば、後に必ず後悔することになるでしょう。それよりもしばらくの間は緩やかにして、自分から改心するようにした方がよろしいのではありませんか。」と言った。正登はますます立腹して、「そなたは臆病者で役に立たない。そなたの他に使う者が無いわけではない。」と言った。孫兵衛は涙をはらはらと流して、「御主君は果たして私を腰抜けで役に立たないとするならば、私はあえて辞退することはいたしません。ただ事が成るか成らないかは、時の運です。どうか見届けの人一人を付けていただいて、その者と一緒に参りましょう。」と言った。それで正登はこれを許可した。

この時、孫兵衛はようやく十六歳であった。前髪が額にかかり、髪の乱れた処が愛らしかった。遂に見届人と共に、小走りで式部の家の門に行き、詳しく訪問の理由を知らせた。ここにおいて式部は意気込んで刀の柄に手をかけ、二人を表座敷で待った。孫兵衛が入ってきた。式部は大きな声を出して、「孫兵衛よ。自分はずっと前から今日のことがあることを知っていた。しかしながらそなたは乳臭い幼年であるのに、どうしてこの自分を殺すようなことができようか。」と言った。その声も顔色も奮い立っていた。孫兵衛はすぐに腰の刀をはずして後へ投げ出して置き、膝を地にすりつけながら進み、跪づいて、「しばらく落ち着いてお騒ぎなさりますな。そもそもあなたと正登公とは、身分は君と臣の関係でありますが、親族上は兄弟です。今日あなたを討ちに来たことは、どうして私の願うところでありましょうぞ。しかしながら主君の命令は廃することはできません。」と言った。そしてすぐに起ち上がって式部を取り押さえ、その刀を奪い取ってその場に取り伏せ、懐剣を懐から取り出して、式部の胸にさし当てた。式部の側近の家来は驚いて、救う者もいない。孫兵衛は、後をふり返って見届人に向かって、「早く帰ってわが主君に告げよ。孫兵衛の腰は、幸いにもまだ抜けてはおりませんでした。」と言った。見届人を帰すと、静かに式部を扶け起して、「私の主君正登公への勤めは終わりました。あなたは、ただここを去ってください。私はお供をいたします。」と言った。そのまま孫兵衛は式部を伴って民間に身をかくし、風雨にさらされて野宿する艱難の生活を十数年続けた。式部が病死するに及ぶと、正登は孫兵衛を呼び返して元の通り臣下に加えた。

寧静子は言う、「偉い人物であるなあ、甲賀氏の子息は。一つの行動の中に多くの善行が不足なくそなわっている。その主君に対して機嫌を損ねても諫めたのは忠義である。主君の命令を受けて式部を懲らしめることを実行したのは、勇気である。主君の弟のお供をして、その死をまぬがれさせたのは、仁である。始めから終わりまで処理したことは、すべてその知恵から生まれたものである。ああ、いったい誰が十六歳の少年が、この男らしく堂々とした並々でないことを実行すると思うだろうか。誰も思いはしない。」と。

〔原文出典〕

『鳩巣小説』(中)、『責而者草』(二編の八)。

土井利勝（土井利勝《どゐとしかつ》）

大炊頭土井利勝、挙二漢糸零余尺許一、付二侍臣大野仁兵一曰、「謹蔵レ之。」同僚或有下笑二其鄙吝一者上、利勝置不レ問。

居三年、偶利勝腰刀帯尾解矣。急呼二仁兵一曰、「持二往所レ付漢糸一来。」仁兵応曰、「唯。在レ此。」直取二之腰袋一以呈。利勝乃手自拮据、以結三束其帯尾一、欣然微笑曰、「無用之用、今而験矣。」遂召二其老寺田与左衛門一、命レ之曰、「寡人甚嘉三大野仁兵謹慤、而重二主命一也。其増三与禄三百石一。抑漢糸之為レ物、成二於彼土桑婦蠶繅苦辛之手一、而展転航二于海一、以入二我都一。其労二人力一、何如哉。雖二則寸残尺余一、徒委二之流塵一、是棄二天物一也。吾心所二最懼一。而仁兵之守以不レ失、謂二之事レ天者一、可也。」因戯曰、「一尺之糸、博二三百之禄一。所レ獲亦多矣。夫笑二鄙吝一者、欲二何為一。」

寧静子曰、「一尺之布尚可レ縫、君臣相容、有二如レ此者一。古人惜二一顰一笑一、良有レ以也。」

大炊頭《おほいのかみ》土井利勝《どゐとしかつ》、漢糸《かんし》の零余《れいよ》の尺許《しゃくばか》りなるを挙《あ》げて、侍臣《じしん》大野《おほの》仁兵《にひょう》に付《ふ》して曰《い》はく、「謹《つつし》みて之《これ》を蔵《ぞう》せよ。」と。同僚或《どうりょうある》いは其《そ》の鄙吝《ひりん》なるを笑《わら》ふ者有《ものあ》りしが、利勝《としかつ》置《お》きて問《と》はず。

居《を》ること三年《さんねん》、偶《たまた》ま利勝《としかつ》が腰刀《ようとう》の帯尾《たいび》解《と》けたり。急《きゅう》に仁兵《にひょう》を呼《よ》びて曰《い》はく、「往《さ》きに付《ふ》する所《ところ》の漢糸《かんし》を持《も》ち来《きた》れ。」と。仁兵応《にひょうおう》じて曰《い》はく、「唯《ゐ》。此《ここ》に在《あ》り。」直《ただ》ちに之《これ》を腰袋《ようたい》より取《と》りて以《もっ》て呈《てい》す。利勝乃《としかつすなは》ち手自《てみづか》ら拮据《きっきょ》し、以《もっ》て其《そ》の帯尾《たいび》を結束《けっそく》し、欣然《きんぜん》として微笑《びしょう》して曰《い》はく、「無用《むよう》の用《よう》、今《いま》にして験《しるし》あり。」と。遂《つひ》に其《そ》の老寺田与左《ろうてらだよざ》衛門《ゑもん》を召《め》し、之《これ》に命《めい》じて曰《い》はく、「寡人甚《かじんはなは》だ大野仁兵《おほのにひょう》の謹慤《きんかく》にして、主命《しゅめい》を重《おも》んずるを嘉《よみ》するなり。其《そ》れ禄三《ろくさん》百石《びゃくこく》を増与《ぞうよ》せよ。抑《そもそ》も漢糸《かんし》の物《もの》たる、彼土《かのど》の桑婦蠶繅《そうふさんそう》苦辛《くしん》の手《て》に成《な》り、而《しか》して展転《てんてん》して海《うみ》に航《こう》し、以《もっ》て我《わ》が都《みやこ》に入《い》る。其《そ》の人力《じんりょく》を労《ろう》すること、何如《いかん》ぞや。則《すなは》ち寸残《すんざん》尺余《しゃくよ》なりと雖《いへど》も、徒《いたづ》らに之《これ》を流塵《りゅうじん》に委《い》するは、是《こ》れ天《てん》物《ぶつ》を棄《す》つるなり。吾《わ》が心《こころ》最《もっと》も懼《おそ》るる所《ところ》なり。而《しか》して仁《に》兵《ひょう》の守《まも》り以《もっ》て失《うしな》はざるは、之《これ》を天《てん》に事《つか》ふる者《もの》と謂《い》ひて、可《か》なり。」と。因《よ》りて戯《たはむ》れて曰《い》はく、「一尺《いっしゃく》の糸《いと》、三百《さんびゃく》の禄《ろく》を博《はく》す。獲《う》る所《ところ》も亦《ま》た多《おほ》し。夫《か》の鄙吝《ひりん》を笑《わら》ふ者《もの》は、何《なに》を為《な》さんと欲《ほっ》するか。」と。

寧静子《ねいせいし》曰《い》はく、「一尺《いっしゃく》の布《ぬの》も尚《な》ほ縫《ぬ》ふべく、君臣相容《くんしんあひい》るること、此《かく》の如《ごと》き者有《ものあ》り。古人一顰一笑《こじんいっぴんいっしょう》を惜《を》しむこと、良《まこと》に以有《ゆゑあ》るなり。」と。

〔語釈〕

漢糸零余尺＝中国伝来の絹糸の切れくずの一尺ほどのもの。**鄙吝**＝けちなこと。いやしいこと。**帯尾**＝刀のさげ緒。**拮据**＝結びたばねる。**欣然**＝よろこぶさま。**謹慤**＝慎み深く誠実であること。**蚕繅**＝蚕を飼い、糸をつむぐ。**寸残尺余**＝一寸の残り、一尺の余り。**流塵**＝ちりあくた。全く価値のないもの。**天物**＝天から人間に与えられたもの。**一尺之布尚可縫**＝一尺程の僅かな布でも衣服の用に供することができる。漢の文帝の弟の淮南王が謀反を疑われ、食を断って死去した時、人民が歌った歌「一尺の布も尚ほ縫ふ可し、一斗の粟も尚ほ舂く可し。兄弟二人、相容るる能はず」に基づく。**一顰一笑**＝ちょっとした表情。顔をしかめたり笑ったりするさま。戦国時代の韓の昭侯の語で、すぐれた君主は、臣下にその心中を推測されることをしてはいけないと説いた『韓非子』内儲説上の「昭侯曰はく、子が知る所に非ざるなり、吾聞く、明主は一嚬一笑を愛しむ」に基づく。

〔人物解説〕

土井利勝＝（一五七三〜一六四四）幼少の頃から家康の側に仕え、秀忠の誕生とともにその側近とされた。家康の没後は秀忠の側近の第一人者となった。秀忠の没後も家光に重用され、平日は登城せず、大事が発生した時だけ出仕して会議に参加することが許された。幕府の大老の初めといわれる。下総《しもうさ》国古河《こが》藩主。

寺田与左衛門＝古河藩家老。もとは小田原北条家の家臣であったが、北条氏滅亡後は家康に召し抱えられ徒士侍となった。その後、大坂の陣のとき、土井利勝が秀忠に願い、許されて利勝の家臣となり、家老となった。

大野仁兵＝大野仁兵衛。土井利勝の家来。詳細は未詳。

〔通釈〕

大炊頭土井利勝は、中国伝来の絹糸の切れ屑の一尺ほどのものを取り上げて、近習の大野仁兵衛に渡して、「大切にこれをしまって置けよ。」と申し付けた。同役の人々の中には主君のけちなのを笑う者もあったが、利勝はそのまま何とも言わないでいた。

それから三年がたって、たまたま利勝の腰刀の下緒の先が解けた。利勝は急に仁兵衛を呼び出して、「先年渡しておいた絹糸を持ってまいれ。」と言った。仁兵衛は、「はい。ここにあります。」と答えて、すぐに巾着の中から取り出して差し出した。そこで利勝は自分で細工をして、その下緒の先を結び束ね、喜び微笑んで、「無用と思われる物が用をたしたこと、今日いまそのあかしがあった。」と言った。遂にその家老の寺田与左衛門を呼び出して、これに、「わしは甚だ大野仁兵衛が謹み深くて、主人の申し付けを重んずることが気に入った。それに禄三百石を加増して遣わせ。そもそも中国伝来の絹糸という物は、彼の国の蚕を飼う婦人が蚕を養い糸を繰る辛苦の手の中から生まれ、めぐりめぐって海を渡り、それから我が都に入ったのである。そのために人々が力を労したことは、いかばかりであろうか。そうであるから一寸の残り一尺の余りであっても、やたらに絹糸を価値のない物とするのは、天より与えられた物を棄てることである。わしの心では最も恐れることである。そうして仁兵衛が切れ屑の絹糸をよく守って失わなかったのは、天に仕える者と言っても、宜しい。」と申し付けた。それにつれてまた戯れて、「一尺の糸で、三百石の禄を取る。手に入れたものもまた多い。あのけちと言って笑った者は、何をしようとするのか、何もないではないか。」と言った。

寧静子は言う、「兄弟の仲が良ければ、一尺の布でもなお縫って着ることができるし、君と臣とが親しみあって気持が通じあっていれば、一尺の絹糸でも大いに役立つことがある。古の君主がちょっとした表情の変化さえ大切にしたのは、本当に訳の有ることなのである」と。

〔原文出典〕
『明良洪範』（三）。

酒井忠利（酒井《さかゐ》忠利《ただとし》）

武之川越、有㆓備後村者㆒。其里正某、世称㆓備後㆒。及㆔備後守酒井忠利、移㆓封於此㆒、命改㆓其名㆒、不㆑聴。

既而忠利巡㆓行封内㆒、召㆓見里正㆒、面諭㆑之曰、「君民同㆑称、非㆓礼之宜㆒。不㆑可㆑不㆓速改㆒。」里正不㆑屈曰、「小人自㆔君之主㆓此土㆒、納貢課役、不㆔敢後㆓他邑㆒、而以尽㆓其職㆒、主之所㆑知也。今有㆓何無状㆒、而必欲㆑改㆓累世所㆑襲之名㆒。雖㆓君有㆒㆑言、小人不㆓敢奉㆑命矣。必欲㆑正㆓名分㆒、主宜㆑改㆓主之名㆒耳。」忠利夷然以解曰、「然則寡人此土備後。汝則一村備後。各従㆔其所㆓自称㆒耳。」

照公聞㆑之、嘆曰、「凡責㆘不㆓甚緊要㆒之事於人㆖、而必欲㆑逞㆓己意㆒者、皆褊心無知之行也。如㆓忠利之曠度機智㆒、豈常人所㆓能及㆒耶。」

寧静子曰、「土着之民、抗㆓新来之君㆒、雖㆓剛愎可㆒㆑憎、客主之勢、亦有㆓不㆑得㆑不㆑然者㆒。乃知諸侯移封之制、非㆑所㆔以固㆓民心㆒矣。」

武《ぶ》の川越《かはごえ》に、備後村《びんごむら》なるもの有《あ》り。其《そ》の里正《りせい》某《なにがし》、世《よよ》備後《びんご》と称《しょう》す。備後守《びんごのかみ》酒井《さかゐ》忠利《ただとし》、封《ほう》を此《ここ》に移《うつ》すに及《およ》び、命《めい》じて其《そ》の名《な》を改《あらた》めしむに、聴《き》かず。

既《すで》にして忠利封内《ただとしほうない》を巡行《じゅんこう》し、里正《りせい》を召見《しょうけん》し、面《ま》のあたりに之《これ》に諭《さと》して曰《い》はく、「君民称《くんみんしょう》を同《おな》じくするは、礼《れい》の宜《よろ》しきに非《あら》ず。速《すみ》やかに改《あらた》めざるべからず。」と。里《り》正屈《せいくつ》せずして曰《い》はく、「小人君《しょうじんきみ》の此《こ》の土《ど》に主《しゅ》たりしより、納貢課役《のうこうかえき》、敢《あ》へて他邑《たゆう》に後《おく》れずして、以《もっ》て其《そ》の職《しょく》を尽《つ》くすは、主《しゅ》の知《し》る所《ところ》なり。今何《いまなん》の無状有《むじょうあ》りて、必《かなら》ず累《るい》世襲《せいおそ》ふ所《ところ》の名《な》を改《あらた》めんと欲《ほっ》するや。君言有《きみげんあ》りと雖《いへど》も、小《しょう》人敢《じんあ》へて命《めい》を奉《ほう》ぜず。必《かなら》ず名分《めいぶん》を正《ただ》さんと欲《ほっ》せば、主宜《しゅよろ》しく主《しゅ》の名《な》を改《あらた》むべきのみ。」と。忠利夷然《ただとしいぜん》として以《もっ》て解《かい》して曰《い》はく、「然《しか》らば則《すなは》ち寡人《かじん》は此《こ》の土《ど》の備後《びんご》なり。汝《なんぢ》は則《すなは》ち一村《いっそん》の備後《びんご》なり。各《おのおの》の其《そ》の自《みづか》ら称《しょう》する所《ところ》に従《したが》はんのみ。」と。

照公之《しょうこうこれ》を聞《き》きて、嘆《たん》じて曰《い》はく、「凡《およ》そ甚《はなは》だ緊要《きんよう》ならざるの事《こと》を人《ひと》に責《せ》めて、必《かなら》ず己《おのれ》の意《い》を逞《たくま》しふせんと欲《ほっ》する者《もの》は、皆偏心無知《みなへんしんむち》の行《おこな》ひなり。忠利《ただとし》の曠度機智《こうどきち》の如《ごと》きは、豈《あ》に常人《じょうにん》の能《よ》く及《およ》ぶ所《ところ》ならんや。」と。

寧静子《ねいせいし》曰《い》はく、「土着《どちゃく》の民《たみ》、新来《しんらい》の君《きみ》に抗《こう》すること、剛愎憎《ごうふくにく》むべしと雖《いへど》も、客主《かくしゅ》の勢《いきほ》ひ、亦《ま》た然《しか》らざるを得《え》ざる者有《ものあ》り。乃《すなは》ち知《し》る諸侯移封《しょこういほう》の制《せい》は、民心《みんしん》を固《かた》むる所以《ゆゑん》に非《あら》ざるなり。」と。

〔語釈〕

武＝武蔵国のこと。（ここでは現在の埼玉県内）。里正＝村の長。小人＝ここでは自分の謙称。納貢課役＝年貢の納入や人夫の割りつけ。他邑＝他の村。名分＝ここでは名前。夷然＝落ち着いて物事に動じないさま。心が平らかであるさま。緊要＝最も大切であること。褊心＝度量が狭い。かたくなである。曠度＝度量が広い。心がおおらかである。機智＝その場に応じて才知が働くこと。剛愎＝頑固に自分の意見を言い張ること。客主＝新来の君を客、土着の民を主といったもの。勢＝権勢。権力による勢力。

〔人物解説〕

酒井忠利＝酒井雅楽頭《うたのかみ》正親の三男。慶長十四年（一六〇九）三千石から累次の戦功により、武蔵国川越再給二万石に移封された。

〔通釈〕

武蔵の国の川越に、備後村という村が有る。その庄屋の某は、代々備後と称していた。備後守酒井忠利は、領地をここへ移すことになったので、命令してその名を改めさせようとしたが、備後は聞き入れなかった。

程なくして忠利は領内を見巡り、庄屋を呼び出し、直接会って諭して、「君と民とがその名を同じにするというのは、礼義の上から宜しいものではない。すぐに改名しなければならない。」と言った。庄屋はそれに屈せずに、「私は君公がこの土地の主となられてから、年貢納めや課役は、決して他の村に後れずに納め、庄屋の職に力を尽くして務めていることは、君公のご存じの通りです。今何の無礼が有って、必ず代々伝え継いできた名を改めさせようと思われるのですか。君公のお言葉ではありますが、私は決して仰せには従えません。どうしても名前を正そうと思われるならば、君公が自ら名を改めらるるのが宜しいと存じます。」と言った。忠利は落ち着いてうち解けた口調で、「それならばわしはこの地の備後とし、そなたは一村の備後とする。それぞれがその称する所にまかすことにしよう。」と言った。

家康公はこの話を聞いて感嘆して、「総じて甚だ重要ではないことを人に責めて、必ず自分の意を遂げ貫こうとする者は、皆度量が狭く知恵のない行動がある。忠利の大きな度量と機転の知恵は、とうてい通常人の及ぶことではない。」と。

寧静子は言う、「代々その土地に居住していた人民が、新来の領主に抗することは、その剛情さは憎むべきではあるが、外から来た客と代々その土地に居住している民との自然の勢いは、またそうならざるを得ないことがある。そこで大名の国替えをする制度は、領民の心をしっかり安定させるわけではないことを知ることができる。」と。

〔原文出典〕
『武蔵燭談』（十）、『明良洪範』（十五）。

松平信綱（松平信綱《まつだひらのぶつな》）

酒井氏移レ封之後、伊豆守松平信綱、代領二川越一。領内有二野火止者一。土瘠水匱、田里蕭条。代官安松金右衛門建レ議曰、「宜下鑿二新渠一、以引中玉河上。則水利疏通、稲田可二以開一矣。」信綱問二其所レ費、曰、「当レ用二三千金一。」信綱曰、「顧吾亦非下久二于此一者上。

然以二三千金一利二乎後人一、亦吾之職耳。」乃命督二其事一。

安松於レ是募二役夫数百人一、鑿レ渠十有六里、自二小川村一達二新河岸一。既成而源水不レ至。渠中唯沮洳。信綱怪而詰レ之。安松曰、「雖レ臣亦未レ解二其理一。且待二明年一。」至二明年一、水尚不レ至。信綱殊不平。譲二安松一曰、「汝特不レ察二地勢高低一耳。」安松曰、「否。臣今而有レ所レ悟。古云河潤二九里一。蓋川越之為レ地、在二武野曠漠之中一、土燥風多、人家皆吹レ塵満レ座、有二客至一、必掃レ席而後延レ之。而今年独不レ然。加レ之蘿蔔諸菜、肥饒皆異二平日一。是知河潤入レ地数尺。而十六里之渠、有二以暗助一レ之耳。」

至二其明年一、果一夜大雨。有レ声如レ雷。俄而奔流衝決、香魚躍上レ地、十六里間、一時皆盈、以達二新河岸一。信綱憮然曰、「安松経二三年之久一、不レ挫二其志一。洵有下足二感歎一者上。」増レ之以二禄若干石一。後遂至二顕職一。

寧静子曰、「余聞野火止、貢税僅二百、今則増至二数千石一、而渠水之利、民皆頼レ之。然則松豆州利レ利楽レ楽之恵、真没レ世不レ可レ忘者矣。」

酒井《さかゐ》氏《し》封《ほう》を移《うつ》すの後《のち》、伊豆守《いづのかみ》松平《まつだひら》信綱《のぶつな》、代《かは》りて川越《かはごえ》を領《りょう》す。領内《りょうない》に野火止《のびどめ》なるもの有《あ》り。土瘠《つちや》せ水匱《みづとぼ》しく、田里《でんり》蕭条《しょうじょう》たり。代官《だいかん》安松金右衛門《やすまつきんうゑもん》議《ぎ》を建《た》てて曰《い》はく、「宜《よろ》しく新渠《しんきょ》を鑿《ほ》り、以《もつ》て玉河《たまがは》を引《ひ》くべし。則《すなは》ち水利《すいり》疏《そ》通《つう》し、稲田《いなだ》以《もつ》て開《ひら》くべし。」と。信綱《のぶつな》其《そ》の費《つひや》す所《ところ》を問《と》ふに、曰《い》はく、「当《まさ》に三千金《さんぜんきん》を用《もち》ゐるべし。」と。信綱《のぶつな》曰《い》はく、「顧《おも》ふに吾《われ》も亦《ま》た此《ここ》に久《ひさ》しき者《もの》に非《あら》ず。然《しか》れども三《さん》千金《ぜんきん》を以《もつ》て後人《こうじん》に利《り》するも、亦《ま》た吾《われ》の職《しょく》なるのみ。」と。乃《すなは》ち命《めい》じて其《そ》の事《こと》を督《とく》せしむ。

安松《やすまつ》是《ここ》に於《おい》て役夫《えきふ》数百人《すうひゃくにん》を募《つの》り、渠《きょ》を鑿《ほ》ること十有《じゅうゆう》六里《ろくり》、小川村《をがはむら》より新河岸《しんがし》に達《たつ》す。既《すで》に成《な》りて源水《げんすい》至《いた》らず。渠中《きょちゅう》唯《た》だ沮洳《そじょ》なるのみ。信綱《のぶつな》怪《あや》しみて之《これ》を詰《なじ》る。安松《やすまつ》曰《い》はく、「臣《しん》と雖《いへど》も亦《ま》た未《いま》だ其《そ》の理《り》を解《かい》せず。且《しば》らく明年《みょうねん》を待《ま》たん。」と。明年《みょうねん》に至《いた》るも、水《みづ》尚《な》ほ至《いた》らず。信綱《のぶつな》殊《こと》に不平《ふへい》なり。安松《やすまつ》を譲《せ》めて曰《い》はく、「汝《なんぢ》特《とく》に地勢《ちせい》の高低《こうてい》を察《さつ》せざるのみ。」と。安松《やすまつ》曰《い》はく、「否《いな》。臣今《しんいま》にして悟《さと》る所有《ところあ》り。古《いにし》へ云《い》ふ河《かは》は九里《くり》を潤《うるほ》すと。蓋《けだ》し川越《かはごえ》の地《ち》たる、武野《ぶや》曠漠《こうばく》の中《うち》に在《あ》りて、土燥《つきかは》き風多《かせおほ》く、人家《じんか》皆塵《みなちり》を吹《ふ》きて座《ざ》に満《み》ち、客《かく》の至《いた》ること有《あ》れば、必《かなら》ず席《せき》を掃《は》きて後之《のちこれ》を延《ひ》く。而《しか》るに今年独《こんねんひと》り然《しか》らず。之《これ》に加《くは》ふるに蘿蔔諸菜《らふくしょさい》、肥饒《ひじょう》なること皆平日《みなへいじつ》に異《こと》なり。是《ここ》に知《し》る河《か》潤《じゅん》の地《ち》に入《い》ること数尺《すうしゃく》なるを。而《しか》して十六里《じゅうろくり》の渠《きょ》、以《もっ》て暗《あん》に之《これ》を助《たす》くること有《あ》るのみ。」と。

其《そ》の明年《みょうねん》に至《いた》り、果《は》たして一夜大雨《いちやたいう》あり。声有《こゑあ》りて雷《かみなり》の如《ごと》し。俄《には》かにして奔流衝決《ほんりゅうしょうけつ》して、香魚躍《こうぎょおど》りて地《ち》に上《のぼ》り、十六里間《じゅうろくりかん》、一時《いちじ》に皆盈《みなみ》ち、以《もっ》て新河岸《しんがし》に達《たっ》す。信綱《のぶつな》憮然《ぶぜん》として曰《い》はく、「安松三年《やすまつさんねん》の久《ひさ》しきを経《へ》て、其《そ》の志《こころざし》を挫《くじ》かず。洵《まこと》に感歎《かんたん》するに足《た》る者有《ものあ》り。」と。之《これ》に増《ま》すに禄若干石《ろくじゃっかんごく》を以《もっ》てす。後遂《のちつひ》に顕職《けんしょく》に至《いた》る。

寧静子《ねいせいし》曰《い》はく、「余《よ》聞《き》く野火止《のびどめ》は、貢税僅《こうぜいわづ》か二百《にひゃく》なりしに、今《いま》は則《すなは》ち増《ま》して数千石《すうせんごく》に至《いた》り、而《しか》して渠水《きょすい》の利《り》、民皆之《たみみなこれ》に頼《よ》ると。然《しか》れば則《すなは》ち松豆州《しょうづしゅう》の利《り》を利《り》とし楽《たの》しみを楽《たの》しむの恵《けい》は、真《まこと》に世《よ》を没《ぼっ》するまで忘《わす》るべからざる者《もの》なり。」と。

〔語釈〕

野火止＝地名。蕭条＝人戸が少なくて寂しいさま。また、草木の枯れしおれるさま。新渠＝新しい用水路。沮洳＝じめじめとうるおうこと。地面が水にしめる程度であること。詰＝責めて問う。譲＝責める。武野＝武蔵野のこと。曠漠＝広々として果てしないさま。延＝案内する。蘿蔔＝だいこん。肥饒＝作物がよくとれること。河潤九里＝河のめぐみが九里遠くまで及ぶ。『荘子』列禦寇の「河九里を潤し、沢三族に及ぶ」に基づく。衝決＝河水が両岸を突きくずして勢よく流れること。香魚＝あゆ。憮然＝あやしみ驚くさま。顕職＝地位の高い官職。利利楽楽云云＝『大学』の「小人其の楽しみを楽しみ、其の利を利とす。此を以て世を没するまで忘れざるなり」に基づく。

〔人物解説〕

松平信綱＝（一五九六～一六六二）家光の小姓として近侍。小姓組番頭、伊豆守を歴任して、幕府の老中・年寄となる。島原の乱に際しては、その鎮圧を命じられ、家光の指示によって兵糧攻めの策をとり、成功をおさめた。寛永十五年（一六三八）以後は、幕政の最高責任者の一人となった。寛永十六年（一六三九）に武蔵国川越に転封される。家光の没後は、幼い家綱を補佐し、由井正雪の乱を処理するなど、幕政を主導した。才気煥発で「知恵伊豆」と称され、大名からの信頼も厚く、幕藩体制の確立に寄与することが大であった。

安松金右衛門＝（一六〇一～一六八六）名は吉実。川越藩の家臣。播磨国（兵庫県）の出身であるが、幕府代官の紹介で松平信綱に仕官。川越藩領内の総検地の指揮をとる。承応二年（一六五三）幕府の玉川上水開削を信綱が指揮することになり、翌年関東郡代伊奈半右衛門忠治を工事奉行として完成させたが、工事推進には安松の技術上の功績が大であったとされる。

〔通釈〕

酒井忠利が国替えになった後、伊豆守松平信綱が、代って川越を領することになった。その領内に野火止という地がある。その地は土が瘠せ水が乏しくて、村里は開けずに物寂しい状態であった。代官の安松金右衛門は建議して、「新たに川を掘って、玉川の水を引くのがよいのです。そうすれば水筋が通って、水田を開くことができるのです。」と言った。信綱がその費用はどの位かかるかと問うと、「当然三千両は必要でしょう。」と答えた。すると信綱は、「考えてみるとわしもまたこの土地を長く領する者ではなかろう。しかしながら三千両で後世の人を利するのも、またわしの役目である。」と言われた。そこで信綱は命令してその工事を施工させた。

安松はここにおいて人夫を五六百人も集め、用水路を掘ること十六里、その川筋は小川村から新河岸に達した。ほどなく用水路はできあがったが玉川の水が流れて来ない。新しい用水路の中は少しの湿り気があるだけであった。信綱は怪しんで安松を問い責めた。安松は、「私にもまだその理由は分かりません。ひとまず明年までお待ち下さい。」と言った。明くる年になっても、玉川の水はやはり流れて来なかった。信綱は殊に機嫌が悪かった。安松をせめて、「そなたは特別に地勢の高低を観察しなかったのだ。」と言った。安松はこれに答えて、「いやそうではございません。私は今悟りました。昔から、河は九里を潤すと申します。思うに川越の地は、武蔵野の広く果てしない中にあって、土は乾き風は多く、人家は皆塵が吹き込んで座敷に満ち、来客の有るときには、必ず座敷を掃いてから客を案内する。それなのに今年に限ってはそういうことはない。それだけではなく大根とその他の野菜が豊作であること、皆例年とは異なります。このことから河の潤いが地中に五六尺も入ったことを知ることができます。十六里の用水路は、暗にこれを助けたのでございます。」と言った。

その明くる年になってから、思った通りに一夜大雨が降った。雷のような音もあった。突然用水路の中を雨水が堤防を突き破るような勢いで流れ、あゆが躍って地上に上り、十六里の間、用水路は一時に皆水が満ちて、新河岸まで達した。信綱はあやしみ驚いて、「安松は三年の長い年月を経ても、その志を挫かなかった。誠に感心するに足るものがある。」と言った。そして安松に何程かの禄を加増した。安松は後には遂に重い役目の職に就いた。

寧静子は言う、「私は聞いている、野火止は、年貢高が僅かに二百石であったのに、今は増加して五六千石にも至り、用水路の利益は、人民が皆これを頼みとしていると。そうであれば松平伊豆守が領民の利益を利益とし領民の楽しみを楽しみとした恩恵は、ほんとうに永久に忘れることはできないものである。」と。

〔原文出典〕
『老談一言記』（三）。

碁局滅燭（碁局《ごきょく》燭《しょく》を滅《めっ》す）

修理大夫酒井忠直二子、長曰二遠江守忠隆一、次曰二右京亮忠稠一。皆年少嗜二武技一。而忠稠特膂力過二レ絶人一。忠隆有二所レ愛名馬一、曰二新月一。忠稠甚欲レ得レ之、屢請二之兄一、兄不レ許。忠稠臣高木源・日置新等皆以二多力一相競。忠稠嘗観二其絶技一、因有レ所レ悟。乃謂二忠隆一曰、「我力能揮二棋局一滅二燭火一。伯氏無レ意レ観レ之乎。」忠隆掉レ頭曰、「吁夫危矣。絶臏之事、其可レ不レ思。」忠稠奮曰、「果有レ所レ能、伯氏亦能割二レ愛於新月一乎。」忠隆曰、「可也。」

於レ是設二大燭於室中一、隻手擎二棋局一、一揮滅レ之。忠隆驚嘆、遂以レ馬与レ之。事達二乃父修理大夫一。大夫嚬蹙、召二忠稠一戒レ之曰、「汝雖二小侯一、亦為二一面将一。将乃秉レ麾以指二レ揮衆士一者。一人強力、果為二何用一。抑持二固有之力一、深蔵而不レ見、此裡自有二許多勝算㆒、非㆓汝所㆒㆑知耳。」

寧静子曰、「仲尼不㆑語㆑力、而為㆓聖人㆒。漢高不㆑闘㆑力、而為㆓天子㆒。力之不㆑足㆑貴也尚矣。然則修理大夫深蔵不㆑見之言、却是為㆓万鈞之力㆒矣。」

修理大夫酒井忠直《しゅりたいふさかゐただなほ》の二子《にし》は、長《ちょう》を遠江守忠隆《とほたふみのかみただたか》と曰《い》ひ、次《つぎ》を右京亮忠稠《うきょうのすけただしげ》と曰《い》ふ。皆年少《みなねんしょう》より武技《ぶき》を嗜《たしな》む。而《しか》して忠稠特《ただしげとく》に膂力人《りょりょくひと》に過絶《かぜつ》す。忠隆愛《ただたかあい》する所《ところ》の名馬《めいば》有《あ》り、新月《しんげつ》と曰《い》ふ。忠稠甚《ただしげはなは》だ之《これ》を得《え》んと欲《ほっ》し、屢《しばし》ば之《これ》を兄《あに》に請《こ》へども、兄許《あにゆる》さず。忠稠《ただしげ》の臣高木源《しんたかぎげん》・日置新等《ひおきしんら》皆多力《みなたりき》を以《もっ》て相《あ》ひ競《きそ》ふ。忠稠嘗《ただしげかつ》て其《そ》の絶技《ぜつぎ》を観《み》て、因《よ》りて悟《さと》る所有《ところあ》り。乃《すなは》ち忠隆《ただたか》に謂《い》ひて曰《い》はく、「我《わ》が力能《ちからよ》く棋局《ききょく》を揮《ふる》ひて燭火《しょくか》を滅《めっ》せん。伯氏之《はくしこれ》を観《み》るに意無《いな》きか。」と。忠隆頭《ただたかかうべ》を掉《ふ》りて曰《い》はく、「吁夫《ああそ》れ危《あや》ふし。絶臏《ぜっぴん》の事《こと》、其《そ》れ思《おも》はざるべけんや。」と。忠稠奮《ただしげふる》って曰《い》はく、「果《は》たして能《よ》くする所有《ところあ》らば、伯氏《はくし》も亦《ま》た能《よ》く新月《しんげつ》を割《かつ》愛《あい》せんか。」と。忠隆曰《ただたかい》はく、「可《か》なり。」と。

是《ここ》に於《おい》て大燭《たいしょく》を室中《しっちゅう》に設《まう》け、隻手《せきしゅ》に棋局《ききょく》を擎《ささ》げて、一揮《いっき》して之《これ》を滅《めっ》す。忠隆驚嘆《ただたかきょうたん》し、遂《つひ》に馬《うま》を以《もっ》て之《これ》に与《あた》ふ。事乃父《ことだいふ》修理大夫《しゅりたいふ》に達《たっ》す。大夫嚬蹙《たいふひんしゅく》し、忠稠《ただしげ》を召《め》し之《これ》を戒《いまし》めて曰《い》はく、「汝小侯《なんぢしょうこう》なりと雖《いへど》も、亦《ま》た一面《いちめん》の将《しょう》たり。将《しょう》は乃《すなは》ち麾《き》を秉《と》り以《もっ》て衆士《しゅうし》を指揮《しき》する者《もの》なり。一人《いちにん》の強力《きょうりょく》、果《は》たして何《なん》の用《よう》をか為《な》さんや。抑《そもそ》も固有《こゆう》の力《ちから》を持《も》ち、深《ふか》く蔵《ぞう》して見《あらは》さざること、此《こ》の裡自《うちおのづ》から許多《きょた》の勝算有《しょうさんあ》るも、汝《なんぢ》の知《し》る所《ところ》に非《あら》ざるのみ。」と。

寧静子曰《ねいせいしい》はく、「仲尼《ちゅうじ》は力《ちから》を語《かた》らずして、聖人《せいじん》たり。漢高《かんこう》は力《ちから》を闘《たたか》はさずして、天子《てんし》たり。力《ちから》の貴《たっと》ぶに足《た》らざるや尚《ひさ》し。然《しか》らば則《すなは》ち修理大夫《しゅりたいふ》の深《ふか》く蔵《ぞう》して見《あらは》さざるの言《げん》は、却《かへ》って是《こ》れ万鈞《ばんきん》の力《ちから》たりと。」と。

〔語釈〕

膂力＝腕の力。筋骨の力。**多力**＝力が強い。**絶技**＝すぐれたわざ。**伯氏**＝兄のことをいう。**絶臏之事**＝秦の武王は、力持ちで力比べを好んだが、力士の孟説《えつ》と鼎の持ちあげを競って膝《ひざ》の骨を折り、それが原因で亡くなったことをいう。臏は、ひざの骨のこと。『史記』泰本紀の故事に基づく。**一揮**＝一振りすること。**嚬蹙**＝顔をしかめる。心配したり非難したりするときの表情。**許多**＝多数。**勝算**＝敵に勝つための成算。勝つ見こみ。**仲尼**＝孔子（前五五一～前四七九）のこと。孔子は春秋時代の学者・思想家。儒家の祖。名は丘、字《あざな》を仲尼といった。**不語力**＝『論語』述而編に「子は怪力乱神を語らず」とあるのに基づく。漢高＝漢の高祖劉邦のこと。万鈞之力＝非常に重い力。鈞は、三十斤の重さをいう。

〔人物解説〕

酒井忠直＝（?～一六八二）若狭小浜藩主。寛文二年（一六六二）に襲封して従四位下に進み、侍従に任ぜられる。武道各技を奨励し、大いに振った。延宝五年（一六七七）堀田正信の事件に坐して閉門に処された。

酒井忠隆＝（一六四九～一六八六）天和二年（一六八二）幕命をもって封を継ぎ、小浜藩主となる。のち累進し、従四位下に叙し遠江守と改めた。敦賀郡の新田開発に功があった。

酒井忠稠＝（一六五三～一七〇六）初め忠登と名乗り、のち忠稠と改めた。天和二年（一六八二）に父の遺領のうち、敦賀郡等の地五千石を分封された。大番頭役を命ぜられて務めていたが、元禄十五年（一七〇二）職に応ぜざるの故を以て免ぜられ、菊の間東廡詰《ひがしひきしつめ》となった。

〔通釈〕

修理大夫酒井忠直の二人の子息は、長男を遠江守忠隆といい、次男を右京亮忠稠といった。二人共年少の時から武芸を好んだ。そうして次男の忠稠は特に体力が人よりずば抜けて強かった。忠隆の愛する名馬があり、新月と名付けられていた。忠稠はそれを非常に羨やんで得たいと思い、しばしば兄に頼んだけれども、兄の忠隆は許さなかった。忠稠の家来の高木源、日置新等は皆力が強いとして互いに競っていた。忠稠はある時そのすぐれた技を見て、悟ることがあった。そこで忠隆に向かって、「自分の力は碁盤を振り上げてそれで風を起こして燭火を消すことができます。兄上はこれを見る気はございませんか。」と言った。忠隆は首を振って、「ああそれは危ない。秦の武王が鼎を挙げてひざの骨を折ったことを思わなければならない。」と言った。忠稠は奮い立って、「思った通りにできましたならば、兄上も新月を下さいますか。」と言った。忠隆は、「よろしい、与えよう。」と答えた。

そこで大きな燭台を一間の中に置き、片手で碁盤を振り上げて、一振りして燭火を消した。忠隆は驚嘆し、遂に新月を忠稠に与えた。この事が父の修理大夫の耳に入った。大夫は心配し、忠稠を呼び出して、「そなたは小名ながら一方の大将である。大将は采配を執って多くの士を指揮する者である。一人の力の強いことが、果たして何の役に立つことか。そもそも持って生まれた強い力を持ちながら、深く隠して現さないのは、この内に自然と数多く勝算があることを、そなたは知らないだけなのである。」と戒めた。

　寧静子は言う、「孔子は力を語らないが、聖人である。漢の高祖は力を闘わさないが天子である。力が貴ぶに足らないことは昔からこの通りである。であるから修理大夫が力は深く蔵して見せないと言ったのは、かえって万鈞をあげる程の力である。」と。

〔原文出典〕

『武野燭談』（十九）。

丁子風炉（丁子風炉《ちょうじふろ》）

　或有レ贈二丁子風炉於掃部頭井伊直通一。直通喜甚。使三侍臣安二之於床一、愛護殊至。毎二晨夕払拭一、必戒二侍臣一曰、「苟有二少損一、不三敢貸二一語一。」侍臣苦レ之。其長武川・杉原・柏原等相謀、各出二金若干一、新贖二風炉三箇一、謂二侍臣一曰、「誰敢砕二主風炉一者。其按剣之怒、則我三人者当レ之。」侍臣藤田金弥唯而起、為下誤払拭失レ手者上、墜二之地一、尽破。直通怒甚。直起欲三手二刃之一。三人進而止曰、「君何惜二風炉一之甚。如二此尋常器一、臣等皆能蔵レ之。」乃呼三三箇風炉一、陳二之前一。皆制造不レ譲二主物一。直通瞠然。三人因諫曰、「為二君愛護甚一之故、侍臣等懼二失誤之罪一、殆不レ安二寝食一。安有下人主而以二一玩器一苦レ人者上乎。」直通怒稍解、走入レ内。

　是夜召二三人及金弥一、謝レ之曰、「汝等納二身於悪一、而不レ忘レ諫レ君。可レ謂レ忠矣。」賞二三人一以二上下衣各一領一、金弥則賜二時服一云。

　寧静子曰、「算無二遺策一。噫、君臣之際、不レ当レ如レ此耶。」

　或《ある》ひと丁子風炉《ちょうじふろ》を掃部頭《かもんのかみ》井《ゐ》伊《い》直通《なほみち》に贈《おく》ること有《あ》り。直通《なほみち》喜《よろこ》ぶこと甚《はなは》だし。侍臣《じしん》をして之《これ》を床《とこ》に安《あん》ぜしめ、愛護《あいご》殊《こと》に至《いた》る。晨夕払拭《しんせきふっしょく》する毎《ごと》に、必《かなら》ず侍臣《じしん》を戒《いまし》めて曰《い》はく、「苟《いやし》くも少《すこ》しくも損《そん》すること有《あ》らば、敢《あ》へて一《いち》語《ご》を貸さず。」と。侍臣之《じしんこれ》に苦《くる》しむ。
其《そ》の長《ちょう》武川《たけかは》・杉原《すぎはら》・柏原《かしはばら》等相《らあ》ひ謀《はか》り、各《おのおの》の金若干《きんじゃっかん》を出《い》だし、新《あら》たに風炉三箇《ふろさんこ》を贖《あがな》ひ、侍臣《じしん》に謂《い》ひて曰《い》はく、「誰《たれ》か敢《あ》へて主《しゅ》の風炉《ふろ》を砕《くだ》く者《もの》ぞ。則《すなは》ち我《わ》が三人《さんにん》の者之《ものこれ》に当《あ》たらん。」と。其《そ》の按剣《あんけん》の怒《いか》りは、侍臣藤田金弥《じしんふじたきんや》唯《ゐ》して起《た》ち、誤《あやま》って払拭《ふっしょく》し手《て》を失《しっ》する者《もの》と為《な》して、之《これ》を地《ち》に墜《おと》し、尽《ことごと》く破《やぶ》る。直通怒《なほみちいか》ること甚《はなは》だし。直《ただ》ちに起《た》ちて之《これ》を手刃《しゅじん》せんと欲《ほっ》す。三人進《さんにんすす》みて止《とど》めて曰《い》はく、「君《きみ》何《なん》ぞ風炉《ふろ》を惜《を》しむの甚《はなは》だしきや。此《こ》の尋常《じんじょう》の器《うつは》の如《ごと》きは、臣等皆能《しんらみなよ》く之《これ》を蔵《ぞう》す。」と。乃《すなは》ち三箇《さんこ》の風炉《ふろ》を呼《よ》び、之《これ》を前《まへ》に陳《ちん》す。皆制造主《みなせいぞうしゅ》の物《もの》に譲《ゆづ》らず。直通瞠然《なほみちどうぜん》たり。三人因《さんにんよ》りて諫《いさ》めて曰《い》はく、「君《きみ》が愛護《あいご》の甚《はなは》だしきが為《ため》の故《ゆゑ》に、侍臣等失誤《じしんらしつご》の罪《つみ》を懼《おそ》れて、殆《ほとん》ど寝食《しんしょく》を安《やす》んぜず。安《いづ》くんぞ人主《じんしゅ》にして一玩器《いちがんき》を以《もっ》て人《ひと》を苦《くる》しむる者有《ものあ》らんや。」と。直通怒《なほみちいか》り稍解《ややと》け、走《はし》りて内《うち》に入《い》る。
是《こ》の夜三人及《よるさんにんおよ》び金弥《きんや》を召《め》して、之《これ》に謝《しゃ》して曰《い》はく、「汝等《なんぢら》身《み》を悪《あく》に納《い》れて、君《きみ》を諫《いさむ》るを忘《わす》れず。忠《ちゅう》と謂《い》ふべし。」と。三人《さんにん》を賞《しょう》するに上下衣各一領《しょうかいかくいちりょう》を以《もっ》てし、金弥《きんや》には則《すなは》ち時服《じふく》を賜《たま》ふと云《い》ふ。
寧静子《ねいせいし》曰《い》はく、「算《さん》に遺策無《いさくな》し。噫《ああ》、君臣《くんしん》の際《あいだ》、当《まさ》に此《かく》の如《ごと》くなるべからざらんや。」と。

〔語釈〕
丁子風炉＝丁子を煮て、その香気を室内に籠らせる風炉釜。晨夕＝朝また、茶の湯で席上に置いて湯をわかす炉の一種。晨夕＝朝と晩。払拭＝よごれやほこりをぬぐいさる。按剣之怒＝刀のつかに手をかけるほどのいかり。手刃＝お手うち。瞠然＝驚いて目を見張るようす。納身於悪＝進んで悪者となること。上下衣＝かみしも。時服＝その季節に相当した衣服。遺策＝手おち。手ぬかり。際＝あいだ。関係。

〔人物解説〕
井伊直通＝（一六八九〜一七一〇）彦根藩第五代藩主。高禄の藩士を選んで庭の土工をさせ、空腹時に粗食を与えて奢侈を戒めた。また将軍の代参で京都へ伺候したとき、初めて彦根城に入り、先祖の功で立派な城郭も賜わり、数万の藩民に城主と仰がれる幸福を感じ、涙にむせんだという記録がある。
藤田金弥＝井伊直通の近習。詳細は未詳。

〔通釈〕
或る人が茶の湯に用いる丁子風炉を掃部頭井伊直通に

贈った。直通は大変に喜んだ。近習に申し付けて床の間に置かせ、特に愛好して秘蔵物とした。朝夕掃除のたびごとに、必ず近習に申し付けて、「もし少しでも損じるようなことが有ったならば、弁解は許さず手討ちにする。」と戒めていた。近習の者たちは、これに苦労していた。

近習頭の武川・杉原・柏原等が相談して、各々が少しずつ金を出し合い、新たに同じ丁子風炉を三個買い、近習たちに向かって、「誰も敢えて主君の風炉を砕くような者はいない。しかしそうなって主君がお手討ちにするとなったら、自分達三人がお手討ちになろう。」と言った。近習の藤田金弥は、心得たとして起ち、掃除のとき手を誤ったふうにして、風炉を下に落として、すっぱりと割ってしまった。直通の立腹は甚だしかった。直ぐに起って金弥を手討ちにしようとした。三人は進み出てその手を止めて、「主君はどうして風炉を甚だしく惜しみなさるのですか。この式の並々の道具は、私達は皆所持致しております。」と申し上げた。そして三個の風炉を持ち出し、これを御前に並べた。皆主人の物に劣らない品物であった。直通は驚いて目を見張った。三人はそこで主君を諌めて、「ご主君が風炉を愛護することが甚だしいために、近習の者たちは過ちの罪を恐れて、ほとんど寝る間も食する間も心を安めることがありません。どうして人の君であって、一個の玩具によって人を苦しめる者がありましょうか。」と申し上げた。直通は怒りが少し解けて、走って奥へ入った。

この夜直通は三人と金弥とを呼び出して、この四人に詫びて、「そなたたちは身を罪に陥れて、主君に諌言することを忘れなかった。忠義と言ってよい。」と言った。そして三人にはそれぞれ上下の衣一領ずつを褒賞として与え、金弥には時候の着物を与えたということである。

寧静子は言う、「三人の近習頭の心づもりに手ぬかりは無く、首尾よく諌言を果たした。ああ、君臣の間柄は、まさにこのようでなくてはならない。」と。

〔原文出典〕
『治平金訓』。

茶禿正斎（茶禿正斎《ちゃとくせいさい》）

遠江守松平忠喬、為レ人寛仁慈愛、不二妄喜慍一。在レ職五十六年、未二嘗一日怠廃一。遂進レ爵至二従四位下中大夫一。蓋忠勤之力云。

有二老臣謀レ逆。曰二安藤総太一。隠計既熟、延二忠喬於茶寮一、従容款接、置二毒碗茶一以侑レ之。忠喬不レ知レ之也。徐取欲レ喫レ之。茶禿正斎走来、止レ之曰、「茶色悪矣。是必有レ異。小人請試レ之。」挙レ碗仰飲、則転輾吐レ血而死。忠喬驚欲レ起、賊持二其袖一。侍臣高木某、抱レ賊伏レ地、一人執レ槍、鏦而殺レ之。是日微二正斎一、忠喬殆不レ免。

初忠喬方二冬月天寒一、覆二褥火閤一、擁以取レ暖。偶正斎来添レ炭、褥尾揚払レ火、火墜燎レ席、微傷二忠喬足一。正斎蒼黄収レ火、面灰口噤、戦栗請レ罪。忠喬神色不レ変曰、「褥尾払レ火、不二必汝罪一也。但糾官視二席爛一、必有レ所レ責二於汝一。宜下移二之他一、以滅中其跡上。」竟無二呵責之言一。正斎感極而泣、毎思レ有レ所二以厚報レ之、至レ此果代二其死一。

寧静子曰、「遠州之従容不レ怒、殆有下劉文饒羹爛二汝手一之概上矣。若夫正斎之死、非二正命一也。而其所二以死一則忠也烈也。嗚呼、誰有下若二正斎之正一者上耶。」

遠江守《とほたふみのかみ》松平忠喬《まつだひらただたか》、人《ひと》と為《な》り寛仁慈愛《かんじんじあい》にして、妄《みだ》りに喜慍《きうん》せず。職《しょく》に在《あ》ること五十六年《ごじゅうろくねん》、未《いま》だ嘗《かつ》て一日《いちじつ》も怠廃《たいはい》せず。遂《つひ》に爵《しゃく》を進《すす》めて従四位《じゅうしゐ》の下中大夫《げちゅうたいふ》に至《いた》る。蓋《けだ》し忠勤《ちゅうきん》の力《ちから》なりと云《い》ふ。

老臣《ろうしん》に逆《ぎゃく》を謀《はか》るもの有《あ》り。安藤総太《あんどうそうた》と曰《い》ふ。隠計既《いんけいすで》に熟《じゅく》し、忠喬《ただたか》を茶寮《さりょう》に延《ひ》き、従容《しょうよう》として款接《かんせつ》し、毒《どく》を碗《わん》茶《ちゃ》に置《お》きて以《もっ》て之《これ》を侑《すす》む。忠喬之《ただたかこれ》を知《し》らざるなり。徐《おもむ》ろに取《と》りて之《これ》を喫《きっ》せんと欲《ほっ》す。茶禿正斎《ちゃとくせいさい》走《はし》り来《きた》りて、之《これ》を止《とど》めて曰《い》はく、「茶色悪《ちゃしょくわろ》し。是《こ》れ必《かなら》ず異《い》有《あ》らん。小人《しょうじん》請《こ》ふ之《これ》を試《こころ》みん。」と。碗《わん》を挙《あ》げて仰《あふ》ぎ飲《の》めば、則《すなは》ち転《てん》輾《てん》して血《ち》を吐《は》きて死《し》す。忠喬驚《ただたかおどろ》き起《た》たんと欲《ほっ》するに、賊其《ぞくそ》の袖《そで》を持《じ》す。侍臣高木某《じしんたかぎなにがし》、賊《ぞく》を抱《いだ》きて地《ち》に伏《ふ》すれば、一人槍《いちにんやり》を執《と》りて、鏦《つ》きて之《これ》を殺《ころ》す。是《こ》の日《ひ》正斎微《せいさいなか》りせば、忠喬殆《ただたかほとん》ど免《まぬが》れず。

初《はじ》め忠喬冬月《ただたかとうげつ》の天寒《てんさむ》きに方《あた》り、褥《じょく》を火閤《かこう》に覆《おほ》ひ、擁《よう》して以《もつ》て暖《だん》を取《と》る。偶《たま》ま正斎来《せいさいきた》りて炭《すみ》を添《そ》ふに、褥《じょく》の尾《び》揚《あが》りて火《ひ》を払《はら》ひ、火《ひ》墜《お》ちて席《せき》を燎《や》き、微《すこ》しく忠喬《ただたか》の足《あし》を傷《しょう》す。正斎蒼黄火《せいさいそうこうひ》を収《をさ》め、面灰《めんかい》に口噤《くちきん》し、戦栗《せんりつ》して罪《つみ》を請《こ》ふ。忠喬神色変《ただたかしんしょくへん》ぜずして曰《い》はく、「褥《じょく》の尾火《びひ》を払《はら》ふは、必《かなら》ずしも汝《なんぢ》の罪《つみ》にあらざるなり。但《た》だ糾官席《きゅうかんせき》の爛《ただ》るるを視《み》ば、必《かなら》ず汝《なんぢ》を責《せ》むる所有《ところあ》らん。宜《よろ》しく之《これ》を他《た》に移《うつ》し、以《もつ》て其《そ》の跡《あと》を滅《めつ》すべし。」と。竟《つひ》に呵責《かせき》の言無《げんな》し。正斎感極《せいさいかんきは》まりて泣《な》き、毎《つね》に厚《あつ》く之《これ》に報《むく》ゆる所以有《ゆゑんあ》らんと思《おも》ひしに、此《ここ》に至《いた》りて果《は》たして其《そ》の死《し》に代《か》はる。

寧静子曰《ねいせいしい》はく、「遠州《えんしゅう》の従容《しょうよう》として怒《いか》らざるは、殆《ほと》んど劉文饒《りゅうぶんじょう》が羹《あつもの》汝《なんぢ》の手《て》を爛《らん》するかの概有《がいあ》り。若《も》し夫《そ》れ正斎《せいさい》の死《し》は、正命《せいめい》に非《あら》ざるなり。而《しか》れども其《そ》の死《し》する所《ゆゑ》以《ん》は則《すなは》ち忠《ちゅう》なり烈《れつ》なり。嗚呼《ああ》、誰《たれ》か正斎《せいさい》の正《せい》の若《ごと》き者有《ものあ》らんや。」と。

〔語釈〕

寛仁＝心が広くあわれみ深いこと。喜慍＝よろこびと怒り。慍は、むっとすること。怠廃＝なまけて仕事をなげやりにする。隠計＝秘密の謀り事。ひそかな計画。款接＝心をこめてもてなす。転輾＝ころげまわる。褥＝ふとん。夜具。火閤＝こたつやぐら。こたつ。擁＝抱く。抱きかかえる。蒼黄＝あわてるさま。戦慄＝おそれおののく。びくびくする。糾官＝ここでは目付役。呵責＝厳しく責める。しかる。遠州＝松平忠喬のこと。劉文饒＝文饒は字。後漢の劉寛は、性格が温和で思いやりがあり、怒ったり顔色を変えたりすることがなかった。ある時、夫人が試みに彼を怒らせようとして婢に命じて羹を朝衣に注がせたが、寛は怒らずかえって婢の手を心配したという『後漢書』劉寛伝の故事に基づく。正命＝天命。

〔人物解説〕

松平忠喬＝（一六八二〜一七五六）信濃飯山藩松平家第二代当主。父と兄の死にあって、十五歳のとき祖父の遺領を襲封した。将軍綱吉に拝謁して襲封を謝し、祖父の遺物越中則重の刀を将軍に、御台所に一条冬良筆の「古今集」を献上した。宝永二年（一七〇五）桂昌院仏殿を助造したことにより、時服十領を賜った。以後遠江掛川に転封、五年後更に摂津尼崎に移封された。

安藤総太＝安藤総太郎。譜代相伝の家老であったようだが、詳細は未詳。

茶禿正斎＝松平忠喬に仕えた茶坊主。詳細は未詳。

〔通釈〕

遠江守松平忠喬は、生まれつき心が広くあわれみ深い人で、むやみに喜んだり怒ったりしなかった。職務をつとめることが五十六年間であったが、未だ一日も怠けたことはなかった。遂に爵位が進んで従四位下中大夫に至った。思うに忠勤の力であろうという。

家老に忠喬を毒殺しようとする者が有った。その名を安藤総太という。秘密の計りごとが既にととのい、忠喬を茶の間に招待して、落ち着いて接待をし、茶を入れた碗の中に毒を混ぜてすすめた。忠喬はそのことを知らない。静かに茶碗を手に取って茶を飲もうとした。茶坊主の正斎は走ってきて、これを止めて、「茶の色が悪うございます。これは必ず異常が有るにちがいありません。私が毒味を致しましょう。」と言った。茶碗を取って仰ぎ飲むと、すぐに転げまわって苦しみ血を吐いて死んだ。忠喬が驚いて座を起とうとしたとき、賊である総太はその袖をつかんで離さなかった。近習の高木某が賊にとびかかって地に組み伏すと、他の一人が槍を使って、突き殺した。この日に正斎がいなかったならば、忠喬はほとんど死を免れることはできなかった。

これより以前に忠喬は冬の寒い日に、夜具を火燵の櫓に掛け、これを抱いて暖をとっていた。たまたま正斎が来て火燵に炭をついだところ、夜具の端が上がって火を打ち払い、その火が落ちて畳を焼き、忠喬は足を少し火傷した。正斎はあわてて火を始末したが、顔は灰色になり口は閉じて物が言えず、身を震わして処分を願った。忠喬は顔色も変えずに、「夜具の端が火を払ったのは、必ずしもそなたの罪では無い。ただし目付役の者が畳が焼けただれているのを見れば、必ずそなたを責めるであろう。この畳を他へ移して、その跡がわからないようにするがよい。」と言われた。正斎には遂にお叱りの言葉は無かった。正斎は感じ入ってうれし泣きをし、常々厚くこのご恩に報いようと思っていたが、ここに至って果たして忠喬の死に代ったのである。

寧静子は言う、「松平遠江守が落ち着いていて立腹しないのは、ほとんど後漢の劉文饒が侍婢の差し出した羹を見て、汝が手を爛さんかと言ったの同じ趣がある。ところで、正斎の死は、天命ではない。しかしながらその死した心は忠義であり義烈である。ああ、誰か正斎のような正しい者があろうか、めったにいない。」と。

〔原文出典〕

『治平金訓』。

稲葉正則（稲葉正則《いなばまさのり》）

　美濃守稲葉正則、年少慓悍、乗レ怒手刃二近臣一。其子某怨甚。毎思レ有レ所二以報一レ之、未レ果也。

　一日正則率二衆士一、大猟二於野外一。正則立二小邱之上一、拠レ鞍観二其馳駆一也。某喜曰、「天時至矣。」窃伏二邱隅一、丸二於銃一、狙二撃之一、傷二其左股一、貫二鞍橋一。正則顧眄不レ驚。見三徒御之逐レ賊者二、故麾レ之。諸老臣皆諫曰、「賊之妄挙、未レ可レ知。請罷レ猟而帰。」正則不レ聴曰、「勿レ用。彼何為。」游猟終日、及二燭已点一、而後僅帰入レ城。

　寧静子曰、「是与下一徹縦二烈奴一之事上、太相類焉。稲葉一家、何豪懐之多也。」


　美濃守《みののかみ》稲葉《いなば》正則《まさのり》、年少《ねんしょう》慓悍《ひょうかん》にして、怒《いか》りに乗《じょう》じ手《て》づから近臣《きんしん》を刃《じん》す。其《そ》の子某《こなにがし》怨《うら》むこと甚《はなは》だし。毎《つね》に以《もっ》て之《これ》に報《むく》ゆる所《ところ》有《あ》らんと思《おも》へども、未《いま》だ果《は》たさざるなり。

　一日《いちじつ》正則《まさのり》衆士《しゅうし》を率《ひき》ゐて、大《おほ》いに野外《やがい》に猟《りょう》す。正則《まさのり》小《しょう》邱《きゅう》の上《うへ》に立《た》ち、鞍《くら》に拠《よ》りて其《そ》の馳駆《ちく》を観《み》る。某《なにがし》喜《よろこ》びて曰《い》はく、「天《てん》の時《とき》至《いた》れり。」と。窃《ひそ》かに邱隅《きゅうぐう》に伏《ふ》して、銃《じゅう》に丸《がん》して、之《これ》を狙撃《そげき》すれば、其《そ》の左股《さこ》を傷《きず》つけ、鞍《あん》橋《きょう》を貫《つら》ぬく。正則《まさのり》顧眄《こべん》して驚《おどろ》かず。徒御《とぎょ》の賊《ぞく》を逐《お》ふ者《もの》を見《み》て、故《ことさら》に之《これ》を麾《さしまね》く。諸老臣《しょろうしん》皆《みな》諫《いさ》めて曰《い》はく、「賊《ぞく》の妄《もう》挙《きょ》、未《いま》だ知《し》るべからず。請《こ》ふ猟《りょう》を罷《や》めて帰《かへ》らん。」と。正則《まさのり》聴《き》かずして曰《い》はく、「用《もち》ゐること勿《なか》れ。彼何《かれなに》をか為《な》さんや。」と。游猟《ゆうりょう》すること終日《しゅうじつ》にして、燭《しょく》の已《すで》に点《てん》ずるに及《およ》び、而《しか》る後《のち》に僅《わづ》かに帰《かへ》りて城《しろ》に入《い》る。

　寧静子《ねいせいし》曰《い》はく、「是《こ》れ一徹《いってつ》が烈奴《れつど》を縦《ゆる》すの事《こと》と、太《はなは》だ相《あ》ひ類《るい》す。稲葉《いなば》の一家《いっか》、何《なん》ぞ豪懐《ごうかい》の多《おほ》きや。」と。

〔語釈〕

慓悍＝すばしこく荒々しい。気があらいこと。馳駆＝走りまわる。馬を走らせること。鞍橋＝馬のくら。形が橋に似ているのでいう。顧眄＝ふり返って見る。徒御＝ともの者。従者。麾＝手で合図して呼ぶ。妄挙＝無法な振る舞い。乱暴な行為。僅＝やっと。かろうじて。一徹＝稲葉一徹のこと。烈奴＝この話は巻一にある。豪懐＝度量が大であること。

〔人物解説〕

稲葉正則＝（一六二三～一六九六）江戸時代初期の小田原城主。家光に仕えて功があり、しばしば賞を受けた。祖父の稲葉正成の妻は、三代将軍家光の乳母春日局（阿福）である。祖父・父の後を継いで美濃守となった。

〔通釈〕

美濃守稲葉正則は、年の若い頃気短かで荒々しく、怒りにまかせて近習を手討ちにした。手討ちに遇った者の子の某は甚だしくこれを怨んだ。常にこの返報をしようと思っていたが、まだ果たせなかった。

ある日正則は多くの士を引き連れて、大がかりな野外の猟をした。正則は小さな丘の上に立ち、鞍に拠りかかって多くの士が駆けまわるさまを見ていた。某は喜んで、「天の時が来た。」と言った。そしてひそかに丘の隅に伏し、鉄砲に弾丸を込めて、正則を狙い撃ったところ、弾丸は正則の左股を傷つけ、鞍骨を打ち抜いた。正則はふり返って見て驚かなかった。お供の者で賊を追う者を見て、わざわざ差し招いた。諸の老臣たちは皆諫めて、「賊の無法な振る舞い、まだどんなことを仕かけてくるか分りません。猟を止めて帰ることにしましょう。」と言った。正則は聞き入れず、「気にかけることはない。彼に何ができるものか。」と言った。それから一日中狩猟を続け、燭を点ずる時間になってから、やっと帰って城に入った。

寧静子は言う、「これは稲葉一徹が烈奴をゆるした事と、大変よく似ている。稲葉の一家はどうも豪傑肌が多いようである。」と。

〔原文出典〕

『武野燭談』（十八）。

巻四　徳篇第三下

台徳公謹厚（台徳公《たいとくこう》の謹厚《きんこう》）

台徳公省二太公於駿府一。太公館二之弐室一。淹留踰レ月。太公窃召二女監阿茶一、諭レ之曰、「将軍青年、旅次寂莫可レ想也。如使下女波奈賷二点心一盒一、候中其起居上、或有三以慰二無聊一。」女監曰、「謹諾。」乃使三人私報二之公一、遂呼二波奈一、慇懃授レ意以遣レ之。波奈時年十八、明眸皓歯、一笑動レ人。是夕麗服盛装、携二侍女一人一、潜自二後園一徐歩到二公之館一。

公則着二盛服一、儼然在レ室。聞三戸外微有二剝啄之声一、乃起啓レ戸、延二波奈一上レ座、跪受二其所レ賷曰、「太公所レ賜、謹拝二領之一矣。」即趣二波奈一去。親自執レ燭送二之戸外一。波奈茫然如レ有レ所レ失。帰而報二之女監一。太公聞レ之歎曰、「将軍謹厚如レ此。某雖レ駕二雲梯一、不レ可レ及矣。」

太公又嘗召二本多正信一、諭レ之曰、「今将軍之謹厚、洵可レ美也。然事亦有下不レ宜レ過二乎謹厚一者上。不レ可レ不レ思矣。」正信曰、「唯。」

他日謁レ公。因前レ席曰、「殿下之謹厚甚矣。請少虚二誕其言一、是太公之訓也。」公笑曰、「太公之説レ虚、有下人買二其虚一者上。無レ他以二其有レ実也。我之倥侗無レ物、縦説二其虚一、誰信而買レ之哉。」

寧静子曰、「台徳公之言、可レ謂二天籟一矣。太公於レ是乎不レ免二人籟一也。嗚呼、今日之泰平、果誰開レ之、而誰成レ之耶。」

台徳公太公《たいとくこうたいこう》を駿府《すんぷ》に省《せい》す。太公之《たいこうこれ》を弐室《じしつ》に館《かん》す。淹《えん》留《りゅう》月《つき》を踰《こ》ゆ。太公窃《たいこうひそ》かに女監阿茶《じょかんあちゃ》を召《め》し、之《これ》に諭《さと》して曰《い》はく、「将軍《しょうぐん》は青年《せいねん》、旅次《りょじ》の寂莫《せきばく》想《おも》ふべし。如《も》し女波《じょは》奈《な》に点心一盒《てんしんいちごう》を賷《もたら》し、其《そ》の起居《ききょ》に候《うかが》はしめば、或《ある》いは以《もっ》て無聊《ぶりょう》を慰《い》する有《あ》らん。」と。女監《じょかん》曰《い》はく、「謹《つつし》んで諾《だく》す。」と。乃《すなは》ち人《ひと》をして私《ひそ》かに之《これ》を公《こう》に報《ほう》ぜしめ、遂《つひ》に波奈《はな》を呼《よ》び、慇懃《いんぎん》に意《い》を授《さづ》けて以《もっ》て之《これ》を遣《や》る。波奈《はな》時《とき》に年十八《としじゅうはち》、明眸皓歯《めいぼうこうし》、一笑人《いっしょうひと》を動《うご》かす。是《こ》の夕《ゆう》べ麗服盛装《れいふくせいそう》し、侍女一人《じじょいちにん》を携《たづさ》へ、潜《ひそ》かに後園《こうえん》より徐歩《じょほ》して公《こう》の館《かん》に到《いた》る。

公《こう》則《すなは》ち盛服《せいふく》を着《つ》け、儼然《げんぜん》として室《しつ》に在《あ》り。戸外《こがい》微《かす》かに剝啄《はくたく》の声《こゑ》有《あ》るを聞《き》き、乃《すなは》ち起《た》ちて戸《と》を啓《ひら》き、波奈《はな》を延《ひ》きて座《ざ》に上《のぼ》し、跪《ひざま》づきて其《そ》の齎《もたら》す所《ところ》を受《う》けて曰《い》はく、「太公《たいこう》の賜《たま》ふ所《ところ》、謹《つつし》んで之《これ》を拝領《はいりょう》す。」と。即《すなは》ち波奈《はな》を趨《うなが》し去《さ》らしむ。親《みずか》ら燭《しょく》を執《と》り之《これ》を戸外《こがい》に送《おく》る。波奈茫《はなぼう》然《ぜん》として失《うしな》ふ所《ところあ》有るが如《ごと》し。帰《かへ》りて之《これ》を女監《じょかん》に報《ほう》ず。太《たい》公之《こうこれ》を聞《き》き歎《たん》じて曰《い》はく、「将軍《しょうぐん》の謹厚《きんこう》此《かく》の如《ごと》し。某《それがし》雲梯《うんてい》に駕《が》すと雖《いへど》も、及《およ》ぶべからず。」と。

太公《たいこう》又《ま》た嘗《かつ》て本多正信《ほんだまさのぶ》を召《め》し、之《これ》に諭《さと》して曰《い》はく、「今将軍《こんしょうぐん》の謹厚《きんこう》なること、洵《まこと》に美《よみ》すべきなり。然《しか》れども事《こと》亦《ま》た宜《よろ》しく謹厚《きんこう》に過《す》ぐべからざる者有《ものあ》り。思《おも》はざるべからず。」と。正信《まさのぶ》曰《い》はく、「唯《ゐ》。」と。

他日《たじつ》公《こう》に謁《えつ》す。因《よ》りて席《せき》を前《すす》めて曰《い》はく、「殿下《でんか》の謹《きん》厚《こう》なること甚《はなは》だし。請《こ》ふ少《すこ》しく其《そ》の言《げん》を虚誕《きょたん》にせよと、是《こ》れ太公《たいこう》の訓《おし》へなり。」と。公笑《こうわら》ひて曰《い》はく、「太公《たいこう》の虚《きょ》を説《と》く、人其《ひとそ》の虚《きょ》を買《か》ふ者有《ものあ》り。他無《たな》し其《そ》の実有《じつあ》るを以《もっ》てなり。我《われ》の倥侗《こうどう》にして物無《ものな》きに、縦《たと》ひ其《そ》の虚《きょ》を説《と》くも、誰《たれ》か信《しん》じて之《これ》を買《か》はんや。」と。

寧静子《ねいせいし》曰《い》はく、「台徳公《たいとくこう》の言《げん》、天籟《てんらい》と謂《い》ふべし。太公《たいこう》是《ここ》に於《おい》てか、人籟《じんらい》を免《まぬが》れざる。嗚呼《ああ》、今日《こんにち》の泰平《たいへい》は、果《はた》して誰《たれ》か之《これ》を開《ひら》き、而《しか》して誰《たれ》か之《これ》を成《な》すや。」と。

〔語釈〕

台徳公＝徳川二代将軍秀忠のこと。太公＝家康のこと。駿府＝駿河の国の国府。今の静岡市。省＝たずねる。安否を問いに出かける。弐室＝二の丸。主な宮殿にそえて建てられた宮殿。館＝宿泊させる。淹留＝長く滞在すること。女監＝女中の長。点心＝茶菓子。一盒＝一さら。盒は、食物などを盛る器。無聊＝さびしいこと。退屈。慇懃＝ねんごろなこと。ていねい。明眸皓歯＝美しいひとみと白い歯。美人の形容。杜甫の詩「哀江頭」の中で、楊貴妃の美しさを形容した「明眸皓歯今何くにか在る、血汚の遊魂帰り得ず」に基づく。一笑動人＝一たび笑えば人の心を動かす。麗服＝美しい衣服。儼然＝威厳のあるさま。いかめしいさま。剝啄＝こつこつという訪問者の足音や門戸をたたく音。茫然＝ぼんやりしたさま。謹厚＝つつしみ深くて人情にあついこと。駕雲梯＝雲にとどくほどに高いはしごに昇る。虚誕＝うそ。ここでは、うそを混じえ大言をはくこと。倥侗＝おろか。また、からで何もないこと。天籟＝天然自然の声。ここでは、自然に出る言葉。人籟＝人為の声。ここでは、人の意図を含んだ言葉。天籟・地籟は、『荘子』斉物論の「汝人籟を聞きて、未だ天籟を聞かず。汝地籟を聞きて、未だ天籟を聞かざるか」に基づく。

〔人物解説〕

台徳公（徳川秀忠）＝（一五七九～一六三二）徳川幕府二代将軍。家康の三男。長兄信康が自害、次兄秀康が豊臣秀吉の養子になったため世子となる。文禄四年（一五九五）秀吉の意思で浅井長政の娘於江与《おえよ》（崇源院）と結婚した。慶長八年（一六〇四）娘千姫が秀吉の遺児秀頼に入輿、同十年家康から将軍職を譲られた。駿府に引退した家康は、大御所として政治の実権を握り、秀忠は主に東国を中心とした大名の統率に当たった。元和二年（一六一六）に家康が没すると、名実ともに幕府の主権者となった。一代のうちに総計四十一名の大名の改易《かいえき》（領地・家屋敷を取りあげること）を断行した。

阿茶＝（一五五五～一六三七）家康の側室。武田信玄の家臣飯田久右衛門の娘。名は須和。初め今川氏の家人神尾孫兵衛忠重と結婚、寡婦となり家康に仕えて愛寵を受けた。大坂冬の陣には大坂城中に赴き、和議を勧め淀君を悦服させた。徳川和子《まさこ》（秀忠の末娘・東福門院）の入内（後水尾天皇との結婚）の際には、母代として上洛。のち従一位に叙せられ、神尾一位殿と称された。

波奈＝駿府の家康の館に仕えていた女官。侍女。

本多正信＝二二七頁参照。

〔通釈〕

徳川二代将軍秀忠公は、父の家康公を駿府城にご機嫌伺いに訪ねた。家康公は秀忠公を二の丸に泊らせた。そこでの滞在が二か月にも及んだ。家康公はひそかに御女中目付の阿茶の局を呼び出し、これに諭して「将軍はまだ年が若いので、旅宿の寂しさは想いやるべきことである。もし侍女の波奈に茶菓子一皿を持たせて、そのご機嫌を伺わせたならば、あるいはその寂しさを慰めることができよう。」と言われた。阿茶の局は「謹んで承知いたしました。」と答えた。そこで使いの者にひそかに秀忠公に知らせ、波奈を呼んで、丁寧に心得を申し付けて遣わした。波奈はこの時十八歳で、美しいひとみと白い歯、一たび笑えば人の心を動かすほどの美人であった。この夜は美しい着物を着て立派に着飾って、侍女一人を連れて、潜かに裏庭から静かに歩んで秀忠公の館に入った。

秀忠公は上下の礼服を着て、きりっとして座敷の内で待っていた。戸を外からかすかにこつこつとたたく音がすると、すぐに起って戸を開け、波奈を入れて上座に座らせ、跪いてその持参したものを受けて、「これは父上太公の下された物、謹んで頂戴いたします。」と言われた。そしてそのまま波奈には早く帰るようにうながして去らせた。ご自分で手燭を持って波奈を戸外へ送り出した。波奈は茫然としてどうしたらよいかわからなかった。帰ってからこれを御女中目付に報告した。家康公は御女中目付よりこのことを聞くと感心して、「将軍の謹み深いことはこのようである。わしは雲にとどくほどの高いはしごをかけて昇っても、将軍の謹厚の高さには及ぶことはできない。」と言われた。

家康公はまたある時、本多正信を呼び出して、諭して、「今の将軍の謹み深いことは、誠によいことである。しかしながら事によっては、謹厚に過ぎては宜しくないことが有る。これを考えなければならない。」と言われた。正信は、「はい、その通りでございます。」と答えた。

後日正信は秀忠公にお目にかかった。そこで席を進めて、「殿下の謹み深いことは甚だしいところがございます。少しはそのお言葉に虚言を交えて大言を放ったらいかがでしょう、これは御父上太公の教えでございます。」と申し上げた。秀忠公は笑って、「父上が虚言を申されるのは、その虚言を受けて得心する者があるからである。結局はその虚言に実があるからである。自分のような知恵も無く腹中に一物も無い者が、たとえその虚を人に説いたとしても、誰が信じて得心して受けようか、そんなことはない。」と言われた。

寧静子は言う、「秀忠公の言葉は、自然に出た言葉ということできる。家康公のここでの言葉は、人為の言葉を免れない。ああ、今日の泰平は、果して誰が開いて、誰が成したのか、家康が開き、秀忠の謹厚があったから完成したのである。」と。

〔原文出典〕
『常山紀談』（付録　雨夜灯）権現様花女を御使にて台徳院様へ菓子を進ぜられし事。『駿河土産』。『良将達徳鈔』（六）。

彗星見（彗星《すいせい》見《あらは》る）

慶元之際、彗星見二于北方一、光芒漸大。時兵革僅熄、人心未レ安。訛言「大乱将二復作一。」台徳公聞レ之、笑謂二左右一曰、「一箇小妖星、見二於広漠之天一。四方万国、孰膺二其象一、茫乎不レ可レ知矣。必引以為二己国之災一、非レ愚則陋矣。抑天意之果有レ向、豈人力所レ可二能避一哉。唯人君当レ順三受其正二而已矣。」既而彗星稍滅、百姓安堵如レ故。

寧静子曰、「公之言、通暢明快、何其太似二太公一也。世或称レ公為二淳良之主一。而識見之卓如レ此。賢者寧可下以二常情一測度上哉。」

慶元《けいげん》の際《さい》、彗星《すいせい》北方《ほっぽう》に見《あらは》れ、光芒《こうぼう》漸《やうや》く大《だい》なり。時《とき》に兵革《へいかく》僅《わづ》かに熄《や》み、人心《じんしん》未《いま》だ安《やす》からず。訛言《かげん》す「大乱《たいらん》将《まさ》に復《ま》た作《おこ》らんとす。」と。台徳公《たいとくこう》之《これ》を聞《き》き、笑《わら》ひて左右《さゆう》に謂《い》ひて曰《い》はく、「一箇《いっこ》の小妖星《しょうようせい》、広漠《こうばく》の天《てん》に見《あらは》る。四方《しはう》万国《ばんこく》、孰《たれ》か其《そ》の象《しょう》に膺《あた》るも、茫乎《ぼうこ》として知《し》るべからず。必《かなら》ず引《ひ》きて以《もっ》て己《おのれ》の国《くに》の災《さい》と為《な》すは、愚《ぐ》に非《あら》ざれば則《すなは》ち陋《ろう》なり。抑《そもそ》も天意《てんい》の果《は》たして向《む》かふこと有《あ》るは、豈《あ》に人力《じんりょく》の能《よ》く避《さ》くべき所《ところ》ならんや。唯《た》だ人君《じんくん》は当《まさ》に其《そ》の正《せい》を順受《じゅんじゅ》すべきのみ。」と。既《すで》にして彗星《すいせい》稍《やうや》く滅《めつ》し、百姓《ひゃくせい》安堵《あんど》すること故《もと》の如《ごと》し。

寧静子《ねいせいし》曰《い》はく、「公《こう》の言《げん》の、通暢明快《つうちょうめいかい》なること、何《なん》ぞ其《そ》れ太《はなは》だ太公《たいこう》に似《に》たるや。世《よ》或《ある》いは公《こう》を称《しょう》して淳良《じゅんりょう》の主《しゅ》と為《な》す。而《しか》して識見《しきけん》の卓《たく》なること此《かく》の如《ごと》し。賢者《けんじゃ》は寧《いづ》くんぞ常情《じょうじょう》を以《もっ》て測度《そくど》すべけんや。」と。

〔語釈〕

慶元之際＝慶長・元和の替わり目のころ。**彗星**＝すいせい。太陽の回りを公転する宇宙微塵の集まった天体。妖星と称して、現れるのを凶兆とした。ほうきぼし。**光芒**＝光の尾。**兵革**＝兵乱。**訛言**＝いつわりのうわさ。誤った風評。**象**＝しるし。**茫乎**＝とりとめもなく広がってうつろなさま。**順受**＝すなおに受ける。**百姓**＝人民。人々。**安堵**＝安らかに暮らす。**明快**＝はっきりしていること。**通暢**＝とどこおりなく通じて気がかりがないこと。**淳良**＝すなおで善良なこと。徳にあつく性質がよいこと。卓＝すぐれていること。測度＝心でおしはかる。推測する。

〔通釈〕

慶長と元和の替わり目のころに、ほうき星が北方の空に現れ、尾の光が次第に大きくなった。この時期は兵乱がやっと止んだばかりで、人心はまだ安心できる状態ではなかった。ほうき星を見た人々は、「また大乱が起ころうとする前兆である。」と根拠のないうわさを広めた。秀忠公はこれを聞き、笑って側近の者に向かって、「一つの小さな怪しい星が、広々とした大空に現れる。四方の多くの国のうちの、どれがその禍の印に当たるかは、とりとめもなく広すぎて知ることはできない。必ず我が方へ引きよせて自分の国の災禍とするのは、愚かな考えでなければ見聞が狭くて物を知らない者のすることである。そもそも天意が果たして向かうことがあれば、どうして人の力によって避けることができようか。ただ人君である者は天の正命をすなおに受けるだけである。」と言われた。間もなくほうき星は少しずつ消え、人民はもとのように安心して暮らすようになった。

寧静子は言う、「秀忠公の言葉は、すっきりとしてよくわかる、何とそれは甚だ父君家康公に似ていることか。世の人々は秀忠公をおとなしい主君であると称している。しかしながら識見のすぐれていることはここに述べた通りである。賢者はどうして普通の人間の心で推し測ることができようか、とてもできないのである。」と。

〔原文出典〕

『雨夜の友』。『良将達徳鈔』（一）。

太田某（太田《おほた》某《なにがし》）

台徳公時、太田某有レ功。公召見、賜二之禄五百石一。太田怫然而作、直擲二其賞状於地一以出。公怒二其無礼一、欲レ処二之死一。井上正就曰、「是宜下稟二之太公一、而後決上焉。」乃使下正就往二駿府一而問上。

太公欣然曰、「善哉問。将軍之用心如レ此、泰平之開、既有レ期矣。顧太田所レ為、誠無礼矣。雖レ然信賞必罰、政治之所ニ由行一。賞罰苟不レ中、群下将何所レ帰レ怨。太田蓋欲レ諫レ之、而未レ有レ由。故今日捐レ身以諷レ之耳。不レ然太田豈不レ知ニ犯レ法之可一レ畏哉。

抑我又有ニ可レ語レ汝者一。昔在ニ参河一、牙兵鈴木久三、私取ニ池禦之魚一、自烹食レ之。我聞レ之不レ堪ニ忿怒一。急召ニ久三一、抜ニ眉尖刀一擬レ之。久三袒而当レ之、大声罵曰、「噫暗主、以レ人代ニ禽魚一。悪能定ニ天下一。」我感ニ其言一、退而思レ之、此時有下弋ニ於囿一被レ拘者上。久三蓋諫レ之也。乃命釈ニ其人一、召ニ久三一以褒レ之。今太田之所レ為、殆亦久三之意耳。汝速帰告ニ之将軍一、増レ之以ニ三千石一。」正就帰以報焉。

公大喜、乃増ニ太田禄一、召ニ正就一而謝曰、「孤因ニ汝之言一、知ニ孝道一矣、又知ニ賞罰之道一矣。」賜レ之以ニ左文字刀一。

寧静子曰、「吾読レ史至ニ此条一、未四嘗不三仰ニ慕鼎盛之世一也。曰、嗚呼、使下廟堂之上、弁ニ曲直一明ニ賞罰一、永久如上レ此、天下寧又有ニ衰与一レ乱乎。然則台公之問、照祖之答、洵千載之亀鑑也。」

台徳公《たいとくこう》の時《とき》に、太田《おほた》某《なにがし》功《こう》有《あ》り。公召見《こうしょうけん》し、之《これ》に禄《ろく》五百石《ごひゃくこく》を賜《たま》ふ。太田《おほた》怫然《ふつぜん》として作《た》ち、直《ただ》ちに其《そ》の賞状《しょうじょう》を地《ち》に擲《なげう》ち以《もっ》て出《い》づ。公《こう》其《そ》の無礼《ぶれい》なるを怒《いか》りて、之《これ》を死《し》に処《しょ》せんと欲《ほっ》す。井上正就《ゐのうへまさなり》曰《い》はく、「是《こ》れ宜《よろ》しく之《これ》を太《たい》公《こう》に稟《りん》し、而《しか》る後《のち》に決《けっ》すべし。」と。乃《すなは》ち正就《まさなり》をして駿《すん》府《ぷ》に往《ゆ》きて問《と》はしむ。

太公欣然《たいこうきんぜん》として曰《い》はく、「善《よ》きかな問《と》ふこと。将軍《しょうぐん》の用心《ようじん》此《かく》の如《ごと》くなれば、泰平《たいへい》の開《ひら》くこと、既《すで》に期《き》有《あ》り。顧《おも》ふに太田《おほた》の為《な》す所《ところ》は、誠《まこと》に無礼《ぶれい》なり。然《しか》りと雖《いへど》も信賞《しんしょう》必罰《ひつばつ》は、政治《せいじ》の由《よ》って行《おこな》はるる所《ところ》なり。賞罰《しょうばつ》苟《いや》しくも中《あ》たらざれば、群下《ぐんか》将《は》た何《いづ》くに怨《うら》みを帰《き》する所《ところ》ぞ。太田《おほた》は蓋《けだ》し之《これ》を諫《いさ》めんと欲《ほっ》して、未《いま》だ由《よ》し有《あ》らず。故《ゆゑ》に今日《こんにち》身《み》を捐《すて》て以《もっ》て之《これ》を諷《ふう》するのみ。然《しか》らざれば太田《おほた》豈《あ》に法《ほう》を犯《をか》すの畏《おそ》るべきを知《し》らざらんや。

抑《そもそ》も我《われ》又《ま》た汝《なんぢ》に語《かた》るべきものあり。昔《むかし》参河《みかは》に在《あ》りしとき、牙兵《がへい》鈴木《すずき》久三《きゅうざ》、私《ひそ》かに池禦《ちぎょ》の魚《うを》を取《と》り、自《みづか》ら烹《に》て之《これ》を食《く》らふ。我《われ》之《これ》を聞《き》き忿怒《ふんど》に堪《た》へず。急《きゅう》に久三《きゅうざ》を召《め》し、眉尖刀《びせんとう》を抜《ぬ》きて之《これ》に擬《ぎ》す。久三《きゅうざ》袒《たん》して之《これ》に当《あ》たり、大声《たいせい》に罵《ののし》りて曰《い》はく、「噫《ああ》暗主《あんしゅ》、人《ひと》を以《もっ》て禽魚《きんぎょ》に代《か》ふ。悪《いづ》くんぞ能《よ》く天下《てんか》を定《さだ》めん。」と。我《われ》其《そ》の言《げん》に感《かん》じ、退《しりぞ》きて之《これ》を思《おも》へば、此《こ》の時囿《ときゆう》に弋《よく》して拘《とら》はるる者有《ものあ》り。久三蓋《きゅうざけだ》し之《これ》を諫《いさ》むるなり。乃《すなは》ち命《めい》じて其《そ》の人《ひと》を釈《ゆる》し、久三《きゅうざ》を召《め》し以《もっ》て之《これ》を褒《ほう》す。今太田《いまおほた》の為《な》す所《ところ》も、殆《ほと》んど亦《ま》た久三《きゅうざ》の意《い》なるのみ。汝速《なんぢすみ》やかに帰《かへ》りて之《これ》を将軍《しょうぐん》に告《つ》げ、之《これ》に増《ま》すに三千石《さんぜんごく》を以《もっ》てせよ。」と。正就帰《まさなりかへ》りて以《もっ》て報《ほう》ず。公大《こうおほ》いに喜《よろこ》び、乃《すなは》ち太田《おほた》の禄《ろく》を増《ま》し、正就《まさなり》を召《め》して謝《しゃ》して曰《い》はく、「孤汝《こなんぢ》の言《げん》に因《よ》りて、孝道《こうどう》を知《し》り、又《ま》た賞《しょう》罰《ばつ》の道《みち》を知《し》れり。」と。之《これ》に賜《たま》ふに左文字《さもんじ》の刀《とう》を以《もっ》てす。

寧静子《ねいせいし》曰《い》はく「吾史《われし》を読《よ》み此《こ》の条《じょう》に至《いた》り、未《いま》だ嘗《かっ》て鼎《てい》盛《せい》の世《よ》を仰慕《ぎょうぼ》せずんばあらざるなり。曰《い》はく、嗚呼《ああ》、廟《びょう》堂《どう》の上《うへ》をして、曲直《きょくちょく》を弁《べん》じ賞罰《しょうばつ》を明《あき》らかにすること、永久《えいきゅうかく》此の如《ごと》くならしめば、天下寧《てんかいづ》くんぞ又《ま》た衰《すい》と乱《らん》と有《あ》らんや。然《しか》らば則《すなは》ち台公《たいこう》の問《と》ひと、照祖《しょうそ》の答《こた》へと、洵《まこと》に千載《せんざい》の亀鑑《きかん》なり。」と。

〔語釈〕

怫然＝むっとして怒るようす。**稟**＝申し上げる。奏上する。**欣然**＝喜ぶさま。**信賞必罰**＝功があれば必ず賞し、罪があれば必ず罰すること。賞罰を正しく行うこと。**群下**＝多くの臣下。**諷**＝それとなく諫める。**参河**＝三河。今の愛知県の東部。**牙兵**＝旗本の士。**池禦**＝庭園の池。いけす。**忿怒**＝大いに怒ること。立腹。**袒**＝着物の袖をぬいで肩はだを出す。**暗主**＝おろかな主人。**囿**＝庭園。**弋**＝弓で鳥を射る。狩りをする。**孝道**＝孝行の道。父母に仕える道。**左文字刀**＝筑前の住人、左衛門三郎の作った刀。名刀とされた。**吾読史云云**＝この部分は、『史記』孟子荀卿列伝の「余孟子の書を読み、梁の恵王の何を以て吾が国を利せんとすると問ふに至りて、未だ嘗て書を廃して歎ぜずんばあらず。曰はく、嗟乎、利は誠に乱の始めなり云云」を意識した表現。**鼎盛**＝真っ盛りであること。**廟堂**＝政治を行うところ。朝廷をいう。**曲直**＝まちがったことと正しいこと。**亀鑑**＝手本。人の模範とするもの。

〔人物解説〕

太田某＝詳細は未詳。二代将軍秀忠に仕えて、本文にあるような事実の確認できる太田姓の者は見当たらない。

井上正就＝（一五七七〜一六二八）江戸初期の老中。幼少から秀忠に仕え、大坂冬・夏の陣では、小姓組番頭など秀忠の親衛隊長を務め、旗本を指揮して常に秀忠の身辺を護衛した。この地位は生涯変わらなかったが、元和八年（一六二二）からは老中も務め、幕政に大きく関与した。しかし、寛永五年（一六二八）八月十日、江戸城中において目付豊島正次に殺害された。正就が正次と約した婚儀を反故《ほご》にしたためとされるが、体面を汚された旗本が、たとえ老中であろうとも遺恨は晴らす、という当時の旗本の気骨を示している。江戸城中での最初の刃傷事件である。

鈴木久三＝（?〜一六二一）久三郎が名。三河時代より家康に仕え、大番に列し、扶持米二百五十俵を受けていた。大坂の二度の陣にも供奉した。

〔通釈〕

秀忠公の治下に、太田某に功があった。秀忠公は呼び寄せて対面し、太田某に禄五百石を賜った。太田某はむっとして立ち上り、その賞状を地に投げ捨てて退去した。秀忠公はその無礼な態度に怒り、死刑を申し付けようと思われた。井上正就が進み出て、「これは太公（家康公）のご意向をうかがってから、決定するのが宜しいでしょう。」と申し上げた。そこで秀忠は正就を駿府へ派遣して家康公の意見を問わせた。

家康公は喜ばれて、「宜しい問いごとである。将軍が心を用いることがこのようであれば、天下の泰平を開くことは、既に当てにして待てる。思うに太田某のしたことは、まことに無礼なことである。しかしながら功ある者は賞し罪ある者は必ず罰するのは、政治の拠りどころである。賞罰が仮りにもあたらなければ、多くの人民は何処へ怨みを持って行くか、必ず上を怨むであろう。太田某はこれを諫めようと思っていたが、まだそのよい機会が無かったのである。だから今回自分の身を犠牲にしてこれを遠まわしに諫めたのである。そうでなければ太田某はどうして法を犯すことの恐ろしいことを知らないことがあろうか。

わしはまた、そなたに申し付けることがある。昔三河に在ったとき、旗本の士であった鈴木久三が、ひそかに庭園の池の鯉を捕って、自分で煮て食べた。わしはこれを聞いて大いに腹を立てた。すぐに久三を呼び出し、薙刀の鞘を払って久三に押しつけた。久三は肩を脱いでこれに当り、大声で罵って、「ああ、愚かな主君よ、人をもって鳥魚に代える。こんなことでどうして天下を定めることができよう。」と言った。わしはその言葉に感じて、退いて考えると、この時庭園で糸弓で鳥を射て拘束された者があった。思うに久三はこれを諫めたものであろう。そこで役人に命じてその者を釈放し、久三を呼び出して褒めたことがあった。今回太田某のしたことも、大かたは久三の心持ちと同じであろう。そなたは早く帰ってこれを将軍に報告し、太田某に三千石の加増を致して遣わせ。」と言った。正就は江戸へ帰ってその通りに報告した。

　秀忠公は大いに喜び、すぐに太田某の禄を加増し、正就を呼び出して礼を述べて、「わしはそなたの言葉によって、孝行の道を知り、また賞罰の仕方を知った。」と言われた。正就に秀忠は褒美として左文字の刀を賜った。

　寧静子は言う、「私は歴史の書を読んで此処に到ると、必ず盛んな世を仰ぎ慕わずにはいられない。そしていつもこう言う、ああ政治をする責任者が曲がれる者と直き者とを弁え、賞する者と罰する者とを明らかにすることが、永く久しくここに述べたような処置をしたならば、天下はどうしてまた衰と乱とがあろうか。そういうことは起こらない。そうであるならば秀忠公の問いと、家康公の答とは、まことに千年後までの正しい手本である。」と。

〔原文出典〕

『常山紀談』（十八）井上正就駿府へ御使の事。

太公論二復讐一（太公《たいこう》復讐《ふくしゅう》を論《ろん》ず）

太公自二駿府一来、候二今将軍於柳営一。先過二諸衛士之班一。皆年少未レ執レ謁者。乃使三各自呼二姓名一。而曰、「某父有レ功二某所一。某父有二某事可一レ称。将軍善視レ之。」次至二向坂六郎一、忽然如レ有レ思。顧二左右一曰、「記昔六郎父某、有二兄之讐一。欲レ報レ之、未レ果也。有下与レ某結二心契一者上。謂レ某曰、『余既約為二兄弟一。子兄即我兄、従レ今当三与レ子戮レ力、以図二復讐一。子其勿レ憂。』某怫然曰、『汝以レ我為下仮二他人力一、以復レ讐者上耶。何視二丈夫一之浅也。』遂与レ之絶。既而其讐病死矣。某恨悔成レ疾以没。爾時六郎襁褓、今見二其突而弁一也、不レ覚涕既隕レ之。」

　遂戒二諸少年一曰、「凡復二君父兄之讐一、皆出二其臣子弟至情之不レ能レ已。而未三始為二功名之計一也。故苟得レ遂二其志一、雖レ仮二婦人之手一、且不レ足二以為レ恥。

而況神契朋友乎。如㆓六郎之父㆒、徒用㆓勇於所㆒㆑不㆑可㆑用、而竟不㆑成㆑事。以貽㆓後人笑㆒者、功名之心害㆑之也。汝輩慎勿㆑履㆓其轍㆒。」

寧静子曰、「此際復讐之多、百㆓倍西土㆒。雖㆑曰㆓忠孝之俗所㆒㆑使㆑然、其間或有㆘為㆓功名計㆒者㆖。特以㆓其跡為㆒㆑美、故人多不㆓之察㆒耳。照公此論、実闡㆑幽微㆑顕之言、可㆔以為㆓後人復讐炯戒㆒矣。」

太公駿府《たいこうすんぷ》より来《き》たり、今将軍《こんしょうぐん》を柳営《りゅうえい》に候《こう》す。先《ま》づ諸《しょ》衛士《えいし》の班《はん》を過《す》ぐ。皆年少《みなねんしょう》未《いま》だ謁《えつ》を執《と》らざる者《もの》なり。乃《すなは》ち各自《かくじ》をして姓名《せいめい》を呼《よ》ばしむ。而《しか》して曰《い》はく、「某《なにがし》の父《ちち》は某《なにがし》の所《ところ》に功有《こうあ》り。某《なにがし》の父《ちち》は某《なにがし》の事《こと》に称《しょう》すべき有《あ》り。将《しょう》軍善《ぐんよ》く之《これ》を視《み》よ。」と。次《つ》いで向坂六郎《さきさかろくろう》に至《いた》り、忽然思《こつぜんおも》ふ有《あ》るが如《ごと》し。左右《さゆう》を顧《かへり》みて曰《い》はく、「記《き》す昔六郎《むかしろくろう》の父《ちち》某《なにがし》、兄《あに》の讐有《あだあ》り。之《これ》を報《ほう》ぜんと欲《ほっ》して、未《いま》だ果《は》たさず。某《なにがし》と心契《しんけつ》を結《ふす》ぶ者有《ものあ》り。某《なにがし》に謂《い》ひて曰《い》はく、『余《よ》既《すで》に約《やく》して兄弟《けいてい》と為《な》る。子《し》の兄《あに》は即《すなは》ち我《わ》が兄《あに》、今《いま》より当《まさ》に子《し》と力《ちから》を戮《あわ》せ、以《もっ》て復讐《ふくしゅう》を図《はか》るべし。子其《しそ》れ憂《うれ》ふること勿《なか》れ。』と。某《なにがし》佛然《ふつぜん》として曰《い》はく、『汝我《なんぢわれ》を以《もっ》て他人《たにん》の力《ちから》を仮《か》り、以《もっ》て讐《あだ》を復《ふく》する者《もの》と為《な》すか。何《なん》ぞ丈夫《じょうふ》を視《み》ることの浅《あさ》きや。』と。遂《つひ》に之《これ》と絶《た》つ。既《すで》にして其《そ》の讐病死《あだびょうし》す。某《なにがし》恨悔疾《こんかいしつ》を成《な》し以《もっ》て没《ぼっ》す。爾時六郎襁褓《じじろくろうきょうほ》、今其《いまそ》の突《とっ》として弁《べん》ずるを見《み》るや、覚《おぼ》へず涕既《なみだすで》に之《これ》に隕《お》つ。」と。

遂《つひ》に諸少年《しょしょうねん》を戒《いまし》めて曰《い》はく、「凡《およ》そ君父兄《くんふけい》の讐《あだ》を復《ふく》する、皆其《みなそ》の臣子弟至情《しんしていしじょう》の已《や》む能《あた》はざるに出《い》づ。而《しか》して未《いま》だ始《はじ》めより功名《こうみょう》の計《けい》を為《な》すにあらざるなり。故《ゆゑ》に苟《いや》しくも其《そ》の志《こころざし》を遂《と》ぐるを得《え》ば、婦人《ふじん》の手《て》を仮《か》ると雖《いへど》も、且《しば》らく以《もっ》て恥《はじ》と為《な》すに足《た》らず。而《しか》るを況《いは》んや神契朋友《しんけいほうゆう》をや。六郎《ろくろう》の父《ちち》の如《ごと》き、徒《いたづ》らに勇《ゆう》を用《もち》ゐるべからざる所《ところ》に用《もち》ゐ、而《しか》して竟《つひ》に事《こと》を成《な》さず。以《もっ》て後人《こうじん》に笑《わら》ひを貽《のこ》す者《もの》、功名《こうみょう》の心之《こころこれ》を害《がい》すればなり。汝《なんぢ》が輩《はい》慎《つつし》んで其《そ》の轍《てつ》を履《ふ》むこと勿《なか》れ。」と。

寧静子《ねいせいし》曰《い》はく、「此《こ》の際復讐《さいふくしゅう》の多《おほ》き、西土《せいど》に百倍《ひゃくばい》す。忠孝《ちゅうこう》の俗然《ぞくしか》らしむ所《ところ》と曰《い》ふと雖《いへど》も、其《そ》の間或《かんある》いは功名《こうみょう》の計《けい》を為《な》す者有《ものあ》り。特《ただ》に其《そ》の跡《あと》の美《び》なるを以《もっ》て、故《ゆゑ》に人《ひと》多《おほ》くは之《こ》れを察《さっ》せざるのみ。照公《しょうこう》の此《こ》の論《ろん》、実《じつ》に幽《ゆう》を闡《ひら》き顕《けん》を微《び》にするの言《げん》、以《もっ》て後人復讐《こうじんふくしゅう》の炯戒《けいかい》と為《な》すべし。」と。

〔語釈〕
柳営＝将軍の陣営。候＝訪問する。うかがう。謁＝お目どおりする。忽然＝とつぜん。にわかに。心契＝心の底から深くちぎりあう。深い交友関係をいう。怫然＝むっとして怒るさま。丈夫＝一人前の男子。絶＝絶交する。恨悔＝残念がり後悔する。襁褓＝子供を背に負う帯と子供のうぶぎ・おむつの類。転じて子供・小児をいう。突而弁＝気がついたら元服をすませていた。『詩経』斉風・甫田の「未だ幾ばくもなくして見れば、突として弁せり」に基づく。至情＝まごころ。神契＝神にかけてちぎる。履其轍＝轍は車輪の跡。先人の行跡にならうこと。前の人がした失敗を繰り返す。此際＝この頃。西土＝外国。闡幽＝かくれたものを明らかにする。微顕＝あきらかなものをかくす。炯戒＝はっきりしたいましめ。

〔人物解説〕
向坂六郎＝（一六一〇～一六三五）向坂六郎五郎吉次。家康に仕えた六郎五郎吉長の子。秀忠公に仕え、大番役をつとめ、三百石を知行した。

〔通釈〕
家康公は駿府から江戸へ来て、今の将軍の秀忠公を幕府に訪ねた。先ず諸の幕府を守る兵士の並ぶ処を通った。皆年少の者でまだお目見えをしたことのない者ばかりであった。そこでそれぞれの者に姓名を言わせた。そうして、「某の父は某の処で功があった。某の父は某の事で称すべきことがあった。将軍はよくこれをいたわれよ。」と言われた。続いて向坂六郎が名乗ると、突然思うところがあるようであった。お側の臣下をかえりみて、「よく覚えているが昔六郎の父の某は、兄の仇があった。その仇を討とうと思っていたが、まだ果たさずにいた。某には兄弟分の約束をした者があった。その約束した者が某に向かって、『自分は既に約束して兄弟となった。そなたの兄はそのまま我が兄である、これからはそなたと力を合わせて、仇討ちをすることができる。そなたは心配するな。』と言った。某はむっとして、『そなたはわしが他人の力を借りて、仇討ちをする者とするのか。何と一人前の男子を見ることの浅いことか。』と言った。そして遂にこれと交わりを絶った。間もなくしてその仇は病死した。某は仇討ちの機会を失したことを恨み悔いて病気になって死去した。その時六郎はおしめをしていたが、今それが立派な若者になっているのを見ると、覚えず涙が落ちるのである。」と言われた。
遂にまた諸の若者を戒めて、「すべて主君や父や兄の仇を討つのは、皆その臣下や子や弟の情が押さえることができないことから起こることである。そうして始めから功名をあげようとしてするものではない。だから仮りにもその志を遂げることができるならば、婦人の力を借りるようなことがあっても、まずは恥とするには足らない。まして兄弟分の約束をした朋友ならなおさらである。六郎の父のような者は、やたらに勇を用いなくてもよい所に用いて、結局大事なことを成さなかった。それで後世の人に笑いをのこすのは、功名をあげようとする心がこれを害したのである。そなたたちは慎んでこのような失敗をしないようにしなさい。」と言われた。

寧静子は言う、「近年我が国の仇討ちの多いことは、諸外国に百倍する。忠孝を讃美する風俗がそうさせるのだけれども、其の中には功名の為にする者もある。特にその行った跡がみごとで、そのために人は多くそれを察することができないだけなのである。家康公のこの論は、実に細かく奥深い処を認めた言葉であって、後の人の仇討ちの明らかな戒めとすることができる。」と。

〔原文出典〕

『鳩巣小説』（中）。

本多三弥（本多三弥《ほんださんや》）

本多三弥正重、佐渡守正信之弟也。性疎豪而率直。照公嘗在二伏水一、観三幸若八九郎、演二高館舞一。舞終謂二左右一曰、「今世安得下勇豪如二弁慶一者上乎。」三弥進曰、「弁慶不レ乏二其人一。特無下名将似二判官公一者上耳。」

関原之戦、朝已過二辰刻一。公尚陣在二桃配野一。三弥時為二監軍一。走来告曰、「敵営遠矣。請少進二大旗一。」公冷笑曰、「黄口児、敢多言。」三弥繞二其背一、私語曰、「口雖二黄也一、遠則不レ得レ不レ云レ遠矣。」

及二大坂冬役一、給三事台徳公一、食二一万石一。太公聞レ之、召見問曰、「三弥善拗矣。今何所二改悔一、而能高二人品一如レ此。」三弥曰、「今将軍淳良易レ事之主也。事二若主一、而善拗者、非レ愚則狂矣。」太公笑曰、「三弥故態、亦復発歟。」

寧静子曰、「三弥之為レ人如レ此。較ニ諸乃兄之曲而巧一、何其直而拙也。雖レ然巧而曲者、往往得レ志、而拙而直者、究竟不レ免ニ坎軻一、古今一揆。是亦可レ嘆也夫。」

本多三弥正重《ほんださんやまさしげ》は、佐渡守正信《さどのかみまさのぶ》の弟《おとうと》なり。性《せい》疎豪《そごう》にして率直《そっちょく》なり。照公嘗《しょうこうかつ》て伏水《ふしみ》に在《あ》りて、幸若八九郎《こうわかはっくろう》が、高館《たかだて》の舞《まひ》を演《えん》ずるを観《み》る。舞《ま》ひ終《を》はりて左右《さゆう》に謂《い》ひて曰《い》はく、「今《いま》の世《よ》安《いづ》くんぞ勇豪《ゆうごう》なること弁慶《べんけい》の如《ごと》き者《もの》を得《え》んや。」と。三弥進《さんやすす》みて曰《い》はく、「弁慶《べんけい》は其《そ》の人乏《ひととぼ》しからず。特《ただ》に名将判官公《めいしょうほうがんこう》に似《に》たる者《もの》の無《な》きのみ。」と。

関《せき》が原《はら》の戦《たたか》ひに、朝已《あさすで》に辰《たつ》の刻《こく》を過《す》ぐ。公尚《こうな》ほ陣《じん》して桃配野《ももくばりの》に在《あ》り。三弥時《さんやとき》に監軍《かんぐん》たり。走《はし》り来《きた》りて告《つ》げて曰《い》はく、「敵営遠《てきえいとほ》し。謂《こ》ふ少《すこ》しく大旗《たいき》を進《すす》めよ。」と。公《こう》冷笑《れいしょう》して曰《い》はく、「黄口児《こうこうじ》、敢《あ》へて多言《たげん》するや。」と。三弥其《さんやそ》の背《はい》を繞《めぐ》りて、私語《しご》して曰《い》はく、「口黄《くちき》なりと雖《いへど》も、遠《とほ》きは則《すなは》ち遠《とほ》しと云《い》はざるを得《え》ず。」と。

大坂《おほさか》の冬《ふゆ》の役《えき》に及《およ》び、台徳公《たいとくこう》に給事《きゅうじ》して、一万石《いちまんごく》を食《は》む。太公之《たいこうこれ》を聞《き》き、召見《しょうけん》して問《と》ひて曰《い》はく、「三弥《さんや》善《よ》く拗《よう》す。今何《いまなん》の改《あらた》め悔《く》ゆる所《ところ》ありて、能《よ》く人品《じんぴん》を高《たか》くすること此《かく》の如《ごと》きや。」と。三弥曰《さんやい》はく、「今将軍《こんしょうぐん》は淳良《じゅんりょう》にして事《つか》へ易《やす》きの主《しゅ》なり。若《かくのごと》き主《しゅ》に事《つか》へて、善《よ》く拗《よう》する者《もの》は、愚《ぐ》に非《あら》ざれは則《すなは》ち狂《きょう》なり。」と。太公笑《たいこうわら》ひて曰《い》はく、「三弥《さんや》の故態《こたい》、亦《ま》た復《ま》た発《はっ》するか。」と。

寧静子曰《ねいせいしい》はく、「三弥《さんや》の人《ひと》と為《な》り此《かく》の如《ごと》し。諸《これ》を乃兄《だいけい》の曲《きょく》にして巧《こう》なるに較《かく》するに、何《なん》ぞ其《そ》れ直《ちょく》にして拙《せつ》なるや。然《しか》りと雖《いへど》も巧《こう》にして曲《きょく》なる者《もの》は、往往《おうおう》志《こころざし》を得《え》、拙《せつ》にして直《ちょく》なる者《もの》は、究竟坎軻《きゅうきょくかんか》なるを免《まぬが》れざること、古今一揆《こんいっき》なり。是《こ》れ亦《ま》た嘆《たん》ずべきかな。」と。

〔語釈〕

疎豪＝あらくて強い。**率直**＝飾り気がなくありのままなこと。**幸若八九郎**＝舞曲芸能の一派。幸若流は十五世紀中ごろから京都に進出して、武将たちの愛顧を受け領地を安堵されるようになり、八九郎・小八郎・弥次郎の三家に分かれて盛行した。**高館舞**＝源義経主従が、奥州の高館で討手の軍勢を待ちながら開いた宴を中心とする物語を舞いで演じたもの。**勇豪**＝いさましく強い。いさましくすぐれている。**桃配野**＝美濃の国（今の岐阜県）内の地。**監軍**＝軍隊を監督する役。軍目付。**黄口児**＝経験の乏しい未熟な者。青二才。**給事**＝貴人のそばに仕えること。**拗**＝すねる。さからってすなおでない。淳良＝すなおで善良なこと。故態＝昔の姿。いつもの行状。乃兄＝兄と同じ。本多正信のこと。曲而巧＝心は実直でなくても口先が上手である。直而咄＝心は正直でも口先が下手である。坎軻＝志を得ずに不遇であること。古今一揆＝昔も今も同じであること。

〔人物解説〕
本多三弥＝二二四頁参照。
照公＝太公。徳川家康。一九四頁参照。

〔通釈〕

本多三弥正重は、佐渡守正信の弟である。性格が粗くがさつで飾り気が無かった。家康公は以前伏見に在って、能役者の幸若八九郎が高館の舞を演じるのを観賞した。舞が終わると家康公はお側の臣下に向かって、「今の世にどうして勇気のある豪傑で弁慶のような者が得られようか。とても得られない。」と言われた。三弥は進み出て、「弁慶のような者は沢山おります。ただ名将の義経公に似た者が無いだけです。」と言った。

関が原の戦いの時に、朝すでに辰の刻（午前八時）を過ぎた。家康公はそれでもまだ陣を取って桃配野に在った。三弥はその時軍の目付役であった。走って来て報告して、「敵の陣営は遠い。どうか少し旗をお進め下さい。」と言った。家康公はあざ笑って、「口ばしの黄色い小僧が、何を言うのか。」と言われた。三弥はその後をめぐって、ささやいて、「口ばしは黄色くても、敵が遠いのは遠いと言わざるをえない。」と言った。

大坂の冬の陣に参加し、秀忠公に仕えて禄一万石を受けた。家康公はこれを聞いて三弥を召し出して、「三弥よ、そなたはすねて、容易に人の言葉には従わなかった。今はどう改心悔悟して、人品をこのように高めたか。」とたずねた。三弥は、「今の将軍はおとなしくて仕え易いご主君です。このような主君に仕えて、すねる者は、愚人でなければ狂人です。」と答えた。家康公は笑って、「三弥の昔の癖が、また起こったか。」と言われた。

寧静子は言う、「三弥の性格はこのようである。これを兄の正信が実直でなくても口先が上手なのに比較すると、何と心が正直で口先が下手であることか。しかしながら口先が上手でうまく立ち回る者は、多くの場合は志を得て思うようになり、下手で正直な者は、結局は志を得られないことは、昔も今も同じである。これはまた嘆かわしいことである。」と。

〔原文出典〕

『常山紀談』（十三）本多正重の事。

賢媼（賢媼《けんおう》）

台徳公乳媼某、蓋参河之人。然不レ詳二姓氏一。人呼曰二大婆公一云。媼賢而有二丈夫之風一。公以二乳育之故一、視レ之如二阿母一。眷遇之渥、至レ老不レ衰。

媼無二他嗜好一、但毎月二三次、尽致二轎夫僕隷於厨下一、而崇二飯於大盤一、一一装二之椀一、身親饋以供レ之。奴輩感戴、極二其放饞一而止。以レ此為二平生娯楽一也。

一日本多正信来候。見二其親饋一、驚曰、「大婆公、侍婢使令、非レ不レ足也。何苦而自饋之為。」媼毅然整レ襟曰、「比来人謂レ子為二驕奢稍甚一。妾聞レ之不二敢信一、乃今而知二其匪レ誣也。子亦忘下為二弥八郎一之時上耶。妾昔微時、欲レ施二一飯之恩於人一、且不レ可レ得。今也設二此大饗一、使二奴輩数十人、快然飽食一者、悉皆邦家之恩。而独忘二微賤之時一可乎。子為二天下大老一、是之不レ問、而以二徒労一見レ擬。吾是以信二子之驕奢、而不レ能二自省一也。」正信赧然無レ言而去。

及二其疾病一也、公親臨視レ之、且問レ所レ欲レ言。媼泣曰、「妾復何言。但鄙心所レ願、殿下克遵三奉太公遺訓一、而務致二心乎政治一、使二後人無レ所二間然一也。」公又問、「果無レ所二私請一乎。」媼曰、「殿下眷遇如レ此。今何所レ不レ足、而敢請者。」公将レ起。媼遽呼曰、「主公、主公。前所三以見二云云一者、妾得レ之矣。得レ非下以二賤息流竄一為上レ念耶。抑彼自犯レ罪至二于此一。於レ妾糸毫無レ所レ怨。今臨レ終以二乳育之故一、曲従二宥典一、是挙二私恩一廃二公法一也。大妨二妾冥途之行一。切勿三以労二尊慮一。」言畢而瞑。

寧静子曰、「台徳公之淳厚謹密、雖レ曰レ由二天性一、未三必無二此媼之冥助暗養一也。夫外得二良師傅一、以輔二翼之一、而内又有二乳媼之賢一。天之祐二徳川氏一、何其篤也。伝曰、国家将レ興、必有二禎祥一。賢媼之為二禎祥一、不二亦多一乎。」

台徳公《たいとくこう》の乳媼《にゅうおう》某《なにがし》は、蓋《けだ》し参河《みかは》の人《ひと》なり。然《しか》れども姓《せい》氏《し》を詳《つまび》らかにせず。人《ひと》呼《よ》びて大婆公《おほばこう》と曰《い》ふと云《い》ふ。媼賢《おうけん》にして丈夫《じょうぶ》の風《ふう》有《あ》り。公乳育《こうにゅういく》の故《ゆゑ》を以《もっ》て、之《これ》を視《み》ること阿母《あぼ》の如《ごと》し。眷遇《けんぐう》の渥《あつ》きこと、老《ろう》に至《いた》るも衰《おとろ》へず。媼他《おうた》の嗜好《しこうな》無く、但《た》だ毎月二三次《まいげつにさんじ》、尽《ことごと》く轎夫《きょうふ》僕隷《ぼくれい》を厨《ちゅう》下《か》に致《いた》して、飯《はん》を大盤《たいばん》に崇《たか》くし、一一之《いちいちこれ》を椀《わん》に装《そう》し、身《み》親《みづか》ら饋《き》して以《もっ》て之《これ》に供《きょう》す。奴輩感戴《どはいかんたい》し、其《そ》の放饞《ほうざん》を極《きは》めて止《や》む。此《ここ》を以《もっ》て平生《へいぜい》の娯楽《ごらく》と為《な》すなり。

一日本多正信《いちじつほんだまさのぶ》来《きた》り候《こう》す。其《そ》の親饋《しんき》を見《み》て、驚《おどろ》きて曰《い》はく、「大婆公《おほばこう》、侍婢使令《じひしれい》、足《た》らざるに非《あら》ず。何《なに》を苦《くる》しみて自《みづか》ら饋《き》するを之《こ》れ為《な》す。」と。媼毅然《おうきぜん》として襟《えり》を整《ととの》へて曰《い》はく、「比来人子《ひらいひとし》を謂《い》ひて驕奢稍甚《きょうしゃややはなは》だしと為《な》す。妾《しょう》之《これ》を聞《き》くも敢《あ》へて信《しん》ぜざりしが、乃《すなは》ち今《いま》にして其《そ》の誣《ぶ》に匪《あら》ざるを知《し》るなり。子《し》も亦《ま》た弥八郎《やはちろう》たるの時《とき》を忘《わす》るるか。妾《しょう》昔微《むかしび》なりし時《とき》、一飯《いっぱん》の恩《おん》を人《ひと》に施《ほどこ》さんと欲《ほっ》するも、且《か》つ得《う》べからず。今《いま》や此《こ》の大饗《たいきょう》を設《まう》け、奴輩数十《どはいすうじゅう》人《にん》をして、快然飽食《かいぜんほうしょく》せしむるは、悉《ことごと》く皆邦家《みなほうか》の恩《おん》なり。而《しか》るに独《ひと》り微賤《びせん》の時《とき》を忘《わす》れて可《か》ならんや。子《し》は天下《てんか》の大《たい》老《ろう》たり、是《こ》れ之《これ》を問《と》はずして、徒労《とろう》を以《もっ》て擬《ぎ》せらる。吾《われ》是《ここ》を以《もっ》て子《し》の驕奢《きょうしゃ》にして、自《みづか》ら省《かへり》みること能《あた》はざるを信《しん》ずるなり。」と。正信赧然《まさのぶたんぜん》として言《い》ふこと無《な》くして去《さ》る。

其《そ》の疾《やまひ》の病《へい》なるに及《およ》びて、公親《こうした》しく臨《のぞ》んで之《これ》を視《み》て、且《か》つ言《い》はんと欲《ほっ》する所《ところ》を問《と》ふ。媼泣《おうな》きて曰《い》はく、「妾復《しょうま》た何《なに》をか言《い》はん。但《た》だ鄙心《ひしん》の願《ねが》ふ所《ところ》は、殿下克《でんかよ》く太公《たいこう》の遺訓《いくん》を遵奉《じゅんぽう》して、務《つと》めて心《こころ》を政治《せいじ》に致《いた》し、後人《こうじん》をして間然《かんぜん》する所無《ところな》からしめよ。」と。公又《こうま》た問《と》ふ、「果《は》たして私請《しせい》する所無《ところな》きや。」と。媼曰《おうい》はく、「殿下《でんか》に眷遇《けんぐう》せらるること此《かく》の如《ごと》し。今何《いまなん》の足《た》らざる所《ところ》ありてか、敢《あ》へて請《こ》はん者《もの》ぞ。」と。公将《こうまさ》に起《た》たんとす。媼遽《おうには》かに呼《よ》びて曰《い》はく、「主公《しゅこう》、主公《しゅこう》。前《さき》に云云《うんぬん》せらるる所以《ゆゑん》の者《もの》は、妾《しょう》之《これ》を得《え》たり。賤息《せんそく》の流竄《りゅうざん》を以《もっ》て念《ねん》と為《な》すに非《あら》ざるを得《え》んや。抑《そもそ》も彼自《かれみづか》ら罪《つみ》を犯《をか》して此《ここ》に至《いた》る。妾《しょう》に於《おい》て糸毫《しごう》も怨《うら》む所無《ところな》し。今終《いまを》はりに臨《のぞ》み乳育《にゅういく》の故《ゆゑ》を以《もっ》て、曲《ま》げて宥典《ゆうてん》に従《したが》はば、是《こ》れ私恩《しおん》を挙《あ》げて公法《こうほう》を廃《はい》するなり。大《おほ》いに妾《しょう》が冥途《めいど》の行《こう》を妨《さまた》げん。切《せつ》に以《もっ》て尊慮《そんりょ》を労《ろう》すること勿《なか》れ。」と。言畢《げんを》はりて瞑《めい》す。

寧静子《ねいせいし》曰《い》はく、「台徳公《たいとくこう》の淳厚謹密《じゅんこうきんみつ》なること、天性《てんせい》に由《よ》ると曰《い》ふと雖《いへど》も、未《いま》だ必《かなら》ずしも此《こ》の媼《おう》の冥助暗養《めいじょあんよう》する無《な》くんばあらざるなり。夫《そ》れ外《そと》は良師傅《りょうしふ》を得《え》て、以《もっ》て之《これ》を輔翼《ほよく》し、内《うち》は又《ま》た乳媼《にゅうおう》の賢《けん》有《あ》り。天《てん》の徳川氏《とくがはし》を祐《たす》くること、何《なん》ぞ其《そ》れ篤《あつ》きや。伝《でん》に曰《い》はく、国家《こっか》将《まさ》に興《おこ》らんとすれば、必《かなら》ず禎祥《ていしょう》有《あ》りと。賢媼《けんおう》の禎祥《ていしょう》たること、亦《ま》た多《おほ》からずや。」と。

〔語釈〕

乳媼＝うば。眷遇＝目をかけて手厚くもてなすこと。轎夫＝かごをかつぐ労働者。かごかき。僕隷＝召し使い。しもべ。厨下＝台所。料理室。饋＝給仕する。放饋＝むさぼり食べる。侍婢＝おそば仕えの女。腰元。使令＝召し使い。毅然＝強くしっかりしているさま。比来＝このごろ。驕奢＝おごり高ぶること。おごりぜいたくなこと。誣＝うそ。虚言。悪口。微＝身分が低い。快然＝心地よいこと。赧然＝顔を赤らめて恥じること。親臨＝自らその場に臨む。鄙心＝自分の心の謙称。遺訓＝遺言のおしえ。遵奉＝従い守る。間然＝非難する。賤息＝自分の子の謙称。むすこ。流竄＝島流しにする。糸毫＝少しも。宥典＝ゆるす。尊慮＝おこころ。淳厚＝人情が厚いこと。謹密＝つつしみ深く手ぬかりがないこと。冥助暗養＝知らず知らずのうちに助けやしなうこと。師傅＝教え導きながら守り育てる役。師匠ともり役。輔翼＝助けやしなう。云曰、国家云云＝国家が興起するときには、必ずめでたい前兆がある。『中庸』二十四章の「国家将に興らんとすれば、必ず禎祥有り、国家将に亡びんとすれば、必ず妖孽《ようげつ》有り」に基づく。禎祥＝めでたいことの起こる前兆。

〔人物解説〕

大婆公＝（一五二五〜一六一三）二代将軍秀忠の乳母。初め今川氏の家人河村善右衛門に嫁し、死別後は小田原にいたが、家康に召されて秀忠の乳母となって献身し、重んじられて大婆と称した。その子の某が罪を得て流罪されたときも、彼女の信任は変わらず、秀忠より厚遇を受けて生涯を終えた。

〔通釈〕

二代将軍秀忠公の乳母の某は、思うに三河の人である。しかしながらその苗字ははっきりしない。人は皆大婆殿と呼んだという。乳母は賢くて男まさりの婦人であった。秀忠公は乳母の乳によって育てられたので、この女性を母親のように思われた。目をかけて手厚くもてなすことは、老年に至っても変わらなかった。

大婆殿は他に好むことは無く、ただ毎月二三度ずつ、かごを担ぐ労働者や召し使い達の全てを台所へ寄せて、飯を大きな飯鉢に山盛りに入れ、一々これを椀に入れ、大婆殿自身が持ち運んでその者達に食べさせた。下部の者たちは有り難くいただき、思うだけ食べて止める。大婆殿はこのことを平生の楽しみとした。

ある日、本多正信が参った。大婆殿が自ら飯椀を持ち運びされているのを見て、驚いて、「大婆殿には、お側付の女中召し使いが、足らないわけではない。どうして苦労なされてご自身で持ち運びをなさるのか。」と言われた。大婆殿はきりっとして容姿を改め襟を正して、「この頃人々はそなたのことをおごり高ぶることが甚だしいと言っている。私はそれを聞いても敢えて信じなかったが、今そなたの言葉を聞いて人々の言うことが虚言ではないことを知った。そなたもまた弥八郎であった時のことをお忘れになられたのか。私が昔身分が低かった時、一飯の恵みを人に施したいと思っても、その事はできなかった。今この大きなもてなしを設けて、下部の者たち数十人に、快く腹一ぱいに食べさせることができるのは、全て皆徳川家のご恩なのである。それなのに独り身分が低かった時のことを忘れてよろしかろうか。そなたは天下の大老職であるのに、この重い役目に心をつけず、私の致すことを無駄骨を折ると見なされる。私はそれでそなたが高ぶって、自分を省みることができないと信じる。」と言われた。正信は恥じ入って顔を赤くして何も言わずにその場を去った。

大婆殿の病気が重くなった時、秀忠公はご自身でお見舞をし、さらに言いたいことはないかをたずねた。大婆殿は泣いて、「私はまた何をか申しましょうや。ただ心中に願う所は、殿下にはよく大御所家康公のご遺言を守られ、務めて心を政治に用いられ、後の世の人に非難されるような所が無いようにして下さい。」と言った。秀忠公はまた、「本当のところ内々に頼みたいことがあるのでは無いか。」とたずねた。すると大婆殿は、「殿下に目をかけ手厚くもてなされたことはこのように有り難いことです。今何の不足があって、別にお願いがありましょう、何もございません。」と答えた。秀忠公は起とうとした。大婆殿は突然秀忠公を呼び止めて、「ご主君、ご主君、さきほど内々に頼むことは無いかと仰せられた理由は、私はよく分かります。私のむすこの流刑をお心にかけて下さるのではございませんか。そもそもせがれは自分で罪を犯して流刑に処せられたものでございます。私には少しも怨む所はぎざいません。今臨終を迎えて私が乳をあげて育てたということで、道理を曲げてご赦免下さるのに従えば、これは私事の恩を挙げて国の公法を廃することでございます。大いに私の冥途の旅路を妨げることになりましょう。くれぐれもお心におかけくださいますな。」と言った。この言葉が終わると息を引き取った。

寧静子は言う、「秀忠公の人情が厚く慎み深くて全てに行き届いたのは、生まれ付きの性質であるとは言っても、この乳母大婆殿の人知れぬ助けと陰ながらの養いが無ければなかったことである。秀忠公は外には良い師やお付役を得て、政治をお輔けし、内にはまた乳母の賢い教えがあった。天が徳川氏を助けること、何と手厚いことか。中庸にこうある、国が興ろうとすれば必ず福の兆が有る、と。賢い乳母が福の兆であることが、なんと多いことではないか。」と。

〔原文出典〕
『明良洪範』（二十四）。『鳩巣小説』（中）。

台徳公美事（台徳公《たいとくこう》の美事《びじ》）

公平素未三嘗履二日影一。夕陽入レ座、必避而過レ之。旁好二挿花技一、毎レ有二茶儀一、自安二之床一。或有レ献二冬日牡丹一。公一覧称レ善。左右啓曰、「盍レ挿二之瓶一。」公曰、「此花雖レ美、非二節序之正一。所レ不レ欲二賞玩一也。」

伏レ枕数旬、未三嘗一朝廃二梳頭一。曰、「雖二然病一矣、天下之政、不レ可レ不二敬聴一。豈可下以二蓬頭乱髪一接上之乎。」

嘗語二左右一曰、「人有二恒言一云、『浮生如レ夢、寸歩外皆闇夜矣。須二及レ時娯楽一耳。』此言大繆。当レ云、『浮生既短矣。不レ可レ不レ加レ敬。敬之時亦不レ長。豈不二能勉強一乎。』」

公平素《こうへいそ》未《いま》だ嘗《かつ》て日影《ひかげ》を履《ふ》まず。夕陽座《せきようざ》に入《い》れば、必《かなら》ず避《さ》けて之《これ》を過《す》ぐ。

旁《かたは》ら挿花《そうか》の技《ぎ》を好《この》み、茶儀《さぎ》有《あ》る毎《ごと》に、自《みづか》ら之《これ》を床《とこ》に安《やす》んず。或《ある》ひと冬日《とうじつ》の牡丹《ぼたん》を献《けん》ずる有《あ》り。公一覧《こういちらん》して善《よ》しと称《しょう》す。左右啓《さゆうけい》して曰《い》はく、「盍《なん》ぞ之《これ》を瓶《へい》に挿《さ》さざる。」と。公曰《こうい》はく、「此《こ》の花美《はなび》なりと雖《いへど》も、節序《せつじょ》の正《ただ》しきものに非《あら》ず。賞玩《しょうがん》するを欲《ほっ》せざる所《ところ》なり。」と。

枕《まくら》に伏《ふ》すこと数旬《すうじゅん》なるも、未《いま》だ嘗《かっ》て一朝《いっちょう》も梳頭《そとう》を廃《はい》せず。曰《い》はく、「然《しか》く病《や》むと雖《いへど》も、天下《てんか》の政《まつりごと》は、敬《つつし》んで聴《き》かざるべからず。豈《あ》に蓬頭乱髪《ほうとうらんはつ》を以《もっ》て之《これ》に接《せっ》すべけんや。」と。

嘗《かっ》て左右《さゆう》に語《かた》りて曰《い》はく、「人恒《ひとつね》の言《げん》有《あ》りて云《い》ふ、『浮《ふ》生《せい》は夢《ゆめ》の如《ごと》く、寸歩《すんぽ》の外《そと》は皆闇夜《みなあんや》なり。須《すべか》らく時《とき》に及《およ》んで娯楽《ごらく》すべきのみ。』と。此《こ》の言大《げんおほ》いに繆《あやま》れり。当《まさ》に云《い》ふべし、『浮生《ふせい》は既《すで》に短《みじか》し。敬《けい》を加《くわ》へざるべからず。敬《けい》の時《とき》も亦《ま》た長《なが》からず。豈《あ》に能《よ》く勉強《べんきょう》せざらんや。』」と。

〔語釈〕

挿花技＝生け花のわざ。茶儀＝茶の湯の儀式。節序之正＝時節に合うこと。梳頭＝髪をくしけずる。髪の手入れをする。蓬頭＝よもぎのように髪の乱れた頭。寸歩之外＝一寸の先。

〔通釈〕

二代将軍秀忠公は、一度も日影（日の光）を履んだことは無かった。夕日が座上に射し込むと、必ずその日影を避けて通った。

また公務の余暇に生花を好み、茶の会がある毎に、自分で花を生けて床の間に飾った。ある人が冬に牡丹の花を献上した。秀忠公は一覧してこれはよいと言われた。そこで側近の者が、「どうして花瓶にお生けにならないのですか。」と申し上げた。すると秀忠公は、「この花は美しいけれども、時節相当の花ではない。賞玩しようとは思わないのである。」と言われた。

病床に伏すことが五六十日間に及んだが、その間一朝も髪を結うことを廃したことはなかった。そしてこう言われた、「このように病気中であっても、天下の政治は、謹んで聴かなければならない。どうして髪を乱したままでこれにたずさわることができようか。」と。

ある時側近の者に語って、「世の人の常に言うことがある、『浮世は夢のようである、一寸先は皆闇の夜である。楽しめる時に大いに楽しむべきである。』と。この言葉は大いに誤っている。『浮世は短い。慎みを重ねなければならない。慎む時もまた長くはない。どうしてつとめ励まずにいられようか。』と言うのがよい。」と言われた。

〔原文出典〕
『名将名言記』。『額波集』。『雨夜の友』。『良将達徳鈔』（六）。

舞妓阿国（舞妓《ぶぎ》阿国《おくに》）

天正中、有下妓称二阿国一者上。妙麗善舞、名藉二藉於京畿一。少将秀康之在二伏水一、欲レ観二其技倆一、召致二之客館一。阿国繋レ頸以二水晶念珠一。少将意二其品不レ称、賜二珊瑚念珠一以寵レ之。既而阿国進奏二其技一。羅衣従レ風、長袖交横、極二其宛転之状一。少将凝視者久、因大号泣。左右怪問二其故一。少将乃曰、「渠雖二裙釵之流一、既為二天下第一名一矣。我則堂堂一丈夫、而曾不レ得レ称二海内一人一。豈能不二羞而泣一耶。」

寧静子曰、「君子喩二於義一、武夫則喩二於勇一。故観二一舞妓一、亦足三以発二其豪気一耳。不レ然上杉氏号二称天下勁敵一、而少将以二一人一当レ之、誓不レ使下越二白河関一一歩上。尚何不レ称二海内一人一是憂哉。」

天正中《てんしょうちゅう》、妓《ぎ》の阿国《おくに》と称《しょう》する者《もの》有《あ》り。妙麗《みょうれい》にして善《よ》く舞《ま》ひ、名《な》京畿《けいき》に藉藉《せきせき》たり。少将《しょうしょう》秀康《ひでやす》の伏水《ふしみ》に在《あ》るとき、其《そ》の技倆《ぎりょう》を観《み》んと欲《ほっ》し、召《め》して之《これ》を客館《かくかん》に致《いた》す。阿《お》国頸《くにくび》に繋《か》くるに水晶《すいしょう》の念珠《ねんじゅ》を以《もっ》てす。少将其《しょうしょうそ》の品《ひん》の称《かな》はざるを意《おも》ひ、珊瑚《さんご》の念珠《ねんじゅ》を賜《たま》ひ以《もっ》て之《これ》を寵《ちょう》す。既《すで》にして阿国進《おくにすす》みて其《そ》の技《ぎ》を奏《そう》す。羅衣風《らいかぜ》に従《したが》ひ、長袖交《ちょうしゅうこもご》も横《よこ》たはり、其《そ》の宛転《えんてん》の状《じょう》を極《きは》む。少将《しょうしゅうぎょうし》凝視すること久《ひさ》しく、因《よ》りて大《おほ》いに号泣《ごうきゅう》す。左右怪《さゆうあや》しみて其《そ》の故《ゆゑ》を問《と》ふ。少将乃《しょうしょうすなは》ち曰《い》はく、「渠裙釵《かれくんさ》の流《りゅう》と雖《いへど》も、既《すで》に天下《てんか》第一《だいいち》の名《な》を為《な》せり。我《われ》は則《すなは》ち堂堂《どうどう》たる一丈夫《いちじょうふ》にして、曾《かつ》て海内《かいだい》の一人《いちにん》と称《しょう》することを得《え》ず。豈《あ》に能《よ》く羞《は》ぢて泣《な》かざらんや。」と。

寧静子《ねいせいし》曰《い》はく、「君子《くんし》は義《ぎ》に喩《さと》り、武夫《ぶふ》は則《すなは》ち勇《ゆう》に喩《さと》る。故《ゆゑ》に一舞妓《いちぶぎ》を観《み》るも、亦《ま》た以《もっ》て其《そ》の豪気《ごうき》を発《はっ》するに足《た》るのみ。然《しか》らざれば上杉氏《うへすぎし》天下《てんか》の勁敵《けいてき》と号称《ごうしょう》するに、少将《しょうしょう》一人《いちにん》を以《もっ》て之《これ》に当《あ》たり、誓《ちか》って白河《しらかは》の関《せき》を越《こ》ゆること一歩《いっぽ》ならしめず。尚《な》ほ何《なん》ぞ海内《かいだい》の一人《いちにん》を称《しょう》せられざるを是《こ》れ憂《うれ》へんや。」と。

〔語釈〕

天正中＝天正年間（一五七三〜一五九二）。**妙麗**＝容姿がすぐれて美しいこと。**藉藉**＝やかましく言いたてる。名声が盛んなさま。**念珠**＝じゅず。小さな珠を糸で貫いてつなげたもの。**羅衣**＝うすぎぬの衣服。**宛転之状**＝つぎつぎに変化するさま。舞い踊るさま。**凝視**＝じっと見つめる。**裙釵之流**＝裙は、女性のもすそ。釵は、かんざし。転じて、妓女。舞妓のこと。**君子喩於義**＝君子は道理に敏感である。道義を基準としてものごとを考える。『論語』里仁篇の「君子は義に喩り、小人は利に喩る。」に基づく。**豪気**＝すぐれて大きく強い気性。**勁敵**＝強い敵。**号称**＝称する。言う。

〔人物解説〕

阿国＝生没年不詳。慶長八年（一六〇三）の春、出雲大社の巫女で、大社修復の勧進のために入洛したという阿国が、京都で歌舞伎踊を披露したという。女御近衛氏のために同じ踊りを見せたのが最初とされる。

少将秀康＝（一五七四〜一六〇七）結城秀康。秀忠の兄。越前国北庄城主、福井藩祖。家康の次男。秀吉の秀と家康の康とを採って命名。天正十二年（一五八四）秀吉の養子（実質は人質）となり、十八年には結城晴朝の養子となり、下総結城十万一千石を相続した。文録の役には秀吉に従って肥前国名護屋に駐屯した。関が原戦の後、論功行賞によって越前国などを得た。参議を経て権中納言に至ったが、三十四歳の若さで越前北庄城で病没した。

〔通釈〕

天正年中に舞妓の阿国という者があった。大変な美人で上手に舞い、その名は京都や近畿地方で評判になっていた。家康公の次男の越前の少将秀康は伏見に在ったとき、その舞を見物しようと思い、阿国を旅宿の館へ来させた。阿国は首に水晶の数珠をかけていた。秀康はそれが人品にふさわしくないと思い、珊瑚の数珠を与えて寵愛した。それから間もなくして阿国は進み出て舞いを舞った。うす絹の着物が風に従ってひらひらとし、長い振袖が重なりあって横たわり、その巧みに舞うさまは何とも言えないほどの美しさであった。秀康は目ばたきもせずに長い間見ていたが、これによって大いに泣かれた。近習の者たちは不思議に思ってその訳をたずねた。秀康は、「あの者は着物の裾を曳き簪を飾り人に媚を売る舞妓ではあるが、既に日本一の名を揚げている。わしは堂々とした一人前の男子であるのに、いまだに日本一の人と言われない。どうして恥入って泣かれずにいられようか。」と言われた。

寧静子は言う、「君子は何事も道義を標準にして理解し、武士は勇気を標準にして理解する。だから一人の舞妓を見ても、またその身の強い気性を起こすのである。そうでなければ上杉景勝が日本国中の強い敵であると言うにもかかわらず、秀康は自分一人でこれに当たり、決して上杉氏に白河の関を一歩も越えさせなかった。その上どうして日本の第一人者と言われないことを憂えることがあろうか。憂えることはない。」と。

〔原文出典〕
『武辺咄聞書』（五）。

紀公生母（紀公《きこう》の生母《せいぼ》）

紀公頼宣生母曰二阿万一。後称二養珠院一。嘗謂「愛二諸公子一、而献二之名剣宝器一、常事耳。抑主将所レ宝者、有名勇士也。一旦緩急、舎二勇士一将孰之恃乎。妾聞塙団右衛門、為二旧主所一レ錮、仕路迍邅。妾欲下得二此人一、以保中護公子上。顧不レ勝二於名剣宝器一乎。」乃就二毎歳所レ受粧資五百金一、致二其二百金於団右衛門一、以待二他日之用一。

寧静子曰、「鏡台粧奩、務致二其美一、婦人常態耳。誰謂下捐二其粧粉資一、而為二国家一養中猛士上耶。嗚呼、有二此母一、而有二此子一。南竜公之勇武絶倫、不レ足レ怪也。」

紀公頼宣《きこうよりのぶ》の生母《せいぼ》を阿万《おまん》と曰《い》ふ。後《のち》に養珠院《ようじゅいん》と称《しょう》す。嘗《かつ》て謂《い》ふ「諸公子《しょこうし》を愛《あい》して、之《これ》に名剣宝器《めいけんほうき》を献《けん》ずるは、常《じょう》事《じ》のみ。抑《そもそ》も主将《しゅしょう》の宝《たから》とする所《ところ》の者《もの》は、有名《ゆうめい》の勇士《ゆうし》なり。一旦緩急《いったんかんきゅう》あらば、勇士《ゆうし》を舎《す》てて将《は》た孰《たれ》をか之《こ》れ恃《たの》まんや。妾聞《しょうき》く塙団右衛門《はなはだんうゑもん》は、旧主《きゅうしゅ》の錮《こ》する所《ところ》と為《な》り、仕路迍邅《しろちゅんてん》なりと。妾此《しょうこ》の人《ひと》を得《え》て、以《もっ》て公子《こうし》を保護《ほご》せんと欲《ほっ》す。顧《おも》ふに名剣宝器《めいけんほうき》に勝《まさ》らずや。」と。乃《すなは》ち毎歳《まいさい》受《う》くる所《ところ》の粧資《しょうし》五百金《ごひゃっきん》に就《つ》き、其《そ》の二百金《にひゃきん》を団右衛門《だんうゑもん》に致《いた》し、以《もっ》て他日《たじつ》の用《よう》を待《ま》つ。

寧静子《ねいせいし》曰《い》はく、「鏡台粧奩《きょうだいしょうれん》、務《つと》めて其《そ》の美《び》を致《いた》すは、婦人《ふじん》の常態《じょうたい》のみ。誰《たれ》か其《そ》の粧粉《しょうふん》の資《し》を捐《す》てて、国家《こっか》の為《ため》に猛士《もうし》を養《やしな》ふと謂《い》はんや。嗚呼《ああ》、此《こ》の母《はは》有《あ》りて、此《こ》の子《こ》有《あ》り。南竜公《なんりゅうこう》の勇武絶倫《ゆうぶぜつりん》なること、怪《あや》しむに足《た》らざるなり。」と。

〔語釈〕

一旦緩急＝ひとたび大事が起きた場合には。緩急は危急なこと。一大事。『漢書』爰盎《えんおう》伝の「一旦緩急有らば、寧ぞ恃むに足らんや。」に基づく。**錮**＝とじこめる。罰する。**迍邅**＝行きなやむ。つまずく。**粧資**＝化粧料。**粧奩**＝化粧道具。**猛士**＝強くたくましい兵士。勇士。**有此母而有此子**＝『孔叢子』居衛の「此の父有りて、斯に此の子有り」をふまえた表現。**南竜公**＝頼宣のこと。**絶倫**＝人なみはずれてすぐれていること。

〔人物解説〕

紀公頼宣＝（一六〇三～一六七一）徳川頼宣。家康の十男。母は正木頼忠の娘（実は蔭山氏広の娘）阿万（養珠院）。二歳で兄武田信吉（家康の五男）の遺領である水戸二十万石を継ぎ、翌年五万石加増。一度も水戸へは赴任せず、慶長十四年（一六〇九）に駿河・遠江・東三河の地五十万石に転封され、次いで元和五年（一六一九）に紀伊和歌山五十五万五千石に移された。藩政面では諸法令を発布し、藩体制の確立に努めた。南竜公と称された。

阿万＝（一五八〇～一六五三）家康の側室。正木頼忠の娘（実は蔭山氏広の娘）で、蔭山殿と称す。紀伊家の祖頼宣、水戸家の祖頼房の生母。家康の没後は薙髪して養珠院と号した。

〔通釈〕

紀州公の初代頼宣の生母を阿万という。後に養珠院と申した。ある時、「諸の将軍が御子を愛して、これに名剣や宝器を献ずるのは、通常の事である。そもそも大将なる者が宝とするのは、名のある勇士である。ひとたび大事の起こった時には、勇士を頼りとせずに誰を力として頼りにすることができようか。誰も頼りにすることはできない。私は、塙団右衛門は旧主の加藤家から出仕を止められ、仕官の道が閉ざされて浪人していると聞いている。私はこの人を抱え入れて、公子の頼宣を護らせたいと思う。思うにこれは名剣や宝器を献ずることよりよいことではないか。」と言われた。そこで毎年受け取る化粧料五百金の中から、その二百金を団右衛門に送り、他日の一大事の時の用意に備えた。

寧静子は言う、「鏡台や化粧道具など、できるだけ立派なものを揃えるのは、女性の常の習わしである。通常の女性ならば誰が自分の化粧料の金をすてて、国家の為に勇士を養うという者があろうか。そんな女性は誰もいない。ああ、この心掛けのよい母があったからこそ、この勇武な頼宣があるのである。頼宣公の勇武が人に卓越しているのは、不思議でも何でもない当然のことなのである。」と。

〔原文出典〕

『常山紀談』（二十三）。『武辺咄聞書』（二）。

南竜公（南竜公《なんりゅうこう》）

紀之為レ国、山深谷邃。老樹森蔚、山魈木魅、往往見二怪異一云。南竜公好二田猟一、罙二入其阻一、無レ所二少避一。

一日游二猟友島一。有二顚木一、蟠屈当レ道。乃踞而息焉。既而木蠢蠢如レ有レ動。旋化為レ竜、嶄然見二頭角一。公怒而起、抜レ剣擬二其頭一曰、「既為二顚木一、則顚木而止耳。山霊伎倆、何其露レ拙耶。」言未レ畢、黒雲巻レ山、暴雨如レ注。急駕二楼船一、回レ橈数里。霹靂連声、忽有レ物墜二船上一。則一団火精、輾転迫レ座。公蹶起、取二所レ有毛毯一投レ之、使二侍臣巻以捉一レ之。侍臣七顚八倒。火団則瞥然乗レ雲以去。反視二船底一、棹手五六人、皆粉虀而死矣。其行レ事猛暴如レ此。而時復有二灑然可レ喜者一。

嘗贈二牽牛花一盆於生母養珠院一曰、「朝間之花、過レ午猶栄。所三以供二一粲一也。」答書曰、「朝花之贈、奇観可レ喜。抑人寿猶二此花一。苟得二其養一、短者亦可レ使二之長一也。勉レ之勉レ之。即養二家国一、亦唯此心視レ之、国祚何患レ不二長久一乎。答謝之次、聊及レ之。」

寧静子曰、「南竜公在二兄弟十一人中一、最健康保レ寿、至二七十余齢一。豈克服二母氏慈訓一之所レ致歟。而其剛勇無前、不若神姦、莫二之敢避一、亦足下以徴中夫豈復有二十四齢一之言上耳。易曰、知レ柔知レ剛、万夫之望。南竜公有焉。」

紀《き》の国《くに》たる、山深《やまふか》く谷邃《たにふか》し。老樹森蔚《ろうじゅしんうつ》として、山魈《さんしょう》木魅《もくみ》、往往怪異《おうおうかいい》を見《あらは》すと云《い》ふ。南竜公田猟《なんりゅうこうでんりょう》を好《この》み、其《そ》の阻《そ》に罙入《しんにゅう》し、少《すこ》しも避《さ》くる所無《ところな》し。

一日友《いちじつとも》が島《しま》に游猟《ゆうりょう》す。顚木有《てんぼくあ》り、蟠屈《はんくつ》して道《みち》に当《あ》たる。乃《すなは》ち踞《きょ》して息《いこ》ふ。既《すで》にして木蠢蠢《きしゅんしゅん》として動《うご》くこと有《あ》るが如《ごと》し。旋《たちま》ち化《か》して竜《りょう》と為《な》り、嶄然頭角《ざんぜんとうかく》を見《あらは》す。公《こう》怒《いか》りて起《た》ち、剣《けん》を抜《ぬ》き其《そ》の頭《とう》に擬《ぎ》して曰《い》はく、「既《すで》に顚《てん》木《ぼく》たれば、則《すなは》ち顚木《てんぼく》にして止《や》まんのみ。山霊《さんれい》の伎倆《ぎりょう》、何《なん》ぞ其《そ》れ拙《せつ》を露《あらは》すや。」と。言未《げんいま》だ畢《を》はらざるに、黒雲山《こくうんやま》を巻《ま》き、暴雨注《ぼううそそ》ぐが如《ごと》し。急《きゅう》に楼船《ろうせん》に駕《が》し、橈《かぢ》を回《めぐ》らすこと数里《すうり》。霹靂連声《へきれきれんせい》、忽《たちま》ち物有《ものあ》り船上《せんじょう》に墜《お》つ。則《すなは》ち一《いち》団《だん》の火精《かせい》、輾転座《てんてんざ》に迫《せま》る。公蹶起《こうけつき》し、有《あ》る所《ところ》の毛毯《もうたん》を取《と》りて之《これ》に投《な》げ、侍臣《じしん》をして巻《ま》きて以《もっ》て之《これ》を捉《とら》へしむ。侍《じ》臣七顚八倒《しんしちてんはっとう》す。火団《かだん》は則《すなは》ち瞥然雲《べつぜんくも》に乗《じょう》じ以《もっ》て去《さ》る。反《かへ》りて船底《せんてい》を視《み》れば、棹手五六人《とうしゅごろくにん》、皆粉虀《みなふんさい》して死《し》せり。其《そ》の事《こと》を行《おこな》ふ猛暴此《もうぼうかく》の如《ごと》し。而《しか》れども時《とき》に復《ま》た灑然《さいぜん》喜《よろこ》ぶべき者有《ものあ》り。

嘗《かつ》て牽牛花一盆《けんぎゅうかいちぼん》を生母養珠院《せいぼようじゅいん》に贈《おく》りて曰《い》はく、「朝《ちょう》間《かん》の花《はな》、午《ご》を過《す》ぎて猶《な》ほ栄《さか》ゆ。一粲《いちさん》に供《きょう》する所以《ゆゑん》なり。」と。答《こた》ふる書《しょ》に曰《い》はく、「朝花《ちょうか》の贈《おく》りもの、奇観喜《きかんよろこ》ぶべし。抑《そもそ》も人寿《じんじゅ》も猶《な》ほ此《こ》の花《はな》のごとし。苟《いやし》くも其《そ》の養《よう》を得《え》ば、短《みじか》き者《もの》も亦《ま》た之《これ》をして長《なが》からしむべきなり。之《これ》を勉《つと》めよ之《これ》を勉《つと》めよ。即《すなは》ち家国《かこく》を養《やしな》ふも、亦《ま》た唯《た》だ此《こ》の心《こころ》にて之《これ》を視《み》ば、国祚何《こくそなん》ぞ長久《ちょうきゅう》ならざるを患《うれ》へんや。答《とう》謝《しゃ》の次《ついで》、聊《いささ》か之《これ》に及《およ》ぶ。」と。

寧静子《ねいせいし》曰《い》はく、「南竜公兄弟十一人《なんりょうこうけいていじゅういちにん》の中《うち》に在《あ》りて、最《もっと》も健康《けんこう》にして寿《じゅ》を保《たも》ち、七十余齢《しちじゅうよれい》に至《いた》る。豈《あ》に克《よ》く母氏《ぼし》の慈訓《じくん》に服《ふく》するの致《いた》す所《ところ》なるか。而《しか》して其《そ》の剛勇無《ごうゆうむ》前《ぜん》、不若神姦《ふじゃくしんかん》も、之《これ》を敢《あ》へて避《さ》くる莫《な》きは、亦《ま》た以《もっ》て夫《か》の豈《あ》に復《ま》た十四齢《じゅうしれい》有《あ》らんやの言《げん》を徴《ちょう》するに足《た》るのみ。南《なん》竜公《りゅうこう》有《あ》り。」と。易《えき》に曰《い》はく、柔《じゅう》を知《し》り剛《ごう》を知《し》る、万夫《ばんぷ》の望《のぞ》み、と。

〔語釈〕
森蔚＝草木の生い茂るさま。山魈＝山の精。一本足で小児の形をしている。夜に人を襲うのを好むといわれる。木魅＝木の精。ばけもの。年功をつんで怪異をなすという。田猟＝かり。狩猟。阻＝けわしい所。顚木＝倒れた木。蟠屈＝竜や蛇などがとぐろを巻く。とぐろを巻いたようにわだかまる。踞＝腰かける。蠢蠢＝虫の動くさま。むずむずと動く。嶄然＝高くぬきんでてそば立つさま。暴雨＝激しい雨。急に降り出す雨。楼船＝屋形船。霹靂＝激しく鳴り響く雷。七顚八倒＝何度もころがり倒れること。苦痛に耐えられず転げまわるさま。棹手＝船のこぎ手。粉韲＝粉みじんにくだける。灑然＝さっぱりとして清らかなさま。風流なさま。牽牛花＝朝顔の花。供一粲＝お笑いぐさまでに。人に物を贈るときの謙譲語。国祚＝国の栄え。答謝之次＝お礼の返事のついで。慈訓＝めぐみ深いおしえ。不若＝化け物。妖怪。『左伝』宣公三年の「民川沢山林に入り、不若に逢はず」に基づく。神姦＝たたりをするもの。怪物。『左伝』宣公三年の「民をして神姦を知らしむ」に基づく。豈復有十四齢之言＝南竜公は大坂の役の時十四歳であったが、後れをとって大変に残念がった。そこである人が、「公はまだ若く前途のある身であるから、功を立てる機会は十分にある。残念がることはありません。」と言ったところ、南竜公は、「我には二度と十四歳のときはないのだ。」と答えたという故事に基づく。易曰＝柔弱であるものを見て、それが将来どのように剛強なものになるかを前もって知る。そのように先見の明のある者は、天下万民の望む君子である。『易経』繫辞下伝の「君子は微を知り彰を知り、柔を知り剛を知る、万夫の望なり。」に基づく。

〔人物解説〕
南竜公＝徳川頼宣。三二五頁参照。
養珠院＝阿万。三二五頁参照。

〔通釈〕
紀伊の国は、山は奥深く谷は幽谷である。大木が生い繁って、山の主というものや老木の精というものが、時々怪しいことを現すという。頼宣公は狩猟することが好きで、険しい深山に入り、少しも避けるところが無かった。
ある日友が島という地に狩猟をした。倒れた木が、わだかまって通る道筋にあった。そこで頼宣公はそれに腰掛けて休息をした。間もなくその木は虫がうごめくような動きがあるようであった。その木は突然変化して竜となり、はっきりとその姿を現した。頼宣公は怒って立ち上り、剣を抜いてその頭に差しつけて、「既に倒れた木ならば、そのまま倒れた木のままで居れ。山の神の仕業としては、何と下手なことを露呈することか。」と言われた。その言葉がまだ終わらないうちに、黒雲が山をおおい、激しい雨がまるで上から水を注ぐかのように降り出した。そこで急いで御座船に乗り、橈を漕ぐこと五六里も行った。激しい雷鳴が続き、突然物が御座船の上に落ちた。それは一塊の火の玉で、転げまわって頼宣公の座に迫った。頼宣公は奮い立って、傍に有った毛氈を投げつけ、近習の者に巻いて捕らえさせた。近習は何度もころがり倒れて捕らえることに苦しんだ。火の玉は隙を見てさっと雲に打ち乗って去った。船の中を見ると、船頭が五六人、全員が粉微塵になって死んでいた。頼宣公の行動が強くて荒々しいことはこのようであった。しかしながら時にはまた、風流な事もあった。

ある時、朝顔の花一鉢を生母の養珠院に贈って、「朝の間の花ではありますが、正午を過ぎてもなお咲いております。お笑い草に差し上げまする。」と言われた。するとその返事の書に、「朝顔の花の進物、珍しくて喜びました。そもそも人の寿命もちょうどこの花のようなものです。もしその養生が当を得れば、短い寿命もまたそれを長くすることができます。このことを勉めなされよ、このことを勉めなされよ。家や国を養うにも、またこの心で観察すれば、国の幸いもどうして長久でないことを思いわずらうことがありましょうか。お礼のついでに、ちょっとこのことを書き記しました。」と書かれてあった。

寧静子は言う、「頼宣公は、兄弟十一人の中にあって、最も壮健で長寿を保ち、七十余歳まで生きた。なんとこれは生母の教えによく従った結果によるものか。そしてその剛勇であることは前に例がなく、強い妖怪の神も、決して避けることのないのは、また彼の十四歳の時の、どうして二度と十四歳があろうか、と言った言葉を証拠とすることができる。易経に、『柔を知り剛を知るは、万民の仰ぎ望む君子である。』とある。南竜公はまさにそれである。」と。

〔原文出典〕
『武野燭談』（七）。

阿閉掃部（阿閉掃部《あべかもん》）

越前侯秀康之就レ封也、聞三阿閉掃部為二勲閥之士一、以二重禄一聘レ之。狛伊勢亦越之世臣也。将下為二其子一行中擐甲礼上、請二掃部一為レ賓。礼畢置レ酒、伊勢謂二掃部一曰、「今日豚児擐甲之初、願子語二当年武功一、以祝二児前程一。」掃部曰、「吾豈有二武功可一レ語乎。無レ已則有レ一焉。吾嘗見二一士武風最可レ観者一矣。賤岳之役、両軍既散、吾単騎沿二余吾湖一而退。有下一騎呼二於後一者上。回レ聽接レ之則曰、『朝来所レ殪、皆雑兵矣。不幸未レ遇二好敵一。観二子儀容一、果非二凡士一。敢請一戦決二輸贏一。』余曰、『諾。』下レ馬将レ交レ槍。其人曰、『請俟二之須臾一。我槍巇矣。』没二鋒於湖一、洗レ之者三、曰、『可二以戦一矣。』於レ是相闘。雌雄未レ決、而日已昏黒。乃呼曰、『可レ恨槍鋒難レ弁。請期二他日一。子為レ誰。身是青木新兵也。後日相三見戎間一、誓不レ付二勝負於他人一矣。』揚レ鞭而別。吾結髪従レ軍、未三嘗見二従容整暇如レ此之士一。」

言未レ畢、有二青木方斎者一、自二屏後一出、謂二掃部一曰、「側聴二吾子話一、懐旧之涙、不レ能二自禁一。吾子亦不レ記乎。爾時与レ君交レ鋒者、即此翁也。」掃部拍レ掌曰、「契濶久矣。今日相遇、何其奇也。」乃挙レ觴属レ之、好以二腰刀一。由レ此青木之名、顕二于一時一。侯聞而聘レ之、与二掃部一同二其秩禄一。

寧静子曰、「当時士風桓桓如レ此。尚レ武之俗可レ想耳。今日武弁之家生レ男、則口食之儀、着袴之式、盛張二伎楽一、請レ客極レ歓者、家家皆是。而擐甲之礼、則寥寥罕レ聞。嗟乎、亦可三以観二世変一矣夫。」

越前侯秀康《えちぜんこうひでやす》の封《ほう》に就《つ》くや、阿閉掃部《あべかもん》の勲閥《くんばつ》の士《し》たるを聞《き》き、重禄《じゅうろく》を以《もっ》て之《これ》を聘《へい》す。狛伊勢《こまいせ》も亦《ま》た越《えつ》の世臣《せしん》なり。将《まさ》に其《そ》の子《こ》の為《ため》に擐甲《かんこう》の礼《れい》を行《おこな》はんとし、掃部《かもん》を請《しょう》じて賓《ひん》と為《な》す。礼畢《れいを》はり酒《さけ》を置《お》き、伊勢掃部《いせかもん》に謂《い》ひて曰《い》はく、「今日豚児擐甲《こんにちとんじかんこう》の初《はじ》めに、願《ねが》はくは子当年《しとうねん》の武功《ぶこう》を語《かた》り、以《もっ》て児《じ》が前程《ぜんてい》を祝《しゅく》せよ。」と。掃部《かもん》曰《い》はく、「吾《われ》豈《あ》に武功《ぶこう》の語《かた》るべきもの有《あ》らんや。已《や》む無《な》くんば則《すなは》ち一《いっ》有《あ》り。吾嘗《われかつ》て一士《いっし》の武風《ぶふう》最《もっと》も観《み》るべき者《もの》を見《み》たり。賤《しづ》が岳《たけ》の役《えき》に、両軍既《りょうぐんすで》に散《さん》じ、吾単騎《われたんき》にして余吾《よご》の湖《うみ》に沿《そ》ひて退《しりぞ》く。一騎《いっき》の後《うしろ》に呼《よ》ぶ者有《ものあ》り。韁《くつわ》を回《めぐ》らして之《これ》に接《せっ》すれば則《すなは》ち曰《い》はく、『朝来殪《ちょうらいたほ》す所《ところ》は、皆雑兵《みなぞうへい》なり。不《ふ》幸《こう》にして未《いま》だ好敵《こうてき》に遇《あ》はず。子《し》の儀容《ぎよう》を観《み》るに、果《は》たして凡士《ぼんし》に非《あら》ず。敢《あ》へて請《こ》ふ一戦《いっせん》して輸贏《ゆえい》を決《けっ》せん。』と。余《よ》曰《い》はく、『諾《だく》。』と。馬《うま》を下《お》り将《まさ》に槍《やり》を交《まじ》へんとす。其《そ》の人《ひと》曰《い》はく、『請《こ》ふ之《これ》を須臾《しゅゆ》に俟《ま》て。我《わ》が槍《やり》巉《けが》れり。』と。鋒《ほう》を湖《うみ》に没《ぼっ》して、之《これ》を洗《あら》ふこと三《み》たびして、曰《い》はく、『以《もっ》て戦《たたか》ふべし。』と。是《ここ》に於《お》いて相《あ》ひ闘《たたか》ふ。雌雄未《しゆういま》だ決《けっ》せざるに、日已《ひすで》に昏黒《こんこく》なり。乃《すなは》ち呼《よ》んで曰《い》はく、『恨《うら》むべし槍鋒弁《そうほうべん》じ難《がた》し。請《こ》ふ他日《たじつ》を期《き》せん。子《し》は誰《たれ》とか為《な》す。身《み》は是《こ》れ青木新兵《あおきしんぺい》なり。後日戎間《ごじつじゅうかん》に相《あ》ひ見《み》ば、誓《ちか》って勝負《しょうぶ》を他人《たにん》に付《ふ》せず。』と。鞭《むち》を揚《あ》げて別《わか》る。吾結《われけっ》髪《はつ》より軍《ぐん》に従《したが》ふに、未《いま》だ嘗《かつ》て従容《しょうよう》として整暇《せいか》あること此《かく》の如《ごと》きの士《し》を見《み》ず。」と。

言未《げんいま》だ畢《を》はらざるに、青木方斎《あおきほうさい》といふ者有《ものあ》り、屛後《へいご》より出《い》でて、掃部《かもん》に謂《ひ》ひて曰《い》はく、「側《ほの》かに吾子《ごし》の話《はなし》を聴《き》きて、懐旧《かいきゅう》の涙《なみだ》、自《おのづか》ら禁《きん》ずること能《あた》はず。吾子《ごし》も亦《ま》た記《き》せずや。爾時君《じじきみ》と鋒《ほう》を交《まじ》へし者《もの》は、即《すなは》ち此《こ》の翁《おう》なり。」と。掃部掌《かもんて》を拍《う》ちて曰《い》はく、「契濶久《けいかつひさ》し。今日相《こんにちあ》ひ遇《あ》ふこと、何《なん》ぞ其《そ》れ奇《き》なるや。」と。乃《すなは》ち觴《さかづき》を挙《あ》げて之《これ》に属《しょく》し、好《よ》みするに腰刀《ようとう》を以《もっ》てす。此《こ》れに由《よ》って青木《あおき》の名《な》、一時《いちじ》に顕《あらは》る。侯聞《こうき》きて之《これ》を聘《へい》し、掃部《かもん》と其《そ》の秩禄《ちつろく》を同《おな》じくす。

寧静子《ねいせいし》曰《い》はく、「当時士風《とうじしふう》の桓桓《かんかん》たること此《かく》の如《ごと》し。武《ぶ》を尚《たっと》ぶの俗想《ぞくおも》ふべきのみ。今日武弁《こんにちぶべん》の家男《いへをとこ》を生《う》めば、則《すなは》ち口食《こうしょく》の儀《ぎ》、着袴《ちゃくこ》の式《しき》、盛《さか》んに伎楽《ぎがく》を張《は》り、客《きゃく》を請《こ》ひ歓《かん》を極《きは》むること、家家皆是《かかみなこれ》なり。而《しか》れども擐甲《かんこう》の礼《れい》は、則《すなは》ち寥寥《りょうりょう》として聞《き》くこと罕《まれ》なり。嗟乎《ああ》、亦《ま》た以《もっ》て世変《せへん》を観《み》るべきかな。」と。

〔語釈〕

勲閥之士＝勲功を積んだ武士。**世臣**＝代々の臣。**擐甲礼**＝よろいの着初めの儀式。**賓**＝客人。ここでは元服の主賓となり、烏帽子をかぶらせる烏帽子親のこと。**豚児**＝自分のこどもの謙称。**賤岳之役**＝天正十一年（一五八三）秀吉が柴田勝家・佐久間盛政に対戦した戦い。**余吾湖**＝余呉湖。滋賀県の北部伊香郡余呉町の南端部に位置する湖。儀容＝礼儀にかなった姿・ようす。きちんとした態度。輸贏＝勝ち負け。勝負。衊＝血にぬれて汚れている。昏黒＝まっ暗なこと。戎間＝戦場。戦いの場。結髪＝元服した年ごろをいう。整暇＝容姿をととのえてゆったりしていること。契濶＝久しく会わないこと。『詩経』邶風《はいふう》・撃鼓の集伝の「契濶は、隔遠の意なり」に基づく。秩禄＝支給される俸禄。知行。桓桓＝たけだけしいさま。武弁之家＝武家。武士の家。寥寥＝さびしく少ないさま。

〔人物解説〕

越前侯秀康＝少将秀康。三一三頁参照。

阿閉掃部＝詳細は未詳。『駿台雑話』によると、「父は阿閉淡路守とて、明智にくみしけんとなん」とある。これを手懸りにすると、近江の山本山城主に阿閉淡路守貞征という者があり、本能寺の変後に光秀に与力したが、一族とともに殺害されている。この人物と何か関係があるかと思われるが、実在を裏付けるような確証となるものは何もない。

狛伊勢＝（一五八一～一六五九）松平忠昌が七歳の時から仕え、主君に従って上総姉崎・常陸下妻・信濃松代・越後高田等を転々とした後、越前福井に移住した。力量衆に優れ、大坂の陣では戦功があった。最後は家老職となった。

青木新兵（衛）方斎＝（？～一六三二）天正の初め越前大野郡の原参次郎に仕え、次いで佐久間盛政、中村一氏、さらに蒲生氏郷に仕え、その没後は上杉景勝に奉公した。景勝が会津から米沢へ転封されると、新兵衛は普化《ふけ》僧となって越前へ帰った。ここに記された話で有名となり、秀康に千五百石で召し抱えられた。秀康没後は、子の忠直に仕え、長子正次とともに大坂の陣にも従軍して功をたてたが、まもなく正次が没し、新兵衛は悲しみに堪えられず致仕して京に去った。その後元和九年（一六二三）前田利常がその驍勇を聞いて招いて近侍とした。

〔通釈〕

（二代将軍秀忠公の兄の）秀康が越前侯に封ぜられて領地に就くと、阿閉掃部が勲功を積んだ士であることを聞いて、よい待遇で召し抱えた。狛伊勢もまた越前家に代々仕えた臣下であった。伊勢がその嫡子に鎧の着初めの式を行おうとして、掃部に頼んで烏帽子親とした。式が終了して酒宴の席となってから、伊勢は掃部に向かって、「今日せがれの鎧の着初めに当たり、どうか貴殿の若い頃の手柄話をして、せがれの前途を祝してくだされ。」と言った。掃部は答えて、「私にどうして手柄話がありましょうか。そういうものはありませぬ。ただどうしてもと言うならば一つだけござる。私は以前一人の士の侍ぶりの見事なのを見たことがあった。それは賤が岳の戦いに、豊臣軍と柴田軍の両軍が戦いが済んで散らばり、私は只だ一人近江の国の余呉湖に沿って退いた時のことである。後の方から呼ぶ一人の武者が有った。馬を後ろに向けてその者と応接すると、その者は、『今朝から討ち取ったのは、皆雑兵である。不仕合せにもまだ好い敵には遇っていない。そなたの姿や態度を観ると、期待した通り並の武者ではない。強いて頼むが一戦して勝負を決せられよ。』と言った。そこで私は、『承知した。』と答えた。馬から下りてまさに槍を交えようとした。するとその武者は、『暫く待って欲しい。わしの槍は血まみれになってけがれている。』と言った。そして槍の鋒を湖へ入れて、三度洗って、『いざ戦わん。』と言った。ここに於て二人は戦った。勝負はまだ決しなかったのに、日が既に暮れてあたりは真暗になった。そこでその者は、『残念であるが槍の先が見分けにくくなった。この続きは他日を待つことに致そう。そなたは名を何と申す。我は青木新兵である。後日戦場で出会ったならば、決して勝負は他人には譲らない。』と大きな声で言った。そして馬に鞭を揚げて別れた。私は十五六歳の揚げ巻きの頃から戦場に出ていたが、まだこのように落ち着いて容姿のしっかりとしている武士を見たことは無いのである。」と語った。

その言葉が終わらないうちに、青木方斎という者があり、屏風の後から出て来て、掃部に向かって、「私は貴殿の話をほのかに聞いて、昔を懐しく思う涙を、止めることができません。貴殿もまた覚えておられませんか。あの時貴殿と槍を交えた者は、この翁であります。」と言った。掃部は掌を拍って、「誠に長い間遇わなかった。今日ここで出会うというのは、何と不思議なことであろう。」と言った。そこで酒を注いで杯を与え、引出物として腰刀を贈った。これによって青木の名は、一時に世間に知られることになった。越前侯秀康はそれを聞いて青木を招いて召し抱え、掃部と禄を同じにした。

寧静子は言う、「当時の武士の風がたけだけしいことはこのようであった。武道を尚ぶ風俗が思い見られる。今日武士の家で男子が生まれると、食初めの式・袴着の式には、盛んに能狂言などを催し、客を招待して愉快を極めることは、家々皆その通りである。しかしながら鎧の着初めの式は、さびしく数が少なく聞くことが稀である。ああ、またこれによって世の移り変わりを見ることになるのだなあ。」と。

〔原文出典〕

『駿台雑話』（三）阿閉掃部。

杉田壱岐（杉《すぎ》田《た》壱《い》岐《き》）

越前侯忠直之臣、有二杉田壱岐者一。起二歩卒一列二国老一。常好二直諫一、以三匡二救君過一為レ務。

一日侯放鷹而帰、意色欣欣曰、「今日之猟、従者馳駆殊可レ観矣。一旦緩急、我率二此輩一以臨レ陣、無二復可レ患矣。」諸老臣同レ辞皆賀。壱岐在二末班一、独黙不レ言。侯怪問レ故。壱岐乃曰、「以レ臣観レ之、今日之事、可レ歎不レ可レ賀也。臣聞侍臣之従二放鷹一也、度二君之挙動無一レ常、往往与二妻子一訣別而出。君臣之情如レ此、万一有レ事、誰為二君之用一者。而君反以為レ可レ用。是臣所レ謂レ可レ歎者。」侯艴然怒見二乎色一。侍臣伊藤某、捧レ刀在レ側、揮二壱岐一去。壱岐叱曰、「汝少年何知。」直脱二佩刀一、却二之背後一、進伏二侯前一曰、「君第甘心焉。臣不レ忍三坐視二国運之蹙一也。」侯不レ答而入。諸老皆曰、「諫レ君亦有レ時。今日何日。出二此不祥之言一。」壱岐曰、「今日惟時、是以有レ諫。若夫候二君顔色一以諫、諫竟無レ時耳。抑吾輩新進之士、与二公等世禄之臣一不レ同。死固其分也。」

帰レ舎待レ罪、呼二其妻一諭レ之曰、「汝非二歩卒之妻一乎。今則儼然内子、侍婢環焉。是皆国恩之所レ致、汝慎勿レ忘。我今夕而賜レ死、不レ可三毫髪有二怨レ君之心一。」妻泣未レ答、剝啄之声徹二於耳一。壱岐蹶然起曰、「君命至矣。」

趨造二於朝一。侯乃引入二寝室一、徐謝曰、「我熟二思汝昼間之言一、寝而不レ能レ寐。是以召レ汝耳。吾過矣。吾過矣。我深感二汝志一。」因手賜二佩刀一口一。識者謂「以二侯之猛暴一、不レ誅二壱岐無礼一、而反謝レ過以賞レ之、洵不レ愧レ為二東照公之孫一。」

寧静子曰、「戦国之士、唯知レ効二死於鋒鏑之下一、而不レ知レ折二首於尊俎之間一。故照公嘗謂、直諫之功、勝二一番槍一。若二壹岐一者近焉。」

附記

越前侯光通之時、亦有二西尾伝兵者一。扈従之臣也。嘗饋二食君前一。光通見三食中有二汚物一、色変、示二之伝兵一曰、「看レ之。」伝兵受則食、皆尽。光通怒曰、「寡人唯看云。未二嘗食云一也。」伝兵謝二其不敏一而止。蓋慮三咎及二厨人一也。

其為二監察一陪二駕於東下一也、路臨二大堰河一。水俄溢、渉将レ絶。鹵簿僕従、競レ先而渡、喧閙殊甚。光通性急。遽召二伝兵一、怒曰、「汝為二糺官一、不レ能三禁二止此等事一乎。」伝兵正レ色曰、「君第勿レ噪。君而鎮静、孰敢不二鎮静一。」伝兵之因レ事納レ約、率此類。

越前侯忠直《えちぜんこうただなほ》の臣《しん》に、杉田壱岐《すぎたいき》といふ者有《ものあ》り。歩卒《ほそつ》より起《お》こり国老《こくろう》に列《れつ》す。常《つね》に直諫《ちょくかん》を好《この》み、君《きみ》の過《あやま》ちを匡救《きょうきゅう》するを以《もっ》て務《つと》めと為《な》す。

一日侯放鷹《いちじつこうほうよう》して帰《かへ》り、意色欣欣《いしょくきんきん》として曰《い》はく、「今日《こんにち》の猟《りょう》に、従者《じゅうしゃ》の馳駆《ちく》殊《こと》に観《み》るべし。一旦緩急《いったんかんきゅう》あらば、我此《われこ》の輩《はい》を率《ひき》ゐて以《もっ》て陣《じん》に臨《のぞ》まば、復《ま》た患《うれ》ふべき無《な》し。」と。諸老臣辞《しょろうしんじ》を同《おな》じうして皆賀《みなが》す。壱岐末班《いきまつはん》に在《あ》りて、独《ひと》り黙《もく》して言《い》はず。侯怪《こうあや》しみて故《ゆゑ》を問《と》ふ。壱岐乃《いきすなは》ち曰《い》はく、「臣《しん》を以《もっ》て之《これ》を観《み》るに、今日《こんにち》の事《こと》は、歎《たん》ずべくして賀《が》すべからざるなり。臣聞《しんき》く侍臣《じしん》の放鷹《ほうよう》に従《したが》ふや、君《きみ》の挙動《きょどう》の常無《つねな》きを度《はか》り、往往妻子《おうおうさいし》と訣別《けつべつ》して出《い》づと。君臣《くんしん》の情此《じょうかく》の如《ごと》くなるときは、万一事有《まんいちことあ》らば、誰《たれ》か君《きみ》の用《よう》を為《な》す者《もの》ぞ。而《しか》るに君《きみ》は反《かへ》りて以《もっ》て用《もち》ゐるべしと為《な》す。是《こ》れ臣《しん》の歎《たん》ずべしと謂《い》ふ所《ところ》の者《もの》なり。」と。侯艴然《こうふつぜん》として怒《いか》り色《いろ》に見《あらは》る。侍臣伊藤某《じしんいとうなにがし》、刀《かたな》を捧《ささ》げて側《かたは》らに在《あ》りしが、壱岐《いき》を揮《き》して去《さ》らしめんとす。壱岐叱《いきしっ》して曰《い》はく、「汝少年何《なんぢしょうねんなに》をか知《し》らん。」と。直《ただ》ちに佩刀《はいとう》を脱《だっ》して、之《これ》を背後《はいご》に却《しりぞ》け、進《すす》みて侯《こう》の前《まへ》に伏《ふ》して曰《い》はく、「君第《きみた》だ甘心《かんしん》せよ。臣坐《しんざ》して国運《こくうん》の蹙《せ》まるを視《み》るに忍《しの》びざるなり。」と。侯答《こうこた》へずして入《い》る。諸老皆《しょろうみな》曰《い》はく、「君《きみ》を諫《いさ》むるも亦《ま》た時有《ときあ》り。今日何《こんにちなん》の日《ひ》ぞ。此《こ》の不祥《ふしょう》の言《げん》を出《い》だせる。」と。壱岐《いき》曰《い》はく、「今日《こんにち》は惟《こ》れ時《とき》たり、是《ここ》を以《もっ》て諫《いさ》むること有《あ》り。若《も》し夫《そ》れ君《きみ》の顔色《がんしょく》を候《うかが》ひ以《もっ》て諫《いさ》めば、諫《いさ》むること竟《つひ》に時無《ときな》きのみ。抑《そもそ》も吾《わ》が輩新進《はいしんしん》の士《し》は、公等世禄《こうらせろく》の臣《しん》と同《おな》じからず。死《し》は固《もと》より其《そ》の分《ぶん》なり。」と。

舎《しゃ》に帰《かへ》りて罪《つみ》を待《ま》ち、其《そ》の妻《つま》を呼《よ》びて之《これ》に諭《さと》して曰《い》はく、「汝《なんぢ》は歩卒《ほそつ》の妻《つま》に非《あら》ずや。今《いま》は則《すなは》ち儼然《げんぜん》たる内子《ないし》にして、侍婢《じひ》環《めぐ》る。是《こ》れ皆国恩《みなこくおん》の致《いた》す所《ところ》にして、汝慎《なんぢつつし》みて忘《わす》るる勿《なか》れ。我今夕《われこんせき》にして死《し》を賜《たま》ふも、毫髪《ごうはつ》も君《きみ》を怨《うら》むの心有《こころあ》るべからず。」と。妻泣《つまな》きて未《いま》だ答《こた》へざるに、剝啄《はくたく》の声耳《こゑみみ》に徹《てつ》す。壱岐蹶然《いきけつぜん》として起《た》ちて曰《い》はく、「君《くん》命至《めいいた》る。」と。

趨《はし》りて朝《ちょう》に造《いた》れば、侯乃《こうすなは》ち引《ひ》きて寝室《しんしつ》に入《い》り、徐《おもむ》ろに謝《しゃ》して曰《い》はく、「我汝《われなんぢ》の昼間《ひるま》の言《げん》を熟思《じゅくし》し、寝《い》ねて寐《い》ぬる能《あた》はず。是《ここ》を以《もっ》て汝《なんぢ》を召《め》すのみ。吾過《われあやま》てり。吾過《われあやま》てり。我深《われふか》く汝《なんぢ》の志《こころざし》に感《かん》ず。」と。因《よ》りて手《て》づから佩刀一《はいとういっ》口《こう》を賜《たま》ふ。識者謂《しきしゃい》ふ「侯《こう》の猛暴《もうぼう》を以《もっ》て、壱岐《いき》の無礼《ぶれい》を誅《ちゅう》せずして、反《かへ》りて過《あやま》ちを謝《しゃ》し以《もっ》て之《これ》を賞《しょう》すること、洵《まこと》に東照公《とうしょうこう》の孫《まご》たるに愧《は》ぢず」。と。

寧静子《ねいせいし》曰《い》はく、「戦国《せんごく》の士《し》は、唯《た》だ死《し》を鋒鏑《ほうてき》の下《もと》に効《いた》すを知《し》りて、首《くび》を尊俎《そんそ》の間《あいだ》に折《を》るを知《し》らず。故《ゆゑ》に照公《しょうこう》嘗《かつ》て謂《い》ふ、直諫《ちょくかん》の功《こう》は、一番槍《いちばんやり》に勝《まさ》ると。壹岐《いき》の若《ごと》き者近《ものちか》し。」と。

附記《ふき》

越前侯光通《えちぜんこうみつみち》の時《とき》、亦《ま》た西尾伝兵《にしをでんべい》といふ者有《ものあ》り。扈従《こしょう》の臣《しん》なり。嘗《かつ》て食《しょく》を君前《くんぜん》に饋《き》す。光通食中《みつみちしょくちゅう》に汚物有《おぶつあ》るを見《み》て、色変《いろへん》じ、之《これ》を伝兵《でんべい》に示《しめ》して曰《い》はく、「之《これ》を看《み》よ。」と。伝兵受《でんべいう》けて則《すなは》ち食《しょく》し、皆尽《みなつ》くす。光通怒《みつみちいか》りて曰《い》はく、「寡人唯《かじんた》だ看《み》よと云《い》ふ。未《いま》だ嘗《かつ》て食《くら》へとは云《い》はず。」と。伝兵其《でんべいそ》の不敏《ふびん》を謝《しゃ》して止《や》む。蓋《けだ》し咎《とがめ》の厨人《ちゅうじん》に及《およ》ばんことを慮《おもんぱか》りてなり。

其《そ》の監察《かんさつ》となり駕《が》に東下《とうか》に陪《ばい》するや、路《みち》にて大堰河《おほゐがは》に臨《のぞ》む。水俄《みずには》かに溢《あ》ふれ、渉《わた》り将《まさ》に絶《た》えんとす。鹵簿《ろぼ》の僕《ぼく》従《じゅう》、先《さき》を競《きそ》ひて渡《わた》り、喧閙《けんとう》なること殊《こと》に甚《はなは》だし。光通性《みつみちせい》急《きゅう》なり。遽《には》かに伝兵《でんべい》を召《め》し、怒《いか》りて曰《い》はく、「汝糺官《なんぢきゅうかん》と為《な》りて、此《こ》れ等《ら》の事《こと》を禁止《きんし》する能《あた》はざるか。」と。伝《でん》兵色《べいいろ》を正《ただ》して曰《い》はく、「君第《きみた》だ譟《さわ》ぐこと勿《なか》れ。君《きみ》にして鎮静《ちんせい》せば、孰《たれ》か敢《あ》へて鎮静《ちんせい》せざらんや。」と。伝兵《でんべい》の事《こと》に因《よ》りて約《やく》を納《い》るること、率《おおむ》ね此《こ》の類《るい》なり。

〔語釈〕

歩卒＝徒歩の兵士。足軽。匡救＝悪を正し危険をすくう。放鷹＝たか狩り。欣欣＝喜ぶさま。満足して楽しむさま。馳駆＝走りまわる。馬を走らせること。一旦有緩急＝一たび国に大事が起きた場合には。同辞＝ここでは、口を揃える。末班

＝席の末のほう。艴然＝むっとするさま。怒った顔になるさま。甘心＝思いのはれるまで思う存分にする。不祥之言＝縁起の悪い言葉。不吉な言葉。世禄之臣＝代々主に仕えている者。親の代から同じ主君に仕えている臣。分＝身のつとめ。儼然＝威厳のある。ここでは、立派なの意。内子＝他人に対して自分の妻をいう。毫髪＝ごくわずか。剝啄之声＝こつこつという訪問者の足音や門戸をたたく音。蹶然＝驚いてとび起きるさま。奮い立つさま。猛暴＝強くて荒々しいこと。東照公＝家康公。鋒鏑＝ほこ先と矢じり。転じて、武器、戦闘。折首於尊俎之間＝生命を捨てて君を諌めることをいう。尊俎は、寄席、会談の意。不敏＝賢くない。転じて自己の謙称。大堰河＝大井川。静岡県中部、駿河・遠江の境を流れる川。鹵簿＝行列。喧閙＝さわがしいこと。糺官＝あやまりを正す役目。目付け。鎮静＝鎮まり落ちつくこと。納約＝尋常正規のやり方ではない方法で納得させること。『易経』習坎《しゅうかん》の「約を納るるに牖《まど》よりす」に基づく。

〔人物解説〕

越前侯忠直＝（一五九五〜一六五〇）越前松平家二代目当主。父秀康の死去によって大封を継いだが、家臣が二派に分かれて争ったので、家康は家老の本多成重に国政を授けさせた。大坂夏の陣に軍功をあげたが所領の加増がなく、不満を強めた。家康の没後は病と称して参勤しなかった。その性格はわがままであった。わがままな悪癖が長じ、夫人である将軍秀忠の娘を殺そうとしたり、重臣永見氏一家を族滅するなど、幕府に対して不遜の行動が多かった。

杉田壱岐＝（？〜一六四九）名は三正。通称を権之助・五郎兵衛といったが、後に壱岐と称した。父が秀吉に仕え、文禄の役に出陣中に病没したので、幼にして孤となった。狛伊勢の推挙で常陸下妻領主時代の松平忠昌に召し抱えられた。歩卒より身を起こしたが、その才能が認められて累進し、忠直・忠昌を支え、知行六千石を与えられて家老となった。理非曲直に厳正で、相手が主君であっても譲らず諌言した。

越前侯光通＝（一六四一〜一六七五）松平光通。越前松平家三代目の当主。儒学を尊び伊藤仁斎を敬った。将軍家光が没し、諸将が西の丸に集合した際、「世子未だ幼稚、若し野心ある者あらば、我れ馳せてこれを踏滅せん。」と大呼したといわれる。

西尾伝兵＝松平光通の近習。詳細は未詳。

〔通釈〕

越前侯松平忠直の家臣に、杉田壱岐という者が有った。足軽から出世して家老に列した。杉田は常々主君を正直に諫めることを好み、主君の過ちを正し救うことを務めとしていた。

ある日君公の忠直は鷹狩りをして帰り、上機嫌で満足そうな様子で、「今日の猟において、供の者たちが馳せ回った様はまことに見事であった。一たび大事が起こったときは、わしはこの者たちを引き連れて戦場へ臨めば、復た何の心配もない。」と言われた。諸の家老たちは言葉を揃えて皆めでたいことであると申し上げた。壱岐は末席に在って、ただ一人黙って物を言わなかった。忠直は不思議に思って黙っている理由をたずねた。壱岐はそこで、「私の考えによって今日のことを観察いたしますと、今日の事は嘆くべきことで、祝すべきことではありません。私の聞きますに、お側に仕える者が鷹狩りにお供するとき、主君のお振る舞いに定まりが無いのでお手討になることもあると判断して、ときには妻子と今生の別れをして出る者もあると。主君と臣下との情合がこのような状態であるときには、万一に大事が起こったならば、誰が主君のご用に立つ者がありましょう。誰もおりません。それなのにご主君は反って用に立つとせられる。これが私の嘆くべきことであると言う理由です。」と答えた。忠直はむっとして怒りが顔色にあらわれた。近習の伊藤某は、主君の刀を持ってお側に在ったが、壱岐に首を振って壱岐を去らせようとした。壱岐はこれを叱りつけて、「そなたのような若年者に何が分かろうか。」と言った。すぐに脇差しを腰から外して、後方へ投げすて、進み出て主君の前にひれ伏して、「ご主君ただ思う存分処刑して下され。私はだまっていて国運の縮まるのを見ることはできません。」と言った。忠直は何とも答えずに奥へ入った。諸の家老たちは皆壱岐に向かって、「主君を諫めるのにも時がある。今日はどんな日であったか。機嫌よく話されていたのに、なぜこのような不吉なことを言い出したのか。」と言った。壱岐は、「今日こそは諫めるのによい時です、それで諫めたのです。もしも主君の顔色をうかがって諫めるのであるならば、諫める時は結局無いことになります。そもそも私のように新参の者は、皆様のように代々仕えた家の者とは同様ではありません。主君の為に死ぬことは固より身の務めであります。」と言った。

家に帰って罪のご沙汰を待ち、その妻を呼んで諭して、「そなたは元は足軽の妻ではないか。今では立派な奥様となり、腰元たちが側にいる。これは皆ご主君のご恩によるもので、そなた慎んでこれを忘れてはならない。わしが今晩切腹を仰せ付けられても、少しも主君を怨む心を持ってはならない。」と言った。妻はただ泣いてまだ何も答えないうちに、門の戸をたたく音が聞こえた。壱岐はさっと起ち上がって、「主君の使者がいらっしゃった。」と言った。

急いで登城すると、忠直はそのまま壱岐を寝所へ呼び入れて、静かに礼を述べて、「わしはそなたが昼間に申したことを篤と思慮したところ、床に就いても寝られない。そこでそなたを呼び出したのである。あれはわしの過ちであった。わしはまちがっていた。わしは深くそなたの志を感じて有り難く受けるぞ。」と言われた。そこで直々にご差し料の刀を下さった。世の識者は、「忠直の強く荒々しい気質で、壱岐の無礼をとがめて殺すことをせずに、反って自分の過ちを詫びて壱岐を賞したことは、まことに家康公の孫に恥じないところである。」と評する。

寧静子は言う、「乱世の士というものは、ただ戦場において鋒先や矢尻の下で戦死することだけを知って、主君の御前で命を捨てて諫言することを知らない。そのため家康公はある時、正直に諫める功は、一番槍の功に勝ると言われた。壱岐のような者はそれに近い。」と。

附記

越前侯松平光通の時、また西尾伝兵という者が有った。伝兵は光通の近習である。ある時伝兵が食物を光通へ差し上げた。光通はその食物の中に汚れ物があるのを見て、顔色を変えて怒り、それを伝兵に示して、「これを見よ。」と言った。伝兵はそれを手に受けてそのまま口にし、残らず食べてしまった。光通は立腹して、「わしはただ見よと言ったのである。今まで一度も食えとは言わなかったぞ。」と言った。伝兵は自分の行き届かなかったことを詫びて済んだ。思うに伝兵はその責めが料理人に及ぶことを心配してこのようにしたのであろう。

この西尾伝兵が目付役となって江戸参勤のお供をしたとき、途中遠州の大井川にさしかかった。川の水が急に増水して、川止めになろうとしていた。一行の雑役に従事している者たちが我先にと渡り、殊の外に騒がしかった。光通は気短な性格であった。急に伝兵を呼び出し、怒って、「お前は目付役であるのに、この騒ぎを制止することができないのか。」と言われた。伝兵は顔色を正して、「ご主君お騒ぎなさいますな。ご主君が鎮まり落ちついていなされば、誰が鎮まらない者がありましょうか。だれもありません。」と申し上げた。伝兵が事に遇って尋常正規のやり方ではない仕方で主君の心を落ち着かせることは、おおむねこの類であった。

〔原文出典〕

『駿台雑話』（三）杉田壱岐。『鳩巣小説』（上）。附記は『治平金訓』。

寛永三輔（寛永《かんえい》の三輔《さんぽ》）

雅楽頭酒井忠世、大炊頭土井利勝、伯耆守青山忠俊、並為二大猷公傅相一。謂二之寛永三輔一。

初太公之在レ世、召二三臣一、以二今将軍之意一属二世子一曰、「雅楽頭汝以レ仁輔レ之。大炊頭汝以レ智済レ之。伯耆守汝以レ勇励レ之。三人協レ心以輔導焉、我不レ憂二其不一レ為二明主一矣。抑天賦之不レ同、豈曰三世子之稟、如二将軍之稟一乎。譬レ之我寅年而金性。将軍卯年而土性。而世子則辰年火性也。不レ能レ使二世子土性一、猶不レ能レ使三将軍金性二也。故輔レ君之道、唯在下随二其性一以導上レ之而已矣。」三人皆謹奉レ命。

其後忠世、忠俊以二厳直一見レ憚。独利勝以二温良慈敬一承レ寵。毎レ侍二燕間一、従容説曰、「伯耆之言、不レ可レ不レ聴。否則雅楽必有二異言一。」公輒悟。蓋公之所三以励レ精図レ治、以致二太平之盛一者、実三臣之功居レ多。

寧静子曰、「嗚乎、寛永之朝、何良臣之多也。其後掃部頭井伊直孝、讃岐守酒井忠勝、伊豆守松平信綱、周防守板倉重宗、並在二政府一。和而不レ同。外間疑二其有一レ隙、告二之公一。公怒詰二忠勝等一。忠勝謹答曰、『臣等和二於公議一、而不レ和二於私事一。所三以政無二私曲一。苟公私共和、而依違無レ所レ争、則何由能得レ致二公平之道一。』公大悟曰、『理宜レ然。然則告者妄也。』忠勝曰、『非レ妄也。彼陳二其所一レ見耳。』」

雅楽頭《うたのかみ》酒井《さかゐ》忠世《ただよ》、大炊頭《おほいのかみ》土井《どゐ》利勝《としかつ》、伯耆守《ほうきのかみ》青山《あおやま》忠俊《ただとし》、並《なら》びに大猷公《たいゆうこう》の傅相《ふしょう》と為《な》る。之《これ》を寛永《かんえい》の三輔《さんぽ》と謂《い》ふ。

初《はじ》め太公《たいこう》の世《よ》に在《あ》りしとき、三臣《さんしん》を召《め》し、今将軍《こんしょうぐん》の意《い》を以《もっ》て世子《せいし》を属《ぞく》して曰《い》はく、「雅楽頭《うたのかみ》汝《なんぢ》は仁《じん》を以《もっ》て之《これ》を輔《たす》けよ。大炊頭《おほいのかみ》汝《なんぢ》は智《ち》を以《もつ》て之《これ》を済《すく》へ。伯耆守《ほうきのかみ》汝《なんぢ》は勇《ゆう》を以《もつ》て之《これ》を励《はげ》ませ。三人《さんにん》心《こころ》を協《あは》せ以《もつ》て輔導《ほどう》せば、我《われ》其《そ》の明主《めいしゅ》と為《な》らざるを憂《うれ》へず。抑《そもそ》も天賦《てんぷ》の同《おな》じからざること、豈《あ》に世子《せいし》の稟《ひん》は、将軍《しょうぐん》の稟《ひん》の如《ごと》しと曰《い》はんや。之《これ》を譬《たと》ふるに我《われ》は寅年《とらどし》にして金性《かねしょう》なり。将軍《しょうぐん》は卯年《うどし》にして土性《つちしょう》なり。而《しか》して世子《せいし》は則《すなは》ち辰年《たつどし》にして火性《ひしょう》なり。世子《せいし》をして土性《つちしょう》ならしむること能《あた》はざるは、猶《な》ほ将軍《しょうぐん》をして金性《かねしょう》ならしむること能《あた》はざるがごとし。故《ゆゑ》に君《きみ》を輔《たす》くるの道《みち》は、唯《た》だ其《そ》の性《せい》に随《したが》ひ以《もつ》て之《これ》を導《みちび》くに在《あ》るのみ。」と。三人皆謹《さんにんみなつつし》みて命《めい》を奉《ほう》ず。

其《そ》の後忠世《のちただよ》、忠俊厳直《ただとしげんちょく》を以《もつ》て憚《はば》からる。独《ひと》り利勝《としかつ》は温良慈敬《おんりょうじけい》を以《もつ》て寵《ちょう》を承《う》く。燕間《えんかん》に侍《じ》する毎《ごと》に、従容《しょうよう》として説《と》きて曰《い》はく、「伯耆《ほうき》の言《げん》は、聴《き》かざるべからず。否《しか》らざれば則《すなは》ち雅楽必《うたかなら》ず異言有《いげんあ》らん。」と。公輒《こうすなは》ち悟《さと》る。蓋《けだ》し公《こう》の精《せい》を励《はげ》まし治《ち》を図《はか》り、以《もつ》て太平《たいへい》の盛《せい》を致《いた》す所以《ゆゑん》の者《もの》は、実《じつ》に三臣《さんしん》の功多《こうおほ》きに居《を》る。

寧静子曰《ねいせいしい》はく、「嗚乎《ああ》、寛永《かんえい》の朝《ちょう》に、何《なん》ぞ良臣《りょうしん》の多《おほ》きや。其《そ》の後掃部頭《のちかもんのかみ》井伊直孝《ゐいなほたか》、讃岐守《さぬきのかみ》酒井忠勝《さかゐただかつ》、伊豆守《いづのかみ》松平信綱《まつだひらのぶつな》、周防守《すはうのかみ》板倉重宗《いたくらしげむね》、並《なら》びに政府《せいふ》に在《あ》り。和《わ》して同《どう》せず。外間其《がいかんそ》の隙有《げきあ》るを疑《うたが》ひ、之《これ》を公《こう》に告《つ》ぐ。公怒《こういか》りて忠勝等《ただかつら》を詰《なじ》る。忠勝謹《ただかつつつし》みて答《こた》へて曰《い》はく、『臣等《しんら》公《こう》議《ぎ》に和《わ》して、私事《しじ》に和《わ》せず。政《まつりごと》に私曲無《しきょくな》き所以《ゆゑん》なり。苟《いやし》くも公私共《こうしとも》に和《わ》して、依違《いい》して争《あらそ》ふ所無《ところな》くんば、則《すなは》ち何《なに》に由《よ》つて能《よ》く公平《こうへい》の道《みち》を致《いた》すを得《え》ん。』と。公大《こうおほ》いに悟《さと》りて曰《い》はく、『理宜《りよろ》しく然《しか》るべし。然《しか》らば則《すなは》ち告《つ》ぐる者《もの》は妄《もう》なり。』と。忠勝曰《ただかつい》はく、『妄《もう》に非《あら》ざるなり。彼其《かれそ》の見《み》る所《ところ》を陳《の》ぶるのみ。』」と。

〔語釈〕

大猷公＝三代将軍徳川家光。**傅相**＝もり役。つきそい。**太公**＝家康公。**輔導**＝たすけみちびく。**明主**＝賢明な君主。**明君**。**天賦**＝生まれつき。**稟**＝生まれながらの性質。**将軍**＝二代将軍秀忠のこと。**金性・土性・火性**＝陰陽五行説に基づきその生年月日によって、木・火・土・金・水に配する。**厳直**＝きびしく気質が正直なこと。**憚**＝嫌われ遠ざけられる。**恐れられる**。**温良**＝おだやかですなおであること。**慈敬**＝なさけ深くつつしみ深い。**燕間**＝くつろいだとき。**和而不同**＝人とやわらぎ親しむが、道理に反してまで同調するようなことはしない。『論語』子路篇の「君子は和して同ぜず、小人は同じて和せず」に基づく。**外間**＝外部の者。**私曲**＝公正でないこと。よこしまなこと。**依違**＝どっちつかずのさま。ぐずぐずしてためらうさま。

〔人物解説〕

酒井忠世＝（一五七五～一六三六）早くから家康に仕え、天正十八年（一五九〇）頃から秀忠に属し、本多正信等と共に諸事を奉行した。二度の大坂の役には秀忠の本陣にあって命を奉じ、軍令法度を諸将に頒った。家光に仕えては、柱石の臣となり、土井利勝・青山忠俊の三人を仁・知・勇に見たて、忠世を仁、利勝を知、忠俊を勇に擬していう。

土井利勝＝既出。二八〇頁参照。

青山忠俊＝（一五七八～一六四三）二代将軍秀忠の近侍。三代将軍家光に服属。家光をよく輔翼した。家光に厳しく諫言し、減封されたが受けず、各所を転々と蟄居した。家光は忠俊の死後、その諫言の恩に報いるため、子の宗俊に所領を与えた。

大猷公＝（一六〇四～一六五一）三代将軍徳川家光。秀忠の次男（長男は早世）。父母が弟の忠長を偏愛したため、世子の地位は必ずしも確定していなかったが、家光の乳母春日局の嘆願を受けた家康の指示によって跡継ぎとなった。政務については、特定の人物に権限が集中することを避け、合議制を義務づけた。武家諸法度の修訂、キリシタンの禁制を強化するなど、幕府権力の強化と機構の整備を行った。

井伊直孝＝（一五九〇～一六五九）徳川の将軍、秀忠・家光・家綱の三代に仕えた。特に家光の守成の事業と、家綱の初世、将軍は幼く、世上疑心を抱くなか、よく時局を安定させ、海内の士民に幕府を信頼させるようにしたのは、直孝の力によるところが多い。

酒井忠勝＝（一五八七～一六六二）若狭小浜藩主。家光に仕えて側近の地位を固め、老中、大老へと出世した。戦場の経験は乏しく、将軍の側近にあって、幕府の衡にあたるのを得意とした吏僚型の大名である。吏僚としての特質は、日課などをきちっと決めて、それに背かないようにしたことである。将軍をはじめ、大名間の信頼が厚く、朝廷幕府関係の円滑化にも努力した。家光が没すると、その遺命によって、他の諸老中と共に幼主家綱をよく補佐した。

松平信綱＝既出。二八六頁参照。

板倉重宗＝既出。二四七頁参照。

〔通釈〕

雅楽守酒井忠世、大炊頭土井利勝、伯耆守青山忠俊とが、いずれも家光公（竹千代君）の補佐となった。これを寛永年間の三人の補佐という。

最初家康公が存命のとき、この三人を召し出して、当代の将軍秀忠公の意見によって竹千代を託して、「雅楽頭、そなたは仁をもって竹千代を教え助けよ。大炊頭、そなたは智をもって竹千代をすくえ。伯耆守、そなたは勇気をもって竹千代を励ませ。三人が心を合わせて助け導けば、わしは竹千代が賢い主君とならないことを心配はしない。そもそも生まれつきのものが同じでないことは是非もないことで、どうして竹千代の生まれつきのものが、今の将軍の生まれつきのものと同じであると言えようか。これを例えてみればわしは寅年の生まれで金性である。将軍の秀忠は卯年の生まれで土性である。そうして竹千代は辰年の生まれで火性である。竹千代に土性とならせることができないのは、ちょうど将軍を金性にならすことができないのと同じである。それ故に主君を助ける仕方というものは、ひたすらその性分に随って導くことである。」と言われた。三人は皆謹んで仰せを承った。

その後、酒井忠世と青山忠俊は厳しく直に過ぎたために遠ざけられた。ただ土井利勝は穏やかに情け深く慎み深い態度で接してきたのでお気に入りとなった。くつろいでいる時にお側へ出る毎に、利勝は何気なく落ち着いて話すときに、「伯耆守の申すことは、お聞き入れなければなりません。そうしなければ雅楽頭が必ず異見を申すでしょう。」と言った。竹千代君はすぐに悟られた。思うに家光公の精神を励まし世の治まることを図り、天下太平の盛時をもたらしたのは、実にこの三人の補佐役の功が多大であったのである。

寧静子は言う、「ああ、寛永年間の幕府には、何と良い家来が多かったことか。この三人の後には掃部頭井伊直孝、讃岐守酒井忠勝、伊豆守松平信綱、周防守板倉重宗の良臣が同時に幕府に参画していた。互いに親しく交わっても道理を曲げるような交わりはしなかった。表役人はその仲がよくないと疑って、これを家光公に告げた。家光公は立腹して忠勝等を呼んで問い詰めた。忠勝は謹んで答えて、『私どもは公事については仲良くして当たり、私事については仲良くしておりません。これが政事上に私欲邪曲のない理由です。もし公事私事ともに仲良くして、どっちつかずで国政のために争う所が無ければ、何によって公平の政事をすることができましょうか。』と申し上げた。家光公は大いに悟られて、『道理はそのようでなくてはならない。そうであればわしに上告した者はでたらめを言ったのである。』と言われた。すると忠勝は、『でたらめを言ったのではありません。その者はその外面から見たところを述べただけなのです。』といった。」と。

〔原文出典〕

『武野燭談』（五）。『徳川御実紀付録』（大猷院殿一）。『明良洪範続』（四）。

大猷公寛仁（大猷公《たいゆうこう》の寛仁《かんじん》）

大猷公放鷹之次、俄入二路旁仏寺一而息。伊豆守信綱従焉、仮二寐別房一。夢中彷彿如レ聞二人声一。曰、「期既佳矣乎。」開レ眼覩レ之有二一少婦一。靚粧冶服、啓レ戸方出、瞥二見信綱一、則倉黄驚匿。信綱明日造レ朝、訴二之公一。笑而不レ答。信綱更請レ罪レ之。公乃曰、「所謂女犯、是釈氏所二私禁一。彼自有二其法一、以処レ之。於レ我何有哉。」

又嘗帰レ自二游猟一、路過二伝馬街一、有二酔漢一臥レ道。前駆屏レ之不レ及、而公既至矣。問曰、「彼何物。」侍御跪答曰、「今日是十月念、商家例有二恵神会一。所謂百日之沢、一国如レ狂、惟斯時為レ然。故此漢亦飽二会主之酒一、而酔倒也。」公曰、「其快可レ想。我且与二之下物一。」解二所レ獲一禽一以賜レ之。一市人皆感泣、為廃二神会一、以到二于今一。

寧静子曰、「嘗閲二湯常山文会雑記一云、『伏読二東照公遺訓一、其所レ説率近二柱下無為之道一。徳猷二公時、諸大臣所二論議一、亦惟無為耳。』今観二此数条一、果有二然者一歟。要レ之三世所レ主、唯一慈字。」

大猷公放鷹《たいゆうこうほうよう》の次《ついで》に、俄《にわ》かに路旁《ろぼう》の仏寺《ぶつじ》に入《い》りて息《いこ》ふ。伊豆守信綱《いずのかみのぶつな》従《したが》ひて、別房《べつぼう》に仮寐《かび》す。夢中《むちゅう》に彷彿《ほうふつ》として人声《じんせい》を聞《き》くが如《ごと》し。曰《い》はく、「期既《きすで》に佳《か》なるか。」と。眼《め》を開《ひら》きて之《これ》を覩《み》れば一少婦《いちしょうふ》有《あ》り。靚粧冶服《せいしょうやふく》し、戸《と》を啓《ひら》きて方《まさ》に出《い》で、信綱《のぶつな》を瞥見《べっけん》し、則《すなは》ち倉黄《そうこう》として驚《おどろ》き匿《かく》る。信綱明日朝《のぶつなみょうにちちょう》に造《いた》り、之《これ》を公《こう》に訴《うった》ふ。笑《わら》ひて答《こた》へず。信綱更《のぶつなさら》に之《これ》を罪《つみ》せんと請《こ》ふ。公乃《こうすなは》ち曰《い》はく、「所謂《いはゆる》女犯《にょぼん》とは、是《こ》れ釈氏《しゃくし》の私《ひそ》かに禁《きん》ずる所《ところ》なり。彼自《かれみずか》ら其《そ》の法有《ほうあ》り、以《もっ》て之《これ》を処《しょ》せん。我《われ》に於《お》いて何《なに》をか有《あ》らんや。」

と。

又《ま》た嘗《かつ》て游猟《ゆうりょう》より帰《かへ》り、路《みち》に伝馬街《でんばがい》を過《す》ぐるに、酔《すい》漢《かん》有《あ》りて道《みち》に臥《ふ》す。前駆之《ぜんくこれ》を屏《しりぞ》くるも及《およ》ばずして、公既《こうすで》に至《いた》る。問《と》ひて曰《い》はく、「彼《かれ》は何物《なにもの》ぞ。」と。侍御《じぎょ》跪《ひざまづ》き答《こた》へて曰《い》はく、「今日《こんにち》は是《こ》れ十月《じゅうがつ》の念《ねん》にして、商家《しょうか》は例《れい》に恵神会有《けいしんかいあ》り。所謂百日《いはゆるひゃくにち》の沢《たく》、一国狂《いっこくきょう》するが如《ごと》きこと、惟《た》だ斯《こ》の時《とき》を然《しか》りと為《な》す。故《ゆえ》に此《こ》の漢《かん》も亦《ま》た会主《かいしゅ》の酒《さけ》に飽《あ》きて、酔倒《すいとう》するなり。」と。公曰《こうい》はく、「其《そ》の快《かい》なること想《おも》ふべし。我且《われか》つ之《これ》に下物《かぶつ》を与《あた》へん。」と。獲《う》る所《ところ》の一禽《いっきん》を解《と》きて以《もっ》て之《これ》に賜《たま》ふ。一市《いちし》の人皆感泣《ひとみなかんきゅう》し、為《ため》に神会《しんかい》を廃《はい》して、以《もっ》て今《いま》に到《いた》る。

寧静子《ねいせいし》曰《い》はく、「嘗《かつ》て湯常山《とうじょうざん》の文会雑記《ぶんかいざつき》を閲《えつ》するに云《い》ふ、『伏《ふ》して東照公《とうしょうこう》の遺訓《いくん》を読《よ》むに、其《そ》の説《と》く所《ところ》率《おほむ》ね柱下無為《ちゅうかむい》の道《みち》に近《ちか》し。徳猷二公《とくゆうにこう》の時《とき》、諸大臣《しょだいじん》の論議《ろんぎ》する所《ところ》も、亦《ま》た惟《た》だ無為《むい》のみ。』と。今此《いまこ》の数条《すうじょう》を観《み》るに、果《は》たして然《しか》る者有《ものあ》るか。之《これ》を要《よう》するに三世《さんせい》の主《しゅ》とする所《ところ》は、唯《た》だ一《いっ》の慈《じ》の字《じ》なり。」と。

〔語釈〕

別房＝別の部屋。**彷彿**＝かすかなさま。**靚粧冶服**＝美しく化粧して美服をまとう。**瞥見**＝ちらっと見る。**倉黄**＝あわてふためく。**釈氏**＝仏法を信奉する人。仏家。**伝馬街**＝江戸の町名。**前駆**＝先ばらい。**恵神会**＝えびす講。商売繁盛を祝う行事。**百日之沢**＝百日の労を一日で慰めること。百日働いたあと、やっと一日だけ恵み与えられた祭りの日のこと。『礼記』雑記の「百日の蜡《さ》、一日の沢は、爾が知る所に非ざるなり」に基づく。**会主**＝宴会の主人。主催者。**下物**＝酒のさかな。**湯常山**＝湯浅常山のこと。**柱下**＝老子のこと。柱下は、周の蔵書室のことをいい、老子がその役人をしたことからいう。**無為之道**＝人為を廃して、自然のままを大切にして生きる生き方。**徳猷二公**＝台徳公（秀忠公）、大猷公（家光公）の二人をいう。

〔人物解説〕

大猷公＝徳川家光。三四一頁参照。

伊豆守信綱＝松平信綱。二八六頁参照。

湯浅常山＝（一七〇八〜一七八一）名は元禎《もとさだ》。江戸中期の儒学者。岡山藩士。服部南郭《なんかく》に古文辞学を学び、藩の要職を歴任したが、謹厳・直言に過ぎたため失脚、著述に没頭した。『常山紀談』『文会雑記』などの著がある。

〔通釈〕

家光公が鷹狩りをしたとき、突然に道ばたの寺に立ち寄って休息をした。伊豆守松平信綱がお供をして、別間で仮寝をした。信綱は夢の中でかすかに人の声を聞いたようであった。その声は、「ちょうどよい時節でございます。」というのであった。目を開いて見ると一人の若い女性がいた。その女性は美しく化粧し飾った衣裳を身につけていて、戸を開けて出て行き、信綱をちらっと見て、あわておどろいて隠れた。信綱はその明くる日に登城して、これを家光公に申し上げた。家光公は笑って何も答えなかった。信綱は後日更にこのような者は罪に処すべきであると言上した。そこで家光公は、「世に謂う女犯というのは、仏門が自分達の間で内々に禁止したことである。仏者には自らその法があるから、それによって処理するであろう。将軍であるわしに何の関係があろうか、関係ないことだ。」と言われた。

またある時、狩猟からの帰り道に、伝馬町を通ったところ、酔っぱらいが有って道路に横になっていた。行列の前ばらいの者がこれを退けようとしたが退けられないうちに、家光公がそこへ至った。そして、「彼は何物であるか。」と問われた。側近の者が跪いて、「今日は十月の二十日で、商人の家では例年えびす講ということをいたします。世に謂う百日の沢で、国中の者は気が狂ったように、ひたすらこの日を楽しみとするのです。だからこの者も会主の振る舞い酒を飲みすぎて酔い臥しているのです。」と答えた。すると家光公は、「それは愉快なことであろう。わしはこれに酒のさかなを与えよう。」と言われた。そして猟で得た一羽の鳥を下された。市中の人々は皆これに感じて泣き、このためにえびす講を現在に至るまで廃している。

寧静子は言う、「以前湯浅常山の著した文会雑記を見ると、『伏して家康公の遺訓を読むと、その説く所は大体老子の無為の道に近い。秀忠公と家光公との時に、諸大臣（大老職・老中職）の人たちの論議する所も、また無為のことである。』とあった。今ここに記してきた数条を見ると、果して湯浅氏が記したようなことに該当するものが有るのではないか。要するに徳川氏三代の将軍の主とするところは、ただ一つ慈の字で表せるのである。」と。

〔原文出典〕

『治平金訓』。『徳川御実記付録』（大猷院殿四・五）。

石谷十蔵（石谷十蔵《いしがやじゅうぞう》）

石谷将監、初名十蔵、致仕号二土入一。嘗為二歩隊長一。其部下庭、有レ鶴下来。家奴戯以レ斧投レ之、即死。部頭以下、驚愕奔走、不レ知レ所レ措。

先幽三其奴与二主人一、告二之石谷氏一。会不レ在。待至二暮夜一。石谷乃帰、問曰、「部中得レ無レ有二事故一乎。」部頭促レ席低語曰、「今暮某家、有レ鶴自二空際一下。奴誤投レ斧、即死。百方無レ救。且為レ之若何。」石谷大声言曰、「子云三有レ鶴自レ天落而死一乎。是暴死也。犬馬猶有二暴死一。鶴独無レ之乎。蓋食二毒虫一之所レ致耳。子帰、其以二此説一伝二之部中一。」

明日戴レ鶴以登二于朝一、啓二閣老諸公一曰、「昨暮僕部中之庭、有レ鶴自レ天落而死。犬馬猶有二暴死一。鶴独無二暴死一乎。蓋食二毒虫一之所レ致。其奈二之何一。」閣老首肯曰、「既已暴死矣。当レ不二必問一。」石谷曰、「諸、但中レ毒之鶴、不レ可レ納二之太官一。請拝受而帰。」乃退。帰則呼二部頭一、挙レ鶴付レ之曰、「昨来部下奔走、心身亦労矣。以レ此慰レ之可也。」

寧静子曰、「石谷氏簡易了レ事如レ此。亦足三以想二像夫無為之治一矣。若夫処二殺レ鶴者一、更有二黄門義公明断一焉。」

石谷将監《いしがやしょうげん》、初《はじ》めの名《な》は十蔵《じゅうぞう》といひ、致仕《ちし》して土入《どにゅう》と号《ごう》す。嘗《かつ》て歩隊《ほたい》の長《ちょう》と為《な》る。其《そ》の部下《ぶか》の庭《には》に、鶴《つる》有《あ》り下《お》り来《きた》る。家奴《かど》戯《たはむ》れに斧《おの》を以《もっ》て之《これ》に投《とう》じたれば、即《すなは》ち死《し》す。部頭《ぶとう》以下《いか》、驚愕奔走《きょうがくほんそう》して、措《を》く所《ところ》を知《し》らず。

先《ま》づ其《そ》の奴《ど》と主人《しゅじん》とを幽《ゆう》して、之《これ》を石谷氏《いしがやし》に告《つ》ぐ。会《たまた》ま在《あ》らず。待《ま》ちて暮夜《ぼや》に至《いた》る。石谷《いしがや》乃《すなは》ち帰《かへ》り、問《と》ひて曰《い》はく、「部中《ぶちゅう》に事故《じこ》有《あ》る無《な》きを得《え》んや。」と。部頭席《ぶとうせき》を促《うなが》し低語《ていご》して曰《い》はく、「今暮《こんぼ》某《なにがし》の家《いへ》に、鶴《つる》有《あ》り空際《くうさい》より下《くだ》る。奴《ど》誤《あやま》りて斧《おの》を投《とう》じ、即《すなは》ち死《し》す。百方《ひゃっぽう》すれども救《すく》ふこと無《な》し。且《か》つ之《これ》を為《な》すこと若何《いかん》。」と。石谷大声《いしがやたいせい》して言《い》ひて曰《い》はく、「子《し》鶴《つる》有《あ》り天《てん》より落《お》ちて死《し》すと云《い》ふか。是《こ》れ暴死《ぼうし》なり。犬馬《けんば》すら猶《な》ほ暴死《ぼうし》有《あ》り。鶴独《つるひと》り之《これ》無《な》からんや。蓋《けだ》し毒虫《どくちゅう》を食《くら》ふの致《いた》す所《ところ》なるのみ。子《し》帰《かへ》りて、其《そ》れ此《こ》の説《せつ》を以《もっ》て之《これ》を部中《ぶちゅう》に伝《つた》へよ。」と。

明日《みょうにち》鶴《つる》を戴《の》せ以《もっ》て朝《ちょう》に登《のぼ》り、閣老諸公《かくろうしょこう》に啓《けい》して曰《い》はく、「昨暮僕《さくぼぼく》の部中《ぶちゅう》の庭《には》に、鶴《つる》有《あ》り天《てん》より落《お》ちて死《し》す。犬馬《けんば》すら猶《な》ほ暴死《ぼうし》有《あ》り。鶴独《つるひと》り暴死《ぼうし》無《な》からんや。蓋《けだ》し毒《どく》虫《ちゅう》を食《くら》ふの致《いた》す所《ところ》なり。其《そ》れ之《これ》を奈何《いかん》。」と。閣老首肯《かくろうしゅこう》して曰《い》はく、「既《すで》に已《すで》に暴死《ぼうし》す。当《まさ》に必《かなら》ずしも問《と》はざるべし。」と。石谷《いしがや》曰《い》はく、「諾《だく》、但《た》だ毒《どく》に中《あ》たるの鶴《つる》は、之《これ》を太官《たいかん》に納《い》るべからず。請《こ》ふ拝受《はいじゅ》して帰《かへ》らん。」と。乃《すなは》ち退《しりぞ》く。帰《かへ》れば則《すなは》ち部頭《ぶとう》を呼《よ》び、鶴《つる》を挙《あ》げて之《これ》に付《ふ》して曰《い》はく、「昨来部下奔走《さくらいぶかほんそう》して、心身《しんしん》亦《ま》た労《ろう》せん。此《これ》を以《もっ》て之《これ》を慰《なぐさ》めて可《か》なり。」と。

寧静子《ねいせいし》曰《い》はく、「石谷氏《いしがやし》の簡易《かんい》に事《こと》を了《りょう》すること此《かく》の如《ごと》し。亦《ま》た以《もっ》て夫《か》の無為《むい》の治《ち》を想像《そうぞう》するに足《た》れり。若《も》し夫《そ》れ鶴《つる》を殺《ころ》す者《もの》を処《しょ》するは、更《さら》に黄門義公《こうもんぎこう》の明断《めいだん》有《あ》り。」と。

〔語釈〕

致仕＝役を退くこと。隠退。**驚愕**＝おどろきおそれる。おどろきあわてる。**百方**＝いろいろと手を尽くす。**暴死**＝にわかに死ぬこと。突然に死ぬこと。**閣老**＝老中職。**太官**＝宮中の食事をつかさどる官。**簡易**＝手軽。複雑でなく、あっさりしていること。**無為之治**＝聖人の徳は至大であるから、何事も成さなくても、天下が自然に治まること。『論語』衛霊公篇の「無為にして治むる者は、其れ舜なるか」に基づく。**黄門義公**＝水戸光圀のこと。**明断**＝すぐれたさばきかた。

〔人物解説〕

石谷将監＝（一五九四〜一六七二）名は十蔵貞清。将軍秀忠、家光に歴仕し、二度の大坂の陣、天草の乱、由井正雪の変などで殊功を立てた。筋骨の力が非常に強く、多くの武技に練達し、特に騎射術に長じていた。

〔通釈〕

石谷将監は、初めの名を十蔵といい、仕えを辞してからは土入と号した。仕えていたころ御徒士頭（歩兵隊長）を務めた。その部下の者の庭に、鶴がやって来た。その家のしもべが戯れに斧を投げ付けたところ、それが当たって鶴は死んでしまった。組頭以下の者は、驚いて奔走して、どう処置してよいか分からなかった。

そこで鶴を殺したしもべとその主人とを家の中に押し込めておいて、徒士頭の石谷に告げた。石谷はたまたま留守であった。帰りを待って夜になった。石谷は帰ると、「組の内に何か事故が有ったのか。」とたずねた。組頭は席を進めて低い声で、「今日の夕方某の家に、鶴が空より下りて来ました。しもべが誤って斧を投げ付け、鶴は即死してしまいました。いろいろ手を尽くしたけれども生きかえりません。まずこの処置をどうしたらよいでしょう。」と言った。石谷は大声で、「そなたは鶴が空から落ちて死んだというのか。これは頓死である。犬や馬でさえ頓死がある。鶴に限って頓死がないといえようか。思うに毒虫を食ってそういうことになったのであろう。そなたは帰って、この頓死の説を組内の者に伝えよ。」と言った。

　石谷は翌日に鶴を台に戴せて登城し、老中職に対して、「昨日の夕方私の組内の者の庭へ、鶴がやって来て空から落ちて死にました。犬や馬でさえ頓死があります。鶴に限って頓死が無いといえましょうか。思うに毒虫を食ってそうなったものと存じます。これをどのようにいたしましょう。」と申し上げた。老中はうなずいて承知し、「鶴は既に頓死した。罪を吟味するには及ばない。」と言った。石谷は、「かしこまりました。ただ毒にあたった鶴は、御台所に納めることはできません。願わくば頂戴して帰りとう存じます。」と言った。そこで鶴をもらって退去した。帰るとすぐに組頭を呼び、鶴を取り上げて手渡して、「昨日以来部下の者が奔走して、心身ともに疲労したであろう。これを肴にして慰労したらよかろう。」と言った。

　寧静子は言う、「石谷氏が手際よく事を処理することはこのようであった。またこれによって老子の無為の治め方が思われる。もし表立って鶴を殺した者をうまく処置したものをあげるならば、更に水戸中納言徳川光圀の明断がある。」と。

〈原文出典〉
『治平金訓』。

黄門義公 （黄門《こうもん》義公《ぎこう》）

国家有レ禁。殺レ鶴者刑。蓋重ニ仙禽一也。水戸黄門

義公時、有レ人銃二鶴於禁猟所一。県吏捕以献焉。公怒下二之獄一、久而不レ問。歳亦云暮。

明年春正月、公招三致封内八巨刹住僧一、自饋享レ之。例也。禅話之次、及二殺生事一。公因謂二僧徒一曰、「日有二犯レ禁殺レ鶴者一。寡人嘗学断二此獄一。僧等観焉。」乃引三出囚人於庭一、縛二之松樹一、大声喝曰、「汝犯二国家大禁一。其罪不レ可レ赦。」抜レ刀擬レ之、而故躊躇。七僧観レ之、瞠若不レ出二一語一。公於レ是投レ刀罵曰、「咄鈍僧輩。我豈以レ人替レ禽者乎。特法律之不レ可レ曲。欲下待二沙門一哀一以宥上レ之。今乃七僧駢レ首、呆然視二其危一、而莫二之救一。慈悲之道、安在哉。夫僧而無二慈悲之心一、亦安用二浮屠一哉。」命尽逐二七僧一、而宥二殺レ鶴者一。

寧静子曰、「桃源遺事有レ記云、『西山公毎レ断二死刑一、戒二獄吏一云、行レ刑之日、必以告レ我。』其意謂、苟有二生路一、吾能活レ之。故大辟之処レ斬処レ磔者、吏往往延二時月一、或至レ踰二一歳一。孟子曰、『以二生道一殺レ民、雖レ死不レ怨二殺者一。』如二義公一殆庶幾乎。」

国家《こっか》禁《きん》有《あ》り。鶴《つる》を殺《ころ》す者《もの》は刑《けい》す。蓋《けだ》し仙禽《せんきん》を重《おも》んずるなり。水戸黄門義公《みとこうもんぎこう》の時《とき》、人有《ひとあ》り鶴《つる》を禁猟所《きんりょうしょ》に銃《じゅう》す。県吏《けんり》捕《と》らへ以《もっ》て献《けん》ず。公怒《こういか》りて之《これ》を獄《ごく》に下《くだ》し、久《ひさ》しうして問《と》はず。歳亦《としま》た云《ここ》に暮《く》る。

明年春正月《みょうねんはるしょうがつ》、公封内《こうほうない》の八巨刹《はちきょさつ》の住僧《じゅうそう》を招致《しょうち》し、自《みずか》ら饋《き》して之《これ》を享《きょう》す。例《れい》なり。禅話《ぜんわ》の次《ついで》、殺生《せっしょう》の事《こと》に及《およ》ぶ。公因《こうよ》りて僧徒《そうと》に謂《い》ひて曰《い》はく、「日《ひ》ごろ禁《きん》を犯《おか》して鶴《つる》を殺《ころ》す者有《ものあ》り。寡人《かじん》嘗《かつ》て学《まな》びがてらに此《こ》の獄《ごく》を断《だん》ぜんとす。僧等観《そうらみ》よ。」と。乃《すなは》ち囚人《しゅうじん》を庭《には》に引《ひ》き出《だ》し、之《これ》を松樹《しょうじゅ》に縛《ばく》し、大声《たいせい》に喝《かつ》して曰《い》はく、「汝国家《なんぢこっか》の大禁《たいきん》を犯《をか》す。其《そ》の罪赦《つみゆる》すべからず。」と。刀《かたな》を抜《ぬ》き之《これ》に擬《ぎ》して、故《ことさら》に躊躇《ちゅうちょ》す。七僧之《しちそうこれ》を観《み》て、瞠若《どうじゃく》として一語《いちご》を出《いだ》さず。公是《こうここ》に於《おい》て刀《かたな》を投《とう》じて罵《ののし》りて曰《い》はく、「咄鈍僧輩《とつどんそうはい》。我《われ》豈《あ》に人《ひと》を以《もっ》て禽《きん》に替《か》へる者《もの》ならんや。特《ただ》に法律《ほうりつ》の曲《ま》ぐべからず。沙門《しゃもん》の一哀《いちあい》を待《ま》ちて以《もっ》て之《これ》を宥《ゆる》さんと欲《ほっ》す。今乃《いますなは》ち七僧首《しちそうこうべ》を駢《なら》べて、呆然《ぼうぜん》として其《そ》の危《あやう》きを視《み》て、之《これ》を救《すく》ふこと莫《な》し。慈悲《じひ》の道《みち》、安《いづ》くにか在《あ》る。夫《そ》れ僧《そう》にして慈悲《じひ》の心無《こころな》くんば、亦《ま》た安《いづ》くんぞ浮屠《ふと》を用《もち》ゐんや。」と。命《めい》じて尽《ことごと》く七僧《しちそう》を逐《お》ひ、而《しか》して鶴《つる》を殺《ころ》す者《もの》を宥《ゆる》す。

寧静子《ねいせいし》曰《い》はく、「桃源遺事《とうげんいじ》に記有《きあ》りて云《い》ふ、『西山公《せいざんこう》死《し》刑《けい》を断《だん》ずる毎《ごと》に、獄吏《ごくり》を戒《いまし》めて云《い》ふ、刑《けい》を行《おこな》ふの日《ひ》、必《かなら》ず以《もっ》て我《われ》に告《つ》げよ。』と。其《そ》の意《い》に謂《い》ふ、苟《いやし》くも生路《せいろ》有《あ》らば、吾《われ》能《よ》く之《これ》を活《い》かさんと。故《ゆゑ》に大辟《たいへき》の斬《ざん》に処《しょ》し磔《たく》に処《しょ》する者《もの》、吏《り》往往時月《おうおうじげつ》を延《の》ばし、或《ある》いは一歳《いっさい》を踰《こ》ゆるに至《いた》る。孟子《もうし》曰《い》はく、『生道《せいどう》を以《もっ》て民《たみ》を殺《ころ》せば、死《し》すと雖《いへど》も殺《ころ》す者《もの》を怨《うら》みず。』と。義公《ぎこう》の如《ごと》きは殆《ほと》んど庶幾《ちか》からん。」と。

〔語釈〕
仙禽＝仙人の鳥。鶴は長寿なのでいう。**巨刹**＝大きな寺院。**大寺**。**殺生**＝生命のあるものを殺すこと。**躊躇**＝ためらう。ぐずぐずする。**瞠若**＝目を見張って驚きあきれる。**沙門**＝出家して仏道を修行する人。僧。**呆然**＝あきれてぼんやりする。**慈悲之道**（心）＝あわれんで苦を除くこと。衆生の苦しみを除いて楽しみを与えること。**浮屠**＝仏。仏教。**桃源遺事**＝水戸光圀に関する逸話集。**西山公**＝水戸光圀のこと。**生路**＝生計の道。助ける道。**大辟**＝罪の最も重いもの。死刑。**孟子曰以生死云云**＝人民の生存のために人を殺す場合には、たとえ殺されても、殺す者をうらむようなことはしない。『孟子』尽心篇上の「孟子曰はく、佚道を以て民を使へば、労すと雖も怨みず。生道を以て民を殺せば、死すと雖も殺す者を怨みず」に基づく。**庶幾**＝ちかい。今にもそうなりそうだ。

〔人物解説〕
黄門義公＝水戸（徳川）光圀（一六二八〜一七〇〇）、家康の十一男頼房の三男。六歳の時兄頼重（高松藩祖）を越えて水戸家の世子に決定し、江戸小石川の藩邸に移った。十八歳の頃『史記』の伯夷伝を読んで感激し、学問へ志すことになった。二十七歳の時、関白近衛信尋の息女泰姫と結婚したが、四年で夫人が没し、以後生涯妻も側室も置かなかった。三十四歳で第二代藩主となり、三十年間の藩主時代は政治面だけでなく、学問文化の分野にわたって注目された。「生類憐れみの令」に対する批判的な態度をはじめ、将軍綱吉との不和が取り沙汰されたが、六十四歳の時、老衰を理由に引退し、兄の子綱条《つなえだ》に藩主の座を譲って西山荘に隠栖した。光圀が黄門（中納言）に昇進したのは、辞表を提出した翌日であった。引退後は西山荘で『大日本史』の編纂に力を注いだ。

〔通釈〕
徳川幕府には禁制が有った。鶴を殺す者は死刑に処することになっていた。思うに鶴は仙人のように長生きする鳥として重んじられたためであろう。水戸中納言光圀卿の時、殺生禁止の場所で鶴を銃で打ち殺した者が有った。代官所の役人がその者を捕らえて連れて来た。光圀卿は怒ってその者を牢獄に入れ、長い間そのままにして置いた。その年が暮れた。

翌年の正月、光圀卿は領内の八つの大寺の僧侶を招いて、自ら接待してご馳走を振る舞った。それは例年のことである。話題が禅の話の後で、殺生の話へと及んだ。光圀卿はそこで僧侶に向かって、「近頃禁制を犯して鶴を殺した者がある。わしは学びがてらにこの裁決を実行しようと思う。僧たちも見よ。」と言った。そこで罪人を庭へ引き出し、これを松の木に縛りつけ、大声に叱りつけて、「そなたは国家の大禁を犯した。その罪は許すことができない。」と言い渡した。刀を抜いてこれに差し付けて、わざとためらっていた。七人の僧はこれを見て、目を見張って驚くばかりで一言の言葉も出さなかった。光圀卿はここにおいて刀を投げ捨てて僧をののしって、「ちぇっ、駄目な坊主どもよ。わしはどうして人の生命を鳥に替える者であろうか。ただ法律は曲げることはできない。僧侶の命ごいを待ってこの罪人を許そうとしたのだ。今この場に七人の僧が首を並べていながら、あきれた顔をして罪人の危うさを見て、それを救うことをしない。慈悲の道はどこに在るのか。そもそも僧侶でありながら慈悲の心が無ければ、どうして仏道を役立てることができようか。」と言った。その後、下に命じて七人の僧を残らず寺から追い払い、鶴を殺した者を許した。

寧静子は言う、「桃源遺事という書に記事があってこうある、『西山公（光圀卿）は死刑を定められる毎に、その獄吏を戒めて、処刑をする日は、必ずわしに知らせよ、と言われた。』と。その心中においては、もし生きられる道があるならば、よく生かしてやろうと思ったのであろう。だから打ち首に処し磔《はりつけ》に処する者も、役人は多くは月日を延期し、或る者は一年を越える時もあった。孟子は、『人民の生存のために人を殺す（例えば、悪人を誅殺するような）場合には、たとえ殺されても、殺す者をうらむようなことはしない。』と言われたが、光圀卿はこれに近いであろう。」と。

〈原文出典〉

『明良洪範』（十二）。

尾公吉通（尾公吉通《びこうよしみち》）

尾公吉通、承二祖父二世窮蹙之後一、府庫空竭、国用殆不レ支。諸有司相議、先沙三汰歩卒老廃不レ中レ用者二百余人一、尽放レ之。公聞レ之憫然。諭二有司一曰、「国家行レ倹、由二供給不一レ足。則放二老卒一、亦不レ為レ無レ理。雖レ然彼皆少壮労二筋骨一、老而見レ棄。何其悲也。寡人以二六十万之封一、且不レ能三供二給群下一。渠雖二二百人一、併二妻孥一計、応レ不レ下二数百人一。乃窮三餓道路一、進不レ能レ食レ力、退又無二寸禄一。不三転二死溝壑一而何為。抑歩卒之労二筋骨一、常事耳。譬二諸戸之鷸居鴨居一（俗呼二戸限上下一、為二鷸居鴨居一）。鴨居レ上不レ労、而鷸毎労二於下一。然不レ可下以二鷸之労一、而望中鴨之逸上。夫歩卒亦戸之鷸居也。労固其職也。特不レ可下以二其老一故棄上レ之耳。」有司皆感泣而退、尽召三還二百余人一、復レ故。

寧静子曰、「出納之吝、有司常態。而仁人君子、毎行二恵於不一レ費。所三以不レ傷レ財不一レ害レ民也。若二夫尾藩老卒一、設微二仁人一言一、則二百余人、皆死二於匪命一。豈不レ悲哉。」

尾公吉通《びこうよしみち》、祖父《そふ》二世《にせい》窮蹙《きゅうしゅく》の後《のち》を承《う》けて、府庫空竭《ふこくうけつ》し、国用《こくよう》殆《ほとん》ど支《ささ》へず。諸有司《しょゆうし》相《あ》ひ議《ぎ》し、先《ま》づ歩卒《ほそつ》の老廃《ろうはい》して用《よう》に中《あ》たらざる者《もの》二百余人《にひゃくよにん》を沙汰《さた》して、尽《ことごと》く之《これ》を放《はな》つ。公之《こうこれ》を聞《き》きて憫然《びんぜん》たり。有司《ゆうし》を諭《さと》して曰《い》はく、「国家倹《こっかけん》を行《おこな》ふは、供給《きょうきゅう》足《た》らざるに由《よ》る。則《すなは》ち老卒《ろうそつ》を放《はな》つも、亦《ま》た理《り》無《な》しと為《せ》ず。然《しか》りと雖《いへど》も彼皆少壮《かれみなしょうそう》のとき筋骨《きんこつ》を労《ろう》し、老《お》いて棄《す》てらる。何《なん》ぞ其《そ》れ悲《かな》しきや。寡人《かじん》六十万《ろくじゅうまん》の封《ほう》を以《もっ》て、且《か》つ群下《ぐんか》に供給《きょうきゅう》すること能《あた》はず。渠《かれ》二百人《にひゃくにん》と雖《いへど》も、妻孥《さいど》を併《あは》せて計《はか》らば、応《まさ》に数百人《すうひゃくにん》を下《くだ》らざるべし。乃《すなは》ち道路《どうろ》に窮餓《きゅうが》し、進《すす》んでは力《ちから》にて食《は》むこと能《あた》はず、退《しりぞ》きては又《ま》た寸禄《すんろく》無《な》し。溝壑《こうがく》に転死《てんし》せずして何《なに》をか為《な》さんや。抑《そもそ》も歩卒《ほそつ》の筋骨《きんこつ》を労《ろう》するは、常事《じょうじ》のみ。諸《これ》を戸《と》の鷸居鴨居《しきいかもい》（俗《ぞく》に戸限《こげん》の上下《じょうげ》を呼《よ》んで鷸居鴨居《しきいかもい》と為《な》す）に譬《たと》ふ。鴨《かも》は上《うへ》に居《ゐ》て労《ろう》せず、鷸《しき》は毎《つね》に下《した》に居《い》て労《ろう》す。然《しか》れども鷸《しき》の労《ろう》を以《もっ》て、鴨《かも》の逸《いつ》を望《のぞ》むべからず。

夫《そ》れ歩《ほ》卒《そつ》も亦《ま》た戸《と》の鬮《しき》居《い》なり。労《ろう》は固《もと》より其《そ》の職《しょく》なり。特《とく》に其《そ》の老《ろう》を以《もっ》ての故《ゆゑ》に之《これ》を棄《す》つるべからざるのみ。」と。有司《ゆうし》皆感《みなかん》泣《きゅう》して退《しりぞ》き、尽《ことごと》く二百《にひゃく》余人《よにん》を召《しょう》還《かん》し、故《もと》に復《ふく》す。

寧静子《ねいせいし》曰《い》はく、「出納《すいとう》の吝《やぶさか》なるは、有司《ゆうし》の常態《じょうたい》なり。而《しか》して仁人君子《じんじんくんし》は、毎《つね》に恵《けい》を費《つひや》さざるに行《おこな》ふ。財《ざい》を傷《しょう》せず民《たみ》を害《がい》せざる所以《ゆゑん》なり。夫《か》の尾藩《びはん》の老卒《ろうそつ》の若《ごと》き、設《も》し仁人《じんじん》の一言微《いちげんなか》りせば、則《すなは》ち二百《にひゃく》余人《よにん》は、皆《みな》匪《ひ》命《めい》に死《し》せん。豈《あ》に悲《かな》しからずや。」と。

〔語釈〕

尾公＝尾張侯徳川吉通のこと。**窮蹙**＝困窮する。**空竭**＝物がからになること。**沙汰**＝善と悪とをえりわける。**憫然**＝あわれむ。**妻孥**＝妻と子。家族。**窮餓**＝貧しくて飢えること。**寸禄**＝少しの俸禄。**転死溝壑**＝飢えて溝や谷に転げ落ちて死ぬ。転じて危険や困難な境遇のたとえ。『孟子』梁恵王下篇の「老弱は溝壑に転じ、壮者は散じて四方に行く者幾千人ぞ」に基づく。**出納之吝**＝支出と収入において支出をおしむ。『論語』尭曰編の「出納の吝なる、之を有司と謂ふ」に基づく。**仁人**＝なさけ心のある人。**匪命**＝天命を全うしないこと。思わぬ災難で死ぬこと。

〔人物解説〕

尾公吉通（徳川吉通）＝（一六八九〜一七一三）尾張徳川家四代目の当主。将軍綱吉の一字を賜って吉通と称す。元禄十二年（一六九九）に十一歳で家督を継承。十四年に参議となり、翌年近衛家より輔姫を室として迎えた。宝永元年（一七〇四）に権中納言に昇進し、正徳三年（一七一三）江戸藩邸で急逝した。饅頭による食傷らしいが、平生の大酒で常に吐血していたといわれている。

〔通釈〕

尾張中納言吉通卿は、祖父以来二代の困窮の後を受け継いだが、金庫は底をつき、国の入用を大かた支えられなかった。諸役人は相談して、まず足軽の老いて用に立たない者二百人を探り出し、全員に暇を出した。吉通卿はこのことを聞いてあわれに思われた。そして役人を諭して、「国家が倹約をするのは、入費が足らないからである。老人の足軽に暇を出すことも、また道理がないことではない。しかしながら彼等は皆少年や壮年の時から身体を労して仕えてきた者であるのに、年をとったからといって棄てられる。何と悲しいことではないか。わしは六十万石の大名でありながら、多くの下々の者の暮らしを満足させることができない。彼等は二百人と言うけれども、妻子一族を合わせて計算すれば、五六百人を下らないであろう。そこでその者たちが路上に困り飢え、進んでは自分の力で新しい抱え主を探すことはできず、退いては少しの俸禄も無い。これでは溝や谷川に転落して死ぬ以外に仕方がない。そもそも足軽たちが身体を労するのは、通例のことである。これは戸の敷居と鴨居に例えることができる。鴨居は上に在って身を労せず、敷居は常に下に在って労する。しかしながら敷居は下で労するからといって、鴨居の楽を望むことはできない。足軽もまた戸の敷居のような者である。労することは固よりその職分なのである。特に老いたからといってこれに暇を出すことはできない。」と言われた。役人は皆これを聞いて感じ泣きして御前を退き、一度暇を出した二百余人の全員を呼び返して、元の通りにした。

寧静子は言う、「金銭の出し入れの際出ししぶるのは、役人の癖である。情深い君主は、いつも恩恵を無駄な出費をせずに行う。財貨も無駄に使わず人民も害さないわけである。ここに記した尾張藩の老いた足軽のような者は、もし情ある人の一言が無かったならば、二百余人の者は、寿命を全うせずに死んだであろう。何と悲しいことではないか。」と。

〔原文出典〕
『武野燭談』（八）。

中将正之（中将正之《ちゅうじょうまさゆき》）

中将正之之就二封会津一也、専務二教化一、不レ事二刑法一。有二四士一。曰二安西（八左衛門）一、曰二佐瀬（平右衛門）一、曰二吉川（市之丞）一、曰二安藤（六郎左衛門）一。皆桀驁嗜二武技一、横二行郷曲一、有二暴客之称一。有司屢弾劾、其書満レ案、中将久レ之不レ問。左右諸臣皆惑焉。

既而中将俄命召二四人一。衆謂「渠罪悪貫盈。非レ賜二自尽一、則境外逐放可レ知也。」及レ至、中将面諭二四人一曰、「汝等暴行、有司具状、寡人既已悉レ之矣。然汝等所レ為、非三必不二忠於寡人一。要皆年少気鋭所レ致。従レ今其慎レ之。曰八左衛門、曰平右衛門、命レ汝各為二游手一隊長一。曰市之丞、命レ汝為二旗頭一。曰六郎左衛門、命レ汝為二行人一。既承レ命之後、各守二其職一、勿二或敢惰一。」四人皆感泣拝謝而退。於レ是奮然励レ行、折レ節読レ書、後皆為二謹勅之士一。

寧静子曰、「会津東国重鎮也。自二蘆名氏之亡一也、蒲生氏・上杉氏、皆以二武人一治レ之。及下土津公以二幕府懿親一、受中封於此上、漸敷二文教一、人皆知レ向レ学。而君子豹変之化、是可レ窺二其一斑一云。」

中将正之《ちゅうじょうまさゆき》の封《ほう》に会津《あひづ》に就《つ》くや、専《もっぱ》ら教化《きょうか》を務《つと》めて、刑法《けいほう》を事《こと》とせず。四士《しし》有《あ》り。安西《あんざい》（八左衛門《はちざゑもん》）と曰《い》ひ、佐瀬《させ》（平右衛門《へいうゑもん》）と曰《い》ひ、吉川《よしかは》（市之丞《いちのじょう》）と曰《い》ひ、安藤《あんどう》（六郎左衛門《ろくろうざゑもん》）と曰《い》ふ。皆桀驁《みなけつごう》にして武技《ぶぎ》を嗜《たしな》み、郷曲《きょうきょく》を横行《おうこう》して、暴客《ぼうかく》の称有《しょうあ》り。有司屢《ゆうししばし》ば弾劾《だんがい》して、其《そ》の書案《しょあん》に満《み》つるに、中将之《ちゅうじょうこれ》を久《ひさ》しうして問《と》はず。左右諸臣皆惑《さゆうしょしんみなまど》ふ。

既《すで》にして中将俄《ちゅうじょうには》かに命《めい》じて四人《よにん》を召《め》す。衆謂《しゅうおも》へらく「渠罪悪貫盈《かれざいあくかんえい》す。自尽《じじん》を賜《たま》ふに非《あら》ずんば、則《すなは》ち境外《きょうがい》の逐放《ちくほう》は知《し》るべきなり。」と。至《いた》るに及《およ》んで、中将《ちゅうじょうま》面のあたり四人《よにん》に諭《さと》して曰《い》はく、「汝等《なんぢら》の暴行《ぼうこう》、有司具状《ゆうしぐじょう》し、寡人《かじん》既《すで》に已《すで》に之《これ》を悉《つく》せり。然《しか》れども汝等《なんぢら》の為《な》す所《ところ》は、必《かなら》ずしも寡人《かじん》に不忠《ふちゅう》なるに非《あら》ず。要《よう》するに皆年少気鋭《みなねんしょうきえい》の致《いた》す所《ところ》なり。今《いま》より其《そ》れ之《これ》を慎《つつし》め。曰《い》はく八左衛門《はちざゑもん》、曰《い》はく平右衛門《へいうゑもん》、汝《なんぢ》に命《めい》じて各《おのおの》の游手一隊《ゆうしゅいったい》の長《ちょう》と為《な》す。曰《い》はく市之丞《いちのじょう》、汝《なんぢ》に命《めい》じ旗頭《はたがしら》と為《な》す。曰《い》はく六郎左衛門《ろくろうざゑもん》、汝《なんぢ》に命《めい》じて行人《こうじん》と為《な》す。既《すで》に命《めい》を承《う》くるの後《のち》は、各《おのおの》の其《そ》の職《しょく》を守《まも》りて、或《ある》いは敢《あ》へて惰《おこた》ること勿《なか》れ。」と。四人《よにん》皆感泣拝謝《みなかんきゅうはいしゃ》して退《しりぞ》く。是《ここ》に於《おい》て奮然《ふんぜん》として行《おこな》ひを励《はげ》み、節《せつ》を折《を》り書《しょ》を読《よ》み、後皆謹勅《のちみなきんちょく》の士《し》と為《な》る。

寧静子《ねいせいし》曰《い》はく、「会津《あひづ》は東国《とうごく》の重鎮《じゅうちん》なり。蘆名氏《あしなし》の亡《ほろ》びしより、蒲生氏《がまうし》・上杉氏《うへすぎし》、皆武人《みなぶじん》を以《もっ》て之《これ》を治《をさ》む。土津公幕府《しんこうばくふ》の懿親《いしん》を以《もっ》て、封《ほう》を此《ここ》に受《う》くるに及《およ》びて、漸《やうや》く文教《ぶんきょう》を敷《し》き、人皆学《ひとみながく》に向《む》かふを知《し》る。而《しか》して君子《くんし》は豹変《ひょうへん》するの化《か》、是《こ》れ其《そ》の一斑《いっぱん》を窺《うかが》ふべしと云《い》ふ。」と。

〔語釈〕

中将正之＝保科正之のこと。**教化**＝教えて感化する。教え導いて善にすすませる。**刑法**＝刑罰法律。**桀驁**＝凶暴で服従しない悪い者のたとえ。**郷曲**＝村ざと。いなか。**横行**＝わが物顔に威張って歩く。勝手気ままに行動する。暴客＝あばれ者。無法者。弾劾＝罪状を問いただす。悪事を調べて奏上する。満案＝机の上に満ちている。罪悪貫盈＝罪悪が充満する。『書経』泰誓上の「商の罪貫盈し、天命じて之を誅せしむ」に基づく。自尽＝責任を取って自分から命を絶つ。具状＝書状でこまかく申し上げる。気鋭＝意気ごみが鋭いこと。游手＝浪人組。別動隊。行人＝使者。お使い番。奮然＝ふるい立つ。気を引きたてるさま。謹勅＝つつしみ深い。重鎮＝重いおさえ。重要な地点。蘆名氏＝鎌倉中期以降、北条氏の地頭代として勢力を伸ばし、十五世紀前半の盛政のころ会津守護と呼ばれて会津地方に君臨し、盛氏《もりうじ》（一五二一～一五八〇）の世に最盛期を迎えた。その後は歴代の当主の若死が続き、家中統制も弱体化し、天正十七年（一五八九）に伊達政宗に攻められて大敗し、滅亡した。土津公＝保科正之は死後土津霊神と称されたのでいう。懿親＝近親。正之は二代将軍秀忠の第四子。君子豹変之化＝君子は豹の皮の模様がはっきりしているように、過ちを改めて善に移ることがあざやかである。君子が善に移るさまのはっきりしているたとえ。『易経』革《かく》の「君子は豹変す。小人は面を革《あらた》む」に基づく。一斑＝豹のまだらぶちの一つ。転じて、全体の中の一部分の意。

〔人物解説〕

中将（保科）正之＝（一六一一～一六七二）秀忠の四男。家光の異母弟。秀忠の正室達子の目をのがれるため保科正光の領地信濃高遠で密かに養育された。寛永六年（一六二九）秀忠に拝謁し、正光の子として披露された。その後家督を相続し、加増を重ね、会津に加増転封された。家光の遺言によって幼い将軍家綱の補佐となり、幕政を文治政治の方へ転換させる役割を果たした。領内の政事は多く家臣に任せ、身命を賭して幕府の為に尽力した。江戸の隅田川に両国橋を架したり、玉川上水を引くことに力を尽くし、市民の利便をはかった。

安西八左衛門・佐瀬平右衛門・吉川市之丞・安藤六郎左衛門＝いずれも保科正之の臣。会津の家士が文事に過ぎるとして、文盲に近かった武道一筋の四人が登用されたようであるが、いずれも詳細は未詳である。

〔通釈〕

中将正之が封地の会津に赴くと、専ら人民の教化につとめ、刑法を適用して治めることはしなかった。領内に四人の士があった。四人は安西八左衛門、佐瀬平右衛門、吉川市之丞、安藤六郎左衛門と言った。四人とも凶暴で武芸を好み、村々を威張り歩き、暴れ者の名があった。役人はしばしばその罪をあばき、その書類が役所の机の上に満ちているのに、中将は長い間そのままにしておいて四人の罪を問わなかった。側近の者やその他の臣下も皆不審に思って惑っていた。
　間もなくして中将は突然役人に命じて四人の者を呼び出した。多くの人々は、「彼等の罪悪は充満している。切腹を仰せ付けられるのでなければ、領外追放は知れたことである。」と思った。四人の者が出頭すると、中将は直接四人に諭して、「そなたたちの乱暴な行為は、役人より具さに報告があり、わしは既に細かいところまで知っている。しかしながらそなたたちのした行為は、必ずしもわしに不忠をなしたというものではない。要するに皆若い血気のした行為である。今日からはこれを慎め。八左衛門と平右衛門の二人には、各々先手組一隊の長とする。市之丞は、旗頭とする。六郎左衛門は、使い番とする。最早この申し付けを受けた後は、各々その役目を守って、決して怠ることがあってはならない。」と言い渡した。四人の者は皆感泣してお礼を申し上げて退出した。ここにいたって四人は奮発して行状を改め、今までの態度を一変させて書を読み、後には皆慎み深い士となった。

　寧静子は言う、「会津は東国の大切な場所である。蘆名氏が亡びてから、蒲生氏と上杉氏と、皆武人がこの地を治めた。土津公（保科正之）は徳川幕府の親族として、領地をここに受けることになって、ようやく文の教えを敷き、人々は皆学問に向かうことを知った。そして君子は豹変するという顕著な変化の、その一部分をここに窺い知ることができるという。」と。

〔原文出典〕
『明良洪範』（十七）。『武野燭談』（九）。

節婦一（節婦一《せっぷいち》）

偃武以還、言二義烈之事一、必以二赤穂義士一為二称首一。而世所レ伝四十七士之外、蓋有二小島喜兵衛者一。而其妻死レ節事、最可レ伝云。
　初喜兵衛去二赤穂城一也、窃与二大石氏一謀、誓欲三共報二主讐一。及三大石氏韜二跡於山科一、喜兵衛亦去隠二于摂之福島一、以待二其東行之期一。既而漸糜二歳月一、嚢嚢殆竭。竟至下除二短長二刀一外、家不上留二一物一。喜兵衛自謂、「貧困至レ此、無レ可三以成二大事一。不レ若三及レ今一死、以明二其志一。」於レ是使三其妻出売二水於市一、身独在レ家、整二頓後事一、而後徐自引レ刀自裁。不レ殊。妻自レ外至、驚扶而起レ之曰、「傷深矣。不レ可レ救也。夫君其従容就レ死。妾亦同三死於君前一耳。」直取レ刀刺二其喉一。夫妻相藉以死。

　妻乃大野氏之女。平生同二艱苦一。有レ間輒慫二慂復讐之事一。其叔父九郎兵衛、実逃レ盟偷レ生之人也。而此婦不レ係二世類一、変二怯懦一為二義烈一。洵可二感歎一也。

　寧静子曰、「大石等復讐之事、先儒往往有下議二其非一者上。殊不レ近二人情一。余嘗作二義士論一以弁レ之。今附二記于此一。曰、赤穂遺臣大石良雄等四十七人、謂二之義士一耶。深夜潜レ形、破二朝貴門戸一、掩撃以奪二其首一矣。謂二之乱賊一耶。一片精忠、百折不レ挫、一挙以殪二故君之讐一矣。二者之目、将何所レ定。曰、深夜掩撃、奪二朝貴之首一者、其跡也。一片精忠、殪二故君之讐一者、其心也。心苟純二乎忠一矣、跡雖三或渉二暴乱一、君子必有レ取焉。良雄等四十七人、義士也、忠臣也。果非二乱賊一也。曰、然則朝議之不三待以二忠臣義士一、而擬二之群不逞之徒一以賜レ死者、何耶。曰、亦以三其事渉二暴乱一耳。事渉二暴乱一、而不レ正二刑典一。何以威三制天下一、懲二後世不軌之徒一乎。雖レ然良雄等之為二忠臣一為二義士一、朝議終不二得而没一也。有レ僧焉、収二其屍一以封二之墓一。置而不レ問也。有二儒士一焉、目以二義人一、録二其事一以伝二不朽一。置而不レ問也。天下寧有下封二乱賊之墓一、又目レ之以二義人一、而不二敢之禁一者上乎。由レ此観レ之、朝議之所三以処二良雄等一、可レ謂二恩威並行而不一レ悖矣。而在二良雄等一、則一成二故君之志一、慰二幽魂於地下一。臣事畢矣。一死固其所二甘受一、其又何怨。曰、義士之目、則既得レ聞レ命矣。

　抑復讐之名、先儒猶有二異議一焉。有レ人弑二其君父一矣。臣子以為レ讐而復レ之。古今之通義也。今也不レ然。赤穂侯以二私憤一刃二人於朝一、坐二大不敬一、賜レ死。非三吉良氏之所二敢殺一也。良雄等安得而讐レ之哉。曰、以二常理一論レ之、亦有二似焉者一。独不レ有二所謂君辱臣死之義一乎。夫吉良氏挟レ権驕傲、貪而無レ厭。衒二赤穂侯之不レ賂二於己一、屢挫二之於朝一、至下以二鄙野之子不レ知二礼節一罵上之。其辱レ之亦甚矣。赤穂侯於レ是乎、不レ堪二積忿一、欲レ逞二之一撃之下一、而不レ達。幽憤呑レ恨以死。則為二之臣一者、何心能忍、与二吉良氏一共戴レ天乎。是良雄等所三以為レ讐、出二於万不レ得レ已。則天理之至、人情之尽。尚何暇レ問二義例有無一乎。

嗚呼、吾既借二春秋誅レ心之法一、反賞二良雄等忠義之心一、又拠二君辱臣死之義一、断然決三吉良氏之可二以為レ讐。則良雄等四十七人之為二忠臣一為二義士一、昭然明白、可三以暴二於天下万世一矣。彼拘儒紛紜之論、又何暇レ置二諸歯牙之間一哉。」

偃武以還《えんぶいかん》、義烈《ぎれつ》の事《こと》を言《い》ふ、必《かなら》ず赤穂《あかほ》の義士《ぎし》を以《もっ》て称《しょう》首《しゅ》と為《な》す。而《しか》して世伝《よつた》ふる所四十七士《ところしじゅうしちし》の外《ほか》、蓋《けだ》し小島《こじま》喜兵衛《きひょうゑ》といふ者有《ものあ》り。而《しか》して其《そ》の妻節《つませつ》に死《し》するの事《こと》、最《もっと》も伝《つた》ふべしと云《い》ふ。

初《はじ》め喜兵衛《きひょうゑ》の赤穂城《あかほじょう》を去《さ》るや、窃《ひそ》かに大石氏《おほいしし》と謀《はか》り、誓《ちか》って共《とも》に主《しゅ》の讐《あだ》を報《ほう》ぜんと欲《ほっ》す。大石氏跡《おほいししあと》を山科《やましな》に韜《つつ》むに及《およ》び、喜兵衛《きひょうゑ》も亦《ま》た去《さ》って摂《せっ》の福島《ふくしま》に隠《かく》れ、以《もっ》て其《そ》の東行《とうこう》の期《き》を待《ま》つ。既《すで》にして漸《やうや》く歳月《さいげつ》を糜《び》し、嚢橐殆《のうたくほと》んど竭《つ》く。竟《つひ》に短長二刀《たんちょうにとう》を除《のぞ》くの外《ほか》、家《いへ》に一物《いちぶつ》を留《とど》めざるに至《いた》る。喜兵衛自《きひょうゑみづか》ら謂《おも》へらく、「貧困此《ひんこんここ》に至《いた》る、以《もっ》て大事《だいじ》を成《な》すべき無《な》し。今《いま》に及《およ》んで一死《いっし》、以《もっ》て其《そ》の志《こころざし》を明《あ》かすに若《し》かず。」と。是《ここ》に於《おい》て其《そ》の妻《つま》をして出《い》でて水《みづ》を市《し》に売《う》らしめ、身独《みひと》り家《いへ》に在《あ》り、後事《こうじ》を整頓《せいとん》し、而《しか》る後徐《のちおもむ》ろに自《みづか》ら刀《かたな》を引《ひ》きて自裁《じさい》す。殊《た》えず。妻外《つまそと》より至《いた》り、驚《おどろ》き扶《たす》けて之《これ》を起《お》こして曰《い》はく、「傷深《きずふか》し。救《すく》ふべからざるなり。夫君其《ふくんそ》れ従容《しょうよう》として死《し》に就《つ》け。妾《しょう》も亦《ま》た君《きみ》の前《まへ》に同死《どうし》せんのみ。」と。直《ただ》ちに刀《かたな》を取《と》りて其《そ》の喉《のど》を刺《さ》す。夫妻相《ふさいあ》ひ藉《よ》り以《もっ》て死《し》す。

妻《つま》は乃《すなは》ち大野氏《おほのし》の女《むすめ》なり。平生艱苦《へいぜいかんく》を同《おな》じくす。間有《かんあ》れば輒《すなは》ち復讐《ふくしゅう》の事《こと》を慫慂《しょうよう》す。其《そ》の叔父九郎兵衛《しゅくふくろうひょうゑ》は、実《じつ》に盟《ちか》ひを逃《のが》れ生《せい》を偸《ぬす》むの人《ひと》なり。而《しか》るに此《こ》の婦《ふ》は世類《せいるい》に係《かか》はらず、怯懦《きょうだ》を変《へん》じて義烈《ぎれつ》と為《な》す。洵《まこと》に感歎《かんたん》すべきなり。

寧静子《ねいせいし》曰《い》はく、「大石等復讐《おほいしらふくしゅう》の事《こと》、先儒往往《せんじゅおうおう》其《そ》の非《ひ》を議《ぎ》する者有《ものあ》り。殊《こと》に人情《にんじょう》に近《ちか》からず。余嘗《よかつ》て義士論《ぎしろん》を作《つく》り以《もっ》て之《これ》を弁《べん》ず。今此《いまここ》に附記《ふき》す。曰《い》はく、赤穂《あかほ》の遺臣《いしん》大石良雄《おほいしよしを》等《ら》四十七人《しじゅうしちにん》、之《これ》を義士《ぎし》と謂《い》はんか。深夜形《しんやかたち》を潜《ひそ》めて、朝貴《ちょうき》の門戸《もんこ》を破《やぶ》り、掩撃以《えんげきもっ》て其《そ》の首《くび》を奪《うば》ふ。之《これ》を乱賊《らんぞく》と謂《い》はんか。一片《いっぺん》の精忠《せいちゅう》、百折挫《ひゃくせつくじ》けず、一挙以《いっきょもっ》て故君《こくん》の讐《あだ》を殪《たほ》せり。二者《にしゃ》の目《もく》、将《は》た何《なん》の定《さだ》まる所《ところ》ぞ。曰《い》はく、深夜掩撃《しんやえんげき》して、朝貴《ちょうき》の首《くび》を奪《うば》ふは、其《そ》の跡《あと》なり。一片《いっぺん》の精忠《せいちゅう》、故君《こくん》の讐《あだ》を殪《たほ》すは、其《そ》の心《こころ》なり。心《こころ》苟《いやし》くも忠《ちゅう》に純《じゅん》ならば、跡或《あとある》いは暴乱《ぼうらん》に渉《わた》ると雖《いへど》も、君子《くんし》は必《かなら》ず取《と》る有《あ》り。良雄等四十七人《よしをらしじゅうしちにん》は、義士《ぎし》なり、忠臣《ちゅうしん》なり。果《は》たして乱賊《らんぞく》には非《あら》ざるなり。曰《い》はく、然《しか》らば則《すなは》ち朝議《ちょうぎ》の待《ま》つに忠臣義士《ちゅうしんぎし》を以《もっ》てせずして、之《これ》を群不逞《ぐんふてい》の徒《と》に擬《ぎ》し以《もっ》て死《し》を賜《たま》ふは、何《なん》ぞや。曰《い》はく、亦《ま》た其《そ》の事暴乱《ことぼうらん》に渉《わた》るを以《もっ》てのみ。事暴乱《ことぼうらん》に渉《わた》り、而《しか》るに刑典《けいてん》を正《ただ》さず。何《なに》を以《もっ》て天下《てんか》を威制《いせい》し、後世不軌《こうせいふき》の徒《と》を懲《こら》さんや。然《しか》りと雖《いへど》も良雄等《よしをら》の忠臣《ちゅうしん》たり義士《ぎし》たるは、朝議《ちょうぎ》も終《つひ》に得《え》て之《これ》を没《ぼっ》せざるなり。僧有《そうあ》り、其《そ》の屍《かばね》を収《をさ》め以《もっ》て之《これ》が墓《はか》を封《ほう》ず。置《お》いて問《と》はざるなり。儒士有《じゅしあ》り、目《もく》するに義人《ぎじん》を以《もっ》てし、其《そ》の事《こと》を録《ろく》し以《もっ》て不朽《ふきゅう》に伝《つた》ふ。置《お》いて問《と》はざるなり。天下寧《てんかいづ》くんぞ乱賊《らんぞく》の墓《はか》を封《ほう》じ、又《ま》た之《これ》を目《もく》するに義人《ぎじん》を以《もっ》てし、敢《あ》へて之《これ》を禁《きん》ぜざる者有《ものあ》らんや。此《これ》に由《よ》りて之《これ》を観《み》れば、朝議《ちょうぎ》の良雄等《よしをら》を処《しょ》する所以《ゆゑん》、恩威並《おんいなら》び行《おこな》はれて悖《もと》らずと謂《い》ふべし。而《しか》して良雄等《よしをら》に在《あ》りては、則《すなは》ち一《ひと》たび故君《こくん》の志《こころざし》を成《な》し、幽魂《ゆうこん》を地下《ちか》に慰《い》す。臣《しん》の事畢《ことを》はれり。一死《いっし》は固《もと》より其《そ》の甘受《かんじゅ》する所《ところ》、其《そ》れ又《ま》た何《なん》ぞ怨《うら》みん。曰《い》はく、義士《ぎし》の目《もく》は、則《すなは》ち既《すで》に命《めい》を聞《き》くを得《え》たり。

抑《そもそ》も復讐《ふくしゅう》の名《な》は、先儒猶《せんじゅな》ほ異議有《いぎあ》り。人有《ひとあ》り其《そ》の君父《くんぷ》を弑《しい》す。臣子以《しんしもっ》て讐《あだ》と為《な》して之《これ》を復《ふく》す。古今《ここん》の通義《つうぎ》なり。今《いま》や然《しか》らず。赤穂侯私憤《あかほこうしふん》を以《もっ》て人《ひと》を朝《ちょう》に刃《じん》し、大不敬《だいふけい》に坐《ざ》し、死《し》を賜《たま》ふ。吉良氏《きらし》の敢《あ》へて殺《ころ》す所《ところ》に非《あら》ざるなり。良雄等安《よしをらいづ》くんぞ得《え》て之《これ》を讐《あだ》とせんや。曰《い》はく、常理《じょうり》を以《もっ》て之《これ》を論《ろん》ずれば、亦《ま》た似《に》たる者有《ものあ》り。独《た》だ所謂君《いはゆるきみ》臣死《しんし》すの義有《ぎあ》らざるや。夫《そ》れ吉良氏権《きらしけん》を挟《はさ》みて驕傲《きょうごう》、貪《むさぼ》りて厭《あ》く無《な》し。赤穂侯《あかほこう》の己《おのれ》に賂《まいな》はざるを銜《ふく》み、屢《しばし》ば之《これ》を朝《ちょう》に挫《くじ》き、鄙野《ひや》の子《こ》礼節《れいせつ》を知《し》らざるを以《もっ》て之《これ》を罵《ののし》るに至《いた》る。其《そ》の之《これ》を辱《はづか》しむるも亦《ま》た甚《はなは》だし。赤穂侯是《あかほこうここ》に於《おい》てか、積忿《せきふん》に堪《た》へず、之《これ》を一撃《いちげき》の下《もと》に逞《たくま》しくせんと欲《ほっ》し、而《しか》して達《たっ》せず。幽憤恨《ゆうふんうら》みを呑《の》み以《もっ》て死《し》す。則《すなは》ち之《これ》が臣《しん》たる者《もの》、何《なん》ぞ心能《こころよ》く忍《しの》びて、吉良氏《きらし》と共《とも》に天《てん》を戴《いただ》かんや。是《こ》れ良雄等《よしをら》が讐《あだ》を為《な》す所以《ゆゑん》、万已《ばんや》むを得《え》ざるに出《い》づ。則《すなは》ち天理《てんり》の至《いた》り、人情《にんじょう》の尽《じん》なり。尚《な》ほ何《なん》ぞ義例《ぎれい》の有無《うむ》を問《と》ふに暇《いとま》あらんや。

嗚呼《ああ》、吾既《われすで》に春秋心《しゅんじゅうこころ》を誅《ちゅう》するの法《ほう》を借《か》り、反《かへ》りて良《よし》雄《を》等《ら》が忠義《ちゅうぎ》の心《こころ》を賞《しょう》し、又《ま》た君辱《きみはづかし》めらるれば臣死《しんし》するの義《ぎ》に拠《よ》り、断然《だんぜん》吉良氏《きらし》の以《もっ》て讐《あだ》となすべきを決《けっ》す。則《すなは》ち良雄《よしを》等《ら》四十七人《しじゅうしちにん》の忠臣《ちゅうしん》たり義士《ぎし》たる、昭然明白《しょうぜんめいはく》、以《もっ》て天下万世《てんかばんせい》に暴《あらは》すべし。彼《か》の拘儒紛紜《こうじゅふんうん》の論《ろん》は、又《ま》た何《なん》ぞ諸《これ》を歯牙《しが》の間《かん》に置《お》くに暇《いとま》あらんや。」と。

〔語釈〕

偃武以還＝武器を用いることをやめて以後。ここでは、豊臣氏が滅んだ後。元和以後の意。**義烈**＝忠義・正義の心を強く保持する。**称首**＝第一に名を呼ばれる者。**囊橐**＝大きな袋と小さな袋。転じて財布のこと。**殊**＝息が絶えること。**従容**＝落ち着いているさま。ゆったりとする様子。**艱苦**＝悩み苦しみ。**艱難辛苦**。**慫慂**＝勧める。**世類**＝世の常のならわし。世俗のつながりがあること。**怯懦**＝いくじがないこと。臆病であること。**先儒**＝先輩の学者。**朝貴**＝幕府の貴人。**掩撃**＝敵の不意をつくこと。**精忠**＝純粋潔白な忠義。**百折不挫**＝多くの苦難に出会ってもその志を捨てないこと。蔡邕の「大尉橋公碑」に「百折撓けず、大節に臨みて奪ふべからずの風有り」とある。**不逞之徒**＝法律や道義に従わない者。**刑典**＝犯罪者を処罰する法律。**威制**＝おさえる。おどしつける。**不軌之徒**＝国法に従わない者。謀反をはかる者。**朝議**＝朝廷の会議で決定したこと。ここでは幕府の決定。**不朽**＝永久。**恩威**＝恩賞と刑罰。**悖**＝そむく。乱れる。**幽魂**＝死者のたましい。**君辱臣死**＝主君が恥を受ければ、臣は決死の覚悟でその恥をすすぐ。臣はその君と生死困難を共にすべきことのたとえ。『国語』越語下の「范蠡対へて曰はく、臣之を聞く、人の臣なる者は、君憂へれば臣労し、君辱しめらるれば臣死す」に基づく。**驕傲**＝おごりたかぶる。**積忿**＝つもったいきどおり。**幽憤**＝晴れない怒り。外に現せない怒り。**春秋**＝魯の史官の記録に基づいて孔子が編したとされる歴史書。**誅心之法**＝行為は第二として、まず第一に、その心（動機・原因）を調べて賞罰を決めるという論法。**昭然**＝明らかなさま。**拘儒**＝融通のきかない儒者。視野の狭い学者。**紛紜之論**＝見方がいろいろ分かれ乱れている論。わけのわからない論。**置歯牙之間**＝取りあげて問題にする。『史記』叔孫通伝の「何ぞ之を歯牙の間に置くに足らんや」に基づく。

〔人物解説〕

赤穂義士＝元禄十四年（一七〇一）三月、勅使江戸下向の際、接待役の赤穂藩主浅野長矩《ながのり》は、高家筆頭吉良義央《よしなか》の侮辱に憤激、城中でこれに刃傷に及んだ。長矩は即日切腹、所領を没収された。城代家老大石良雄等は、主君の弟長広に家名相続が許されるよう願い、他方同志血判して復讐を約した。翌年浅野家再興の望みも絶えたので、復讐計画を進め、十二月十四日、四十六名を以て吉良邸に討ち入り、義央の首級をあげた。幕府は翌年二月、「公儀を恐れず」として一同に切腹を命じた。当時死を免れた寺坂信行（吉右衛門）を加えて四十七士という。

小島喜兵衛＝赤穂藩士。復讐計画に同調し、江戸行は一緒と誓い合った仲であったが、生活費に事欠き、旅費の調達ができず、連絡情報もとぎれて大小刀も竹光《たけみつ》に化けてしまった。同志の決行、自刃の後、せめて死出の旅路を一緒にと思い、月々の家賃を工面して支払い、妻を外出させて諸事後始末を終えてから自害したという。妻は大野家から来た娘で、大野九郎兵衛は叔父であったという。

大石良雄＝（一六五九～一七〇三）赤穂浅野家の家老。山鹿素行に軍学を、伊藤仁斎に儒学を学び、温厚篤実な君子の風を持っていたという。主君浅野長矩が吉良義央を江戸城中で刃傷に及び、切腹を命じられ領地を没収されると、浅野家再興を願った。それが不可能となると、周到な計画のもとに吉良義央に対する復讐を決意し、元禄十五年十二月十四日、同志を指揮して、吉良邸に侵入、義央の首級をあげた。翌年切腹を命ぜられ、高輪泉岳寺に葬られた。

〔通釈〕

徳川氏が大坂夏の陣（一六一五）を最後に戦いをやめてから、忠義節義の心が強い事を言うときには、必ず赤穂の義士を第一の名としてあげる。そうして世人の伝えるところでは四十七人の外に、思うに小島喜兵衛という者がある。そうしてその妻が節義のために死したということは、第一に伝えるべきことであるという。

その初め喜兵衛は赤穂城を去るとき、内々に大石良雄と謀って、必ず共に主君の仇を討とうと思っていた。大石が京都の山科に身を隠すと、喜兵衛もまた摂津（大坂）の福島に身を隠し、江戸行の日を待っていた。このようにして次第に月日を過ごすうち、貯えもほとんど尽きてしまった。ついには大小二刀の外は、家に一つの物さえ無い状態になってしまった。喜兵衛は自ら思った、「貧乏がこれほどまでになってしまっては、大事をなすことはできない。今となっては切腹して、それで忠義の志を明かすしかない。」と。そこで妻に市中へ水を売りに行かせ、自分は一人家に残って、死後のことをよく整え置き、その後で静かに刀を取り出して切腹した。しかし息はすぐには絶えなかった。妻は外出から帰り、驚いて助けて抱き起こし、「傷は深うございます。助けることはできません。我が夫よ心を落ち着けて死にたまえ。わたしもまたあなたの前で相果てます。」と言った。そしてすぐに脇差を取って喉を突き刺した。夫妻は体を寄せ合って死んだ。

この妻は大野氏の娘であった。平生夫と艱苦を共にしていた。暇さえあればそのたびごとに仇討ちのことを勧めていた。その叔父の九郎兵衛は、実に仇討ちの約束に背いて命を惜しんだ人である。それなのにこの女性はそういう叔父があるにもかかわらず、臆病を変えて節義のために生命を捨てた。まことに感ずべきことである。

寧静子は言う、「大石良雄等の仇討ちのことは、先輩の儒者たちはときどきその罪をあれこれ言う者がある。それは特に人情にかけ離れた論である。私は以前義士論を作ってこれを弁じた。今ここにそれを記す。赤穂の遺臣の大石良雄等四十七人は、これを義士というか。深夜に形を潜めて、位が高く権勢のある朝臣の門戸を打ち破り、不意討ちにしてその首を取る。これを乱賊と言うか。一片の純粋な忠義心は、百たび折れても挫けず、一挙して亡君の仇敵を殺した。この義士と乱賊との二者の見方は、またどうしてどちらかに定めることができよう。そもそも、深夜に不意討ちをして、位が高く権勢のある朝臣の首を取るは、その行為を外に表れた面から見たことである。一片の純粋な忠義心が、亡君の仇敵を殺すは、その心を中心に見ることである。心がもし忠義一すじであるならば、その行為があるいは荒々しく乱暴に及んだとしても、学徳のある立派な人は必ずもっともな事とする。良雄等の四十七人は、義士である、忠臣である。やはり乱賊ではない。そうならば幕府の会議の決定が忠臣義士とせずに、群がる善からぬ者と見なして切腹を申し付けたのは、どういう訳であろうか。それはまたその行為が荒々しく乱暴に及んだからである。行為が暴乱に及んでも、法律によって正すことをしない。そういうことになると何によって天下を押え、後世の反逆者を懲らすことができようか。しかしながら良雄等が忠臣であり義士であることは、幕府の決定であってもいつまでもこれを埋没することはできない。僧が現れ、その死体を収容してその墓を作る。幕府はそのままにしておいて何の問題にもしない。儒者が現れ、それに義人と名づけて、その事を記録して万世の後までも伝える。これもそのままにして何も問題にしない。天下にどうして乱賊の墓を作り、これに義人と名づけて、これを禁止しないものがあろうか。あるはずがない。このような点から考えてみると、幕府の決定が良雄等を処罰した処理の仕方は、恩恵と刑罰とが同時に行われて矛盾していないと言ってよい。そうして良雄等にあっては、一たび亡君の無念の思いを晴らし、その魂を地下に慰めた。臣下としての仕事は終わった。死ぬことは最初から得心して受けるところであって、それをまたどうして怨むことがあろう。義士と名づけたことは、これでその訳を理解することができる。

そもそも仇討ちの名については、先輩の儒者たちはやはりいろいろと議論がある。今ある人が有ってその君であり父である人を殺したとする。殺された者の臣であり子であった者が仇としてこれを討つ。これは昔も今も通じての正義である。これはそうではない。赤穂侯浅野長矩は個人的な憤りによって殿中で刃傷に及び、大不敬の罪によって、切腹を賜ったのである。決して吉良義央が殺したのではない。良雄等はどうしてこれを仇とすることができようか。通常の道理によってこれを論ずれば、またこれに似たものも有る。ただいわゆる君が辱められた時は、臣は死すという義が有るではないか。そもそも吉良義央は権威を鼻にかけて驕り高ぶり、限りなく貪欲であった。赤穂侯が賄賂を贈らないのを恨んで、しばしば殿中で辱しめ、賤しいいなか大名は礼節を知らないとののしるに至った。義央が長矩を辱しめるやり方は甚だしかった。長矩はここに至って、積もり積った憤りを押さえることができず、義央を一撃のもとに斬り捨てようとしたが、思いを達することができなかった。晴れない憤りと無念の恨みをのんで死んだ。そこでその臣下の者は、どうして心をこらえ忍んで、義央と共に同じ天を戴くことができようか。これが良雄等が仇を討った理由であって、どうしても已むを得ないことから起ったのである。即ちこの仇討ちは天理のきわまり、人情のきわまりの行為である。そのうえどうして前例の有無を問題にする暇があろうか。そんな暇はない。

ああ、私は既に孔子が春秋において人の心中を誅した方法を借りて、反って良雄等の忠義の心を賞し、また主君が人から辱しめられたら臣下はそのために死ぬという義を根拠として、きっぱりと吉良義央を仇とすべきことを決した。良雄等四十七人が忠臣であり義士であることは、はっきりとして明白に、天下万世に示すことができる。あの融通のきかない儒者の様々な論は、またどうしてそれを取り上げて問題にする暇があろうか。そんな暇はない。」と。

〔原文出典〕
『明良洪範』（二）。

節婦二（節婦《せっぷ》二《に》）

大野九郎兵衛之女某、嫁二備藩梶浦兵七一、生二子三人一。伉儷殊篤。既而兵七新築二一室於屋後一、如下為二菟裘之計一者上。妻諫曰、「夫君春秋方富、而家道不レ優。今而休退、非レ計也。」兵七曰、「吾自有二処分一。」

居無レ何、関東喧伝。赤穂遺臣大石等四十七人、同盟以復二故君之讐一。有下録二其姓名一以売二於市一者上。遂伝至二山陽一。兵七初謂、舅氏之逃レ跡、或別有二深謀一。及レ閲二其録一、無レ有二大野某之名一也。妻亦聞レ之、心窃不レ楽、鬱鬱擁レ被而臥。

於レ是兵七使三婢召二致妻一、命レ之曰、「自二汝之帰一レ我、中饋之職亦労矣。雖レ然我義不三与レ汝為二夫婦一。顧舅氏身為二国老一。受二厚禄其主一。而負レ恩忘レ義、不レ与二復讐之盟一。此則不忠之人耳。不忠人之女、決不レ許レ為二吾妻一。今日与レ汝離レ昏矣。然非レ有レ罪二於汝一也。吾預慮二汝之無一レ所レ帰、以設二別室一也。宜二就以終一レ焉。我則不三復見二レ汝矣。」遂使下其三子与二一婢一従上レ之、身独居レ室、委二家事於一老媼一、終身不三復置二婢妾一。

寧静子曰、「余嘗録二殉死条一、論二一死之俠可レ及、不死之義不レ可レ及也。及レ録二此条一、則益知二不死之義難一レ為也。夫梶浦氏夫婦、身離三居咫尺之間一、而終身不二敢動一レ心。各守二孤節一、以全二其義一。此則異様節婦、異様義士。世間有レ一無レ二者。嗚呼、何可レ及乎。」

大野《おおの》九郎《くろう》兵衛《ひょうゑ》の女《むすめ》某《なにがし》は、備藩梶浦兵七《びはんかぢうらへいしち》に嫁《か》し、子三《こさん》人《にん》を生《う》む。伉儷殊《こうれいこと》に篤《あつ》し。既《すで》にして兵七新《へいしちあら》たに一室《いっしつ》を屋《おく》後《ご》に築《きづ》き、菟裘《ときゅう》の計《けい》を為《な》す者《もの》の如《ごと》し。妻諫《つまいさ》めて曰《い》はく、「夫君春 秋方《ふくんしゅんじゅうまさ》に富《と》みて、家道優《かどうゆう》ならず。今《いま》にして休退《きゅうたい》するは、計《けい》に非《あら》ざるなり。」と。兵七曰《へいしちい》はく、「吾 自《われおのづ》から処分有《しょぶんあ》り。」と。

居《を》ること何《いく》ばくも無《な》く、関東喧伝《かんとうけんでん》す。赤穂《あかほ》の遺臣大石《いしんおほいし》等《ら》四十七人《しじゅうしちにん》、同盟《どうめい》し以《もっ》て故君《こくん》の讐《あだ》を復《ふく》すと。其《そ》の姓名《せいめい》を録《ろく》し以て市《し》に売《う》る者有《ものあ》り。遂《つひ》に伝《つた》へて山陽《さんよう》に至《いた》る。兵《へい》七初《しちはじ》め謂《おも》へらく、舅氏《きゅうし》の跡《あと》を逃《のが》るるは、或《ある》いは別《べつ》に深謀《しんぼう》有《あ》らんと。其《そ》の録《ろく》を閲《えつ》するに及《およ》び、大野《おほの》某《なにがし》の名《な》有《あ》る無《な》し。妻《つま》も亦《ま》た之《これ》を聞《き》き、心《こころ》窃《ひそ》かに楽《たの》しまず、鬱鬱《うつうつ》被《ひ》を擁《よう》して臥《ふ》す。

是《ここ》に於《おい》て兵七婢《へいしちひ》をして妻《つま》を召《め》し致《いた》さしめ、之《これ》に命《めい》じて曰《い》はく、「汝《なんぢ》の我《われ》に帰《とつ》ぎしより、中饋《ちゅうき》の職《しょく》亦《ま》た労《ろう》せり。然《しか》りと雖《いへど》も我義《われぎ》として汝《なんぢ》と夫婦《ふうふ》たらず。顧《おも》ふに舅氏《きゅうし》身《み》は国老《こくろう》たり。厚禄《こうろく》を其《そ》の主《しゅ》に受《う》く。而《しか》るに恩《おん》に負《そむ》き義《ぎ》を忘《わす》れ、復讐《ふくしゅう》の盟《ちか》ひに与《あづ》からず。此《こ》れ則《すなは》ち不忠《ふちゅう》の人《ひと》のみ。不忠《ふちゅう》の人《ひと》の女《むすめ》は、決《けっ》して吾《わ》が妻《つま》たるを許《ゆる》さず。今日《こんにち》汝《なんぢ》と昏《こん》を離《はな》れん。然《しか》れども汝《なんぢ》に罪有《つみあ》るに非《あら》ざるなり。吾《われ》預《あらかじ》め汝《なんぢ》の帰《かへ》るに所無《ところな》きを慮《おもんぱ》かり、以《もっ》て別室《べっしつ》を設《まう》くるなり。宜《よろ》しく就《つ》いて以《もっ》て終《を》はるべし。我則《われすなは》ち復《ま》た汝《なんぢ》を見《み》ず。」と。遂《つひ》に其《そ》の三子《さんし》と一婢《いちひ》とをして之《これ》に従《したが》はしめ、身《み》は独《ひと》り室《しつ》に居《を》り、家事《かじ》を一老媼《いちろうおう》に委《い》し、終身《しゅうしん》復《ま》た婢《ひ》妾《しょう》を置《お》かず。

寧静子《ねいせいし》曰《い》はく、「余《よ》嘗《かつ》て殉死《じゅんし》の条《じょう》を録《ろく》し、一死《いっし》の俠《きょう》は及《およ》ぶべし、不死《ふし》の義《ぎ》は及《およ》ぶべからざるを論《ろん》ず。此《こ》の条《じょう》を録《ろく》するに及《およ》んで、則《すなは》ち益《ますま》す不死《ふし》の義《ぎ》の為《な》し難《がた》きを知《し》るなり。夫《そ》れ梶浦氏《かぢうらし》夫婦《ふうふ》は、身《み》は咫尺《しせき》の間《かん》に離居《りきょ》して、終《しゅう》身敢《しんあ》へて心《こころ》を動《うご》かさず。各《おのお》の孤節《こせつ》を守《まも》り、以《もっ》て其《そ》の義《ぎ》を全《まった》くす。此《こ》れ則《すはな》ち異様《いよう》の節婦《せっぷ》、異様《いよう》の義士《ぎし》なり。世間一《せけんいち》有《あ》りて二《に》無《な》き者《もの》なり。嗚呼《ああ》、何《なん》ぞ及《およ》ぶべけんや。」と。

〔語釈〕

備藩＝備前国岡山藩。**伉儷**＝夫婦間の親しみ。**菟裘之計**＝隠居の計画。菟裘は、春秋時代の魯の地名。魯の隠公がその地に隠居しようとした故事に基づいて、隠居の意を持つようになった。**春秋方富**＝年齢が若いこと。『史記』李斯伝に「陛下は春秋に富み、未だ必ずしも諸事に通ぜず」とある。**処分**＝物事の扱い方を決める。ここでは万事考えて決めたこと。**鬱鬱**＝気がふさがるさま。**被**＝夜具。ふとん。**中饋之職**＝女性としての家庭のつとめ。『顔氏家訓』治家に「婦中饋を主り、唯だ酒食衣服の礼を事とする」とある。**咫尺之間**＝きわめて近い距離。目と鼻の先。

〔人物解説〕

大野九郎兵衛＝生没年不詳。赤穂藩士。世臣ではなかったが、財政通で藩主長矩に重用され、六五〇石を得ていた。

長矩切腹後、開城を前にして分配金の配分法などで大石良雄等と対立し、家財を町人に預けて、子の邦右衛門と共に逃亡した。京都に出たらしいが、その後のことは、諸説あって不詳である。赤穂での悪評を一手に引き受けた形で、孫の三四郎は浮浪者同然に落魄するなど、一族の末路は哀れであった。この話の娘も、その一族の気の毒なひとりである。

梶浦兵七＝赤穂藩士大野九郎兵衛の娘某と結婚したとされるが、詳細は未詳。

〔通釈〕

（赤穂侯の家老）大野九郎兵衛の娘の某は、備前岡山藩の梶浦兵七に嫁し、子供三人を生んだ。夫婦の仲は大変に好かった。間もなくして兵七は新しく一室を家の後ろに建て増しして、隠居後の計画をした者のようであった。これを見て妻は諫めて、「あなたはまだ年令も若いし、家計も豊かではありません。今隠居するのは、うまいやり方ではございません。」と言った。すると兵七は、「私には自分のやり方がある。」と言った。

それから間もなく、関東から盛んに伝わって来た。赤穂の浅野の遺臣の大石等四十七人が、同盟して亡君の仇吉良義央を討ったと。その四十七士の姓名を記して市中に売り歩く者があった。遂に伝えて山陽道の国々へも至った。兵七は初めは、義父の九郎兵衛が身を隠したのは、別に深い謀りごとが有ってのことであろうと思っていた。ところがその姓名録を買い求めて見ると、大野九郎兵衛という名は無かった。妻もまた父の姓名が無いことを聞いて、心の中はひそかに面白くなく、気がふさがって気分が悪く夜着をかぶって横になっていた。

ここにおいて兵七は召し使いに妻を呼んで来させて、妻に向かって、「そなたは我が家に嫁してから、炊事をはじめとして苦労をしてくれた。しかしながら私は義としてそなたと夫婦でいることはできない。思うに義父の九郎兵衛殿は国家老である。多くの禄を主君から受けていた。それなのにその恩に背き義を忘れ、仇討ちの同盟に加わらない。これはすなわち不忠の人である。不忠の人の娘は、決して私の妻となることを許さない。今日そなたと離縁をする。しかしながらそなた自身に罪があるわけではない。私は前もってそなたの帰る所が無いのを心配して、別室を設けて置いた。そこに落ち着いて一生を過ごすがよい。私は二度とそなたに会うことはしない。」と言った。ついにその三人の子と一人の召し使いを付けてそこに住まわせ、自分は一人本宅に残り、家事を一人の老女にまかせ、一生涯身のまわりを世話する女性を置くことはしなかった。

寧静子は言う、「私は以前殉死の条を記して、侠気のために死ぬことはできるが、死なずに義を立てることは難しいと論じた。今この条を記すことになって、ますます死なずに義を立てることの難しさを知った。そもそも梶浦氏夫婦は、目と鼻の間の近い所に離れて居住していながら、一生涯心を動かさなかった。夫も妻もそれぞれの操を守り、その義を全うした。これは異様に節操の堅い女性と異様に義の厚い士である。世間には一組はあっても二組とは無い夫婦である。ああ、どうして及ぶことができようか、とてもできない。」と。

〔原文出典〕

『閑田次筆』（四）。

女子復讐（女子《じょし》の復讐《ふくしゅう》）

京極侯高豊歩卒、有二岩淵伝内一。艶二其僚尼崎幸右之妻一、屢以二甘言一挑レ之。不レ応。後又瞷二幸右之亡一、往説レ之。遇幸右自レ外帰、怒二其無礼一、罵三辱之一。伝内慚屈、突起抽レ刀、斬二幸右一去。妻取二夫刀一追レ之。殆及。投レ刀中二其右肩一。受レ傷以逃、不レ知レ所レ之。妻反視レ之、則夫既殊矣。号哭莫レ及。遂抱二女里也一、寄二其妹夫関根氏（元右衛門）一。明年妻病死。里也僅三歳、煢煢依二於叔母氏一。

居数年、叔母従容語二里也一曰、「汝母我之姉也。汝父実為二岩淵伝所一レ殺。汝母常抱レ汝泣曰、『使二之子丈夫一、必能復二父讐一。而女也。無二能為一已。』因憤鬱成レ疾、以没也。」里也聞レ之流レ涕曰、「児不二夢知一レ之。而成立至レ此。亜母鞠育之恩、不レ知何以報レ之。」

既而里也年十六、進請㆓関根夫婦㆒曰、「妾願身趣㆓関東㆒、為㆓人家婢女㆒、以索㆓讐之所㆒㆑在。」叔母曰、「是非㆔汝女児所㆓能企㆒也。」里也固請不㆑已。於㆑是関根氏知㆓其志不㆒㆑可㆑奪、託㆓同藩村瀬藤馬㆒、携㆓里也㆒倶往㆓江都㆒、給㆓仕麾下士永井源介㆒。源介愛㆓里也小心勤慎㆒、問以㆓其郷貫族類㆒。里也具語以㆑実。源介深憐㆓其志㆒、先教以㆓剣法㆒。里也性慧、演習数月、頗有㆑所㆑得。源介乃諭㆓里也㆒曰、「汝既抱㆓大志㆒。与㆔其糜㆓歳月於此㆒、不㆑若㆘換㆓数主㆒、以捜㆗讐之踪跡㆖。」里也悦従㆑之。

既而十二年間、歴㆓仕七十家㆒、而無㆑所㆑獲也。最後転仕㆓本所坂部安兵衛㆒。亦係㆓麾下士㆒。其傔人有㆓小泉文内者㆒。年五十余、平生嗜㆑酒、多㆓大言㆒。一夕酔語㆓里也㆒曰、「余少年挑㆓人妻㆒、不㆑諧。斬㆓其夫㆒去、被㆓妻傷㆒。事如㆓昨日㆒。而今閲㆓幾十霜㆒矣。」里也聞㆑之心動。且為㆓瞞辞㆒曰、「勿㆑用㆓虚談㆒。子豈有㆓此事㆒乎。」文内遂縦言曰、「余郷在㆓讃之円亀㆒。祖山海既遼絶。記其子亦女児。今無㆔復有㆓虞心㆒。」祖而睆㆑之。刀痕隠然。里也私自喜曰、「既得㆓此確証㆒。吾志達矣。」

明早走告㆓永井氏㆒。源介亦大悦、即日携㆓里也㆒、至㆓京極侯㆒、告㆓之村瀬藤馬㆒。藤馬乃訴㆓於官㆒、捕㆓伝内㆒下㆓之獄㆒。侯命搆㆓竹柵於下邸㆒、卜㆑日決㆓勝負㆒。及㆑期、里也身衷㆓鎖甲㆒、白布纏㆑額、腰㆓長短二刀㆒、以出。呼曰、「咄伝内、父之讐不㆑可㆑逭。」伝内喝曰、「女児何能為。」提㆓大刀㆒輅㆑之。里也一撃斫㆓其肋㆒、再撃中㆑面。伝内挫衄。乗㆑虚刺㆑腋。徐斬㆓其頭㆒、致㆓之験官前㆒。曰、「快哉。二十余年宿志今日遂矣。可㆔以報㆓爺嬢於地下㆒矣。」衆莫㆑弗㆓激㆓賞其孝烈㆒焉。京極侯嘆曰、「里也賎卒之女、而其行不㆑譲㆓士大夫㆒。不㆑可㆑不㆑旌也。」陞㆓之士伍㆒、以侍㆓女公子㆒。

寧静子曰、「諺云、『天無㆑口、使㆓人告㆒。』岩淵伝内、自告㆓父讐於其子㆒、明白不㆑諱。非㆑天而孰使㆓之言㆒乎。若夫里也以㆓一女子㆒、与㆓長鬚丈夫㆒、角闘勝㆑之、綽有㆓余勇㆒、是古今復讐中、絶無而僅有者。特録以附㆓赤穂節婦之後㆒。」

京極侯高豊《きょうごくこうたかとよ》の歩卒《ほそつ》に、岩淵伝内《いはぶちでんない》なるもの有《あ》り。其《そ》の僚《りょう》尼崎幸右《あまがさきこうう》の妻《つま》を艶《えん》とし、屢《しばし》ば甘言《かんげん》を以《もっ》て之《これ》に挑《いど》む。

応《おう》ぜず。後《のち》又《ま》た幸右《こうう》の亡《な》きを瞯《はから》ひ、往《ゆ》きて之《これ》に説《と》く。遇《たまた》ま幸右《こうう》外《そと》より帰《かへ》り、其《そ》の無礼《ぶれい》を怒《いか》り、之《これ》を罵辱《ばじょく》す。伝内《でんない》慚屈《ざんくつ》し、突起《とっき》して刀《かたな》を抽《ぬ》き、幸右《こうう》を斬《き》りて去《さ》る。妻夫《つまおっと》の刀《かたな》を取《と》り之《これ》を追《お》ふ。殆《ほとん》ど及《およ》ぶ。刀《かたな》を投《な》げて其《そ》の右肩《みぎかた》に中《あ》つ。傷《きづ》を受《う》け以《もっ》て逃《のが》れ、之《ゆ》く所《ところ》を知《し》らず。妻反《つまかへ》りて之《これ》を視《み》れば、則《すなは》ち夫《おっと》は既《すで》に殊《た》えたり。号哭《ごうこく》すれども及《およ》ぶ莫《な》し。遂《つひ》に女《むすめ》里也《りや》を抱《いだ》き、其《そ》の妹夫《まいふ》関根《せきね》氏《し》（元右衛門《げんうゑもん》）に寄《よ》る。明年《みょうねん》妻《つま》病死《びょうし》す。里也《りや》僅《わづ》かに三歳《さんさい》、煢煢《けいけい》として叔《しゅく》母《ぼ》氏《し》に依《よ》る。

居《を》ること数年《すうねん》、叔母《しゅくぼ》従容《しょうよう》として里也《りや》に語《かた》りて曰《い》はく、「汝《なんぢ》の母《はは》は我《われ》の姉《あね》なり。汝《なんぢ》の父《ちち》は実《じつ》に岩淵伝《いはぶちでん》の殺《ころ》す所《ところ》と為《な》る。汝《なんぢ》の母《はは》は常《つね》に汝《なんぢ》を抱《いだ》き泣《な》きて曰《い》はく、『之《こ》の子《こ》をして丈夫《じょうふ》ならしめば、必《かなら》ず能《よ》く父《ちち》の讐《あだ》を復《ふく》せん。而《しか》るに女《おんな》なり。能《よ》く為《な》す無《な》きのみ。』と。因《よ》りて憤鬱疾《ふんうつしつ》を成《な》し、以《もっ》て没《ぼっ》す。」と。里也《りや》之《これ》を聞《き》き涕《なみだ》を流《なが》して曰《い》はく、「児夢《じゆめ》にも之《これ》を知《し》らず。而《しか》して成立此《せいりつここ》に至《いた》る。亜母《あぼ》鞠育《きくいく》の恩《おん》、知《し》らず何《なに》を以《もっ》てか之《これ》に報《むく》ひん。」と。

既《すで》にして里也《りや》年十六《としじゅうろく》、進《すす》みて関根《せきね》夫婦《ふうふ》に請《こ》ひて曰《い》はく、「妾《しょう》願《ねが》はくは身《み》関東《かんとう》に赴《おもむ》き、人家《じんか》の婢女《ひじょ》と為《な》り、以《もっ》て讐《あだ》の在《あ》る所《ところ》を索《もと》めん。」と。叔母《しゅくぼ》曰《い》はく、「是《こ》れ汝女《なんぢじょ》児《じ》の能《よ》く企《くはだ》つ所《ところ》に非《あら》ざるなり。」と。里也《りや》固《かた》く請《こ》ひて已《や》まず。是《ここ》に於《おい》て関根《せきね》氏《し》其《そ》の志《こころざし》の奪《うば》ふべからざるを知《し》り、同藩村瀬藤馬《どうはんむらせとうま》に託《たく》し、里也《りや》を携《たづさ》へ倶《とも》に江都《こうと》に往《ゆ》き、麾下《きか》の士《し》永井源介《ながゐげんすけ》に給仕《きゅうじ》す。源介《げんすけ》里也《りや》の小心勤慎《しょうしんきんしん》を愛《あい》し、問《と》ふに其《そ》の郷貫族類《きょうかんぞくるい》を以《もっ》てす。里也《りや》具《つぶ》さに語《かた》るに実《じつ》を以《もっ》てす。源介《げんすけ》深《ふか》く其《そ》の志《こころざし》を憐《あは》れみ、先《ま》づ教《おし》ふるに剣法《けんぽう》を以《もっ》てす。里也《りや》性慧《せいけい》、演習《えんしゅう》数月《すうげつ》にして、頗《すこぶ》る得《う》る所有《ところあ》り。源介《げんすけ》乃《すなは》ち里也《りや》を諭《さと》して曰《い》はく、「汝《なんぢ》既《すで》に大志《たいし》を抱《いだ》く。其《そ》の歳月《さいげつ》を此《ここ》に糜《ついや》さんよりは、数主《すうしゅ》を換《か》へ、以《もっ》て讐《あだ》の蹤跡《そうせき》を捜《さが》すには若《し》かず。」と。里也《りや》悦《よろこ》びて之《これ》に従《したが》ふ。

既《すで》にして十二年間《じゅうにねんかん》、七十家《しちじゅうか》に歴仕《れきし》し、而《しか》して獲《う》る所《ところ》無《な》し。最後《さいご》に転《てん》じて本所坂部安兵衛《ほんじょさかべやすべゑ》に仕《つか》ふ。亦《ま》た麾下《きか》の士《し》に係《かか》る。其《そ》の傔人《けんじん》に小泉文内《こいづみぶんない》といふ者有《ものあ》り。年五十《としごじゅう》余《よ》、平生酒《へいぜいさけ》を嗜《たしな》み、大言多《たいげんおほ》し。一夕酔《いっせきゑ》ひて里也《りや》に語《かた》りて曰《い》はく、「余少年《よしょうねん》のとき人妻《ひとづま》に挑《いど》み、諧《かな》はず。其《そ》の夫《をっと》を斬《き》りて去《さ》り、妻《つま》に傷《きづ》つけらる。事昨日《ことさくじつ》の如《ごと》し。而《しか》るに今《いま》幾十霜《いくじゅうそう》を閲《けみ》せり。」と。里也《りや》之《これ》を聞《き》き心動《こころうご》く。且《しばら》く瞞《まん》辞《じ》を為《な》して曰《い》はく、「虚談《きょだん》を用《もち》ゐる勿《なか》れ。子《し》豈《あ》に此《こ》の事《こと》有《あ》らんや。」と。文内遂《ぶんないつひ》に縦言《しょうげん》して曰《い》はく、「余《よ》が郷《きょう》は讃《さん》の円亀《まるがめ》に在《あ》り。山海既《さんかいすで》に遼絶《りょうぜつ》す。記《き》す其《そ》の子《こ》も亦《ま》た女児《じょじ》。今《いま》復《ま》た虞心《ぐしん》有《あ》る無《な》し。」と。袒《たん》して之《これ》を眎《しめ》す。刀《とう》痕隠然《こんいんぜん》たり。里也《りや》私《ひそ》かに自《みづか》ら喜《よろこ》びて曰《い》はく、「既《すで》に此《こ》の確証《かくしょう》を得《え》たり。吾《わ》が志《こころざし》達《たっ》せり。」と。

明早《みょうそう》走《はし》りて永井《ながゐ》氏《し》に告《つ》ぐ。源介《げんすけ》亦《ま》た大《おほ》いに悦《よろこ》び、即《そく》日《じつ》里也《りや》を携《たづさ》へて、京極侯《きょうごくこう》に至《いた》り、之《これ》を村瀬藤馬《むらせとうま》に告《つ》ぐ。藤馬《とうま》乃《すなは》ち官《かん》に訴《うった》へ、伝内《でんない》を捕《と》らへて之《これ》を獄《ごく》に下《くだ》す。侯命《こうめい》じて竹柵《ちくさく》を下邸《かてい》に搆《かま》へ、日《ひ》を卜《ぼく》して勝負《しょうぶ》を決《けっ》せしむ。期《き》に及《およ》び、里也《りや》身《み》鎖甲《さこう》を衷《うち》にし、白布《はくふ》を額《ひたひ》に纏《まと》ひ、長短《ちょうたん》二刀《にとう》を腰《こし》にし、以《もっ》て出《い》づ。呼《よ》びて曰《い》はく、「咄《とつ》伝内《でんない》、父《ちち》の讐《あだ》逭《のが》るべからず。」と。伝内喝《でんないかっ》して曰《い》はく、「女児《じょじ》何《なん》ぞ能《よ》く為《な》さん。」と、大刀《だいとう》を提《ひっさ》げて之《これ》を輅《ろ》す。里也《りや》一撃《いちげき》其《そ》の肋《ろく》を斫《き》り、再撃面《さいげきめん》に中《あ》つ。伝内挫衄《でんないざじく》す。虚《きょ》に乗《じょう》じて腋《わき》を刺《さ》す。徐《おもむ》ろに其《そ》の頭《かうべ》を斬《き》り、之《これ》を験官《けんかん》の前《まへ》に致《いた》す。曰《い》はく、「快《かい》なるかな。二十余年《にじゅうよねん》の宿志《しゅくし》今日《こんにち》遂《と》げたり。以《もっ》て爺嬢《やじょう》に地下《ちか》に報《ほう》ずべし。」と。衆《しゅう》其《そ》の孝烈《こうれつ》を激賞《げきしょう》せざるは莫《な》し。京極侯嘆《きょうごくこうたん》じて曰《い》はく、「里也《りや》は賤卒《せんそつ》の女《むすめ》、而《しか》れども其《そ》の行《こう》は士大夫《したいふ》に譲《ゆづ》らず。旌《あら》はさざるべからず。」と。之《これ》を士伍《しご》に陞《のぼ》し、以《もっ》て女公子《じょこうし》に侍《じ》せしむ。

寧静子《ねいせいし》曰《い》はく、「諺《ことわざ》に云《い》ふ、『天《てん》に口《くち》無《な》し、人《ひと》をして告《つ》げしむ。』と。岩淵伝内《いはぶちでんない》、自《みづか》ら父《ちち》の讐《あだ》を其《そ》の子《こ》に告《つ》げ、明白《めいはく》諱《い》まず。天《てん》に非《あら》ずして孰《たれ》か之《これ》をして言《い》はしめんや。若《も》し夫《そ》れ里也《りや》一女子《いちじょし》を以《もっ》て、長鬚丈夫《ちょうしゅじょうふ》と、角闘《かくとう》して之《これ》に勝《か》ち、綽《しゃく》として余勇《ようう》有《あ》らば、是《こ》れ古今《ここん》の復讐中《ふくしゅうちゅう》、絶《た》へて無《な》くして僅《わづ》かに有《あ》る者《もの》なり。特《とく》に録《ろく》して以《もっ》て赤穂節婦《あかほせっぷ》の後《あと》に附《ふ》す。」と。

〔語釈〕

艶＝恋慕する。**罵辱**＝ののしりはずかしめる。**慚屈**＝恥じて恐れ入る。**突起**＝突然立ち上る。**殆及**＝極めて近づくこと。ここではほとんど追いつくところまで近づいたこと。**煢煢**＝孤独で頼るところのないさま。『左伝』哀公十六年に「煢煢として、余疾に有り」とある。**従容**＝ゆったりと落ち着いたさま。静かにくつろいださま。**憤鬱**＝怒りのために気が晴れ晴れしない。**成立**＝成長して一人前になる。**亜母**＝育ての母。母に次ぐ人。**鞠育**＝養い育てる。**江都**＝江戸をいう。**麾下**＝旗本。**給仕**＝雑用をする役で仕える。**小心**＝小さなことまでよく気をくばること。**勤慎**＝よく勤めること。**郷貫族類**＝生まれ故郷や血縁関係。**踪跡**＝ゆくえ。**傔人**＝召し使い。従者。**瞞辞**＝ごまかしの言葉。**縦言**＝いいはなつ。くわしく全部を話す。**讃**＝讃岐。**遼絶**＝遠くかけ離れている。**虞心**＝心にかける。**袒**＝肩はだを脱ぐ。**隠然**＝かすかに見えるさま。**鎖甲**＝くさりのかたびら。くさりで作った衣服。**輅**＝差し向う。挫衄＝くじけて血にまみれる。腋＝わき腹。験官＝事実の見届けをする使者。検使。宿志＝前々からの志。ここでは親の仇をうつ志。爺嬢＝父母。士伍＝武士の仲間。士分。公女子＝諸侯のむすめ。姫様。天無口、使人告＝天には口がないから何も言わないが、その意志は人の口を通じて代わって世に伝わる。『平家物語』や『義経記』で引用されている諺。諱＝人にかくす。綽＝ゆったりとして余裕のあるさま。

〔人物解説〕

京極高豊＝（一六五五～一六九四）讃岐丸亀藩第二代の藩主。寛文二年（一六六二）十二月に父の封を受け継ぎ、同四年将軍家綱より所領の朱印を賜る。請いて幕府の旗下となり寄合衆となった。

女里也＝（一六七七～一七五五）本名尼崎里也。宝永二年（一七〇五）のこの父の仇討ちは、三年前の赤穂浪士の吉良邸討ち入りに続き「女敵討ち」として江戸中の話題となった。三代藩主高或《たかもち》は、この行為を褒めるとともに、里也の身の上を案じ、姉種姫の付き人に取り立て、名も剣術の教えを受けた永井源介の恩に感じ、永井局《つぼね》と改めた。種姫が上州前橋藩主酒井忠挙《ただなか》の養女となり、古河藩主松平信輝の世子信祝《のぶとき》の許に輿入れした後も付き従った。

岩淵伝内（仮名、小泉文内）・尼崎幸右（衛門）＝ともに京極家の弓組足軽。詳細は未詳。

関根元右衛門・村瀬藤馬＝ともに京極高豊の臣。詳細は未詳。

永井源介＝江戸番町在住の旗本のようであるが、詳細は未詳。

坂部安兵衛＝江戸本所在住の旗本のようであるが、詳細は未詳。

〔通釈〕

京極侯高豊の足軽に、岩淵伝内という者が有った。その同僚の尼崎幸右衛門の妻を気に入って横恋慕し、しばしばうまいことを言って誘った。幸右衛門の妻は応じなかった。その後また幸右衛門の留守を見はからって、訪ねて行って口説いた。その時幸右衛門は外から帰って来て、その無礼を怒って、ののしり辱めた。伝内は恥じて縮こまったが、突然起って刀を抜き、幸右衛門を斬って去った。妻は夫の刀を取ってこれを追った。ほとんど追いつくところまで近づいた。刀を投げてその右肩に当てた。伝内は傷を受けて逃げ、行方知らずとなった。妻は帰って夫を見ると、夫はすでに息が絶えていた。屍に取りすがって声をあげて泣いたがもはやどうすることもできなかった。遂に娘の里也を抱いて、その妹の夫である関根元右衛門の所に身を寄せた。その明くる年に妻は病死した。里也は僅かに三歳で、孤独で頼る所のない身となって叔母に育てられることになった。

それから数年して、ある日叔母は物静かに里也に向かって、「そなたの母は私の姉です。そなたの父は実は岩淵伝内に殺されました。そなたの母はいつもそなたを抱いて泣きながら、『この子がもし男であったならば、必ず父の仇を討つことができるだろうに。女の子なの。仇を討つことができないのは残念です。』と言っていました。そして悔しい気持ちがふさがって病となり、とうとう死んでしまったのです。」と話して聞かせた。里也はこの話を聞いて涙を流して、「私は夢にもそんなこととは知りませんでした。そうしてここまで成長しました。叔母様の養育のご恩に、どのようにして報いたらよいか分かりません。」と言った。

年月が過ぎて里也は年齢が十六歳になったとき、進んで関根夫婦に向かって、「私は一人で関東へ行き、人の家の召し使いとなって、仇の在り処を探したいのですが、お許し下さい。」と言った。叔母は、「これはそなたのような娘子の計画できるようなものではありません。」と言って思いとどまるようにした。しかし里也は強く希望して止まなかった。そこで関根元右衛門は里也の意志を変えさせることはできないことを知り、同藩の村瀬藤馬に頼んで、里也を連れて共に江戸へ行き、幕府の旗本である永井源介の家に住み込み奉公をさせた。源介は里也がきちょうめんで慎み深いのを愛し、その故郷と身分をたずねた。里也は詳しくありのままを話した。源介は深くその志を憐れみ、先ず剣術を教えた。里也は生まれつき賢くて理解が早く、五六か月の稽古で、かなりの術を修得した。そこで源介は里也を諭して、「そなたは既に大きな志を抱いている。その大切な年月をここで費すよりも、数多く主人を換えて、仇の在り処を探すのがよい。」と言った。里也は喜んでその助言に従った。

それから十二年の間に、里也は七十家の奉公換えをして仇の在り処を探したが、手がかりは得られなかった。最後に移って本所にある坂部安兵衛方へ奉公した。この人もまた幕府の旗本であった。その家の召し使いに小泉文内という者が有った。年齢は五十余歳で、平生から酒を好み、大言を言うことが多かった。ある夜酒に酔って里也に向かって、「自分は若い時に人妻を誘ったが、その妻は承知しなかった。その夫を斬り殺して去り、妻に傷つけられた。その時の事は昨日の事のように思える。しかし今はもう何十年も過ぎてしまっているのだ。」と言った。里也はこの話を聞いて心がおどった。しばらくごまかしの言葉を使って、「冗談を言いなさるな。あなたにどうしてそのようなことがありましょうか。そんなことはありませんよ。」と言った。すると文内は遂に全部を話そうと言って、「自分の故郷は讃岐の丸亀である。山や海で江戸とは遠く隔てられている。覚えているがその人妻には子が有ったがそれは女児であった。だから今は用心するには及ばないのだ。」と言った。そして肩はだを出して刀傷のあと見せた。刀の傷あとはうっすらと残っていた。里也は自分だけでこっそり喜び、「すでにこの確かな証拠を得た。自分の志はもはや達したのも同じだ。」と心の中でさけんだ。

翌朝早く永井氏の所へ走って行って報告した。源介もまた大いに喜び、すぐに里也を連れて、京極侯の邸に行き、このことを村瀬藤馬に知らせた。藤馬はすぐに奉行所へ訴え、奉行は伝内を捕らえて投獄した。京極侯は下役に命じて下屋敷内に竹の柵を作り、吉日を定めて勝負をさせることを決めた。勝負の当日になって、里也は鎖の帷子《かたびら》を肌に着込み、白い鉢巻きをし、大小の二刀を腰に差して、竹の柵の中に入った。叫んで、「やあ伝内、父の仇逃がしはしないぞ。」と言った。伝内は叱りつけて、「女の分際にてどうして仇が討てるものか。」と言って、大刀を提げて里也を向かい受けた。里也は一撃で伝内の肋《あばら》を切り、二の太刀で額を切った。伝内はひるんだ。そのすきに付け入って脇腹を刺す。ゆっくりと静かにその首を斬って、これを検使の前に差し出した。そして、「ああ心地よいなあ。二十余年間の宿志を今日遂げることができました。これを地下に眠る父母に報告することができます。」と言った。集まった多くの人々は皆その孝心を誉めたたえた。京極侯は感嘆して、「里也は足軽の娘でありながら、その行状は士大夫にも劣らないものである。世に名を明らかにしなければならない。」と言われた。そして里也を士分に取り立て、姫君のお付きにさせた。

寧静子は言う、「諺に、『天に口無し、人をして告げしむ。』というものがある。岩淵伝内は自分から父の仇であることをその子に告げ、その証拠も明白に示して少しも隠さなかった。これは天が言わせたのではなくて誰が言わせられようか。もし里也がたった一人の女子の力で、長い鬚のある一人前の男と、勝負をしてこれに勝ち、ゆったりとして余る勇気が有ったというのであれば、これは昔から今に至るまでの仇討ちの中で、例のない、僅かにこれがあるだけのものである。そのために特に記録して赤穂節婦の後に付けた。」と。

〔原文出典〕

『常山紀談』（二十五）尼崎幸右衛門が女親の仇を撃ちし事。

付録

大槻磐渓が『近古史談』を執筆したのは、安政元年（一八五四）米国使節ペリーが帰帆して間もない時期である。それを出版したのは、十年後の元治元年で、その際、幕府に出版の許可を願い出たところ、「忌諱に触るるもの」を除かれ、また、「将軍の記事もあるに、乞食の事など併記するは、然るべからず」などとして、削られて許可された。

明治十四年、大槻如電・大槻文彦が教科書として『近古史談』を発行しようとして、文部省へ願い出たところ、「艶事、妖怪、復讐の事は、除くべし」と内示された。そこでそれらを省き、更に、旧稿より幕府によって削られたものを採り加えて、明治十五年に出版したのが、『刪修近古史談』である。

『近古史談』と『刪修近古史談』との異同をまとめると、次のようになる。

巻一　織篇（異同なし）
巻二　豊篇
　勇婢（妖怪・『刪修』では削除）
　関白誅利休（艶事・『刪修』の目次、原文集序文では削除となっているが、本文ではそのまま）
　利休之霊（妖怪・『刪修』では削除）
　太閤観五老刀（『刪修』で増補）
巻三　徳篇上
　内藤勇断（妖怪・『刪修』では削除）
　天野清節（『刪修』で増補）
巻四　徳篇下
　台徳公謹厚（艶事・『刪修』では一部異なる）
　霹靂手段（『刪修』で増補）
　太公論復讐（復讐・『刪修』では削除）
　南竜公（妖怪・『刪修』では一部異なる）
　大猷公寛仁（艶事・『刪修』では一部異なる）
　節婦一（復讐・『刪修』では削除）
　節婦二（復讐・『刪修』では削除）
　女子復讐（復讐・『刪修』では削除）
　義丐一（『刪修』で増補）
　義丐二（『刪修』で増補）

ここには、『刪修近古史談』で増補されたものと、内容が一部変更されたものを、付録の形で収録した。

太閤観二五老刀一（太閤《たいこう》五老《ごろう》の刀《かたな》を観《み》る）

豊公在二伏見第一、偶出二外庁一、観三数口佩刀、挂在二架上一。蓋大老諸公所レ脱也。公笑顧二前田玄以一曰、「我且四暗射三其為二某々刀一。汝黙而聴レ之。其金飾者、秀家也。寸過レ度者、景勝也。革纏二其柄一者、利家也。柄室皆異様者、輝元也。而素朴無レ華、製造不レ異レ常者、是為二江戸納言一耳。」玄以驚曰、「一如二尊命一。不レ知殿下何以知レ之。」公曰、「夫秀家矜飾、凡事好二佳麗一。而上杉之剛武、喜二長剣一、自二其父時一而然。又左起二卑賤一、領二大国一。而樸茂之性、不レ改二其初一。毛利氏之好二奇偉一、則不二但剣佩一也。唯江戸納言、沈勇而有二大度一。武庫兵森然。其所レ恃者、不レ在二一剣一。吾是以知レ之也。」

寧静子曰、「豊太閤之於二五老一、観二其所レ佩刀一、而品三定其為レ人。糸毫不レ爽。亦足三以徴二其知レ人能任用一矣。抑我徳川氏、与二前田・毛利・上杉諸家一、互栄二於今日一。而浮田氏独忽諸。好二佳麗一之弊、其可レ不レ畏哉。」

豊公《ほうこう》伏見《ふしみ》の第《てい》に在《あ》り、偶《たま》ま外庁《がいちょう》に出《い》でて、数口《すうこう》の佩《はい》刀《とう》、挂《か》けて架上《かじょう》に在《あ》るを観《み》る。蓋《けだ》し大老諸公《たいろうしょこう》の脱《だっ》する所《ところ》なり。公笑《こうわら》ひて前田玄以《まへだげんい》を顧《かへり》みて曰《い》はく、「我且《われまさ》に暗《あん》に其《そ》の某《なにがし》々《なにがし》の刀《かたな》為《た》るを射《い》んとす。汝黙《なんぢもく》して之《これ》を聴《き》け。其《そ》の金飾《きんしょく》の者《もの》は、秀家《ひでいへ》なり。寸度《すんど》に過《す》ぐる者《もの》は、景勝《かげかつ》なり。革《かは》其《そ》の柄《へい》を纏《まと》ふ者《もの》は、利家《としいへ》なり。柄室皆異様《へいしつみないよう》なる者《もの》は、輝元《てるもと》なり。而《しか》して素朴《そぼく》にして華無《かな》く、製造常《せいぞうつね》に異《こと》ならざる者《もの》は、是《これ》を江戸納言《えどなごん》と為《な》すのみ。」と。玄以驚《げんいおどろ》きて曰《い》はく、「一《いっ》に尊命《そんめい》の如《ごと》し。知《し》らず殿下《でんか》何《なに》を以《もっ》て之《これ》を知《し》る。」と。公曰《こうい》はく、「夫《そ》れ秀家《ひでいへ》の矜飾《きょうしょく》にして、凡《およ》そ事《こと》佳麗《かれい》を好《この》む。而《しか》して上杉《うえすぎ》の剛武《ごうぶ》にして、長剣《ちょうけん》を喜《この》むは、其《そ》の父《ちち》の時《とき》よりして然《しか》り。又左《またさ》卑賤《ひせん》より起《お》こり、大国《たいこく》を領《りょう》す。而《しか》して樸茂《ぼくも》の性《せい》、其《そ》の初《はじ》めを改《あらた》めず。毛利《もうり》氏《し》の奇偉《きい》を好《この》むは、則《すなは》ち但《ただ》に剣佩《けんはい》のみならざるなり。唯《た》だ江戸納言《えどなごん》は、沈勇《ちんゆう》にして大度《たいど》有《あ》り。武庫《ぶこ》の兵森然《へいしんぜん》たり。其《そ》の恃《たの》む所《ところ》の者《もの》は、一剣《いっけん》に在《あ》らず。吾是《われここ》を以《もっ》て之《これ》を知《し》るなり。」と。

寧静子《ねいせいし》曰《い》はく、「豊太閤《ほうたいこう》の五老《ごろう》に於《お》ける、其《そ》の佩《おぶ》る所《ところ》の刀《かたな》を観《み》て、其《そ》の人《ひと》と為《な》りを品定《ひんてい》す。糸毫《しごう》も爽《たが》はず。亦《ま》た以《もっ》て其《そ》の人《ひと》を知《し》りて能《よ》く任用《にんよう》するを徴《ちょう》するに足《た》る。抑《そもそ》も我《わ》が徳川氏《とくがはし》と、前田《まへだ》・毛利《もうり》・上杉《うへすぎ》の諸家《しょか》とは、互《たが》ひに今日《こんにち》に栄《さか》ゆ。而《しか》して浮田氏《うきたし》独《ひと》り忽諸《こつしょ》。佳麗《かれい》を好《この》むの弊《へい》、其《そ》れ畏《おそ》れざるべけんや。」と。

〔語釈〕

伏見第＝伏見城。文禄三年（一五九四）秋に竣工。秀吉晩年の居城。**外庁**＝大広間。**数口佩刀**＝数本の腰に帯びる刀。刀は一本を口といって数える。**架上**＝刀掛けの上。**暗射**＝言い当てる。**金飾**＝黄金づくり。黄金を散りばめたもの。**寸**＝長さ。**柄室**＝刀のつかとさや。**素朴無華**＝質素で飾りがないこと。**江戸納言**＝徳川家康のこと。**尊命**＝仰せ。**矜飾**＝飾りを誇る。おしゃれを自負すること。**佳麗**＝上品で美しいこと。**剛武**＝強く勇ましい。武ばっていること。**喜**＝ここでは、好と同じ意味。**又左**＝前田利家のこと。利家は若い頃又左衛門と名乗ったことがある。**樸茂**＝質素であること。素直で人情があついこと。**奇偉**＝めずらしくて立派なもの。**沈勇**＝落ち着いていて勇気があること。**大度**＝心が広い。**森然**＝ひきしまっている。統制がよくとれているさま。**糸毫**＝少しも。**爽**＝誤る。違反する。**徴**＝あきらかにする。証明する。**忽諸**＝たちまちに消え去るさま。滅びてしまって何の音沙汰もないこと。

〔人物解説〕

豊公＝豊臣秀吉。八五頁参照。
前田玄以＝一五一頁参照。
秀家＝浮田秀家。一〇五頁参照。
景勝＝上杉景勝。一二一頁参照。
利家＝又左＝前田利家。一三二頁参照。
輝元＝毛利輝元。八六頁参照。
江戸納言＝徳川家康。一九四頁参照。

〔通釈〕

豊臣秀吉公が伏見の桃山御殿に在ったころ、ある日大広間にお出になって、腰に帯びる刀が数本、刀掛けの上にかけてあるのを見た。思うにその刀は大老諸公が腰から外して掛けたものである。秀吉公はにこにこしながら前田玄以の方をふり向いて、「わしがちょっと誰の持ち物であるかを当ててみよう。お主は黙って聞かれよ。その黄金の飾りのついている刀は、秀家のものである。長さが標準よりも長い刀は、上杉景勝のものである。皮革が柄に巻きつけてある刀は、利家の刀である。柄もさやも普通のものと変わっている刀は、輝元のものである。質素で飾り気がなく、ごく普通の造りの刀は、徳川家康の刀である。」と言われた。玄以は驚いて、「まさにお仰せの通りです。どのようにして殿下はそれをお知りになられたのですか。」と言った。すると秀吉公は、「そもそも秀家はおしゃれを自負して、何事にも上品で美しいことを好むのである。上杉景勝は強く勇ましくて、長い剣を好むのは、景勝の父の代からの習性である。利家は卑賤の身から軍功によって立身出世して、大国を領するに至った。そうして質素で人情にあつい、その初心（父の習性）を改めずに持ち続けている。毛利輝元が珍らしくて立派なものを好むのは、ただ腰に帯びる佩刀だけではない（何事にも奇偉なものを好むのである）。ただ徳川家康は、落ち着いて勇気があり、心が大きくて広い。率いる兵もよく統制がとれて引き締っている。その頼りとするものは、一口の剣ではない（剣には大した意味を持たせていない）。わしは以上のような理由から刀の持ち主がわかるのである。」と言われた。

寧静子は言う、「豊臣秀吉公が五大老について、その腰に帯びる刀を観察して、その持ち主とその人柄を品定めした。持ち主はすべて的中した。また秀吉公が五大老の人柄をよく知って任用することができたことを証明したことになる。そもそも我が徳川氏と前田・毛利・上杉の諸家とは、お互いに今日まで栄えてきた。それなのに宇喜多氏だけがたちまちのうちに消え去ってしまった。上品で美しいものを好むことの弊害を、恐れなければならない。」と。

〔原文出典〕
『常山紀談』（九）豊臣関白五腰の刀の主を察せられし事。

天野清節（天野《あまの》の清節《せいせつ》）

慶長中、天野康景為㆓駿河興国寺城主㆒、食㆓三万石。嘗有レ所二営造一、剪二国内竹一積レ之、使二衛卒三人守レ之。一夜有二群盗一、来掠レ竹而去。衛卒覚レ之、追斬二一人一。余衆逃散。盗係二公邑田原之民一。

邑宰井出甚之助、使三人譲二康景一曰、「不レ告而殺二公民一、其罪不レ赦。宜下斬二衛卒一以償上レ之。」康景不レ肯曰、「殺レ盗古今之定法。必欲レ誅二殺レ盗之人一、請誅二康景一。」井出不レ能レ強、訴二之於官一。

当二此之時一、本多正純機智用レ事。躬親来諭二康景一曰、「公命一下、不レ可二以中止一。不則国威不レ立。宜下使二三卒探レ鬮、誅二其一人一、以了上レ命。」康景対曰、「既云二国威不レ立、敢不二謹受レ命。」退而自謂、「殺二一不辜一而利二於家一、丈夫所レ恥。不レ如三遯以潔二吾身一也。」遂棄二三万石一而亡。後不レ知レ所レ終。

寧静子曰、「昔崔子弑二斉君一。陳文子棄二馬十乗一而違レ之。仲尼以為レ清矣。若二吾天野氏一、為レ殺二一無罪一、而棄二三万之禄一。謂下之清二乎清一者上、其誰謂レ不レ然哉。」

慶長中《けいちょうちゅう》、天野《あまの》康景《やすかげ》駿河《するが》の興国寺《こうこくじ》の城主《じょうしゅ》と為《な》り、三万《さんまん》石《ごく》を食《は》む。嘗《かつ》て営造《えいぞう》する所有《ところあ》りて、国内《こくない》の竹《たけ》を剪《き》りて之《これ》を積《つ》み、衛卒三人《えいそつさんにん》をして之《これ》を守《まも》らしむ。一夜《いちや》群盗《ぐんとう》有《あ》り、来《きた》りて竹《たけ》を掠《かす》めて去《さ》る。衛卒《えいそつ》之《これ》を覚《さと》り、追《お》ひて一人《いちにん》を斬《き》る。余衆《よしゅう》逃《のが》れ散《さん》ず。盗《とう》は公邑《こうゆう》田原《たはら》の民《たみ》に係《かか》る。

邑宰《ゆうさい》井出甚之助《ゐでじんのすけ》、人《ひと》をして康景《やすかげ》を譲《せ》めしめて曰《い》はく、「告《つ》げずして公民《こうみん》を殺《ころ》すは、其《そ》の罪《つみ》赦《ゆる》されず。宜《よろ》しく衛《えい》卒《そつ》を斬《き》りて以《もっ》て之《これ》を償《つぐな》ふべし。」と。康景《やすかげ》肯《かへ》んぜずして曰《い》はく、「盗《とう》を殺《ころ》すは古今《ここん》の定法《じょうほう》なり。必《かなら》ず盗《とう》を殺《ころ》すの人《ひと》を誅《ちゅう》せんと欲《ほっ》せば、請《こ》ふ康景《やすかげ》を誅《ちゅう》せよ。」と。井出《ゐで》強《し》ふること能《あた》はざれば、之《これ》を官《かん》に訴《うった》ふ。

此《こ》の時《とき》に当《あ》たりて、本多正純《ほんだまさずみ》機智《きち》事《こと》を用《もち》ゐる。躬《み》親《みづか》ら来《きた》りて康景《やすかげ》を諭《さと》して曰《い》はく、「公命《こうめい》一《ひと》たび下《くだ》れば、以《もっ》て中止《ちゅうし》すべからず。不《しか》らざれば則《すなは》ち国威《こくい》立《た》たず。宜《よろ》しく三卒《さんそつ》をして鬮《くじ》を探《さぐ》らしめ、其《そ》の一人《いちにん》を誅《ちゅう》して、以《もっ》て命《めい》を了《りょう》すべし。」と。康景《やすかげ》対《こた》へて曰《い》はく、「既《すで》に国威《こくい》立《た》たずと云《い》へば、敢《あ》へて謹《つつし》みて命《めい》を受《う》けざらんや。」と。退《しりぞ》きて自《みづか》ら謂《おも》へらく、「一《いっ》の不辜《ふこ》を殺《ころ》して家《いへ》に利《り》するは、丈夫《じょうふ》の恥《は》づる所《ところ》なり。遯《のが》れて以《もっ》て吾《わ》が身《み》を潔《いさぎよ》くするには如《し》かず。」と。遂《つひ》に三万石《さんまんごく》を棄《す》てて亡《に》ぐ。後《のち》終《を》はる所《ところ》を知《し》らず。

寧静子《ねいせいし》曰《い》はく、「昔《むかし》崔子《さいし》斉《せい》の君《くん》を弑《しい》す。陳文子《ちんぶんし》馬《うま》十《じゅう》乗《じょう》を棄《す》てて之《これ》を違《はな》る。仲尻《ちゅうじ》以《もっ》て清《せい》と為《な》す。吾《わ》が天野氏《あまのし》の若《ごと》きは、一《いつ》の無罪《むざい》を殺《ころ》すが為《ため》に、三万《さんまん》の禄《ろく》を棄《す》つる。之《これ》を清《せい》に清《せい》なる者《もの》と謂《い》ふも、其《そ》れ誰《たれ》か然《しか》らずと謂《い》はんや。」と。

〔語釈〕

慶長中＝慶長年間（一五九六〜一六一四）。この話は慶長十二年の出来事。**駿河興国寺**＝沼津市根古屋にあった城。北条早雲が居城した後、今川氏の番城となっていたが、今川氏の滅亡後は小田原北条氏の持城となった。その後、武田氏の支城となり、武田氏の滅亡後は家康の属城となっていた。家康は関が原の戦後、家臣の天野康景を城主として一万石を与え、更に増封して三万石としたが、康景出奔後は除封となり、廃城となった。**営造**＝普請をする。**衛卒**＝見張りの兵士。番兵。**公邑田原**＝公領地の田原。田原は地名。**邑宰**＝代官。**公民**＝公領地の人民。**定法**＝一定のきまったやり方。**誅**＝罪にあてて殺す。処刑する。**機智用事**＝機転や才智を働かせた政務を行う。**探鬮**＝くじを引く。**了命**＝お上のおおせを承知する。**不辜**＝罪のない者。無罪の者。**崔子弑斉君云云**＝『論語』公冶長編の「崔子斉の君を弑す。陳文子馬十乗有り。棄てて之を違る。……子曰はく、『清し。』と。」に基づく。**清乎清**＝潔白な上にも更に潔白である。

〔人物解説〕

天野康景＝（一五三七〜一六一三）天野三郎兵衛康景。十一歳の時から家康に仕え、一向宗の門徒であった。三河の一向朋党の乱には改宗して家康のために大いに働き、その功績によって城を与えられた。その後、姉川・三方が原・長篠の合戦に功をたてた。慶長五年（一六〇〇）家康が上杉景勝の征伐に発向した際には、大坂城の御座所西の丸の城代を務め、関が原の役には、江戸西の丸の御留守を務めた。慶長十二年（一六〇七）三月、康景の足軽が公民を殺害したという事に坐して、将軍の御勘気を蒙り、興国寺を去って小田原の西念寺に蟄居した。それから六年後に死去した。

井出甚之助＝（?〜一六〇九）井出甚助志摩守正次。初め今川氏真に仕えて軍功があったが、天正十年（一五八二）家康が甲斐に進発のとき拝謁して、駿河国の代官職を仰せつかった。その後采地を伊豆国君沢郡のうちに移され、三百石を知行した。最後は駿河の町奉行を兼ね、志摩守に任ぜられた。

本多正純＝（一五六五〜一六三七）本多正信の長子。幼少より家康に仕え、日夜側近に侍して、二十歳の頃には既に奉行として政治に参与した。関が原の戦いに従軍して功があり、石田三成が捕らえられた時には、これを正純の許に預けた。慶長十二年（一六〇七）に家康が駿府に移った際、家康に従って駿府へ赴き、殆んど一人で諸事を掌った。その後、豊臣・徳川の和睦の際、大坂城の総壕を埋めるなど奉行として着々と功を収めた。家康の臨終に金地院崇伝、南光坊天海と共にその枕頭に侍して遺言を受け、家康没後はその遺言に従って葬礼以下の諸事を執行した。正純は家康の下にあって、私を棄ててよく奉行の誠を致し、努力到らざるはなしという風であったので、家康の信任が厚かった。そのため時には他の嫉視を買ったこともあった。

〔通釈〕

慶長年中に、天野康景は駿河の国の興国寺の城主となり、家康から三万石の奉禄を得た。あるとき普請することがあって、それに必要な領内の竹を切り出して積みあげ、見張り役の足軽三人に守らせていた。ある夜盗賊が襲って、竹を持ち去った。見張り役はそれに気付いて、盗賊を追いかけ、一人を斬り殺した。しかし他の者は逃げ去ってしまった。盗人たちは、公領の田原の住人であった。

公領の代官、井出甚之助は、下役を遣わして、康景を責め、「公領の人民をこちらに断りもなく殺すことは、許すことができない。速やかに公民を殺した見張り役を処刑して罪の償いをすべきである。」と言ってきた。康景はそれに納得せず、「盗人を処刑するのは古から今に至るまで一定の決まったやり方である。どうしても盗人を殺した見張り役を処刑しようとするのであれば、この康景を処刑せよ。」と言った。井出はこれ以上要求しても無理であると考えて、この事件を幕府に訴えた。

当時、幕府では、本多正純が機転や才智を大いに働かせて政務を取り仕切っていた。正純は直接康景に会って諭して、「幕府の裁定が一たび下ったからには、それを途中で止めることはできない。そうでなければお上の御威光も立たなくなってしまう。ここは三人の見張り役にくじを引かせて、その当たった一人を処刑して、お上の仰せを承知するのがよい。」と言った。康景は答えて、「既にお上の御威光が立たないというのであれば、どうしてお上の達しを受けないことがありましょう。お受け致します。」と答えた。康景は退室してから自分でこう考えた、「理を曲げて一人の罪のない者を処刑してわが家の安泰を図ることは、男子の恥とするところである。そんなことをするよりは、身を退けてわが身を潔白にしたほうがよい。」と。とうとう三万石の知行を棄てて出奔した。その後どこで一生を終えたかは分からない。

寧静子は言う、「中国の春秋時代に、斉の家老の崔杼《さいちょ》が君主の荘公を殺した。同じく斉の家老であった陳文子は、四十四ほどの馬を持つ身分であったが、こんな不潔な国に居るのは耐えられないといって、地位財産を投げうって他国へ亡命した。孔子はこの陳文子の行動を清潔であるといって賞賛した。わが国の天野氏は、一人の無罪の者を処刑する代わりに、三万石の禄を棄てた。この行動は清潔な上にも清潔（この上ない清潔）な行動であるといって賞賛しても、誰が否定することができよう。誰もできない。」と。

〔原文出典〕
『駿台雑話』（三）天野三郎兵衛。

台徳公謹厚（台徳公《たいとくこう》の謹厚《きんこう》）

※最初の二段落分（本書三〇一ページ参照）が、次のような文章にさしかえられている。

台徳公持レ身最謹。太公嘗歎二其謹厚一曰、「某雖レ駕二雲梯一。不レ可レ及矣。」

台徳公《たいとくこう》身《み》を持《じ》すること最《もっと》も謹《つつし》めり。太公《たいこう》嘗《かつ》て其《そ》の謹厚《きんこう》を歎《たん》じて曰《い》はく、「某《なにがし》雲梯《うんてい》に駕《が》すと雖《いへど》も、及《およ》ぶべからず。」と。

〔通釈〕
徳川二代将軍秀忠公は身を処することが非常につつしみ深かった。家康公はある時、そのつつしみ深いことに感嘆して、「わしは雲にとどくほどの高いはしごをかけて昇っても、将軍の謹厚の高さには及ぶことはできない。」と言われた。

霹靂手段（霹靂手段《へきれきしゅだん》）

台徳公嘗宿二三島駅一。夜寝而不レ寐。使三左右相二語枕上一、臥而聴レ之。一人曰、「往者大駕駐二此地一。時某甲従僕、手捕㆓三島祠前之池魚㆒、炙而食㆑之。儕輩皆愕曰、『神怒不㆑可㆑度也。』僕昂然曰、『我挟㆓天下余威㆒以従㆑事。神亦無㆑所㆑施㆓其霊㆒耳。』」

公聞㆑之、勃然変㆓乎色㆒、俄興換㆑衣、召㆓本多正信㆒、命即夜捕㆓其僕㆒、糺㆔推之㆒。明日遂礫㆔殺之三島駅口㆒。而掲㆓批文於牌㆒曰、「維三島之神、八州之鎮。布㆓威霊於関左㆒、顕㆓冥験於海隅㆒。汝奴輩敢持㆓公宰余威㆒、不㆑顧㆓神明冥罰㆒。騁㆓丹池之意馬㆒、饞㆓霊沼之神魚㆒。如㆑此則誓紙虚文、盟書何用。速加㆓肆市之天刑㆒、顕㆓崇神之国法㆒。縦頑兇之無㆑悟、庶元悪之可㆑懲。」

寧静子曰、「台徳公以㆓温良慈仁之徳㆒、俄下㆓此霹靂手段㆒、亦出㆓其一意敬㆑神之至誠㆒者、是不㆑足㆓深怪㆒焉。抑太公過㆓謹厚㆒之歎、於㆑是可㆓以已㆒乎、且不乎。」

台徳公《たいとくこう》嘗《かつ》て三島駅《みしまえき》に宿《しゅく》す。夜《よ》寝《い》ねて寐《い》ねず。左右《さゆう》をして枕上《ちんじょう》に相《あ》ひ語《かた》らしめ、臥《ふ》して之《これ》を聴《き》く。一人《いちにん》曰《い》はく、「往者《さき》に大駕《たいが》此《こ》の地《ち》に駐《とど》まる。時《とき》に某甲《なにがしこう》の従僕《じゅうぼく》、手《て》にて三島祠前《みしまやしろまへ》の池魚《ちぎょ》を捕《と》らへ、炙《あぶ》りて之《これ》を食《くら》ふ。儕輩皆《せいはいみな》愕《おどろ》きて曰《い》はく、『神《かみ》の怒《いか》り度《はか》るべからざるなり。』と。僕《ぼく》昂然《こうぜん》として曰《い》はく、『我天下《われてんか》の余威《よい》を挟《はさ》んで以《もっ》て事《こと》に従《したが》ふ。神《かみ》も亦《ま》た其《そ》の霊《れい》を施《ほどこ》す所無《ところな》きのみ。』と。」

公之《こうこれ》を聞《き》きて、勃然色《ぼつぜんいろ》を変《へん》じ、俄《には》かに興《お》きて衣《い》を換《か》へ、本多正信《ほんだまさのぶ》を召《め》し、命《めい》じて即夜《そくや》に其《そ》の僕《ぼく》を捕《と》らへ、之《これ》を糺推《きゅうすい》す。明日《めいじつ》遂《つひ》に之《これ》を三島駅口《みしまえきこう》に礫殺《たくさつ》す。而《しか》して批《ひ》文《ぶん》を牌《ふだ》に掲《かか》げて曰《い》はく、「維《こ》れ三島《みしま》の神《かみ》は、八州《はっしゅう》の鎮《ちん》なり。威霊《いれい》を関左《かんさ》に布《し》き、冥験《めいけん》を海隅《かいぐう》に顕《あらは》す。汝奴輩《なんぢどはい》敢《あ》へて公宰《こうさい》の余威《よい》を持《じ》し、神明《しんめい》の冥罰《めいばつ》を顧《かへり》みず。丹池《たんち》の意馬《いば》を騁《は》せ、霊沼《れいしょう》の神魚《しんぎょ》を饞《さん》す。此《かく》の如《ごと》くなれば則《すなは》ち誓紙《せいし》も虚文《きょぶん》、盟書《めいしょ》も何《なん》ぞ用《もち》ゐる。速《すみ》やかに肆市《しし》の天刑《てんけい》を加《くは》へ、顕《あき》らかに崇神《すうしん》の国法《こくほう》を眎《しめ》す。縦《たと》ひ頑兇《がんきょう》の悟《さと》ること無《な》きも、庶《ねが》はくは元悪《げんあく》を懲《こら》すべけん。」と。

寧静子《ねいせいし》曰《い》はく、「台徳公《たいとくこう》は温良慈仁《おんりょうじじん》の徳《とく》を以《もっ》て、俄《には》かに此《こ》の霹靂手段《へきれきしゅだん》を下《くだ》すも、亦《ま》た其《そ》の一意《いちい》に神《かみ》を敬《けい》するの至誠《しせい》に出《い》づる者《もの》にして、是《こ》れ深《ふか》く怪《あや》しむに足《た》らず。抑《そもそ》も太公《たいこう》の謹厚《きんこう》に過《す》ぐるの歎《たん》は、是《ここ》に於《お》いて以《もっ》て已《や》むべきか、且《か》つ不《しか》らざるか。」と。

〔語釈〕

霹靂手段＝雷電のような激しい仕業。三島駅＝伊豆の三島の宿場。駅は宿駅のこと。枕上＝枕もと。大駕＝将軍のお乗りもの。ここでは、将軍を指す。某甲＝姓名をあげずに人を指すことば。従僕＝武家の雑用係の男。三島祠＝伊豆の三島神社。伊豆に配流の源頼朝が挙兵に成功したのは、三島大明神の加護によるものであるとしたことから、武家の崇敬が厚く、家康以下徳川の将軍も崇敬を寄せた。炙＝火であぶって焼くこと。悸＝畏れ驚く。気味悪がって恐れる。昂然＝おごり高ぶって屈しないさま。意気盛んなさま。挟天下余威＝将軍の威光を笠に着る。勃然＝顔色を変え、むっとすること。糺推＝問いただす。取り調べる。磔殺＝はりつけの刑に処する。批文＝申し渡しの文。牌＝ふだ。ここでは、罪人を処刑する時、その氏名・年齢・罪状などを記して街頭に立て、刑の執行後三十日間存置した捨札のこと。八州＝関東八州。相模・武蔵・安房・上総・下総・常陸・上野・下野の八か国。ここでは伊豆を加えて常陸を除いたか。関八州。関左＝関東。南面して左は東であることからいう。冥験＝目には見えない神仏による導き。ご利益。冥罰＝神仏の与えるばち。天罰。丹池＝心。意馬＝人心の狂ったたとえ。馬は小心で驚き狂い易いことからいう。騁＝思いのままにやりとげる。霊沼＝みたらしの池。肆市＝斬首して市にさらす。頑兇＝かたくなで物事の道理がわからない悪人。慈仁＝情深いこと。

〔人物解説〕

台徳公＝徳川秀忠。三〇三頁参照。
本多正信＝二二八頁参照。

〔通釈〕

秀忠公は、ある時伊豆の三島の宿に宿泊なされた。夜寝床に就いてもなかなか眠れなかった。そこで近習たちを呼んで枕もとで話をさせ、自分は床に横たわったままでこれを聞いていた。近習の一人が、「以前に上様がこの三島にご滞在なされたことがありました。その時のことでございますが、某甲の雑用係の者が、素手で三島神社の前の池の魚を捕らえて、それを火であぶって焼いて食べてしまいました。仲間たちは皆気味悪がって恐れて、『そんなことをするとどんな重い神の怒りがあるかわからない。』と言いました。するとその男は意気ごんで、『我は上様のご威光を笠に着てお供の仕事に従っているのである。神もまたその祟りをするようなことはない。』と言いました。」と語った。

秀忠公はこの話を聞くと、むっとして顔色を変え、突然起き上がって衣服を着換え、本多正信を召し、命令してこの夜のうちに某甲の雑用係を捕らえ、事実を問いただして責めた。翌日にはついにこの雑用係を三島の宿場の入口で磔《はりつけ》の刑に処した。そしてその申し渡しの文を捨札にこう書きつけた。「この三島神社は、関東八か国を鎮め守る神社である。神霊の威光を広く関東地方に施し、目には見えない尊いご利益を都から遠く離れた海辺にまで及ぼしている。お前は役人の威光を笠に着て、神の与える天罰を気にかけようともしない。心の欲するままに行動して、神社のみたらしの池の魚をむさぼり食った。このような罪を犯した者を罰さなければ、神社への誓紙も空しいものとなり、起請文も何の役に立とうか、何の役にも立たなくなる。速やかに処刑して首を市にさらす天罰を加え、はっきりと神を尊ぶ国法を多くの人々に示すのである。たとえかたくなで物事の道理がわからない悪人で悟ることのない者であっても、どうぞ大悪を懲すことができますように。」と。

寧静子は言う、「秀忠公は穏やかで情深い徳をもっていながら、突然この雷電のような激しい仕業を実行したのも、また一筋に神を敬う至誠から出たものであって、これは深く怪しむには足らない。そもそも家康公の秀忠公は謹厚に過ぎるという感歎は、ここに至ってはもはや止めるべきか、そうでもないか、やはり止めるべきではない（謹厚であるとすべきである）。」と。

〔原文出典〕

『鳩巣小説』（下）。

南竜公（南竜公《なんりゅうこう》）

※最初の二段落分（本書三二六ページ参照）が、次のような文書にさしかえられている。

南竜公武勇絶倫、行事亦多㆓猛暴㆒。而時復有㆓灑然可㆑喜者㆒。

南竜公《なんりゅうこう》は勇武絶倫《ゆうぶぜつりん》、行事《こうじ》も亦《ま》た猛暴《もうぼう》なること多《おほ》し。而《しか》して時《とき》に復《ま》た灑然《さいぜん》喜《よろこ》ぶべき者有《ものあ》り。

〔通釈〕

紀伊の徳川頼宣公は武勇が人並み外れて優れていた。その振る舞いも強く荒々しいことが多かった。しかしながら時にはまた、風流な事もあった。

大猷公寛仁（大猷公《たいゆうこう》の寛仁《かんじん》）

※最初の一段落分（本書三四三～四ページ参照）が、次のような文章にさしかえられている。

公嘗放㆔鷹目黒㆒、与㆓左右㆒微行、憩㆓邑中成就院㆒。公賞㆓其壁画㆒、問㆓寺僧㆒曰、「貴寺亦有㆓大壇越㆒乎。」曰、「唯有㆓保科君㆒。然禄微喜捨甚乏。嘗聞、保科君大樹親弟。賤民且知㆓同胞相憐㆒。貴人何情之薄耶。」公色少変、目㆓左右㆒辞去。僧後知㆓其実㆒、大懼待㆑罪。無㆑幾、公増㆔封保科正之山形二十万石㆒、又附㆓寺田若干㆒。

公嘗《こうかつ》て目黒《めぐろ》に放鷹《ほうよう》し、左右《さゆう》と微行《びこう》して、邑中《ゆうちゅう》の成就《じょうじゅ》院《いん》に憩《いこ》ふ。公其《こうそ》の壁画《へきが》を賞《しょう》し、寺僧《じそう》に問《と》ひて曰《い》はく、「貴寺《きじ》も亦《ま》た大壇越《だいだんおつ》有《あ》るか。」と。曰《い》はく、「唯《た》だ保科君《ほしなくん》有《あ》り。然《しか》れども禄微《ろくび》にして喜捨《きしゃ》甚《はなは》だ乏《とぼ》し。嘗《かつ》て聞《き》く、保科君《ほしなくん》は大樹《たいじゅ》の親弟《しんてい》なりと。賤民《せんみん》すら且《か》つ同胞《どうほう》相《あひ》憐《あは》れむを知《し》る。貴人何《きじんなん》ぞ情《じょう》の薄《うす》きや。」と。公色《こういろ》少《すこ》しく変《へん》じ、左右《さゆう》に目《もく》して辞《じ》し去《さ》る。僧後其《そうのちそ》の実《じつ》を知《し》りて、大《おほ》いに懼《おそ》れ罪《つみ》を待《ま》つ。幾《いくば》くも無《な》くして、公保科正之《こうほしなまさゆき》を山形《やまがた》の二《に》十万石《じゅうまんごく》に増封《ぞうふう》し、又寺《またてら》に田若干《でんじゃっかん》を附《ふ》す。

〔語釈〕

目黒＝武蔵野台地の一部。現在は東京都二十三区の一つ。**放鷹**＝たかがり。飼いならした鷹を放って、小鳥などを捕らえさせる狩り。**微行**＝身分の高い人が身分を隠して出歩くこと。お忍び。**成就院**＝天台宗不老山薬師寺。俗に蛸薬師と呼ばれた。『徳川実記』寛永十三年七月二十一日条に、秀忠の側室が後の保科正之を産むまでの当寺への信仰が記されている。**大壇越**＝布施主。仏事に寄付したり、僧に物を与えたりする有力な人のこと。その施しによって僧が貧窮の海を越えることからいう。**喜捨**＝仏寺へ施す物。**大樹**＝将軍の別称。後漢の馮異が謙虚な性格のために、諸将が功を論じ合うとき、常に樹下に避けていたので大樹将軍と呼ばれるようになった故事（『後漢書』馮異伝）に拠る。**同胞**＝兄弟のこと。

〔人物解説〕

保科正之＝三五七頁参照。

〔通釈〕

家光公はある時、目黒の辺りで鷹狩りをして、近習たちとお忍びで、目黒村にある成就院という寺に入って休息した。家光公は寺の壁画を賞賛した後で、寺の住職に、「この寺もさぞかし頼りになる布施主がお有りなのであろう。」とたずねた。住職は、「大した布施主はおりませんが、主だった方としてはただ保科殿がおります。しかしながら保科殿は奉禄も少ないので、仏寺へ施す物もほんの僅かでございます。以前、保科殿は将軍様の弟君であると聞きました。身分の低い人々でさえも兄弟は互いに助け合いをいたします。将軍様のような高貴な身分の方はどうして兄弟の情愛が薄くて助け合うことをしないのでしょうか。」と言った。家光公は少し顔色が変わり、近習たちに目くばせして早々に寺を辞去した。住職は後になって、将軍様のお忍びの行動であったことを知り、大いに恐縮して罪の沙汰を待った。それから程なくして、家光公は保科正之を山形の二十万石に増封し、また成就院にもいくらかの領田を寄附した。

〔原文出典〕

『徳川御実記付録』（大猷院殿四・五）。

義丐一（義丐一《ぎかいいち》）

賀州野田山、為二前田氏累世之塋域一。藩之諸士、亦多就二其麓一而葬焉。毎歳中元之夕、家家供二灯於墓前一、光明徹ㇾ暁。一夜悪漢数輩、雑然来襲、尽掠二其蠟燭一而去。有二丐者一、当ㇾ径而臥。視ㇾ之頻顣曰、「凡此明灯、皆是祈二祖先冥福一者。何為無情至二于此一。」悪漢等罵曰、「咄被薦奴、敢咎二人之為一。」丐者曰、「奴惟不ㇾ為二公等所一ㇾ為、所三以不一ㇾ免ㇾ被ㇾ薦。苟為二其所一ㇾ不ㇾ為、又何至ㇾ被ㇾ薦。」

寧静子曰「丐者不二惟能知一ㇾ恥、亦能嫺二於辞令一者。」

賀州《がしゅう》の野田山《のたやま》は、前田氏累世《まへだしるいせい》の塋域《えいいき》たり。藩《はん》の諸士《しょし》も、亦《ま》た多《おほ》く其《そ》の麓《ふもと》に就《つ》きて葬《ほうむ》る。毎歳中元《まいとしちゅうげん》の夕《ゆふべ》に、家家《いへいへ》灯《あかり》を墓前《ぼぜん》に供《きょう》して、光明《こうみょう》暁《あかつき》に徹《てつ》せり。一夜《いちや》悪漢《あくかん》数輩《すうはい》、雑然《ざつぜん》として来《きた》り襲《おそ》ひ、尽《ことごと》く其《そ》の蠟燭《ろうそく》を掠《かす》めて去《さ》る。丐者《かいしゃ》有《あ》り、径《みち》に当《あた》りて臥《ふ》す。之《これ》を視《み》て頻顣《ひんしゅく》して曰《い》はく、「凡《およ》そ此《こ》の明灯《みょうとう》は、皆是《みなこ》れ祖先《そせん》の冥福《めいふく》を祈《いの》る者《もの》なり。何為《なんす》れぞ無情《むじょう》の此《ここ》に至《いた》るや。」と。悪漢《あくかん》等罵《らののし》りて曰《い》はく、「咄被薦奴《とつこもかぶり》、敢《あ》へて人《ひと》の為《な》すを咎《とが》む。」と。丐者曰《かいしゃい》はく、「奴惟《どた》だ公等《こうら》の為《な》す所《ところ》を為《な》さざれば、薦《こも》を被《こう》むるを免《まぬが》れざる所以《ゆゑん》なり。苟《いやし》くも其《そ》の為《な》さざる所《ところ》を為《な》さば、又何《またなん》ぞ薦《こも》を被《こう》むるに至《いた》らんや。」と。

寧静子曰《ねいせいしい》はく、「丐者惟《かいしゃた》だ能《よ》く恥《はぢ》を知《し》るのみにあらず。亦《ま》た能《よ》く辞令《じれい》に嫺《なら》ふ者《もの》なり。」と。

〔語釈〕

賀州＝加賀国の別称。現在の石川県の南部。**野田山**＝金沢市の南郊にある丘陵性の山。古くは野端山の別名があった。盂蘭盆には約四万基の墓に奉灯が供され、精霊を供養するという。**塋域**＝墓地。**中元**＝旧暦七月十五日。**徹暁**＝夜どおし。一晩中。**雑然**＝どやどやと。まとまりのないさま。**丐者**＝物乞い。物もらい。**頻顣**＝（不快に思って）顔をしかめること。**被薦奴**＝夜具がないのでわらやむしろをかぶって風雨を凌ぐ者。浮浪者。**嫺於辞令**＝文章や言葉を綴ることに習熟している。ここでは物の言いかたが上手であること。『史記』屈原伝に「博聞彊志にして、治乱に明らかに、辞令に嫺へり」とある。

〔通釈〕

加賀の国にある野田山は、前田家先祖代々の墓所である。加賀藩の諸士もまた多くは、野田山の麓に墓を作って葬っていた。毎年七月十五日の夕には、家々より墓前に灯籠を供えて、灯明を夜どおしともした。ある年の中元の夜に、数人の悪党どもが、どやどやとやってきて、灯籠の火を消し蠟燭をすべて奪い取って去ろうとした。墓の側の小道に物乞いをする者が寝ていた。この有様を見て顔をしかめて、「およそこの灯明は、すべて先祖の冥福を祈って墓前にともしたものである。どうしてこんな情のないことをするのか。」と言った。すると悪党どもはののしって、「ちえ、こもかぶりの身で、他人の行為をとがめるのか。」と言った。物乞いをする者は、「おれはただお前たちのするような悪事をしないから、物乞いをする身にならざるを得なかったのだ。かりにもお前たちがしたような悪事をしたならば、どうして物乞いをするような身になろうか、なりはしなかったのだ。」と。

寧静子は言う。「この物乞いは、ただ人間の恥ということを知っていただけではなく、物の言い方についても習熟した者である。」と。

〔原文出典〕

『駿台雑話』（三）二人の乞児。

義丐二（義丐二《ぎかいに》）

江戸室街商、吉兵跟随市十郎、歳暮討帳、受㆑金而帰。誤遺㆘一嚢納㆓三十金㆒者㆖。十郎驚愕無㆑措。走就㆓来路㆒、行索数里、無㆑有也。

乍有㆓一乞児㆒。来問曰、「何索。」十郎曰、「我索㆓我遺金㆒耳。」乞児曰、「果然、我拾㆑之矣。吾意㆓其人来索㆒。故物色在㆑此。苟有㆓証左㆒、我且㆑還㆑之。」十郎詳陳㆔嚢色与㆓其中所㆒㆑有。乞児乃挙而付㆑之。十郎狂喜不㆑已。且取㆓其中五金㆒、謝㆓乞児㆒。不㆑受。強㆑之、乞児曰、「子亦何迂。吾苟利㆓五金㆒、何有㆓於三十金㆒。顧此金若是主家之金。其人痛苦可㆑知。今幸得㆓其人㆒以還㆑之。於㆑我何所㆑望。」趨而避㆑之。十郎追及、乃挙㆓一星金㆒、与㆑之曰、「今夜寒甚。請以㆑此買㆑酔。」乞児欣然曰、「此則子之恵也。敢不㆓拝受㆒。」問㆓其名㆒曰、「車善七手下八兵。」

十郎帰、具語以㆑状。吉兵感歎不㆑已。竟欲㆑与㆓五金於八兵㆒。翌早差㆓十郎於善七㆒、問㆑之、則曰、「八兵昨得㆓金於人㆒而還、沽㆑酒聚㆑伴、酔飽極㆑歓。不㆑料今暁既死矣。」十郎且驚且悲。遂乞㆓八兵骸㆒、以㆓其金㆒、厚葬㆓之江東万人塚㆒。

寧静子曰、「此乞児、蓋士人之流落失㆓死期㆒者。自謂、今日救㆓一人之命㆒、而已代㆑之。死斯之為㆑時。遂自託㆓痛飲㆒以死也。果然、不㆓唯義丐㆒、亦烈丐矣。嗟夫吾之以㆑此終㆓此巻㆒者、其豈無㆑意哉。」

江戸《えど》室街《むろまち》の商《しょう》、吉兵《よしべい》の跟随市十郎《こんずいいちじゅうろう》、歳暮《さいぼ》に討帳《とうちょう》し、金《かね》を受《う》けて帰《かへ》る。誤《あやま》りて一嚢《いちのう》の三十金《さんじゅうきん》を納《い》るる者《もの》を遺《おと》す。十郎《じゅうろう》驚愕《きょうがく》して措《お》くこと無《な》し。走《はし》りて来路《らいろ》に就《つ》き、行《ゆ》き索《もと》むること数里《すうり》なるも、有《あ》ること無《な》きなり。

乍《たちま》ち一乞児《いちきつじ》有《あ》り。来《きた》りて問《と》ひて曰《い》はく、「何《なに》をか索《もと》むる。」と。十郎《じゅうろう》曰《い》はく、「我《わ》れ我《わ》が遺金《いきん》を索《もと》むるのみ。」と。乞児《きつじ》曰《い》はく、「果《はた》して然《しか》らば、我《わ》れ之《これ》を拾《ひろ》ふ。吾《わ》れ其《そ》の人《ひと》の来《きた》り索《もと》むるを意《おも》ふ。故《ゆゑ》に物色《ぶっしょく》して此《ここ》に在《あ》り。苟《いやし》くも証左《しょうさ》有《あ》らば、我《わ》れ且《まさ》に之《これ》を還《かへ》さんとす。」と。十郎《じゅうろう》詳《つまびら》かに囊色《のうしょく》と其《そ》の中《なか》に有《あ》る所《ところ》を陳《の》ぶ。乞児《きつじ》乃《すなは》ち挙《あ》げて之《これ》を付《ふ》す。十郎狂喜《じゅうろうきょうき》して已《や》まず。且《か》つ其《そ》の中《なか》の五《ご》金《きん》を取《と》り、乞児《きつじ》に謝《しゃ》す。受《う》けず。之《これ》を強《し》ふれば、乞児《きつじ》曰《い》はく、「子《し》も亦《ま》た何《なん》ぞ迂《う》なるや。吾《わ》れ苟《いやし》くも五金《ごきん》を利《り》せば、何《なん》ぞ三十金《さんじゅうきん》有《あ》らんや。顧《おも》ふに此《こ》の金《かね》若《も》しくは是《こ》れ主家《しゅか》の金《かね》ならん。其《そ》の人《ひと》の痛苦《つうく》知《し》るべし。今幸《いまさひは》ひに其《そ》の人《ひと》を得《え》て以《もっ》て之《これ》を還《かへ》す。我《われ》に於《おい》て何《なん》の望《のぞ》む所《ところ》あらん。」と。趨《はし》りて之《これ》を避《さ》く。十郎《じゅうろう》追《お》ひ及《およ》び、乃《すなは》ち一星金《いっせいきん》を挙《あ》げて、之《これ》に与《あた》へて曰《い》はく、「今夜寒《こんやさむ》さ甚《はなは》だし。請《こ》ふ此《こ》れを以《もっ》て酔《よ》ひを買《か》へ。」と。乞児欣然《きつじきんぜん》として曰《い》はく、「此《こ》れ則《すなは》ち子《し》の恵《めぐ》みなり。敢《あ》へて拝受《はいじゅ》せざらんや。」と。其《そ》の名《な》を問《と》へば、曰《い》はく、「車善七《くるまぜんしち》の手下八兵《てしたはちべい》なり。」と。

十郎帰《じゅうろうかへ》りて、具《つぶ》さに語《かた》るに状《じょう》を以《もっ》てす。吉兵感歎《よしべいかんたん》して已《や》まず。竟《つひ》に五金《ごきん》を八兵《はちべい》に与《あた》へんと欲《ほっ》す。翌早十郎《よくそうじゅうろう》を善七《ぜんしち》に差《つかは》して、之《これ》を問《と》へば、則《すなは》ち曰《い》はく、「八兵昨金《はちべいきのふかね》を人《ひと》に得《え》て還《かへ》り、酒《さけ》を沽《か》ひ伴《とも》を聚《あつ》め、酔飽歓《すいほうかん》を極《きは》む。料《はか》らざりき今暁既《こんぎょうすで》に死《し》せり。」と。十郎且《じゅうろうか》つ驚《おどろ》き且《か》つ悲《かな》しむ。遂《つひ》に八兵《はちべい》の骸《なきがら》を乞《こ》ひ、其《そ》の金《かね》を以《もっ》て、厚《あく》く之《これ》を江《こう》東《とう》の万人塚《ばんにんづか》に葬《はうむ》る。

寧静子《ねいせいし》曰《い》はく、「此《こ》の乞児《きつじ》は、蓋《けだ》し士人《しじん》の流落《りゅうらく》して死《し》期《き》を失《しっ》する者《もの》ならん。自《みづか》ら謂《い》ふ、今日一人《こんにちいちにん》の命《いのち》を救《すく》ひ、而《しか》して己《おの》れ之《これ》に代《か》はる。死《し》は斯《こ》れを之《こ》れ時《とき》と為《な》す、と。遂《つひ》に自《みづか》ら痛飲《つういん》に託《たく》して以《もっ》て死《し》するなり。果《は》たして然《しか》らば、唯《ただ》に義丐《ぎかい》のみならず、亦《ま》た烈丐《れつかい》なり。嗟夫《ああそ》れ吾《わ》れの此《こ》れを以《もっ》て此《こ》の巻《まき》を終《を》ふるは、其《そ》れ豈《あ》に意《い》無《な》からんや。」と。

〔語釈〕

跟随＝手代。江戸時代の商家で番頭と丁稚の中間に位置する。跟は、足で主人の後に従う意。討帳＝掛け売りの代金を取り立てること。江戸時代には、盆と歳末の二度行われることが多かった。驚愕＝驚きあわてる。無措＝どうしたらよいかわからない。乞児＝物乞い。浮浪者。物色＝人相書きで人を探すこと。ここでは、身なり・顔色などから判断して落し主を探すこと。証左＝証拠。左は、割符の左片を自分の元におき、他日の証拠にするもの。狂喜＝気が狂うほどに喜ぶ。非常に喜ぶこと。迂＝道理のわからない者。一星金＝小玉銀一つ。豆板銀ともいう。僅かな金銭のこと。欣然＝喜ぶさま。拝受＝有り難くいただくこと。酔飽＝十分に飲食すること。酒に酔い、食物に飽きることからいう。且驚且悲＝驚きと悲しみが同時に起こったことをいう。万人塚＝無縁寺。流落＝落ちぶれさすらう。流浪落魄の略。烈丐＝勇ましい物乞い。意＝ここでは、世間の不義・無烈の人を戒める思い。

〔人物解説〕

車善七＝二三五頁参照。

〔通釈〕

江戸の室町の商人、吉兵の手代である市十郎は、年末に掛け売りの代金を集金に行き、金を受け取って店へ帰った。ところが帰り道に三十両入りの袋を一つ紛失してしまった。市十郎は驚きのあまり気が動転してどうしたらよいかわからなかった。夢中で走って自分が今帰ってきた道を引き返し、数里ほど探したけれども、紛失物は見つからなかつた。

その時突然一人の物乞いに出会った。その物乞いは市十郎のそばへ寄ってきて、「何を探しているのですか。」と話しかけた。市十郎は、「わたしは落としてしまったお金を探しているのだ。」と言った。物乞いは、「本当にその通りならば、私がこれを拾いました。私は落とし主が探しに来ると思っていました。そのためここで人々の衣服・顔色・態度などを観察して、落とした人を探していたのです。もし証拠があれば、すぐにお返しいたします。」と言った。市十郎は詳しく袋の色とその中にある金額や証文などについて述べた。物乞いは納得して袋を市十郎に渡した。市十郎は気が狂うほどに喜んだ。そして袋の中から五両を取り出して、物乞いに謝礼として渡そうとした。物乞いは受け取らなかった。無理強いすると、物乞いは、「あなたは何と道理のわからない方か。わたしがもし五両を受け取るくらいならば、どうして三十両をお渡しいたしましょう。（そんなことはせずに、全部もらいます。）私が思うにこのお金は、もしやあなたの主家のお金ではありませんか。ご主人のお金であるならば、ご主人の難儀を思い知ることができます。私は幸ひにも落とし主を見つけて返すことができました。私としてはこれ以上何の望むことがありましょう。何もありません。」と言って、小走りにその場を去った。市十郎は後を追いかけて、取りあえず小玉銀一つを取り出して、物乞いに与えて、「今夜は寒さが厳しい。この金で酒でも飲んで暖まって下さい。」と言った。物乞いは喜んで、「これはあなたからのお恵みです。有り難くお受けいたします。」と言った。その名をたずねると、「車善七の手下の八兵といいます。」と答えた。

市十郎は店へ帰ってから、細かに有りのままのことを報告した。主人の吉兵は大変感心してやまなかった。そしてついに五両の金を八兵にお礼として与えることにした。翌日の朝早く、市十郎を車善七の所へ行かせて、八兵のことをたずねると、「八兵は昨夜、お金を人からもらって帰り、酒を買って仲間を呼び集め、飲み食いを十分に楽しみました。ところが思いもよらず、今暁急死いたしました。」ということであった。市十郎は驚くと同時に大いに悲しみ、八兵の死骸を引き取り、五両の金を使って、江東の無縁寺に手厚く葬った。

寧静子は言う、「この物乞いは、思うに武士の身分の者が落ちぶれて死期を失ってしまった者であろう。自分で、『今日一人の商人の生命を救い、自分がそれに代わって死ぬ。よい死に時である。』と思って、ついに自分で大酒を飲んで死んだのである。本当にその通りであるならば、この物乞いはただ義を守る物乞いというだけではなく、また勇気ある勇ましい物乞いである。ああ、そもそも私がこれによってこの巻の最後とするのは、どうして世の不義・無烈の人を戒める意味がないことがあろうか、大いにあるのである。」と。

〔原文出典〕

『駿第雑話』（三）二人の乞児。

あとがき

今から二十年以上前に『日本漢学年表』（斯文会編、大修館書店刊）の仕事で、頼惟勤先生（当時、お茶の水女子大学教授）のご指導のもと、江戸時代の出版物を調査したことがあった。その際、江戸時代の後半には、日本人の書いた漢文のすぐれた著作が非常に多いのに驚いた。

当時、頼山陽の『日本外史』（岩波文庫）を執筆刊行中であった先生が、あるときふと、江戸時代に書かれた史伝ものを読むと、ごく自然の形で、日本人として日本の歴史を見る自覚を与えられる。そこに登場する武士の価値観や生き方などを通じて、日本人のもち続けてきた伝統的な人生観を、好むと好まざるとにかかわらず、追体験をすることになる。それは自国の歴史に対する自覚をもつことにつながり、現代の日本人にとっても重要な意味をもつことになるのではないかと思われる。江戸時代の知識人によって漢文で書かれた著作を、一部の専門家だけのものにしておくのではなく、もっと広く一般の人々に親しめるような形で提供することは、漢文を研究する者の一つの義務ではないかと、この頃つくづく思うのです。ところが、当たり前のことですが、漢文をやる人は中国のものに関心があるから、日本のものはなかなかやってくれないのが残念ですよ。という意味のことを呟《つぶや》かれたことがあった。

それまで漢文や国語の教育に長い間かかわりを持ってはきたが、日本漢文に接する機会は極めて少なく、全く疎い状態にあったので、そのまま長い年月が経過してしまった。それでも頼先生のお言葉はいつも頭の隅に残っていた。

数年前、『近古史談』に収められている「芸侯諸子を戒む」（毛利元就の「三本の矢」で知られる逸話）を読む機会を得た。この逸話は、一般には本文しか知られていない。しかし、この本文には『詩経』を引用して「兄弟の助け合いの情は、乱世の急難を救うのには有効であっても、平治の世を保つのは難しいものがある」という筆者の論評がある。さらに、『西秦録』所収の吐谷渾のエピロードまでが添えてある。本文は『常山紀談』の「小早川隆景遺訓の事」を典拠とする逸話であるが、全体の構成・内容から考えると、完全に典拠を越えた逸話に生まれ変わっている。このことに気付いたことが『近古史談』と取り組む出発点となった。

百三十の逸話を一つ一つ読み解く作業は、常に主人公と真正面に向き合って、生きることを追体験することができ、楽しいものであった。しかし、筆者の力量不足から、なかには主人公の実在を確認できる史料を捜し出すこと、引用の典拠を突き止めることの出来なかったものもあった。

ともかく、今から約百五十年前の一人の知識人が、自信を喪失していた日本人を鼓舞しようとして、過去の日本人の行動の正しさ、心情の美しさなどを顕彰するために編集した逸話集が、少しでも身近なものに変身できていたらと切に願っています。

最後に、本書の刊行に際して、貴重なご蔵書の和製本『近古史談』、『刪修近古史談』を利用させていただいた大修館書店編集部の前田八郎氏、読みにくい手書きの原稿の細部にまで目を通して助言・整理・校正・付録の整備などを担当してくださった円満字二郎氏には、たいへんお世話になりました。あわせて心より感謝申し上げます。

二〇〇一年　一〇月

若林　力

人　名　索　引

若林　力（わかばやし・つとむ）

1935（昭和10）年、埼玉県の生まれ。
東京教育大学文学部漢文学科卒業。
東京都立高等学校教諭・東京成徳短期大学教授を経て、
現在、東京成徳短期大学非常勤講師。
主な編著
『菅家文草・菅家後集詩句総索引』（共著）（明治書院）
『和刻本正史人名索引』（汲古書院）
『研究資料　漢文学　歴史III』（共著）（明治書院）
『漢文名作選　2　思想』（共著）（大修館書店）
『漢文名作選第2集　2　英傑の群像』（共著）（大修館書店）
『漢文名作選第2集　5　日本の漢詩文』（共著）（大修館書店）

近古史談全注釈

初版発行――2001年11月10日

著者――若林　力
発行者――鈴木一行
発行所――株式会社大修館書店
〒101-8466 東京都千代田区神田錦町 3-24
電話 03-3295-6231（販売部）03-3294-2352（編集部）
振替 00190-7-40504
［出版情報］ http://www.taishukan.co.jp

装丁者――山崎登
印刷所――壮光舎印刷
製本所――牧製本

ISBN4-469-23217-3

Printed in Japan